BASTEI
LÜBBE
TASCHENBUCH

Dieses Werk erhielt den Premio Primavera 2016 (Frühjahrspreis 2016), ausgelobt von Espasa und Ámbito Cultural und ausgewählt von der folgenden Jury:

Carme Riera
Ramón Pernas
Fernando Rodríguez Lafuente
Antonio Soler
Ana Rosa Semprún

Über den Autor:

Carlos Montero wurde 1972 in der spanischen Region Galicien geboren, wo auch dieser Roman spielt. Nach dem Studium der Kommunikationswissenschaften in Madrid hat er sich als Drehbuchautor einen Namen gemacht. Neben mehreren Kurzfilmen war er an zahlreichen Fernsehserien und einer Kinoproduktion beteiligt. DEINE LETZTE STUNDE ist sein zweiter Roman und der erste, der auf Deutsch erscheint.

CARLOS MONTERO

Deine letzte Stunde

Thriller

Aus dem Spanischen von Lutz Kliche

BASTEI LÜBBE
TASCHENBUCH

BASTEI LÜBBE TASCHENBUCH
Band 17804

MIX
Papier aus verantwortungsvollen Quellen
FSC® C083411
FSC
www.fsc.org

Dieser Titel ist auch als E-Book erschienen.

Vollständige Taschenbuchausgabe

Deutsche Erstausgabe

Für die Originalausgabe:

Titel der spanischen Originalausgabe: »El desorden que dejas«

Für die deutschsprachige Ausgabe:

Textredaktion: Doris Engelke, Frankfurt am Main
Titelillustration: © Source/gettyimages; © Marilyn Volan/shutterstock
Umschlaggestaltung: Manuela Städele-Monverde
Satz: hanseatenSatz-bremen, Bremen
Gesetzt aus der Adobe Garamond Pro
Druck und Verarbeitung: CPI books GmbH, Leck – Germany
ISBN 978-3-404-17804-9

5 4 3 2 1

Sie finden uns im Internet unter
www.luebbe.de
Bitte beachten Sie auch: www.lesejury.de

Für Guille, wegen so vielem.
Für meine Schwester, immer.

In der modernen spanischen Gesellschaft wird der Gebrauch des Du (tú) gegenüber dem Sie (usted) viel zwangloser gehandhabt als im Deutschen, auch zwischen Lehrern und Schülern. Dies ist zugunsten größerer Authentizität in der deutschen Übersetzung beibehalten worden.

Kapitel 1

Der Fotograf, ein beleibter Mann Mitte fünfzig, ermunterte das Brautpaar, bis an das sumpfige Seeufer zu gehen, hinter die Becken mit den heißen Quellen aus der Römerzeit. Sein umfangreicher Bauch hinderte den Mann nicht daran, sich zu bücken, rückwärtszugehen und über alles hinwegzusteigen, was ihm im Weg lag, um die besten Bilder zu schießen. Im Winter befüllte das Wasser des Stausees für gewöhnlich die Becken, doch weil es im vergangenen Herbst kaum geregnet hatte, ließ der niedrige Wasserspiegel einen Teil der römischen Ruinen und ein sandiges Ufer erkennen, das eher einem Strand glich. Den Sand bedeckten Tausende trockener Blätter, deren Bäume sich ängstlich vom Wasser zurückgezogen zu haben schienen. Dabei war eigentlich das Wasser wegen der Dürre vor ihnen geflohen. An diesem kalten Wintertag schufen die heißen Quellen mit ihrem Dampf eine gespenstische Atmosphäre, nichts Besonderes für die Einwohner der Provinz Ourense, doch für Fremde immer noch ein eindrucksvolles Schauspiel. Heiße Quellen waren wieder in Mode gekommen und hatten den Río Miño an Orten wie A Chubasqueira oder Outariz zur Touristenattraktion gemacht. Gleiches galt für den Stausee von As Conchas am Rio Lima, im Süden der Provinz, fast an der Grenze zu Portugal. Tausende von Besuchern kamen Jahr für Jahr hierher, um im warmen Wasser dieser natürlichen Whirlpools zu baden. »Was brauchen wir Island?«, pflegten stolz die Einwohner zu sagen. »Wir haben doch Galicien!«

»Der Himmel über dem Stausee gibt sicher einen prächtigen Hintergrund ab«, meinte der Fotograf und wischte sich mit einem Taschentuch den Schweiß von der Stirn.

»Ist es am Ufer nicht zu nass?«, fragte die Braut. »Ich möchte mir das Kleid nicht schmutzig machen!«

Der Fotograf bückte sich und prüfte mit der rechten Hand den Sand.

»Trocken. Kommt ruhig her.«

Das Brautpaar gehorchte, obwohl es nicht gänzlich überzeugt wirkte, etwas, woran der Fotograf gewöhnt war; ein Teil seiner Arbeit bestand darin, Braut und Bräutigam dazu zu bringen, für zwanzig Minuten die Hektik des Tages und die Verpflichtungen ihren Gästen gegenüber zu vergessen. Er hatte ein Repertoire passender Kommentare parat, um das Brautpaar abzulenken: Leg ihr den Arm um die Taille, schau sie mal so an wie früher, als du noch in sie verliebt warst. Wie wär's mit einem Kuss? Warum nicht auf den Mund? Vielleicht muss ich ja auch in der Hochzeitsnacht dabei sein und euch zeigen, wie das alles geht, ihr scheint wirklich noch ein bisschen grün zu sein.

Normalerweise verfehlte dieser Humor, so lahm er auch sein mochte, nicht die beabsichtigte Wirkung. Das Brautpaar entspannte sich und konnte den Augenblick sogar genießen. Aber diesmal schien es nicht zu funktionieren.

»Lasst uns schnell machen, die Leute werden schon unruhig«, sagte der Bräutigam und schaute zum zigsten Mal auf sein Smartphone.

»Kannst du denn nicht mal bei deiner Hochzeit das Handy in Ruhe lassen?«, schimpfte die Braut.

»Die meisten Nachrichten schickt mir dein Vater. Was soll ich denn machen?«

»Wir sind sofort fertig, ich schwör's euch«, versicherte der Fotograf. »Noch zwei Aufnahmen und das war's. Andrea, schau doch mal zum See. Stell dir vor, du siehst da eine tolle Segelyacht, und die zeigst du deinem Mann.«

»Mein Mann … Klingt irgendwie komisch.«

»Daran wirst du dich jetzt wohl gewöhnen müssen«, gab der gut gelaunt zurück.

»Na dann, mein lieber Mann, schau mal, was für eine tolle Yacht dort vorbeisegelt.«

Lächelnd führten die beiden ihre kleine Pantomime auf, bis die Braut plötzlich erschrocken das Gesicht verzog.

»Was schwimmt denn da im Wasser?«, stieß sie hervor und zeigte auf ein Bündel, das etwa hundert Meter vom Ufer entfernt trieb. »Ist das ein Floß?«

»Wo denn? Ohne Brille fällt's mir schwer …

»Da drüben.«

Der Mann kniff die Augen zusammen und verstand sofort das Entsetzen seiner frischgebackenen Ehefrau.

»Das ist ein Körper … nackt … und …«

»Wo denn?«, fragte der Fotograf.

»Ist das eine Leiche?«

Der Fotograf tauschte, so schnell seine dicken Finger es erlaubten, das 50mm-Objektiv seiner Kamera gegen ein 200mm-Teleobjektiv und suchte damit den See ab. Schließlich bekam er den Gegenstand in den Sucher. Tatsächlich: Das, was da im Wasser trieb, war eine Leiche. Ein aufgedunsener Körper, die Haut bläulich verfärbt, die Lippen violett, Schaum vor dem Mund, die Gesichtszüge entstellt, das Haar wirr. Er sah genauso aus wie die Leichen in den Krimiserien, die seine Frau fast jeden Abend anschaute. In schneller Folge drückte er auf den Auslöser.

»Kannst du was erkennen? Ist es ein Toter?«, fragte der Bräutigam entsetzt. Die Braut krallte sich in seinen Arm und wartete voller Angst auf die Antwort des Fotografen.

»Eine Tote. Es ist eine Frau. Nicht sehr alt«, bestätigte der Fotograf. »Besser, du rufst die Guardia Civil.«

Die Braut konnte ein Würgen nicht unterdrücken. Sie musste sich übergeben. Erbrochenes spritzte auf ihr Kleid. Ihr Mann reichte ihr ein Taschentuch, damit sie sich säubern konnte.

»Lass nur, lass nur.« Plötzlich schien es ihr fehl am Platz, sich um ein paar Flecken auf ihrem Kleid zu sorgen.

Eine Stunde später erreichten mehrere Funkstreifen den Schauplatz. Nur der Fotograf befand sich noch vor Ort, er hatte es für seine Pflicht gehalten, auf die Hüter des Gesetzes zu warten.

Mit einem Schlauchboot gelang es, den leblosen Körper an Land zu bringen. Wenig später trafen auch der Untersuchungsrichter und die Gerichtssekretärin ein.

»Ich glaube, das ist sie, Herr Richter«, konstatierte der Wachtmeister Giménez.

»Wer denn?«

»Die Lehrerin aus Novariz, die seit einer Woche verschwunden ist. Armes Mädchen.«

Kapitel 2

Irgendwo habe ich mal gelesen, dass die Gründe für den schlimmsten Stress folgende sind: der Tod eines geliebten Menschen, das Ende einer Liebesbeziehung und ein Umzug.

Der Tod eines geliebten Menschen: passt. Oder besser gesagt: passt genau.

Umzug: der, den mein Mann und ich gerade in Angriff nehmen. Wir geben unsere Wohnung im Montealto-Viertel von A Coruña auf, wo wir die letzten sechs Jahre gelebt haben.

Das Ende einer Liebesbeziehung: Das sehe ich kommen, wenn wir uns verdammt noch mal nicht einigen können, was wir wegwerfen und was wir behalten sollen.

»Diesen Mantel hast du nicht mehr angezogen, seit du auf der Uni warst.«

»Den hat mir aber mein Vater geschenkt. Viele Erinnerungsstücke an ihn habe ich ja nicht.«

»Germán, hatten wir nicht verabredet, dass es jetzt langsam reicht mit dem: ›Mein Vater ist vor Kurzem gestorben‹?«

»Aber es ist doch nicht einmal vier Monate her …«

»Okay, dann probier ihn mal an. Wenn du wirklich meinst, dass er dir noch steht, dann kommt er in die Umzugskisten.«

Germán zieht ihn über und blickt in den Spiegel.

»Na, wie findest du ihn?«, fragt er. Im Spiegel sieht er etwas, das ihm nicht gefällt, fährt sich mit der Hand übers Haar und seufzt missmutig. »Es werden immer weniger. Ich glaube, ich habe während der Monate im Krankenhaus viele verloren. Niemand sagt dir etwas über die Begleiterscheinungen, wenn dein Vater krank ist.«

»Du wirst schon keine Glatze kriegen.«

»Das will ich hoffen. Gefällt dir der Mantel?«

Ich schaue ihn an und weiß nicht genau, was ich antworten soll.

»Er sieht entsetzlich aus«, gibt er sich geschlagen. »Hast du dich tatsächlich in mich verliebt, als ich dieses Ding anhatte?«

»Eher, als du es ausgezogen hast.«

Germán beginnt, den Mantel mit übertrieben lasziven Bewegungen auszuziehen und trällert dabei eine anzügliche Melodie.

»Tut mir leid, die Wirkung ist nicht mehr die gleiche«, sage ich mit gespieltem Ernst. »Mein Höschen ist ganz trocken.«

Germán muss lachen. Ein ansteckendes Lachen. Vielleicht sind wir deshalb nach zwölf Jahren noch zusammen. Weil wir manchmal miteinander lachen können. Dabei fällt es mir seit der Geschichte mit seinem Vater von Tag zu Tag schwerer, ihm ein Lächeln zu entlocken. »Die Geschichte mit seinem Vater« ist nichts anderes als dessen Tod. Komisch, wie wir versuchen, den Tod aus unserem Leben herauszuhalten, sogar aus der Sprache. Die Geschichte mit seinem Vater.

Tere meint, ich klinge wie eine alte Schachtel, wenn ich über meine Beziehung zu Germán spreche. Eine alte Schachtel von mindestens fünfundvierzig. Sie findet nämlich alles alt, was oberhalb unseres eigenen Alters von vierunddreißig liegt. Deshalb hat sie sich jetzt darauf verlegt, mit ein oder zwei Typen pro Woche ins Bett zu steigen. Sie will das letzte Jahr nutzen, das ihr noch vor dem körperlichen Verfall bleibt. Ich antworte dann, dass ich immerhin schon seit dem zweiten Jahr an der Uni mit Germán zusammen bin. Zwölf Jahre liegen hinter uns, eine Hochzeit, zwei Fehlgeburten, der Tod seines Vaters, der Tod meiner Mutter, vier Umzüge, seine zweieinhalb Jahre ohne

Job, die immer länger zu werden scheinen. Obwohl er nie zugeben würde, dass er arbeitslos ist. Eigentlich schreibt er ja, nur dass er nicht schreibt und, weil er nicht schreibt, immer depressiver wird. Dieser Beschreibung müsste man noch eine hässliche Geschichte hinzufügen, die wir beide aber lieber vergessen wollen. Wir versuchen das so sehr, dass ich manchmal denke, unsere Ehe beschränkt sich nur noch darauf: zu vergessen, was geschehen ist. Wir erwähnen es nicht mal mehr. Theoretisch haben wir es längst vergessen. Beide glauben wir verbissen, dass es ein gemeinsames Leben danach gibt, und das probieren wir jetzt auch. Vielleicht ist es bitter, das zuzugeben, aber der Tod meiner Mutter und der seines Vaters haben uns dabei geholfen, durchzuhalten. In den schwierigsten Momenten haben wir uns gegenseitig sehr gebraucht.

Zu diesen beiden Tragödien kommen noch meine Versuche, die Abschlussprüfung als Lehrerin zu bestehen. Und jetzt die Reiserei, diese Vertretungsjobs, die ich an den entlegensten Schulen überall in Galicien übernehme. Denn ich habe zwar die Prüfung nicht bestanden, bekam jedoch ausreichend gute Noten, um als Vertretung zu arbeiten. Wenn eine Lehrkraft drei, vier Wochen oder auch ein paar Monate ausfällt, springe ich ein. Ich bin Vertretungslehrerin. Tere hat mir sogar ein T-Shirt drucken lassen: »Vertretungslehrerin – nicht zu entmutigen«.

Ja, stimmt genau. Was soll ich denn sonst auch machen? Meine Arbeit macht mir halt Spaß, selbst wenn ich die Schüler nie so lange unterrichten kann, wie ich möchte. Es hat mich nicht von Anfang an zum Lehrerberuf hingezogen. Im Gegenteil, eigentlich wollte ich nie an die Schule. Doch als ich das Unterrichten dann ausprobierte, fand ich schnell Gefallen daran. Vielleicht geht es mir irgendwann wie so vielen Lehrern, der Beruf hängt mir zum Hals raus, ich sehe, wie die Jahre vergehen, wie ich alt werde und die Schüler im Gegensatz zu mir noch immer genauso jung und energiegeladen sind. Aber im Moment kann ich mir das nicht vorstellen. Und außerdem gibt es ja auch Lehrer, die bis zum Schluss mit Begeisterung dabei sind, oder? Warum soll ich nicht eine von denen sein?

Diesmal habe ich Glück gehabt. Ich übernehme eine Vertretung von fast sieben Monaten. Das ist über ein halbes Schuljahr. Da werde ich mich wie eine echte Lehrerin fühlen. Mehr als sechs Monate, in denen ich die Schüler sich entwickeln sehe, ihnen weitergeben kann, was ich weiß. Das ist vielleicht nicht besonders viel, aber ich denke, zwei, drei Sachen kann ich ihnen schon beibringen. Wenigstens ist es lang genug, um in ihnen die Liebe zur Literatur, zu den Büchern zu wecken. Okay, okay, ich bleibe besser auf dem Teppich, ich klinge ja schon wie der Lehrer aus dem *Club der toten Dichter*. Ich stehe mit beiden Beinen auf dem Boden, und dass ich schon ein gewisses Alter erreicht habe – »Dreiundreißig ist kein gewisses Alter, meine Liebe, ein gewisses Alter beginnt mit sechzig«, würde Tere sagen –, macht mich zu einem ziemlich realistischen Menschen.

Die Vertretung ist außerdem und zu Germáns Freude an einer der zwei Schulen in seinem Heimatort, und zwar genau an der, wo er Schüler war. Zufall? Schicksal? Oder passiert das manchmal einfach so?

Und deshalb ziehen wir jetzt um. Germán kommt mit. So haben wir es beschlossen. Besser gesagt, er hat es beschlossen. Doch eins der Geheimnisse, um eine Ehe am Leben zu erhalten, ist es, in der Mehrzahl zu sprechen, auch wenn einer eine Entscheidung trifft und der andere nicht ganz einverstanden ist. Wenn du im Plural sprichst, glaubst du schließlich selbst, dass es eine gemeinsame Entscheidung war, und kommst besser damit klar.

Außerdem muss ich meinem Mann eins zugestehen: Germán ist schon das ganze letzte Jahr über ein bis zwei Mal pro

Woche nach Hause gefahren, erst, um seinen kranken Vater zu pflegen, und dann, um sich um seine Mutter zu kümmern. Er hat es satt, dauernd unterwegs zu sein. Dies ist eine tolle Gelegenheit für uns beide, um in angenehmer Umgebung noch einmal neu anzufangen. Germáns Heimatort ist eine Kleinstadt mit zwölftausend Einwohnern tief in der galicischen Provinz, eine Gegend voller Geschichte, nebelverhangen, mit vielen Brücken aus der Römerzeit, vielen heißen Quellen, viel Grün, ein paar Barockklöstern, viel Fremdenverkehr im Sommer, aber im Grunde ein Dorf. Ah, und von der Krise gebeutelt: Einst ging es den Leuten dort gut, weil es eine große Konservenfabrik gab. Die machte aber pleite, und das ganze Städtchen gleich mit. Alles in allem haben sechstausend Menschen in der Region ihre Arbeit verloren. Die Arbeitslosenquote ist die höchste im ganzen Land. Und man darf den Ort niemals »Dorf« nennen, da sind sie beleidigt. Für sie ist es eine Stadt. Germáns Familie lebt fast komplett dort. Trotz des Dramas mit meinem Schwiegervater gibt es für Germán keine bessere Umgebung als seine Familie. Man muss zugeben, sie haben immer zusammengehalten, und die Stürme des Lebens haben sie noch mehr zusammengeschweißt. Sie können Krach haben, sich anschreien, sich die schlimmsten Sachen an die Köpfe werfen, doch nichts kann sie auseinanderbringen. Ich glaube, Germán muss in der Nähe seiner Leute sein, um das Andenken seines Vaters zu wahren und den Verlust zu verkraften. Darin sind wir ziemlich verschieden.

Insgeheim fürchte ich, wenn man mich nach den sieben Monaten an eine andere Schule versetzt, beschließt Germán, dass es jetzt reicht mit der Umzieherei und wir einfach in seinem Heimatort bleiben sollten. Vielleicht fällt ihm sogar ein, ein für alle Mal das Schreiben zu vergessen und in den Familienbetrieb einzusteigen. Ich dränge ihn zwar nicht dazu, aber es fällt mir schwer, ihn leiden zu sehen. Seine Unfähigkeit, mehr als eine halbe Seite pro Tag zu Papier zu bringen, lässt ihn schier verzweifeln. Die fehlende Inspiration versetzt ihn in einen Zustand der Lähmung, aus dem er nur schwer wieder herauskommt. Und während er sich anfangs immer auf mich gestützt hat, um diese düsteren Phasen zu überwinden, funktioniert das jetzt nicht mehr richtig. Er hat das Gefühl, ich kritisiere ihn zu viel. »Schon gut, Frau Professor ...«, sagt er dann. Deshalb möchte er seine Familie in der Nähe haben, bei ihr fühlt er sich geborgen. Dort ist er wieder der Sohn, der immer alles richtig macht, der Talentierte, der Klassenbeste und der Klügste der Familie. Und wenn wir vielleicht doch noch Kinder bekommen, dann wäre es, so meint er, auf jeden Fall gut, die Familie in der Nähe zu haben.

Doch genau da liegt das Problem. Seine Familie ist nicht meine Familie. Und was Kinder angeht, so habe ich nach zwei Fehlgeburten weder Kraft noch Lust, es noch mal zu versuchen. Germán denkt, es ist wegen jener hässlichen Geschichte, über die wir nicht reden. Doch das ist nicht der Grund, ich hab einfach genug damit zu tun, die Kinder zu erziehen, die ich unterrichte. Ich habe versucht, das Germán zu erklären, doch er meint, ich sei zu negativ, wir hätten wohl zu lange in der Scheiße gesteckt, als dass ich akzeptieren könne, dass jetzt alles besser würde. Ob ich denn nicht sähe, dass die Vertretungsstelle in seinem Heimatort ein Zeichen dafür ist, dass die Dinge sich verändern.

»Wir haben's aber auch verdient, oder nicht, Raquel? Wir haben's verdient, dass das Leben ein bisschen freundlicher zu uns ist.«

Vielleicht hat er ja recht. Vielleicht sollte ich mich nicht gegen das sperren, was auf uns zukommt. Sein Dorf ist nicht übel, seine Familie ist nicht übel, und auch ein paar von seinen Freunden sind gar nicht so übel. Warum sollte dies nicht der Anfang von etwas sein, das wir wirklich verdient haben? Ich bin entschlossen, für unsere Beziehung zu kämpfen. Ja, das bin ich. Damit das funktioniert, reicht es nicht, einfach eine neue Seite aufzuschlagen, ich muss mir wirklich Mühe geben. Und dazu bin ich bereit.

Bin ich wirklich.

Jawohl.

Nanuk, unser vierjähriger Husky, den Germán uns als Welpen geholt hat, nachdem wir beschlossen hatten, die Kinderpläne auf unbestimmte Zeit zu verschieben, ist unruhig. Er versteht nicht, was das ganze Hin und Her zu bedeuten hat. Er reagiert immer ganz hysterisch, wenn er uns Koffer packen sieht, weil er spürt, dass wir ihn für ein paar Tage verlassen und bei irgendeinem Freund in Obhut geben werden. Aber diesmal ist es anders. Wir packen ja das halbe Haus zusammen, und das versteht er überhaupt nicht. Wollen die mich etwa allein lassen?, scheint er zu denken. Was zum Teufel ist hier los?

Als ob wir ihn je zurücklassen würden. Wir könnten eher auf den halben Hausstand verzichten, der Hund kommt auf jeden Fall mit. Wie kann man ein Tier nur so lieben? Nanuk hat es geschafft, dass ich, die eine Abneigung gegen Haustiere hatte, meine Meinung radikal geändert habe.

»Weißt du, welchen Namen wir ihm geben?«, fragte Germán, als ich das Wollknäuel auf den Arm nahm. »Nanuk. Wir nennen ihn Nanuk, Eisbär, weil er im Nu das Eis in deinem Herzen zum Schmelzen gebracht hat.«

Ja, so kitschig kann Germán sein. Das hat man davon, wenn man mit einem Möchtegern-Schriftsteller verheiratet ist. Doch tatsächlich passt der Eskimoname perfekt zu diesem wuscheligen, kleinen Wesen mit Augen von unterschiedlicher Farbe, das ich im Nu so lieb gewann, als sei es Teil der Familie. Was heißt hier Familie, Nanuk habe ich wirklich ins Herz geschlossen. Und das, obwohl er lange brauchte, bis er gelernt hatte, nicht in die Wohnung zu pinkeln. Vorher hat er schon alle vier Ecken unseres Sofas, unsere beiden Laptops und zwei der vier Couchtischbeine zerbissen. Nanuk gab mir den Sinn für das Wesentliche zurück. Mit ihm die wunderbaren Dinge zu entdecken, die das Leben bereithält, war überwältigend. Für ihn besteht das Leben nur aus Spielen, Fressen und Spaß haben. Mehr gibt es für ihn nicht, und das reicht auch völlig. Zu spüren, wie er jede kleine Entdeckung genießt, jede Zärtlichkeit, hat mir klargemacht, was wirklich wichtig ist. Es hört sich vielleicht komisch an, doch manchmal muss jemand oder etwas, manchmal eben auch ein Hund, einem beibringen, das Chaos von Zielen, Erfolgen, Niederlagen und der vielen Aufregungen, mit denen wir uns herumschlagen, beiseitezulassen und wieder zum Wesentlichen zu kommen: die Sonne zu genießen, Spielen, Zärtlichkeit, das Leben. Und Nanuk hat das geschafft. Wie soll ich ihn da nicht lieben?

Er tanzt weiter in der Gegend herum, bellt und jault herzzerreißend. Germán versucht ihn zu beruhigen.

»Ganz ruhig, Nanuk, wir nehmen dich ja mit. Jetzt geht's nach Hause aufs Land. Da kannst du so viele Kaninchen jagen, wie du willst.«

»Gib dir keine Mühe. Bis er nicht sieht, dass wir ihn ins Auto springen lassen, wird er keine Ruhe geben. Nanuk! Platz!«

Es gelingt mir, ihn für ein paar Sekunden zum Schweigen zu bringen. Doch kaum fangen wir wieder an, Bücher in Kisten zu räumen, beginnt er zu bellen.

»Nanuk!«

Ich sehe mich ein bisschen wehmütig in der Wohnung um. Dabei geht mir das sonst nie so. Doch wer weiß, warum, jetzt habe ich das Gefühl, dass dieser Umzug ganz anders ist als die vorigen.

»Wird dir die Wohnung nicht fehlen?«, frage ich Germán.

»Seit zwei Jahren beklagst du dich darüber, dass die Feuchtigkeit in allen Wänden sitzt. Jetzt werd bloß nicht sentimental.«

»A Coruña ist nun mal feucht.«

Germán kommt zu mir, legt mir den Arm um die Schulter und gibt mir einen Kuss auf die Wange. Einen dieser Küsse, die früher Heilkraft hatten.

»Es wird phantastisch in Novariz, du wirst schon sehen.«

Kapitel 3

Wir haben beschlossen, einen großen Teil unserer Sachen in der Wohnung meiner Mutter unterzustellen. Na ja, jetzt spreche ich wieder in der Mehrzahl, aber diesmal war es mein Entschluss. Es kommt mir absurd vor, alles einzupacken und in Germáns Heimatort zu transportieren, wenn wir nur sechs Monate bleiben wollen. Weshalb sollten wir da unsere gesamte Bibliothek mitnehmen? Besser, wir lassen den größten Teil der Bücher in Mutters Wohnung. Ich nenne sie immer noch so, auch wenn sie inzwischen mir gehört. Es fällt mir halt schwer, mich daran zu gewöhnen.

Ich bin nur selten hier. Immer, wenn ich wie jetzt mit meiner Freundin Tere die Wohnung betrete, spüre ich Mutters Abwesenheit fast körperlich. Das ist kaum auszuhalten. Ich muss eine Entscheidung treffen, was die Wohnung angeht. Entweder ich verkaufe oder vermiete sie, oder ich überrede meinen Mann, hierher zu ziehen. Keine der drei Alternativen überzeugt mich jedoch.

Vermieten? Nein, natürlich nicht. Ich könnte den Gedanken nicht ertragen, dass fremde Leute in den Räumen wohnen, wo meine Mutter und ich so viele Jahre gelebt haben.

Mit Germán hierher ziehen? Nein. Ich könnte hier nicht leben. In jedem Zimmer würde ich Mamas Gegenwart spüren. Vielleicht geht es in ein paar Jahren, wenn ich endlich mit mir selbst und mit ihr Frieden geschlossen habe. Im Moment noch nicht.

Die Wohnung zu verkaufen ist wohl die klügste Option, aber ich kann mich nicht dazu entschließen. Und praktisch gesehen wäre es fast besser, zu warten, bis die Preise wieder steigen. Jetzt müsste ich sie unter Wert anbieten. Dazu der ganze Papierkram, einen Makler beauftragen, verhandeln: Vor alldem hab ich einen Riesenhorror.

»Hör mal, die verkaufst du doch im Handumdrehen«, sagt Tere. »Wenn du willst, kümmere ich mich drum, so schwierig ist das alles nicht. Und wenn du sie unter Wert verkaufen musst, was ich bezweifle, dann ist das eben so. Alles Geld geht an dich, es sind ja keine Belastungen mehr drauf. Ich an deiner Stelle würde sie so schnell wie möglich loswerden wollen. Sie löst bei dir noch so viel Kummer aus, dass du ein Gesicht ziehst wie drei Tage Regenwetter.«

Ich habe Tere gebeten, mir mit den Büchern zu helfen. Sie ist das beste Mittel gegen meine absurden Anfälle von Melancholie. Ich weiß, ihr unaufhörliches Geschnatter wird mich davor schützen, hier leidend herumzuhängen.

»Oder du vermietest sie an mich«, plappert sie weiter. »Es war ja schon immer mein Traum, in der Nähe des Hafens zu wohnen, in einer solchen Wahnsinnswohnung. Warum gibst du sie nicht mir?«

»Schlag dir das aus dem Kopf, Tere! Du könntest doch nicht mal die Miete fürs Badezimmer zahlen.«

»Du würdest mir also keinen Freundschaftspreis machen? Na, du bist mir ja eine schöne Freundin! Komm, wir lüften erst mal, hier riecht's ja wie in der Leichenhalle ... Ups, Entschuldigung, muffig, wollte ich sagen. Und ein bisschen Licht wollen wir auch mal reinlassen.«

Tere fängt an, alle Fenster aufzureißen. Die Geräusche der Straße, des Hafens, die Schreie der Möwen dringen herauf.

»Wie toll die Schiffe von hier oben aussehen! Der reine Luxus. Außerdem wird hier bald alles Fußgängerzone. Und du vergräbst dich mit deinem Mann in dieser winzigen Wohnung in Montealto. Verprügeln müsste man dich.«

Ich will nicht allzu lange hierbleiben, nur die Bücherkisten abstellen und wieder gehen. Doch wenn Tere es sich in den Kopf gesetzt hat, den Nachmittag in dieser Wohnung zu verbringen, dann ergebe ich mich besser in mein Schicksal. Sie tut gern so, als gehöre sie zu den Reichen von A Coruña.

»Was für ein Glück deine Mutter hatte! Ich weiß gar nicht, weshalb du es so schlimm findest, dass sie dir diese Wohnung vererbt hat. Ich würde Luftsprünge machen und jede Woche Orgien veranstalten, es auf allen Balkons treiben und die Yuppies schocken, die da unten ihre Models ausführen.«

»Das würdest du dich doch nicht trauen, nimm den Mund nicht so voll.«

»Lass mir die Schlüssel da, dann werden die Nachbarn dir's schon erzählen.«

Tere geht ins Schlafzimmer meiner Mutter und direkt zum riesigen Kleiderschrank.

»Und die vielen Schuhe! Da steckt ja ein Vermögen drin! Ich kann mich gar nicht sattsehen daran! Was für eine elegante Frau sie war, deine Mutter, so viel Geschmack. Sie verstand sich zu kleiden, und Kohle hatte sie auch … Wenn ich mal älter bin, möchte ich so sein wie sie.«

Ich versuche gar nicht erst, Teres falsche Vorstellungen zurechtzurücken. Mir ist aber sonnenklar: Das Leben meiner Mutter war nie ein Wunschkonzert. Sie hat immer nur gearbeitet und gearbeitet, so viel, dass sie mitunter vergaß, dass sie eine Tochter hatte. Und wenn sie sich mal um mich kümmerte, dann war's fast noch schlimmer. Meiner Mutter war ich immer zu wenig, nur ein schwaches Abbild all dessen, was sie erreicht hatte. Damit hat sie nie hinter dem Berg gehalten. Zwar sagte sie andauernd, ich solle mein Leben leben, wie ich wolle, doch ich wusste, das stimmte nicht. Dass ich nicht Medizin studieren und in ihre Fußstapfen treten wollte, war eine Enttäuschung für sie. Aber wie sollte das auch gehen? Ich hätte sie ja doch nie erreichen können, da wollte ich lieber gleich einen anderen Weg nehmen. Meine Mutter war die Beste auf ihrem Fachgebiet und wollte auch immer die Beste sein.

Sie war schwierig, meine Mutter. Sehr schwierig.

In den letzten Jahren kamen wir überhaupt nicht mehr miteinander klar. Meinen Mann hat sie nie akzeptiert: »Für eine Weile vielleicht, Töchterchen, aber heiraten? Und noch dazu eine so geschmacklose Hochzeit, wie ihr sie feiern wollt, so altmodisch und übertrieben, das passt doch gar nicht zu dir!« Nie gefiel ihr mein Beruf: »Willst du wirklich Lehrerin werden? Du? So wenig bist du dir wert? Willst du wirklich dein ganzes Leben in einer Schule verbringen?« Und nie verstand sie, dass ich nicht mehr Ehrgeiz hatte: »Eines Tages wirst du begreifen, was du wert bist, hoffentlich ist es dann nicht zu spät. So klug, aber so bequem!« Das waren ihre Worte.

Sie starb einsam und verlassen, weil wir nach einem Riesenkrach, der mir heute völlig absurd vorkommt, zwei Jahre lang nicht mehr miteinander gesprochen hatten. Ich habe noch den Anruf im Ohr, als mir einer ihrer Arbeitskollegen aus dem Krankenhaus die Nachricht überbrachte. Alles war sehr schnell gegangen, quasi von einem Tag auf den anderen, deshalb hatte sie mir nicht Bescheid sagen können. Und außerdem hatte sie mich nicht beunruhigen wollen. Meine Mutter lag im Sterben und wollte mich nicht beunruhigen.

Dass sie mich nicht beunruhigen wollte, habe ich ihr nicht verziehen. Dass sie meinte, sie müsse mich vor ihrer Krankheit schützen, oder vielleicht dachte, weil ich sauer auf sie wäre, würde ich nicht kommen, wenn sie mich bräuchte. Und mir selbst verzieh ich auch nicht. Ich verzieh mir nicht, dass ich mich zu diesem blödsinnigen Streit hatte hinreißen lassen. Ich weiß nicht mal mehr, worum es ging. Dass ich sie nicht anrief, nicht versuchte, eine Brücke zu bauen. Wir waren beide zu stolz. So stolz, dass meine Mutter einsam und allein starb. Ohne mich.

Bei der Beerdigung riss ich mich noch zusammen oder war, besser gesagt, in Schockstarre.

Dann drehte ich durch.

Und dann …

»Schade, dass ich nicht dieselbe Schuhgröße habe wie sie, sonst würde ich alle Schuhe mitnehmen, ich schwör's dir. Schau mal die hier, wie schick die sind! Und noch fast neu! Darf ich ein Foto machen und es auf Facebook posten?«

»Teresa, wie wär's denn, wenn wir jetzt gehen?«

»Schon?« Sie schaut mich an und spielt die Untröstliche, merkt aber sofort, dass ich nicht ganz bei mir bin. »Uiih, du siehst ja ganz bedröppelt aus! Dich hat's wohl wieder erwischt. ›Hab mich nicht von meiner Mutter verabschiedet, bin eine schreckliche Tochter …‹ Stimmt's?«

»Sei nicht so oberflächlich, Tere!«

»Deshalb hast du mich doch mitgenommen. Diese Rolle zu spielen fällt mir auch nicht leicht, ob du's glaubst oder nicht. Aber das mach ich gern, dafür sind wir schließlich Freundinnen. Also gut, dann mal los. Und du lädst mich jetzt gefälligst zum Essen ein, damit ich drüber wegkomme, dass ich mir ein solches Leben nicht leisten kann. Was für eine tolle Wohnung, Herrgott noch mal, was für eine tolle Wohnung!«

Kapitel 4

Schweißüberströmt kam Iago in die Umkleidekabine des Sportstudios. Ein etwas heruntergekommenes Studio, ein bisschen Farbe hätte ihm gutgetan. Aber was die Geräte anging, war es optimal. Um diese Zeit, wenn Iago mit seinem Freund Roi trainierte, waren kaum Leute da. Er hörte, wie eine Dusche aufgedreht wurde, nur ein weiterer Mensch im ganzen Gebäude. Er öffnete sein Schließfach und nahm Badelatschen, Handtuch und Duschgel aus seiner Sporttasche. Das Training ließ seine Endorphine immer explodieren, der Kick konnte richtig süchtig machen. Doch in letzter Zeit reichte das nicht mehr, nichts konnte diese Angst vertreiben, die er spürte und die ihn manchmal wie ein schwarzes Loch zu verschlingen drohte.

Er wühlte in seiner Sporttasche, bis er seine Jeans gefunden hatte, durchsuchte die Taschen und fand, was er brauchte. Er nahm auch die Geldbörse, betrat schnell eine der Toilettenkabinen und schob den Riegel vor. Verschwitzt, wie er war, schüttete er ein ordentliches Häufchen weißes Pulver aus dem Tütchen. Dann holte er einen Zwanzig-Euro-Schein aus der Geldbörse und rollte ihn zu einem Röhrchen, zog eine lange *Line* Koks. Von Tag zu Tag brauchte er mehr davon. Er führte das Röhrchen an die Nase und schnupfte das gesamte Kokain auf einmal. Sofort spürte er die Wirkung: Euphorie. Eine Euphorie, die das schwarze Angstloch stopfte, wenigstens für ein paar Minuten. Als er die Kabine verließ und zu seinen Sachen zurückkehrte, fühlte er sich bärenstark.

Er zog die Sporthose, die Socken und das T-Shirt aus und betrachtete seinen nackten Körper im Spiegel. Vor nicht einmal zwei Jahren war er noch ein schmächtiges Bürschchen gewesen, und jetzt hatte er das Kreuz und die Muskeln eines richtigen Mannes. Nackt, wie er dastand, fand er sich unwiderstehlich, und das Kokain verstärkte dieses Gefühl noch. Er lächelte sein Spiegelbild an und fuhr sich mit den Fingern durchs Haar, um die Tolle zu richten, auf die er ebenso stolz war wie auf sein Sixpack. Dank Gel, Schaum und Fön überstand die Tolle sogar eine harte Trainingseinheit. Er trug sein Haar wie Tausende anderer Jungs: oben lang und an den Seiten ausrasiert. Als die Tolle perfekt stand, schlang er sich das Handtuch um die Hüften und griff zu seinem Handy, um ein Selfie zu machen. Das würde er später auf Instagram posten.

Während er noch die beste Pose suchte, kam Roi in den Umkleideraum, mit siebzehn ein Jahr jünger als sein Freund. Roi war etwas kleiner, trotz des Trainings hatte er keinen so athletischen Körper. Er war einfach nicht fähig zu einer so strikten Diät wie sein Kumpel. Ständig Proteinshakes und zu allen Mahlzeiten Hühnchen und Tunfisch aus der Dose waren einfach nicht sein Ding. Ein Bügel von Rois Brille wackelte, er hatte ihn mit Klebeband befestigt. Die Brille nahm Roi nicht einmal beim Training ab, und am liebsten hätte er sie auch beim Duschen aufbehalten. Wo die beiden Freunde auftauchten, zogen sie, so unterschiedlich, wie sie waren, die Blicke auf sich. Jeder auf seine Weise. Wegen ein paar Fotos, auf denen sie mehr Haut als Kleider zeigten, hatten sie Tausende Follower im Netz, vor allem Iago. Roi war in der Beziehung ein bisschen zurückhaltender.

Sie kannten sich zwar schon länger, waren aber erst in diesem Schuljahr Freunde geworden. Allerdings hatte Roi nicht einen solchen Hang zur Sucht wie sein Kumpel. Er hatte gar nicht richtig mitbekommen, wie oft Iago in letzter Zeit zugedröhnt war. Iago war nämlich inzwischen Experte darin, die *Highs*, die ihm das Kokain verschaffte, mit Ketamin oder Marihuana auszugleichen.

»Ist dir aufgefallen, wie toll die inzwischen aussehen?«, fragte Iago und spannte die Bauchmuskeln an. »Das ist mal ein Sixpack, was, Alter?«

»Nerea hat mir gerade geschrieben.«

»Was will die denn?«

»Bald ist die Beerdigung.«

»Na und?«

»Da müssen wir hin, oder?«

Iago verspannte sich, versuchte, gleichgültig zu wirken. Das war sein Schutzschild gegen Dinge, die ihn verletzen konnten: so zu tun, als sei er hart wie Stahl.

»Weshalb? Wir haben da doch nichts verloren.« Er merkte, dass ihn das Kokain dazu brachte, zu laut zu sprechen, und senkte die Stimme.

»Aber da geht doch bestimmt die ganze Klasse hin.«

»Seit wann sind wir, du und ich, so wie der Rest?«

Roi schwieg, er hatte keine Lust, mit Iago zu streiten. Noch dazu, wenn der diese Arroganz an den Tag legte. Auch darin unterschied er sich von seinem Freund. Roi hielt sich für viel entspannter. Aber Iago konnte unglaublich gut manipulieren, intrigieren. Er konnte andere dazu bringen, zu tun, was er wollte, und darum beneidete ihn Roi. Er versuchte, es ihm gleichzutun, mal mit mehr, mal mit weniger Erfolg. Für Iago, von Natur aus maßlos, war alles ein Machtspiel, und darin war er unbestrittener König. Er war so sehr daran gewöhnt, Sieger zu sein, dass er total die Beherrschung verlieren konnte, wenn die Dinge mal nicht nach seinem Willen liefen. Dann reagierte er mit völlig unkontrollierten Wutausbrüchen, die offenbarten, dass er noch nicht so erwachsen war, wie er tat. Und in letzter Zeit verlor er nur allzu leicht die Beherrschung. Sein zunehmender Drogenkonsum und ein paar Ereignisse in der jüngsten Zeit ließen ihn permanent gereizt wirken. Er versuchte das zwar zu vermeiden, stand aber einfach zu sehr unter Druck.

»Soll ich mit dem Duschen auf dich warten?«, fragte Iago.

»Okay.«

Roi holte seine Sporttasche aus dem Schließfach und begann sich auszuziehen. Er merkte, dass seine ziemlich abgetragene Unterhose ein Loch hatte, und schämte sich bei der Vorstellung, dass sein Kumpel es merken könnte. Deshalb bemühte er sich, seine Tasche so hinzustellen, dass Iago das Loch nicht sehen konnte. Das war ein weiterer Unterschied zwischen ihnen: Geld. Iago hatte immer genug, seinem Vater ging es gut, er gehörte zu den wenigen, die unter der Schließung der Fabrik nicht gelitten hatten. Jedenfalls nicht so sehr wie andere. Ganz ungeschoren war er aber auch nicht davongekommen. Er hatte ein paar Vorsichtsmaßnahmen ergreifen müssen. Rois Familie hatte es dagegen voll erwischt. Beide Eltern waren arbeitslos, der Vater machte Gelegenheitsjobs und die Mutter ging putzen, um irgendwie über die Runden zu kommen.

»Beeil dich mal ein bisschen, verdammt. Da ist ja jeder Behinderte schneller.«

»Ich komm ja schon. Und hör auf, mich anzustarren. Das macht dich wohl heiß, oder was?«, sagte Roi und zog sich eilig die Unterhose aus.

Iago grinste, rollte sein Handtuch zusammen und versetzte Roi damit einen Schlag auf den Hintern.

»An dir macht mich doch alles heiß«, frotzelte er. »Vor allem dein knackiger Arsch.«

»Halt's Maul, du Schwuchtel, sonst hört dich noch jemand und denkt was Falsches«, gab Roi lachend zurück.

»Als ob es mir was ausmacht, was die Leute in diesem Kaff denken.«

In diesem Moment kam ein dicklicher, behaarter Mann um

die vierzig aus der Dusche. Sie grüßten ihn im Vorbeigehen und stellten sich unter die Brausen.

»Wenn ich jemals so einen Körper habe, dann jage ich mir eine Kugel durch den Kopf«, lästerte Iago. »Ist ja ekelhaft, Alter.«

Dann begann er sich einzuseifen und sang dabei einen Rap-Song. Den obszönen Text begleitete er mit eindeutigen Handbewegungen an seinen Genitalien. Das Kokain war echt gut, keine Frage. Er freute sich schon darauf, noch eine lange *Line* zu ziehen, sobald er mit dem Duschen fertig war.

»Hey, weshalb bist du denn so gut drauf?«, fragte Roi. »Manchmal denke ich, du hast schon völlig vergessen, was wir getan haben.«

Diese Bemerkung beendete Iagos gute Laune schlagartig, sofort hörte er auf zu singen. Er wandte sich seinem Freund zu, setzte ihm den Zeigefinger auf die Brust und versuchte warnend, ja, drohend zu klingen:

»Du und ich, wir haben gar nichts getan. Mach dir das endlich klar.«

»Alter …«

»Wenn eine Verrückte auf die Idee kommt, sich umzubringen, weißt du, wer dann Schuld hat? Die Verrückte, sonst niemand.«

»Jetzt nennst du sie also verrückt?«

»Dass sie so unglaublich gut aussah, hat nichts damit zu tun, dass sie nicht ganz richtig im Kopf war.«

»Okay … Alter … Aber wir …« Roi merkte, dass es besser war, nicht weiterzureden. »Ach, schon gut.«

»Was denn? Na, sag schon!«

»Wir haben auch unseren Teil dazugetan. Wir haben sie fertiggemacht. Und ich sage nicht, dass es mir leidtut, klar?« Roi tat gelassen, obwohl er sich gar nicht so fühlte. »Aber ich sage, wie es ist.«

Iago wollte das Thema ein für alle Mal beenden, nie mehr drüber reden, zur Tagesordnung übergehen, und ihm fiel nichts Besseres ein, als sehr brutal zu reagieren. Sein Freund sollte sich so unwohl fühlen, dass er das Thema nie wieder anschnitt. Das Kokain stachelte ihn an.

»Und? Hat's dir etwa keinen Spaß gemacht, festzustellen, dass wir so viel Macht haben? Schau mal her, ich krieg 'nen Ständer, wenn ich nur dran denke. Schau her, verdammt noch mal!«

Roi lief ein Schauer über den Rücken. Natürlich schaute er nicht hin. Wie konnte Iago nur eine Erektion bekommen, weil ihre Lehrerin sich das Leben genommen hatte?

»Bist du total übergeschnappt, Alter? Sie ist tot!«

Als er sah, wie ernst sein Freund geworden war, lenkte Iago ein. Vielleicht war er zu weit gegangen. Vielleicht hatte er die Wirkung seiner Worte falsch eingeschätzt. Er hörte auf, sich zwischen die Beine zu fassen und zu prahlen.

»Schon gut, schon gut, Alter, ich hab ja nur Spaß gemacht.«

Roi wusste nicht, ob sein Freund meinte, was er sagte. Er hatte seine Zweifel, nach allem, was geschehen war. Iago versuchte, das Thema zu beenden.

»Okay, Roi, hast du sie etwa mit deinen eigenen Händen ertränkt?«

»Nein.«

»Und habe ich sie zum Fluss getragen und unter Wasser gedrückt? Nein. Und deshalb weiß ich wirklich nicht, weshalb wir daran schuld sein sollen. Vergiss es! Und zwar für immer, okay?«

Doch für Roi würde es nicht so leicht sein, das alles zu vergessen. Und sosehr sein Freund auch den starken Mann spielte, Roi bezweifelte, dass er weitermachen konnte, als wäre nichts geschehen.

Kapitel 5

Ein wolkenverhangener Morgen in einem dunklen, kalten, nebligen Januar. Ich schaue auf die Temperatur, die mein Handy anzeigt: zwei Grad über null. Germán schläft noch, ich will ihn nicht wecken. Er hat mir versprochen, dass wir nur zwei, drei Tage bei seiner Familie verbringen werden, bis wir eine Wohnung gefunden haben. Sein Elternhaus ist eine alte, umgebaute Wassermühle an einem kleinen Nebenfluss des Río Limia, der früher einmal das Mühlrad angetrieben hat. Im ersten Stock liegt eine Wohnung mit sechs Zimmern, einer traumhaft schönen Küche und zwei Badezimmern mit Badewanne und Massagedusche. Ein Luxus, den man sich in der Kleinstadt leisten kann, wo die Quadratmeterpreise nicht so hoch sind wie in A Coruña. Das Erdgeschoss nimmt ein riesiges Restaurant ein, *O Muíño*, die Mühle, seit den Achtzigerjahren im Besitz der Familie. Bis kurz vor seinem Tod war Germáns Vater besessen davon, einen Michelin-Stern zu ergattern, hat es aber leider nicht geschafft. Jetzt sind seine Witwe, meine Schwiegermutter, und ihr Sohn Demetrio, der das Restaurant mit ihr betreibt, hinter dem Stern her. Um den Traum des Vaters zu erfüllen, vermute ich.

Für den Nachmittag habe ich schon drei Besichtigungstermine organisiert. Allerdings ist Germán nicht gerade begeistert von der Idee, eine Wohnung zu mieten: »Hier können wir uns doch ein Häuschen mit Garten leisten, schau mal, wie niedrig die Mieten sind.«

Das Essen gestern Abend verlief ziemlich angespannt. Meine Schwiegermutter bemüht sich sichtlich, zur Normalität zurückzukehren, über den Tod ihres Manns hinwegzukommen, doch es fällt ihr nicht leicht. Wenn man sie fragt, wie es ihr geht, dann antwortet sie so, wie in Galicien üblich: Muss ja. Typisch für die Leute hier. Man fügt sich in sein Schicksal, tut sein Bestes, macht gute Miene zum bösen Spiel, aber nicht allzu sehr, denn so toll sind die Zeiten ja auch nicht. Wie geht's? Geht so. Alles gut? Muss ja.

»Wie geht's, Claudia? Alles gut?«

»Muss ja.«

Germán versucht, sie aufzuheitern, doch die Einfälle ihres jüngsten Sohns, der sie sonst immer zum Lachen gebracht hat, können ihr jetzt nur ein müdes Lächeln entlocken. Sie wollte gestern Abend eigentlich alle ihre Kinder zum Essen einladen. Doch dann dachte sie, wir würden sicher sehr spät ankommen, und beschloss, das Essen zu verschieben. Sie hat uns etwas Wichtiges zu sagen. Also wird es erst heute ein Treffen aller Geschwister geben.

Ich könnte zu Fuß zur Schule gehen, doch bei dieser feuchten Kälte wäre das wahrscheinlich ein ziemlich ungemütlicher Spaziergang. Verdammte galicische Kälte, die dir bis in die Knochen dringt und gegen die kein Kraut gewachsen ist. Außerdem fürchte ich, es könnte regnen und ich käme klatschnass an. Deshalb beschließe ich, das Auto zu nehmen. Nanuk, der wie immer mit mir zusammen aufgewacht ist, springt ins Auto, kaum dass ich die Fahrertür öffne. Ich befehle ihm, rauszukommen.

»Ich muss zur Arbeit, Nanuk.«

Keine Chance. Da bleibt mir nichts anderes übrig, als ihn am Halsband zu packen und wieder ins Haus zu bugsieren. Ich schließe die Tür und höre sein Winseln. Er ist ein toller Schauspieler, ein Meister der Manipulation, aber jetzt habe ich weder Zeit noch Lust, seinen Erpressungsversuchen nachzugeben. Germán wird bestimmt später mit ihm rausgehen. Es macht wirklich Spaß, den Hund auf dem Grundstück herumlaufen zu sehen. Er ist total glücklich, hier zu sein. Und ich denke, allein deshalb schon lohnt sich die Mühe.

Ich steige ins Auto, drehe den Zündschlüssel, doch weil es nachts so kalt war, will der Motor nicht anspringen. Zum zehnten Mal an diesem Morgen muss ich niesen, zwei Tage geht das jetzt schon so. Seit dem Umzug hat der Staub aus den Büchern, die wir in Kisten gepackt haben, meine Allergie förmlich explodieren lassen. Ich bin mit Medikamenten vollgepumpt. Und um die Müdigkeit wegen der Tabletten zu überwinden, trinke ich alle paar Stunden Kaffee. Jede Menge Antiallergietabletten und literweise Koffein. Kein Wunder, dass ich schlecht geschlafen habe. Sehr schlecht sogar.

Zum x-ten Mal versuche ich, den Motor anzulassen, doch nichts passiert. Mir bleibt nichts anderes übrig, als zu Fuß zu gehen. Es sind ja nur fünfzehn Minuten, das schaffst du schon, Raquel. Ist schließlich dein erster Tag, komm, nutze diese Energie, auch wenn dich der Schlafmangel, die Allergie und der viele Kaffee fertigmachen. Wenn du genau in dich hineinhörst, dann ist da immer noch die Freude darauf, die Schüler und deine neuen Kollegen kennenzulernen. So wie damals, als du klein warst und kaum erwarten konntest, dass der September kam und das neue Schuljahr begann. Der Geruch eines neuen, zum ersten Mal aufgeschlagenen Buchs war ebenso herrlich wie der eines eben aus dem Ofen geholten, frisch angeschnittenen Brots.

Die Straßen sind wie ausgestorben. Nur zwei Lieferwagen und vier PKW. Scheint fast so, als hätte man es hier nicht nötig, früh aufzustehen, vielleicht wegen der hohen Arbeitslosigkeit. Die Weihnachtsbeleuchtung hängt noch und ist eingeschaltet, keine Ahnung, weshalb. Ein gespenstischer Anblick: Die

Straße liegt unter einer dicken, weißen Nebeldecke, durch die nur die Scheinwerfer der Autos und die bunten Lichter der Weihnachtsbeleuchtung dringen.

Als ich einen Zebrastreifen überquere, fährt plötzlich ein Auto direkt auf mich zu. Ich mache einen Satz zurück, das Auto bremst abrupt. Dank meiner Reflexe hat der Wagen mich nicht erwischt – in diesem Geisterdorf überfahren zu werden, das hätte mir gerade noch gefehlt! Durch den Schreck laufe ich zu Hochform auf. Ich baue mich vor dem Auto auf wie ein andalusischer Kampfstier.

»Bist du wahnsinnig? Weißt du etwa nicht, dass man am Zebrastreifen anhalten muss? Außerdem ist hier Tempo dreißig!« Dem Fahrer hat es die Sprache verschlagen, wie erstarrt sitzt er hinterm Steuer. Nach einem Moment lässt er das Fenster herab. Ich gehe auf ihn zu. »Hast du mich denn nicht gesehen, Mann?«

Der Fahrer, ein Mann um die vierzig, schüttelt den Kopf. Er trägt einen dichten, sorgfältig gestutzten braunen Bart mit ein paar grauen Strähnen darin. Und eine Sonnenbrille, was mich wundert an diesem nebligen, regnerischen Tag. Da sehe ich, wie ihm eine Träne über die Wange rollt. Schnell wischt er sie mit zwei Fingern weg. Weint er etwa? Oder hat er ein Problem mit den Augen? Irgendeine Krankheit, und daher die Sonnenbrille?

»Alles in Ordnung?«, frage ich. Die Träne hat mich verunsichert. Wenn das seine Taktik ist, um Streit zu vermeiden, dann hat sie funktioniert.

Er nimmt die Sonnenbrille ab. Seine Augen sind gerötet, wässrig. Eine Allergie? Trauer? Die Schatten unter den Augen deuten auf permanente Schlaflosigkeit hin.

»Entschuldige, ich weiß nicht, wo mir der Kopf steht«, sagt er mit angenehm tiefer Stimme.

»Schon gut, ist ja nichts passiert. Ich lebe noch.«

Er versucht zu lächeln. Ein Lächeln, das aussieht, als müsse es sich seinen Weg durch ein Meer von Traurigkeit bahnen. Ich spüre, welche Anstrengung es ihn kostet. Und stelle mir vor, wie gut diesem Gesicht ein echtes Lächeln stünde.

»Tut mir echt leid. Ich hätte das Auto stehen lassen sollen.«

»Wäre vielleicht keine schlechte Idee gewesen, aber es ist ja noch mal gut gegangen.«

Er senkt den Kopf, setzt wieder die Sonnenbrille auf. Ich stehe wie angewurzelt da, fast so, als sei ich verhext. Oder einfach nur verwirrt durch diese seltsame Begegnung. Ich schaue auf die Uhr und sehe, dass ich noch ein bisschen Zeit habe.

»Hör mal, hast du Lust auf einen Kaffee oder so? Ich weiß nicht …«

Was ich wirklich nicht weiß, ist, weshalb ich gerade einen Wildfremden zum Kaffeetrinken einlade. Er weckt in mir wohl Beschützerinstinkte. Oder vielleicht haben seine Tränen und die Sonnenbrille an einem Regentag mich neugierig gemacht.

Kopfschüttelnd lehnt er ab.

»Nein, danke, ich muss in die Schule. Ich parke da vorn.«

Ohne auf eine Antwort zu warten, lässt er den Motor an und fährt los. Ich sehe, wie er einparkt, aussteigt und in die Schule geht. Ob er Lehrer ist? Das wäre zwar nichts Ungewöhnliches, aber es überrascht mich. Keine Ahnung, weshalb, aber so ist es.

Da ich noch ein paar Minuten Zeit habe, beschließe ich, irgendwo einen Kaffee zu trinken. Ein paar Meter weiter sehe ich ein Café, *O Forno*. Ich gehe darauf zu. Vor der Tür steht ein blonder junger Mann von Anfang zwanzig, eine lange, schwarze Schürze um die Hüften, und raucht hastig eine Zigarette. Ich trete ein. Es duftet nach Milchkaffee, ein paar Gäste stehen, die Ellenbogen aufgestützt, an der Bar. Zwei, drei weitere sitzen verstreut an den Tischen. Die Dekoration ist bunt zusammengewürfelt, ein paar Bilder von Sonnenuntergängen über der römischen Brücke von Novariz, eine Zielscheibe für

Wurfpfeile, ein ausgestopfter Hirschkopf und Miniaturmodelle der typischen galicischen Getreidespeicher auf den Tischen. Ich gehe zum Tresen.

»Guten Morgen, einen Kaffee bitte, schwarz.«

»Schwarz? *Non o queres com leite mellor?* Möchtest du ihn nicht lieber mit Milch? Um die Zeit brennt er einem doch ein Loch in den Magen.«

Die Frau, die mich bedient, ist ziemlich füllig und sieht aus wie eine typische galicische Großmutter.

»Mein Magen wird mit allem fertig«, frotzele ich zurück.

»Wenn du meinst. *Un trociño de bica?* Ein Stück Bica? Frisch aus dem Backofen.«

»Warum nicht?«

»Mijaíl! Komm endlich wieder rein! Ich mach hier nicht auch noch deine Arbeit.«

Der blonde junge Mann, der draußen raucht, wirft seine Zigarette auf den Boden, tritt sie aus und kommt herein.

»Ich komm ja schon, Doña Concha.«

»Immer nur rauchen, immer nur rauchen …«

Mit einer Geschwindigkeit, die kaum zu ihrem Alter und ihrer Leibesfülle passt, serviert sie mir den Kaffee. Sie schneidet ein Stück Blechkuchen ab und legt es mir neben die Tasse. Nicht einmal in Madrid wird man so schnell bedient.

»*Eres a nova?* Bist du die Neue?«

»Wie bitte?«

Die Frau wechselt sofort vom Galicischen ins Spanische. Ich will sagen, dass das nicht nötig ist, dass sie ruhig weiter Galicisch sprechen kann. Doch weil sie einfach weiterredet, will ich sie nicht unterbrechen.

»Die neue Lehrerin, oder? Drüben in der Oberschule. Ich erkenne euch auf Anhieb. Am Alter, an der Kleidung und an dieser Ungeduld anzufangen, die ihr immer ausstrahlt.«

»Ah … ja, ja, die Neue.«

»Tut richtig gut, junge Leute zu sehen, die Arbeit haben und Lust, sie zu tun.« Sie senkt die Stimme, damit niemand hört, was sie sagt: »Bei all den Zombies hier kommt man sich manchmal vor wie auf dem Friedhof. Seit die Fabrik geschlossen ist, laufen die Leute rum wie ruhelose Seelen im Fegefeuer.«

»Ja, das muss ein heftiger Schlag gewesen sein.«

»Kannst du dir gar nicht vorstellen, *miña nena*, mein Kind. Die Acebedos sollen mir bloß nicht über den Weg laufen ...«

Keine Frage, auf die Acebedos, die ehemaligen Besitzer der Fabrik, ist sie nicht gut zu sprechen. Und das trifft bestimmt auf alle anderen hier auch zu. Die Acebedos haben dem Ort, der ganzen Region Gegenwart und Zukunft geraubt. Ich trinke meinen Kaffee und nehme einen großen Bissen Bica. Sie ist lecker, saftig und sehr süß.

»Hoffentlich klappt alles bei dir. Die Kinder hier haben's verdient, sie haben so viel durchmachen müssen.«

Ich weiß nicht, was sie meint, doch die Frau bedient schon andere Gäste. Ich verzehre den letzten Bissen Bica. Als ich bezahlen will, wehrt die Wirtin ab.

»Heute geht das aufs Haus. In Zukunft aber nicht, gewöhn dich ja nicht dran.«

Lächelnd ziehe ich einen Euro Trinkgeld hervor. Doch auch den weist sie zurück.

»Steck das bloß wieder ein. Trinkgeld ist was für die Amerikaner. Wenn Concha einlädt, dann lädt Concha ein.«

»Verstanden. Na, dann vielen Dank, Concha!«

»Schon gut.« Sie sieht mich freundlich, beinahe mütterlich an. »Viel Glück, *miña nena*, du wirst es brauchen.«

Ich verlasse die Bar und gehe mit gemischten Gefühlen zur Schule hinüber, eines der seltsamsten Gebäude des Städtchens. Vielleicht bin ich nach meinen Begegnungen mit dem Autofahrer und Concha auch selbst ein bisschen komisch drauf. Ich schaue zur großen Glaskuppel hinauf, durch die tagsüber das Licht in den Innenhof fällt, vielleicht die meist fotografierte Sehenswürdigkeit von Novariz. Man findet sie auf jeder Ansichtskarte. Ein paar Schüler gehen hinein. Ich folge ihnen. Die Wände aus Stein, Eisen und Glas umschließen fast zwei Jahrhunderte Geschichte. Der Bau beherbergte in alten Zeiten ein Thermalbad, das aus heißen Quellen gespeist wurde und dessen Glanzzeit bereits in den 1920er Jahren vorbei war. Damals wurde das Bad geschlossen, während des Bürgerkriegs in ein Lazarett und schließlich in ein Gefängnis für republikanische Häftlinge umgewandelt. Als schließlich die Demokratie eingeführt wurde, kam irgendjemand auf die Idee, das Gebäude zur Oberschule zu machen.

Ich spüre die feuchte Kälte hier drinnen, dazu den typischen Schwefelgeruch, der mir schon auffiel, als ich mit Germán zum ersten Mal hier war. Der Geruch rührt von der heißen Quelle im Innenhof her, die ab und zu vierzig Grad heißes Wasser sprudeln lässt. Sie gehört zu den Naturschätzen, die den Ort einst berühmt gemacht haben und die viele jetzt wieder nutzbar machen möchten. Wenn die Stadt Ourense es geschafft hat, mit den heißen Quellen den Tourismus anzukurbeln, warum nicht auch wir?

Der Lärm der Schüler holt mich aus meinen Gedanken. Ich schiebe die Geschichte und den Nebel beiseite und lasse mich von der Energie der Jugendlichen ins Leben zurückholen. Der ganze Ort schien eben noch wie ausgestorben, doch hier drinnen beweisen die Schüler das Gegenteil.

Lärm und Leben morgens um zehn nach acht. In diesem Getümmel kann ich mühelos meine Vorfreude auf den Unterricht überspielen. Man muss mir die Begeisterung und die Aufregung ja nicht allzu sehr anmerken.

Ich brauche eine Weile, bis ich das Lehrerzimmer gefunden habe. Das Haus ist ein echtes Labyrinth. Das ist der Nachteil, wenn man alte Gebäude für neue Zwecke nutzt. Es gibt ihnen zwar Charakter, ist aber nicht immer praktisch.

Endlich finde ich den Raum. Als ich eintrete und den Trubel hinter mir lasse, spüre ich sofort ein anderes Ambiente. Nicht nur, weil es hier viel ruhiger ist. Die wenigen Lehrer, die ich sehe, machen ziemlich lange Gesichter. Ob sie besorgt oder unsicher sind, ist schwer zu sagen. Sicher, manchmal sind es nicht die anderen, du bist es selbst, der seine Gefühlslage auf die anderen projiziert. Neu an eine Schule zu kommen ist nie einfach, vor allem, wenn das Schuljahr schon vor Monaten begonnen hat und die Karten längst verteilt sind. Die altgedienten, abgeklärten Lehrer auf der einen Seite, auf der anderen diejenigen, die noch an ihre Arbeit glauben. Du weißt noch nicht, in welches Grüppchen du passen wirst, wenn überhaupt, und wie man dich aufnehmen wird. Vor allem, wenn du nur für ein paar Wochen oder Monate da sein wirst. Weshalb sich groß Mühe geben mit dir, wenn du doch bald wieder verschwindest?

Vielleicht ist es Einbildung, doch bei den fünf oder sechs Lehrern im Raum spüre ich etwas Merkwürdiges. Sie grüßen mich knapp, dann geht jeder wieder – ein wenig zu hastig? – seiner Beschäftigung nach. Einer liest die Zeitung, ein anderer rührt in seinem Kaffee, ein dritter korrigiert Arbeiten … Ihnen ist nicht wohl in ihrer Haut.

Weil ich nicht weiß, was ich machen oder sagen soll, betrachte ich die Natursteinwand des Lehrerzimmers, während ich darauf warte, mir einen Kaffee machen zu können. Da sehe ich plötzlich in einer Ecke den Mann aus dem Auto, den Gutaussehenden mit den Tränen. Unsere Blicke treffen sich, rasch schaut er weg. Schämt er sich wegen unserer Begegnung von vorhin?

»Ich bin Marga, die stellvertretende Direktorin. Bist du die Neue?«, spricht mich eine Frau um die fünfzig an.

Ich nicke und will mich vorstellen, da mischt sich der Mann aus dem Auto ein.

»Ist sie das?«, fragt er die stellvertretende Direktorin. »Übernimmt sie die Kursleitung?«

»Das ist noch nicht entschieden, Mauro, aber wahrscheinlich schon.«

Mauro heißt er also. Wieder stelle ich fest, dass da ein attraktiver Mann vor mir steht, der Wert auf sein Äußeres legt. Nicht zu verachten bei einem Kerl über vierzig.

»Pass gut auf dich auf! Lass dir von denen nicht das Leben zur Hölle machen!«, wendet er sich an mich.

Seine Worte lassen mich zusammenzucken. Wovon spricht er? Erst Tränen und jetzt Warnungen?

»Komm, wir reden besser in meinem Büro.« Marga zieht mich mit sich, sodass ich keine Zeit habe, zu reagieren.

Sie führt mich über die Korridore, wir begegnen ein paar Schülern, die uns nicht beachten.

»Was meint denn dieser Mauro damit, dass mir die Schüler das Leben zur Hölle machen könnten?«

»Keine Angst! Ich erklär's dir gleich.«

Im Büro der Schulleitung riecht es nach Rauch, und mir fällt sofort das Päckchen Zigaretten auf, das unter einem Stapel Dokumente auf dem Tisch hervorlugt. Marga räumt einen weiteren Stoß Papiere von ihrem Stuhl, setzt sich und lädt mich mit einer Geste ein, es ihr gleichzutun. Ihre Haut ist gelblich, die Augen liegen tief hinter einer Brille mit Holzgestell, ein modernes Hipster-Attribut. Es soll wohl zeigen, dass sie nicht zum alten Eisen zählt. Ihre Frisur würde eher zu Lady Gaga passen.

»Raquel, richtig?«

»Ja«, antworte ich und unterdrücke ein Niesen. Schnell ziehe ich ein Kleenex aus der Tasche.

»Herzlich willkommen, setz dich doch.« Ihre Stimme klingt

heiser, und ich meine, einen leichten Alkoholgeruch wahrzunehmen. Aber meine Nase ist verstopft, kann sein, dass ich mich irre. Ob sie ab und zu hier einen Schluck nimmt? Oder geht sie rasch zu Concha hinüber und bestellt sich einen Kaffee mit Cognac?

»Entschuldige meine Haare, heute Morgen ist mir der Fön kaputt gegangen und … na ja … das wird hier wohl den ganzen Tag Thema sein, aber das bringt mich auch nicht um.« Sie versucht, ihre Haare zu glätten, und sieht mich dann ernst an. Ich merke, wie sich ihr Ton und ihre Haltung verändern. Sie will mir etwas Wichtiges, offenbar Unangenehmes sagen. »Ich weiß nicht, ob du mitbekommen hast, was, na ja, was passiert ist …?«

»Hm, nein.«

»Aha … Hier wird zurzeit von nichts anderem gesprochen, da kann man sich gar nicht vorstellen, dass jemand noch nicht davon weiß. Es ist ein schwieriges Thema. Du ersetzt die Spanisch- und Literaturlehrerin der Oberstufe, Elvira Ferreiro. Alle haben sie nur Viruca genannt. Sie hatte eine feste Stelle, seit drei Jahren. Sie war Kursleiterin, und ich fürchte, du wirst diese Kursleitung übernehmen müssen.«

»Wenn's nicht anders geht«, antworte ich und versuche zu lächeln, will verbergen, dass ich nicht gerade begeistert bin.

»Nein, es geht nicht anders, tut mir leid. Sie war sehr beliebt bei den Schülern. Ja, solche Lehrer gibt's tatsächlich noch. Mit fünfundzwanzig hat sie ihren Abschluss mit Bestnote gemacht, und sechs Jahre später bekam sie eine Festanstellung an dieser Schule. Das ist äußerst selten, die Stellen sind heiß begehrt. Dieses Schulzentrum gehört zu den wenigen, die einen gewissen Reiz haben. So ähnlich wie in Celanova, wo das alte Kloster jetzt als Schule dient. Das Gebäude hier ist nicht ganz so hübsch. Es war früher ein Heilbad …«

»Ich kenne es, mein Mann stammt aus Novariz.«

»Tatsächlich? Na, so was … Dann kann ich mir ja den Touristenvortrag sparen. Jedenfalls gehört dieses Schulzentrum auch zu jenen, deren Schüler noch nicht völlig verkommen sind. Wir sind noch in keinem Sensationsblatt aufgetaucht. Aber zurück zum Thema, ich schweife schon wieder ab … Das typische Lehrersyndrom, wir kommen immer vom Hundertsten ins Tausendste. Viruca war eng mit der Schule verbunden. Sie war Lehrerin aus Berufung, liebte ihre Schüler über alles, kümmerte sich um deren Probleme. Auch im Kollegium mochte man sie gern. Sie war eine von denen, die an ihrem Geburtstag Kuchen mitbringen und immer bereit sind, zu helfen … Doch plötzlich wurde das anders. Ich weiß nicht, ob die Trennung von ihrem Mann schuld daran war oder ob ihr zu Beginn des Schuljahrs etwas zugestoßen ist, auf jeden Fall war sie nicht mehr dieselbe. Vor knapp einem Monat bat sie dann um Urlaub, weil sie unter Depressionen litt. Das hätte ich von allen erwartet, aber nicht von ihr. Ihr Exmann arbeitet auch hier, er ist Geschichtslehrer. Es ist der, der dich im Lehrerzimmer angesprochen hat.«

»Ah …«

»Ein netter Typ, und sieht auch noch gut aus, du hast ihn ja gesehen. Wie aus dem Fernsehen, was? Aber der Arme ist ziemlich fertig, man kann es ihm nicht verdenken. Wir haben ihn mehr oder weniger aufgefordert, sich ein paar Tage frei zu nehmen, aber er will nicht. Die beiden haben sich vergangenen Sommer getrennt, aber immer noch oft getroffen. Vielleicht wären sie sogar wieder zusammengekommen. Vor drei Wochen hat er uns informiert, dass Viruca verschwunden war. Wir haben uns natürlich Sorgen gemacht, dachten, dass sie sich vielleicht gestritten hatten oder Viruca sich vielleicht endgültig von ihm trennen wollte und nicht wusste, wie sie es anders anstellen sollte …«

Marga macht eine Pause und schielt zu der Zigarettenschachtel hinüber. Sie scheint dringend eine Zigarette zu brauchen, reißt sich jedoch zusammen und seufzt tief.

»Vor ein paar Tagen hat man dann ihre Leiche aus dem Stausee gezogen.«

»Ihre Leiche?«

Ich weiß nicht, ob es mit dem Schock zu tun hat oder den Allergietabletten, jedenfalls begreife ich nicht sofort. Einen Moment lang kommt mir alles völlig unwirklich vor.

»Ja. Seltsam, dass dein Mann nichts davon gewusst hat, wo er doch von hier stammt. Ich sagte ja schon, im Ort wird von nichts anderem gesprochen.«

»Wir sind erst gestern Abend angekommen, wir haben noch nicht einmal die Koffer ausgepackt«, antworte ich, als ob ich mich rechtfertigen müsse.

»Den Schülern geht es den Umständen entsprechend, das Ganze hat sie natürlich ziemlich mitgenommen, aber sie werden drüber wegkommen. Die aus diesem Schuljahr hatten ja kaum Zeit, sie richtig kennenzulernen, gut zwei Monate nach Beginn des Schuljahrs hat sie um die Auszeit gebeten … Bei denen aus dem letzten Jahr wäre es wahrscheinlich ein größeres Drama gewesen. Du wirst also keine allzu schwierige Atmosphäre vorfinden. Es hat auch schon ein Psychologe mit ihnen geredet. Und dann … ist da noch etwas …«

Sie macht eine Pause und schaut wieder zu ihrer Zigarettenschachtel. Einer Eingebung folgend ziehe ich sie unter den Papieren hervor und halte sie ihr hin. Als sie dankbar lächelt, kann ich ihre Zähne sehen. Sie sind ganz gelb, vermutlich vom Rauchen. Keine Ahnung, weshalb ich über ihre Zähne nachdenke, während sie mir gerade erzählt, dass die Lehrerin, die ich vertreten werde, tot ist. Vielleicht, um nicht an ihre im Wasser treibende Leiche zu denken. Ich weiß, dass mich dieses Bild den ganzen Tag verfolgen wird. Ich will nicht noch mehr Tote in meinem Leben haben.

»Es macht dir doch nichts aus, wenn ich mir eine anzünde, oder?«, fragt sie und hält das Feuerzeug an die Zigarette, ohne meine Antwort abzuwarten.

»Kein Problem.«

Marga dankt mir mit einer Handbewegung, ich sehe, wie die Zigarette aufglüht.

»Willst du auch eine?«

»Nein, danke«, winke ich ab, »hab's schon vor Längerem aufgegeben.«

»Du Glückliche. Ich hab das mindestens sieben Mal probiert. Aber natürlich hilft es auch nicht, wenn man diesen Job hat. Ganz im Gegenteil. Da gibt es so viele schöne Berufe auf der Welt, und wir müssen uns ausgerechnet diesen aussuchen. Na, ich hör lieber auf zu lamentieren. Es gibt ja nichts Schlimmeres als Lehrer, die über ihren Job klagen. Wenn ich erst mal damit anfange, gehe ich sofort ins Kloster.«

Marga nimmt einen tiefen Zug, dann muss sie husten.

»Schmeckt gut, die zweite am Morgen. Was ich sagen wollte, Viruca bat vor einem Monat um Urlaub, und es kam ein Vertretungslehrer. Ein kleiner Schmaler, furchtbar schüchtern und so bemüht, alles richtig zu machen, wie es nur bei euch Neuen vorkommt. Aber nach drei Wochen hat er gekündigt, wegen Depression.«

»Wie kam das denn?«

»Keine Ahnung. Ich dachte, es wäre alles in Ordnung, er hätte sich gut integriert. Die Schüler redeten nicht schlecht über ihn. Wenn ihnen jemand nicht gefällt, dann schreien sie es in alle vier Winde. Wer weiß, vielleicht war es etwas Persönliches ... Oder er hat sich doch nicht eingewöhnen können. Aber die Jugendlichen sind keine Monster, keine Sorge. Du wirst schon sehen. Die Umstände sind zwar nicht die besten ...«

»Das ist wohl wahr ...« Wieder muss ich niesen.

»Geh's in aller Ruhe an. Verausgab dich nicht zu sehr. Ihr

Neuen steckt immer voller Eifer, und das ist manchmal kontraproduktiv. Und wenn du ein Problem mit den Schülern hast oder eine Frage, komm zu mir. Wirklich, nicht nur ich, alle hier werden dir helfen, damit alles gut läuft. Also, Raquel, ich glaube, ich habe dir jetzt alles gesagt … Hier sind dein Stundenplan und Virucas Lehrplan, den musst du nicht bis aufs Komma befolgen, aber damit du siehst, wie ihr Unterricht aufgebaut war, Lesestoff und so. Sie hat wirklich heftig losgelegt.«

Ich nehme die Mappen, schaue kurz hinein. Da ist eine Liste mit freiwilligem Lesestoff, und ich freue mich, zeitgenössische, leicht verständliche Autoren zu finden.

»Wenn du die Klassenzimmer nicht findest, mache ich mit dir einen kleinen Rundgang. Oder bitte jemand, dich zu begleiten. Ich glaube, das war's … Hast du noch Fragen?«

Natürlich fallen mir Fragen ein, viele sogar. Vor allem eine. Ich weiß, ich sollte sie nicht stellen, aber ich kann sie nicht unterdrücken.

»Viruca, die Lehrerin … Weiß man, ob sie … ob sie sich umgebracht hat oder ob es ein Unfall war?«

Marga holt tief Luft, bevor sie antwortet, und blickt kurz zur Tür, um sicherzugehen, dass sie geschlossen ist.

»Also, bei der Autopsie hat man an sich nichts Ungewöhnliches festgestellt. Ich glaube, man hat einen Brief oder ein Video gefunden, in dem sie sich von ihrem Exmann verabschiedet … Aber der Richter und die Guardia Civil untersuchen den Fall noch.« Marga schaut auf die Uhr. »Ich muss mich jetzt verabschieden. In zwei Minuten kommen Eltern zum Gespräch.«

Sie steht auf, ich tue es ihr nach. Sie gibt mir die Hand.

»Herzlich willkommen, Raquel«, sagt sie noch einmal.

Kapitel 6

Ich ziehe mich auf die Lehrertoilette zurück, hole mein Handy hervor und rufe Germán an. Ich habe das dringende Bedürfnis, seine Stimme zu hören.

»Hey …! Na, wie läuft der erste Tag? Alles klar?«

»Geht so. Hör mal, die Lehrerin, die ich vertrete, ist tot. Es heißt, sie hat sich umgebracht.«

»Echt …«

Sein Tonfall verblüfft mich. Er scheint nicht besonders überrascht zu sein.

»Wusstest du davon? Wusstest du, dass die Lehrerin ums Leben gekommen ist?«

»Ja, ich hab so was gehört.«

»Und da bist du nicht auf die Idee gekommen, es mir zu sagen? Hättest du dir nicht denken können, dass ich das gern vorher gewusst hätte? Um mich geistig drauf vorzubereiten? Du hättest mal mein blödes Gesicht sehen sollen, Germán!«

»Ich wusste doch gar nicht, ob sie es war, die du vertreten wirst. Ich wollte dich nicht ohne Grund nervös machen.«

»Okay … Aber wenigstens wäre mir dann klar gewesen, was mich erwartet, Germán. Als ich der Direktorin sagte, dass du von hier bist, hat sie sich sehr gewundert, dass du nicht Bescheid wusstest.«

»Na, mach dir mal nicht so viele Sorgen, es wird schon alles gut gehen.«

»Sag mir nur noch eins … Ach, nein, ist auch egal …«

»Na, los doch, frag schon, tu dir keinen Zwang an!«

»Nein, nein, es wäre ziemlich schäbig von mir. Ich halte besser den Mund.«

»Ich hasse es, wenn du ankündigst, dass du etwas sagen willst, und dann einen Rückzieher machst. Jetzt sag schon!«

»Okay. Du hast mir den Selbstmord der Lehrerin doch nicht deshalb verschwiegen, weil du Angst hattest, ich würde dann nicht herkommen?«

»Hattest du denn Alternativen?«

»Nein.«

»Na, dann hast du es ja schon selbst beantwortet. Und ich würde so etwas doch nie machen, Raquel! Manchmal versteh ich dich wirklich nicht.«

»Schon gut, schon gut. Die Nachricht hat mich einfach ziemlich geschockt. Du kommst doch heute Nachmittag mit, die Wohnungen anschauen, nicht wahr?«

»Ja, klar. Ich habe aber auch einen Termin für eine Besichtigung gemacht, ein Häuschen etwas außerhalb. Ich schick dir die Fotos aufs Handy. Wird dir sicher gefallen.«

»Germán …?«

»Was denn?«

»Etwas außerhalb?«

»Nur zwei Kilometer … Du könntest zu Fuß in die Schule gehen … Es wird dir gefallen, ganz sicher.«

Kapitel 7

In der ersten Unterrichtsstunde in der 11D sehe ich mich zwanzig ziemlich aufgeschlossenen Schülern gegenüber. Aufmerksam hören sie meiner Vorstellung zu, die kurz ist, um sie nicht zu langweilen, und klar, damit sie mich nicht für ein Weichei halten. Ich erkläre ihnen, was ich für den Rest des Schuljahres von ihnen erwarte. Sie stellen mir ein paar Fragen, wollen wissen, ob ich Virucas Programm weiterführen will. Als sie Virucas Namen aussprechen, spüre ich ihre Beklommenheit. Oder ist es Respekt? Keine Ahnung. Es ist kein Tabuthema, aber wohl fühlen sie sich dabei auch nicht. Eine Schülerin namens Ximena, die ein bisschen wie eine Mexikanerin spricht, erzählt, welch gute Lehrerin meine Vorgängerin gewesen sei, wie sehr sie ihre Schüler immer zum Lesen ermuntert habe, trotz …

»Trotz was?«

»Trotz ihres Zustands in der letzten Zeit.«

»Sie wirkte völlig fertig«, meint einer.

»Total nervös und immer so traurig«, sagt ein anderer.

Fast alle stimmen zu. Ich weiß nicht recht, was ich hinzufügen könnte, ob sie überhaupt erwarten, dass ich etwas sage. Ob ich Virucas vorgeschlagenen Lesestoff behandeln werde, wollen sie wissen. Ich sage ihnen die Wahrheit: Ich bin noch nicht dazu gekommen, mir alles genau anzuschauen, habe aber schon ein paar Texte gesehen, die mir gefallen.

»Habt ihr denn schon ein paar davon gelesen?«

»Lesen? Wollen wir nicht lieber auf den Film warten?«, fragt ein Junge zurück.

Ich muss lachen.

»Ja, das mache ich auch oft«, antworte ich, »auf den Film warten. Aber fast immer sage ich mir hinterher, dass der Roman bestimmt besser war.«

Ich ernte ein paar Lacher und rechne mir einen Punkt an. Das und dass die Kids sich gut benommen haben, gibt mir Selbstvertrauen für die nächste Stunde. Ich fühle mich lockerer, sicherer. Die schwarzen Wolken über mir verschwinden wieder. Dies ist eine Schule wie jede andere auch. Es gibt sicher ein paar faule Äpfel, doch insgesamt werde ich schon klarkommen.

Die aus der 12B stellen mich vom ersten Moment an auf die Probe. Ich erkläre ihnen, wie ich mir das verbleibende Schuljahr vorstelle, doch scheinen sie nicht besonders interessiert. Mir aber ist es wichtig, und ich möchte ihnen vermitteln, dass mich ihre Gleichgültigkeit nicht entmutigt. Ich habe vor, den Lehrplan umzubauen. Zwei Wochen lang einen allgemeinen Überblick über das Fach zu geben, dann bei der zeitgenössischen Literatur zu beginnen und zeitlich zurückzugehen. Natürlich ist es wichtig zu wissen, woher wir kommen, doch werden die Schüler sich viel eher mit dem identifizieren können, was heutzutage entsteht, als mit einer Literatur, die nach verstaubten Leichen riecht.

Meine Argumente haben überhaupt keine Wirkung, vielleicht, weil sie sie schon tausend Mal gehört haben. Eine Schülerin, Iria, fragt mich, ob dies denn die richtige Art und Weise ist, sie auf die Aufnahmeprüfung an der Uni vorzubereiten. Was sie und alle anderen interessiere, sei, die Prüfung zu bestehen, auf die Universität zu gehen und dieses Scheißkaff endlich hinter sich zu lassen.

Ich versichere ihnen, wenn sie bei mir bestehen, werden sie auch die Aufnahmeprüfung schaffen.

»Wenn du meinst.«

»Viruca war da anderer Ansicht.«

Da ist der Name wieder. Ein Teil der Klasse stimmt Iria zu. Und bevor ich Zeit habe, einzugreifen, beginnen die Lobreden: Viruca war echt klasse, Viruca hat immer gesagt … Viruca hier und Viruca da. Auch in ihren letzten Tagen hat Viruca noch … Viruca …

»Was hältst du von Hemingway, Virginia Woolf und Sylvia Plath?«

Die Frage stellt mir unvermittelt ein Junge mit Brille, einer der Bügel ist mit Klebeband umwickelt. Es überrascht mich, dass er diese Schriftsteller kennt. Aber es ist offensichtlich, worauf er anspielt, und ich weiß nicht, ob ich mich darauf einlassen soll.

»Wenn du alle drei gelesen hast, brauchst du die nächsten beiden Tests nicht mitzuschreiben«, antworte ich.

»Was denkst du über sie?«, beharrt er, überhört mein Angebot. »Weißt du, was sie gemeinsam hatten?«

»Ja, klar, ich bin schließlich Lehrerin für Literatur.« Nur Mut, Raquel, pack den Stier bei den Hörnern, weich der Frage nicht aus. »Alle drei haben sich das Leben genommen. Aber mach's nächstes Mal bitte ein bisschen schwerer und erwähne auch Sándor Márai, Stefan Zweig, Horacio Quiroga oder Alejandra Pizarnik.« Übertreib's nicht, Raquel, nichts ist schlimmer, als zu übertreiben.

»Wir mussten ein Gedicht von Plath analysieren.« Er sieht seine Banknachbarin an. »Wie war das noch mal? *Dying …?*«

Das Mädchen fängt sofort an zu rezitieren:

»Dying is an art, like everything else.
I do it exceptionally well.«

Dann fällt eine andere Schülerin ein und zitiert den nächsten Vers:

»I do it so it feels like hell.«

Als Nächstes ist ein Junge dran:

»I do it so it feels real.
I guess you could say I've a call.«

Dreistimmig klingt dieses Gedicht wie ein makabres Gebet, eine Litanei. Ich spüre, wie mir ein Schauer über den Rücken läuft. Ob sie das vorher geübt haben? Versuchen sie, mich einzuschüchtern, oder hat der Tod ihrer Lehrerin sie so mitgenommen, dass sie an dieser Strophe hängen geblieben sind?

»Was meinst du, war das vielleicht ein Hilferuf, dass sie uns diese Texte analysieren ließ, und wir haben es einfach nicht gemerkt?«, fragt der Junge mit dem Klebeband am Brillenbügel.

»Nein, natürlich nicht«, beeile ich mich zu antworten. »Wenn jemand stirbt, der uns nahesteht, suchen wir in jedem Moment seiner letzten Tage nach Bedeutung. Umso mehr, wenn dieser Tod … wenn dieser Tod …«

»Wenn dieser Tod ein Selbstmord war. Sag's ruhig. Wir wissen es doch alle. Ist kein Problem.«

Ist doch ein Problem, denn ich weiß nicht, wie ich mit dem Thema umgehen soll. Ich bin darauf nicht vorbereitet, habe Angst, nicht angemessen zu reagieren. Außerdem fühle ich mich sehr weit weg von Menschen, die nicht mehr weiterwissen und ihrem Leben ein Ende setzen. Unendlich weit. Natürlich habe ich Verständnis dafür. Ich verstehe, dass man schwach sein, sich sehr schlecht fühlen kann oder keinen Ausweg mehr weiß. Doch so sehr, dass man aufgibt und sich ertränkt oder eine Kugel in den Kopf schießt oder eine Schachtel Tabletten schluckt? Wie kann man es so weit kommen lassen?

Ich vermute, ein Teil meiner Ablehnung kommt daher, dass meine Mutter eine der angesehensten Onkologinnen von A Coruña war. Ich wuchs mit den Fällen auf, von denen sie beim Abendessen erzählte. Patienten, die nie aufgaben, die verbissen gegen den Krebs kämpften. Menschen, die sich an ihre Hoffnung klammerten, eine Chemotherapie, Operationen, alternative Heilmethoden, spezielle Diäten, Wunderheiler, was auch immer, nur um dem Leben noch einen weiteren Monat, ein weiteres Jahr abzuringen.

»Wie fühlst du dich dabei, eine Selbstmörderin zu vertreten?«

Das schleudert mir ganz unvermittelt eine Schülerin entgegen. Ich frage sie nach ihrem Namen, um ein paar Sekunden Zeit zu gewinnen. Nerea, antwortet sie. Ein hübsches Mädchen, mit ein paar Pfunden zu viel und ziemlicher Oberweite. Sie trägt einen engen Pullover, man merkt, dass sie stolz auf ihre Kurven ist. Ihre Frage hat bei den anderen Erwartungen geweckt. Ich merke, dass alle mich anstarren.

»Wollt ihr über dieses Thema reden?«

»Egal, Hauptsache, es gibt keinen Unterricht«, tönt einer, ein großer Bursche mit einem Sweatshirt, dessen Kapuze einen Teil seines Gesichts verdeckt. Ein paar lachen über seine Bemerkung. Vor allem der mit der Brille.

»Wie heißt du?«

»Iago.«

»Sag mal, Iago, regnet's hier etwa rein?«, frage ich. »Im Klassenzimmer braucht man keine Kapuze.«

»Und wo steht das geschrieben?«

Er will mich herausfordern. Natürlich. Ich bereue meine Worte sofort. Was kümmert es mich überhaupt, seit wann interessieren mich diese blöden Regeln? Wahrscheinlich war es nur ein dämlicher Versuch von mir, das Thema zu wechseln. Sehr dämlich und sehr offensichtlich. Ich sehe die enttäuschten Gesichter der anderen Kids. Jetzt kann ich nicht mehr zurück. Ich trete an die Tafel und schreibe: *Im Klassenzimmer werden keine Kapuzen getragen.*

Na toll, jetzt bin ich zur Karikatur einer Lehrerin geworden. Habe ich das tatsächlich geschrieben? Mein Gott! Und außerdem zittert meine Hand. Kein Wunder.

»Hier steht das geschrieben«, sage ich und zeige auf die Tafel. »Nimmst du sie nun ab oder nicht?«

»Nimm du sie mir doch ab.«

Ich schaue ihn zwei Sekunden lang an, bevor ich antworte. Jemand trällert die Musik eines Duells aus einem Western. Gelächter. Oh Mann, jetzt hab ich für immer und ewig verloren! Du kannst so toll sein, wie du willst, Raquel, das kriegst du nie mehr in den Griff.

»Dich zu berühren und dir die Kapuze abzunehmen, dafür werde ich nicht gut genug bezahlt ... Wer weiß, wann du das letzte Mal geduscht hast ... Vielleicht keine schlechte Idee, dass du sie aufbehältst.«

Na ja, war nicht gerade toll. Doch als ich sehe, dass sich der Bursche sofort die Kapuze herunterzieht, weiß ich, dass ich gewonnen habe. Die Kapuze legt eine riesige Tolle frei. Wie viel Zeit er wohl vor dem Spiegel verbringt, nur um die Tolle dann unter der Kapuze zu verstecken.

Einer Eingebung folgend fordere ich die Schüler auf, Papier und Stift zu nehmen und aufzuschreiben, welches Buch sie zuletzt gelesen haben, ob es ihnen gefallen hat oder nicht und weshalb. Enttäuschtes Seufzen. Ich bleibe hart, und sie gehorchen schließlich widerwillig.

»Weißt du, was Viruca am ersten Unterrichtstag gemacht hat? Sie hat uns gebeten, über uns selbst zu schreiben, ohne Angst, ohne Hemmungen. Sie sagte, das würde außer ihr niemand lesen«, sagt Nerea. Ohne Zweifel ist sie eine der Wortführerinnen in der Klasse. »Wir sollten etwas erzählen, das uns Schmerz bereitet, genau darum ginge es in der Literatur, um Schmerz. Sie entstünde aus dem Mist, den jeder Mensch in sich trage. Und damit wir sie verstünden, hat sie etwas Unglaubliches getan. Sie hat sich selbst als Beispiel genommen und uns etwas erzählt, das ihr zugestoßen ist.«

Ich bin neugierig zu erfahren, was Viruca ihnen erzählt hat.

Ob da schon die Saat dessen gelegt wurde, was später passiert ist? Hat sie sich tatsächlich ihnen gegenüber so geöffnet? Haben die Kids diese Information dann benutzt, um sie fertigzumachen?

»Finde ich keine gute Idee«, antworte ich.

»Ich weiß schon«, sagt der Junge mit der Brille. »Du hast Angst, uns etwas von dir zu erzählen, weil wir das vielleicht gegen dich benutzen könnten. Aber keine Sorge, wenn wir etwas über dich wissen wollen, brauchen wir nur im Internet zu suchen, da finden wir alles. Dann wüssten wir zum Beispiel sofort, dass du einhundertsieben Freunde auf Facebook hast und dass deine politischen Ideen so sind wie die aller links angehauchten Lehrer. Du lässt dich allerdings nicht weiter darüber aus, machst nur ab und zu eine ironische Bemerkung über einen rechten Politiker, aber ohne zu beleidigen, dazu bist du viel zu elegant. Was deine Bikinis angeht, ist dein Geschmack eher ein wenig merkwürdig. Und dann … Luxusurlaub auf Menorca, wie? Vier-Sterne-Hotel und weißer Sandstrand. Ach ja, und 'ne Menge Mojitos … Haben wir vielleicht ein Alkoholproblem? Und dann ist da noch deine Ehekrise, wie lange hat die noch mal gedauert? Aber jetzt ist ja alles wieder gut. Ohhh … Jetzt seid ihr wieder verliebt wie am ersten Tag.«

Mir bleibt die Luft weg. Ich ringe um Fassung, versuche, normal zu atmen. Wie hat er das alles herausbekommen? Hat er das etwa jetzt gerade gemacht, in so kurzer Zeit? Alle meine sozialen Netze sind nur für Freunde einsehbar, und selbst wenn er es geschafft hat, sich da einzuschleichen: Woher weiß er von unserer Krise? Hat er seine Schlüsse gezogen? Habe ich Spuren hinterlassen?

Meine Gedanken rasen. Ich muss jetzt schnell und vernichtend zuschlagen, die Sache ein für alle Mal stoppen.

»Na, da haben wir wohl einen kleinen Hacker in der Klasse! Wie heißt du denn?«

»Roi.«

»Sag mal, Roi, was willst du denn mit all diesen tollen Informationen anfangen, außer sie mir hier vor die Füße zu kippen?«

Roi antwortet nicht. Und ich lege nach.

»Jetzt will ich mal etwas klarstellen: Ich verbringe mit euch vier Stunden pro Woche. Wenn die vorbei sind, gehe ich nach Hause und vergesse euch. Meinem Privatleben können eure kleinen Sabotageaktionen nicht viel anhaben. Also spart euch die Mühe. Das ist besser für uns alle.«

Meine Worte scheinen zu wirken. Ich schaffe es, dass die Kids sich darauf konzentrieren, den von mir geforderten Text zu schreiben. Eine halbe Stunde später ist der Unterricht vorbei. Vor dem Hinausgehen legen mir die Schüler ihre Texte auf den Tisch. Der Junge mit der Brille steht auf. Er ist kleiner, als ich dachte, höchstens eins fünfundsechzig, aber er beeindruckt mich. Manche Menschen haben diese Fähigkeit.

Als er seine Blätter auf den Tisch legt, spreche ich ihn an: »Roi, stimmt's? Kann ich einen Moment mit dir reden?«

Ich höre Gelächter und anzügliche Kommentare: »Die Neue hat dich schon am Wickel«; »Ganz ruhig, die will was von dir«; »Roi, Roi, Roi. Sie hat deinen Namen schon gelernt, Roi.«

»Wenn's nicht anders geht«, antwortet der Bursche. »Was willst du?«

»Roi, ich weiß nicht, wie eure Beziehung zu meiner Vorgängerin war. Auf jeden Fall wird das mit mir anders sein. Du bist mein Schüler, ich bin deine Lehrerin, und das war's. Es ist mir egal, ob du meinst, du hättest herausgefunden, wie ich bin oder wie es um meine Ehe bestellt ist. Du hast nämlich keine Ahnung und das wird auch so bleiben.«

»Deine Vorgängerin hat einen Namen. Viruca.«

»Ja, ich weiß. Den Namen höre ich ja dauernd. Wie könnte ich den vergessen.«

»Du verachtest sie, stimmt's? Du verachtest sie, weil sie sich umgebracht hat. Du gehörst zu denen, die meinen, das tun nur Feiglinge.«

»Ich verachte niemanden.«

»Soll ich dir was sagen, Frau Lehrerin? Du kannst ihr nicht das Wasser reichen. Vergiss das nicht! Und nenn sie nie wieder deine Vorgängerin.«

Ich antworte nicht, schlucke trocken, lasse den Jungen gehen. Verdammt! Welch toller Einstieg.

Im Lehrerzimmer wimmelt es von lärmenden Kollegen. Ich suche mir einen Platz am Tisch, ziehe die Texte der Schüler hervor und beginne, sie durchzusehen. Ich bin nicht gerade scharf darauf, aber mir fällt nichts Besseres ein, um meine Fassung zurückzugewinnen und mich selbst davon zu überzeugen, dass ich die Kontrolle über die Schüler nicht verloren habe.

Ich fange an, die Arbeiten alphabetisch zu sortieren, und als ich halb damit durch bin, finde ich ein Blatt mit einem Strichmännchen. Eine Person, die an einem Galgen baumelt, aber noch unvollständig, wie auch das Wort darunter. Es fehlen ein paar Buchstaben, um meinen Namen zu bilden: *R_ _ _ E _*.

Was hat das zu bedeuten? Ich drehe das Blatt um und finde die Antwort. Und eine heftige Angst packt mich. In Druckbuchstaben steht dort: *Und du, wann stirbst du wohl?*

Kapitel 8

Wutentbrannt verließ Mauro das Revier der Guardia Civil. Keine Spur mehr von dem verweinten Mann, der Raquel beinahe umgefahren hätte. Bei ihm war sein Freund Duarte, tadellos gekleidet, teurer Anzug, feiner Mantel und Kaschmirschal. Einer der besten Anwälte des Ortes. Er prahlte damit gerne, gab sich aber gleichzeitig bescheiden: »Nicht schwer, der Beste zu sein, wenn es so wenig Konkurrenz gibt.« Zum ersten Mal hatte er mit einem Fall wie diesem zu tun. Er war eher gewöhnt, sich mit Versicherungs- oder Grundstücksstreitigkeiten zu befassen oder die eine oder andere Scheidung durchzufechten.

»Sie scheren sich überhaupt nicht um mich«, schäumte Mauro.

»Auf die Art wirst du bestimmt nichts erreichen«, erwiderte Duarte.

Polizisten gingen an ihnen vorbei ein und aus. Duarte war es unangenehm, diese Unterhaltung ausgerechnet auf der Treppe des Reviers zu führen.

»Hast du das gehört? Sie wollen die Ermittlungen einstellen!«

»Das kann nur der Richter entscheiden.«

»Wenn sie keine Indizien vorlegen, wird er den Fall schließen. Und sie machen nichts, gar nichts. Zwei beschissene Verhöre, sonst nichts. Was ist das nur für eine Art, zu ermitteln? Und weißt du, warum sie nichts unternehmen? Weil sie überzeugt sind, dass Viruca sich umgebracht hat. Dass sie freiwillig ins Wasser gegangen ist.«

Duarte holte tief Luft. Zum ersten Mal hatte er das Gefühl, diese Art Gespräch nicht noch einmal führen zu können. Er sah sich um, vergewisserte sich, dass niemand zuhörte, und fasste seinen Freund bei der Schulter.

»Mauro, darf ich ehrlich sein? Ich weiß, ich hätte es dir schon früher sagen sollen, aber ich wusste einfach nicht, wie.«

»Was soll das heißen?«

»Lass uns auf einen Kaffee in mein Büro gehen.«

»Nein, sag mir hier, was du mir zu sagen hast.«

Mauro war am Ende seiner Kräfte. Sein Leben war an dem Tag zum Alptraum geworden, als Viruca verschwunden war. Ein Alptraum, der zur Hölle wurde, als ihn die Guardia Civil anrief. Man hätte im Stausee As Conchas eine Leiche gefunden, auf die die Beschreibung seiner Exfrau passte. Ob er kommen könne, um sie zu identifizieren? Halbtot vor Angst fuhr er hin, betete, dass diese Leiche nicht die seiner Frau sein möge. Nie waren für ihn die Minuten so langsam verstrichen wie auf dem Weg zur Leichenhalle.

»Sind Sie bereit?«

Natürlich war er nicht bereit, wie kann man sich auf so etwas vorbereiten? Instinktiv schloss er die Augen, als der Gerichtsmediziner das Laken hob.

»Wenn Sie wollen, können Sie jetzt schauen.«

Mauro öffnete zögernd die Augen, spürte, wie sie sich mit Tränen füllten. Sie war es. Viruca. Seine Frau. Er konnte ihr Gesicht nur schwer erkennen, doch da war kein Zweifel möglich. Die Knie wurden ihm weich, er musste sich auf den Arzt stützen, um nicht umzufallen.

Dann die Fahrt zurück nach Hause, im Taxi, er brachte nicht die Kraft auf, selbst zu fahren. Und der Besuch bei Virucas Eltern. Warum nur hatte er angeboten, ihnen die Nachricht zu überbringen? Sie waren ja nicht mehr seine Schwiegereltern, er hätte das nicht machen müssen. Niemand hätte es ihm übel genommen. Aber es war doch seine Pflicht. Wenn die Identifizierung der Leiche seiner Frau schon schwer gewesen war, dann war die Begegnung mit ihren Eltern vernichtend. Ohnmächtig musste er zusehen, wie sie zusammenbrachen, wie sie in Sekunden um Jahre alterten.

Duarte wusste immer noch nicht, wie er anfangen sollte. Schließlich schaffte er es aber doch.

»Hör zu, Mauro. Ich glaube, es wäre für alle besser, wenn sie den Fall schließen.«

»Was sagst du da?«

»Ja, wenn sie entscheiden, dass es kein Mord war. Dass Viruca ihrem Leben selbst ein Ende gesetzt hat.«

Mauro konnte es nicht fassen.

»Auf wessen Seite bist du eigentlich?«

»Auf deiner natürlich, verdammt noch mal! Auf deiner!«

»Aber wie kannst du so etwas sagen? Du kanntest Viruca fast genauso gut wie ich ... Du ... Glaubst du etwa, dass sie ...? Das kann nicht sein. Du nicht!«

»Mauro, ich weiß, es fällt schwer, das zu akzeptieren, und ich weiß auch, dass es dir sehr wehtut, doch ich glaube, dass es die Wahrheit ist. Sie hat dir doch sogar ein Abschiedsvideo geschickt, hat gesagt, dass sie nicht mehr weiterweiß. Es liegt doch auf der Hand, Mauro. Der Einzige, der es nicht sehen will, bist du. Tut mir leid, dass ich das so deutlich sagen muss. Ich weiß, du fühlst dich schuldig, ich weiß, die Scheidung liegt dir schwer auf der Seele, und du glaubst, sie hätte vielleicht deshalb ... Aber niemand ist letztendlich verantwortlich, wenn sich jemand das Leben nimmt. Niemand.«

»Nein, und nochmals nein.« Mauro weigerte sich, es zu akzeptieren. Nicht seine Frau. Nie würde seine Frau so etwas tun! Nie würde sie so weit gehen, selbst wenn sie in einer Krise steckte.

»Mauro … Es ist das Beste für dich. Wenn die Ermittlungen eingestellt werden, wird dir das nur guttun.«

Dieses Argument hatte Mauro nicht erwartet, es brachte ihn völlig aus der Fassung.

»Was willst du damit sagen?«

»Dass es gut für dich wäre, wenn du das alles hinter dir lassen könntest, den Schmerz, die Trauer, und wieder du selbst wirst. Schau dich doch an. Wie du herumläufst … Du bist nur noch ein Schatten deiner selbst, Mauro. Und sosehr es dir auch wehtun mag, sie war ja nicht mehr deine Frau. Lass es ruhen. Versuch, sie zu vergessen!«

»Wie kannst du so etwas sagen? Wie kannst du erwarten, dass ich sie so einfach loslasse? Sie ist schließlich umgebracht worden!«

»Bist du dir da so sicher?«

Mauro blickte den Anwalt verdutzt an.

»Ja, natürlich!«

Duarte schoss ein Gedanke durch den Kopf. Was, wenn Mauro nicht nur von seinem Schmerz getrieben wurde? Was, wenn es etwas gab, das er ihm, Duarte, nicht gesagt hatte?

»Kann es sein, dass du mir etwas verschweigst? Dann ist jetzt der Moment, es mir zu sagen. Ich bin schließlich dein Anwalt.«

»Nein, da ist nichts.«

»Ganz sicher?«

Mauro nickte.

»Ich will dir jetzt mal was sagen: Weißt du, wo die Guardia Civil zuerst nach einem Mörder sucht? In der Umgebung des Opfers. Beim Ehemann, in der Familie.«

»Meinst du vielleicht, dass die mich verdächtigen? Aber ich will doch, dass sie weitermachen mit den Ermittlungen. Wie soll ich da der Mörder sein?«

»Deine Hartnäckigkeit wäre kein schlechtes Alibi.«

»Was?«

»Mauro, wo warst du an dem Tag, als Viruca starb? Was hast du zum Zeitpunkt ihres Todes gemacht?«

»Aber das weißt du doch! Ich war zu Hause und habe Klassenarbeiten korrigiert.«

»Es gibt aber keine Zeugen, die das bestätigen können.«

»Zweifelst du etwa an meinen Worten?«

»Sollte ich das?«

»Nein, natürlich nicht!«

Duarte wusste nicht mehr, was er glauben sollte. Was, wenn Virucas Fall doch kein Selbstmord war? Wenn sie tatsächlich ermordet worden war? Und wenn Mauro etwas damit zu tun hatte oder etwas wusste, was er nicht sagen konnte, weil es ihn verdächtig machte?

»Was ist los, Duarte?«, fragte Mauro. »Glaubst du mir etwa nicht?«

»Genau das kommt dabei heraus, wenn du die Sache am Kochen hältst. Und wenn die Guardia Civil auch zu zweifeln anfängt und zu dem Schluss kommt, man habe deine Frau umgebracht, und niemand findet, der als Täter in Frage kommt, weißt du, wer dann hinter Gittern landet? Weißt du, wie viele Ehemänner für Verbrechen in den Knast gehen, die sie gar nicht begangen haben?«

»Aber das … das ist doch völlig absurd!«

»Die ganze Stadt weiß, dass ihr beide eine schwierige Trennung hinter euch hattet. Wie oft hat man euch streiten gehört?«

»Und weil wir gestritten haben, soll ich sie umgebracht haben?«

Duarte beschloss, es mit einem anderen Argument zu versuchen. Schließlich war er Anwalt.

»Okay, dann nehmen wir mal an, sie schließen das aus. Willst du wirklich, dass sie gründlich ermitteln? Willst du wirklich wissen, was deine Frau so alles in den letzten Monaten getrieben hat?«

»Weshalb denn nicht?«

»Mauro … Manchmal ist es besser, nicht im Schmutz zu wühlen. Was, wenn sie Dinge finden, die du gar nicht wissen willst? Die du nicht zu wissen brauchst?«

»Was willst du damit sagen? Was weißt du über sie?«

»Als sie mit dir zusammen war: Hat sie da viel getrunken? Hat sie Drogen genommen?«

»Viruca?«

Duarte öffnete seine Aktentasche, kramte darin und zog ein Blatt hervor.

»Ich habe eine Seite aus dem Autopsiebericht gerissen, damit du sie nicht zu sehen kriegst.«

»Was? Warum das denn? Mit welchem Recht? Was glaubst du eigentlich, wer du bist?«

»Ich wollte dir das alles ersparen. Schau mal, wie viel Alkohol sie im Blut hatte … Und sieh dir die Ergebnisse der toxikologischen Untersuchungen an … Positiv bei Barbituraten, Kokain und Haschisch. Aber vielleicht wusstest du das alles schon vorher und der Ahnungslose bin ich.«

»Nein, verdammt noch mal!«

»Darf ich dich etwas sehr Persönliches fragen? Wann hast du das letzte Mal mit ihr geschlafen?«

»Ich weiß nicht mehr … vor einem halben Jahr vielleicht …«

»Mauro, Viruca war im dritten Monat schwanger.«

Kapitel 9

Germán ist begeistert von dem Haus. Und Nanuk genauso. Der Hund jagt hin und her, schnüffelt überall herum und demonstriert schwanzwedelnd, wie glücklich er ist. Die Finca liegt am Hang, man kann von hier aus das ganze Städtchen sehen. Der Blick ist atemberaubend, das muss ich zugeben. Das Haus stammt aus den Fünfziger- oder Sechzigerjahren, es ist einfach gebaut, funktional. Die Fenster haben leider Aluminium- statt Holzrahmen, aber das, was ich als Nachteil sehe, beeilt sich der Hausbesitzer, Don Froilán, ein schmächtiger, alter Mann mit faltigem Gesicht und lebhaften Augen, als großen Vorzug hervorzuheben.

»Doppelfenster mit Aluminiumrahmen, da kommt kein Tropfen rein.«

Das Haus braucht einen Außen- und Innenanstrich, und neue Armaturen im Badezimmer wären auch nicht schlecht. Die Zierleiste mit Früchtemotiven, die auf ein Meter Höhe die Wandfliesen schmückt, hätte man sich sparen können, aber ehrlich gesagt habe ich schon schlimmere Badezimmer gesehen. In der Küche sind zwei, drei Fliesen locker, und der Holzboden müsste mal abgeschliffen werden.

»Findest du nicht, dass es zu groß für uns ist?«, frage ich Germán. »Wir brauchen doch keine drei Schlafzimmer.«

»Seit wann ist viel Platz ein Problem?«, flüstert er. »Schau dir nur den Garten an. Und diese Aussicht. Im Sommer könnten wir sogar ein aufblasbares Schwimmbecken aufstellen.«

»Im Sommer? Das Schuljahr ist im Juni zu Ende. Wollen wir etwa den Sommer über hierbleiben?«

Ich weiß, ich bin gerade ein bisschen heftig. Nur Germán ist in der Lage, mich in solchen Momenten zu ertragen.

»Was ist denn los mit dir? War dein erster Arbeitstag so schlimm?«

»Das hat nichts damit zu tun.«

»Ich seh's dir an, Raquel, mich führst du nicht hinters Licht.«

Germán besitzt perfekte Sensoren für meinen jeweiligen Gemütszustand. Mir geht es mit ihm genauso. Vielleicht ist es normal, wenn man eine gewisse Zeit verheiratet ist. Sosehr man auch versucht, seine Launen zu verbergen, der andere spürt sie doch. Ich will nicht zugeben, dass ich ziemlich fertig bin. Ich will nicht, dass die Geschichte mit Viruca mir Angst macht. Ich will auch nicht dauernd daran denken.

Don Froilán, der uns Zeit zum Nachdenken gegeben hat, kommt zurück.

»Soll ich euch den Anbau zeigen? Da braucht ihr nicht mal einen Kühlschrank. Da ist es immer schön kühl. Und das heiße Wasser wird mit Pellets gemacht. Unheimlich billig. Was die heute alles erfinden, nicht wahr? Unglaublich!«

»Was sind denn Pellets?«, frage ich.

»Die werden aus Biomasse gemacht, total ökologisch, einfach super«, antwortet Germán. »Da können wir die Heizung den ganzen Tag laufen lassen, ohne dass es ins Geld geht.« Er schaut den Vermieter an. »Na, dann zeigen Sie uns mal den Anbau, Don Froilán!«

Der Anbau ist toll. Er bietet Platz genug für einen riesigen Tisch, und wir könnten dort sogar das Auto unterbringen, denn er dient auch als Garage. Froilán rät uns, niemals Essensreste oder Müll draußen zu lassen.

»Wegen der Wildschweine. Wenn die im Wald nichts finden, kommen sie bis zu den Häusern herunter …«

»Gibt's denn viele hier? Und sind sie gefährlich?«

»Kommt ganz drauf an. Auf jeden Fall ist es besser, ihnen aus dem Weg zu gehen. Die walzen nämlich alles und jeden nieder, der ihnen in die Quere kommt.«

Nanuk tobt umher. Trotz der Vorstellung von Wildschweinen in der Nähe muss ich lachen. Germán weiß sofort, dass der große Anbau und Nanuks Freude mich überzeugt haben.

»Froilán, wie viele Monatsmieten Kaution wollen Sie denn?«, frage ich.

Wir einigen uns, was die Kaution angeht, und Froilán verspricht, sich um einen frischen Anstrich und die losen Kacheln zu kümmern. In ein paar Tagen soll alles fertig sein.

»Wollen wir dann einen Vertrag machen?«, fragt Froilán.

Ich nicke. Germán fällt mir um den Hals und gibt mir einen Kuss auf den Mund.

»Es gefällt dir wirklich?«

Wie könnte ich ihm sagen, dass mir heute eigentlich nichts gefällt. Dass ich mit dem Kopf in der Schule bin, bei den Schülern und bei dieser verfluchten anonymen Botschaft. Ich weiß, es ist völliger Quatsch, kann nicht fassen, dass ich so viel darüber nachdenke. Als könne eine kleine, gemeine Botschaft meine Laune komplett verderben. Du Dummchen, schimpfe ich mich selbst.

Als wir ins Restaurant kommen, ist der Tisch schon für sieben Personen gedeckt, die Kinder essen an einem Nebentisch. Claudia, Germáns Mutter, kommt aus der Küche, um uns zu begrüßen. Sie hat eine neue Frisur, die sie jünger macht. Unter ihrer Schürze lugt eins der Kleider hervor, das sie sonst bloß an Festtagen anzieht. Nur am Tag der Beerdigung ihres Mannes hat sie schwarz getragen. Manches hat sich in den letzten Jahren doch geändert; die ewig Trauer tragenden Witwen meiner Kindheit gehören inzwischen der Vergangenheit an. Es ist schließlich schrecklich genug, wenn man den Verlust einer geliebten Person verkraften muss. Da muss man nicht auch noch immer in Schwarz rumlaufen. Meine Großmutter war viele Jahre lang in diese Farbe gezwungen, so als sei sie schon im Leben tot. Ich selbst trage kaum schwarze Kleider.

»Die Frisur steht dir gut«, sage ich zu meiner Schwiegermutter und frage dann Germán: »Sieht doch wirklich phantastisch aus, deine Mutter, oder?«

»Aber immer.«

»Ich dachte schon, ihr kommt nicht mehr.« Wie so oft übergeht sie mein Kompliment einfach. Ich weiß gar nicht, weshalb ich mir die Mühe mache. »Na, wie findet ihr Froiláns Haus?«

»Wir haben schon zugesagt«, antworte ich.

»Gute Entscheidung, aber eine Wohnung hätte eigentlich besser zu dir gepasst.«

»Mama«, protestiert Germán. »Misch dich bitte nicht ein.«

»Was ist denn jetzt schon wieder? Euch kann man's aber auch nie recht machen.«

Ich wechsle einen Blick mit meinem Mann. Nur Geduld. Heute ist mal wieder einer dieser Tage. Claudia ist eine starke Frau, alle haben gestaunt, mit welcher Haltung sie den Verlust ihres Manns verkraftet hat. Doch es ist normal, dass sie manchmal schwach wird und in Melancholie verfällt. Wenn ich daran denke, wie es mir nach dem Tod meiner Mutter ging, kann ich meine Schwiegermutter nur bewundern. Wenn Claudia also ab und zu durchhängt, dann müssen wir sie unterstützen, so gut es geht.

Jetzt kommt auch Demetrio aus der Küche, Germáns großer Bruder. Er ist knapp über vierzig, hat fast keine Haare mehr, einige Kilos zu viel auf den Rippen und das gutmütigste Gesicht, das man sich vorstellen kann. Er ist von der Hitze am Herd ganz rot und verschwitzt. Er trägt ein geknotetes Kopftuch wie die Chirurgen in den Fernsehserien, nur dass seins mit

Karikaturen der Simpsons bedruckt ist. Demetrio hat eine lebhafte, lustige Art, die ansteckend ist.

»Magst du Steinbutt?«, fragt er sofort.

»Ich mag alles, was du kochst.«

»Ich verstehe überhaupt nicht, wie deine Frau an dich geraten ist«, sagt er zu seinem Bruder. »Wo es doch mich gibt, den George Clooney von Novariz.«

»Wirf mal einen Blick in den Spiegel, dann weißt du's«, frotzelt Germán zurück. »Also was ist: Machen wir eine gute Flasche auf, oder wollt ihr uns mit dem Wein quälen, mit dem ihr die Gäste vergiftet?«

Kurz darauf treffen auch die anderen ein, Pilar mit ihrem Mann Gerardo und den beiden Kindern. Sie wohnen in Vigo. Pilar und ihr Mann haben dort eine Tierarztpraxis. Obwohl das nicht sehr weit weg ist, kommen sie nicht allzu oft nach Novariz. Also muss das, was meine Schwiegermutter heute Abend verkünden will, sehr wichtig sein.

Claudia begrüßt ihre Enkel laut und überschwänglich. Sie wetteifert mit der anderen Großmutter und verwöhnt ihre Enkel bis zum Wahnsinn. Die Kinder sind nicht dumm und nutzen es weidlich aus. Pilar begrüßt mich mit Küsschen. Nach ihrer Umarmung rieche auch ich nach ihrem Parfüm.

»Ist doch toll, dass du jetzt hier an der Schule bist. Wirklich ganz, ganz toll. Freut uns echt, stimmt's, Gerardo?«

Pilar erfragt immer die Zustimmung ihres Mannes, und der, schon mit einem Bier in der Hand, nickt nur. Er hat längst gelernt, dass dies das Klügste ist. Ich hoffe, Germán und ich werden nie so. Germán meint, solche Gedanken machen mich nach Meinung meiner Schwägerin zum Snob.

»Warum zieht sie immer eine solche Show ab? In A Coruña kochen sie auch nur mit Wasser. Sie ist vielleicht die Tochter einer berühmten Ärztin, aber trotzdem hat sie das Examen nicht bestanden.« Das hat sie einmal zu Silvester meinem Mann ins

Gesicht gesagt, und ich habe es gehört. Aber ich gebe zu, ich war selbst dran schuld, was musste ich auch mit ihnen feiern gehen.

Verónica, meine kleine Nichte, wirft sich in meine Arme und gibt mir einen Kuss auf die Lippen.

»Lass das, Vero, das ist ekelhaft!«, schilt die Mutter. »Sie hat das neulich im Fernsehen gesehen, und jetzt macht sie es immer nach. Da kriegt man doch alle möglichen Bazillen!«

»Was sind Bazillen? Ist das so was wie ein Freund?«, fragt die Kleine.

»Ein Freund macht mehr Ärger«, antworte ich. »Aber auch mehr Spaß.«

»Sag nicht solche Sachen zu ihr, sie erzählt es sonst überall rum.«

Rosalía, Demetrios Frau, kommt als Letzte. Sie arbeitet bei der Stadtverwaltung, im Fremdenverkehrsamt. Dort ist sie zuständig für ein Projekt, mit dem noch mehr Thermalbecken unten am Fluss geschaffen werden sollen. Rosalía ist leicht zu begeistern, und wenn es jemanden gibt, der das Projekt meistern kann, dann sie. Sie wird sich beide Beine dafür ausreißen und bis zum Umfallen arbeiten, wie sie es immer tut. Von der ganzen Familie fühle ich mich zu ihr am meisten hingezogen, außer zu meinem Mann natürlich. Demetrio und sie sind ein komisches Paar. Sie könnten ihre eigene Reality Show im Fernsehen haben, da gäbe es eine Menge zu lachen. Auch sie freut sich, dass ich jetzt hier an der Schule bin. Aber sie macht nicht ein solches Tamtam darum. Demetrio bückt sich und gibt ihr einen Kuss auf den Bauch. Ist sie etwa schwanger?

Sie schafft sofort Klarheit.

»Dieser Witzbold küsst mich neuerdings immer dahin. Keine Ahnung, was der Quatsch soll. Keine Sorge, da ist nichts drin. Und da kommt auch nichts rein. Zwei Hunde und drei Katzen sind genug.«

Als wir schließlich am Tisch sitzen, fällt mir wieder mal auf, wie unterschiedlich die Geschwister sind. Nur in Größe und Statur ähneln sie sich. Zweifellos hat Germán in der Genetiklotterie das große Los gezogen. Er unterscheidet sich von seinen Geschwistern nicht nur durch sein hübsches Gesicht, sondern auch seine charmante Art. Neben den anderen wirkt Germán wie ein Ausbund an Eleganz. Hat schon seinen Grund, dass man ihn in der Familie den vornehmen Schnösel nennt.

Wir essen und trinken mit Genuss, alles schmeckt wunderbar. Nicht nur der Steinbutt, auch das Maisbrot und der Salat mit Zwiebeln und Tomaten, echten Tomaten, die sie im eigenen Gewächshaus ziehen und die so schmecken wie die Tomaten meiner Kindheit. Nachdem die Kinder Nanuk auf jede erdenkliche Art gefoltert haben – unser Hund erträgt geduldig alles, was ihm Kinder antun –, lassen mein Schwager und meine Schwägerin sie auf den brandneuen iPads spielen, die die Eltern sich gegenseitig zu Weihnachten geschenkt haben. Kaum sind die iPads eingeschaltet, hört man keinen Mucks mehr von den Kindern. Was für eine Erfindung – danke, Steve Jobs!

Germán wirkt ziemlich aufgedreht, wahrscheinlich trägt die Flasche Albariño, die er fast allein getrunken hat, dazu bei. Und ich fürchte, auch seine häufigen Gänge zur Toilette, von denen er immer euphorischer zurückkehrt. Bevor er sich wieder hinsetzt, gibt er mir einen Kuss auf den Kopf. Ich schaue ihn fragend an: Schnupfst du etwa Koks? Ich denke, Germán macht das nur ab und zu, zum Spaß, zur Erholung. Ich will mir keine Sorgen machen und ihm keine Szene.

Alle betonen noch einmal, welches Glück wir hatten, dass ich hierher geschickt worden bin. Keiner erwähnt die genaueren Umstände. Keiner möchte über eine Tote sprechen. Die Familie hat mit dem Tod des Vaters schließlich genug zu tun. Und dann sind da auch noch die Kinder, sagt Pilar, je weniger sie von so etwas mitbekommen, umso besser. Ich weiß nicht, ob sie den Tod von Germáns Vater meint oder den Selbstmord der Lehrerin.

Claudia nimmt einen Kaffeelöffel und schlägt damit ein bisschen theatralisch gegen ein Weinglas.

»Also, jetzt will ich euch nicht länger auf die Folter spannen. Einverstanden? Ich weiß nicht, ob euch klar ist, wie es um das Restaurant steht, ob euer Bruder euch auf dem Laufenden gehalten hat.«

Alle Augen richten sich auf Demetrio. Was meint sie bloß? Offensichtlich hat er die Geschwister von allem ferngehalten, was das Geschäft betrifft. Ich würde auch gern so erwartungsvoll dreinschauen, doch ich muss zugeben, dass meine Gedanken abschweifen. Die verdammte Drohbotschaft, die mir immer wieder durch den Kopf geht. *Und du, wann stirbst du wohl?* Germán bemerkt, wie abwesend ich bin, er fragt mich jetzt schon zum zweiten Mal, ob alles okay ist. Ich nicke nur und bedeute ihm mit einer Geste, seiner Mutter zuzuhören.

»Für die letzte Erweiterung und die Modernisierung der Küche haben wir einen Riesenkredit aufnehmen müssen, der macht uns jetzt ganz schön zu schaffen.«

»Na, Mutter, jetzt übertreib mal nicht!«, wirft Demetrio ein.

»Leicht fällt es uns jedenfalls nicht. Ganz und gar nicht. Man muss die Dinge doch beim Namen nennen. Und dann ist da auch noch das Thema Erbschaft. Das will geregelt werden, und zwar bald. Euch Kindern steht zusammen die Hälfte von allem zu, das heißt, der Teil eures Vaters. Alles, was er besaß, steckt hier im Restaurant und in der Wohnung am Meer. Die Wohnung ist längst abbezahlt, beim Restaurant sieht die Sache anders aus. Zwar ist Demetrio derjenige, der sich dafür krummlegt, aber es gehört euch allen. Allerdings steht ihm mehr zu, schließlich führt er es ja.«

»Schon klar, aber worauf willst du eigentlich hinaus?«, fragt Pilar.

»Man hat mir ein Angebot für *O Muíño* gemacht.«

Demetrio verschluckt sich an seinem Nachtisch.

»Was sagst du da?«, stößt er hervor. Er wird bleich, scheint nichts davon gewusst zu haben.

»Das Angebot ist nicht schlecht«, fährt Claudia fort. »Vor ein paar Jahren wäre es besser gewesen. Aber so, wie die Dinge heute liegen, ist es nicht schlecht. Wenn es dabei nicht um deinen Arbeitsplatz ginge, Demetrio, würde ich sofort annehmen.«

Demetrio hat es kalt erwischt, das sieht man deutlich. Mir fällt wieder die Drohbotschaft ein, doch ich versuche, mich auf das Hier und Jetzt zu konzentrieren, das Familiendrama vor meinen Augen.

»Moment mal«, stammelt Demetrio. »Was soll das? Weshalb sollen wir verkaufen?«

»Weil ich keine Lust mehr habe, zu arbeiten. Ich höre auf. Und weil die Hälfte mir gehört, müsst ihr euch jetzt darüber verständigen, ob ihr sie mir abkaufen wollt. Ich verlange vierhunderttausend. Keinen Cent weniger.«

Wow! Meine Schwiegermutter! Ich spüre, wie die Zuneigung zu ihr wieder aufblüht. Die Geschwister scheinen nicht gerade erfreut zu sein darüber, dass sich ihre Mutter unversehens als kühl rechnende Frau entpuppt. Germán schaut mich an, ich meine, seine Gedanken lesen zu können. Du hast nach dem Tod deiner Mutter auch sehr seltsame Dinge getan; und jetzt ist es meine Mutter, die nicht mehr ganz beieinander ist. Der Tod hat euch verändert.

»Der Preis, den ich verlange, liegt unter dem Marktwert. Und wenn ihr den nicht zahlen könnt, nehme ich eben das Angebot an.«

»Mach keine Witze!«, erwidert Demetrio aufgebracht. »Das Restaurant gehört mir genauso wie dir, und ich verkaufe nicht.«

Claudia bleibt ganz ruhig.

»Man hat mir versprochen, dass du als Koch bleiben kannst. Im schlimmsten Fall würdest du also nicht mal deinen Job verlieren. Überleg doch, du wärst auf einen Schlag die Geldsorgen los. Die kosten dich sonst noch die paar Haare, die du noch auf dem Kopf hast.«

»Das kann doch nicht dein Ernst sein!«, jammert Demetrio, ganz erschlagen von dem Tsunami, den seine Mutter entfesselt hat.

»Aber sicher kann es das.«

»Vierhunderttausend? Woher soll denn Demetrio so viel Geld nehmen?«, fragt Rosalía, seine Frau. Nie zuvor habe ich sie so bestürzt gesehen.

»Mit einem weiteren Darlehen vielleicht. Oder er macht seine Geschwister zu Teilhabern. Und wenn ich nicht mehr oben wohne, könnt ihr aus dem Haus ja einen Landgasthof machen, wie sie gerade so in Mode sind. Da lassen sich fünf, sechs schöne Zimmer einrichten.«

Meine Schwiegermama hat an alles gedacht. Ihre Kinder können nicht fassen, was gerade passiert.

»Wir sollen dir also deinen Anteil abkaufen? Aber Mama … Es muss doch eine andere Lösung geben. Und wenn du einmal … wenn du einmal nicht mehr bist«, mischt sich Pilar ein und versucht, das Wort »tot« zu vermeiden, »dann bekommen wir es doch sowieso zurück, oder? Da finde ich es ein bisschen absurd, dass wir dir das Restaurant abkaufen sollen. Vor allem, weil uns das eigentlich weniger betrifft. Der, den es interessiert, ist Demetrio.«

»Herzlichen Dank, Pili!«, erwidert Demetrio sarkastisch. »Schön, zu hören, dass ich auf dich zählen kann. Vielleicht lass ich dich dann auch mal gleich für den Steinbutt bezahlen. Das wären zweiunddreißig Euro, und wenn du den Salat und die beiden Portionen Nachtisch dazurechnest, du isst ja immer zwei, dann kommst du nicht unter fünfzig Euro weg.«

»Okay, wenn ich zahlen muss, dann zahl ich eben. Und vergiss nicht, auch das Essen von meinem Mann und den Kindern auf die Rechnung zu setzen«, empört sich Pilar.

»Ich habe schon mit einem Anwalt gesprochen, und so wird es gemacht.« Meine Schwiegermutter lässt sich von dem Geplänkel nicht aus der Ruhe bringen. »Ich will einfach weg. Nach Panxón, in die Wohnung am Meer. Dort ist das Klima viel besser. Ich hab die Kälte so satt.«

»Aber, Mama …«

»Kein Wort mehr, die Entscheidung ist getroffen«, schneidet Claudia ihr das Wort ab und steht auf. »Überlegt es euch gut, und sagt mir möglichst bald, zu welchem Entschluss ihr gekommen seid. Ich muss in einem Monat Bescheid wissen.«

»In einem Monat?«

»So viel Zeit haben sie mir gegeben. Köstlich, der Steinbutt, mein Sohn.«

Claudia drückt Demetrio einen zärtlichen Kuss auf den Kopf und schiebt sich dann an mir vorbei.

»Tut mir leid, aber ich fand es besser, wenn du dabei bist. Gehörst ja schließlich zur Familie.«

Allein die Tatsache, dass sie es sagt, zeigt mir, dass sie nicht so recht dran glaubt. Mit breitem Lächeln verlässt Claudia das Restaurant.

Die Geschwister sitzen wie versteinert da. Man hört nur die Kinder auf den iPads spielen.

»Ob sie Medikamente nimmt? Das ist doch nicht normal!«, platzt Demetrio schließlich heraus.

»Sie hat das Recht dazu, denke ich«, sagt Pilar. »Und hier erinnert sie alles an Papa. Vielleicht erdrückt sie das.«

»Erdrückt?«, schnaubt Demetrio verächtlich. »Erdrückt, was für ein Quatsch! Das kann sie mir doch nicht antun! So viel Geld habe ich einfach nicht!«

»Vielleicht schaffen wir's ja zu dritt«, wirft Germán ein.

»Ich bin bereit, mich zu beteiligen. Das mit dem Landgasthof ist wirklich keine schlechte Idee. Ich hab Mama vor einiger Zeit mal davon erzählt. Ich glaube, wenn wir genau rechnen und bei der Gemeindeverwaltung Zuschüsse beantragen, dann kann das funktionieren. Ich hab mir das schon mal angeschaut.«

Jetzt bin ich baff. Was soll das heißen: Er hat sich das schon mal angeschaut und es kann funktionieren? Er hat doch keinen einzigen Cent!

»Also bei uns sieht's schlecht aus, ehrlich, wir haben die Hypothek auf die Praxis und dann noch die auf die Wohnung und … Nein, tut mir leid, da geht nichts. Stimmt's, Gerardo?« fragt Pilar und erwartet wie immer eine Bestätigung.

»Da müsste man erst mal nachrechnen …«, versucht ihr Mann, diplomatisch zu sein.

»Und ich sage dir, da geht nichts«, entscheidet sie.

»Vielen Dank, dass du dir so viel Zeit zum Nachdenken nimmst, Pili«, gibt Demetrio sarkastisch zurück.

Die Unterhaltung wird hitziger, bis Rosalía schließlich einschreitet. »Ich glaube, es ist besser, wenn wir jetzt erst mal Schluss machen, in Ruhe über alles nachdenken und in ein paar Tagen weiterreden.«

Alle sind einverstanden. Niemand weiß, wie wir echten Krach vermeiden können.

Wir gehen nach oben. Germán und ich schlafen im selben Zimmer wie gestern.

Mit mulmigem Gefühl gehe ich zu Bett. Ich weiß nicht, ob mich die Ereignisse beim Abendessen bedrücken oder das, was ich heute Morgen in der Schule erlebt habe. Nanuk kommt aufs Bett, und ich habe weder Lust noch Kraft, ihn zum Hinunterspringen zu bewegen. Außerdem mag ich es, wenn er sich an meinen Füßen zusammenrollt, auch wenn das Germán zur Weißglut treibt. Der geht ins Bad, um sich die Zähne zu putzen. Mit der Zahnbürste im Mund kommt er wieder heraus.

»Wir müssen reden«, sage ich, während ich die drei Wolldecken glatt ziehe. Es nervt mich total, dass es in diesem Haus keine Daunendecken gibt. Ich schlafe einfach nicht gern unter so vielen schweren Decken. Anscheinend werde ich gerade zu einer Bilderbuchnörglerin. Mit allem bin ich unzufrieden.

»Stimmt«, erwidert Germán.

»Das mit dem Kauf des Anteils deiner Mutter hast du doch wohl nicht ernst gemeint. Und was soll die Geschichte mit den Zuschüssen? Hast du das wirklich vor?«

»Es ist eine Option. Seit zwei Jahren suche ich jetzt schon nach einem Job bei einer Zeitung, aber nichts klappt. Und wenn ich wirklich etwas anderes machen muss, dann lieber hier, als einer der Inhaber.«

»Aber Germán …«

»Weißt du, wie frustrierend es ist, zwei Jahre lang arbeitslos zu sein? Wie nutzlos ich mich fühle, weil nichts klappt? Ich versuche ja, mich nicht unterkriegen zu lassen, Perspektiven zu entwickeln. Ich bin jung, gesund, ich habe dich. Aber es gibt Tage, da habe ich keine Lust, aufzustehen. Da könnte ich nur heulen, verdammt noch mal! Heulen und mich besaufen.«

Ich schlucke trocken. Es kommt nicht oft vor, dass sich Germán so öffnet.

»Hast du dich je in meine Lage versetzt? Weißt du, wie schwer das alles für mich ist? Und sich verantwortlich zu fühlen, ist das Schlimmste. Dabei nützt es mir nichts, dass es dem halben Land so geht wie mir. Nein, sooft ich mir auch sage, dass ich an dieser Scheißsituation nicht schuld bin, so habe ich doch das verfluchte Gefühl, dass es nicht stimmt. Dass ich arbeiten könnte, wenn ich wollte. Zum Beispiel hier. Während all der Monate, die ich meinen Vater im Krankenhaus besucht habe, habe ich seinen vorwurfsvollen Blick gespürt.«

»Dein Vater hat dir nie etwas vorgeworfen.«

»Ich hab das aber so empfunden. Ich weiß ja, was er dachte, auch wenn er nichts gesagt hat. Er hat sein ganzes Leben in diesem Restaurant geschuftet, damit wir studieren konnten, damit wir ein besseres Leben hätten. Und ich, ich bin einfach nutzlos, ein Arbeitsloser.«

»Warum bist du so hart zu dir? Dein Vater hat nie so gedacht.«

»Kanntest du ihn etwa besser als ich?«

»Er war stolz auf dich, Germán. Auch wenn er dir das nicht gesagt hat. Und ich bin sicher, er war dir dankbar, weil du fast täglich hier warst und dich um ihn gekümmert hast. Nicht alle Kinder tun das.«

Doch ich merke, dass Germán gar nicht zuhört. Er macht weiter mit seiner Tirade.

»Das mit dem Landgasthof ist eine Wahnsinnsgelegenheit. Seit zwei Jahren beklage ich mich, dass mir das Leben keine Chance gibt. Na, und hier bietet sich jetzt eine Gelegenheit. Fast so, als wäre es ein Angebot meines Vaters.«

»Eher schon eins deiner Mutter«, antworte ich bissig.

Er überhört die Bemerkung.

»Ich weiß, dass ich es könnte. Ich könnte *O Muíño* ganz sicher zum Landgasthof umbauen und dafür sorgen, dass das Geschäft läuft. Ein tolles Projekt, und total realistisch.«

»Germán, ich denke, du solltest keine langfristigen Entscheidungen treffen, solange du noch um deinen Vater trauerst.«

»Darum geht's doch gar nicht, verdammt noch mal. Ich will mich wieder wie ein vollwertiger Mensch fühlen, frei atmen können, morgens aufstehen, ohne zu denken, dass ich gleich losheulen muss. Ist okay, wenn ich kein Schriftsteller sein kann, ist okay, wenn ich das vergessen muss. Ich will mir endlich was Eigenes aufbauen.«

»Ich verstehe ja, dass du nach den zwei Scheißjahren, die wir hinter uns haben, weder die Kraft noch den Kopf hast, dich aufs Schreiben zu konzentrieren. Aber genau das solltest du tun. Du schreibst, das ist dein Beruf.«

»Jetzt willst du auf einmal, dass ich schreibe.«

»Wann habe ich das denn nicht gewollt?«

»Raquel, seit über einem Jahr schaust du mich doch schief an, deshalb. Du nimmst es hin, aber insgeheim bist du sauer auf mich.«

Mir verschlägt es die Sprache. So denkt er also über mich?

»Wie kommst du denn da drauf?«, antworte ich. »Das stimmt doch nicht! Natürlich unterstütze ich dich, klare Sache. Die ganze Zeit habe ich gearbeitet, ohne mich zu beklagen, ohne …«

»Ohne dich zu beklagen! Weißt du überhaupt, was du da sagst?«

»Ja, nein …« Ich weiß nicht, was ich sagen soll.

»Der Gedanke, dich mit mir in diesem Kaff zu vergraben, deprimiert dich. Gib's ruhig zu. Und du willst, dass ich schreibe, damit wir nicht hierbleiben müssen.«

»Du bist total ungerecht.« Ich könnte heulen, beherrsche mich aber, versuche, meine Gedanken zu ordnen. »Okay, dies ist nicht die Zukunft, die ich mir für mich vorgestellt habe. Und es ist nicht die Zukunft, die ich mir für uns beide vorgestellt habe. Schließlich geht's doch um uns beide, dich und mich. Dass du hier im Restaurant deines Vaters arbeitest und ich in ganz Galicien als Vertretungslehrerin arbeite und nur an den Wochenenden in unser hübsches Häuschen im Dorf zurückkomme … ehrlich gesagt, nein. So habe ich mir das nicht vorgestellt.«

»Aber was um alles in der Welt ist denn so schlecht an diesem Ort?«

»Was daran schlecht ist?« Ich suche nach einer Antwort,

doch mir will keine einfallen. »Weißt du, was schlecht daran ist?« Ich mache eine Pause und halte lieber den Mund, bevor ich etwas Falsches sage. »Hör mal«, sage ich dann, »wir schlafen jetzt besser und reden morgen in Ruhe darüber.«

»Ich bin nicht müde, schlaf du ruhig schon.«

Germán geht zur Tür.

»Wo willst du denn hin?«

»Frische Luft schnappen. Darf ich das etwa auch nicht?«

Ich antworte nicht. Wozu auch? Der Hund schaut mich an, als frage er, ob wir die Nacht allein zu zweit verbringen werden.

»Sieht fast so aus, Nanuk.«

Ich knipse das Licht aus.

Unruhig wälze ich mich hin und her. Ich bin zu aufgewühlt. Und ich schlafe auch nicht gern allein.

Nach einer halben Stunde ist Germán immer noch nicht zurück, und ich bekomme kein Auge zu. Also knipse ich das Licht wieder an, stelle fest, dass die Batterie des iPads leer und die Steckdose zu weit weg ist, um es zu laden und gleichzeitig im Bett zu lesen. Die paar Romane, die ich mitgebracht habe, sind im Wagen, und ich will jetzt nicht rausgehen und sie holen. Nanuk öffnet ein Auge, das blaue, um herauszufinden, ob es schon Zeit für seinen Morgenspaziergang ist. Ich streichle ihn ein bisschen, damit er wieder einschläft.

Ich beschließe, den Laptop zu nehmen, und schalte ihn ein. Dann gehe ich ins Internet, verfluche die schlechte Verbindung, viel langsamer als in A Coruña, und öffne meine Facebook-Seite. Ein Gedanke lässt mich nicht los: Wie kam dieser Roi darauf, dass Germán und ich eine Krise hatten?

Nach einer Stunde des Hoch- und Runterscrollens verstehe ich es immer noch nicht. War meine Traurigkeit, meine Ratlosigkeit auf den Bildern zu erkennen, die ich geteilt habe? In einem Lied, das ich gepostet habe? Gab's viele Fotos, auf denen Germán nicht zu sehen war? War ich immer nur mit meinen

Freundinnen unterwegs? Wie fast alle nutze ich Facebook nur, um den schönen Teil meines Lebens zu zeigen. Wie hat sich dann der andere, düstere, bittere Teil hineinschummeln können? Vielleicht durch das, was ich nicht erzählt habe. Und vielleicht hat dieser Roi die unheimliche Fähigkeit, aus wenigen Hinweisen viele Schlüsse zu ziehen.

Ich müsste meine Facebook-Seite löschen, will aber nicht einfach so klein beigeben. Andererseits ist es besser, mich zu schützen. Also lösche ich meine Seite. Als danach der Schlaf immer noch nicht kommen will, werfe ich einen Blick in die Arbeiten der Schüler. Mir geht da etwas im Kopf herum, und ich schäme mich, es zuzugeben. Ich beginne zu lesen, doch der Gedanke kommt immer wieder. Ich muss mir eingestehen, dass mich das Thema mehr beunruhigt, als gut für mich ist.

Wer mag diese verdammte Botschaft geschrieben haben?

Vielleicht erfahre ich etwas, wenn ich die Handschrift mit den Arbeiten der Schüler vergleiche. Ich weiß nicht, ob das was bringt, aber wenigstens muss ich mir dann nicht mehr alle Schüler als Bösewichte vorstellen. Alle gegen mich. Eine einzige große Verschwörung. Ich will keine Alpträume haben wegen ihnen. Das haben sie nicht verdient, und ich genauso wenig. Meine Träume können ziemlich heftig sein und mir richtig Angst machen. Der Spruch war aber die Tat eines Einzelnen, und es wäre gut, wenn ich herausfinden könnte, wer es war. Denn wenn ich weiter fürchte, dass alle ihr schmutziges Spiel mit mir treiben, schaffe ich es nicht, morgen früh in die Schule zu gehen.

Und so verbringe ich die nächsten drei Stunden damit, Handschriften zu vergleichen. Ich will wissen, wer darauf setzt, dass ich die Nächste bin, die stirbt.

Kapitel 10

Die Tage vergehen, und ich lerne die Schüler besser kennen. Ich habe anhand der Schrift nicht herausfinden können, wer sich hinter der Botschaft verbirgt, aber die Drohung wiederholt sich nicht, und so versuche ich, sie zu vergessen. Natürlich tue ich vor der Klasse so, als hätte ich sie nie erhalten.

Die ganze Woche stellen sie mich auf die Probe, aber damit komme ich klar. Allerdings weiß ich immer noch nicht, wie weit sie im Lehrplan gekommen sind, denn es macht ihnen großen Spaß, Katz und Maus mit mir zu spielen. Virucas Name fällt hin und wieder, sie vergleichen mich mit ihr. Ich gebe mir Mühe, mich davon nicht irritieren zu lassen, fürchte, dass alle dauernd an sie denken.

Nach und nach kann ich mir auch die Namen merken: Roi Fernández, der Hacker, der mit dem Klebeband am Brillenbügel und dem messerscharfen Verstand. Iago Nogueira, der mit der Tolle. Nerea Casado, die Wortführerin mit dem großen Busen. Carolina. Uxía, ein Kleiner mit rumänischen Wurzeln. Marca, Cabano, Jan, ein Asiate, der aussieht wie elf und schon siebzehn ist. Romina, Iria, Jenifer … Am Freitag kann ich schon alle Schüler beim Namen aufrufen, und ab und zu mache ich das auch. Als ob ich dadurch zu einer besseren Lehrerin würde.

Im Lehrerzimmer kommt Marga, die stellvertretende Direktorin auf mich zu.

»Na, wie läuft's denn so? Kommst du mit den Schülern zurecht?«, fragt sie.

»Ja, schon. Alles gut …« Ich will nicht allzu viel darüber sagen. »Marga, ich wollte dich etwas fragen … Die Arbeiten der Schüler aus der 12, sind die irgendwo archiviert? Ich möchte gern sehen, was sie mit Viruca durchgenommen haben.«

»Ich fürchte, die hat sie alle zu Hause aufbewahrt, oder vielleicht nicht einmal das. Viele Lehrer geben die Arbeiten den Schülern zurück. Das empfehlen wir sogar.«

»Verstehe.«

»Vielleicht kann dir ihr Exmann Mauro helfen. Frag ihn doch mal.«

Der Vorschlag, mit Mauro zu sprechen, begeistert mich nicht gerade, aber was bleibt mir anderes übrig, wenn ich etwas herauskriegen will? Oder ich mache einfach, was ich will, ohne zu berücksichtigen, was sie schon durchgenommen haben. Das scheint mir aber auch nicht gerecht. Und um ehrlich zu sein, bin ich sehr neugierig, etwas über meine Vorgängerin zu erfahren, und sei es nur ihre Art der Benotung.

Es ist Pause, und nach und nach füllt sich das Lehrerzimmer. Ich habe inzwischen auch die Namen einiger Kollegen gelernt. Das fällt mir noch schwerer als bei meinen Schülern. Die Chemielehrerin – ich glaube, es ist Chemie – merkt, wie ich mich anstrenge, und kommt mir lachend zu Hilfe. Sie ist ein paar Jahre älter als ich, hat ganz kurzes Haar und eine Nase, die das halbe Gesicht einnimmt, was bei jemand anders furchtbar aussähe, ihr jedoch eine gewisse Attraktivität verleiht.

»Keine Sorge, mit der Zeit wirst du das schon lernen. Ich bin Isa. Zu Beginn des Schuljahrs geht's uns allen so. Wenn du später dazukommst, bist du halt ganz allein mit dem Problem.« Ich danke ihr und entspanne mich ein bisschen. Sie bombardiert mich mit Fragen.

»Wie läuft's mit deinen Schülern? Ich habe gehört, dass du hier im Ort wohnen willst, stimmt's? Das muss man schon mögen, wo Ourense so nah ist.«

»Mein Mann stammt von hier«, antworte ich.

»Das kann man dann wohl nur Pech nennen.«

Ich habe ein paar Freistunden und mache einen Spaziergang durch das Städtchen, brauche frische Luft. Viele Geschäfte sind geschlossen, pleite wegen der Krise und der Schließung der Acebedo-Fabrik. Einige Gebäude sind schon ziemlich heruntergekommen. Wie schnell alles verfällt, und wie traurig, dass auch in diesem Ort die Zeit stillstehen wird. Als ob das Leben dahin flieht, wo Wohlstand herrscht. Als wollten sogar noch die Stunden und Tage abhauen. Alles fängt an, nach Vergangenheit zu riechen.

Ich gehe zur Schule zurück. Als ich auf die Uhr schaue, sehe ich, dass mir noch ein bisschen Zeit bleibt bis zur nächsten Stunde. Ich beschließe, Conchas Café einen Besuch abzustatten. Wieder steht Mijaíl vor der Tür und raucht. Ich gehe hinein, Concha begrüßt mich überschwänglich.

»Du hast also die erste Woche überlebt!«

»Sieht so aus.«

»Na, das freut mich aber! Was soll's denn heute sein?«

Ich bestelle einen Kaffee.

»Schwarz, wie gehabt? Mijaíl! Dieser Russe bringt mich noch um den Verstand. Mijaíl, komm endlich wieder rein!«

»Komm ja schon …«, antwortet der Bursche. »Irgendwann beschwere ich mich bei der Gewerkschaft wegen Sklaventreiberei.«

»Was man sich nicht alles anhören muss! Ich, eine Sklaventreiberin? Wie eine Heilige bin ich zu dir!«

Hinten im Lokal spielen ein paar Jungs Darts. Einer von ihnen zielt so schlecht, dass der Wurfpfeil im ausgestopften Hirschkopf an der Wand stecken bleibt.

»Du Versager!«, ereifert sich Concha. »Wenn du nicht zielen kannst, wieso spielst du dann?«

Sie kommt hinter dem Tresen hervor, steigt auf einen Stuhl

und zieht den Pfeil heraus. Dann streichelt sie den Hirschkopf und herrscht den Jungen an:

»Weißt du, wie viel Mühe es mich gekostet hat, den zu erlegen? Nächtelang war ich im Wald unterwegs, und jetzt kommst du und machst mir die Trophäe kaputt! Für heute ist Schluss. Her mit den Pfeilen!«

»Aber wir sind doch mitten im Spiel!«, protestiert einer der Jungs.

»Schluss für heute! Das ist mein letztes Wort!« Resolut nimmt Concha ihnen die Pfeile ab.

Überrascht schaue ich Mijaíl an. »Deine Chefin geht auf die Jagd?«

»Vor allem auf Schnepfen, aber manchmal auch auf was Größeres. Sie hat versprochen, mich mitzunehmen, aber bis jetzt ist nichts draus geworden.«

Concha kehrt hinter den Tresen zurück. Ich schaue sie an und staune, dass diese Frau mit einer Flinte umgehen kann.

»Jägerin bist du also …«

»Irgendwie muss man die Zeit doch totschlagen. Und Stricken oder Fernsehen langweilt mich.«

Ich sehe, dass Mauro hereingekommen ist. Er trägt einen schwarzen Anzug und hat tiefe Schatten unter den Augen, als hätte er die ganze letzte Nacht nicht geschlafen. Ich beschließe, ihn anzusprechen. Wenn eine Frau wie Concha Jägerin ist, dann kann auch ich ein bisschen mutiger sein.

»Hallo, Mauro.«

»Hallo. Du bist die Neue.«

»Ja, ich heiße Raquel. Ich wollte dich was fragen … Ich möchte gern genauer wissen, auf welchem Stand die Schüler sind, und vielleicht kannst du mir da helfen.«

»Schieß los.«

»Ich würde mir gern die Arbeiten anschauen, die sie geschrieben haben, und da dachte ich, dass du …«

»Dass ich was?«

Okay, er will es mir nicht einfach machen.

»Ob deine Frau vielleicht zu Hause …«

»Meine Frau und ich waren getrennt. Seit dem letzten Sommer haben wir nicht mehr zusammengelebt.«

Ich bereue, dass ich ihn so blöd und tollpatschig angesprochen habe, und wende mich zum Gehen, da sagt Mauro: »Warte mal. Viruca hat immer alle Tests und Arbeiten ihrer Schüler gescannt. Sie hatte für jeden Schüler ein digitales Archiv. Mich hat das total aufgeregt, weil sie so viel Zeit damit verbracht hat.«

Ich weiß nicht recht, was ich sagen soll, nicke nur.

»Ich habe die Schlüssel zu ihrer Wohnung. Wenn du willst, kann ich dir eine Kopie der Dateien von ihrer Festplatte ziehen.«

»Das wäre toll, aber ich will dich nicht damit belästigen. Dann musst du extra hingehen und …«

»Wenn du mich nicht belästigen willst, hättest du nicht gefragt.«

»Lass gut sein, wirklich. Ich komm schon klar. Ich kann mir vorstellen, wie schwer das für dich sein muss … Es war nicht sehr rücksichtsvoll von mir. Trotzdem vielen Dank.«

Ich lege Geld auf den Tresen und will gehen.

»Nein, du kannst dir nicht vorstellen, wie schwer das ist. Ganz und gar nicht. Haben die Kollegen von mir erzählt? Sie behandeln mich wie einen Aussätzigen. Und auch du willst offenbar möglichst schnell weg.«

Concha, die hinter dem Tresen beschäftigt ist, hört unsere Unterhaltung mit und wirft mir einen Blick zu. Hab Geduld, *miña nena*, soll das wohl heißen.

»Eigentlich habe ich noch gar nicht groß mit den Kollegen geredet. Weder über dich noch über irgendwas anderes. Und ich will auch nicht schnell weg, ich fürchte einfach, ich bin dir zu nahe getreten.«

»Na, dann geh doch. Geh.«

»Ja, ich glaube, das ist das Beste.«

Ich zögere einen Augenblick, und er nutzt das aus, um Dampf abzulassen.

»Die begreifen nicht, warum ich nicht ein paar Tage freinehme oder um meine Versetzung bitte. Meine Anwesenheit stört sie. Ich gehe aber nicht. Mir jagen diese Schüler keine Angst ein. Ich will, dass sie mir Tag für Tag ins Gesicht schauen müssen. Sie sollen sehen, dass ich es weiß. Dass sie Viruca auf dem Gewissen haben.«

Angesichts dieser Beichte kann ich nur schweigen. Doch ich sehe, was die Kollegen meinen: dass er sich in etwas hineinsteigert. Ich weigere mich zu akzeptieren, dass die Schüler eine solche Macht über Viruca gehabt haben sollen. Ich muss mich weigern, sonst bin ich verloren.

»Heute Nachmittag wird sie beerdigt. Der Richter hat endlich ihre Leiche freigegeben. Gehst du hin?«

»Ich kannte sie ja gar nicht.«

»Aber ihre Sachen willst du haben.«

»Nein, die Sachen ihrer Schüler.«

»Schon gut. Trink du in Ruhe deinen Kaffee. Du musst nicht gehen. Weil ich jetzt gehe.«

Ohne ein weiteres Wort verlässt Mauro das Lokal. Concha schüttelt betroffen den Kopf.

»Der Arme, *pobriño*. Noch so jung und muss schon so was erleiden. Was soll man machen? Aber eins kann ich dir sagen: Ich glaube, er hat nicht ganz unrecht. *A Viruca non se matou.*«

»Wie bitte?«

»Viruca hat sich nicht umgebracht. In meiner Familie hat es ein paar Selbstmorde gegeben, meine Großtante und mein Bruder Juan haben sich das Leben genommen. Ich weiß, wovon ich spreche. Diese Art zu sterben steht einem ins Gesicht geschrieben. Und bei Viruca war das nicht so, auf keinen Fall. Da siehst du mehr danach aus, lass dir das gesagt sein.«

»Danke, Concha, sehr nett von dir!«

»Das sage ich doch nur so, *neniña.*«

»Und weshalb finden die Guardia Civil und der Untersuchungsrichter nichts heraus?«

»Vielleicht war es ein Unfall … aber vielleicht …«

Mijaíl wirft ihr einen warnenden Blick zu.

»Aber vielleicht halte ich jetzt besser den Mund.«

Kapitel 11

Ich verlasse das Café mit mulmigem Gefühl. Conchas Worte sind mir in die Glieder gefahren. Mauro habe ich nicht glauben wollen, weil aus ihm der Schmerz sprach, doch Concha hat mit all dem nichts zu tun. Weiß sie mehr, als sie zu erkennen gibt, oder langweilt sie sich nur und will sich wichtigmachen? Ich fasse mir an die Stirn, sie ist heiß. Hoffentlich werde ich nicht krank. Ich beschließe, mir Paracetamol zu besorgen, das hilft mir immer am besten. Ich betrete die nächste Apotheke und warte hinter einem alten Mann, der jede Menge Medikamente kauft. Die Apothekerin erklärt ihm geduldig, wie er sie einnehmen muss und wie wichtig es ist, nicht die Uhrzeit und die Farbe der einzelnen Tabletten zu verwechseln.

»Nicht vergessen, die roten sind für den Blutdruck. Immer eine nach dem Frühstück.«

»Oh, ich frühstücke aber doch gar nicht!«

»Na, dann essen Sie halt ein, zwei Kekse oder so, auf nüchternen Magen bekommen die Ihnen nicht.«

Ich lasse meinen Blick über die Regale schweifen und sehe an einer Wand ein Plakat, das Foto einer verschwundenen Frau. Viruca Ferreiro. Ich fahre zusammen. Das ist doch die Lehrerin, die ich vertrete. Noch nie habe ich ein Bild von ihr gesehen. Sie war hübsch, sehr hübsch sogar. Ich weiß nicht, weshalb mich das so überrascht. Vielleicht, weil sie eher nach Modezeitschrift oder Werbespots aussieht. Es überrascht mich auch, dass niemand das bisher erwähnt hat. Dass weder ein

Schüler noch die Vizedirektorin noch sonst jemand mir erzählt hat, was für eine beeindruckende Erscheinung Viruca Ferreiro gewesen ist. Eine jener Frauen, die so schön sind, dass sie fast zerbrechlich wirken. Zerbrechlich und gleichzeitig perfekt. Glatte, braune Mähne bis auf die Schultern. Dunkle Augen, voller Leben, Tiefe und Geheimnis. Intelligente Augen. Mit einem Grübchen im Kinn und vollen Lippen. Unwiderstehlich. Ob sich jemand, die so schön war, tatsächlich umbringen wollte? Ich weiß, das klingt oberflächlich, Schönheit ist keine Garantie für ein glückliches Leben, aber, sagen wir mal, sie hilft ein bisschen. Die Welt ist schönen Menschen gegenüber viel freundlicher. Noch der heftigste Rassismus kapituliert vor der Schönheit.

Und jetzt bin ich hier, um diese Frau zu vertreten. Plötzlich fühle ich mich verunsichert.

»Was kann ich für Sie tun?«, fragt die Apothekerin.

Ich zeige auf das Plakat.

»Sie wissen sicher, dass sie inzwischen gefunden worden ist, nicht wahr?«

»Ah, ja, Viruca. Ich kann mich noch nicht dazu durchringen, es abzunehmen. Ich hab das Gefühl, dass ich sie so ein bisschen ehren kann und es mir hilft, mich daran zu erinnern, dass … Sie war ein sehr guter Mensch, wissen Sie? Und … Na ja, lassen wir das, das sind nur meine dummen Gedanken. Was kann ich für Sie tun?«

»Was wollten Sie sagen? Sie war ein guter Mensch und …?«

»Ich habe nicht gemerkt, dass sie um Hilfe rief, verstehen Sie? Manchmal macht das Geld alles kaputt. Aber ich rede zu viel. Vergessen Sie einfach, was ich gesagt habe. Was kann ich für Sie tun?«

»Paracetamol, bitte.«

Ich komme nicht mehr dazu, sie zu fragen, was sie mit dem Geld meint. In der Apotheke habe ich zwei neue Seiten von Viruca kennengelernt: Sie war atemberaubend schön und hatte … Geldprobleme? Mir fällt das Auto ein, das mich neulich beinahe überfahren hätte. Der Wagen ihres Ex. Das war ein Luxusschlitten, ein Jaguar. Eigentlich seltsam, dass sich ein Lehrer ein solches Auto leisten kann. Schon klar, jeder kann sein Geld ausgeben, wie er will. Die einen kaufen sich ein Haus, die anderen schaffen sich eine ordentliche Bibliothek an oder verprassen es mit leichten Mädchen. Und Mauro hat jedes Recht der Welt, sich einen Jaguar zu kaufen. Vielleicht frage ich Germán, was so ein Auto kostet, nur aus Neugier.

Viruca macht mich immer neugieriger. Zum ersten Mal verspüre ich den Drang zu wissen, wer sie war. Ich bin von Natur aus eigentlich nicht neugierig oder unsicher. Was zum Beispiel mein Liebesleben angeht, so habe ich nie zu denen gehört, die in der Vergangenheit ihrer Partner herumstöbern und sich von deren früheren Beziehungen bedroht fühlen. Solche Eifersucht habe ich nie verstanden. Doch Virucas Schönheit macht mich unsicher. Wie eine Frau, die weiß, dass sie im Herzen ihres Ehemanns den Platz einer früheren Liebe eingenommen hat, die schöner, intelligenter, wichtiger war, und die sie nie wird ersetzen können. Ich weiß nicht, weshalb ich zwei so verschiedene Dinge zusammenbringe. Als würde mir angesichts von Virucas Bild plötzlich klar, dass ich sie bei den Schülern nie werde ersetzen können. Ich möchte erfahren, wer sie war und was geschehen ist.

Im *O Muíño* angekommen, möchte ich mich am liebsten gleich ins Bett legen und den ganzen Nachmittag schlafen. Stattdessen gehe ich ins Restaurant und versuche, Germán zu finden. Er ist bei seinem Bruder Demetrio und hilft ihm, Muscheln zu putzen. Der Hund begrüßt mich kaum, er ist zu sehr damit beschäftigt, darauf zu warten, dass etwas für ihn abfällt. Die Musik, die sie vom Laptop streamen, dröhnt, die beiden singen ein Lied von David Bowie mit, *Life on Mars*. Sie wirken total entspannt, keine Spur mehr von dem Unwetter, das ihre Mutter vor ein paar Tagen entfesselt hat. Oder von dem, was ich hinterher ausgelöst habe. Auf einmal komme ich mir sehr egoistisch vor, weil ich nicht weiß, ob ich Germán hier so guter Dinge in der Küche sehen möchte, so rundum zufrieden mit seinem Bruder. Als mein Schwager mich bemerkt, dreht er die Musik leiser.

»Heute Abend gibt's Muscheln in Blätterteig. Die Acebedos kommen zum Essen. Sie lieben es, wie ich das mache.«

Die Acebedos. Die Erben der Besitzer der Konservenfabrik. Die erst viele Arbeitsplätze im Ort geschaffen und sie dann durch ihre Misswirtschaft kaputt gemacht haben. Die Familie wohnt weiter hier in ihrer Luxusvilla und hat offensichtlich immer noch sehr viel Geld. Die Fabrik ist zwar geschlossen, aber die Familie macht ihre Geschäfte anderswo. Und obwohl sie hier die Wirtschaft ruiniert haben, behandelt man die Acebedos immer noch mit großem Respekt. Das sind wohl Verhaltensweisen, die sich nur schwer überwinden lassen. Meinem Schwager zufolge verdankt man ihnen so viel, dass man sie wegen ihrer Fehler der letzten Jahre nicht verdammen sollte. Ich dagegen denke, dass man sie immer noch wie früher behandelt, weil sie sich nach wie vor wie die Herren des Ortes aufführen. Und auch wenn ich diese Unterwürfigkeit nicht teile, sie mich vielmehr ärgert, so halte ich doch lieber den Mund. Vor allem, weil sie einmal die Woche zum Essen kommen, Demetrios beste Kunden sind. Da sind sie dann super großzügig, bestellen immer den teuersten Wein und feiern Gelage, die normale Sterbliche sich kaum leisten können.

»Sagt mal, was kostet eigentlich ein Jaguar?«, frage ich unvermittelt.

Die Brüder schauen sich verblüfft an.

»Das hängt vom Modell ab. Willst du etwa einen kaufen?«

»Ich? Ausgeschlossen! Es geht um ein ziemlich großes Modell, sehr luxuriös, fünftürig und, wie's aussieht, relativ neu.«

»Keine Ahnung. Eine Menge Kohle. Der kann leicht vierzig-, fünfzigtausend kosten. Eher mehr«, antwortet Germán. »Weshalb willst du das denn wissen?«

»Nur so. Hab gerade einen im Ort herumfahren sehen, das hat mich überrascht.«

»War es einer von den Acebedos?«

»Nein. Ich meine, nicht dass ich wüsste.« Vielleicht gehört Mauro zu ihrer Familie und hat einen anderen Nachnamen?

»Hätte mich auch gewundert, die fahren lieber Mercedes oder BMW. Und SUVs«, klärt mich Demetrio auf.

»Und Porsche, wie der heiße Ofen, den Gabriel fährt«, ergänzt mein Mann.

»Ich geh jetzt nach oben und leg mich ein Weilchen aufs Ohr. Viel Spaß noch mit den Muscheln und David Bowie.«

»War wohl ein anstrengender Tag, was?«, fragt mein Schwager. Es klingt gut gelaunt, doch ich meine, leise Kritik darin zu hören, wie wenig wir Lehrer doch arbeiten.

»An manchen Tagen würde ich lieber Muscheln putzen. Aber heute war's ganz okay.«

Ich gehe in unser Zimmer. Nach einem Weilchen kommt auch Germán hoch und sieht, wie ich im Koffer wühle und verschiedene Kleider aufs Bett lege.

»Was machst du denn da?«, fragt er.

»Ich suche etwas, das ich zu einem Begräbnis anziehen kann. Heute wird Viruca beerdigt, die Lehrerin, die ich vertrete.«

»Und da willst du hin?«

Germán wundert sich. Verständlich, fällt es mir doch meist nicht leicht, mich an den Schulen zu integrieren, an die man mich schickt. Ich versuche eher, Distanz zu halten, keine Freundschaften einzugehen, die nach ein paar Wochen schon wieder vorbei sind. Wieso will ich zu dieser Beerdigung?

»Meinst du, ich sollte nicht hingehen? Wäre es unpassend?«

»Es wird sicher niemand stören, wieso auch? Aber ich glaube, man würde dich nicht vermissen, wenn du nicht hingingst.«

»Hast du zufällig einen Anzug im Koffer?«

»Soll ich mitkommen?« Ich sehe Panik in seinem Blick. Kann ich ihm nicht übel nehmen.

Ich überlege einen Moment. Welche Botschaft gebe ich den Schülern, wenn ich mit meinem Mann aufkreuze? Dass ich Angst vor ihnen habe und ihnen zeigen muss, dass ich einen Ehemann habe, der mich beschützt?

»Nein, nein … Ist eigentlich nicht nötig. Keine Ahnung, weshalb ich dich gefragt habe. Soll ich dieses Kleid anziehen?«

»Wenn du es anziehst, setz ich mich jetzt und schau dir zu, ich finde, es steht dir toll.«

Und ohne ein weiteres Wort setzt er sich in einen Sessel und schaut mich mit anzüglichem Grinsen an. Wie mir dieser Germán doch gefällt! In so einen Mann habe ich mich einmal verliebt. Jemand, der nach ein paar seltsamen Tagen wie denen nach dem Streit über seine Zukunft alles vergessen und sich von seiner liebenswerten, entspannten Seite zeigen kann. So ist Germán, er kann leicht verzeihen. Er lässt das Thema einfach hinter sich.

»Was machst du denn da«, lache ich. »Was soll das werden?«

»Darf ich nicht meiner Frau zusehen, wenn sie sich sexy für eine Beerdigung anzieht?«

»Das ist nicht sexy, sag doch nicht solchen Quatsch!«

»Komm, zieh dich schon aus!«

»Germán!«, protestiere ich halbherzig, eigentlich bin ich entzückt. Erleichtert. Danke, Germán! Er hat dafür gesorgt, dass meine Laune sich mit einem Schlag bessert. Dass er immer noch so viel Macht über mich hat, dass in unserer Ehe immer noch solche Momente möglich sind, das gibt mir Hoffnung.

Ich klammere mich an sie, erinnere mich an sie, immer wenn wir kurz vor dem Scheitern sind.

Und ich gebe zu, irgendwie tröstet es mich, dass er mich ausgerechnet heute sexy findet, gerade nachdem ich entdeckt habe, wie hübsch Viruca war. Fast so, als würde ich nicht nur mit ihr um den Respekt ihrer Schüler kämpfen, sondern auch um die Zuneigung meines Mannes. Völlig absurd, ich weiß. Aber so ist es nun mal.

Ich lasse mich ein bisschen bitten, zeige aber, dass ich nachgeben werde. Ich frage ihn, wie ich mein T-Shirt ausziehen soll, langsam oder schneller, und er versteht sofort, was ich vorhabe. Ich will, dass er mich mit seiner Stimme führt, will ihm gehorchen.

Als ich nur noch den Slip anhabe, steht Germán auf und beginnt sich auszuziehen.

»Was soll das denn?«, frage ich und tue überrascht.

Er antwortet nicht, zieht Hemd und T-Shirt aus. Wie mir sein Körper gefällt! Er gefiel mir sofort, als wir uns kennenlernten … diese lange Nacht mit viel Bier, Entdeckungen und Gelächter, die im Schlafzimmer meiner Mutter endete, als sie zufällig Nachtdienst hatte. Wie lange ist das her? Ein ganzes Leben und ein paar Tode. Er hat kaum Haar am Körper, nur ein paar spärliche Härchen um die Brustwarzen und diesen Ameisenpfad, der am Bauchnabel beginnt und zu seinem Geschlecht hinunterführt. Sein Körper ist nicht im Sportstudio gestählt, aber er sieht dennoch gut aus. Germáns Haut ist weich und voller Sommersprossen, auf dem Rücken hat er eine ganze Galaxie von Leberflecken. Einige ergeben sogar kleine Sternbilder, denen wir Namen gegeben haben. So schnell er kann, zieht er seine elegante Jeans aus und fällt beinahe hin. Ich muss lachen. Er versucht, ernst zu bleiben und die Rolle des Machos weiterzuspielen. Endlich ist er die Jeans los und findet sein Gleichgewicht wieder. Er schaut mich durchdringend an, als parodiere er eine Rasierwasserreklame – wie wunderbar er den Clown spielen kann! –, dann fallen wir zusammen aufs Bett. Wir lachen. Er küsst mich. Ich küsse ihn. Wir suchen uns im Blick des anderen. Wir sind uns bewusst, dass diese Momente von Nähe und Verlangen immer seltener werden. Und es gilt, sie zu genießen, als kämen sie nie wieder. Mein Slip verschwindet im Handumdrehen.

»Hast du ein Kondom dabei?«, frage ich. »Ich hab doch gerade mit der Pille ausgesetzt.«

»Bist du sicher, dass wir ein Kondom wollen?«

»Ganz sicher.«

Kapitel 12

Iagos Vater würde erst am Abend zurückkommen, deshalb beschloss Iago, seine Freunde einzuladen. Bei ein paar Bieren wollte er der Sache auf den Grund gehen. Ihn überraschte die Aggressivität seines Freundes Roi. Warum zum Teufel war der so auf die neue Lehrerin losgegangen? Vor ein paar Tagen hatte er noch ein total schlechtes Gewissen gehabt wegen Viruca. Das passte einfach nicht zusammen.

Als Erste kam Nerea, und fünf Minuten später läutete Roi an der Gegensprechanlage des ziemlich feudalen Einfamilienhauses. Es gehörte zu einer ganzen Straße, die die Firma seines Vaters gebaut hatte. Glücklicherweise war das Wohnviertel gerade noch vor der Krise fertig geworden, im Gegensatz zu einem zweiten etwas weiter außerhalb. Gerade als dort der Bau begonnen hatte, war die Immobilienblase geplatzt, mit katastrophalen Folgen. Die Preise fielen ins Bodenlose, es fanden sich keine Käufer, die Firma machte Pleite. Die Häuser wurden nicht mehr fertig, und die paar Käufer, die schon Geld angezahlt hatten, sahen es nie wieder. Nur gut, dass Tomás, Iagos Vater, noch andere Geschäfte hatte, die ihm über die schlechten Zeiten halfen. Über diese Geschäfte wurde im Städtchen viel geflüstert und gemunkelt, niemand wusste etwas Genaues. Tomás war schlau und wusste, wie er es anstellen musste, um sich nicht die Finger zu verbrennen.

Iagos Freunde wussten von all dem nichts, obwohl auch sie die Gerüchte kannten. Iagos Vater würde schon wissen, wie er klarkam, und solange ihr Freund in dieser Luxushütte mit Swimming Pool wohnte, war ihnen alles andere herzlich egal.

Iago hatte in einer knappen Stunde schon drei *Lines* Koks gezogen und versuchte, die Wirkung mit einer Dosis Ketamin unter Kontrolle zu halten. Er hatte auch noch ein bisschen Marihuana in petto, für alle Fälle. Für Iago war heute ein schwieriger, sehr schwieriger Tag. Er wusste, dass er alles tun musste, um ihn heil zu überstehen. Dennoch wollte er vorher unbedingt mit seinen Freunden Klartext reden.

»Ein Bier, Roi?«

»Hat dein Alter die nicht abgezählt?«

»Keine Sorge, die hab ich selbst aus dem Supermarkt geholt.«

Sie tranken Bier und redeten Belangloses. Iago wollte das Thema so anschneiden, als sei es nur zufällig aufgekommen. Endlich bot sich die Gelegenheit.

»Hört mal, der Neuen haben wir's ordentlich gegeben, was?«

»Der Literaturlehrerin?«, fragte Nerea. »Ach, komm. Na ja, Roi vielleicht schon. Was er da mit Facebook abgezogen hat, war echt heftig.«

Nerea warf Roi einen halb stolzen, halb bewundernden Blick zu. Der war offensichtlich geschmeichelt.

»Habt ihr gesehen, wie sie sich beinahe in die Hose gemacht hätte?«, prahlte er.

»Meint ihr nicht, wir könnten es jetzt ein bisschen ruhiger angehen lassen?«, fragte Iago.

»Wir haben doch gar nichts gemacht«, erwiderte Nerea. »Nur ein bisschen die Krallen gezeigt. Die Vertretungen sind manchmal ganz schön unverschämt. Denen muss man gleich klarmachen, wer das Sagen hat.«

»Also, ich glaube, dass ist ihr schon klar geworden. Wir sollten das erst mal lassen.«

»Aber warum denn?«, fragte Roi. »Du warst doch derjenige, der Viruca so richtig einheizen wollte.«

»Ja, und am Ende warst du die Heulsuse … Dass wir zu weit gegangen wären, dass sie sich wegen uns umgebracht hätte. Ich verstehe nicht, warum du es jetzt so auf die Neue abgesehen hast.«

»Ich dachte, du fändest das gut«, antwortete Roi. »War doch nur so zum Spaß.«

»Willst du jemand Bestimmtes beeindrucken?« Iago schaute zu Nerea hinüber. Er vermutete seit Längerem, dass sein Freund es auf Nerea abgesehen hatte. Die tat so, als merke sie nichts, weil sie ein Auge auf Iago geworfen hatte. Für den war sie allerdings nur eine gute Freundin.

»Mit mir läuft nichts«, sagte Nerea.

»Keine Sorge, ich hab nichts vor in der Richtung. Größe XL ist nicht mein Fall.«

»Klar, du wüsstest ja gar nicht, wo du anfangen solltest, du Zwerg.«

»Okay, dann lassen wir das jetzt erst mal«, nahm Iago den Faden wieder auf. »Wir haben ihr ein bisschen Angst gemacht, sie weiß, mit wem sie es zu tun hat, das sollte reichen.«

»Entscheidest du das allein?«

»Nein, verdammt noch mal, das entscheiden wir drei gemeinsam.«

Iago spürte den Kick der letzten *Line*. Ihm wurde ein bisschen schwindlig, die Wirkung war stärker als erwartet. Außerdem sorgte das Ketamin dafür, dass ihm schwummrig wurde. Sein Hirn schien sich vom Körper zu lösen und einen Trip durchs Universum zu starten. Einfach irre! Aber er bekam auch Angst, die Kontrolle zu verlieren, seinen Körper völlig zu verlassen und nicht wieder in ihn zurückzukehren. Deshalb kombinierte er Ketamin und Koks. Die Sache sollte nicht aus dem Ruder laufen, er wollte wieder in sein wirkliches Leben zurückkönnen. Auch wenn sein wirkliches Leben ein Scheißdreck war. Aber es war das einzige, das er hatte.

»Das entscheiden wir zusammen, alle drei ... Wir sind doch Kumpels«, sagte er noch einmal und klopfte seinen Freunden auf die Schulter.

Roi wunderte sich über Iagos übertriebene Freundlichkeit. »Alles okay?«

»Alles bestens.« Iago fand zu seinem Thema zurück. »Denkt doch mal ein bisschen nach. Heute wird sie beerdigt.« Er nannte nicht ihren Namen, als habe er Angst davor. »Wir sollten es nicht noch mal übertreiben.«

»Aber keiner von uns konnte doch ahnen, dass sie in den Fluss geht«, antwortete Roi.

»Ja, genau, so schlimm war's ja wirklich nicht, was wir gemacht haben«, stimmte Nerea zu.

»Ihr seht ja, wie empfindlich Frauen sein können. Wir lassen es in Zukunft besser.«

»Na gut, du Nervensäge, wenn's dir so wichtig ist, dann benehmen wir uns jetzt halt wie die Engelchen«, willigte Nerea ein. »Aber ich habe ein reines Gewissen.«

Iago sah zu Roi hinüber, auch der sollte sagen, dass er mit dem Mobbing aufhören würde, doch Roi schwieg. Wer nichts sagt, stimmt zu, dachte Iago und öffnete noch drei Bierdosen, um den Pakt zu feiern. Und er holte ein bisschen Marihuana hervor, das, was er für sich reserviert hatte.

»Einen kleinen Joint?«, fragte er.

»Gute Idee«, antwortete Nerea.

»Mach ihn aber nicht zu stark, sonst krieg ich wieder so einen *hangover*«, sagte Roi.

Iago grinste nur. Er wollte seinen Freunden etwas bieten und zog ein Tütchen Kokain und ein zweites mit Ketamin aus der Hosentasche.

»Wollen wir uns dazu noch einen Calvin reinziehen?«

Calvin Klein, so hieß die Mischung aus Cocain und Ketamin, CK. Nerea und Roi schauten sich überrascht an.

»Na, du bist ja heute wirklich gut drauf!«

»Ist doch ein besonderer Tag. Soll ich für jeden eine *Line* fertig machen? Oder wollt ihr nicht?«

Roi hatte ein paar Mal Kokain probiert, seine erste *Line* hatte er mit fünfzehn mit ein paar Klassenkameraden gezogen. Aber es hatte ihm ein bisschen Angst gemacht, und außerdem konnte er es sich nicht leisten. Mit Iago hatte er ein paar Mal geschnupft, war also kein Experte, aber auch kein Abstinenzler. Doch schon am frühen Nachmittag mehrere verschiedene Drogen zu nehmen, kam ihm ziemlich verrückt vor. Er wusste auch, dass Ketamin einen auf eine ziemlich heftige Reise schicken konnte. Wenn man Pech hatte, konnte man das Gefühl bekommen, jeden Moment zu sterben, das hatte er wenigstens so im Internet gelesen. Und das brauchte er wirklich nicht.

»Ich glaube, das lass ich mal lieber.«

»Ich bin dabei«, sagte Nerea.

»Und du, Roi? Wenigstens ein bisschen Koks, oder? Ich versteh schon, das Ketamin zieht einen runter, aber Koks möbelt dich auf.«

Schließlich gab Roi nach und zog eine halbe *Line* Kokain ohne Ketamin.

Durch den doppelten Effekt des Kokains und des Ketamins befanden sich Iago und Nerea bald auf einem Trip durch die Wolken. Als die beiden anfingen, sich zu küssen und zu streicheln, fühlte Roi sich immer unwohler. Doch Iago hatte keine Lust, Nereas Spiel lange mitzuspielen. Lieber wollte er noch ein paar *Lines* ziehen.

»Hast du immer noch nicht genug?«, fragte Roi.

»Ganz ruhig, alles gut. Ich bin richtig gut drauf.«

Er war tatsächlich super entspannt, seine Angstzustände waren so gut wie verschwunden. Das Dumme war nur, dass seine

Gedanken wild umherzuschweifen begannen und Gefühle, die er nicht hatte empfinden wollen, wieder hochkamen.

»Wie wär's, wenn wir zur Beerdigung gehen?«, fragte er plötzlich.

»Alter, so, wie wir jetzt aussehen, ist das keine gute Idee«, erwiderte Roi.

»Ich hab mir extra ein Kleid angezogen, habt ihr das etwa nicht bemerkt?«, warf Nerea ein und wies auf ihr dunkles Kleid. »Von mir aus kann's losgehen.«

»Na also. Auf geht's«, freute sich Iago.

Roi versuchte, sie von ihrem Plan abzubringen. Doch Iago beharrte nicht nur auf seinem Vorschlag, sondern zog sich auch noch eine dicke *Line* Ketamin. »Für unterwegs.«

Sie machten sich auf den Weg zum Friedhof. Iago legte seinem Freund den Arm um die Schultern.

»Hör mal, du hast uns noch gar nicht gesagt, ob du einverstanden bist, dass wir die Neue jetzt mal in Ruhe lassen.«

»Ja, ja, du Quälgeist. Aber schlägst du das nicht nur deshalb vor, weil du selbst weitermachen und allein der tolle Typ sein willst?«

Kapitel 13

Das erste und einzige Mal, dass ich diesen Friedhof betreten habe, war beim Begräbnis meines Schwiegervaters. Vor wenigen Monaten, an einem dunklen, regnerischen Tag. Heute dagegen ist es für Januar ungewöhnlich sonnig, zwar kalt und ein bisschen windig, doch ohne eine Wolke am Himmel. Ich sehe ein paar Leute zur Kapelle laufen und folge ihnen, obwohl ich keinen kenne. Schnell erreichen wir die anderen. Die Kapelle ist von Grabnischen und einigen Mausoleen umgeben. Granit und Marmor. Ein Gewirr von Figuren und Kreuzen, die eine düstere, bedrückende Atmosphäre verbreiten. Ziemlich viele Menschen sind gekommen, keine riesige Menge, aber doch etwa siebzig Personen. Ich erkenne einige Lehrer und Schüler. Der Pfarrer hat schon mit der Zeremonie begonnen, die sehr kurz ist. Die eigentliche Totenmesse ist wohl schon vor ein paar Tagen gehalten worden. In der ersten Reihe sehe ich Mauro mit einem alten, gramgebeugten Paar. Das müssen Virucas Eltern sein. Mauro hört mit bedrücktem Gesicht dem Pfarrer zu. Dann ist die Zeremonie vorbei und mehrere Männer, darunter auch Mauro, nehmen den Sarg auf ihre Schultern. Nur ein paar Zentimeter Holz und Stoff trennen Mauros Haut von der Haut Virucas. Die letzten gemeinsamen Meter. Die Schritte der Sargträger geben dem Leichenzug den Takt vor.

Nach fünfzig Metern halten wir am Grab. Ich sehe die Grabplatte, lese die Inschrift. Elvira Ferreiro Martínez 1983-

2015. Diese Zahlen tun weh, die kurze Zeitspanne zwischen ihnen. Niemand sollte so jung sterben müssen.

Die Minuten, die es dauert, den Sarg ins Grab zu senken, kommen mir vor wie eine Ewigkeit. Ich spüre, dass es allen anderen genauso geht. Ich höre das Schluchzen der Eltern. Ich sehe Marga, die Vizerektorin, einige Schüler aus meinen Kursen. Und plötzlich nähern sich Iago, Roi und Nerea. Was hält Iago denn da in der Hand – eine Bierdose? Roi bedeutet ihm, sie wegzuwerfen, so sieht es zumindest aus, doch Iago ignoriert ihn. Hoffentlich bekommt Mauro das nicht mit. Die drei kommen immer näher. Soll ich hingehen und Iago zur Rede stellen? Aber ist es meine Aufgabe, das zu tun? Ich könnte einen der Schüler damit beauftragen, aber dazu ist noch nicht genug Vertrauen entstanden. Marga hat es jetzt auch bemerkt. Zornig schüttelt sie den Kopf.

»Dieser verdammte Bastard … Ich bring ihn um, das schwör ich!«

Endlich ist der Sarg unten, die Totengräber ziehen die Seile hervor, schieben die Platte auf das Grab und zementieren sie ein. Virucas Mutter weint jetzt hemmungslos: *»Miña nena … Miña nena …!«*

Iago schiebt sich schwankend durch die Menge, immer noch die Bierdose in der Hand. Roi versucht sie ihm wegzunehmen, doch Iago stößt ihn weg, Unruhe entsteht. Einige schimpfen. Was macht denn dieser Kerl da? Was soll der Quatsch? Jetzt sieht ihn auch Mauro. Sein Blick fällt auf die Bierdose. Er stürzt sich auf Iago. Marga versucht, sich zwischen die beiden zu schieben.

»Lass es sein, Mauro. Er ist betrunken.«

Doch das nützt nichts. Wutentbrannt packt Mauro Iagos Arm.

»Was fällt dir ein, hier aufzutauchen? Noch dazu betrunken! Schämst du dich nicht?«

»Darf ich etwa kein letztes Bier mit meiner Lehrerin trinken? Und das hier ist für sie, ihre Lieblingsmarke«, lallt Iago. Vielleicht ist er nicht nur betrunken, sondern auch *high*. Wir schweigen angesichts dieser Provokation.

Mauro kann seine Wut nicht länger bremsen und versetzt dem Jungen einen Schlag ins Gesicht. Schmerzensschreie ertönen, Iago schreit wegen des Faustschlags, Mauro, weil er sich die Hand verletzt hat. Iago verliert das Gleichgewicht und stürzt zu Boden, macht keine Anstalten aufzustehen, starrt den Lehrer herausfordernd an, hält sich das Gesicht und schreit:

»Wurde auch Zeit, dass du mal zeigst, ob du Eier hast! Leider zu spät, du Depp!«

Mauro will sich auf ihn stürzen, ein paar Männer halten ihn fest und zerren ihn zur Seite. Er tritt um sich, versucht sich loszureißen.

»Hör auf, Mauro, bitte!«

»Schafft ihn weg, sonst bring ich ihn um!«

Roi, Nerea und ein paar der Erwachsenen helfen Iago auf die Füße. Marga bedeutet Iagos Freunden, ihn wegzubringen. Der will nicht mitgehen.

»Hör auf, dich wie ein Vollidiot aufzuführen, verdammt noch mal!«, schreit Roi ihn an. »Lass uns abhauen.«

Nerea und Roi nehmen Iago in die Mitte und schleifen ihn fort. Die Umstehenden tuscheln, verstehen nicht, was passiert ist.

»Wer war dieser Junge? Wer war das?«, fragt Virucas Mutter.

»Niemand. Das war niemand«, erwidert Mauro.

»Was wollte er von meiner Tochter?« Mauro schweigt. »Was wollte er von ihr?« Sie deutet auf Mauro. »Du weißt, was er wollte. Du weißt es. Du weißt Dinge, die du uns nicht sagst. Deine Schuld ist es, dass meine Tochter jetzt hier liegt.«

»Komm, Carmiña, lass uns heimgehen.«

Ihr Mann will sie fortziehen, sie macht sich mit einer heftigen Bewegung los und baut sich vor Mauro auf.

»Wenn du sie nicht verlassen hättest, wenn du um sie gekämpft hättest, dann wäre sie jetzt noch am Leben. Aber du bist ein … ein Schlappschwanz! Du hast zugelassen, dass sie gestorben ist!«

Mauro schüttelt nur den Kopf und schaut zu Boden. »Es tut mir leid, es tut mir leid. Auch ich habe sie jetzt verloren.«

»Nein«, mischt sich jetzt Virucas Vater ein. »Du hast sie schon lange verloren.«

Marga bedeutet Mauro, mitzukommen. Er folgt ihr willig. Die beiden Alten gehen in eine andere Richtung davon. Die Menge löst sich auf. Alle stellen sich bestimmt dieselben Fragen wie ich. Was ist hier gerade geschehen? Weshalb ist dieser Schüler betrunken aufgetaucht? Warum hat Virucas Mutter Mauro für den Tod ihrer Tochter verantwortlich gemacht? Und weshalb hat Mauro sich nicht verteidigt?

Kapitel 14

Bei meiner Rückkehr nach *O Muiño* bin ich ziemlich fertig. Zu sehen, wie Mauro dem Jungen gegenüber die Nerven verlor, war nicht angenehm, aber ich kann es ihm nicht verdenken. Der Kerl hat ihn einfach zu sehr provoziert. Ich werfe einen Blick ins Restaurant, dort sitzen schon die Acebedos und essen zu Abend. Germán bedient sie, schenkt Wein ein, scherzt mit ihnen. Man merkt, dass sie sich gut kennen. Er winkt mir, dazuzukommen. Ich habe keine Lust, sie zu begrüßen, und mache ihm ein Zeichen, dass ich nach oben gehe. Er winkt aber beharrlich weiter, und mir bleibt nichts anderes übrig, als hinzugehen.

»Raquel! Wie geht's dir, meine Liebe? Du bist wie ein guter Wein, mit jedem Jahr siehst du besser aus! Dabei hätten wir nie gedacht, dass aus euch mal was wird, als der hier total aufgeregt erzählte, er hätte sich in eine Studienfreundin verliebt.«

Der das sagt, ist Gabriel, der jüngste Sohn der Familie, Ende dreißig. Er sieht verlebt aus wie ein in die Jahre gekommener Surfer oder jemand, den die Exzesse eines zu guten Lebens ausgelaugt haben. Er trägt sein wasserstoffblondes Haar halblang, um den Hals Ketten aus Holzperlen und am Handgelenk eine Armbanduhr, deren Gegenwert ein halbes afrikanisches Land satt machen könnte.

»Dir hat sie aber auch immer gefallen«, frotzelt Germán.

»Stimmt, aus mir spricht wohl der Neid. Na, wie behandeln dich die kleinen Bestien in der Schule? Ich hoffe, besser als wir damals. Obwohl wir uns bei einer Lehrerin wie dir sicher gut benommen hätten.«

»Na, das bezweifle ich aber«, gebe ich mit gequältem Lächeln zurück.

»Erinnerst du dich noch an Eugenio und seine Frau Adela?«

Ich nicke. Eugenio ist Gabriels zehn Jahre älterer Bruder. Rosiges Gesicht, Haarimplantate, sicher ein Lifting oder Vitamininjektionen, um jünger und gesünder zu wirken. Auch seine Frau sieht aus, als habe sie ein paar Schönheitsoperationen hinter sich. Vielleicht bekommen sie ja zu zweit Rabatt. Eugenio hat immer den Ruf eines Lebemanns gehabt, eines Playboys, der einen Großteil des Familienvermögens durchgebracht hat. Keine Ahnung, wie viel an der Legende wahr ist. Germán meint, solche Typen gibt es überall, in großen und kleinen Orten, Männer oder Frauen, die alles ausprobiert, alle Drogen genommen und wahrscheinlich LSD und Heroin nur knapp überlebt haben. Über Eugenio erzählt man sich nicht nur solche Geschichten, sondern auch Storys voller Exzesse und extremer sexueller Vorlieben. Angeblich war er Dauergast in den nobelsten Bordellen der Gegend. Doch Germán hält das alles für Klatsch und Tratsch von Nachbarn, die zu viel Zeit haben und zu viel Neid. Weil weder Eugenio noch seine Frau den Gerüchten widersprechen, ist der Mythos natürlich ständig gewachsen. Eine von Germáns besten Kurzgeschichten handelt von einem seltsamen Ehepaar wie diesem, seinem zügellosen Leben, der dauernden Jagd nach Genuss und wie sie dafür kein Geld und keine Mühe scheuen. Gabriel hat seinem Bruder Eugenio die Geschichte zu lesen gegeben, und der hat sie nicht nur nicht zensiert, sondern dafür gesorgt, dass sie veröffentlicht wurde. »Wer keine Kinder hat, auf die er stolz sein kann, muss auf seine Exzesse stolz sein«, das ist sein Credo.

»Dich haben wir, glaube ich, seit der Hochzeit nicht mehr gesehen«, sagt Adela.

»Das ist schon eine ganze Weile her«, antworte ich. »Kann sein.«

»Das Geschirr, das wir aus A Coruña mitgebracht haben, haben sie uns damals geschenkt, weißt du noch? Meine Frau ist ganz vernarrt darin«, wirft Germán ein.

Ich hasse es, dass er plötzlich so servil, so unterwürfig wird. Den Acebedos gegenüber verhält er sich wie alle anderen hier. Als sei er ihnen dankbar, dass sie ihn in ihren Kreis aufnehmen, während sie in Wirklichkeit nur so lange freundlich zu ihm sind, wie er ihnen das Essen serviert. Ich weiß, ich bin ungerecht, ich übertreibe. In seiner Jugend hat Germán mal einen Sommer lang zur Clique von Gabriel und seinen reichen Freunden gehört. Sie haben in der gleichen Basketballmannschaft gespielt, gegen die Amerikaner. Die Amerikaner waren die Kinder der Auswanderer, die jeden Sommer zurückkamen und mit ihren Amiklamotten, ihrem Amiakzent, ihrem Getue und natürlich ihren neuesten Hightech-Geräten angaben. Sie haben das Leben im Städtchen allein durch ihre Gegenwart verändert und Novariz zur Weltstadt gemacht, wie Germán immer witzelt. Vielleicht ist ihm nicht klar, dass das, was hier im Sommer geschah, damals in fast allen Orten Galiciens passierte. Die Emigration hatte zur Folge, dass in den Sommermonaten ganze Horden von Auswanderern mit ihren Familien kamen, um die Verbindung zu ihren Wurzeln nicht zu verlieren und nebenbei zu zeigen, dass sie es zu etwas gebracht hatten. Wie einen Schatz bewahrt Germán viele Fotos von dieser Basketballmannschaft, den Spielen und Partys auf, bei denen sich die Jungs aus dem Städtchen mit den »Amerikanern« verbrüderten. Die besten Sommer seines Lebens, so nennt er sie.

Ich erfinde eine Ausrede, um mich zurückzuziehen. Sie laden mich ein, später noch ein Glas mit ihnen zu trinken.

»Dann kannst du uns erzählen, wie's jetzt in der Schule zugeht. Ist Don Alfredo noch da? Und die alte Schachtel, die Mathe unterrichtete, wie hieß sie doch gleich?«

»Amelia Donoso«, rufen Gabriel und Germán wie aus einem Munde.

»Ich glaube nicht«, muss ich sie enttäuschen. »Viel Spaß noch. Schön, euch getroffen zu haben.«

Ich kann auch die liebenswürdige Ehefrau spielen, wenn ich will. Ich gebe Germán einen Kuss auf den Mund, er lächelt mich dankbar an.

»Komm bloß nicht auf die Idee, wieder runterzukommen, die kennen kein Ende und machen dich noch besoffen«, sagt er so laut, dass alle es hören können. Er weiß, dass ich überhaupt nicht vorhabe, noch mal zu erscheinen, und er mir damit einen guten Abgang verschafft. So sieht es aus, als sei ich die artige Ehefrau, die tut, was ihr Mann sagt.

»Gönn deiner Frau doch mal ein bisschen Spaß«, mischt sich Gabriel ein.

»Wenn ich nicht sofort einschlafe, weil ich wirklich todmüde bin, komm ich vielleicht noch mal«, sage ich diplomatisch und verschwinde mit strahlendem Lächeln.

Auf der Treppe höre ich aus dem Wohnzimmer oben Musik, eine Habanera. Durch die halb offene Tür sehe ich Claudia, sie sitzt auf dem Boden, umgeben von Fotoalben, und singt mit.

»Hallo Claudia!«

»Na, wie war die Beerdigung?«

»Wie Beerdigungen halt so sind.«

»Es muss schrecklich sein, wenn einem die Frau so jung stirbt. Na ja, es ist immer schrecklich. Ich meine, wenn man es nicht erwartet, wenn man überhaupt keine Zeit hat, sich an den Gedanken zu gewöhnen, dann muss es ... Ach, wie schrecklich muss das wohl sein. Bei Antonio hatte ich ja monatelang Zeit. Das klingt jetzt vielleicht etwas komisch, aber als er im Sterben lag, gab es Nächte, in denen ich seinen Tod geprobt habe. Ja, tatsächlich. Ich habe seinen Tod geprobt. Ob er viel leiden würde, wie ich mich verabschieden könnte … Und wie ich mich fühlen würde, wenn er nicht mehr da wäre.« Sie wirft mir einen unsicheren Blick zu. »Entschuldige bitte. Stört es dich, wenn ich darüber rede?«

»Nein, nein, Claudia, überhaupt nicht.«

Es stört mich wirklich nicht. Eher verwirrt es mich ein bisschen, weil meine Schwiegermutter und ich nie eine solche Offenheit gekannt haben. Dies ist das erste Mal.

»In jenen Nächten gab es Momente, in denen ich vor Schmerz und Angst am liebsten selbst gestorben wäre. Und wenn es dann passiert, wenn der Moment da ist, dann ist es viel, viel schlimmer, als du es dir vorgestellt hast, und das ganze Proben hat nichts genützt. Aber andrerseits, ich weiß nicht, wie ich es sagen soll, andrerseits ist es auch nicht so schlimm. Seltsam, nicht? Wie kann es sein, dass etwas viel schlimmer ist, als du es dir vorgestellt hast, und gleichzeitig auch nicht so schlimm? Vielleicht, weil nichts jemals wirklich so schlimm ist. Nicht einmal der Tod«, schließt sie.

Diesen tiefsinnigen Worten habe ich nichts hinzuzufügen. Am liebsten würde ich in mein Zimmer gehen, doch das ist bestimmt unpassend, wo sie mir doch gerade ihre intimsten Gedanken anvertraut hat.

»Weißt du, was das Letzte war, das ich zu ihm gesagt habe?« Erwartungsvoll schaut sie mich an. Ich schüttle den Kopf. »Ich bin ganz nah mit meinem Mund an sein Ohr gegangen und habe geflüstert: Such uns ein schönes Plätzchen. Du weißt doch, dass ich schöne Plätzchen mag.« Sie lächelt traurig. »Da siehst du, so viel Proben, und dann fiel mir nichts Besseres ein. Ich weiß nicht, ob er mich verstanden oder überhaupt gehört hat, aber ich hatte den Eindruck, als lächle er. Sein verschmitztes, schiefes Lächeln.«

»Genau so hat er sicher gelächelt.«

»Und wenn es nicht so war, dann möchte ich es glauben.«

So ist sie, meine Schwiegermutter. Ich frage, ob sie die Fotos auswählt, die sie mit nach Panxón nehmen will.

»Schau mal, Germán mit vier Jahren. Hast du dieses Foto schon mal gesehen?«

Sie reicht es mir, ich sehe ein lachendes Kind, das mit einem Eimerchen und einer Schaufel am Strand spielt. Nein, das Foto kenne ich nicht.

Claudia trällert wieder das Lied, singt den Refrain mit:

»… Wie schön ist die Stadt Havanna, die koloniale/und auch Cádiz mit seinen Plätzen, seiner Kathedrale …« Ich muss lächeln, als ich sie so guter Dinge sehe. »Manche Lieder geben einem die Lebenslust zurück, stimmt's? Dies hat mir schon immer gute Laune gemacht.«

Wir schweigen. Schließlich sage ich.

»Ich geh jetzt mal in mein Zimmer, ich bin ziemlich müde.«

»Natürlich …«

Da fällt Claudia noch etwas ein.

»Raquel … Meinst du, Germán hat vor, hierzubleiben?«

»Ich weiß es nicht, Claudia, wirklich nicht. Ich weiß nicht, ob er sich hier verstecken will oder ob er jemandem etwas beweisen will.«

»Wem denn?«

»Seinem Vater oder seiner Familie.«

Meine Schwiegermutter wischt den Gedanken sofort beiseite.

»Das ist doch Unsinn. Germán muss niemandem etwas beweisen. Und einem Toten schon gar nicht.«

»Na, dann sag du ihm das mal. Mir glaubt er nämlich nicht.«

»Das geht nur ihn was an.« Und mich, denke ich, sage es aber nicht. »Was willst du denn machen, wenn er beschließt zu bleiben?«, fragt sie. »Früher sind wir Frauen ja immer mitgegangen, aber heute ist das anders.«

Meine Schwiegermutter versucht herauszubekommen, was ich vorhabe. Ich weiß, dass sie mir nicht über den Weg traut. Sie vermutet, dass ich Germáns Entscheidungen nicht ohne Weiteres mittragen werde. Sie hat mich nie wirklich als Schwiegertochter akzeptiert. Ob Germán ihr erzählt hat, was wir gemeinsam durchgemacht haben? Ob sie deshalb fürchtet, dass ich nicht bei ihm bleibe, wenn er beschließt, sich in diesem Nest zu verkriechen? Dass er seine Entscheidung dann noch einmal überdenkt und nicht im Restaurant bleibt?

»Keine Ahnung, das entscheiden wir, wenn es so weit ist«, antworte ich. Etwas Besseres fällt mir nicht ein. Tatsächlich würde ich viel lieber sagen, dass alles ihre Schuld ist, dass Germán nur deshalb vor dieser Entscheidung steht, weil sie beschlossen hat, ihren Anteil am Restaurant zu verkaufen. Aber das wäre ungerecht. Claudia hat ein Recht darauf, mit ihrem Leben zu machen, was sie will. Wenn mich das irgendwie in Mitleidenschaft zieht, dann muss ich selbst damit klarkommen.

Ich sage gute Nacht und gehe in mein Zimmer. Es scheint klar zu sein, dass Germán seine Entscheidung schon getroffen hat. Wenigstens glaubt seine Mutter das. Und wahrscheinlich hat sie recht. Er hat ja schon nach günstigen Krediten gesucht, und offensichtlich macht es ihm Spaß, mit seinem Bruder in der Küche zu stehen. Ich werde mich wohl darauf einstellen müssen. Vielleicht ist es schneller so weit, als mir lieb ist.

Kapitel 15

Ich sitze im Lehrerzimmer, plötzlich bemerke ich, dass jemand etwas neben mich legt. Eine externe Festplatte.

»Hier ist sie. Da ist alles drauf, was Viruca von ihren Schülern hatte. Ihre Benotungen, ihre Arbeiten … Ich habe versucht, einen Blick draufzuwerfen, aber es tut mir zu weh, ihre Kommentare zu lesen, zu sehen, wie sie sich um ihre Schüler bemüht hat, und schließlich …« Abrupt hält Mauro inne. »Mach damit, was du willst. Du brauchst sie mir nicht zurückzugeben.«

»Ah … danke. Das war wirklich nicht nötig«, antworte ich verblüfft. Ich kann meine Freude, meine Erregung kaum verbergen. Endlich werde ich mehr über Viruca erfahren.

Mauro sieht heute besser aus. Er hat sich gekämmt, trägt ein graues Hemd, dazu eine blaue Wollkrawatte und Jeans. Die Veränderung springt sofort ins Auge. Er hat sich sichtlich Mühe gegeben, normaler zu wirken, vielleicht, um den Eindruck vom Vortag auszubügeln.

»Die Ermittlungen in Virucas Fall sind eingestellt worden. Gestern haben sie es mir mitgeteilt. Für die Guardia Civil war es Selbstmord. Kann ich dich um einen Gefallen bitte, sozusagen im Gegenzug für die Festplatte?«

»Wenn es in meiner Macht steht.«

»Wenn dir etwas auffällig erscheint oder seltsam vorkommt, kannst du es mir dann bitte sagen?«

»Auf der Festplatte?«

»Ja, und auch während des Unterrichts.«

Ich nicke. Ich bin überzeugt, dass ich auf nichts stoßen werde, was sein Gewissen beruhigen und ihm helfen könnte, daran zu glauben, dass der Tod seiner Ex-Frau kein Selbstmord war. Trotzdem nicke ich, es kostet mich ja nichts. Etwas geht mir seit der Beerdigung im Kopf herum.

»Sag mal, warum hat dich Iago gestern auf dem Friedhof eigentlich so provoziert?«

»Provozieren können sie am besten, er und die beiden anderen. Die haben Viruca das Leben zur Hölle gemacht. Sie selbst hat mir nie davon erzählt. Ich weiß es von anderen Schülern. Die drei wollten sie fertigmachen, vor allem Iago. Und sie haben erst damit aufgehört, als sie es geschafft hatten. Sie sind grausame, intelligente Intriganten. Wenn sie meinen, einen Schwächeren vor sich zu haben, dann machen sie ihn fertig. Sie sind wie Piranhas, die Blut riechen.« Der Vergleich lässt mich erschauern. »Weshalb dieser Hass? Irgendwann wurde es mir klar. Weißt du, warum sie das machen? Einfach nur, um zu zeigen, dass sie es können. Ein anderes Motiv brauchen sie nicht.«

»Aber du hast keine Beweise, dass gerade Iago …«

»Du hast ihn doch betrunken und mit einem Bier in der Hand auftauchen sehen, oder? Er wollte klarstellen, dass das sein Werk war, und dass ihm niemand etwas anhaben kann. Vor allen Leuten. Er wollte zeigen, dass er vor nichts Angst hat.«

Das überzeugt mich nicht ganz. Oder vielleicht will ich es auch nur nicht glauben.

»Ich habe ihn bei der Guardia Civil angezeigt«, fährt er fort. »Ich hab denen gesagt, dass sie ihn mal vorladen und befragen sollen, wo er war, als meine Frau im Fluss ertrank.«

»Du hast der Guardia Civil gesagt, dass er sie ertränkt hat?«

»Die Guardia Civil hat ihm ein paar Fragen gestellt, sein Alibi hat sie überzeugt, das war's. Er ist schlau. Alle drei sind schlau. Sei bloß vorsichtig. Bevor du es richtig merkst, haben sich die drei schon in deinem Kopf eingenistet, manipulieren dich, und du kannst nichts dagegen machen.«

»Mauro … Ich weiß nicht… Iago ist siebzehn, achtzehn Jahre alt, ein Halbstarker. Egal, für wie schlau er sich halten mag … Du beschreibst da ein fast diabolisches Wesen. Offen gestanden ist das nicht das, was ich gestern auf dem Friedhof gesehen habe.«

Ich habe einen betrunkenen, verletzten, verzweifelten jungen Mann gesehen. Ja, sicher, Streit suchend auch. Doch die Beschreibung eines Psychopathen, die Mauro gerade geliefert hat, passt nicht dazu.

»Du glaubst mir also auch nicht«, klagt er. »Mach, was du willst. Ich habe dich gewarnt.«

»Mauro, selbst wenn das alles stimmen würde: Weshalb sollten sie mich fertigmachen wollen?«

»Ich sag's dir doch. Weil sie es können. Ganz einfach, weil sie es können.«

Kapitel 16

Ich halte meine erste Sprechstunde. Das Besprechungszimmer liegt direkt neben dem Büro der Schulleitung, weiteren Verwaltungsbüros, dem Labor, dem Computerraum … Niemand hat sich zur Sprechstunde angemeldet, und so nutze ich die Zeit, um mich über meine Schüler zu informieren. Zwar würde ich gern sofort Virucas Festplatte untersuchen, beschließe aber, bis zum Wochenende damit zu warten. Hier ist nicht der richtige Ort dafür. Ich möchte nicht, dass mich irgendjemand dabei ertappt, wie ich in ihren Sachen herumschnüffle. Aber leicht fällt es mir nicht, meine Neugier im Zaum zu halten.

Jemand klopft an die Tür.

»Herein.«

Ein Mann tritt ein, gut fünfzig Jahre alt. Groß und kräftig, mit einem Drei-Tage-Bart, unordentlicher Frisur und etwas brutalem Gesichtsausdruck. Seine Hände sind groß, sehnig und angespannt. Alle Venen sind darauf zu sehen.

»Bist du die Kursleiterin der 12?« Er ist erregt und versucht nicht, es zu verbergen.

»Raquel Valero, wie kann ich Ihnen helfen? Hatten wir einen Termin vereinbart?« Ich weiß, dass wir nichts vereinbart hatten, aber ich will Abstand halten, deshalb das »Sie« und die Frage nach dem Termin.

»Ich bin der Vater von Iago Nogueira.«

Ich schlucke trocken. Das hat mir gerade noch gefehlt. Ich mustere ihn, suche nach einer Ähnlichkeit mit seinem Sohn.

Zweifellos haben sie denselben wachen, intelligenten, anmaßenden Blick. Dieselbe Arroganz. Beide sind sie mit guten Genen gesegnet, und sie wissen es. Allerdings ist das beim Vater wegen des Alters und einer gewissen Vernachlässigung weniger deutlich. Ich glaube kaum, dass er viel für Feuchtigkeitscreme und gesundes Essen übrig hat.

»Hallo, setzen Sie sich doch.«

»Ich stehe lieber.«

»Und ich möchte lieber, dass Sie sich setzen. Sonst zwingen Sie mich, auch aufzustehen, und ich glaube, dass wir dieses Gespräch besser im Sitzen führen.«

Einen Moment lang zögert er, schaut mich mit einer Herablassung an, die mich entwaffnen soll, als müsse er noch etwas tun, um mir zu zeigen, dass ich im Nachteil bin. Gott sei Dank gibt er schließlich nach und setzt sich.

»Wie heißen Sie, bitte?«

»Tomás. Können wir jetzt mal mit den Formalitäten aufhören? Weißt du, was gestern auf dem Friedhof passiert ist?«

Natürlich will er darüber mit mir reden. Kein Vater würde einfach so darüber hinweggehen. Aber weshalb soll ich diese Kröte schlucken? Okay, ich bin die Kursleiterin, aber ich bin doch ganz neu in diesem Drama.

»Ich war dabei«, antworte ich. »Und wenn es Ihnen nichts ausmacht, würde ich es vorziehen, beim Sie zu bleiben.«

»Was du vorziehst, meine Hübsche, interessiert mich einen Scheißdreck.«

Okay. Er versucht es auf die harte Tour, mit Provokationen. Ich atme tief durch, nehme mir vor, ruhig zu bleiben.

»Wenn Sie nicht in der Lage sind, die Form zu wahren, dann gehen Sie besser.«

»Das kannst du vergessen. Mein Sohn ist von einem Lehrer angegriffen, ins Gesicht geschlagen worden. Und vorhin hat mich mein Sohn angerufen und mir gesagt, dass dieses Arschloch immer noch unterrichtet. Dass er ihn hier in der Schule gesehen hat.«

Kein Wunder, dass er ihn gesehen hat. Soweit ich weiß, hat noch niemand mit ihm gesprochen. Ich vermute, der Direktor und die Vizerektorin wollen es bei einem Tadel bewenden lassen. Dem armen Kerl geht es ja schon schlecht genug.

»Sag mir, dass mein Junge sich geirrt hat und dieser Vollidiot rausgeflogen ist. Sag mir das sofort, sonst werdet ihr mich kennenlernen.«

»Vielleicht sollten wir diese Unterhaltung besser mit dem Direktor und der Vizerektorin weiterführen.«

Ich stehe auf, will die Diskussion beenden, bevor die Situation außer Kontrolle gerät. Ich kenne genügend Horrorgeschichten von Eltern, die ausflippen und plötzlich den Lehrer tätlich angreifen. Iagos Vater setzt sich jetzt breitbeinig hin, verschränkt die Arme und und sieht mich drohend an. Um in dem winzigen Büro zur Tür zu gelangen, müsste ich mich an ihm vorbeizwängen und dabei seinen Körper berühren, und das will ich wirklich nicht. Also bleibe ich, wo ich bin.

»Habt ihr ihn nun rausgeschmissen oder nicht?«

Ich schaue zu dem Telefon auf dem Schreibtisch. Welche Nummer muss ich wählen, um die Schulleitung oder das Sekretariat anzurufen? Verdammt. Ich habe keine Ahnung. Ich weiß nicht einmal die Durchwahl der Vizerektorin. Wo hinaus geht das Fenster dieses Büros? Wird mich jemand hören, wenn er gewalttätig wird? Wenn ich schreie? Ich muss versuchen, ruhig zu bleiben, ich darf ihm nicht zeigen, dass ich nervös bin. Ich kann mit der Situation fertigwerden. Ich muss das können.

»Wissen Sie auch, dass Ihr Sohn betrunken auf den Friedhof gekommen ist und die Verstorbene und ihren Ehemann beleidigt hat?«

»Warum sollte ich das glauben?«

»Nun, ungefähr sechzig Personen können Ihnen das bestätigen.«

»Na, und wenn schon, was spielt das für eine Rolle?«

»Ich will Ihnen nur den Zusammenhang erklären. Der Zusammenhang ist in diesem Fall sehr wichtig. Wenn der Lehrer in einem Stressmoment die Nerven verloren hat, ist das, glaube ich, ziemlich verständlich.«

Ich weiß nicht, weshalb ich so gestelzt daherrede, vermutlich, um nicht die Kontrolle zu verlieren. Er soll sehen, dass er mich nicht einschüchtern kann. Der Mann steht auf, seine Wut hat nicht nachgelassen, im Gegenteil.

»Dieses Arschloch hat meinen Sohn niedergeschlagen. Was brauchst du da noch an Zusammenhang? Er hat ihn niedergeschlagen. Ein Erwachsener ein halbes Kind. Seid ihr denn alle verrückt geworden? Niedergeschlagen hat er ihn!«

»Na ja, sagen wir mal so: Ihr Sohn war in einer Verfassung, in der er leicht das Gleichgewicht verlieren konnte.«

»Wofür hält sich dieses Schwein, dass er meint, meinen Sohn anfassen zu dürfen?«

»Jeder an Mauros Stelle hätte ähnlich reagiert. Versetzen Sie sich mal in seine Lage.«

»Ich bin aber nicht in seiner Lage! Ich will, dass er geht, dass ihr ihn rausschmeißt. Und vorher wird er meinen Sohn um Verzeihung bitten. Sonst gibt's eine Anzeige, das schwör ich. Ich mach ihn fertig, ihn und die gesamte Schule.«

Er dreht sich abrupt um und geht hinaus. Meine Knie beginnen zu zittern und mein Kinn auch. Ich habe dem Typ gut standgehalten, doch jetzt packt mich die Erregung. Ich versuche mich zu beruhigen, es gelingt mir kaum. Ein ziemlich heftiger Einstand für meine Sprechstunde.

Ich berichte der Vizerektorin in allen Einzelheiten. Ich bin nicht gerade stolz auf mein Verhalten, hätte aber nicht gewusst, wie ich es sonst hätte machen sollen. Marga beruhigt mich.

»Da konntest du gar nichts anderes machen, keine Sorge. Ich glaube, wir haben alle schon mal Ärger mit Tomás gehabt. Er ist ein Choleriker.«

»Das scheint mir auch so.«

»Wir werden sehen, ob da noch etwas nachkommt. Auf jeden Fall sollte sich Mauro ein paar Tage freinehmen. Diesmal werde ich alles daransetzen, ihn dazu zu überreden. Damit die Sache nicht gänzlich aus dem Ruder läuft.«

Kapitel 17

Ich schließe die Festplatte, die mir Mauro gegeben hat, an meinen Laptop an und stelle fest, dass darauf in verschiedenen Ordnern Hunderte von Dateien gespeichert sind. Zweifellos war Viruca eine sehr methodische Person. Die Dateien sind nach Kursen und nach Themen geordnet. Da sind Prüfungsarbeiten und Hausarbeiten, Kommentare und Aufsätze. Ich gehe direkt zu dem Kurs, der mich interessiert. Zur 12, deren Leiterin ich bin.

Mauro hatte recht, alle Tests sind eingescannt. Und sie sind mit sorgfältigen Korrekturen versehen, aber nicht mit dem Rotstift, sondern in blau oder grün. Rot war ihr wohl zu aggressiv, zu autoritär, zu bestrafend. Ich mustere Virucas Handschrift. Sie hatte eine klare, gut lesbare, schwungvolle Schrift. Ich bin keine Expertin darin, deshalb will ich daraus keine Schlüsse über ihre Persönlichkeit ziehen. Aber ich spüre, dass ich mich ihr Tag für Tag näher fühle. Ich weiß inzwischen, wie sie aussah, wie Schüler und Lehrer zu ihr standen. Ich weiß, wie sehr ihr Mann sie geliebt hat, und auch, dass die beiden große finanzielle Probleme hatten. Und jetzt weiß ich, wie sie geschrieben hat, und werde gleich mehr darüber erfahren, wie sie dachte.

Ich lese ein paar ihrer Kommentare. Der Ton ist freundlich, manchmal ein wenig ironisch, doch immer bemüht, ihre Schüler zu ermuntern. Sie schlägt Änderungen vor, nennt andere Texte, um ihre Meinung zu verdeutlichen oder um die Schüler zu motivieren, mehr zu lesen als das vom Lehrplan Verlangte.

Dabei klingt sie sehr überzeugend. Und sie nimmt ihre Arbeit ernst. Ich kann verstehen, dass Mauro frustriert war, weil sie so viele Stunden korrigierte. Ich jedenfalls bin längst nicht so sorgfältig in meiner Arbeit. Sogar darin ist sie mir überlegen.

Ich schaue mir den Stoff an, den sie schon mit ihren Schülern durchgenommen hatte. Dann wende ich mich dem zu, was mich wirklich interessiert. Ich will wissen, was für eine Beziehung Nerea, Iago und Roi zu ihrer Lehrerin hatten. Haben sie Anspielungen gemacht? Verletzende Bemerkungen? Haben sie Aufgaben verweigert, gab es versteckte Drohungen? Oder waren sie viel zu schlau für so etwas und wollten keine schriftlichen Spuren hinterlassen?

Ich beginne bei Nerea und finde sofort den Eindruck bestätigt, den ich von ihr hatte. Sie schreibt flüssig und hat alle Bücher gelesen, die Viruca ihnen aufgegeben hatte. Einige ihrer Gedanken sind wirklich brillant, und Viruca lässt sie das in ihren Kommentaren auch wissen. »Weiter so«, lobt sie. Oder: »So hatte ich diese Figur noch nie gesehen, gefällt mir gut.« Die Noten des Mädchens liegen nie unter neun von zehn Punkten. Und ich finde keinerlei Provokation gegenüber der Lehrerin. Eins fällt mir jedoch auf: Auf eine intelligente, wohlüberlegte Aussage über das Thema »Freitod und Romantik« im Zusammenhang mit Goethes Werther antwortet Viruca mit einem Zitat: »Schon Albert Camus hat gesagt: Es gibt nur ein wirklich ernstes philosophisches Problem: den Selbstmord. Sich entscheiden, ob das Leben lohnt, gelebt zu werden, oder nicht, heißt auf die Grundfrage der Philosophie antworten.«

Vielleicht hat dies keine Bedeutung; vielleicht interpretiere ich jetzt, nach Virucas Tod, etwas hinein. Aber offensichtlich ging ihr der Gedanke an den Freitod im Kopf herum.

Roi ist viel unbeständiger. Flüchtiger. Das sage ich nicht, weil ich ihn auf dem Kieker hätte. An manchen Stellen glänzt auch er, vor allem, wenn zu erkennen ist, dass er die Texte gelesen hat. Wenn dies nicht der Fall ist, improvisiert er mehr oder weniger geschickt. Er trifft den Nagel öfter auf den Kopf, als man erwarten würde. Er kann logisch denken und sich gut ausdrücken. Ärgert es mich, dass ich das zugeben muss? Nein, ich will nicht für alle Zeiten sauer auf den Jungen sein, weil er so respektlos war. Er ist einer von diesen Schülern, die sich nur ein bisschen mehr anstrengen müssten, um richtig zu glänzen. Wenn er das nicht tut, dann deshalb, weil er auch so ganz gut durchkommt. Wir Lehrer sind so an mittelmäßige Klassenarbeiten gewöhnt, dass wir einen Schüler wie Roi, dem man sofort anmerkt, dass er nicht den ganzen Stoff gelesen oder gelernt hat, aber trotzdem gut darüber schreibt, allein für seine Intelligenz und sein Geschick belohnen. Geben wir es zu: Wir wissen, dass diese Schüler ihren Weg gehen werden. Weil sie mit Sprache umgehen können und alle Tricks und Kniffe kennen, um sich aus Widersprüchen herauszuargumentieren. Das ist ja oft genug alles, was es braucht, um im Leben zu bestehen.

Ich suche die Tests und Arbeiten von Iago. Zu meiner Überraschung finde ich nichts. Warum? Hat er in den zwei Monaten, in denen Viruca sie unterrichtet hat, nichts abgegeben? Das kommt mir seltsam vor. Ich schaue die anderen Ordner durch. Hat Viruca vielleicht ein anderes System, sie zu ordnen? Aber so viele Ordner ich auch öffne, von Iagos Arbeiten keine Spur.

Es ist spät. Ich bin müde. Heute Morgen hat uns Don Froilán die Hausschlüssel übergeben und wir sind umgezogen. Viel war es ja nicht, was wir mit Manels Lieferwagen hergebracht haben. Das Sofa, vier Lampen, unsere beiden Schreibtische, die Computer, ein paar Stühle, unsere gesamte Kleidung, das Geschirr, das sich in den letzten Jahren angesammelt hat, die Nespressomaschine – keine Ahnung, wo wir in diesem Kaff die Kapseln dafür herbekommen sollen – und einen Haufen Bücher, auf vier Kisten verteilt. Meine Aufzeichnungen aus dem Studium waren auch dabei, weil ich immer noch die absurde

Angewohnheit habe, sie mitzuschleppen. Ich bezweifle, dass ich sie brauchen werde, kann mich aber nicht entschließen, sie wegzuwerfen.

Am Nachmittag hat uns Demetrio ein Bettgestell und eine Matratze gebracht. Nicht gerade die beste Matratze der Welt, aber für sieben Monate wird's gehen. »Ihr könnt ja ein Brett drunter legen, wenn sie euch zu weich ist«, hat er gesagt. Germán hat den ganzen Tag über geputzt und geräumt und war dabei so fröhlich und energiegeladen, dass ich schon vom Zuschauen müde wurde. Nanuk ist ihm überallhin schwanzwedelnd gefolgt. Ich glaube, er hat seinen Lieblingsplatz schon gefunden, außer unserem Bett natürlich, und zwar direkt neben dem Kamin. Dabei haben wir noch gar kein Feuer angezündet. Wenn wir das machen, wird er sicher verrückt vor Freude. Auch ich habe mich bemüht, gut gelaunt zu wirken, und obwohl ich dachte, ich hätte es ganz gut gemacht, hat Germán mich ständig gefragt, ob alles okay sei, ob ich fände, dass es voranginge, ob mir das Haus gefiele.

»Hast du gesehen, wie gut das Sofa hier reinpasst? Und die Regale sind echte Handarbeit, wirklich Spitze!«

Dann hat er in den höchsten Tönen die Geschirrspülmaschine gepriesen. Wie viele Jahre haben wir keine gehabt? Und die Waschmaschine hat einen Raum nur für sich.

»Stell dir vor, es gibt sogar ein Bügelbrett!«

»Na, dann können wir ja endlich leben wie die reichen Leute!« Der ironische Kommentar ist mir so rausgerutscht.

»Wie reiche Leute vielleicht nicht, aber auf jeden Fall immer gut gebügelt.«

Wenn Germán gute Laune hat, ist er immun gegen meinen Sarkasmus. Überflüssig zu erwähnen, dass wir in unserer Wohnung in A Coruña kein Bügelbrett hatten, weil es nicht genug Platz gab. Deshalb haben wir immer nur gebügelt, wenn es unbedingt nötig war, und zwar auf einem der Schreibtische, mit einem Handtuch als Unterlage. Nachdem Germán die Bücher, die Kleider und das Geschirr eingeräumt und die Fotos von sich und seiner Familie aufgestellt hat, macht er sich ans Bügeln. Jeans, Hemden, meine Blusen, sogar seine Unterhosen, und wenn ich ihm nicht gesagt hätte, dass meine Schlüpfer das nicht brauchen, hätte er die auch noch gebügelt.

Heute Abend sind wir in unserem neuen Haus völlig ausgepumpt ins Bett gefallen.

»Ist doch super, nicht?« Germán mag müde sein, doch seine Begeisterung hat nicht nachgelassen. Genau wie die unseres Hundes. Wie kann man nur mit so wenig so glücklich sein? »Neue Vorhänge werden wir kaufen müssen«, fügt Germán hinzu, »die hier sind wirklich schrecklich. Aber sonst ist alles toll! Wie lange haben wir schon kein so großes Schlafzimmer mehr gehabt?«

»Ich höre ein Echo.«

»Meinst du wirklich?«

»Ja, aber ich mag es«, antworte ich, denn das Haus ist tatsächlich nicht übel und ein bisschen Begeisterung meinerseits kann nicht schaden. »Und die Heizkörper scheinen wirklich gut zu funktionieren. Willst du das Foto da stehen lassen?«, frage ich und zeige auf ein Bild, das er auf die Kommode gestellt hat, ein großes Schwarz-Weiß-Porträt seines Vaters, auf dem dieser sehr ernst und etwas zu würdevoll posiert, wie ein Minister aus der Franco-Zeit.

»Stört es dich?«

»Nein, eigentlich nicht, und wenn es dir gefällt, lass es da.«

Er gibt mir einen Kuss auf den Mund, als wolle er mir danken, dass ich nachgegeben habe, mit dem Foto und allem anderen auch. Und dass ich nur fünf Tage gebraucht habe, um anzuerkennen, dass das Haus eine gute Wahl gewesen ist.

»Wie wär's, wenn wir das Haus mit einer spektakulären Liebesnacht einweihen?«

»Muss sie spektakulär sein oder geht es auch ein bisschen schlichter? Ich bin einfach todmüde.«

»Ich finde die schlichten manchmal auch ziemlich spektakulär.«

Ich muss lachen. Ich mag es, wenn Germán solche Witze macht. Dann erinnert er mich an den Germán von früher. In letzter Zeit sind wir eher lustlos gewesen. Sexuell lustlos. Das letzte Mal vor der Beerdigung einmal ausgenommen, das war schön, sehr schön. Ich ziehe es vor, von »letzter Zeit« zu sprechen, ohne das genauer zu definieren. Sonst könnte ich einen Schreck bekommen. Die fromme, kleine Lüge »in letzter Zeit« macht es erträglicher. Weshalb verliert man eigentlich so schnell die Lust, miteinander zu schlafen? Warum dauert diese hemmungslose Leidenschaft nur ein oder zwei Jahre? Dabei würde man die tagtäglichen Nackenschläge des Lebens sicher viel besser ertragen, wenn man noch dieselbe Lust auf Sex hätte wie am Anfang. Klar, unsere Körper kennen sich, verstehen sich, der Ablauf funktioniert. Aber es ist nicht mehr so wie früher. Ich glaube manchmal, dass wir nur noch miteinander schlafen, um anschließend zwei Wochen lang keinen Sex haben zu müssen. So als sagten wir uns damit: Ja, wir lieben uns noch, wir haben uns es ja gerade erst bewiesen. Doch tief in meinem Inneren fühle ich, dass diese Art Sex uns eher trennt. Denn oft schlafe ich dabei gar nicht mit ihm, sondern mit einem Phantom. Ich bin mit seinem Körper zusammen, denke aber an andere. Wie oft muss ich mir vorstellen, dass ich mit jemand anderem im Bett bin, um einen Orgasmus zu haben oder auch nur feucht zu werden? Sicher geht es Germán genauso. Als ich damals zum Therapeuten ging, habe ich dem dies alles geschildert, und er hat geantwortet, ich solle nichts Unmögliches von mir verlangen, mich lieber ein für alle Mal von diesem kitschigen, verlogenen Konzept der Liebe verabschieden. Liebe ist etwas anderes. Was du mit Germán hast, ist die Wirklichkeit. Redest du mit ihm? Lachst du mit ihm?

Vertraust du ihm? Verlässt du dich auf ihn? Mit wem teilst du, was dir im täglichen Leben passiert? Und als er meine positiven Antworten hörte, sagte der Psychologe, ich solle mir keine Sorgen wegen meiner Phantasien machen. Die hätten sogar Marge und Homer Simpson. So hat er sich ausgedrückt, auch die Simpsons hätten beim Sex ihre Phantasien, und ich dachte: Will ich diesem Herrn wirklich weiter sechzig Euro pro Therapiestunde zahlen? Aber ich verstand, was er sagen wollte. Dass ich nicht alles über Bord werfen sollte, was ich mit Germán teilte, nur weil im Bett kein Feuerwerk mehr abgebrannt wird. Bei einer Waage, in deren einer Waagschale das Leben, das gute Leben liegt und in der anderen der Sex, kann der Sex doch nicht genauso viel wiegen wie das Leben, stimmt's?

Unterdessen sucht Germán im Bad in seinem Necessaire nach einem Kondom. Als er zurückkehrt, schwenkt er es triumphierend.

Um die Wahrheit zu sagen, habe ich keine große Lust, doch will ich keine Spielverderberin sein. Ich habe mir ja vorgenommen, mein Bestes zu geben, damit unsere Ehe nicht in die Brüche geht. Also, auf geht's.

Heute ist es nicht wie das letzte Mal. Natürlich nicht. Germán ist genauso müde wie ich. Die Sache dauert gerade lang genug. Habe ich den Sex mit meinem Mann gerade »Sache« genannt? Nur keine Schuldgefühle, Raquel, nur keine Schuldgefühle. Alles in Ordnung. »Sache« ist ja kein böses Wort. Gib den Wörtern nicht so großes Gewicht. Lass dich nicht so sehr von ihnen beeinflussen. Bausch nicht alles so auf. Keine sinnlosen Dramen mehr. Basta. Das Leben muss mehr sein als ein dauerndes Grübeln über Kleinigkeiten. Du hast den Tod aus der Nähe erlebt. Das ist das einzig wirkliche Drama, alles andere können wir in den Griff bekommen, mildern, vermeiden.

»Vielleicht waren wir heute wirklich nicht so spektakulär, was meinst du?«, fragt Germán.

»Damit es spektakulär ist, müssen wir uns einfach mehr Zeit nehmen«, antworte ich.

»Wie weise«, scherzt er. »Wenigstens ist das Haus jetzt eingeweiht. Mehr schlecht als recht, aber immerhin. Soll ich das Licht ausmachen?«

»Nur zu.«

In der Dunkelheit sind nur die Geräusche des Waldes zu hören. Der Wind in den Bäumen, ein Hund in der Ferne, dessen Gebell Nanuks Schlaf stört. Bei jedem Bellen scheint er aufzuwachen, schläft dann jedoch gleich weiter. Plötzlich, ich bin schon fast weggedämmert, fällt mir etwas ein. Keine Ahnung, weshalb ich nicht schon früher darauf gekommen bin. Schnell springe ich aus dem Bett. Ich mache kein Licht, suche mir mit dem Handydisplay den Weg zum Laptop. Weil der Akku beinahe leer ist, muss ich ihn erst einmal einstöpseln. Dabei bin ich ein bisschen laut, Germán wacht auf. Er war sicher schon im Tiefschlaf.

»Was ist los? Was machst du da?«

»Ich muss was nachsehen. Ich habe nur die Ordner aus diesem Kurs durchgesehen. Aber es kann ja sein … es kann ja sein …«

»Wovon redest du?«

»Nur so ein Gedanke, mach dir nichts draus.«

»Raquel, jetzt bist du noch nicht mal zwei Wochen hier am Gymnasium und schon so besessen von deiner Arbeit?«

»Damit hat das nichts zu tun. Schlaf ruhig weiter.«

Ich öffne die Internetseite der Schule. Ich suche nach der Liste mit den Schülern des letzten Schuljahrs. Und finde sofort, was ich suche. Iago muss das Schuljahr wiederholen. Er kannte Viruca also schon vom vorigen Jahr.

Ich durchsuche noch einmal Virucas Festplatte, aber Mauro hat mir nur die Ordner des diesjährigen Kurses kopiert. Ich muss mir unbedingt die Unterlagen vom Vorjahr besorgen.

Vielleicht finde ich dort einen Hinweis.

Kapitel 18

Am Montag kann ich Mauro nirgendwo finden. Übers Wochenende bin ich zu der Überzeugung gelangt, dass die Ordner von Virucas letztem Kurs bestimmt etwas Wichtiges enthalten. Deshalb frustriert es mich, dass ich Mauro auch nach Stunden noch nicht getroffen habe. Schließlich frage ich die Vizerektorin. Sie sagt, dass sie es endlich geschafft hat, Mauro für ein paar Tage nach Hause zu schicken. Wenn er nicht einverstanden gewesen wäre, hätte er einen Eintrag in seine Personalakte erhalten. Die Drohung hat Wirkung gezeigt, berichtet sie stolz.

»Mal sehen, ob wir jetzt etwas Ruhe bekommen.«

Ich bitte sie um Mauros Handynummer. Marga gibt sie mir, will aber wissen, wozu. Ich antworte ihr, dass ich einfach mit ihm plaudern, ihn ein wenig aufmuntern möchte. Das findet sie eine nette Geste.

»Aber lass dich nicht von seiner Depression anstecken. Sowas fängt man sich schneller ein als eine Grippe.«

»Keine Sorge, ich bin unverwundbar«, antworte ich, ohne es selbst recht zu glauben.

Ich wähle mehrmals seine Nummer, doch sein Handy ist ausgeschaltet. Schließlich frage ich ein paar Kollegen, wo er wohnt. Alle wissen, dass er eine Wohnung im Ort hat, doch kennt niemand die genaue Adresse. Der Sportlehrer kann sie mir schließlich geben.

»Letztes Jahr hat er ein Fest veranstaltet und ein paar von

uns eingeladen. Warte mal, ich muss die Adresse auf meinem Handy haben. Sag bloß nicht, dass du …«

»Dass ich was?«

»Vor Jahren meinten die Kolleginnen, er wäre der begehrteste Junggeselle der Schule. Aber keine konnte ihn rumkriegen. Bis Viruca kam …«

»Und was hat das mit mir zu tun?«

»Ich meine ja nur, dass … Na ja, wenn du es auf ihn abgesehen hast, von mir aus gern, aber ehrlich gesagt weiß ich nicht, was ihr alle an ihm findet. Besonders jetzt, wo er so fertig aussieht.«

»Du denkst wohl, ich will mit ihm anbandeln?«

»Etwa nicht?«

»Ich bin verheiratet.«

»Ja, und?«

»Ausgeschlossen. Und wenn ich meinen Mann betrügen wollte, dann sicher nicht mit einem Kollegen. Wofür hältst du mich eigentlich?«

»Na, die sind doch in Reichweite. Mit denen ist man schließlich tagtäglich zusammen und so.«

»Und so.«

Ich schaue ihn ziemlich verblüfft an. Seit wann bin ich mit diesem Typ so gut befreundet, dass wir eine solche Unterhaltung führen könnten? Ich habe doch bisher nicht mal dreieinhalb Worte mit ihm gewechselt.

»Also, entschuldige bitte. Wenn ich solche Vermutungen anstelle, dann ist das vielleicht nur der blanke Neid.« Jetzt verstehe ich überhaupt nichts mehr. »Ja, doch, ich kann mich noch gut an meine Zeit als Vertretungslehrer erinnern. Jedes Jahr an einer anderen Schule, immer neue Leute um mich, zu wissen, dass ich nicht lange dort sein würde, und eine ganze Herde, die mich mit offenen Armen erwartet.«

»Herde?«

»Ja, Lehrerinnen, die mehr als empfänglich waren, und … na ja, auch ein paar Lehrer, warum sollte ich das verschweigen. Da bin ich nicht wählerisch. Wenn sie gut aussehen, sind mir alle recht.«

»Ach so …«

Ich starre ihn ungläubig an, kann nicht glauben, dass dieser Kerl beim Abschleppen so viel Erfolg gehabt haben soll.

Gegen sechs komme ich bei Mauro an. Er wohnt im Zentrum, in der Nähe des Marktplatzes, in einem noblen Haus mit einer Fassade aus Naturstein und weißen Arkaden davor. Mir fällt auf, dass an der Etage, wo er wohnt, zwei Schilder »Zu verkaufen« angebracht sind. Nachdem ich mir kurz überlegt habe, was ich sagen will, läute ich an der Gegensprechanlage. Es ist ziemlich kühn von mir, einfach so herzukommen, fast könnte man es schon unhöflich nennen, aber mein Drang, etwas herauszufinden, ist einfach zu stark.

»Ja, bitte?«, höre ich seine Stimme aus dem Lautsprecher.

»Mauro? Ich bin's, Raquel, die Spanischlehrerin.«

Stille. Keine Antwort.

»Mauro?«

Als einzige Antwort höre ich das Summen des Türöffners. Einen Aufzug gibt es nicht, ich muss zu Fuß in den dritten Stock hoch. Die Treppe ist aus Holz und so ausgetreten, dass ich mich am Geländer festhalten muss. Ganz ausgepumpt komme ich im dritten Stock an. Ich muss wieder ins Sportstudio gehen, es kann ja nicht sein, dass mir nach drei Stockwerken so die Puste ausgeht. Mauro erwartet mich an der offenen Wohnungstür. Er trägt eine graue Jogginghose und ein altes T-Shirt. Und eine Binde um die rechte Hand, mit der er Iago niedergeschlagen hat.

»Raquel! Was führt dich zu mir?«

»Ich wollte wissen, wie es dir geht.«

»Komm rein.«

Ich trete ein und folge ihm einen langen, engen, mit Büchern vollgestopften Gang hinunter, der eher aussieht wie der einer chaotischen Bibliothek. Es ist ziemlich dunkel, und er schaltet im Vorbeigehen hier und da eine Lampe an. Schließlich betreten wir einen großen Raum, das Wohn- und Esszimmer. Allerdings ist kein Esstisch zu sehen; wenn es einen gibt, muss er unter noch mehr Büchern versteckt sein. Ein paar historische Landkarten zieren die Wände. Die Fenster des Wohnzimmers gehen auf die Straße hinaus. Draußen ist es fast schon dunkel, und Mauro muss noch ein paar Lampen einschalten.

»Entschuldige die Unordnung. Ich habe nicht mit Besuch gerechnet. Möchtest du was trinken? Ich habe einen leckeren Wermut da, den kaufe ich immer hier um die Ecke.«

»Nein, danke.«

»Ich schenke mir einen ein, wenn's dir nichts ausmacht.«

Mauro geht und lässt mich ein paar Minuten allein, die ich dazu nutze, mich unbeobachtet in dem Chaos umzusehen. Es ist ein angenehmes Chaos, ich mag Wohnungen voller Bücher. In einer Ecke bewegt sich ein Schatten, eine Perserkatze. Dann kommt Mauro zurück, trägt eine Flasche Wermut und zwei Gläser.

»Ich hab dir auch eins mitgebracht, für den Fall, dass du deine Meinung änderst.«

Er gibt mir ein Glas, ich bedanke mich, und weil ich es nun schon in der Hand habe, beschließe ich, den Wermut zu probieren.

»Schmeckt wirklich gut.«

»Schieß los, worum geht's denn?«

»Du hattest recht damit, dass Viruca bei ihren Korrekturen immer sehr sorgfältig gewesen ist. Ich bin beeindruckt, wie genau sie war. Wie fleißig. Und unheimlich klug, wirklich. Außerdem merkt man bei jeder Hausarbeit, bei jedem Test, mit welcher Leidenschaft sie ihr Wissen weitergeben wollte.«

»Ja, so war sie.«

Wir schweigen ein paar Sekunden. Mauro hebt sein Glas, als wolle er zu Ehren seiner Frau anstoßen. Ich hebe das meine.

»Auf deine Frau.«

»Auf meine Exfrau, besser gesagt. Aber danke. Was du über sie gesagt hast, ist sehr nett. Aber du bist sicher nicht gekommen, um einer Toten Komplimente zu machen, oder?«

»Du hast mir die Dateien von Virucas Kurs im laufenden Schuljahr gegeben. Kann ich auch die vom letzten Jahr sehen?«

»Weshalb denn?«

Schnell suche ich nach einer überzeugenden Antwort. Keine Ahnung, weshalb ich mir das nicht vorher überlegt habe.

»Ich glaube, ich kann eine Menge von ihr lernen.«

Ob eine so schwache Antwort überzeugt?

»Ich dachte, du wolltest sehen, wie weit die aus der 12 in diesem Jahr sind.«

»Ja, das stimmt auch.«

»Mal ehrlich, da hast du doch so viele Dateien zum Durchschauen, die kannst du kaum an einem Wochenende geschafft haben.«

»Ich hab mir erst mal einen Überblick verschafft.«

»Ich frage dich noch mal: Weshalb willst du die Dateien vom letzten Jahr sehen?«

Jetzt habe ich zwei Optionen: mit meiner Lüge weiterzumachen oder ehrlich zu sein. Egal, was passiert.

»Unter den Dateien, die du mir gegeben hast, fehlen die von einem Schüler. Iago Nogueira.«

»Die waren nicht dabei?«

Ich schüttle den Kopf.

»Komisch. Und du meinst, sie können bei denen des vorigen Kurses sein?«

»Er wiederholt die Klasse, Viruca hat ihn schon letztes Jahr unterrichtet. Kann sein, dass ich sie bei den Dateien vom letzten Kurs finde.«

»Weshalb interessiert du dich denn so für Iago? Sag bloß, du fängst langsam an, mir zu glauben!«

Er klingt auf einmal lebhaft interessiert. Schenkt mir noch einen Wermut ein.

»Ich möchte noch keine Schlüsse ziehen, aber es wundert mich, dass ich die Arbeiten des Jungen nicht gefunden habe.«

Plötzlich schießt mir ein Gedanke durch den Kopf. Vielleicht hat ja Mauro selbst die Dateien gelöscht. Weil er meine Neugier wecken will. Wenn es so ist, bin ich wie ein Tölpel in die Falle getappt. Dass ich nicht früher daran gedacht habe!

»Du hast nicht zufällig was damit zu tun?«, frage ich. Wenn es wirklich so war, wird er es sicher nicht zugeben.

»Weshalb sollte ich Iagos Dateien löschen? Das macht doch keinen Sinn!«

»Dass ich sie nicht gefunden habe, hat mich immerhin hierher gebracht.«

»Glaubst du wirklich, dass ich ein solcher Trickser bin? Dass ich Sachen erfinde?«

»Ich kenne dich doch gar nicht.«

»Du kennst mich nicht, und trotzdem bist du hergekommen. Ohne Vorankündigung.«

»Du hast recht. Ich sollte jetzt besser gehen.«

»Nein, nein. Bleib bitte noch. Lass uns überlegen. Du darfst nicht denken, dass ich dich zu manipulieren versuche. Ich schwör's dir, dass du Interesse zeigst und gekommen bist, ist mir sehr wichtig. Ich hätte ja gern jemand, dem Dinge auffallen, die ich vielleicht übersehe. Der weder glaubt, dass Viruca sich umgebracht hat, noch das Gegenteil. Wenn sie sich das Leben genommen hat, nun, dann werde ich das akzeptieren. Was bleibt mir anderes übrig.«

»Soll ich etwa herausfinden, was mit deiner Frau geschehen ist? Ich bin doch nur Lehrerin!«

»Bist du denn nicht neugierig? Glaubst du nicht, wenn du erfährst, was passiert ist, was wirklich passiert ist, dann hilft dir das in deinem Verhältnis zu den Schülern?«

Er ist schlau. Natürlich glaube ich das. Wortlos verlässt Mauro den Raum. Einen Augenblick später kommt er mit einem Schlüsselbund zurück und drückt es mir in die Hand.

»Da, nimm. Das sind die Schlüssel zu Virucas Wohnung. Zu dem Apartment, in das sie nach unserer Trennung gezogen ist.«

»Und was soll ich damit?«

»Du sollst sehen, dass ich dir nichts verheimliche. Dass du hingehen kannst, wann immer du willst, und in aller Ruhe ihren Computer durchsuchen kannst, ihre Unterlagen.«

»Aber …«

»Vielleicht entdeckst du ja etwas, das ich übersehen habe.« Ich will widersprechen, doch er macht eine abwehrende Geste. »Behalte das Schlüsselbund einfach. Ich schreib dir die Adresse auf.«

Er schreibt in die erstbeste Kladde, die er findet, reißt das Blatt heraus und hält es mir hin.

»Hör mal, Mauro, ich kann doch nicht einfach in eine wildfremde Wohnung gehen!«

»Das ist keine wildfremde Wohnung. Das ist die Wohnung von Viruca. Von jemand, die du mehr und mehr kennenlernst. Das möchtest du doch. Oder irre ich mich? Behalte die Schlüssel, triff jetzt keine Entscheidung. Verdammt! Da fällt mir etwas ein. Weshalb hab ich das nicht schon früher bemerkt? Du hast doch gesagt, dass sich in den Dateien nicht eine einzige Arbeit von Iago findet, nicht wahr?«

»Ja, genau.«

»Erinnerst du dich an das, was der Kerl auf dem Friedhof

gesagt hat? Dass er sich von ihr verabschieden und ihr ein Bier ihrer Lieblingsmarke bringen wollte?«

Das mit der Lieblingsmarke weiß ich nicht mehr, kann aber auch nicht beschwören, dass er es nicht gesagt hat.

»Woher kannte er ihre Lieblingsmarke? Woher dieses enge Verhältnis?«

Mauro wühlt in einem Stapel Papiere auf dem Tisch, findet aber nicht, was er sucht. In einer ledernen Aktentasche kramt er weiter und zieht schließlich ein zerknittertes Dokument hervor.

»Dies ist die letzte Seite von Virucas Autopsiebericht. Sie war im dritten Monat schwanger. Und nicht von mir, das kann ich dir versichern.«

Ich werfe einen Blick auf das Dokument.

»Verstehst du denn nicht? Das passt doch alles zusammen! Sie hat Iagos Arbeiten versteckt, weil da vielleicht etwas war, das eine Beziehung zwischen ihnen verriet … Oder nein, eine Beziehung sicher nicht, Viruca hätte nie etwas mit einem Schüler angefangen, niemals, aber es kann doch sein … dass er besessen war, völlig verrückt nach ihr, sie hat ihn nicht beachtet, und er flippt aus. Fängt an, ihr nachzustellen, und weil Viruca nicht nachgibt, setzt er sie eines Tages unter Drogen und vergewaltigt sie …«

»Moment mal, Mauro, gehst du nicht ein bisschen zu weit? Nur weil seine Arbeiten nicht bei den anderen waren und er ihre Lieblingsbiermarke kannte?«

»Aber es passt doch zusammen! Du hast den Kerl auf dem Friedhof gesehen. Er war völlig außer sich, völlig verzweifelt. Glaubst du, dass ein Schüler, der zum Spaß seine Lehrerin gemobbt hat, so ausflippt, wenn sie stirbt?«

»Mauro, du selbst hast mir doch erzählt, die drei wollten einfach zeigen, dass sie dazu in der Lage waren.«

»Ja, das stimmt. Aber vielleicht habe ich mich geirrt. Vielleicht war alles genau so: Iago stellt ihr nach, weil sie ihm die kalte Schulter zeigt, und eines Tages dreht er durch und vergewaltigt sie. Weißt du, wie schön Viruca war? Wie sie den Männern den Kopf verdrehte? Ich konnte es ja selbst kaum fassen, dass ich der Glückliche war, mit dem sie zusammen sein wollte. Viruca, mit mir. Jedes Schuljahr verliebten sich zwei oder drei Schüler pro Kurs in sie. Und nicht nur die Schüler, auch die Lehrer. Sie war … unwiderstehlich.«

Ich versuche, mich auf Mauros Argumente einzulassen. Klar, seiner Theorie würde weder ein Richter noch die Polizei Glauben schenken. Aber es stimmt, da passt einiges zusammen.

»Geh in ihre Wohnung und schau, ob du dort etwas von Iago findest, etwas, das meine Theorie stützen könnte.«

»Vielleicht solltest besser du das tun, wo du das alles doch schon so klar siehst.«

»Nein. Ich sag doch, ich brauche jemand, der mir nicht einfach glaubt und der Guardia Civil auch nicht. Bitte, hilf mir.«

Kapitel 19

Tomás klopfte an die Zimmertür seines Sohnes.

»Iago? Bist du da?« Keine Antwort. Er versuchte, die Tür zu öffnen. Sie war verriegelt. »Iago! Ich weiß, dass du da drin bist! Mach auf! Verdammt noch mal, sei doch vernünftig! Irgendwann musst du doch wieder mit mir reden. Tut mir leid, dass ich mich so blöd benommen habe. Aber versteh doch, ich war einfach sauer. Bei dieser Beerdigung hattest du nichts verloren. Was musstest du da so eine Show abziehen?«

»Hau ab!«

»Soll ich zum Abendessen Pizza bestellen?«

»Ich habe keine Lust, mit dir zu essen!«

Tomás gab es auf. Er kannte seinen Sohn und wusste, irgendwann würde dessen Wut schon vergehen. Obwohl es diesmal sehr lange dauerte. In letzter Zeit kam ihm Iago ziemlich seltsam vor. Der Junge war reizbar, launisch, fiel innerhalb kürzester Zeit von der Euphorie in die tiefste Depression. Mal erzählte er bis ins Kleinste von seinem *Crossfit*-Training, dann wieder sagte er tagelang kein Wort. Tomás musste sich wirklich mehr um ihn kümmern. Ihn vielleicht für eine Weile ins Ausland schicken. Ein Schuljahr in England oder den USA. Englisch lernen war nie verkehrt, aber vor allem würde es Iago guttun, für ein Weilchen etwas anderes zu sehen. Tomás war überzeugt, alles richtig gemacht zu haben, auch in schwierigen Zeiten. Vor allem, wenn man bedachte, dass Iagos Mutter ihn verlassen hatte, als der Junge noch sehr klein war. Eine

Schlampe, wie alle anderen. Welche Frau lässt ihr Kind einfach so im Stich, nur weil sie Probleme mit ihrem Mann hat? All die Jahre hatte er sich allein um seinen Sohn gekümmert und es geschafft, eine halbwegs gute Beziehung zu ihm aufzubauen, wie er sie zu seinem eigenen Vater nie gehabt hatte. Umso mehr ärgerte es ihn, dass Iago jetzt so schlecht gelaunt war, nicht mit ihm reden wollte. Außerdem machte es ihm Sorgen, dass sein Sohn so viele Drogen nahm. Er hatte sich doch nicht sein Leben lang abgerackert, damit der Junge jetzt in diese Scheiße abrutschte. Ab und zu mal einen Joint zu rauchen war eine Sache, von dem Zeugs abhängig zu werden dagegen eine ganz andere. Er war ja noch nicht mal volljährig. Tomás hatte miterlebt, wie die Generation seiner Cousins sich mit Heroin das Leben versaute. Eine Menge seiner Kumpel hatten sich in den achtziger Jahren damit ruiniert. Nein, er würde nicht zulassen, dass das jetzt auch seinem Sohn passierte, auf keinen Fall. Klar, man durfte auch nicht allzu schwarz sehen. Sein Sohn machte gerade eine schwierige Phase durch. Doch er war stark, der geborene Athlet, und klug dazu. Und zwischen fünfzehn und zwanzig liefen ja alle ein bisschen aus der Spur, das gehörte zum Erwachsenwerden dazu. Man musste sich nur ein bisschen um ihn kümmern, dann käme das schon in Ordnung. Und wenn er ihn für ein Jahr ins Ausland schicken musste, dann schickte er ihn halt.

»Iago, ich bestelle die *quattro formaggio*, okay?«, rief er von der Treppe her. »Die magst du doch besonders.«

»Mach, was du willst!«, schrie sein Sohn durch die geschlossene Tür.

Iago wollte niemanden sehen. Am allerwenigsten seinen Vater. Er hasste ihn. Hasste ihn wie noch nie zuvor, mit einem Hass, der so schnell nicht vergehen würde. Sein Vater war ein Hurensohn, einer von der schlimmsten Sorte. Punkt, aus, Ende. Der sollte bloß nicht so tun, als sei alles super, sonst … sonst würde er ihm eine verpassen. Ihn fertigmachen, gegen die Wand klatschen. Deswegen schwitzte er im Sportstudio. Er wollte hart wie Stein werden. Keiner sollte sich mehr über ihn lustig machen, ihm wehtun können. Ihm war schon genug wehgetan worden. Das würde er nie wieder zulassen. Nie wieder. Er war jetzt stark, er war jetzt ein Mann.

Er holte ein Tütchen Kokain aus der Schreibtischschublade und zog eine ordentliche *Line*. Zum Teufel mit der Pizza, zum Teufel mit allem.

Iago wusste, dass er sich beruhigen musste, dass er diese Wut unter Kontrolle bekommen musste, die in ihm brodelte und ihn zu überwältigen drohte. Und er wusste auch, dass das Koksen ihm dabei nicht half. Aber verdammt, wenn man ihm auch das noch nahm … Wenn man ihm auch das noch nahm, dann wüsste er nicht, wie er den ganzen Mist aushalten sollte, der ihn Tag und Nacht verfolgte und zu verschlingen drohte. Wie sehr er sie vermisste. So, wie er noch nie jemand vermisst hatte. Wie weh das tat. Und an Tagen wie heute bekam er plötzlich Angst, er könnte ihr Gesicht vergessen, ihr Haar, ihren Körper, ihr Lachen. Nein, es war nicht Angst, es war die totale Panik. Und zu allem Überfluss hatte er kaum Fotos von ihr. Die paar, die er besaß, durfte sein Vater niemals in die Finger kriegen. Niemals.

Er zog den Hefter unter seinem Bett hervor, in dem er seine Aufsätze und Tests mit ihren Kommentaren aufbewahrte. Diese Kommentare zu lesen war fast so, als hörte er ihre Stimme. Einige hatte er sogar auswendig gelernt. Er wusste, wie er sie bei den Hausarbeiten und Tests provozieren, aus der Fassung bringen konnte. Und er redete nicht nur irgendwelchen Unsinn, er hatte ihr auch seine schlimmsten Geheimnisse verraten, die, die er mit sonst niemandem teilte. Er fühlte, dass sie ihn verstand, ihn nicht verurteilte. Deshalb hatte er sich getraut, ihr diese Sache zu erzählen. Das hätte er nicht tun dürfen. Das war ein Fehler gewesen. Aber jetzt war es zu spät, da war nichts mehr zu machen. Was für eine Schlampe. Was für eine gemeine Schlampe. Bloß nicht mehr dran denken. Besser, es verdrängen oder den Aufsatz zerreißen, in dem er ihr davon erzählt hatte. Besser, sich auf die anderen Aufsätze zu konzentrieren. Auf die, in denen es Einverständnis gab. Auf die, in denen er all seine Waffen einsetzte, seinen Charme und seine Schamlosigkeit, um sie scharf zu machen.

Ja, genau, denn obwohl sie es abstritt, war er sicher, dass seine Schamlosigkeiten sie erregten. So wie ihn auch. Er bekam einen Ständer, wenn er ihr solche Sachen schrieb, mal ein bisschen brutal, mal zärtlich. Er stellte sich vor, wie sie das las, sich ins Bad einschloss und sich streichelte. Wenn er sich vorstellte, dass sie seinetwegen feucht wurde, machte ihn das superscharf. Denn sicher schaffte er das. Das merkte er an ihren Kommentaren. Sogar jetzt, wo sie tot war, brauchte er nur an sie zu denken und … uff!

Ob es sehr pervers war, beim Masturbieren an eine Tote zu denken? Aber sie war ja keine Tote. Sie war Viruca. Seine Viruca.

Wenn sie gewollt hätte, wenn sie nur … Verdammt. Was für eine Schlampe.

Doch nein, keine negativen Gedanken mehr, keine Klagen, keine Vorwürfe. Was vorbei war, war vorbei.

Lieber nur noch an die guten Momente denken, ihr Lachen, ihre Art, sich zu bewegen, ihre Haut, diese wahnsinnigen Titten …

Er zog sich noch eine *Line* Koks, dann ließ er die Hose runter.

Kapitel 20

Ich betrete das Gebäude, in dem Viruca gewohnt hat. Das Apartment liegt im dritten, obersten Stockwerk, das kann ich an den Briefkästen erkennen. Bei den Schlüsseln ist auch der Briefkastenschlüssel. Soll ich nachsehen, ob sie Post hat? Das traue ich mich dann doch nicht. Ich will von niemand dabei überrascht werden, wüsste nicht, wie ich das erklären soll. Ich gehe zum Aufzug. Als sich seine Türen öffnen, kommen eine Frau um die fünfzig und ein Mädchen von fünfzehn, sechzehn Jahren heraus. Sie mustern mich neugierig, fragen aber nichts. So ist das bei kleinen Mietshäusern, jeder kennt jeden. Ich betrete den Aufzug und stehe meinem Spiegelbild gegenüber. In diesem Spiegel hat sich Viruca Tag für Tag gesehen. Keine Ahnung, weshalb ich das denke. Aber ich denke es. Eine Viruca, die sich gerade erst getrennt hatte. Was sah sie, wenn sie sich anschaute? Kam sie sich immer verzweifelter vor?

Der Aufzug erreicht den dritten Stock. Ich steige aus, suche die Tür zum Apartment C, schließe auf und gehe hinein. Ich habe fast das Gefühl, einen heiligen Ort zu entweihen. Was will ich hier, weshalb habe ich mich von Mauro überreden lassen? Als er mir seine Theorie erzählte, schien das noch irgendwie plausibel. Aber wenn die Belästigung Virucas mit Iagos enttäuschter Liebe zu tun hatte, weshalb zum Teufel wollen sie dann auch mich fertigmachen?

Auf jeden Fall bin ich jetzt in der Wohnung, da kann ich mich auch ein bisschen umsehen. Das Apartment ist klein, neu, unpersönlich. Nicht zu vergleichen mit der Wohnung, die sie mit Mauro teilte. Es besteht aus drei Räumen: einem Wohnzimmer mit Kochnische, Schlafzimmer mit schmalem Bett und Bad mit Dusche, ohne Wanne. Das ist alles. Das Regal im Wohnzimmer ist halb leer. Auf dem Schreibtisch ein Computer, Blätter mit handschriftlichen Notizen, zwei, drei Lehrbücher und ein paar gerahmte Fotos. Darunter eins von ihr mit den Eltern, obwohl ich in den beiden Menschen kaum das uralte Paar erkenne, das ich auf dem Friedhof gesehen habe. Die Trauer ist wohl eins der Dinge, die einen am schnellsten altern lassen. Sie raubt dir den Lebenswillen. Auch ein paar Fotos von ihr mit verschiedenen Gruppen von Schülern stehen da, darauf nur lachende Gesichter. Ich suche unter ihnen nach Iago. Auf den ersten Blick finde ich ihn nicht, schließlich entdecke ich ihn in der hintersten Reihe einer der Gruppen. Auf dem Foto steht er weit von Viruca entfernt, nichts verrät, dass es zwischen ihnen etwas geben könnte.

Ich schalte ihren Computer ein. Während er hochfährt, schaue ich mich um. Ich öffne den Kleiderschrank und finde jede Menge Kleider, Hosen, Blusen. Lauter Markenklamotten. Marc Jacobs, Carolina Herrera, Armani, Adolfo Dominguez, Prada ... Muss einen Haufen Geld gekostet haben. Und mir fällt die Bemerkung der Apothekerin ein, dass das Geld manchmal alles kaputt macht. Ob ihr Tod etwas damit zu tun hat?

Ich stoße auf eine Sporttasche, öffne sie, finde ein Paar Schuhe. Sie sind genau wie die, die Germán für sein *Crossfit*-Training gekauft hat. Was hat er genervt, bis er die richtigen fand: »Die sitzen super und sind perfekt zum Laufen, Stoppen, Springen, die besten Allround-Schuhe.« Ich finde auch ein Handtuch und eine Flasche Duschgel. Und einen kleinen Schlüssel, vielleicht für ein Schließfach im Sportstudio. Dazu drei oder vier Münzen.

Auf der oberste Ablage entdecke ich mehrere Schuhkartons.

Soll ich sie öffnen? Finde ich da vielleicht mehr als nur Schuhe? Ich ziehe einen Hocker heran und sehe die Kartons durch. Schuhe und nochmals Schuhe. In einem finde ich schließlich Fotos, Papiere, ein paar Videokassetten und mehrere Speicherkarten für Laptops. Auch eine kleine Digitalkamera. Und ein altes Handy.

Ich hole den Karton herunter, stelle ihn aufs Bett und krame in den Fotos. Viele sind von Reisen, die sie mit ihrem Mann gemacht hat. Da lachen sie in Paris, in Wien, London, der Karibik, Indien. Die beiden haben wirklich die ganze Welt bereist, gar nicht so leicht, auch nicht mit zwei Lehrergehältern. Ein paar Fotos zeigen eine Theateraufführung. Mit Schülern. Ich versuche, bekannte Gesichter zu entdecken, aber so geschminkt, wie sie sind, gelingt mir das nicht. Ich krame weiter und stoße auf einen nicht benutzten Schwangerschaftstest. Wusste sie, dass sie schwanger war? Oder vermutete sie es und hatte sich deshalb den Test besorgt? Ich finde auch ein Tütchen mit einem Kraut darin. Ich rieche daran. Es ist Marihuana. Dann versuche ich die kleine Kamera einzuschalten, aber der Akku ist leer. Ich suche nach dem Ladegerät, und als ich es finde, nehme ich beides mit ins Wohnzimmer, wo ich die Kamera laden will, während ich mir ansehe, was der Computer enthält.

Ich habe Glück, der Computer lässt sich ohne Passwort öffnen. Auf dem Bildschirm erscheinen viele gut sortierte Ordner: »Unterricht«; »Freizeit«; »Persönliches«; »Lesestoff«; »Blogeinträge«. So lauten die Namen einiger der Ordner. Als ich auf einen von ihnen doppelklicke, finde ich in ihm viele weitere Unterordner. Im Ordner »Unterricht« befinden sich, nach Jahren geordnet, die Unterlagen aller Kurse, die sie im Laufe der Jahre gegeben hat. Ich beschließe, alle Dateien dieses Ordners zu kopieren. Dafür habe ich mir einen USB-Stick mitgebracht. Ich werfe auch einen Blick in die anderen. Im Ordner »Freizeit« finde ich nichts Besonderes: irgendwelche Kurse, die sie genommen hat oder nehmen wollte. Einen über Fotografie, einen zweiten in Webdesign, ein paar Vorträge, die sie besuchen wollte oder besucht hat. Komisch, dass sie die Vorträge im Ordner »Freizeit« abgespeichert hat, schließlich haben sie mit ihrer Arbeit zu tun. Im Ordner »Blogeinträge« finde ich viele Literaturkritiken. Sie hatte also einen Literaturblog. Das schaue ich mir an, sobald ich zu Hause bin. Den Ordner »Persönliches« hebe ich mir bis zum Schluss auf. Wer weiß, was ich dort finden werde. Ich habe das Gefühl, dass ich darin nicht herumschnüffeln sollte. Deshalb beschließe ich, erst mal den Browser zu öffnen. Ich möchte mir dessen Verlauf anschauen.

Jetzt erlebe ich eine Enttäuschung. Der Browserverlauf ist gelöscht. Nicht wie bei mir, ich hinterlasse immer eine lange Spur aller Webseiten, die ich besucht habe. Dann ist doch der Ordner »Persönliches« dran. Auch er enthält mehrere Unterordner: »Personalausweis«; »Verträge«; »Rechnungen«; »Fotos«; »Verschiedenes«. Ich öffne den Ordner »Rechnungen« und finde alle eingescannten Strom-, Wasser- und sonstigen Rechnungen. Diese Frau war ein echter *Control Freak*. Unter »Verträge« finde ich außer den Verträgen mit den verschiedenen Dienstleistern wie Strom und Wasser auch den einen oder anderen Vertrag über einen Vortrag oder Kurs, den sie gehalten hat. Im Ordner »Fotos« sind genau viertausendsiebenhundertzehn Fotos abgespeichert. Die werde ich mir jedenfalls nicht alle anschauen. Okay, ein paar klicke ich doch an. Noch einmal Fotos von Reisen mit ihrem Mann. Die beiden in einem Restaurant. Dann in einem Chalet. In dem Ordner »Verschiedenes« finde ich Dateien mit Zahlen und Buchstaben, Kombinationen, die ich nicht verstehe. Sind das Zugangsdaten? Für ihren Apple-Account? Für ihre Cloud? Für ihr Bankkonto? Keine Ahnung. Sie so offen zugänglich aufzubewahren kommt mir ein bisschen blauäugig vor. Ich kopiere diesen Ordner auf meinen USB-Stick, für den Fall, dass die Daten irgendwann wichtig werden.

Mehr finde ich auf dem Computer nicht. Bevor ich ihn ausschalte, beschließe ich, noch rasch den Ordner »Beruf« zu öffnen, obwohl ich schon alle Dateien daraus auf meinen USB-Stick gespeichert habe. Mal sehen, vielleicht entdecke ich ja eine Spur von Iago. Ich suche im Kurs vom Vorjahr. In der 12., der Klasse, in der er auch damals schon war.

Die Namen sind alphabetisch geordnet, also gehe ich gleich zum »N« wie Nogueira. Nichts. Iago taucht auch hier nicht auf. Verdammt. Weshalb verbirgt sie alles, was auf ihn hinweist?

Die Batterie der Kamera hat sich inzwischen etwas aufgeladen, ich kann sie einschalten. Doch im Speicher sind nur ein paar Fotos aus einem Sportstudio. Mehrere Personen. Keine kommt mir bekannt vor. Was die Schuhe in der Sporttasche angeht, habe ich richtig geraten. Es sind *Crossfit*-Schuhe. Man sieht, dass diese Leute genau diesen Sport treiben. Anscheinend war Viruca besessen von dieser Sportart, die gerade überall in Mode ist.

Ich gehe ins Bad und durchsuche dort die Schubladen, finde aber nichts Besonderes. Aspirintabletten, Gummibänder, eine Schachtel Tampons, Schminksachen, ein paar Rasierklingen, Enthaarungscreme … Nichts, was nicht alle Frauen für ihre Toilette brauchen. Die Handtücher sind sehr ordentlich gestapelt, sogar nach Farben sortiert. Eins fällt mir auf, es trägt den Namen eines Hotels. »La Toja«. Hat sie es aus einem Ferienhotel geklaut? Sie kommt mir eigentlich nicht vor wie jemand, die Hotelhandtücher klaut. Ich rieche an ihren Parfümflaschen. Sie hat ganz unterschiedliche, eins für Männer. *1 Million* von Paco Rabanne. Hatte sie in dieser Wohnung Männerbesuch? Oder hat sie selbst ab und zu gern Männerparfüm benutzt? Dies wäre der einzige Hinweis auf die Anwesenheit eines Mannes im Apartment. Die Rasierklingen hat sie wahrscheinlich benutzt, um sich die Beine zu rasieren. Ich sehe eine elektrische und mehrere normale Zahnbürsten. Zwei sind noch verpackt. Eine steht benutzt in einem Wasserglas. Die gehörte vielleicht tatsächlich einem männlichen Besucher. Iago?

Doch mit so wenigen Indizien kann ich keine Schlüsse ziehen. Und denke, dass ich jetzt besser gehe. Ich habe lange genug in der Wohnung einer Toten herumgeschnüffelt.

Zu Hause stelle ich fest, dass Germán nicht da ist, nur Nanuk, der mich wie immer überschwänglich begrüßt. Ich streichle ihn ein bisschen, er folgt mir ins Schlafzimmer. Ich beschließe, mir die Dateien von Virucas Computer anzuschauen. Als Erstes durchforste ich alle Ordner des vorigen Kurses nach Iago, und obwohl er, wie ich inzwischen weiß, in den Schülerlisten von Virucas Literaturkurs auftaucht, finde ich keine einzige Arbeit von ihm. Keinen Test. Hat er etwa keinen einzigen mitgeschrieben? Kann ich mir kaum vorstellen. Im schlimmsten Fall hätte er weiße Blätter abgeben müssen. Wenn er also Arbeiten und Tests abgegeben hat, weshalb sind sie dann nicht von Viruca gescannt worden? Wollte sie ihn aus ihrem Leben löschen, indem sie ihn aus ihren Unterlagen löschte? Was stand in diesen Aufsätzen? Wollte sie sich weismachen, dass der Bursche nie in ihrem Kurs war? Sehr seltsam. Vielleicht hat sie seine Sachen woanders abgespeichert? Ich durchsuche alle Dateien. Eine mühselige Angelegenheit. Nach zwei langen Stunden habe ich noch immer nichts gefunden.

Ich öffne den Ordner mit den Zahlen- und Buchstabenkombinationen, die ich für Passwörter halte. Ich möchte versuchen, an ihre E-Mails zu kommen, aber ich kenne noch nicht mal ihre E-Mail-Adresse. Ihre Privatsphäre zu knacken kann also ziemlich schwierig werden. Vielleicht finde ich ihre E-Mail-Adresse auf der Webseite des Gymnasiums. Wenn nicht, kann ich immer noch Mauro anrufen. Doch für den

Moment soll er nicht wissen, dass ich tatsächlich Nachforschungen anstelle. Auf der Webseite der Schule finde ich ihre E-Mail-Adresse nicht, wohl aber in den Unterlagen, die mir die Vizerektorin gegeben hat. Bingo! Virucaferr@gmail.com. Jetzt muss ich nur noch auf der gmail-Internetseite die Nummern abarbeiten. Und sehen, ob das richtige Passwort dabei ist.

Doch ich habe kein Glück. Ich habe alle durchprobiert, ohne Erfolg. Keine lässt mich ihren Mailaccount öffnen. Was wollte ich eigentlich dort finden?

Am Donnerstag lasse ich die Schüler der 12. eine Textanalyse schreiben, und als ich sie zu Hause korrigiere, stoße ich auf etwas, das mich stutzen lässt. Eine Kopie des Plakats mit der verschwundenen Viruca. Das Plakat, das ich in der Apotheke gesehen habe. Irgendein Witzbold hat es mir unter die Arbeiten gemogelt und einen ordentlichen Schreck eingejagt. Aber ich versuche, das nicht allzu wichtig zu nehmen. Als ich die Kopie zur Seite lege, um weiter zu korrigieren, stoße ich auf der Rückseite des Plakats auf etwas viel Unangenehmeres: Dort hat jemand wieder eine Frau gezeichnet, die an einem Galgen baumelt, auch jetzt Buchstaben darunter, aber mehr als zuvor. Da steht fast mein kompletter Name: R_Q_EL. Ein Schauer läuft mir über den Rücken.

Kurz darauf klingelt mein Handy, Teresa ist dran:

»Hör mal, was ist denn in dich gefahren? Du bist wohl nicht mehr ganz bei Trost, was?« Sie ist ganz außer sich, spricht viel schneller als normal, was auch nicht gerade langsam ist.

»Ich? Wieso denn?«

»Wie kannst du nur so was auf Facebook posten?!«

»Auf Facebook? Auf meiner Seite?«

»Ja, genau, auf deiner Seite!«

»Tere, ich habe doch meine Seite längst gelöscht. Ich kann da gar nichts mehr posten.«

»Entschuldige, aber ich sehe sie gerade vor mir. Deine Seite.«

»Das kann gar nicht sein!«

»Kann es doch. Und ich flippe aus, wenn ich mir anschaue, was du da gepostet hast.«

»Ich sag dir doch, ich habe nichts gepostet. Ich habe die Seite gelöscht!«, stammle ich verwirrt.

»Na, ich lese es jedenfalls in diesem Moment.«

Erschrocken springe ich auf, nehme den Laptop und öffne Facebook. Ich kann meine Seite nicht öffnen, meine Zugangsdaten funktionieren nicht mehr, sooft ich mein Passwort auch eingebe.

»Ich komme nicht rein. Ich kriege immer die Nachricht, dass das Passwort falsch ist.«

»Du kannst doch über meine Seite auf deine kommen.«

»Wie funktioniert das denn?«

»Du bist vielleicht lahm! Warte, ich gebe dir meinen Benutzernamen und mein Passwort.«

Sie gibt mir die Daten, und ich kann endlich auf meine eigene Seite. Da sind alle meine Fotos, meine Freunde, meine Einträge, alles. Alles, außer dass jemand mein Passwort geändert hat und ich die Seite nicht öffnen kann, nichts darauf schreiben kann, nichts löschen noch sonst irgendetwas machen kann.

»Hast du's gesehen? Hast du den Post gesehen, den du hochgeladen hast?

»Warte, ich lese noch.«

Und dann falle ich fast vom Stuhl.

»Hier bin ich nun, in diesem Scheißkaff«, steht da, »und vermisse dich so sehr. Möchte dich wieder genauso spüren. Spüren, wie du auf mir liegst. Lass es uns noch mal miteinander versuchen.«

Die Sätze stehen unter einem Foto, auf dem ich lachend Simón im Arm halte.

Simón, den besten Freund meines Mannes.

Simón, mit dem ich ihn monatelang betrogen habe.

Verdammt. Verdammt. Verdammt.

»Wie zum Teufel kann ich das löschen? Wie geht das?«, frage ich völlig verzweifelt. Oh, wenn Tere doch jetzt bei mir wäre!

»Du hast das also wirklich nicht gepostet?«

»Teresa, um Himmels willen! Wie könnte ich so etwas posten? Ich hab dir doch erzählt, dass ich meine Seite längst gelöscht habe. Irgendjemand muss sie gehackt haben. Sag mir, was ich tun soll. Wie um alles in der Welt kriege ich das weg?«

»Keine Ahnung, am besten schreibst du an Facebook und zeigst es an.«

»Okay, aber wie lange brauchen die, um es zu löschen?«

»Weiß ich auch nicht. Hoffentlich nicht allzu lange.«

»Oh verflucht, verflucht, verflucht!«

»Aber wer kann das denn überhaupt gewesen sein? Wer wusste von der Geschichte mit Simón? Ich dachte, nur mir hättest du davon erzählt. Na, und Germán natürlich.«

»Nein, nein, Germán weiß nur einen winzigen Teil davon. Oh verdammt, … Germán darf das nie erfahren … Scheiße, Scheiße, Scheiße …«

»Na, jetzt beruhige dich erst mal. Wenn du Glück hast, sieht er es nicht und es gelingt dir, das zu löschen, bevor er auf deine Seite geht. Ist er oft auf Facebook?«

»Nein, nicht so oft, glaube ich.«

»Wer könnte das gemacht haben, Raquel?«

»Das muss Roi gewesen sein, da bin ich mir sicher.«

»Roi?«

»Ja, Roi, ein Schüler von mir.«

»Ein Schüler? Aber wie soll denn einer von deinen Schülern wissen, dass du eine Affäre mit dem besten Freund deines Mannes gehabt hast?«

»Keine Ahnung. Aber schon am ersten Tag hat er sich Zugang zum privaten Bereich meiner Facebook-Seite verschafft und herausgefunden, dass Germán und ich eine Ehekrise hatten.«

»Wen hast du denn da im Unterricht? Den Sohn von Albert Einstein oder Bill Gates?«

»Mit allem habe ich gerechnet, aber damit nicht … Das muss er gewesen sein, ich bin mir sicher, dass er es war. Was soll ich denn jetzt machen? Es Germán erzählen?«

»Dass dein großer Fehler nicht nur ein *One-Night-Stand* war, sondern Monate gedauert hat? Bloß nicht!«

»So viele Monate waren es nun auch wieder nicht. Es war … Es war … Verdammt, ich war halt völlig durch den Wind, nachdem meine Mutter gestorben war. Ich war nicht mehr ich selbst, du weißt das doch am besten. Ich war …«

»Ja, ja, ich weiß, ich weiß. Aber erzähl ihm nichts davon. Erzähl ihm bloß nicht, wie lange die Sache wirklich gelaufen ist. Dass er dir verziehen hat, was er für eine einzige verrückte Nacht hält, ist schon eine Menge.«

»Nein, nein, das meine ich nicht. Natürlich werde ich ihm das nicht erzählen. Ich meine die Geschichte mit Facebook. Dass ein Schüler meine Seite gehackt hat.«

»Aber wird es ihm nicht seltsam vorkommen, dass ein Schüler solche Sachen aus deinem Leben weiß?«

»Ja, natürlich ist das seltsam. Aber es ist die reine Wahrheit. Wie zum Teufel hat er das nur herausbekommen?«

»Raquel, mir kommt da ein Gedanke … Du hast nicht zufällig die Mails von Simón aufgehoben?«

»Nein … Die habe ich alle gelöscht …«

»Bist du sicher? Sind die nicht einfach im Ordner für gelöschte Mails gelandet?«

»Dafür gibt's einen Ordner?«

»Du bist aber auch wirklich naiv, was Computer angeht!«

»Schimpf nicht mit mir, Tere, das ist jetzt nicht der richtige Moment. Ich weiß nicht, ob die Mails noch da sind. Verschwinden die nicht von selbst irgendwann?«

»Verschwinden? Sich in Luft auflösen? Meine Liebe, alles, was wir schreiben, schicken, löschen, abspeichern, alles, aber auch alles hinterlässt eine Spur. Und mehr noch, wenn du nichts unternimmst, um es ganz zu löschen.«

»Nein, nein, warte mal, ich glaube, ich habe sie auch dort gelöscht. Lass mich mal nachschauen. Ja, ich hab sie, glaube ich, wirklich auch da gelöscht …«

Ich öffne mein Hotmail-Konto und bete, dass ich sie wirklich gelöscht habe. So dumm bin ich doch wirklich nicht, oder? Das macht man doch, wenn man seinen Mann betrügt, stimmt's? Die Spuren verwischen. Bestimmt habe ich das getan. Ich öffne den Ordner mit den gelöschten Mails und finde keine, die ich an Simón geschickt habe. Na also!

»Da sind keine mehr. Siehst du? Ich habe sie also doch gelöscht. Wie, weiß ich nicht, aber gelöscht habe ich sie. Das heißt, dass … Wie kann er es dann herausgefunden haben? Ich glaube, ich werde langsam verrückt. Roi kann unmöglich davon wissen. Ich kann mir vorstellen, dass er etwas von der Krise ahnt, die Germán und ich hatten, aber mehr auch nicht.«

»Eine Frage, Raquel: Sind sie vielleicht auch in deiner Cloud gespeichert? Die Mails, meine ich.«

»Meiner Cloud?«

»Ja, in der Apple-Cloud. Hast du dein Mailprogramm möglicherweise so konfiguriert, dass es dir automatisch eine Kopie in die Cloud speichert?«

»Keine Ahnung! Vielleicht, als ich mein neues Handy eingerichtet habe … Ich weiß sowieso nie, was ich da eigentlich konfiguriere. Das sind immer so viele verschiedene Sachen, all der Scheiß, all die …«

»Ich nehme das mal als Bestätigung. Man hat wohl deine Cloud gehackt.«

»Man hat meine Cloud gehackt«, wiederhole ich mechanisch. »Was zum Teufel bedeutet das genau?«

»Wenn sie deine Cloud gehackt haben, dann wissen sie alles über dich.«

Sie haben meine Cloud gehackt. Wie kann ein solch harmloser, beinahe poetischer Satz, der vor Jahren noch keinerlei Bedeutung besaß, jetzt für mich die größte aller Tragödien bedeuten?

»Aber ist es denn so einfach, diese Cloud zu hacken?«

»Na ja, vielleicht haben sie das über dein Handy gemacht. Wenn sie daran gekommen sind.«

»Nein, völlig unmöglich.«

»Wenn du es im Lehrerzimmer hast liegen lassen oder in einem der Büros oder in deiner Tasche im Klassenzimmer ... Sie brauchen nur fünfzehn, zwanzig Minuten, um es zu hacken, dann legen sie es einfach wieder zurück.«

»Ich weiß nicht, Tere, kann sein, aber ...«

»Es gibt noch eine Möglichkeit, mit einem Frequenzempfänger.«

»Was ist das denn?«

»Stell dir vor, du hast ein Foto auf Instagram oder Facebook hochgeladen, während du in der Schule warst. Mit einem Frequenzempfänger können sie dein Handy scannen und den verschlüsselten Algorithmus herausfiltern. Damit haben sie Zugang zu deiner Cloud.«

»Was erzählst du mir da? Woher weißt du das alles?«

»Hab ich im Fernsehen gesehen.«

»Das heißt also, die können durch ein einfaches Foto, das ich hochlade, an alle meine Informationen kommen?«

»Im Prinzip ja ... Alles, was sie brauchen, ist ein Frequenzempfänger.«

»Wie groß ist denn so ein Ding? Dieser Empfänger? Passt der in einen Schülerrucksack?«

»Der ist nicht größer als eine Zigarettenschachtel.«

»Im Ernst? Verdammt, verdammt, verdammt … Ich bin geliefert!«

Ich muss jetzt vor allem einen kühlen Kopf behalten. Ruhe bewahren. Einer meiner Schüler hat Zugriff auf alle meine Mails. Dieser Schüler hat vor, mich fertigzumachen. Das kann er jetzt auch, weil er meine Schwachstelle kennt. Er weiß von der Affäre, die ich mit dem besten Freund meines Mannes hatte. Eine Affäre, die nur eine Nacht hätte währen dürfen. Eigentlich nicht einmal das. Doch eine Nacht wäre immerhin noch verzeihlich gewesen. Tatsächlich hat Germán sie mir verziehen, auch wenn das nicht leicht war. Was er mir nie verzeihen würde, ist das andere. Ich verzeihe es mir ja selbst nicht. Dass es so lange gedauert hat. Dass ich nach einer Woche wieder bei Simón war, und die Woche darauf, und die nächste auch. Ja. Und was für Nächte voll ungezügeltem Sex das waren. Welche Art zu fühlen, alles schien neu zu sein, seine Haut, diese Arme, sein glatter Bauch, sein Schweiß. Es war so erregend, mit dem besten Freund meines Mannes zu schlafen. Klar, es war völlig verrückt, aber ich war ja auch verrückt. Völlig durchgedreht. Am Boden zerstört wegen des Todes meiner Mutter. Ich weiß, das ist keine Entschuldigung, und ich will mich auch nicht dahinter verstecken. Aber es ist die Wahrheit. Ich war nicht ich selbst, ich war etwas, das sich bewegte, das atmete, das mehr tot als lebendig war, das aß, wenn es sich daran erinnerte oder wenn man ihm etwas aufnötigte. Ich konnte nicht klar denken. Weder klar noch sonst irgendwie. Ich dachte überhaupt nichts. Ich war so leer, dass nur Simón mich etwas fühlen ließ. Es war so erregend, das Schlimmstmögliche zu tun, meinen Mann mit seinem besten Freund zu betrügen, mich im Schlamm zu suhlen, immer tiefer und tiefer zu sinken. Das Gefühl von Schuld und Gefahr war so groß, so brutal, dass ich süchtig danach wurde. Ich hasste mich dafür, wie ich noch nie jemand oder etwas gehasst hatte. Ich wollte damit aufhören, wollte nicht wieder hingehen, und gleichzeitig konnte ich es nicht vermeiden. Jedes Mal, wenn ich seine Wohnung verließ, sagte ich mir, nie wieder, Raquel, um Gottes willen, nie wieder. Doch zwei Stunden später wollte ich schon wieder hin. Ich war zu Hause bei Germán und dachte nur an den wilden Sex, den ich zwei Stunden zuvor gehabt hatte. Ich wollte nur wieder seinen Schwanz in mir fühlen. Den Schwanz von jemandem, der nicht mein Mann war. Diesen Schwanz, der so fremd war, so anders als der, den ich kannte, diesen pochenden, immer steifen Schwanz, der in mich eindrang, mich aufspießte, mir wehtat, mich vollpumpte und meine Lust stillte. Ich schloss mich im Bad ein und weinte vor Schuldgefühl und vor Verlangen. Vor Wut, weil ich nicht in Simóns Bett sein konnte. Und ich hasste mich und hasste meinen Mann, weil ich mich immer mehr von ihm entfernte. Ich weinte so viel, dass Germán nicht mehr wusste, wie er mich trösten sollte. Er stand ahnungslos auf der anderen Seite der Tür und flüsterte tröstende, Mut machende Worte. Das wird alles vorübergehen, alles wird wieder gut, auch wenn es dir jetzt unmöglich erscheint. Die Trauer wird nach und nach verschwinden. Du wirst schon sehen. Denn er dachte, ich weinte über den Tod meiner Mutter. Aber es waren die Tränen einer Wahnsinnigen, die völlig die Orientierung verloren hatte, den Anstand, den Sinn für die Wirklichkeit. Und das Schlimmste, das Schlimmste von allem war, dass ich für Momente das Gefühl hatte, so lebendig zu sein wie nie zuvor. Ich, die ich von Natur aus eher ruhig bin, eher zurückhaltend und vorsichtig, war zur maßlosen Verrückten geworden. Ich wollte alles und ich wollte es sofort. Ich wollte Simón. Ich brauchte seinen Körper, seine Lippen, sein Lachen. Es war, als lebte ich in einer verdammten Telenovela, in der die Menschen Sklaven ihrer Leidenschaften sind. Genau das war ich, eine Sklavin meiner Leidenschaft und meines Schuldgefühls.

Und in einer dieser Stunden voll wildem, maßlosem Sex spürte ich auf einmal, dass ich dabei war, mich zu verlieben. Dass ich Simón liebte und bereit war, für ihn meinen Mann zu verlassen. Dass ich für ihn empfand, was ich noch nie empfunden hatte. Meine Ehe, mein bisheriges Leben, alles was ich mir geschaffen hatte – ich war bereit, es zum Teufel zu schicken. Und das sagte ich Simón. Sagte ihm, was ich für ihn empfand, dass ich verrückt war nach ihm. Nur die leidenschaftlichen Stunden mit ihm gaben meinem sinnlosen Leben Sinn. Er hatte aus der Hölle des Todes meiner Mutter einen erträglichen Ort gemacht. Ich war in der Finsternis gewesen und hatte bei ihm Licht gefunden. Doch Simón schaute mich an, als käme ich von einem anderen Stern, aus dem Irrenhaus. Er bekam es mit der Angst zu tun. Merkte, wie schlimm es um mich und meinen Kopf stand, und beschloss umgehend, dass diese Affäre, diese *amour fou*, keine Sekunde länger währen durfte. Und er beendete sie. Verließ mich. Verschwand aus meinem Leben. Doch anstatt es zu akzeptieren und die Gelegenheit zu nutzen, dieses Kapitel meines Lebens zu beenden, ihn zu vergessen, begann ich, ihm hinterherzurennen. So dumm war ich. Er konnte mich doch nicht einfach so verlassen, er musste doch dasselbe empfinden wie ich, und wenn er vor mir floh, dann sicher, weil er Angst hatte. Angst, zu akzeptieren, dass unsere Liebe größer war als das Leben selbst. Ich fing an, hinter ihm herzutelefonieren, ihm SMS zu schicken und Mails zu schreiben. Verzweifelte SMS, rührselige Mails einer Frau, die krank war vor Verlangen und vor Schmerz.

Genau die Mails, die jetzt wohl in Rois Händen sind. Oh mein Gott! Wenn er sie meinem Mann schickt, bin ich verloren. Dann ist unsere Ehe endgültig zum Teufel. Und das Schlimmste ist nicht einmal, dass Germán mit mir Schluss macht, nichts mehr mit mir zu tun haben will. Das wäre furchtbar, ja, sicher, doch zu verkraften. Und ich weiß, dass ich es verdient habe. Ich habe immer gewusst, dass es passieren könnte. Das Schlimmste wäre, dass Germán daran kaputtgehen würde, diese Mails wären sein Untergang. Das hat er nicht verdient. Wenn jemand es nicht verdient hat, dann er. Germán war bei mir in den dunkelsten Monaten meines Lebens, als ich wieder und wieder den größten Fehler beging. Und er stand mir auch bei, als ich das Ende der Affäre mit Simón betrauerte. Als ich am Boden zerstört war wegen des Weggangs seines besten Freundes und des Todes meiner Mutter. Meinem Mann, seiner Beharrlichkeit, seiner Geduld, seiner Unterstützung verdanke ich es, dass ich wieder zur Vernunft kam, dass ich wieder ich selbst wurde. Und deshalb hat er es auch nicht verdient, von meinem Verrat zu erfahren. Germán hat es nicht verdient, dafür bestraft zu werden, dass er mich wieder ins Leben zurückgeholt hat. Das wäre nicht gerecht. Er hat es nicht verdient, dass mein altes Ich, mein gestörtes Ich, dieses Ich, das jetzt nicht mehr existiert, aus der Vergangenheit zurückkehrt und ihn vernichtet. Denn ich weiß, dass er sich davon nie erholen würde.

Ich muss das verhindern.

Koste es, was es wolle.

Kapitel 21

Roi joggte den Waldweg entlang. Ihm und Iago machte es immer großen Spaß, zum Monte Carballo hinaufzurennen, ein ständiges Auf und Ab mit der einen oder anderen heftigen Steigung. Genau richtig, um Kalorien zu verbrennen und Kondition aufzubauen. Carlos, der *Crossfit*-Coach, ermunterte sie ständig, zweimal die Woche zu laufen, auch wenn es regnete. Das sei die beste Ergänzung für den beinahe militärischen Drill, mit dem er sie malträtierte.

Heute lief Roi allein, seit Virucas Beerdigung war er auf Distanz zu seinem Freund gegangen. Schon die letzten Monate hatte er sich ziemlich unwohl mit ihm gefühlt, und die Szene auf dem Friedhof hatte das Fass zum Überlaufen gebracht. Er hatte alles getan, damit sein Freund sich entspannte, die Dinge ruhiger angehen ließ. Aber Iago hatte sich taub gestellt und Roi hatte sich nur dumme Antworten und Streit eingehandelt.

Allein zu laufen war ein wenig langweilig, doch mit den Kopfhörern und der Musik vom Handy wurde es ganz unterhaltsam. Der Schweiß ließ ihm die Brille die Nase hinunterrutschen, immer wieder musste er sie hinaufschieben. Nachdem er zwanzig Minuten gelaufen war und aus vollem Halse mitgesungen hatte, spürte er jemand neben sich. Als er den Kopf wandte, sah er Iago grinsend an seiner Seite laufen. Roi nahm sich die Kopfhörer ab.

»Mann, Alter, hast du mich erschreckt!«

»Warum hast du mir nicht Bescheid gesagt?«

»Ich dachte, du hättest vielleicht keine Lust.«

»Wieso das denn?«

»Keine Ahnung, du kommst mir irgendwie neben der Spur vor. Und gestern warst du nicht beim Training.«

»Ich bin später hingegangen.«

»Okay, das hast du mir aber nicht gesagt. Wir sind also quitt.«

»Hast du etwa ein Problem mit mir?«, fragte Iago.

»Ich? Nein.«

»Okay. Wenn ja, sag Bescheid.«

»Und du genauso«, erwiderte Roi.

»Was für ein Problem soll ich bitteschön haben?« Die Frage klang ziemlich aggressiv.

»Willst du etwa behaupten, dass die Nummer, die du auf dem Friedhof abgezogen hast, normal war?«

»Noch so einer! Wie mein Vater. Bist du etwa noch nie ausgeflippt?«

»Ich will dir nur sagen, dass du mir alles erzählen kannst.«

»Schon gut, du Nervensäge. Wie wär's mit einem Wettlauf zur Spitze?« Iago sprintete los. »Los, du Weichei, wir sehen uns oben!«

Roi strengte sich an, wollte seinen Kumpel nicht mit allzu viel Vorsprung gewinnen lassen. Am Gipfel angekommen, fand er Iago in der Hocke, das Gesicht schmerzverzerrt, beide Hände auf die Brust gepresst. Roi bekam einen Schreck.

»Alles in Ordnung?«

»Ja, ja, ich hab's nur ein bisschen übertrieben mit dem Sprint. Ist gleich vorbei.«

Iago sprang auf, musste sich aber an seinem Freund festhalten, weil ihm schwindlig wurde.

»Wirklich alles okay?«

»Wenn ich's doch sage!«

In diesem Moment piepte Iagos Handy. Er warf einen Blick darauf.

»Von Nerea. Schau mal, wie scharf sie aussieht.«

Er hielt Roi das Handy hin. Nerea war stark geschminkt und fast nackt, zeigte schamlos ihre Kurven. Darunter ein einziger Satz: »Die Alten sind weg, wir haben die Werkstatt für uns.«

»Die ist noch heiß vom letzten Mal. Wollen wir hin?«

»Sofort?«

»Ja, klar. Wir duschen bei mir zu Hause, ich schnapp mir ein bisschen Stoff und los geht's zur Party!«

»Morgen ist Schule.«

»Jetzt sei nicht so 'ne Schwuchtel, verdammt noch mal! Ein bisschen Spaß kann dir nicht schaden!«

Eine Stunde später klingelten sie an der Tür der Bildhauerwerkstatt von Nereas Vater, eine Plastiktüte mit Bierdosen in der Hand. Nerea öffnete und war sichtlich überrascht, Roi zu sehen.

»Wenn ich wieder gehen soll, tust du mir eher einen Gefallen.«

»Drei sind besser als zwei! Kommt rein.«

Die Werkstatt bestand aus einem riesigen Raum voller großer, halb fertiger Skulpturen. Einzelne Teile nackter Männer- und Frauenkörper aus verschiedenen Materialien, vor allem aus Metall. Die Werkstatt wirkte wie eine Einstellung aus dem Film »Metropolis«. Nereas Vater war ein in ganz Galicien bekannter Künstler, seine Skulpturen standen in Parks und auf Marktplätzen. Wegen ihrer eindeutig sexuellen Aussage hatte es oft heftige Debatten gegeben. Nerea war stolz auf ihren Vater und fand es immer toll, seine Werkstatt für sich allein zu haben. Sie liebte es, zwischen seinen Skulpturen zu stehen und sich auf jenen fotografieren zu lassen, die überdimensionale Geschlechtsorgane darstellten. Auf den Fotos, die sie im Netz postete, wirkte sie wie eine Liliputanerin, die auf Gulliver geklettert war.

Stolz zeigte sie ihren Freunden ein Paar eiserne Brüste, die aussahen wie die Rüstung einer fünf Meter hohen Amazone.

»Das sind ja mal ein Paar Titten«, begeisterte sich Iago.

»Was meinst du wohl, wer da Modell gestanden hat?«, frotzelte Nerea und zog sich den Pullover stramm. Sie besaß zwar nicht die Brüste eines Topmodels, stellte sie aber genauso gern zur Schau.

Iago öffnete ein paar Bierdosen. Er gab den Takt vor, war aufgedreht, hatte Lust, sich zu betrinken. Außerdem hatte er ein ganzes Arsenal an Stoff mitgebracht, außer Kokain auch GHB und Ecstasy. Das Kokain putschte auf, das GHB entspannte. Und es wirkte enthemmend, vor allem sexuell.

»Alter, wo kriegst du immer das ganze Zeug her? Und womit bezahlst du das?«, fragte Nerea. »Du hast was Komisches laufen.«

Iago antwortete nicht. Das Komische, wie Nerea es nannte, behielt er lieber für sich. Von klein auf hatte er gelernt, Geheimnisse zu bewahren. »Je weniger die da draußen wissen, umso besser«, pflegte sein Vater zu sagen. Diesen Spruch hatte er so verinnerlicht, dass er manchmal selbst nicht mehr durchblickte. Zweifellos war dies seine beste Überlebenshilfe, vor allem an Tagen wie diesem, wenn ihm Gewissensbisse, Schuldgefühle und vor allem Trauer zusetzten. Aus der Ampulle mit dem Stoff ließ er drei große Tropfen in sein Bier fallen.

»Ich muss aufs Klo«, sagte Roi. Es war ein Vorwand, um nichts schlucken zu müssen. »Wo war das noch mal?«, fragte er. »Hier verlaufe ich mich immer.«

Nerea stand auf und begleitete ihn ein Stück.

»Macht bloß keine schlimmen Sachen, ihr Ferkel«, rief ihnen Iago lachend hinterher.

Als sie außer Sichtweite waren, packte Roi Nerea am Arm.

»Ist dir aufgefallen, wie gierig er sich das Zeug reinpfeift?«, fragte er.

»Ist doch nichts Neues bei ihm«, antwortete seine Freundin wegwerfend.

»Stimmt. Aber jetzt ist er viel härter drauf. Ich fange an, mir Sorgen zu machen.«

»Nun übertreib mal nicht so. Iago kennt sich aus damit. Und einen Papa hat er schon.«

»Das geht aber mindestens einen Monat schon so. Und ich glaube, das hat angefangen, als Viruca …«

»Was soll das?«

Roi begriff, dass Nerea dieser Name störte. Sie war immer schon eifersüchtig auf Viruca gewesen. Auch wenn sie es nicht zugab, Roi war klar, dass sie es kaum ertrug, wie sehr sich Iago in einer Art Hassliebe zu seiner Lehrerin hingezogen fühlte. Er wollte sie gleichzeitig vögeln und fertigmachen. So hatte er es Roi einmal gesagt, als sie im Sportstudio unter der Dusche standen, für gewöhnlich der Moment, wenn Iago seine sexuellen Geständnisse machte. Sie vögeln und fertigmachen. Die Beichte stieß Roi nicht etwa ab, sie zog ihn auf dunkle Weise an. Dieser Drang, jemand zu besitzen und mit ihm zu machen, was man wollte.

»Jetzt bleib mal auf dem Teppich«, setzte Nerea nach. »Iago genießt nur sein Leben, und das ist doch okay.«

Als er von der Toilette zurückkam, hatten Iago und Nerea schon die nächsten Bierdosen aufgemacht und reichten ihm eine.

»Meine ist noch halb voll.«

Iago riss sie ihm aus der Hand und warf sie gegen die Eisenbrüste.

»Das Bier ist doch schon viel zu warm.«

»Vorsichtig, Mann, ich muss das alles wieder sauber machen«, beschwerte sich Nerea.

»Wenn du willst, mache ich das jetzt sofort, und zwar mit

der Zunge. Zwei-Meter-Titten abzulecken, davon träumt doch jeder.«

Roi nahm einen Schluck Bier aus der neuen Dose. Es schmeckte irgendwie bitter.

»Habt ihr mir da etwa was hineingetan?«

»Nein, Alter, keine Sorge.«

Doch Roi fühlte, dass sein Körper von einer Hitzewelle erfasst wurde.

»Ihr Ärsche.«

Iago lachte nur.

»Du hast zwei Möglichkeiten: Entweder du entspannst dich und hast deinen Spaß oder du gehst noch mal aufs Klo und steckst den Finger in den Hals. Alter …! Jetzt spür ich's auch … Wow … Fast wie fliegen …. Mann, warum haben sie dem, der das erfunden hat, nicht längst den Nobelpreis gegeben?! Was für ein tolles Gefühl! Ufff …! Immer höher, höher, höher … Mach mal andere Musik, Nerea, spiel was Härteres. Schau nur, wie meine Haut aussieht, komm, fass mal an!«

Nerea ging zu ihm und streichelte seinen Arm, dann seinen Waschbrettbauch.

»Und du? Spürst du es auch?«

Als Antwort nahm Nerea Iagos Hand und legte sie sich auf die Brust.

»Mann, du machst mich richtig heiß!«, stieß Iago hervor.

»Das Original fühlt sich besser an als die Kopie, oder? Die anderen sind größer, doch die hier sind echter.«

Iago nickte heftig und machte ein Gesicht, als liefe ihm das Wasser im Munde zusammen.

»Komm schon, Roi«, sagte er dann. »Schau dir mal ein Paar ordentliche Titten aus der Nähe an.«

Roi winkte ab, doch Nerea griff rasch seine Hand und legte sie auf ihre andere Brust. Ohne Iago loszulassen, sorgte sie dafür, dass auch sein Kumpel sie streichelte.

Die beiden Freunde wechselten Blicke. Iago grinste wie ein kleiner Junge, der ein Bonbon stehlen will. Ohne den Blick von seinem Freund zu lassen, fing er an, Nerea zu küssen, griff ihr unter das Kleid und zog langsam den Slip herunter.

Rois Blick wanderte über die riesige Skulptur, auf der sie lagerten. Die Wirkung des GHB, die Nähe seiner Freunde, die Erregung und die gespenstische Umgebung: Er spürte, wie er sich mehr und mehr entglitt, sein Körper gehorchte ihm nicht mehr. Seine Erregung war stärker als er.

Zwei Minuten später waren sie fast vollkommen nackt. Nereas Kleid war hochgeschoben, ihr Slip auf die Knöchel gerutscht. Als Iago sich anschickte, in sie einzudringen, kam Roi plötzlich zur Besinnung. Er zog seine Hose hoch und wollte nur noch weg, doch Iago packte ihn am Arm.

»Du bleibst schön hier.«

»Macht ihr nur allein weiter.«

»Nichts da. Tu nicht so, als ob du nicht auch scharf drauf wärst.«

Iago griff ihm zwischen die Beine.

»Du kommst ja gleich, Alter. Und Nerea will auch, dass du weitermachst, stimmt's?«

»Ja, klar, wir sind doch richtig gut drauf«, antwortete die mit glasigen Augen.

»Ich geh jetzt.«

»Und ich sag, du bleibst, verdammt noch mal.«

Iago packte seinen Arm fester.

»Du bekommst schon noch deinen Teil. Was hättest du denn gern, ihre Möse oder meinen Schwanz?«

»Scher dich zum Teufel, Alter«, stieß Roi hervor und riss sich los. Er sprang auf, doch Iago warf sich auf ihn und drückte ihn mit unkontrollierter Wut gegen die Skulptur.

»Denkst du, ich merke nicht, wie du mich immer in der Dusche anschaust? Na, dann trau dich doch endlich, Blödmann, die Gelegenheit kommt nicht so schnell wieder. Ich bin so scharf, ich könnte alles vögeln.«

»Lass mich in Ruhe, Alter.«

Iago packte seinen Freund am Hals und drückte langsam zu.

»Sag mir, dass du nicht scharf bist wie eine läufige Hündin. Sag es, und ich lass dich los.«

Roi versuchte verzweifelt, sich loszureißen, aber es gelang ihm nicht.

»Hör auf!«

Doch Iago drückte fester zu und griff ihm mit der anderen Hand zwischen die Beine.

»Du hast ’nen ordentlichen Ständer. Der will jetzt Spaß haben. Nerea, komm her. Blas mir einen. Und dann ihm.«

Nerea schaute erst Iago an, dann Roi. Der schüttelte den Kopf. In seinem Blick lag Panik.

»Jetzt lass ihn schon los, du tust ihm ja weh«, sagte sie. Roi tat ihr leid.

»Er will mich für sich allein«, lachte Iago. »Aber er muss mich leider teilen. Geht nun mal nicht anders.«

Iago gab Nerea einen Kuss. Seine Macht zu spüren erregte ihn unendlich. Roi nutzte den Moment und versuchte, sich aus Iagos Griff zu winden, doch Iago war schneller, ließ von Nerea ab und packte Roi mit beiden Händen.

»Wo willst du hin, du Idiot?«

»Nach Hause, ich hab genug von euch. Ich hab genug von dir!«

»Nein, du bleibst!«, schrie Iago.

Roi sah jetzt keinen anderen Ausweg, als seinem Kumpel einen Faustschlag zu versetzen. Fast wäre Iago gestürzt, doch im letzten Moment konnte er sich an der Skulptur festhalten. Erschrocken trat Roi zu ihm.

»Alles okay?«

»Hau bloß ab, du Arschloch, sonst vögel ich dich doch noch.« Roi zögerte. »Hau ab, sag ich.«

Roi schaute zu Nerea hinüber, die ihm mit einer Handbewegung bedeutete, dass er gehen solle. Er schnappte sich seine Trainingsklamotten und die Laufschuhe und rannte davon, während Iago schrie:

»Ich bin fertig mit dir, du Idiot. Und wenn du irgendjemand etwas davon erzählst, bist du ein toter Mann. Mausetot!«

Kapitel 22

Er ist nicht zum Unterricht erschienen. Seit zwanzig Minuten bin ich in der 12B. Der einzige Schüler, der fehlt, ist Roi. Jedes Mal, wenn ich auf dem Gang ein Geräusch höre, schaue ich zur Tür, hoffe, er kommt rein. Die halbe Nacht habe ich geprobt, was ich ihm sagen will. Dass er jetzt nicht da ist, frustriert mich total. Ich könnte mit Iago oder Nerea reden, doch ich bin überzeugt, dass Roi der Schuldige ist, und werde meine Meinung nicht ändern. Nur mit Mühe überstehe ich die Stunde. Als die Schüler den Raum verlassen und Nerea an mir vorbeigeht, stelle ich mich ihr in den Weg.

»Weißt du, weshalb Roi heute fehlt?«

»Keine Ahnung.«

»Hat er dir gesagt, dass er krank ist?«

»Er war heute den ganzen Morgen schon nicht da. Mehr weiß ich nicht.«

»Fehlt er denn öfter?«

»Nein.« Nerea fühlt sich offensichtlich nicht wohl in ihrer Haut. Vielleicht kommt sie sich wie eine Verräterin vor, weil sie mit mir über ihren Freund spricht. Hoffentlich hat es nicht damit zu tun, dass sie weiß, was Roi oder vielleicht Iago oder vielleicht alle drei gegen mich im Schilde führen. Ich darf jetzt nicht den Kopf verlieren. Ich habe Roi aufs Korn genommen, weil ich überzeugt bin, dass er der Schuldige ist. Schließlich war er es, der meine Facebook-Seite gehackt hat. Aber ich will auch nicht unnötig Staub aufwirbeln.

»Könntest du mal versuchen, ihn anzurufen?«

»Jetzt?«

»Ja, bitte.«

»Nimmst du es dir immer so zu Herzen, wenn jemand fehlt?«

»Rufst du ihn nun an oder nicht? Oder soll ich seine Eltern fragen, was los ist? Dann musst du Roi hinterher erklären, weshalb du das nicht verhindert hast.«

»Schon gut, schon gut … Du lässt aber auch wirklich nicht locker.«

Nerea zieht ihr Handy hervor und wählt. Ich höre, wie es ein paar Mal klingelt, dann schaltet sich die Mailbox ein.

»Er geht nicht ran. Soll ich eine Nachricht hinterlassen?«

»Nein, danke, nicht nötig.«

»Kann ich jetzt gehen?«

Ich nicke und trete zur Seite, um sie durchzulassen.

»Nerea …«

Sie dreht sich um.

»Was ist?«

»Wenn du mit ihm sprichst … sag ihm, dass er mit dem Feuer spielt und dass es noch nicht zu spät ist. Dass ich nicht nachtragend bin.«

Sie schaut mich an, als verstehe sie nicht, wovon ich rede. Tut sie nur so oder ist sie wirklich überrascht? Wenn sie weiß, worum es geht, wird sie die Botschaft schon verstehen. Wir können noch mal bei null anfangen.

»Wie du meinst. Sonst noch was?«

Mit einer Handbewegung entlasse ich sie und gehe ins Sprechzimmer. Ich will mir Rois Adresse und Telefonnummer besorgen. Eigentlich wäre es dumm, bei ihm zu Hause aufzutauchen. Er soll sich nicht provoziert fühlen. Ich muss die Sache klug und vorsichtig einfädeln, aber auch schnell. Ich lese die Adresse. Den Namen der Straße habe ich noch nie gehört.

Im Internet suche ich eine Karte des Ortes. Die Straße liegt im Norden, in einer Siedlung, wo die Wohnungen billig sind. Dort bin ich zwar noch nie gewesen, aber ich kenne den Ruf des Viertels. Drogenlädchen, nennen es Germán und seine Freunde im Spaß, kein richtig großer Laden, nur ein halber Straßenzug, wo gedealt wird. Oder gedealt wurde. Keine Ahnung, ob das sich in den letzten Jahren geändert hat. Die Siedlung gehört nicht zu den *Highlights* des Städtchens, aber richtig gefährlich ist es dort auch nicht. Ich könnte hinfahren, fürchte aber, dort zu sehr aufzufallen. Ich möchte nicht, dass jemand erfährt, dass ich Roi besucht habe, aber es soll auch niemand glauben, ich hätte mir Koks oder so besorgen wollen. Denk nach, Raquel ... Wahrscheinlich sind Rois Eltern um diese Zeit zur Arbeit. Wenn Roi aufmacht, alles klar. Wenn jemand anders an die Tür kommt, kann ich immer noch so tun, als mache ich irgendeine Umfrage im Auftrag der Gemeindeverwaltung. Ist vielleicht nicht die allerbeste Idee, könnte aber funktionieren.

Ein paar Stunden Unterricht habe ich noch vor mir. Danach fahre ich hin. Vielleicht kommt er ja morgen wieder in den Unterricht. Aber ich will nicht so lange warten. Ich will, dass er den Facebook-Post sofort löscht, auf der Stelle. Zwar habe ich schon bei Facebook gemeldet, dass man meine Seite gehackt hat, doch weiß ich nicht, wann die sie abschalten, und ich habe Angst, dass Germán sie sieht. Allerdings geht er nicht so oft auf die Seite, und es besteht keine Gefahr, dass Simón mit ihm redet. Nachdem Germán von unserer Affäre erfahren hat, zumindest von einem winzigen Teil davon, hat er jeden Kontakt abgebrochen. Er hatte wohl nur zwei Optionen: entweder mit mir Schluss zu machen oder mit seinem besten Freund. Er entschied sich für die zweite Option. Und ich, ich fühlte mich nicht nur schuldig wegen dem, was ich ihm angetan und verheimlicht hatte, sondern auch, weil er meinetwegen seinen besten Freund verloren hat. Von einem Moment zum anderen musste mein Mann lernen, mit einer untreuen Ehefrau zu leben, ihr zu verzeihen, und sich damit abfinden, dass er durch sie einen der wichtigsten Menschen seines Lebens verloren hatte.

Nach Schulschluss steige ich ins Auto. Ich lasse den Motor an und fahre los. Noch immer bin ich mir nicht im Klaren, was ich tun soll. Zur Siedlung fahren, in der Roi wohnt, oder doch lieber gleich nach Hause? An der nächsten Kreuzung muss ich mich entscheiden, rechts geht's nach Hause, links zu Roi. Ich biege nach links ab.

Die Siedlung, die sicher noch nie besonders hübsch war, wirkt jetzt echt heruntergekommen. Die Mietshäuser sehen zum Teil verlassen aus, ihre Fassaden müssten dringend renoviert werden. Die Farbe blättert von den Wänden, an vielen Stellen sieht man Schimmelflecken. Die Laternen sind rostig und die Straßen von Schlaglöchern übersät. Ich finde das Haus und entdecke einen Parkplatz ganz in der Nähe. Es sind kaum Menschen unterwegs. Umso besser. Die Haustür steht offen. Ich beschließe, reinzugehen, ohne zu klingeln. Die Wohnung liegt im fünften Stock, der Aufzug funktioniert natürlich nicht.

Während ich die Treppen hochsteige, übe ich meine Ansprache. Im dritten Stock bereue ich, überhaupt hergekommen zu sein. Was für ein Schwachsinn! Kehr um, Raquel, kehr um und überleg's dir noch mal in Ruhe.

Doch meine Beine wollen mir nicht gehorchen und gehen weiter, Stufe um Stufe. Ich erreiche den fünften Stock und suche die Tür mit dem Buchstaben E. Lege den Finger auf den Klingelknopf, zögere ein paar Sekunden, drücke ihn schließlich doch. Hat es geklingelt? Ich drücke noch einmal. Die Klingel scheint nicht zu funktionieren. Ich klopfe. Warte einen Moment. Klopfe noch einmal. Niemand kommt. Frustration. Obwohl es vielleicht besser so ist. Ich unternehme einen letzten

Versuch, noch einmal Fehlanzeige. Also trete ich den Rückzug an. Auf dem Weg nach unten kommt er mir entgegen. Roi. Erschrocken starrt er mich an.

»Du? Was machst du denn hier?«

»Na, was meinst du wohl?«

»Was willst du? Mit meinen Eltern reden?«

»Nein. Ich glaube, es ist besser, sie nicht da hineinzuziehen. Findest du nicht auch?«

»Wo hineinzuziehen?«

»Komm, lass uns irgendwo hingehen und reden.«

»Aber warum …? Ich habe nichts mit dir zu bereden. Nur, weil ich mal einen Tag im Unterricht gefehlt habe …«

»Jetzt pass mal auf, Roi, ich glaube, du bist dir nicht bewusst, dass das, was du da machst, eine Straftat ist, die gerichtlich verfolgt werden kann. Ich könnte jetzt sofort zur Guardia Civil gehen, dich anzeigen und festnehmen lassen.«

»Weil ich in der Schule gefehlt habe?« Er grinst sarkastisch. »Was hast du denn geraucht …?«

»Nicht weil du in der Schule gefehlt hast! Du weißt genau, wovon ich spreche!«

In diesem Augenblick kommt eine ältere Frau mit zwei Einkaufstüten die Treppe hoch und schaut uns neugierig an.

»Guten Tag, Doña Pilar!«, sagt Roi. »Kann ich Ihnen helfen?«

»Danke, danke, mein Junge, ist nicht nötig. Unterhalte du dich nur weiter mit deiner Freundin!«

Wir schweigen, bis sie in ihrer Wohnung verschwindet. Dann packe ich Roi am Arm.

»Komm, wir reden jetzt. Bei dir in der Wohnung, in meinem Auto, egal wo, aber nicht hier.«

»Bei mir zu Hause nicht.«

»Na, dann komm endlich mit.«

Ich gehe die Treppe hinunter. Roi folgt mir.

»Ich hab keine Ahnung, was das soll. Echt nicht.«

Wir verlassen das Haus. Ich steige ins Auto und lasse das Fenster der Beifahrertür herunter. Er steht zögernd da.

»Steigst du jetzt ein oder nicht?«

»Schon gut, schon gut.«

Er öffnet die Tür und steigt ein. Seine Brille ist im Regen nass geworden, jetzt beschlagen die Gläser. Er nimmt die Brille ab und putzt sie. Ich fahre los.

»Wohin?«

»Keine Ahnung, kennst du einen Platz, wo wir reden können, ohne gesehen zu werden?«

»Bieg hier ab«, antwortet er und zeigt in eine Seitenstraße. »Da geht's in den Wald.«

Keiner von uns beiden spricht, während ich fahre. Ich versuche, mich zu sammeln. Er scheint sich beruhigt zu haben, tut, als wäre es nichts Besonderes, mit seiner Lehrerin im Auto zu sitzen. Hoffentlich sieht uns niemand.

Ich halte an einem Aussichtspunkt, von dem aus man den ganzen Ort überblicken kann. Um diese Zeit ist hier niemand. Ich stelle den Motor ab. Er schaut mich fragend an.

»Hol dein Handy raus«, befehle ich.

»Wozu das denn?«

»Weil ich nicht will, dass du diese Unterhaltung aufnimmst. Vielleicht sage ich ein paar heftige Dinge, und die möchte ich nicht festgehalten haben.«

»Du hast wohl zu viel schlechte Filme gesehen … Hol du deins zuerst raus.«

»Dies ist mein Auto und hier habe ich das Sagen. Ich brauche überhaupt nichts rauszuholen.«

»Also, wenn du deins nicht rausholst …«

»Okay, okay.«

Ich ziehe mein Handy aus der Tasche und lege es aufs Armaturenbrett. Roi tut es mir nach.

»Und jetzt? Soll ich mich vielleicht auch noch ausziehen, damit du siehst, dass ich kein Mikrofon versteckt habe?«

»Das finde ich überhaupt nicht witzig. Du versuchst mich fertigzumachen. Das muss aufhören! Was habe ich dir getan? Wenn damit Schluss ist, verspreche ich dir, das alles so schnell wie möglich zu vergessen.«

»Schluss womit?«

»Du wolltest deine Theorie beweisen, okay, das hast du geschafft. Ich hab's verstanden. Ich geb's zu. Du hast gewonnen.«

»Aber welche Theorie denn?«, fragt er, als wenn das alles gar nichts mit ihm zu tun hätte.

»Die Theorie, dass wir alle Schwachstellen haben, dunkle Punkte, und dass die nur jemand zu kennen braucht, um einen fertigzumachen. Verstanden. Du hattest recht. Und jetzt Schluss damit. Lösch die Facebook-Seite, lösch das ganze Profil und lösch alles, was du aus meiner Cloud gestohlen hast. Wenn du das nicht machst, dann bin ich wirklich gnadenlos. Du schaffst es vielleicht, meine Ehe kaputtzumachen, aber ich werde nicht ruhen, bis ich dich ins Gefängnis gebracht habe. Das schwör ich dir.«

»Langsam, langsam. Das mit dem Gefängnis läuft schon mal gar nicht, ich bin noch minderjährig. Und das mit der Cloud musst du mir schon erklären, weil ich keine Ahnung habe, wovon du sprichst.«

»Roi, lüg mich nicht an. Genauso, wie du meine Facebook-Seite gehackt hast, hast du auch meine Cloud gehackt. Und dir Zugang zu allem verschafft, was dort gespeichert war.«

»Nein«, erwidert er ungerührt. Wie ruhig er bleibt, der kleine Scheißkerl.

»Hast du wohl, ich weiß es genau.«

»Vergiss es. Eine Facebook-Seite hacken, ist eine Sache. Das schafft jedes Kind. Deine Cloud hacken ist was ganz anderes.«

»Willst du etwa behaupten, du weißt nicht, wie das geht?«

»Na ja, wenn ich mir sehr viel Mühe geben würde, könnte ich das vielleicht. Aber ehrlich gesagt bezweifle ich, dass ich dort etwas finden würde, was der Mühe wert wäre.«

Ich hole tief Luft. Die Sache läuft nicht wie erwartet. Ich hatte damit gerechnet, dass er den Arroganten spielt, sich mit seiner Tat brüstet, seine Macht genießt, mich auslacht, meine Verzweiflung auskostet. Aber dass er alles abstreitet, sich fast wie ein braver Junge verhält, das hatte ich nicht erwartet. Was soll ich nur tun?

»Du bist dir offensichtlich nicht bewusst, wie ernst das hier ist. Du bist in meine Privatsphäre eingedrungen. Das ist strafbar, und ich will dir Gelegenheit geben, die Sache in Ordnung zu bringen. Sonst muss ich dich anzeigen, und zwar nicht nur in der Schule. Da natürlich auch. Aber das wird vor Gericht landen, Roi, das verspreche ich dir.«

»Das hast du schon gesagt, aber dadurch wird es nicht wahrer. Ich habe nichts getan.«

»Wer war's denn dann? Nerea? Iago? Ihr drei seid doch beste Freunde, oder? Vielleicht hast du nicht das Passwort geklaut, aber du hast ihnen die Idee dazu gegeben …«

»Nerea macht immer nur große Sprüche. Sie ist zu klug, um sich in so etwas hineinziehen zu lassen. Und Iago … Mit Iago habe ich seit der Geschichte neulich auf dem Friedhof nichts mehr zu tun.«

»Soll das heißen, dass er es gewesen sein könnte?«

»Ich sage nur, dass ich es nicht war.«

»Okay, dann rede mit Iago, sag ihm, er soll das löschen.«

»Ich hab doch gerade gesagt, dass ich nicht mehr mit ihm rede.«

»Und ich sage dir, wenn das morgen noch im Netz ist, dann zeige ich euch an! Ich sorge dafür, dass ihr von der Schule fliegt, für immer und ewig. Dann könnt ihr die Uni und eure Zukunft vergessen!«

Er schweigt. Keine Sekunde lang hat er die Ruhe verloren. Ich bin es gewesen, die von Anfang an völlig außer sich war. Eine verdammte Rotznase hat mich dazu gebracht, die Nerven zu verlieren.

»Darf ich dich fragen, was da gepostet worden ist, dass du so ausflippst?«

»Nichts.«

»Komm schon, da hat jemand ins Schwarze getroffen, stimmt's? Dort, wo es echt wehtut.«

»Was willst du? Sag mir, was du willst. Außer zu zeigen, dass du recht hattest. Lass endlich die Katze aus dem Sack!«

»Ich möchte, dass du mich nach Hause bringst. Jetzt. Ich kann aber auch zu Fuß gehen, kein Problem.«

Er will aussteigen. Beinahe instinktiv verriegle ich die Türen. Verdutzt schaut er mich an.

»Das geht jetzt zu weit«, sagt er. »Mach sofort auf.«

»Ich bring dich hin.«

Ich fahre los. Auf der Rückfahrt schweigen wir. Diesmal suche ich keinen Parkplatz, halte vor der Haustür.

»Steig aus. Rede, mit wem du reden musst, und sorge dafür, dass das aufhört. Und zwar sofort. Zu eurem eigenen Nutzen.«

»Und ich sag dir, dass ich nichts damit zu tun habe. Du bist auf dem Holzweg.«

Er steigt aus, knallt die Tür zu. Doch bevor er im Haus verschwindet, kommt er noch einmal an mein Fenster und bedeutet mir, es herunterzulassen.

»Ich will dir nur eins sagen. Wenn du Iago Angst einjagen willst, dann machst du das hoffentlich besser. Der ist nämlich nicht wie ich. Der ist ein wirklich schlimmer Finger.«

Kapitel 23

Völlig fertig komme ich nach Hause, meine Nerven liegen blank. Mit der Fernbedienung versuche ich, das Gartentor zu öffnen, doch es funktioniert nicht. Also steige ich aus, um es per Hand zu tun, habe aber kein Glück. Ich läute an der Gegensprechanlage.

»Ja, bitte?«

»Germán, ich kriege das Tor nicht auf. Keine Ahnung, was los ist …«

»Ich komme.«

»Danke.«

Germán öffnet das Tor von innen. Ohne zu grüßen steige ich ins Auto, fahre den Wagen in die Garage.

»Das Scheißding will nicht funktionieren.«

»Bestimmt ist die Batterie leer. Bei mir hat es noch funktioniert. Gib mal her.«

»Wenn ich sage, es funktioniert nicht, dann funktioniert es nicht. Oder denkst du, ich kann nicht mit einer Fernbedienung umgehen?«

»Schon gut, schon gut …«

Mir wird der Ton bewusst, in dem ich ihm geantwortet habe. Ich gebe ihm die Fernbedienung.

»Entschuldige. Da, nimm. Diese Dinger rauben mir noch den letzten Nerv.«

»Hör mal, was hältst du davon, wenn wir eine kleine Runde drehen? Das entspannt dich ein bisschen und wir können reden.«

»Jetzt gleich? Große Lust, noch mal rauszugehen, habe ich nicht.«

»Ich muss mit dir reden, Raquel. Und es ist besser, wenn wir das an der frischen Luft tun.«

Ich spüre, wie sich mir der Magen umdreht. Warum will er mit mir reden? Er muss auf meiner Facebook-Seite gewesen sein. Ganz sicher. Scheiße, Scheiße, Scheiße! Ich muss ihm die Wahrheit sagen. Nein, nur einen Teil der Wahrheit. Nur so viel, wie nötig ist. Doch wo soll ich anfangen? Wie soll er glauben, ein Schüler habe herausgefunden, dass ich eine einzige Liebesnacht mit Simón gehabt habe? Wie hätte dieser Schüler das vermuten können, wenn er nicht die vielen Mails entdeckt hätte, mit denen ich Simón hinterhergelaufen bin? Oh mein Gott, aber ich muss es versuchen, muss überzeugend klingen, muss diese Wunde schließen, bevor sie zu einer unstillbaren Blutung wird.

»Okay, einverstanden.«

»Komm mal mit.«

Ich folge ihm zurück in die Garage. Er zeigt mir zwei Fahrräder.

»Die beiden haben sich in *O Muíño* zu Tode gelangweilt. Da hab ich sie mitgenommen.«

Ich möchte protestieren, denn ich habe überhaupt keine Lust auf eine Fahrradtour, aber bevor ich richtig zum Nachdenken komme, treten wir schon in die Pedale. Vielleicht könnte ich den Ausflug sogar genießen, wenn ich nicht von dieser Angst besessen wäre. Ich versuche, mich auf das Fahren zu konzentrieren.

»Wie war's in der Schule?«, fragt mich Germán.

»Na ja …«

»Okay.«

Er weiß es. Er weiß alles. Und ich spüre, dass ich keine Fluchtmöglichkeit habe. So schnell ich auch zu fahren versuche, ich werde nicht entkommen.

»Lass uns da vorne abbiegen!«

Germán hat einen Rucksack dabei und ein paar Handtücher über die Schulter geworfen. Er wollte mir nicht sagen, weshalb er die mitgenommen hat. Will er etwa ein Picknick veranstalten? Hat er im Rucksack etwas zu essen dabei?

»Der Platz wird dir gefallen. Komm, hier geht's lang.«

Ich weiß nicht, wie lange wir schon geradelt sind, Gott sei Dank ist das Gelände ziemlich eben, es geht eher leicht bergab. Schließlich biegen wir auf einen Sandweg ein, der uns zum Stausee von As Conchas führt. Die Gegend ist umwerfend schön. Vor zwei Stunden hat es noch geregnet, aber jetzt ist der Himmel wie blank gefegt und von Sternen übersät. Über uns die Unendlichkeit des Universums. Schade, dass ich heute überhaupt keinen Sinn dafür habe.

»Komm.«

Wir stellen die Räder an einen Baum und gehen zum Seeufer hinunter. Man hört Stimmen. Sind hier etwa noch mehr Leute? Germán zeigt auf ein paar Becken von der Größe kleiner Schwimmbecken oder großer Whirlpools. Drei, vier Personen baden darin, um diese Zeit, in einer Winternacht wie dieser. Aus den heißen Quellen, die die Becken speisen, steigt Dampf.

»Hier bin ich noch nie mit dir gewesen, stimmt's? Die waren schon schlau, diese Römer«, sagt Germán.

»Diese Römer?«

Was redet er da von Römern? Dazu hat er mich hierher mitgenommen? Um über die Römer zu reden? Ich verstehe gar nichts.

»Da hinten, zweihundert Meter von hier, liegen die Ruinen der römischen Siedlung. Viele meinen, es war nicht das Gold von Ourense, das sie hierher gelockt hat. Es ging ihnen um die heißen Quellen. Die fanden sie am Río Miño, am Río Arnoia und hier, am Río Limia. Siehst du die fünf kleinen Becken dort? Die stammen noch aus der Römerzeit. Steck mal die Hand rein.«

Ich tauche meine Hand in eins der Becken. Das Wasser ist angenehm warm.

Germán beginnt sich auszuziehen.

»Was machst du da?«

»Ich ziehe mich aus. Wir gehen baden.«

»Jetzt und hier? Wollten wir nicht reden?« Ich verstehe immer weniger.

»Das können wir auch im Wasser tun …«

Germán ist inzwischen splitternackt und steigt in ein Becken. Ich schaue ihm zu und weiß nicht, was ich tun soll. Die drei, vier anderen Menschen sind ziemlich weit entfernt. Sicher sind sie auch nackt. Also werden sie nicht ausflippen, wenn sie mich nackt sehen.

»Na, komm schon, du Angsthase!«

Will er wirklich, dass ich zu ihm ins Becken steige? Will er mich fertigmachen und dann nackt allein zurücklassen? Nein, sicher nicht, Germán ist nicht so. So rasch wie möglich ziehe ich mich aus. Mir ist kalt, sehr kalt. Schnell steige ich ins warme Wasser. Sofort fühle ich mich wohl.

»Na, wie findest du das?«

»Schön … Was ist, reden wir jetzt?«

»Immer mit der Ruhe. Entspann dich erst mal. Lass das warme Wasser in jede Pore deines Körpers eindringen. Du wirst sehen, wie gut dir das tut.«

Ein Weilchen schweigen wir, dann stelle ich eine harmlose Frage. »Bist du früher oft hergekommen?«

»Ab und zu. Mein Vater war unheimlich gern hier.« Ich sehe einen Schatten über sein Gesicht huschen. »Damals gab es aber noch nicht so viele Becken. Die sind erst nach und nach gebaut worden. Ist doch toll hier, oder?«

»Ja, schon. Aber wenn wir rauskommen, wird's uns richtig kalt vorkommen.«

»Nein, gar nicht, wirst schon sehen. Der Körper ist so warm, dass ein bisschen Abkühlung ganz guttut.« Germán lehnt sich entspannt zurück und schaut zu den Sternen hinauf. »Die Römer waren wirklich clever. Als sie die Quellen hier entdeckten, haben sie bestimmt gesagt, super, hier bleiben wir und bauen eine Siedlung. Wer weiß, wie viele solcher Nächte sie genossen haben, genau wie wir jetzt. Ist es nicht irre, wenn man sich vorstellt, dass wir jetzt hier im heißen Wasser liegen und dieselben Sterne betrachten, die sie schon vor zweitausendzweihundert Jahren gesehen haben?« Germán kann sich nicht sattsehen. »Ich hätte mir die App aufs Handy laden sollen, die einem die Namen der Sternbilder beibringt. Dann könnte ich jetzt angeben und sie eins nach dem anderen benennen.«

Ich weiß, ich sollte diesen Augenblick einfach genießen. Aber es gelingt mir nicht. Ich muss ständig dran denken, dass nichts mehr so sein wird, wie es war, wenn die Wahrheit herauskommt. Was ich nicht verstehe, ist, weshalb Germán diesen Moment so lange hinauszögert. Will er mir auf irgendeine schräge Art zu verstehen geben, dass unsere Ehe auch in Zukunft voll solcher wunderbarer Augenblicke sein könnte und ich diejenige bin, die alles kaputtmacht?

Germán schaut mich an.

»Ich weiß nicht, wo ich anfangen soll.«

Jetzt kommt's. Jetzt platzt die Bombe. Oh, mein Gott …

»Ich auch nicht«, antworte ich.

»Ich habe eine Entscheidung getroffen«, sagt er mit Grabesstimme.

Ich halte den Atem an.

»Ich weiß, es ist hart, und ich weiß auch, dass … Aber ich sehe keine Alternative. Wirklich nicht.«

»Ich meine, wir sollten in Ruhe drüber reden, Germán. Lass uns nichts überstürzen, ich … wie soll ich's dir nur sagen …«

»Lass mich ausreden, das ist schon schwer genug, und wenn du mich dauernd unterbrichst, geht's gar nicht. Ich bin mit dir hierhergekommen, damit wir angesichts dieses unendlichen Himmels unsere Probleme als so winzig sehen können, wie sie in Wirklichkeit sind.« Ich schweige. Ohne mich anzuschauen, fährt Germán fort. »Ich möchte meiner Mutter ihren Anteil am Restaurant abkaufen. Pilar und ihr Mann wollen oder können nicht einsteigen. Ich kann aber nicht zulassen, dass meine Mutter an Fremde verkauft und wir *O Muíño* verlieren. Das ist doch unser Zuhause.«

»Du willst das Restaurant kaufen?«

»Mit meinem Bruder zusammen. Als Geschäftspartner. Zu gleichen Teilen. Und einen Landgasthof daraus machen.«

»Deswegen wolltest du mit mir reden?«, frage ich verblüfft. Mich überkommt große Erleichterung, eine Leichtigkeit, als habe die Schwerkraft keinerlei Macht mehr über mich.

»Ich weiß, das klingt heftig. Und natürlich ist es eine Entscheidung, die wir gemeinsam treffen müssen. Aber ich sehe alles ganz klar vor mir, Raquel. Ich fliehe vor nichts, ich gebe nicht auf, ganz und gar nicht. Seien wir ehrlich, ich hatte jetzt zwei Jahre zum Schreiben, und alles, was ich erreicht habe, ist, dir das Leben schwer zu machen. Du hast unendlich viel Geduld mit mir gehabt. Ich muss unbedingt mein Leben ändern. Und dies ist eine wahnsinnig gute Gelegenheit, wirklich. Bei der Arbeit mit meinem Bruder in den letzten Tagen war ich richtig glücklich. Ich bin voller Pläne und voller Energie. Ich bin mir sicher, dass das mit dem Landgasthof funktioniert und dass ich das managen kann. Und wenn du meinst, du kannst hier nicht leben, dann können wir ja nach Vigo ziehen oder nach Ourense und ich fahre jeden Tag hierher. Ich bin bereit dazu. Auf jeden Fall glaube ich, dass ich das tun muss, Raquel.«

»Okay«, antworte ich lakonisch.

Ich sehe, wie überrascht er von meiner Reaktion ist.

»Okay?«

»Ja, okay, ich verstehe dich. Du hast recht. Ich finde, wenn du das alles so klar siehst, dann sollte, dann muss ich dich dabei unterstützen.«

»Bist du dir sicher?«

»Ja.«

»Und was ist mit dem, was du neulich gesagt hast, dass ich mich lebendig begraben lassen möchte, dass das eine Flucht wäre, dass ich das nur tun will, weil mein Vater stolz auf mich wäre?«

»Wenn du es so klar vor dir siehst, Germán, dann bin ich dabei.«

Germán ist selig. Er strahlt über das ganze Gesicht. So glücklich habe ich ihn lange nicht gesehen.

»Mann, hat sich ja wirklich gelohnt, mit dir hierherzukommen! Ach, Raquel, du bist doch die Allerbeste!« Er küsst mich. »Danke. Ich liebe dich.«

»Ist nicht der Rede wert.«

»Doch, doch, das ist es sehr wohl. Dass du mich so unterstützt, bedeutet mir sehr viel. Jetzt kommt aber das Schwierigste, wir müssen nämlich einen Kredit beantragen, um meiner Mutter ihren Teil abzukaufen. Die Banken sind unheimlich streng geworden, wenn's ums Geldverleihen geht. Die schauen sich alles ganz genau an. Und die Umsätze im Restaurant waren in letzter Zeit eher mäßig, wir haben zwei ziemlich magere Jahre hinter uns …«

»Na ja, da ist doch noch die Wohnung meiner Mutter. Es wird sowieso Zeit, dass ich sie verkaufe. Das reicht sicher.«

»Die Wohnung deiner Mutter? Nein, um Gottes willen! Das kann ich doch nicht von dir verlangen!«

»Warum denn nicht? Wir sind ein Ehepaar. Was dir gehört, gehört auch mir, und umgekehrt. Wir wollen das ganze Leben zusammenbleiben, nicht? In guten wie in schlechten Zeiten. Wir haben schon eine Menge schwieriger Zeiten überstanden.

Und jetzt muss in *O Muíño* investiert werden, in dein Projekt. Na, dann machen wir das eben.«

»Meinst du wirklich?«

»Ja, klar.«

»Aber, Raquel, vorgestern hast du noch gesagt, ich soll schreiben und mich nicht hier einmauern. Und jetzt bist du auf einmal bereit, dein ganzes Erbe in das Restaurant zu stecken?«

»Ich stecke mein Erbe hier rein, damit du deins nicht verlierst. Ist doch kein schlechter Deal, oder? Und weißt du was? Vielleicht widerspricht sich das ja gar nicht. Vielleicht kehrst du ja in ein paar Jahren, wenn alles läuft, wieder zum Schreiben zurück.«

Na bitte. Da werde ich also die Wohnung meiner Mutter opfern, um meine Ehe zu retten. Diese Ehe, von der ich in letzter Zeit nicht einmal gewusst habe, ob sie noch der Mühe wert ist. Hier ist also die Antwort: Ich will kämpfen, um meine Ehe zu retten. Um weiter »wir« sagen zu können. Jetzt, angesichts der Perspektive, sie zu verlieren, weiß ich plötzlich, dass ich dafür kämpfen will. Und wenn der Preis dafür die Wohnung meiner Mutter ist, dann soll es mir recht sein.

In diesem Augenblick erhellen starke Scheinwerfer die Gegend, Motorenlärm ist zu hören. Zwei große Geländewagen rollen ans Ufer des Stausees. Aus Stereoanlagen wummert laut Musik.

»Was sind denn das für Idioten?«, frage ich.

Aus den Fahrzeugen klettern unter lautem Gejohle eine Reihe junger Leute, Flaschen in den Händen. Offensichtlich geht hier eine ordentliche Party ab. Sie fangen an, sich auszuziehen, und springen, immer noch laut johlend, einige in Unterwäsche, andere splitternackt, in die Becken. Das war's dann wohl mit unserer romantischen Nacht im Angesicht des Universums.

»Hey, Germán, was machst du denn hier?«

Der das ruft, ist Gabriel Acebedo, der mit der Hippiemähne. Wie Gott ihn schuf, stürzt er sich in unser Becken. So nackt wie Germán und ich.

»Mädels! Bringt uns mal ein paar Bier her!«, ruft er den beiden jungen Frauen zu, die bei den Autos geblieben sind. »Das muss gefeiert werden!«

»Wie geht's, Gabriel?«, fragt mein Mann ein bisschen unbehaglich.

»Super! Und jetzt, wo ich euch hier sehe, noch besser! Was für ein Zufall! Ich wusste ja gar nicht, dass du nachts mit deiner Frau zum Baden herkommst. Meine kann ich nie hierher kriegen, egal, wie viele Tabletten oder Shrimp-Cocktails ich ihr auch zu schlucken gebe.«

»Sehr scheinst du sie ja nicht zu vermissen«, werfe ich ein.

»Wieso auch. Und jetzt, wo sie in Mexiko ist, schon gar nicht. Das ist doch das Geheimnis einer guten Ehe. So wenig wie möglich mit der Frau Gemahlin zusammenzutreffen.« Er lacht über seinen eigenen Scherz und planscht im Wasser herum wie ein Kind. »Mann, ist ja wirklich toll hier. Was ist mit dem Bier? Kommt das endlich oder was?«, ruft er dann.

Die Mädchen tragen eine Kühlbox herbei, holen ein paar Dosen Bier heraus und reichen sie uns.

»Auf euer Wohl, ihr zwei! Hört mal, wir wollen anschließend noch zu Hause ein bisschen weiterfeiern. Ihr kommt doch mit, oder?«

»Vielen Dank, ich hab morgen früh Unterricht ...«

»Ja, vielen Dank, Gabriel, aber ich muss morgen früh im Restaurant sein.«

»Okay, okay ... Wo habt ihr denn das Auto gelassen?«

»Wir sind mit dem Rad gekommen«, antwortet Germán.

Gabriel kann sich das Lachen nicht verkneifen.

»Dann müsst ihr wohl oder übel mit uns zurückfahren. Bei dem niedrigen Blutdruck, den ihr haben werdet, wenn ihr aus dem warmen Wasser steigt, schafft ihr keine der Steigungen zum Dorf hinauf. Keine einzige.«

»Wir werden ja sehen«, erwidere ich.

Gabriel lacht wieder, diesmal noch lauter.

»Keine einzige, meine Hübsche, echt.« Mit zwei langen Zügen trinkt er sein Bier aus. »Das reicht jetzt mit dem heißen Wasser.« Er richtet sich auf, schaut sich nach seinen Freunden um und ruft: »Ins kalte Wasser, ihr Schwuchteln! Oder habt ihr keine Eier?«

Mit wildem Kriegsgeheul hechtet er aus dem Becken und rennt zum Seeufer. Seine Freunde folgen mit Geschrei, stürzen sich mit ihm ins Wasser, planschen lachend und prustend herum.

»Die sind ja schlimmer als Halbstarke«, entfährt es mir.

»Sollen wir abhauen, bevor wir mit ihnen weiterfeiern müssen?«

Ich bin sofort einverstanden. Wir steigen aus dem Becken, trocknen uns schnell ab und ziehen uns an. In einer Sache hatte Gabriel recht: Unser Blutdruck ist total im Keller. Das heiße Wasser hat uns alle Energie genommen. Als wir auf die Fahrräder steigen, wird uns schnell klar, dass das keine leichte Übung werden wird. Warum sind wir nicht mit dem Auto gekommen?

Bei der ersten Steigung schon mache ich schlapp, steige ab und schiebe mein Rad.

Zwanzig Minuten später kann ich einfach nicht mehr, dabei sind wir kaum vorwärtsgekommen. Wir hören die Motoren der Autos, hupend fahren sie an uns vorbei. Einer der Geländewagen hält ein paar Meter vor uns. Gabriel steigt aus und kommt auf uns zu.

»Jungs!«, ruft er zum Wagen zurück. »Kommt, helft mal mit, die Räder einzuladen!«

»Ist doch nicht nötig, Gabriel«, versucht mein Mann einzuwenden.

»Na, kommt schon.«

Ich habe keine Kraft mehr, zu protestieren. Und bevor wir es uns versehen, sind unsere Räder schon im Kofferraum verstaut.

»Na, dann steigt mal ein!«

»Du bringst uns aber nach Hause, okay?«, bittet Germán.

»Nach einem Gläschen bei mir bringe ich euch, wohin ihr wollt.«

Germán wirft mir einen resignierten Blick zu. Ich nicke. Hauptsache, ich muss nicht mehr in die Pedale treten.

Begleitet von dröhnender Musik rasen die Geländewagen zum Städtchen. Doch anstatt ins Zentrum zu fahren, biegen sie ab, zu einer riesigen Finca, umgeben von einer hohen Mauer. Gabriel drückt die Fernbedienung, das Tor öffnet sich.

»Herzlich willkommen in der Villa Acebedo!«

In etwa dreihundert Meter Entfernung sehen wir ein großes Gebäude. Ein alter, restaurierter Gutshof. Ihn auszubauen muss ein Vermögen gekostet haben. Ich gebe zu, ich bin neugierig, wie er von innen aussieht. Wir steigen aus und gehen hinein. Gabriel hat einen guten Geschmack. Wände aus Naturstein, Fußböden und Möbel aus Edelhölzern. In den Räumen verstreut stehen Ficus und kleine Zimmerpalmen und geben allem eine verschwenderisch-dekadente Note. Im Westflügel, wie Gabriel diesen Teil des Hauses nennt, gibt es eine herrliche Bibliothek, sicher entworfen von einem bekannten Architekten. Gabriel kann seinen Stolz nicht verhehlen, als er sie mir zeigt.

»Eichenholzgetäfelt. Vierzehntausend Bände stehen hier. Und nein, ich habe sie nicht alle gelesen. Die ›Tim & Struppi‹-Hefte allerdings schon«, scherzt er. »Was möchtest du denn trinken?«

»Wasser?«

»So was gibt's hier nicht. Aber wir werden schon etwas finden für dich. Kommt mal mit.«

Gabriel führt uns zum überdachten Swimming Pool. Der ist ebenfalls wunderschön gestaltet. Ich schaue Germán an.

»Beeindruckend, nicht wahr?«, sagt der.

Obszön, denke ich. Es ist obszön, dass er in dieser Villa lebt und mit ihr angibt, während das halbe Städtchen in Armut versinkt, weil seine Familie die Fabrik an die Wand gefahren hat.

»Ich hol schnell was zu trinken. Bleibt hier.« Mit diesen Worten lässt er uns stehen und verschwindet.

»Und ich dachte, sie wären pleite«, sage ich zu Germán.

»Millionäre fallen doch immer auf die Füße. Sie schließen Fabriken, verlieren Millionen, aber sie wissen, wie sie ihren Lebensstandard halten. Außerdem haben sie ihr Vermögen breit angelegt, in Hotels an der Karibikküste Mexikos und in Miami.«

Gabriel kommt mit Gläsern zurück.

»Es soll euch ja an nichts fehlen hier. Ich wollte schon die Dienstboten wecken, aber es ist ein bisschen spät. Deshalb sage ich allen, sie sollen sich selbst was zu trinken besorgen. Ach ja, und dort in dem Schrank gibt es Klamotten zum Schwimmen. Wir haben uns zwar schon alle nackt gesehen, aber wir wollen doch die Form wahren, oder …? Außerdem ist es nachher lustiger, wenn wir sie uns gegenseitig ausziehen …«

Ich schaue Germán an. Ich bin ja kein Moralapostel, finde aber den Gedanken, dass das hier in einer Art Orgie endet, nicht gerade zum Totlachen. Ich will etwas sagen, doch Germán kommt mir zuvor.

»Trink schnell aus, dann hauen wir ab«, flüstert er.

»Danke«, antworte ich erleichtert.

Aber unser Fluchtplan geht nicht auf. Gabriel besteht darauf, uns nach Hause zu fahren, allerdings erst ein bisschen später. So bleibt uns nichts anderes übrig, als zu warten. Die Party nimmt langsam Fahrt auf, immer mehr Leute kommen. Alle sind jung, so zwischen zwanzig und dreißig.

»Sind die alle aus dem Ort?«, frage ich Germán.

»Ich denke mal, viele kommen aus Ourense oder aus Portugal. Ich fürchte, wir sitzen fest.«

»Veranstaltet der etwa ein Casting, bevor er einlädt? Ich sehe kein einziges hässliches Mädchen, keinen hässlichen Jungen.«

»Gabriel ist immer schon ein Feinschmecker gewesen.«

»Und du scheinst das auch noch toll zu finden«, zische ich.

»Ich?«, lacht er. »Sag bloß, du bist eifersüchtig.«

»Nein, das ist es nicht. Aber das ist doch alles … Ich weiß nicht … irgendwie außerirdisch, oder?«

»Wieso?«

»Ich weiß nicht … Diese Art Party … hier?«

»Du meinst wohl, hier auf dem Land verstehen wir uns nicht zu amüsieren, wie?«

»Das meine ich nicht.« Plötzlich sehe ich etwas. »Scheiße noch mal.«

»Was ist los?«

Ich zeige auf zwei junge Leute, die gerade hereingekommen sind.

»Ich glaube, die beiden sind Schüler aus meiner Schule. Lass uns abhauen. Ich möchte nicht, dass sie mich hier sehen. Komm, hauen wir ab.«

Germán will sich noch von Gabriel verabschieden, aber ich lasse nicht locker.

»Du kannst ihn doch morgen anrufen und das nachholen. Das kommt doch jetzt nicht drauf an.«

»Unsere Räder sind noch bei ihm im Wagen. Es dauert ja nur einen Moment.«

Während Germán sich auf die Suche nach Gabriel macht, versuche ich, mich zwischen den Pflanzen zu verstecken. Ich sehe, wie sich die beiden Kids ausziehen und in Badeklamotten schlüpfen. Dann springen sie ins Wasser. Germán kommt mit Gabriel zurück.

»Unsere Lehrerin will also nach Hause.«

»Vielen Dank für die Einladung, aber es ist jetzt wirklich Zeit für mich …«

»Ist schon in Ordnung. Obwohl ihr natürlich das Beste verpasst.«

Wir gehen nach draußen und steigen in den Geländewagen.

»Eins sage ich euch aber, wenn wir von der Polizei angehalten werden, dann zahlt ihr die Strafe … War nur ein Scherz«, lacht er dann.

Wir zeigen ihm den Weg zu uns nach Hause. Er redet und redet, gibt an mit seinem Haus und seinen Partys, stößt Germán kumpelhaft mit dem Ellenbogen in die Seite. Wir nicken nur. Er hält vor dem Tor. Nanuk bellt nervös, als er uns hört.

»Na, dann mal gute Nacht, ihr zwei. Ihr wisst ja, wo ihr mich findet. Wir können das jederzeit wiederholen.«

Ich gehe ins Haus, Germán lädt noch die Räder aus. Während ich Nanuk streichle, sehe ich, wie Gabriel mit Germán redet und sich von ihm mit einem Kniff in die Wange und einem Klaps auf den Po verabschiedet.

»Pass gut auf sie auf! Du weißt ja gar nicht, was du da hast, du Depp.«

Germán kommt herein.

»Ich verstehe nicht, was du an diesem Typen findest.«

»Weshalb magst du ihn denn nicht?«

Weshalb? Mir fallen tausend Gründe ein, doch sie scheinen mir alle so offensichtlich, dass ich lieber schweige. »Ach, nichts. Vergiss es.«

Ich schließe mich im Bad ein, brauche jetzt ein paar Minuten für mich. Muss meine Gedanken ordnen, tief durchatmen. Es war ein langer Tag. Ich nutze die Gelegenheit, öffne Facebook auf meinem Handy. Über Teres Account logge ich mich ein. Und stelle erleichtert fest, dass mein Account nicht mehr vorhanden ist. Haben meine klaren Worte zu Roi tatsächlich

Wirkung gezeigt? Vielleicht sollte ich nicht zu siegesgewiss sein. Vielleicht hat er mit alldem nichts zu tun und der Account ist auf meinen Antrag hin gelöscht worden. Das Wichtigste ist aber, dass Germán ihn nicht gesehen hat. Jetzt muss ich alle Spuren in meiner Cloud löschen. Die Fotos, die Dokumente, alles. Meine ganze Vergangenheit, um meine Zukunft zu retten. Ob sie eine Kopie von dem gemacht haben, was dort war? Ob sie weiter mit mir spielen können? Ich kann nur hoffen, dass sie nicht so weitsichtig waren.

Kapitel 24

In den folgenden Tagen verläuft trotz meiner Befürchtungen alles normal. Roi ist wieder da und klug genug, keine Bemerkungen über unser Treffen zu machen. Wenigstens nicht in der Öffentlichkeit. Ob er mit seinen Freunden darüber geredet hat, weiß ich nicht. Ich selbst tue auch so, als wäre nichts gewesen.

Zu Hause ist Germán ganz mit den Plänen zum Umbau des Restaurants beschäftigt. Er hat schon mit einem Architekten gesprochen, der ihm dabei helfen soll, allerdings ohne seinen Bruder zu informieren. Als der davon erfährt, gibt es Krach. Eines Nachmittags, kurz bevor die ersten Gäste zum Abendessen eintreffen, komme ich ins Restaurant und finde die beiden in einen heftigen Streit verwickelt.

»Ich bin ja gar nicht dagegen, verdammt noch mal! Aber wir müssen Schritt für Schritt vorgehen. Wir wissen doch gar nicht, ob du bleibst, und schon willst du alles umkrempeln.«

»Wenn ich hierbleibe, will ich nicht den Küchenjungen für dich spielen.«

»Wer hat denn gesagt, dass du den Küchenjungen spielen sollst? Hier gibt's tausend Sachen zu tun. Vor allem, seit Mutter hingeschmissen hat.«

Kaum hat er meine Schwiegermutter erwähnt, da taucht sie auch schon im Restaurant auf. Im Morgenmantel, Hausschuhen und mit Lockenwicklern im Haar. Im selben Moment kommen die ersten Gäste und schauen sie genauso erstaunt an wie wir. Was will meine Schwiegermutter hier im Morgenmantel?

»Mama …«

»Was ist denn?«

»Eine Sache ist, dass du keine Lust mehr hast zu arbeiten, aber eine andere, dass du reinkommst, als wärst du hier zu Hause.«

»Aber ich bin hier doch zu Hause.«

»Ja, aber deine Wohnung ist oben. Dies hier ist das Restaurant.«

Meine Schwiegermutter beachtet ihn gar nicht, sondern nimmt den Deckel von einem der Töpfe auf dem Herd und probiert mit einem Kochlöffel.

»Schmeckt aber ziemlich fad!«

»Das geht dich gar nichts an, verdammt noch mal!«, erwidert Demetrio wütend.

»Probier du mal, Raquel«, fordert mich Claudia auf. »Wir Frauen verstehen einfach mehr davon.«

»Mein Geschmackssinn funktioniert gerade nicht so gut«, rede ich mich heraus.

Claudia wirft mir einen dieser vernichtenden Blicke zu, an die ich schon gewöhnt bin. »Verstehe.«

Ohne ein weiteres Wort dreht sie sich um und verlässt die Küche. Demetrio schickt ihr wütende Blicke hinterher. Germán wirkt besorgt.

»Was ist denn mit Mama los? Ist sie plötzlich nicht ganz richtig im Kopf?«

»Von wegen!«, poltert Demetrio. »Da steckt System dahinter. Sie will Druck machen, damit wir uns schnell entscheiden. Da könnt ihr Gift drauf nehmen.«

Germán schaut zu mir herüber. Ich weiß nicht, ob er meine Erlaubnis will, um Demetrio von unserer Entscheidung zu erzählen. Später zu Hause sage ich ihm, dass das seine Sache ist, er soll tun, was er für richtig hält, aber vielleicht ist es besser zu warten, bis wir wissen, ob es überhaupt Interessenten für die Wohnung gibt. Er scheint einverstanden zu sein, macht sich aber immer noch Sorgen um die geistige Gesundheit seiner Mutter.

Im Lehrerzimmer sind alle dankbar, dass Mauro freigenommen hat, auch wenn das niemand so deutlich sagt. Die schwarze Wolke um ihn, die dauernde Erinnerung an den Tod Virucas sind wie weggeblasen. Ich freunde mich mit Isa, der Chemielehrerin, an. Sie erinnert mich ein bisschen an Tere, allerdings ist sie weniger oberflächlich und viel politischer. Sie liebt die Debatte. Unter anderem finde ich heraus, dass sie mit Marga zusammen ist, der Vizerektorin. Ich hatte die ganze Zeit schon das Gefühl, dass sie ähnlich denken und sich ähnlich ausdrücken. Dass sie Lebensgefährtinnen sind, ist vielleicht auch einer der Gründe dafür, dass sie nicht im Städtchen wohnen. Denn so modern man hier auch sein mag, zwei Lesben, die zusammenleben, stoßen sicher auf Ablehnung.

Dadurch, dass wir, Isa und ich, uns so gut verstehen, finde ich vielleicht ein bisschen mehr heraus. Da Virucas Festplatte mir nicht allzu viele Informationen verschafft hat, ist es jetzt an der Zeit, andere Kanäle zu nutzen. Wenn zwischen Iago und Viruca etwas gelaufen ist, wie Mauro angedeutet hat, dann weiß unter Umständen jemand aus der Schule etwas darüber.

»Wollen wir nachher einen Kaffee trinken gehen?«, frage ich sie.

»Besser etwas Stärkeres.«

Und so haben wir jede inzwischen einen halben Gin Tonic intus. Ich sehe, wie Concha mir von ihrem Platz hinter dem Tresen vielsagende Blicke zuwirft. Ob sie mich jetzt verurteilt, ob sie zu dem Schluss gekommen ist, dass ich auf Abwegen bin? Da bin ich erst ein paar Wochen an der Schule und genehmige mir schon um fünf Uhr nachmittags ein Gläschen. In den letzten Tagen habe ich versucht, Concha dazu zu bringen, mir zu erzählen, was sie über den Tod Virucas denkt. Sie hat aber nichts rausgelassen. »Unwichtiges Zeug, *miña nena*, was alte Frauen so reden«, hat sie nur geantwortet.

»Na, dann schieß mal los«, fordert mich Isa auf.

»Womit denn?«

»Das weißt du ganz genau. Mit Viruca.«

So offensichtlich ist das?

»Lieber würde ich alles vergessen, was mit ihr zu tun hat.«

»Schade, aber das wird wohl kaum in Erfüllung gehen.«

»Warum nicht?«

»Weil ihr Mann das nicht zulassen wird, weil die Kids das nicht zulassen werden und weil das ganze Städtchen durch ihren Tod noch viel zu traumatisiert ist, um zur Tagesordnung überzugehen. Lass mal hören: Was weißt du denn von ihr? Und was möchtest du über sie wissen?«

»Sie war eine gute Lehrerin, sehr fleißig, sehr … sehr hübsch.«

»Ja, hübsch war sie wirklich. Sehr hübsch.«

»Sie muss alle verrückt gemacht haben.«

»Na ja, ich wäre auch nicht abgeneigt gewesen«, antwortet Isa augenzwinkernd. »Aber sie hat nie Interesse gezeigt. Weder an mir noch an irgendjemand anderem. Glaub nur nicht, dass sie eine von denen war, die sich ihrer Schönheit bewusst sind und dauernd jemand verführen wollen. Sie war nicht so. Sie hielt eher immer ein bisschen Abstand, hat nicht geflirtet.«

»Und doch machte es ihr nichts aus, im Unterricht über ihr Privatleben zu reden.«

»Das tat sie aber nur, um die Schüler zu provozieren … um sie zu stimulieren. Ich glaube, das war ein großer Fehler.«

Ich möchte auf Iago zu sprechen kommen, möchte wissen, ob sie Gerüchte über die beiden gehört hat, weiß aber nicht, wie ich fragen soll. So stochere ich noch ein bisschen im Nebel herum.

»Du hast gesagt, dass sie sich nichts auf ihre Schönheit einbildete. Aber gut angezogen hat sie sich schon, nicht wahr? Und zwar mit Markenklamotten. Ziemlich teuren Markenklamotten.«

»Woher weißt du das?«

»Ich hab Fotos von ihr gesehen. Ich gebe zu, ich war auf ihrer Facebook-Seite«, lüge ich.

»Hoppla …« Ich bemerke einen Anflug von Bewunderung in Isas Blick. »Du hast also schon ein bisschen nachgeforscht. Soll ich dir meine Meinung sagen? Danach kannst du die Schlüsse ziehen, die du für richtig hältst.«

»Ja, sicher.«

»Aber nicht hier, lass uns eine kleine Runde drehen. Wie lange bist du nicht mehr am Fluss gewesen? Da sieht es jetzt toll aus. Gehen wir?«

Ich nicke. Isa wendet sich Concha zu: »Schreib's mir an wie immer, meine Liebe.«

Wir verlassen das Café und laufen los. Warum will sie lieber draußen weiterreden? Ist das, was sie mir zu sagen hat, so wichtig oder so heikel? Für eine Weile reden wir oder besser gesagt: redet sie über Banalitäten. Dass das Städtchen hübsch ist, aber nicht so sehr, dass man unbedingt hier wohnen müsste; dass es schade wäre, wenn der Ort so enden würde wie die Hafenstadt Ferrol, die nach der Schließung der Werften zur Geisterstadt wurde; dass das halbe Land inzwischen Gefahr läuft, so zu enden. Oder wenigstens halb Galicien, denn wenn sich die Wirtschaft erholt, dann merken wir das sowieso als Allerletzte, wir sitzen ja immer im hintersten Waggon. Wir sind kein Finanzplatz und kein wichtiger Industriestandort. Tourismus ist ja gut und schön, aber der Pilgerweg nach Santiago, das Marisquiño-Festival und das wunderbare

Mikroklima unserer Meeresbuchten können es auch nicht rausreißen.

Die Vizerektorin hat recht, wenn sie sagt, dass wir Lehrer kein Ende finden. Das ist einer unserer Fehler – oder eine unserer Tugenden.

Isa redet und redet. Ich bin mehr oder weniger mit allem einverstanden, was sie da erzählt, doch muss ich zugeben, dass es mich im Moment recht wenig interessiert. Ich möchte, dass sie mir erzählt, was ich wissen möchte.

»Viruca, stimmt's?«

Ganz genau, Viruca.

»Viruca und ihr Mann haben gern gut gelebt. Sehr gut sogar, über ihre Verhältnisse. Auf jeden Fall über die Möglichkeiten, die zwei Lehrergehälter bieten. Aber Mauro und Viruca hatten wohl von zu Hause aus Geld. Virucas Eltern ging es nicht schlecht, und sie war einzige Tochter. Mauro stammt auch aus keiner armen Familie. Als seine Eltern starben, hat er sicher ganz gut geerbt. Aber wie wir vermutet oder von Viruca gehört haben, hat er sein Geld schlecht angelegt, sehr schlecht sogar. Er hat Tausende von Euros in die Fabrik der Acebedos gesteckt, die Konservenfabrik, die kennst du doch, oder?«

»Ja, klar.«

»Also, er hat dort investiert, kurz bevor das Ganze den Bach runterging. Die beiden haben alles verloren, mussten eine Hypothek auf ihre Wohnung aufnehmen, Geld von der Bank leihen, ihr Wochenendhäuschen am Meer verkaufen, ihren Lebensstil total runterfahren. Und selbst das hat nicht gereicht. Also mussten sie sich weiter verschulden, eine einzige Katastrophe. Ich glaube, Viruca hat ihn dafür verantwortlich gemacht und es ihm nicht verziehen. Es dauerte nur ein paar Monate, bis ihre Ehe in die Brüche ging. Während dieser Monate, in denen sie dauernd Streit hatten, waren beide nicht besonders diskret, deshalb weiß ich auch einiges darüber. Ich tratsche zwar ab und zu mal, aber ein Klatschmaul bin ich auch nicht. Wenn ich davon weiß, dann deshalb, weil wir alle etwas mitbekamen.«

Ich versuche die vielen Informationen zu verdauen. Eigentlich wollte ich ja etwas über eine mögliche Affäre zwischen Iago und Viruca erfahren. Jetzt stehe ich plötzlich vor einem ganz anderen Panorama und weiß nicht, was ich davon halten soll. Versucht Mauro etwa, meinen Verdacht auf Iago zu lenken, damit ich nicht denke, dass er etwas mit der Sache zu tun hat?

»Während des letzten Schuljahrs hat Viruca normal gearbeitet. Die Schüler haben sich über nichts beklagt, alles war in Ordnung. Doch nach dem Sommer änderte sich das. Sie verhielt sich plötzlich anders. Ein ständiges Auf und Ab, du kannst es dir gar nicht vorstellen. Mal war sie total gut drauf, dann wieder schleppte sie sich mit letzter Kraft über die Schulkorridore. Die Schüler fingen an zu tuscheln. Dass sie nach Schnaps roch, dass sie die Schüler aufforderte, sich auszuziehen, im übertragenen Sinn natürlich. Sie sollten sich emotional entkleiden, sich ganz öffnen. Du weißt schon, so verrücktes Zeug. Und anscheinend verriet sie ihnen auch Dinge, die man einfach nicht preisgibt. Dass ihr Mann im Sommer auf jämmerliche Weise versucht habe, sie zurückzuerobern, dass sie aber lieber ins Kloster ginge, als noch einmal mit ihm ins Bett zu steigen …«

»Das hat sie den Schülern erzählt?«

»Ja, stell dir vor. Wir haben ja alle die eine oder andere Geschichte aus unserem Privatleben erzählt. Schließlich entsteht nach so vielen gemeinsamen Stunden eine gewisse Nähe, und die Kids sind Meister darin, einen auszuhorchen. Aber deine Bettgeschichten erzählen, uff … Man muss nicht besonders schlau sein, um zu wissen, dass das keine gute Idee ist.«

»Was mag im Sommer passiert sein? Wieso hat sie sich so verändert?«

»Das ist die Frage aller Fragen. Wir haben uns den Kopf darüber zerbrochen, doch keine Antwort gefunden. Nicht einmal ihr Ex. Und ich denke, deshalb ist der Mann jetzt so verbittert. Er hat die Zeichen nicht erkennen, das Problem nicht bei der Wurzel packen können, denn er wusste ja gar nicht, wo die Wurzel lag.«

»Du meinst also, alles hat mit ihren finanziellen Problemen zu tun?«

»Also, bei mir schlägt ja vielleicht meine linke Vergangenheit durch. Ich suche für alles wirtschaftliche Gründe, aber hier spielt sicher auch noch anderes eine Rolle. Ein junger Autor, dem ich auf Twitter folge, hat neulich geschrieben, es überrasche ihn immer, dass in allen Umfragen, in denen die Spanier nach ihren größten Problemen gefragt werden, nie die Liebe auftaucht.«

Die Vorstellung, dass in einer dieser Umfragen die Liebe an erster Stelle steht, gefolgt von Arbeitslosigkeit und der Unabhängigkeit Kataloniens, kommt mir ziemlich komisch vor.

»Wer weiß schon, weshalb sich jemand das Leben nehmen will?«, fährt sie fort. »Die finanzielle Lage, eine Depression, enttäuschte Liebe oder dieses verdammte Klima, nach sieben Wochen Dauerregen verliert doch jeder die Lust am Leben.«

»Dann glaubst du also nicht, dass die Schüler sie in den Tod getrieben haben?«

»Na ja, zwei oder drei sind ganz schön harte Brocken. Und die haben sicher auch dazu beigetragen, dass es ihr immer schlechter ging. Aber dass sie schuld daran sein sollen … Wir anderen Lehrer sind ja auch nicht verrückt geworden. Da muss man schon von Haus aus ein bisschen neben der Spur sein. Verstehst du, was ich meine?«

»Ich glaube schon.«

Und ich denke: Bin ich vielleicht auch von Haus aus ein bisschen neben der Spur?

»Ich möchte dich etwas fragen«, sage ich dann. »Es ist … Also, es ist sicher nur eine Schnapsidee, aber glaubst du, sie könnte eine Affäre mit einem ihrer Schüler gehabt haben?«

»Viruca?« Sie lacht. »Nein, kann ich mir nicht vorstellen. Sie war einfach nicht der Typ dafür. Dass der eine oder andere verrückt nach ihr war, kein Zweifel. Aber sie … Nein, auf keinen Fall. Außerdem glaub ich nicht an diese Geschichten über heiße Affären von Lehrern mit Schülern. Nicht dass das nicht ab und zu vorkommt. Aber ich denke, das funktioniert am besten in Büchern oder im Kino. Wenn du die Kids Tag für Tag unterrichtest, dann fühlst du dich nicht zu einem von ihnen hingezogen. Wenn ich mir vorstelle, dass einer dieser halbgaren, verschwitzten, hysterischen, lächerlichen Körper, einer dieser Säcke voller Wut und Minderwertigkeitskomplexe attraktiv für mich sein soll, muss ich lachen.«

Da bin ich genau ihrer Meinung. Mir fällt es auch schwer zu glauben, dass ein Lehrer oder eine Lehrerin sich gefühlsmäßig oder gar sexuell zu diesen Schülern hingezogen fühlen könnte, die erst noch richtige Persönlichkeiten werden wollen. Und damit meine ich nicht, dass ich es moralisch ablehne. Ich glaube einfach nicht, dass ein solches Verlangen entstehen kann. Doch wie Isa ganz richtig sagt, hat es immer auch solche Fälle gegeben.

Könnte das vielleicht auch Viruca passiert sein? Möglich ist es, doch Isas Reaktion nach zu urteilen, kann ich es eigentlich ausschließen.

Oder vielleicht doch nicht?

Kapitel 25

So stark ich auch zu sein versuche, ich schaffe es nicht, die Angst zu überwinden, die mich jedes Mal befällt, wenn ich die Klasse betrete. Ich warte darauf, dass etwas Schlimmes geschieht, aber nichts passiert. Genauso ist es, wenn ich nach Hause komme. Jedes Mal habe ich das Gefühl, Germán werde mir gleich sagen, dass er alles weiß. Dass er mich verlassen wird. Nachts habe ich entsetzliche Alpträume. Simón kommt in vielen vor, feuchte Träume, die mich erschrecken, vor Scham rot werden lassen. Erregung wechselt mit Grausen. Mein Unterbewusstsein ist offensichtlich völlig durcheinander. Wie können wir so viel Zügellosigkeit in uns tragen? Wie kann es sein, dass ohne die Vernunft, die das Unterbewusstsein im Zaum hält, alles so außer Kontrolle gerät? Schlecht gelaunt, ziemlich mitgenommen erwache ich am Morgen. Germán will wissen, was mit mir los ist. Er fängt an, sich Sorgen zu machen.

»Hast du wieder von deiner Mutter geträumt?«

»Ja.«

Ich lüge ihn an. Ich belüge meinen Mann über meine Träume. Dabei will ich keine Lügen mehr in unserer Ehe, diesen ganzen Mist möchte ich hinter mir lassen. Ich will von vorn anfangen. Es darf nicht sein, dass dieser Teil von mir, den ich nicht unter Kontrolle habe, mir mit solchen Alpträumen zusetzt. Ich hasse es, dass sie noch in mir weiterleben, wenn ich längst wach bin.

»Raquel, vielleicht macht dir ja auch das mit der Wohnung

deiner Mutter zu schaffen. Wir können den Verkauf immer noch abblasen.«

»Nein, nein, das ist es nicht.«

Ich beschließe, ihm ein Stück von der Wahrheit zu erzählen. Nur ein ganz kleines Stück. Denn als gute Lügnerin, die ich einmal gewesen bin, weiß ich, dass Lügen viel besser funktionieren, wenn sie sich mit ein bisschen Wahrheit schmücken. Also berichte ich ihm, dass ein paar Schüler aus meiner Klasse versuchen, mir Angst einzujagen. Damit ich so ende wie Viruca.

»Was? Aber warum denn nur?«

»Wahrscheinlich denken sie, dass ich leichte Beute für sie bin.«

Germán sieht erschrocken aus. »Seit wann läuft das denn schon?«

»Mach dir keine Sorgen, Germán, es war nur an den ersten Tagen wirklich schlimm. Jetzt hat sich das alles schon etwas entspannt«, lüge ich.

»Hör mal, Raquel, das ist kein Spaß, die andere Lehrerin hat sich wegen so was das Leben genommen. Das muss man ernst nehmen. Und du bist schließlich bis zum Ende des Schuljahrs hier. Da darfst du nicht klein beigeben oder … Keine Ahnung … Auf jeden Fall darfst du dir von denen nicht das Leben zur Hölle machen lassen.«

Ich sage, dass ich mit der Vizerektorin reden werde, wenn es noch mal vorkommt.

»Hast du das denn noch nicht getan?«

»Es war ja nicht so dramatisch. Und dieses Wochenende fahre ich nach A Coruña, bekomme Abstand von dem Ganzen. Außerdem kann ich dann gleich einen Makler suchen, ein bisschen aufräumen, einen Lagerplatz für die Möbel suchen …«

»Dieses Wochenende? Geht das nicht auch am nächsten? Wir haben eine Hochzeit in *O Muíño* und ich habe meinem Bruder versprochen, dass ich ihm helfe.«

»Bleib ruhig hier. Ich will sowieso lieber allein fahren. Und mit Tere einen Mädelsabend machen.«

»Kriegst du das allein hin?«

»Keine Sorge, ich hab vor, Tere einzuspannen. Und sicher machen auch noch ein paar Freunde mit.«

Ich freue mich wahnsinnig darauf, Novariz für zwei lange Tage den Rücken zu kehren. Am Freitag stehe ich mit viel besserer Laune auf, weil ich weiß, dass ich in ein paar Stunden unterwegs nach A Coruña sein werde. Ich habe nur zwei Stunden Unterricht, dann kann ich los. Ich habe die Schüler gebeten, heute eine der Textanalysen abzugeben, die ich ihnen am Montag aufgegeben habe. Nachdem ich das letzte Mal das Strichmännchen am Galgen auf einem der Blätter gefunden habe, brenne ich nicht gerade vor Verlangen, die Arbeiten einzusammeln. Doch ich will nicht der Angst nachgeben. Ein Großteil der Schüler gibt nichts ab. Sie erfinden irgendwelche Ausreden, ich hatte keine Zeit, ich hab's zu Hause vergessen, es steckt in einem anderen Ordner, ich weiß nicht, wo ich es gelassen habe, ihr gebt uns immer so viel auf, das kann man doch gar nicht schaffen. Die Kids von heute sind mit den modernsten Handys ausgerüstet, mit iPads und mit 4G-Technik, aber die Ausreden sind genau die gleichen wie früher. Ob ihnen überhaupt klar ist, dass ich vor nicht allzu langer Zeit auch noch Schülerin war? Ohne einen Blick auf die Blätter zu werfen, verlasse ich das Klassenzimmer. Ich möchte mir das Wochenende von nichts verderben lassen.

Als ich gerade ins Auto einsteigen will, sehe ich Mauro näher kommen. Er sieht ganz gut aus, auf seinem Gesicht liegt der Anflug eines Lächelns. Dasselbe Lächeln wie an dem Tag, als ich ihn das erste Mal sah. Ein Lächeln, das sich durch die Traurigkeit zu kämpfen versucht.

»Hallo! Hast du bei Viruca etwas gefunden? Etwas von Iago?«

Ich schaue ihn an, überlege, ob ich ihn nach seinen finanziellen Verhältnissen fragen soll. Ob es stimmt, dass er pleite ist. Ob es stimmt, dass ihn das von seiner Frau entfernt und sie depressiv gemacht hat.

»Hast du was gefunden?«, fragt er noch einmal.

»Bis jetzt nicht«, antworte ich schließlich. »Ich habe mir ja einiges von ihrem Rechner kopiert, bin aber noch nicht dazu gekommen, es mir genauer anzuschauen. Von Iago bisher kein Wort. Ich weiß aber auch nicht, ob er wirklich das Problem ist, Mauro.«

»Warum sagst du das?«

»Diese Woche haben sie mir übel mitgespielt, aber das war nicht er. Davon bin ich überzeugt. Das war Roi.«

»Was war denn los?«

Ich habe eigentlich keine Lust, ihn ins Vertrauen zu ziehen, doch wenn ich nichts sage, wird er vielleicht den ganzen Samstag und Sonntag versuchen, mich per Telefon auszufragen. Also erzähle ich ihm, dass sie meinen Facebook-Account gehackt haben und in meine Cloud eingedrungen sind.

»Diese Drecksäcke! Aber so sind sie. Weshalb bist du so sicher, dass Roi dahintersteckt?«

»Weil er damit geprahlt hat, dass er das war mit dem Facebook-Account. Also muss er es auch gewesen sein, der sich in meine Cloud gehackt hat. Allerdings wollte er das nicht zugeben, als ich ihn darauf angesprochen habe. Ich hatte erwartet, dass er stolz darauf sein würde, aber er hat den total Überraschten gespielt.«

»Na, da siehst du es. Das hat er sicher getan, weil nicht er es war, sondern Iago.«

»Ich weiß nicht … Ich glaube, beide haben damit zu tun, oder alle drei, auch Nerea. Sie wollen ihr schmutziges Spiel mit mir spielen.«

»Haben sie noch mehr angestellt?«

»Außer sich für mich auszugeben und eine Geschichte aus meiner Vergangenheit aufzuwärmen, die mein Leben zerstören kann? Nein. Sonst haben sie nichts gemacht. Ich glaube, jetzt ist ihnen die Munition ausgegangen. Sie haben mein Konto gelöscht, so, wie ich es von Roi verlangt habe.«

»Trau ihnen nicht über den Weg. Keinen Millimeter.«

Um die Unterhaltung zu beenden, öffne ich die Autotür und werfe den Ordner mit den Arbeiten der Schüler auf den Rücksitz. Ein paar Blätter rutschen heraus. Ich sehe etwas.

»Verdammte Scheiße.«

»Was ist los?«

Ich bereue sofort meinen Fluch.

»Nichts, nichts.«

Mauro schaut auf den Rücksitz und sieht, was ich gesehen habe. In die Ecke eines sonst weißen Blattes ist das Strichmännchen am Galgen gezeichnet, jetzt mit noch mehr Einzelheiten. Und dem Namen sind zwei weitere Buchstaben hinzugefügt worden. *RAQ_EL.*

Wenn sie schon mit drei Buchstaben so weit gegangen sind, was erwartet mich jetzt, wo sie meinen Namen fast vervollständigt haben?

Ich müsste sie anzeigen, doch ich fürchte, das wäre so, als wolle ich ein Feuer mit Benzin löschen. Sie würden sich herausgefordert fühlen und alles in die Schlacht werfen, was sie gegen mich in der Hand haben. Ich darf nicht zulassen, dass Germán etwas davon erfährt. Ich muss einen anderen Weg finden. Muss klüger sein als sie.

»Du musst das stoppen, bevor es dir so ergeht wie Viruca. Du musst, wir müssen Beweise dafür finden, dass sie …«

»Halt, stopp, Mauro, einen Moment, ich werde nicht zulassen, dass mir etwas passiert. Darauf kannst du Gift nehmen.«

Ich steige ins Auto und fahre los. Während der ersten Kilometer spüre ich eine schwarze Wolke über mir, doch je weiter ich mich von Novariz entferne, umso mehr bessert sich meine Laune. Ich will das alles für zwei Tage vergessen. Meine Stadt erwartet mich, meine Freunde. Ich werde mich um die Wohnung kümmern, aber ich werde mich auch mal wieder richtig betrinken. Ja, ich werde mir ordentlich einen hinter die Binde gießen. Diese Aussicht hilft mir, das Leben mit anderen Augen zu sehen. Und den Dingen die Bedeutung zu geben, die sie verdienen.

Ich drehe die Musik voll auf. Mann, habe ich eine Lust auf die Stadt, zwei Tage weg von alledem. Die Schüler vergessen, die Drohungen, das Mobbing, die ganze düstere Atmosphäre an dieser Schule … Ich lasse das Fenster herunter. Es ist kalt, und ich möchte den Wind im Gesicht spüren. Aber da ist immer noch dieses Galgenmännchen. Mit meinem Namen. Das kann ich nicht vergessen. Der beste Weg, um mich nicht davon einschüchtern zu lassen, ist sicher, das Stück Papier einfach wegzuwerfen. Ich halte an der nächsten Tankstelle und suche das Blatt unter den anderen Papieren auf dem Rücksitz. Ich finde es, zerreiße es entschlossen, steige aus und werfe die Schnipsel in den nächsten Mülleimer. Zur Hölle damit. Schluss, aus, Ende.

Ich steige wieder ein, lasse den Motor an und fahre los. Nach ein paar Kilometern dämmert mir etwas. Wie konnte ich nur so dumm sein? Da habe ich gerade ein wichtiges Beweisstück vernichtet, das meine Verfolger belastet. Ich beschließe, an der nächsten Kreuzung umzukehren. Ich bin völlig verrückt geworden.

Mehr als eine halbe Stunde hat es mich gekostet, das Blatt zurückzuholen. Die Hand in den Mülleimer zu stecken war nicht gerade angenehm. Zwei Leute haben mich dabei beobachtet, sicher haben sie gedacht, ich sei ein armer Teufel, der Hunger hat. Doch immerhin finde ich die Schnipsel, allerdings mit Ketchup beschmiert. Notdürftig säubere ich sie mit einem

Papiertaschentuch und stecke sie ins Handschuhfach. Da sollen sie erst mal bleiben.

Zwei Stunden später komme ich in A Coruña an. Trotz der Verspätung und des bewölkten Himmels versuche ich, bei Laune zu bleiben.

Ich treffe mich mit Tere und mache mit ihr einen langen Spaziergang durchs Zentrum. Wenn es nicht so kalt und windig wäre, würde ich sogar bis zum Strand von Orzán hinunterlaufen, die Schuhe ausziehen und die Füße ins Wasser halten. Aber hier ist das Meer schon im Sommer ziemlich kalt, da verzichte ich doch lieber.

Als ich Tere erzähle, wie sehr ich mich freue, wieder über die Plaza de María Pita zu laufen, durch den Hafen, zur Burg von San Antón, durch die Straßen von Montealto, schaut sie mich amüsiert an.

»Wenn du sogar Montealto vermisst hast, dann muss es ja wirklich schlimm sein.«

»Komm, lass uns ein Glas Wein trinken. Oder am besten mehrere. Dann lade ich dich zum Essen ein. Und dann bleibst du über Nacht bei mir in der Wohnung meiner Mutter, ich will da nicht allein übernachten. Wir wollen ordentlich was trinken. Versprich mir, dass wir uns richtig volllaufen lassen.«

»Okay, betrink du dich nur, wahrscheinlich kannst du nur so mit diesem Unsinn weitermachen.«

»Welchem Unsinn denn? Wollen wir hier rein?«

Ich zeige auf eine der Bars in der Kneipengegend. Eine der vielen, die in den letzten Jahren aufgemacht haben.

»Jetzt sag mal, Tere, was meinst du mit Unsinn?«

»Merkst du denn nicht, wie froh du bist, wieder hier zu sein? Willst du wirklich die Wohnung deiner Mutter verkaufen?«

»Du bist doch die Erste gewesen, die gesagt hat, dass ich das tun soll!«

»Aber nicht so. So hastig und überstürzt. Und nicht aus den falschen Motiven heraus.«

»Falsche Motive?«

»Du willst doch gar nicht in Novariz leben. Das hast du noch nie gewollt. Und jetzt bist du plötzlich bereit, das ganze Erbe deiner Mutter in diesem Kaff zu investieren?«

»Da ist es gut angelegt. Und Germán braucht es.«

»Hat er dich darum gebeten?«

Ein Kellner mit vier Piercings und Tunnels in den Ohrläppchen bringt uns das dritte Glas Ribeiro. Man hat uns ein bisschen was zu knabbern hingestellt, aber ich schiebe es weg, weil ich noch Platz für das Abendessen lassen will. Tere macht sich jedoch erbarmungslos darüber her.

»Nein, natürlich hat er mich nicht darum gebeten. Das würde er niemals tun. Ich hab es ihm angeboten.«

»Jetzt bist du völlig übergeschnappt. Du fühlst dich so schuldig und hast so viel Angst, dass er herausfindet, was passiert ist, dass du bereit bist, die Wohnung zu opfern. Das ist doch Wahnsinn, Raquel!«

»Aber wieso denn? Das macht man so in einer Ehe. Man teilt alles miteinander.«

»Überleg dir das gut, Raquel. Willst du dir wirklich deine Zukunft verbauen? Willst du wirklich auf das Einzige verzichten, was dir deine Mutter hinterlassen hat? Auf die Sicherheit, die dir diese Wohnung bietet? Und das Geld in ein Projekt stecken, das weder dir noch ihm wirklich gefällt?«

»Aber was zum Teufel nützt mir die ganze Sicherheit, wenn ich ihn nicht mehr habe? Er ist es, der mir die Sicherheit gibt! Die Wohnung, das sind doch nur ein paar Wände.«

»Du darfst die Erbschaft deiner Mutter nicht zum Fenster rauswerfen, nur weil ein Schüler dir einen Schrecken eingejagt hat. Denn darum geht es doch. Soll eine halbwüchsige Rotznase über dein Leben entscheiden?«

»Das stimmt doch überhaupt nicht!« Ich sage das so heftig und setze das Glas so hart auf den Tisch, dass es zerbricht. Wein und Glasscherben verteilen sich am Boden. »Oh, Scheiße!«

Der Kellner mit den Piercings kommt mit Kehrblech und Besen, um sauber zu machen. Ich möchte ihm helfen und lese ein paar Glasscherben auf. Doch er bedeutet mir, ihn das machen zu lassen.

»Und wenn es schiefgeht? Wenn die Sache nicht funktioniert und ihr alles verliert?«

»Weshalb musst du gleich an das Schlimmste denken?«

»Wenn du's nicht machst, muss es jemand anders für dich tun. Meinst du, du kannst ihm verzeihen, wenn das passiert? Lass nicht das Scheißgeld eure Ehe kaputtmachen ...«

»Tere, unsere Ehe ist stabil. Es gibt tatsächlich Leute, die heiraten fürs ganze Leben.«

Tere verschlägt es die Sprache. Ich sehe die Enttäuschung auf ihrem Gesicht. Einen solchen Schlag unter die Gürtellinie hätte sie von allen erwartet, aber nicht von mir.

»Oh, Entschuldigung, du perfekte Ehefrau, ich bitte vielmals um Verzeihung, dass andere mit ihrer Ehe gescheitert sind. Genau deshalb sag ich das ja. Weil ich weiß, wie leicht alles in die Brüche gehen kann. Aber deine Ehe ist natürlich gegen alles gefeit. Sie ist sogar so stabil, dass ein kleiner Schüler dir nur zu drohen braucht, und schon machst du dir in die Hose und willst das Erbe deiner Mutter verschleudern.«

Tere schmeißt einen Zwanzig-Euro-Schein auf den Tisch und stürmt hinaus. Ich bleibe sitzen und weiß nicht genau, was ich machen soll. Der Kellner wirft mir einen mitleidigen Blick zu.

»Ganz schön heftig, deine Braut.«

»Sie ist nicht meine Braut!« Wie kommt dieser Idiot mit den durchlöcherten Ohrläppchen darauf, dass wir ein Paar sind? »Reichen die zwanzig Euro?«

»Ist sogar noch was übrig.«

»Das kannst du gern behalten.« Damit du dir noch ein paar Löcher mehr in die Ohrläppchen machen lassen kannst, denke ich.

Ich laufe hinaus, Tere hinterher. Wegen einer hitzigen Diskussion will ich nicht meine beste Freundin verlieren. Das hätte mir gerade noch gefehlt.

»Tere! Tere!«

»Lass mich in Ruhe!«

Tere läuft einfach weiter. Ich gehe schneller, erreiche sie schließlich.

»Tere!« Ich nehme sie beim Arm. »Entschuldige bitte.«

»Fass mich nicht an, sag ich!«

»Tere … Wenn du so weitermachst, denken hier alle noch, dass wir ein Paar sind …«

»Warum sollten die einen solchen Blödsinn denken?«

»Der Kellner denkt es schon.«

»Der mit den Piercings?«

»Genau der.«

»Der ist ein Vollidiot.« Sie lacht. »Nur ein Vollidiot kann so etwas denken und sich einen Haufen Löcher in die Ohren stechen lassen.«

Ich lache. Steige auf ihre Art ein.

»Aber pass mal auf, wenn er nicht so viel Lametta an sich hängen hätte, wäre er gar nicht so übel.«

»Meinst du etwa, der Kellner will mit zwei Lesben anbandeln? Das macht die Typen heiß, oder?«

»Was weiß denn ich!«

Ich muss lachen, vor allem vor Erleichterung, dass sie nicht wirklich sauer war. Oder dass es schon vorbei ist.

»Wollen wir hingehen und ihm ein Angebot machen?«

»Nur wenn du heute Abend zu mir nach Hause mitkommst.«

»Wahrscheinlich war er auf dich scharf.«

Wieder muss ich lachen. Eine Freundin wie Tere habe ich eigentlich gar nicht verdient. Aber das sage ich ihr nicht, am Ende nutzt sie es noch aus und lässt sich von mir in ein superteures Restaurant einladen.

»Komm, wir gehen essen. Und von der ganzen Geschichte reden wir nicht mehr, okay?«

»Okay. Aber wir schlafen in der Wohnung deiner Mutter. Und mir überlässt du das Ehebett. Vielleicht schleppe ich ja noch den Kellner ab.«

»Du wärst dazu im Stande.«

Tatsächlich, sie war dazu im Stande. Sie hat den Burschen mit heraufgebracht. Nach dem Essen waren wir noch ein paar Caipiroskas trinken – »Du wirst staunen, wie gut sie die hier mixen« –, und nach dem dritten, als wir beide schon ordentlich einen sitzen hatten, bestand Tere darauf, mit dem Kellner zu plaudern. Mir schien das so daneben, dass es schon wieder lustig war, und so gingen wir hin. Meine Freundin brauchte nur zwei Drinks, um ihn zu verführen, oder sich von ihm verführen zu lassen, ich weiß nicht mehr genau. Der Alkohol vernebelt mir die Erinnerung. Ich glaube, sie hat die Taktik mit dem Ex angewandt. Die wendet sie in letzter Zeit häufig an. Eine einfache, doch sehr wirksame Technik. Wenn sie mit jemand anbandeln will, geht sie auf ihn zu, spricht ihn an und sagt, dass er sie an ihren Ex-Mann erinnert, befühlt seinen Arm und sagt: »Oh, nein, du bist aber viel kräftiger, und du lächelst auch viel hübscher, und er würde dich sicher um deine Haare und dein Sixpack beneiden. Und unterhalten kann man sich mit dir auch. Da könnte mein Ex nicht mithalten.« Mehr braucht es nicht. Bei dem hier hat es auch funktioniert. Obwohl der Kellner wohl auch auf mich ein Auge geworfen hatte. Ich habe den leisen Verdacht, er hat von einem Dreier geträumt. Deshalb habe ich vorsichtshalber ein paar Mal wiederholt, dass wir kein Paar sind und er, wenn er Glück hat, höchsten mit einer ins Bett gehen würde. Mit Tere also.

Ich habe ihnen das Bett meiner Mutter überlassen. »Das hast du mir versprochen, Raquel!« Und bin zum Schlafen in mein altes Zimmer gegangen. Meine Mutter war so klug, gleich nach meinem Auszug alles abzunehmen, was ich als junges Mädchen an die Wände gehängt hatte. Das schien mir damals zwar wie ein Verrat, ein Zeichen, dass sie mich so schnell wie möglich loswerden wollte, aber jetzt bin ich ihr dafür dankbar. Ich könnte es kaum aushalten, die rhythmischen Geräusche und das Gestöhne von nebenan zu hören und dazu die Poster von NSYNC an den Wänden zu sehen. Ich bin damals total auf Justin Timberlake abgefahren. Germán hat sich halb totgelacht, als er bei mir im Regal eine CD der Boy Band fand.

Ich will jetzt nicht nostalgisch werden und an die schönsten Zeiten mit Germán denken. Die vielen heimlichen Nächte in diesem Zimmer. Oder daran, wie wir uns kennenlernten. Das erste wunderbare Jahr. Wie sehr ich ihn heute Abend vermisse! Mir noch mehr Nächte ohne ihn vorzustellen … Nein, dazu habe ich wahrlich keine Lust. Und ich will nicht zulassen, dass es so kommt.

Wie verletzlich ich nachts bin. Wie verletzlich, schwach und ängstlich. Wie wenig ich mir nachts gefalle. Hoffentlich schlafe ich bald ein …

Am Morgen treffe ich in der Küche den Kellner in Unterhose, wie er in den Schränken herumkramt. Irgendwie ein Schock, einen halbnackten Typen in der Wohnung meiner Mutter zu sehen. Es ist lange her, dass so was geschehen ist. Der letzte war vor vielen Jahren Germán, da lebte meine Mutter noch. Mir fällt ein, dass dies vielleicht eine gute Art und Weise ist, alte, böse Geister aus der Wohnung zu vertreiben. Was könnte besser sein als die Schönheit des prallen Lebens, um schlechte Erinnerungen abzuschütteln.

»Habt ihr nichts zu frühstücken?«, fragt er.

»Wir wohnen ja eigentlich gar nicht hier.«

»Im Ernst? Ich hab mir gleich gedacht, dass es hier nicht wie bei zwei Lesben aussieht.«

»Wie sieht es denn deiner Meinung nach bei zwei Lesben aus?«

»Keine Ahnung. Ich hab da nicht allzu viel Erfahrung.«

In diesem Augenblick kommt Tere herein, nur mit einem Tanga und einem Sport-BH bekleidet.

»Hast du tatsächlich mit dem da gevögelt?«, frage ich und zeige mit gespielter Verachtung auf den Kellner.

»Sie hat mir fast dieses Piercing rausgerissen«, sagt der Kerl und fast sich an einen seiner Ringe. »Deine Braut ist richtig wild. Und ich mag auch, wie locker ihr mit eurer Beziehung umgeht.«

»Wir sind kein Paar, verdammt noch mal!«, protestiere ich wütend.

»Schon gut, schon gut«, winkt er ab. »Kommt, zieht euch an, ich lade euch zum Frühstück im Hafen ein. Oder soll ich lieber ein paar Croissants holen?«

»Am besten gehst du gleich ganz«, mischt sich Tere schnippisch ein. »Nicht dass du dir falsche Hoffnungen machst.«

»Alle Achtung! Wenn das ein Typ sagt, kriegt er richtig eins drüber, bei euch klingt es sogar noch witzig. Macht euch mal klar, dass wir Männer auch Gefühle haben.«

»Ja, klar«, schießt Tere zurück. »Und wenn man euch piekst, blutet ihr auch. Wir haben alle Shakespeare gelesen. Na ja, du vielleicht nicht.«

»Hör mal, ich hab meinen Doktor in Philosophie gemacht.«

»Und dann bist du Kellner geworden. So sieht's aus in diesem Land. Na, mach schon, adiós! Wir können ja per WhatsApp Kontakt halten.«

Tere geht mit dem gepiercten Kellner aus der Küche. Ich höre sie im Flur miteinander reden.

»Und was ist mit meinen Klamotten?«

»Die sind im Zimmer. Und knall die Türen nicht so, diesen alten Wohnungen bekommt das nicht.«

Tere kommt wieder in die Küche. Ich schaue sie erstaunt und bewundernd an.

»Wow! Du fährst ja eine ziemlich harte Kiste!«

»Der Typ ist sehr nett. Trotz der Piercings. Na, was ist jetzt? Haben wir ein bisschen nachgedacht oder hast du immer noch die verrückte Idee, die Wohnung zu verkaufen?« Ich weiß nicht, was ich antworten soll. »Sag bloß, du willst dieses tolle Versteck aufgeben! Gib wenigstens zu, dass es dir gut gefallen hat, die Nacht hier zu verbringen und morgens einen halbnackten Typen in der Küche zu treffen. Willst du wirklich darauf verzichten?«

»Ich find's total toll, hier mit dir zu sein, ich freu mich unheimlich, nicht in Novariz zu sein. Aber heute Nacht hat mir Germán gefehlt.«

»Okay, dann überleg dir, wie du es anstellen kannst, ihn nicht zu verlieren, ohne die Wohnung zu verkaufen. Irgendwas wird dir schon einfallen.«

»Sorry, Tere, ich werde sie zum Verkauf anbieten.« Sie schweigt. »Ich will sie ja nicht sofort verkaufen. Ich will bloß wissen, wie der Markt aussieht.«

»Okay, wenn es dabeibleibt …«

»Und du hilfst mir heute zu entscheiden, was ins Möbellager geht, einverstanden? Wenn du brav bist, schenk ich dir den Mantel meiner Mutter, der dir so gefällt.«

»Versprochen?«

»Versprochen.«

Die nächsten Stunden über sortieren wir aus, was bleiben soll und was besser rausfliegt. Nur gut, dass ich Tere an meiner Seite und ein paar Bier im Bauch habe, denn so viele Erinnerungen an meine Mutter zu erleben, ist nicht einfach für mich. Nach ihrem Tod habe ich die Wohnung abgeschlossen, bin nicht mehr hingegangen. Ich dachte, so könnte ich ihren Tod leichter überwinden. Da habe ich mich wohl geirrt, das habe ich inzwischen begriffen.

Die Biere tun ihre Wirkung. Vor allem bei Tere, die mal wieder einen ihrer typischen Anfälle von Ehrlichkeit hat und so offenherzig wie gefährlich ist.

»Weißt du was? Ich glaube, du hast so viel Angst, Germán zu verlieren, dass du zu allem bereit bist. Und weißt du, weshalb? Weil du befürchtest, dass es dir, wenn du ihn verlierst, genauso gehen wird wie damals, als deine Mutter gestorben ist.«

Ich habe keine Lust, darauf einzugehen. Dies ist nicht der richtige Augenblick dafür und auch nicht der richtige Ort. Aber vielleicht gibt es keinen besseren Moment und keinen besseren Ort als jetzt und hier, in Mutters Wohnung, umgeben von ihren Sachen.

»Was hat denn der Tod meiner Mutter mit meiner Ehe mit Germán zu tun?«

»Eine ganze Menge.«

Tere nimmt einen Schluck Bier und macht eine melodramatische Pause.

»Du hast Angst, durchzudrehen, wenn du ihn verlierst. So wie es dir damals bei deiner Mutter passiert ist. Aber weißt du was, Raquel? Du bist stärker, als du glaubst!«

»Ich weiß, dass ich stark bin.«

»Nein, das weißt du eben nicht. Aber du wirst es schon noch lernen. Davon bin ich überzeugt.«

Kapitel 26

»Was soll der Quatsch?«

Der Trainer des Fitnessstudios stürmte hochrot vor Zorn in die Umkleidekabine und packte Iago am T-Shirt. Die vier Jungs, die sich gerade umzogen, beobachteten schweigend die Szene.

»Was hast du denn?«, protestierte Iago.

»Was ich habe? Du hättest beinahe dich selbst oder Fernando umgebracht! Wie kannst du in diesem Zustand zum Training kommen! Du bist ja total *high*! Ich will in meinem Fitnessstudio keine Leute, die Drogen nehmen!«

»Na, dann musst du wohl die Hälfte von denen da rausschmeißen.« Iago zeigte auf die Jungs. »Der hier, der raucht Gras, und den anderen, den habe ich auch schon richtig heftig drauf gesehen.«

Die beiden, auf die er zeigte, machten eine Geste, dass er zum Teufel gehen sollte.

In diesem Moment kam Roi aus der Dusche. Der Trainer wandte sich an ihn.

»Darf man fragen, was mit deinem Kumpel los ist?«

Roi schaute erst den Trainer, dann Iago an und zuckte die Schultern. Er hätte ja doch nur antworten können, dass Iago nicht mehr sein Kumpel war. Und dass er nicht die Verantwortung für jeden Quatsch übernahm, den Iago machte. Dass der Fernando so heftig angesprungen und ihn fast bewusstlos geschlagen hatte, war nicht sein Problem.

»Komm erst wieder, wenn du dir nicht mehr diesen Scheiß reinziehst«, fuhr der Trainer Iago an.

»Ich habe für das ganze Jahr bezahlt und komme, solange ich Bock habe«, erwiderte der.

»Fordere mich nicht heraus, du Rotznase. Da kannst du nur verlieren. Von morgen an mache ich mit dir vor dem Training einen Drogentest. Wenn der positiv ausfällt, gibt's kein Training. Punkt, aus, Ende.« Er wandte sich an Roi. »Und das gilt für dich genauso!«

»Mich? Wieso denn? Was habe ich damit zu tun?«

Ohne ein weiteres Wort verließ der Trainer die Umkleidekabine. Wütend schaute Roi Iago an.

»Bist du jetzt zufrieden? Was zum Teufel ist los mit dir?«

»Ich habe keine Lust auf dein Gequatsche, du Schwuchtel«, gab der patzig zurück.

Roi wandte ihm den Rücken zu, öffnete sein Schließfach, zog die Sporttasche heraus und begann sich anzuziehen. Er kochte vor Wut und Frustration.

»Ich versteh wirklich nicht, weshalb du dich verdammt noch mal so verhältst. Und noch dazu mir gegenüber. Das habe ich nicht verdient.«

»Uiih! Der Ärmste hat es nicht verdient«, wiederholte Iago spöttisch.

»Geh zum Teufel. Wenn du unbedingt absaufen willst, dann sauf doch ab.«

»Ich sauf ab? Was soll der Scheiß?«

Inzwischen hatte sich die Umkleidekabine geleert, die anderen waren duschen gegangen, hatten keine Lust, weiter Zeugen des Streits zu sein. Trotzdem trat Roi näher zu Iago, damit niemand ihn hören konnte.

»Glaubst du, ich hätte keine Augen im Kopf? Glaubst du, ich weiß nicht, weshalb du so fertig bist?«

»Du hast überhaupt keine Ahnung.«

»Und ob. Ich sage nur: Viruca.«

»Halt die Schnauze!«

»Viruca.«

»Du sollst die Schnauze halten, hab ich gesagt.«

»Viruca.«

Iago stieß Roi so kräftig, dass er gegen die Schließfächer flog.

»Sag den Namen noch mal, und ich bring dich um, du Arschloch.«

Iago hatte die Faust geballt, als wolle er Roi alle Knochen brechen. Der merkte zwar, dass die Situation brenzlig war, besaß jedoch den Mut zu lächeln.

»Na, siehst du? Das zerfrisst dich ja von innen.«

»Mich zerfrisst überhaupt nichts.«

»Mir hast du vertrauen können. Mir ganz allein. Aber du wolltest es ja mit dir selbst abmachen. Ich weiß nicht, ob du das merkst, aber es wird jeden Tag schlimmer. Da steckt etwas in dir, das an dir nagt.«

»Jetzt bist du wohl auch noch Psychologe?«

Roi antwortete nicht, doch er merkte, dass er Iagos Panzer durchdrungen hatte. Vielleicht sollte er nicht so schnell aufgeben. Iago benahm sich zwar wie ein totaler Idiot, doch vielleicht konnte er nicht allein mit alldem fertigwerden. Er begann Roi leidzutun.

»Weißt du was? Du bist zwar ein Vollidiot, aber du kannst auf mich zählen.«

»Las mich bloß in Ruhe.«

»Und wenn ich keine Lust dazu habe?«

Kapitel 27

In der dritten Stunde habe ich Unterricht in der 12. Vorher habe ich ein paar Donuts gegessen und drei Tassen Kaffee, einen Orangen- und einen Ananassaft getrunken, um gut für die Schlacht gerüstet zu sein. Ich hatte gedacht, dass mir das Wochenende in A Coruña gutgetan hätte, aber das stimmt nicht. Es waren zwei tolle Tage weit weg von alldem hier, doch jetzt wird mir klar, dass es nicht mehr als ein kurzes Durchatmen war. Die Schlacht, die ich schlagen und gewinnen muss, findet hier statt.

Weil ich so aufgewühlt bin, wundert es mich beinahe, dass der Unterricht ganz normal verläuft. Wenn mir jemand zusähe, würde er nicht bemerken, in welchem Zustand ich bin. Ich lasse die drei nicht aus den Augen, Roi, Nerea und Iago. Zum ersten Mal geht mir durch den Kopf, dass meine Feinde vielleicht gar nicht diese drei sind, oder wenigstens nicht sie allein. Vielleicht kommen die Angriffe ja aus einer ganz anderen Richtung.

Ich gebe die korrigierten Arbeiten zurück, beglückwünsche sie zu den Resultaten. Vielleicht ein bisschen zu sehr. Aber ich möchte mich von meiner besten Seite zeigen, sie sollen nicht merken, wie mulmig mir zumute ist. Sie sollen denken, dass ich trotz allem, trotz der Angriffe von einigen auf mich in bester Verfassung bin. Dass mein Gemüt, meine gute Laune ungebrochen sind. Ich halte Nereas Arbeit in der Hand, habe ihr neun Punkte dafür gegeben. Vielleicht hätte sie nur acht verdient, doch sie soll sehen, dass ich nicht nachtragend bin.

»Prima, Nerea. Sehr gute Gedanken. Und die Beispiele, die du gibst, sind super.«

»Weiß ich doch«, kommt die Antwort.

»Ein Dankeschön wäre auch nicht schlecht«, sage ich mit meinem freundlichsten Lächeln, »und sei es nur, um dafür zu üben, wenn dein Chef dich später mal zu was beglückwünscht. Da ist ›weiß ich doch‹ vielleicht nicht gerade die beste Antwort.«

»Du bist aber nicht mein Chef.«

Natürlich nicht. Dann hätte ich dich längst gefeuert. Mein Handy vibriert. Nur einmal. Eine SMS. Dann ein zweites Mal. Noch eine SMS. Und ein drittes Mal. Ich schaue nicht nach. Ich habe so oft gepredigt, dass im Unterricht die Handys ausbleiben sollen, da kann ich jetzt nicht meine eigenen Regeln brechen.

Jetzt gebe ich Roi seine Arbeit zurück.

»Du hast dir nicht allzu viel Mühe gegeben. Das kannst du besser.«

Roi schaut auf die Note, fünfeinhalb Punkte.

»Ah, aber gereicht hat es trotzdem.«

Ich mache weiter. Das Handy beginnt wieder zu vibrieren. Einmal, zweimal, dreimal. Als ich alle Arbeiten zurückgegeben habe, setze ich mich an meinen Schreibtisch und bitte sie, das Buch zu öffnen, das wir gerade lesen. Nur wenige haben es dabei. Weil ich das schon geahnt hatte, habe ich einige Seiten kopiert. Ich bitte eine Schülerin, sie zu verteilen. Während sie dies tut, werfe ich einen raschen Blick auf mein Handy. Als ich die erste Nachricht sehe, beginnen mir die Hände zu zittern. Das kann nicht wahr sein. Nein. Nein. Nein.

Es ist ein Pornofoto. Von mir. Nackt. Auf den Knien. Bei einem *Blowjob*.

Die nächste Nachricht enthält ein zweites Foto. Wieder ich. Nackt. Während Simón an meinen Brüsten saugt.

Das kann nicht sein. Ich schaue auf die Schüler. Wer von ihnen schickt mir diese Fotos? Wer?

Die dritte Nachricht ist wieder ein Foto. Simón und ich unter der Dusche. Ich schaue lieber sofort weg, kann mich gut dran erinnern.

Warum sind wir nur auf die verrückte Idee gekommen, diese Fotos zu machen? Weshalb haben wir sie nicht gelöscht? Warum haben wir sie uns per WhatsApp geschickt? Und wenn wir sie gelöscht haben: Woher kommen die auf einmal? Waren sie in der Cloud? Und jetzt schickt sie mir einer der Schüler. Er hat sie gesehen. Hat mich nackt gesehen. Wie ich mit jemand Sex habe. Der nicht mein Mann ist. Diese Fotos gehen gerade von einem Handy zum nächsten. Ganz sicher. In weniger als ein oder zwei Stunden werde ich das Gespött der ganzen Schule sein. Die Schlampe. Die Treulose. Das Ferkel.

Verzweifelt bemühe ich mich, Ruhe zu bewahren. Schaue aus dem Fenster. Sehe die kahlen Bäume der Allee. Der Winter draußen weiß nichts von meiner Tragödie. Eine neue SMS. Ich schaue nach. Das ist kein Foto. Das ist viel schlimmer. Das ist eine Drohung.

»Wenn du nicht willst, dass wir sie deinem Mann schicken …«

Noch eine SMS: »… musst du nur eins tun …«

Und noch eine: »Geh an die Tafel und schreib: Morgen Klassenarbeit.«

Im Ernst? Wollen sie das wirklich? Aber wozu denn? Und noch eine SMS: »Das ist alles. Na, mach schon.«

Ich schaue die Schüler der Reihe nach an. Ich kann einer so lächerlichen Erpressung nicht nachgeben. Andererseits: Was sie wollen, ist ja nicht viel. Eine Klassenarbeit zu rechtfertigen wäre leicht. Wir haben schon ein paar Themen durchgenommen. Es wäre ganz normal, dass ich wissen will, welche Fortschritte sie machen. Doch ich darf nicht nachgeben. Wenn ich nachgebe, bin ich verloren. Aber Germán darf diese Fotos nicht zu sehen bekommen. Sie sind an verschiedenen Tagen, an unterschiedlichen Orten gemacht. Sie beweisen, wie sehr ich ihn damals betrogen habe. Sie zeigen, dass der Fehltritt weiterging, und dafür gibt es nur ein Wort: Verrat. Das wäre der Startschuss für eine rasende Fahrt in die Hölle. Eine lange, schreckliche Höllenfahrt. Die weder unsere Ehe noch wir beide überleben würde.

Davon kann ich mich befreien, indem ich einfach »Morgen Klassenarbeit« an die Tafel schreibe. Gleichzeitig weiß ich: Wenn ich jetzt nachgebe, wird das nie enden. Damit gebe ich ihnen die ganze Macht über mich.

Doch der Gedanke, dass Germán diese Fotos zu sehen bekommt, ist unerträglich. Ich kann das nicht zulassen. Und wenn ich das mit der Klassenarbeit an die Tafel schreibe? Zumindest würde ich Zeit gewinnen, um mir eine Strategie zu überlegen. Aber wie soll das gehen? Okay, vielleicht weiß ich im Moment nicht, wie das gehen soll, aber wenigstens könnte ich Germán darauf vorbereiten. Nein. Tu's nicht, Raquel, fall nicht um. Du darfst das nicht tun. Sie beobachten dich. Der, der dir diese SMS geschickt hat, beobachtet dich die ganze Zeit. Und er wird es unendlich genießen, wenn du dich geschlagen gibst. Tu ihm nicht den Gefallen.

Ich stehe auf, greife nach einem Stück Kreide. Werde ich das wirklich schreiben? Das darf nicht sein. Das darf nicht sein.

Doch meine Finger scheinen ein Eigenleben zu führen, und bevor ich es richtig begriffen habe, steht an der Tafel: »Morgen Klassenarbeit«.

Das Protestgeschrei lässt nicht lange auf sich warten. Mir werden die Knie weich, ich muss mich an der Tafel abstützen, um nicht umzukippen. Ich habe nachgegeben. Jetzt muss ich mich den Konsequenzen stellen. Erst mal die Klasse beruhigen, meine Entscheidung erklären, damit sie ganz natürlich erscheint. Ich hatte längst vor, eine Klassenarbeit zu schreiben. Welch ein Schmierentheater.

»Nur die Ruhe, das zählt nicht für die Endnote. Ich will wissen, ob ihr die Kernaussagen verstanden habt. Es ist eher eine Prüfung für mich selbst, um zu sehen, ob ich es gut erklärt habe. Ob ihr mich versteht.«

»Das heißt, wenn wir durchfallen, fällst eigentlich du durch.«

»Und wir könnten das so schlecht machen, wie wir wollen. Nur um dich zu ärgern, oder was?«

Ich antworte, nein, sie sollen sich schon anstrengen. Und sie müssen sich auch nicht groß drauf vorbereiten, es gibt ja noch nicht so viel Stoff.

»Wir können auch verabreden, dass es vielleicht doch für die Endnote zählt, wenn ihr alle gute Noten habt.«

»Was ist denn nun, zählt es oder zählt es nicht?«

Wieder ein kleiner Aufstand. Sie wissen nicht, woran sie sind. Ich schaue auf die drei Rädelsführer oder die, die ich für die Rädelsführer halte. Ich kann nicht erkennen, ob sie ihren Spaß daran haben oder nicht.

Ich rede und rede, bis sich alle beruhigt haben. Ich nenne ihnen praktisch jetzt schon alle Fragen, die ich stellen werde. Ich habe sie mir beim Reden ausgedacht.

»Ihr seht ja, es ist kinderleicht.«

»Wenn es so leicht ist, weshalb machen wir es dann überhaupt? Glaubst du etwa, dass wir es nicht besser können? Dass wir ein bisschen beschränkt sind?«, fragt Nerea.

»Okay, wenn du willst, geb ich dir ein paar besonders schwere Aufgaben. Die vielleicht mehr auf deinem Niveau sind.«

Ein paar Schüler feixen über meine Antwort. Nerea verzieht keine Miene.

»Zeit, Schluss zu machen«, höre ich.

Die Schüler beginnen, aufzustehen.

»Morgen also Klassenarbeit, ja oder nein?«

»Ja. Klassenarbeit.«

Lärmend verlassen sie den Raum. Sie sind sauer, und dies ist ihre Art, es auszudrücken. Mit Lärm. Ich bleibe einfach sitzen. Völlig erledigt.

Roi ist der Letzte, der den Raum verlässt. Er schaut mich an. Grinst.

»Das war schlecht, ganz schlecht«, sagt er. »Mit Terroristen darf man nicht verhandeln. Niemals.«

Mir ist, als habe mich ein Blitz getroffen.

Er ist es also gewesen. Er war es.

Und das Schwein hat auch noch die Stirn, es mir ins Gesicht zu sagen!

Ich schaue ihm nach, sehe ihn hinausgehen. Und dann reagiere ich mit einer unkontrollierbaren Wut, die tief aus meinem Inneren in mir hochsteigt. Ich springe auf und laufe ihm hinterher. Alle meine Muskeln sind angespannt, ich will ihn packen und gegen die Wand schleudern. Will sein Gesicht einen halben Zentimeter vor meinem sehen.

Ohne eine Sekunde zu zögern, packe ich Roi am Arm und drücke ihn gegen die Wand des Schulkorridors. Ich spüre, wie mich eine Woge Adrenalin überschwemmt und mir ungeahnte Kräfte verleiht.

»Was soll der Scheiß, du Schwein?«

Ich merke, wie uns die anderen Schüler anstarren. Roi ist sichtlich überrascht von meinem Wutanfall. Es wird ganz still um uns herum.

»Antworte gefälligst! Denkst du etwa, du kannst dir so was erlauben und dich dann auch noch über mich lustig machen? Denkst du das wirklich, du Rotznase? Ich mach dich fertig! Ich mach dich fertig!«

Roi bringt kein Wort heraus. Auch die anderen bleiben

stumm. Stehen völlig verdutzt, wie versteinert, da. Plötzlich sehe ich aus dem Augenwinkel, dass sich jemand nähert.

»Raquel … Raquel …! Was ist denn los? Was machst du da?«

Es ist Marga, die Vizerektorin. Ich lasse Roi immer noch nicht los.

»Raquel! Raquel!«

Endlich löse ich meinen Blick von ihm und schaue sie an.

»Lass ihn los. Lass ihn gehen.«

Als ob ihre Worte einen Zauber brächen, merke ich plötzlich, was ich hier tue. Sofort lasse ich ihn los.

»Jetzt bist du wohl völlig übergeschnappt!«, keucht Roi. Dass Marga gekommen ist, gibt ihm sichtlich Auftrieb. »Seht mal zu, was ihr mit dieser Verrückten macht!«

Dann geht er weg, zieht sich dabei das Hemd glatt. Ich sehe ihn die Treppe hinunterlaufen, verliere ihn aus den Augen. Verwirrt schaue ich Marga an, weiß nicht, was ich sagen soll.

»Komm, lass uns in meinem Büro einen Kaffee trinken«, sagt Marga. »Dann kannst du mir in Ruhe alles erzählen.«

Sie hakt mich unter. Ich sehe die Blicke, höre das Tuscheln, während wir den Gang entlanggehen. Ich schäme mich so sehr, dass ich meine Schuhspitzen anstarre und den Blick kein einziges Mal hebe. Der Weg zum Rektorat scheint mir unendlich lang. Was zum Teufel ist nur in mich gefahren? Wie konnte ich so die Kontrolle über mich verlieren?

Wir betreten ihr Büro.

»Setz dich.«

»Es tut mir leid … Es tut mir wirklich leid … Ich … keine Ahnung …«

»Raquel, ganz ruhig. Ich habe dich nicht hierher mitgenommen, um dir eine Standpauke zu halten. Erzähl mal. Was war denn los?«

»Ich hab einfach die Nerven verloren. Das passiert mir sonst nie. So bin ich nicht, ich hab noch nie … Das ist das erste Mal, dass ich einen Schüler so behandelt habe … Ich hab so was wirklich noch nie gemacht …«

»Ganz ruhig, ich glaub dir ja. Dass du die Nerven verloren hast, ist mir klar. Ich hab's mit eigenen Augen gesehen. Uns allen ist das schon irgendwann mal passiert. Ich will nur wissen, weshalb.«

»Keine Ahnung«, lüge ich. »Ich weiß es wirklich nicht.«

»Aber natürlich weißt du es, Raquel. Hör zu: Ich bin ja auf deiner Seite. Ich werde immer auf deiner Seite sein. Da müsstest du schon einen Schüler bei lebendigem Leib anzünden, bevor ich auf den Gedanken komme, auf seiner Seite zu sein. Und selbst dann wäre ich wahrscheinlich noch auf deiner, okay?«

Ich bemühe mich, ein dankbares Lächeln aufzusetzen. Einen Augenblick lang denke ich daran, ihr die Wahrheit zu sagen. Ihr alles zu erzählen, von A bis Z. Aber da ist dieses Handy in meiner Hosentasche, mit den Fotos, die mir die Haut verbrennen. Diese Fotos, diese Dinge, die geschehen sind, lassen nicht zu, dass ich ehrlich zu ihr bin. Deshalb lüge ich, erzähle ihr die erstbeste Geschichte, die mir in den Kopf kommt und hoffe, dass sie glaubwürdig klingt.

»Er hat mich auf die dümmste Art und Weise provoziert und ich bin so blöd gewesen, darauf reinzufallen. Es ist meine Schuld, es ist alles nur meine Schuld.«

»Was hat er denn gesagt?«

»Eigentlich war's wirklich nicht der Rede wert«, improvisiere ich verzweifelt. »Er hat schon die ganze Stunde über den Unterricht gestört, zynische, verletzende Bemerkungen gemacht. Und als er dann am Schluss der Stunde an mir vorbeilief, da hat er …«

»Was hat er da gesagt?«

Erfinde was, Raquel, schnell. Und mach es gut. Sei überzeugend.

»Dass ich eine Flasche bin, dass mir das hier alles eine Nummer zu groß ist und dass ich nicht auch noch anfangen soll, andere zu verteidigen, wenn ich das gar nicht ehrlich meine. Wenn ich die anderen so sehr verachte wie er.«

»Das hat er gesagt?«

»Ja, genau.« Ich beobachte sie, will sehen, ob sie diesen Quatsch geschluckt hat. Keine Ahnung, wie ich ausgerechnet auf so was gekommen bin.

»Und da bist du explodiert.«

»Ja.«

Marga mustert mich skeptisch. »Du gehst aber wirklich schnell hoch«, sagt sie dann.

»Ich weiß wirklich nicht, was mit mir los war«, lege ich nach und versuche, überzeugend zu klingen. »Ich schwör dir, das wird nicht noch mal passieren. Und wenn seine Eltern sich beschweren, dann trage ich natürlich die Konsequenzen …«

»Keine Sorge, wegen einer solchen Lappalie werden sie nicht kommen. Nicht Rois Eltern. In vier Jahren habe ich sie kein einziges Mal hier gesehen. Was das angeht, hast du also Glück gehabt.«

Marga legt mir die Hand auf den Arm, schaut mich eindringlich an, bevor sie weiterspricht.

»Raquel …«

»Ja?«

»Ich nehme dir nicht ab, dass du wegen einer solchen Kleinigkeit explodiert bist.«

»Es stimmt aber!«, beharre ich. »Wirklich!«

Marga hat mir kein Wort geglaubt. Doch sie scheint nicht sauer auf mich zu sein. Sie sieht so aus, als wolle sie mir den Rücken stärken.

»Ich will nicht, dass du dich mit dem Ganzen allein fühlst, Raquel. Ich meine es ernst. Ich möchte, dass du mir vertraust. Dass du es mir sagst, wenn sie dich fertigmachen wollen. Das habe ich dir schon am ersten Tag gesagt, und es kommt von Herzen. Du kannst auf mich zählen. Es bringt überhaupt nichts, wenn du die Heldin spielen willst oder die Märtyrerin. Wenn du meinst, du musst allein damit fertigwerden. Das ist weder nützlich noch klug noch nötig.«

»Ich weiß, ich weiß. Und ich danke dir dafür.«

»Du sollst mir für gar nichts danken. Du sollst auf uns zählen. Ich will nicht noch mehr Lehrer verlieren. Ich will nicht noch mehr Tragödien hier. Ich will nicht noch mehr Leid. Wenn sie dich mobben, wenn sie dir das Leben zur Hölle machen, dann will ich das wissen. Dann machen wir dem ein Ende und fertig. Und zwar ein für alle Mal.«

»Okay.«

»Ich werde nicht zulassen, dass noch einem Lehrer etwas zustößt. Das könnte ich mir nicht verzeihen.«

Ich nicke. Und versuche, ehrlich zu klingen, als ich noch einmal antworte: »Okay.«

»Also mach dir klar, dass ich dich darum bitte. Lass mich nicht außen vor. Erzähl es mir. Alles. Es muss nicht jetzt sein. Erzähl's mir, wenn du dich in der Lage dazu fühlst. Wenn du entspannter bist, wenn du alle Teile in deinem Kopf zusammengefügt hast. Wenn du meinst, du hast eine plausible Geschichte zu erzählen.«

»Weshalb sagst du das?«

»Weil ich das Gefühl habe, du gehörst zu denen, die sich gern selbst quälen und sich die Schuld an allem geben, was passiert, anstatt zu akzeptieren, dass es unter den Schülern auch echte Profis im Ekligsein gibt. Oder irre ich mich?«

Ich lächle, will die Unterhaltung so schnell wie möglich beenden. Dann bedanke ich mich, verspreche, dass ich kommen und ihr alles erzählen werde. Und stehe auf.

Aber ich weiß, dass ich es nicht tun werde. Jedenfalls nicht so bald. Das hier ist meine Angelegenheit. Ich muss sie allein lösen, auf meine eigene Weise. Und zwar nicht, weil ich eine Heldin bin. Ich bin allein, weil ich vor ihnen schwach geworden bin. Ich habe mit Terroristen verhandelt.

Jetzt bin ich erst richtig im Schlamm versunken.

Und daraus kann nur ich mich befreien.

Wenn überhaupt.

Kapitel 28

Als ich gerade die Schule verlassen will, ruft mich Germán an. Weshalb versucht er mich zu erreichen? Hat er etwa die Fotos bekommen? Haben die Erpresser ihr Wort gebrochen? Ich will nicht rangehen, stelle den Ton ab und stecke das Handy in die Handtasche. Dann steige ich ins Auto und sehe, wie meine Handtasche bebt. Das Handy vibriert immer weiter. Ich muss rangehen, muss mich diesem Anruf stellen.

»Komm bitte ins Restaurant, sobald du fertig bist«, sagt Germán.

»Was ist denn los?«

»Demetrio hat ein paar Krebse zubereitet, nach denen du dir alle zehn Finger lecken wirst. Und er will die beste Flasche Champagner aufmachen. Die, die er von der Messe in Frankfurt mitgebracht hat.«

»Warum das denn?«, frage ich verdutzt.

»Er meint, seine neuen Geschäftspartner haben das verdient.«

»Ah … Hast du ihm von der Sache mit der Wohnung erzählt?«

»Ich konnte es einfach nicht mehr für mich behalten. War das ein Fehler?«

»Nein, nein. Ich komme.«

Sie empfangen mich wie den reichen Onkel aus Amerika, es fehlt nur noch, dass sie eine Blaskapelle engagieren. Sie haben sogar aus Servietten ein Spruchband gebastelt und an die Wand gehängt: »Vielen Dank, Partnerin! Herzlich willkommen im Geschäft!« Kaum bin ich im Restaurant, macht Demetrio schon den Champagner auf und schenkt ein. Außer ihm und Germán sind auch Claudia und Rosalía da. Alle sehen überglücklich aus. Demetrio nimmt mich in den Arm mit einer langen, festen, freundschaftlichen Umarmung. Ich zittere wie Espenlaub.

»Du bist toll, Schwägerin, einfach toll. Weshalb zitterst du denn so?«

»Ich hab das einfach nicht erwartet …«

»Und da sagen hier ein paar, du wärst so cool und überheblich. Dabei bist du ja richtig sentimental.«

»Wer hat denn gesagt, dass Raquel überheblich ist?«, fragt Claudia halb beleidigt.

»Ich mein ja nur. Du zitterst wie ein Wackelpudding. Danke, Raquelita, wirklich. Ich wusste ja, dass du meinen kleinen Bruder ziemlich lieb hast. Aber nicht, dass du ihn so sehr liebst. Du hast uns das Leben gerettet.«

»Na, na, na …«, stammle ich. Ich weiß nicht, was ich sagen soll.

»Nun fallt mal nicht so über sie her, sonst tut es ihr noch leid und sie macht einen Rückzieher.«

Germán flüstert mir ins Ohr: »Entschuldige. Ich habe nur Demetrio davon erzählt und dann ist das ein bisschen außer Kontrolle geraten.«

»Ist schon okay. Ich freue mich doch, dass sie es so aufgenommen haben.«

»He, was flüstert ihr denn da?«, fragt Demetrio.

»Nichts, nichts. Sie sagt, sie freut sich über diesen Empfang.«

»Ja, vielen Dank, aber noch habe ich die Wohnung ja nicht verkauft, und ich weiß nicht, wie lange es dauern wird, bis ein Käufer gefunden ist. Vielleicht mehr als einen Monat. Und Claudia hat gesagt, sie braucht schnell eine Antwort.«

»Mach dir keine Sorgen. Wenn ich weiß, dass ihr das Restaurant kauft, dann ist mir egal, wie lange es dauert. Ich werde den anderen Interessenten gleich morgen absagen«, antwortet meine Schwiegermutter.

»Vielleicht hab ich sogar schon einen Käufer für die Wohnung«, fällt ihr Demetrio ins Wort.

Germán wirft ihm einen vernichtenden Blick zu.

»Demetrio ...«

»Na ja, okay, deinem lieben Mann gefällt die Idee nicht besonders, keine Ahnung, wieso. Ich weiß auch nicht, ob es klappt, aber mit ihm reden und sein Angebot hören kann ja nicht schaden.«

»Lass sie in Ruhe, sie wird schon einen Käufer in A Coruña finden.«

»Wer ist es denn?«, frage ich.

»Gabriel Acebedo. Gestern haben wir bei ihm Basketball gespielt. Und da haben wir ihm erzählt, dass du eine tolle Wohnung in der Nähe des Hafens in A Coruña zu verkaufen hast. Das fand er ziemlich interessant. Bei der Kohle, die er hat, und wo er dich doch so gern mag, bezahlt er sicher jeden Preis.«

»Was ist denn das für ein Unsinn, dass er mich mag?«

»Er himmelt dich heimlich an, das weiß doch jeder hier.« Demetrio grinst anzüglich und schaut seinen Bruder an. »Hat Germán dir eigentlich schon mal erzählt, was die beiden als Jungs so zusammen getrieben haben?«

Germán setzt ein ärgerliches Gesicht auf.

»Demetrio, lass den Quatsch. Wir feiern hier mit der Familie.«

»Okay, okay.« Demetrio schaut wieder mich an. »Sag ihm, er soll dir das mal irgendwann erzählen. Und wenn er es nicht tut, dann gebe ich dir eine Kurzfassung.«

»Du bist wirklich ein seltener Blödmann«, schilt ihn Germán, jetzt aber schon ein bisschen versöhnlicher. »Ein netter Partner, den ich da in meinem Landgasthof haben werde.«

»Na ja, das mit dem Landgasthof müssen wir erst noch sehen. Ich sage weder ja noch nein, aber dreh du besser nicht so auf. Das müssen wir in aller Ruhe angehen, okay?«, erwidert Demetrio.

»Kommt, jetzt lasst uns erst mal anstoßen«, sagt Rosalía und hebt das Glas. Sie versteht es immer, die Wogen zu glätten. Gott sei Dank ist sie da, vor allem jetzt, wo die beiden Brüder Seite an Seite arbeiten und die Entscheidungen gemeinsam treffen müssen. Das wird nicht leicht sein. Sie lieben sich zwar heiß und innig, aber es gibt auch oft genug Krach zwischen ihnen.

Demetrio hebt sein Glas, will die kleine Kabbelei beilegen.

»Ich meine, es schadet ja nichts, mit Gabriel zu reden und ihm mal die Wohnung zu zeigen, oder?«

»Natürlich nicht«, antworte ich. Mir geht es wie Germán, auch mir gefällt der Gedanke nicht, dass die Acebedos die Wohnung meiner Mutter kaufen könnten. Ich finde, es reicht, dass ihnen das halbe Städtchen gehört. Allerdings verstehe ich nicht ganz, weshalb der Gedanke auch Germán nicht zu gefallen scheint. Er hat sich doch immer mit Gabriel und seinen Brüdern gut stellen wollen.

»Na, dann stoßen wir mal an«, sagt jetzt auch Germán. Er hebt das Glas, und die anderen tun es ihm nach. »Auf meine Frau. Die beste, die es gibt. Ich bin der glücklichste Mann der Welt. Ich habe dich gar nicht verdient, mein Schatz.«

»Hoppla, unser Schriftsteller kann ja richtig gut reden!«, witzelt Demetrio. »Auf dich, Raqueliña!«

Alle stoßen sie mit mir an. Wir trinken. Ich verschlucke mich fast am Champagner. Meine Schwiegermutter wirft mir einen seltsamen Blick zu. Ich antworte mit einem Lächeln, merke aber, dass es mir nicht recht gelingt.

»Na, dann wollen wir uns mal über diese Krebse hermachen. Und dann hab ich da noch ein paar Seespinnen auf dem

Herd, die besten, die es auf dem Markt gab. Wiegen glatt zwei Kilo pro Exemplar. Und sieh mal den Salat, Rucola, Tomaten und Quinoa. Damit dir klar ist, dass du in ein Restaurant investierst, das galicische Tradition und moderne Küche perfekt miteinander verbindet. So was kriegst du nicht mal in den besten Restaurants von A Coruña.«

«Jetzt reicht's aber«, mischt sich meine Schwägerin ein. »Du brauchst es ihr doch nicht mehr schmackhaft zu machen.« Dann sieht sie mich an: »Als Geschäftspartnerin musst du die Kontrolle behalten, sie dürfen dir nicht auf der Nase herumtanzen.«

»Da mische ich mich nicht ein, das überlasse ich lieber Germán.« Ich werde bestimmt nicht den Schiedsrichter zwischen den beiden spielen, auf keinen Fall.

Wir setzen uns zum Essen. Meine Schwiegermutter sitzt neben mir. Sie legt mir die Hand auf den Arm.

»Germán ist überglücklich. Vielen Dank.«

»Keine Ursache. Ist doch ganz normal, dass ich das gemacht habe.«

»Ist es nicht. Aber du hast es gemacht. Und wenn ich ehrlich sein soll: Ich hätte nie gedacht, dass du das tun würdest.«

Ich zwinge mich zu lächeln. Ich auch nicht, Claudia, ich hätte auch nie gedacht, dass ich das tun würde. Aber trotzdem feiern wir jetzt hier diesen Unsinn. An einem der schlimmsten Tage meines Lebens. Mein Mann glaubt, ich sei die beste Ehefrau der Welt, während genau jetzt Kopien der Nacktfotos von mir, wie ich mit seinem besten Freund vögele, auf den Handys von ungefähr zweihundert Schülern sein müssen.

»Geht's dir gut?«, fragt mich Germán leise. »Entschuldige bitte diesen Zirkus, okay?«

»Kein Problem.«

»Wir haben so lange keine guten Nachrichten mehr gehabt, da sind alle ein bisschen ausgeflippt.«

»Schon okay.«

»Darf ich sie mal für einen Moment mit nach draußen nehmen?«, fragt Germán in die Runde.

»Aber wieso denn?«, frage ich erstaunt. »Wir wollen doch essen …«

»Nur ein paar Sekunden.«

Er nimmt meine Hand. Ich lasse mich von ihm ins Bad führen. Er schließt die Tür.

»Raquel, ich weiß, das sieht alles so aus, als wollten wir dich unter Druck setzen. Das stimmt aber nicht, wirklich. Du kannst jederzeit einen Rückzieher machen. Das würden alle verstehen.«

»Das bezweifle ich.«

»Nein, tatsächlich. Und wenn sie es nicht verstehen, ist mir das auch egal.«

»Also, ich habe meine Entscheidung schon getroffen. Sag du mir, dass das nicht schiefgehen wird, das reicht mir.«

»Natürlich wird das nicht schiefgehen. Wir werden *O Muíño* zum besten Landgasthof der ganzen Gegend machen.«

»Das mit dem Landgasthof gefällt deinem Bruder nicht besonders, stimmt's?«

»Er wird sich dran gewöhnen müssen.«

»Geh behutsam mit ihm um, Germán. Bis gestern war er der Chef hier.«

»Er und Mutter waren beide die Chefs. Aber keine Sorge, ich pass schon auf. Und was den Verkauf der Wohnung an Gabriel angeht, da läuft gar nichts, hörst du?«

»Warum das denn? Ich halte ja auch nicht viel von der Idee, aber weshalb sie dir nicht gefällt, versteh ich nicht ganz.«

»Weil ich das nicht vermischen möchte. Ich mag die Acebedos, weil ich sie schon ewig kenne, es sind Freunde, vor allem Gabriel. Aber Geschäfte will ich lieber nicht mit ihnen machen. Nicht mal, wenn es um den Verkauf einer Wohnung geht.«

»Einverstanden.«

Germán schaut mich liebevoll an, küsst mich.

»Du bist die Allerbeste.«

»Ich würde am liebsten ein Video von dir machen, wie du das sagst.«

»Wieso denn?«

»Nur so. Ich liebe dich, Germán. Sehr.«

Er schaut mich ein bisschen beunruhigt an.

»Sag das nicht in einem solchen Ton, so, als hättest du eine unheilbare Krankheit.«

Es ist ja schlimmer, denke ich. Viel schlimmer.

Jemand klopft an die Tür.

»Die Krebse werden langsam ungeduldig. Hebt euch die Schmuserei für heute Abend auf!«, ruft Demetrio draußen.

»Wir kommen ja schon!«

Das Essen verläuft unter Gelächter, Zukunftsplänen, ziemlich viel Champagner und Wein, und sogar Claudia taut ein bisschen auf. Ich halte jedes Mal den Atem an, wenn ein Handy klingelt, fühle mich wie in einem Film, in dem jeden Moment eine Bombe hochgehen kann, und nur ich weiß von der Gefahr. Ich muss die Welt vor der Explosion, vor der Katastrophe retten, und zwar so, dass es keiner merkt.

Aber wie?

Kapitel 29

In dieser Nacht kuschle ich mich ganz eng an Germáns Rücken. Ich weiß nicht, ob er schon schläft. Er schafft es immer, innerhalb von Sekunden einzuschlafen. Mir gelingt das selten, heute schon gar nicht. In meinem Kopf ist Chaos total. Deshalb möchte ich mich durch die Berührung seiner Haut entspannen lassen. Seinen Geruch einatmen und mich davon einlullen lassen. Der Vollmond erhellt einen Teil unseres Schlafzimmers. Es ist eine dieser klaren Winternächte, in denen der Mond wie ein Leuchtturm scheint. Ich schaue auf Germáns Rücken, seine Leberflecke, dann nehme ich mein Handy und leuchte im Schein des Displays jeden Zentimeter Haut ab.

»Was schaust du da?«, fragt er plötzlich. Immer, wenn einer von uns beiden im Bett das Handy in die Hand nimmt, im Internet ein Lied hört oder ein Video ansieht, fragt der andere: Was hörst du da? Was siehst du da? Als wollten wir nichts von dem verpassen, was der andere erlebt.

»Bist du noch wach?«

»So halb.«

»Die Leberflecke auf deinem Rücken.« Ich streichle über eine Stelle, an der sich mehrere häufen. »Weißt du noch, wie wir die hier getauft haben? See von Bled.«

Der See von Bled in Slowenien. Mit seiner winzigen Insel in der Mitte. Der endlos langen Treppe, die zur Kirche hinaufführt. Eine Landschaft wie aus einem Traum. Das war eine der ersten Reisen, die wir zusammen unternahmen. Ich hatte im Internet Fotos von der Gegend gesehen und mich sofort in sie verliebt, wollte sie unbedingt kennenlernen. Wollte in diesem märchenhaften See baden und mit dem Boot zur Insel mit der Kirche fahren. Ich weiß noch, wie super nervös ich im Flugzeug war. Ich hatte Angst, der Ort könnte ganz anders sein als auf den Fotos. Und dass meine Traumreise eine Enttäuschung werden könnte. Wurde sie dann aber nicht. In einer der Nächte während dieser Reise taufte ich die Konstellation von Leberflecken auf Germáns Rücken »See von Bled«. Wenn es mal nicht so gut liefe zwischen uns, dann hätten wir immer noch den See von Bled.

Germán dreht sich um und sieht mich belustigt an.

»Woher kommt denn dieser plötzliche romantische Anfall?«

»Darf ich den nicht haben?«

»Doch, doch, natürlich darfst du. Find ich bloß seltsam. Dir hat man das romantische Gen doch schon im Mutterleib entfernt. Von wem stammt noch mal der Satz: Die Romantik wurde von der Werbung erfunden, um Schmuck zu verkaufen?«

»Mach dich nicht über mich lustig.«

Germán mustert mich stumm. Schaut mich an, wie er es früher immer gemacht hat, mit einer Mischung aus Staunen, Verlangen, Neugier und Angst. Angst davor, dass ich morgen früh aufwache und alles ist nur ein Traum gewesen, sagte er damals übertrieben kitschig. Ich lachte und versicherte ihm, dass ich auch ohne schmalzige Phrasen mit ihm ins Bett ginge. Jetzt fällt mir auf, dass die Angst aus seinem Blick verschwunden ist. Er ist sich inzwischen sicher, dass er mich hat. Als wüsste er nicht, dass diese Sicherheit eine Fata Morgana ist, an die wir uns nur allzu leicht gewöhnen.

»Ich liebe dich wirklich sehr, Raquel. Und du weißt, dass du die Wohnung nicht verkaufen musst, nicht wahr? Ich werde dich genauso lieben, wenn du es nicht tust.«

»Sei still und schlaf weiter. Die Entscheidung ist getroffen.«

Germán lächelt und schaut auf das Foto seines Vaters.

»Mein Vater muss sehr glücklich sein da oben.«

Der Satz überrascht mich, rührt mich sogar. Dort oben. Ich wusste nicht, dass mein Mann an ein Leben nach dem Tod glaubt.

»Weißt du was? Das einzige Mal, dass ich seinen Stolz auf mich gespürt habe, war der Tag unserer Hochzeit. Stolz darauf, dass ich endlich eine gute Entscheidung getroffen hatte. Und heute würde er mir wieder sagen: Siehst du? Du hast gut gewählt.«

Ich sehe, wie Germán die Augen zufallen. Als ich mich umdrehe, spüre ich, wie er mich an sich zieht.

»Ja, See von Bled hieß der«, murmelt er noch. »Da müssten wir mal wieder hinfahren.«

Auch ich schaffe es, ein Weilchen zu schlafen. Doch plötzlich bin ich wieder wach. Schaue auf die Uhr. Kaum ein paar Minuten sind verstrichen. Die verfluchte Wirklichkeit verfolgt mich in dieser mondhellen Nacht bis ins Bett. Und sosehr ich mich auch bemühe, ich schaffe es nicht, mich zu entspannen.

Und wenn ich sie morgen keine Klassenarbeit schreiben lasse? Ich könnte Germán sein Handy wegnehmen. Es mitnehmen und abwarten, ob sie ihre Drohung wahr machen. Ob sie ihm, wenn ich keine Arbeit schreiben lasse, ein Foto senden. Ich spreche in der Mehrzahl, denn ich bin fest davon überzeugt, dass diese drei dahinterstecken. Iago, Nerea und Roi. Die drei Musketiere, die drei Verfluchten. Germán schläft seelenruhig neben mir. Ich greife nach seinem Handy, stehe auf und gehe ins Bad. Und wenn ich es verschwinden lasse? Wenn ich es einfach ins Klo schmeiße? Und morgen sage: Wo hast du es jetzt wieder hingelegt, Germán? Immer bist du so zerstreut! Er wird sicher ein paar Tage brauchen, um sich ein Neues zu besorgen, mindestens zwei Tage würde ich gewinnen. Obwohl ihm Demetrio wahrscheinlich ein altes Handy von sich geben wird. Dann braucht er sich nur ein Duplikat seiner SIM-Karte zu besorgen, und das war's. Ich würde also höchstens ein paar Stunden gewinnen. Das ist der Mühe nicht wert. Meinen Mann unerreichbar zu machen kann also nicht die Lösung sein. Wenn sie seine Telefonnummer herausbekommen, können sie sich auch Demetrios besorgen. Und die Aussicht, dass mein Schwager die Fotos sieht, scheint mir auch nicht gerade verlockend.

Ich durchsuche noch einmal Virucas Festplatte, habe das dumpfe Gefühl, an der falschen Stelle zu bohren. Ich muss alles über die drei herausfinden. Wenn sie es geschafft haben, mich an meiner schwächsten Stelle zu treffen, müsste mir das auch bei ihnen gelingen. Ich schaue mir Nereas und Rois Aufsätze an, für die Viruca sie aufgefordert hat, ihr Leben, ihre Geheimnisse zu erzählen. Die Aufsätze, in denen sie ihren Dämonen freien Lauf lassen sollten. Ich nehme mir noch einmal Nereas Arbeiten vor. Aber sie schreibt nur Belanglosigkeiten, öffnet sich nicht. Es ist offensichtlich, dass sie sich nicht an Virucas Spiel beteiligen will. Ein paar Anekdoten aus ihrer Kindheit erzählt sie schon. Ihr Vater ist Bildhauer und in der ganzen Gegend bekannt. Nerea beschreibt, wie sie als Kind in seiner Werkstatt gespielt und zugesehen hat, wie ihr Vater Aktzeichnungen von Männern und Frauen machte. Mit sieben hat sie in der Schule erzählt, dass sie am Wochenende von nackten Menschen umgeben war. Die Empörung, die das bei ihrer Lehrerin auslöste, ließ sie schnell begreifen, dass sie manche Sachen besser nicht im Unterricht erwähnte. So hat sie sich daran gewöhnt, Geheimnisse für sich zu behalten. Offensichtlich glaubt sie, dass sie zu einer besonderen Art Menschen gehört, mit einer freieren Moral. »Ich bin in Freiheit erzogen worden, habe aber gelernt, es gut zu verbergen«, schließt sie.

Lassen sich daraus irgendwelche Schlüsse ziehen? Glaube ich eigentlich nicht.

Roi dagegen erzählt von einer schwierigen Kindheit. Er ist in ärmlichen Verhältnissen aufgewachsen, in dem Viertel, das ich neulich kennengelernt habe. Er mag sein Leben nicht, gibt nicht an damit. Man merkt, dass er so schnell wie möglich raus will, zu einer anderen sozialen Schicht gehören möchte. Wer kann ihm das verdenken? Vielleicht ist auch seine Freundschaft mit Iago so entstanden. Er möchte so sein wie die, die mehr Glück haben im Leben. So geht es im Grunde auch Germán, er hat zwar in seiner Kindheit nichts entbehren müssen, sich aber immer mit Menschen wie den Acebedos zu umgeben versucht. Auch dass er sich zu mir hingezogen fühlt, hat damit zu tun. Als Tochter einer angesehenen Ärztin gehörte ich zu dem, was er für die Elite von A Coruña hielt. Das hat er mir zu verstehen gegeben, als wir uns kennenlernten. Er wäre sicher nicht gut genug für mich, wüsste manchmal nicht, wie er sich benehmen sollte. Er merkte schon bald, dass ich zwar auf einer teuren Privatschule gewesen, aber überhaupt nicht stolz darauf war. Meine Mutter hatte mich nicht so erzogen. Sie brachte mir bei, dass wir zwar im Leben das Glück auf unserer Seite hatten, dies aber nichts bedeutete, wenn nicht noch andere Werte dazukamen.

Ich lese alles, was ich von Roi und Nerea finde, komme aber nicht weiter. Ein junges Mädchen, das sich überlegen fühlt, und ein junger Mann, der zu einer anderen Schicht gehören möchte.

Dann versuche ich, mit den Zahlen in der Datei auf Virucas Laptop ihr Gmail-Konto zu öffnen. Ich hoffe, eine der Zahlen ist das Abrakadabra, das mir die Tür aufmacht, probiere mehrere Kombinationen aus. Mir ist klar, wie viel auf dem Spiel steht. Das Ergebnis ist immer dasselbe. Negativ.

Ich schaue auf die Uhr, fast sieben. Bald wird es hell, bald werde ich entscheiden müssen, ob ich die Arbeit schreiben lasse oder nicht. Ich spüre ein Kratzen im Hals. Ich glaube, ich habe Fieber. Jetzt krank zu werden wäre genau richtig. Ein paar Tage blaumachen. Dies alles vergessen. Aber wahrscheinlich würde ich damit keinen Aufschub erreichen. Sie würden es vielmehr als bedingungslose Kapitulation auffassen. Und wenn ich einfach kündige? Endgültig aufgebe? Würden sie mich dann in Ruhe lassen? Ich bezweifle es. Sie wollen mich fertigmachen, das ist klar, und eine Kündigung würde ihnen nicht reichen.

Ich beschließe, noch einmal in Virucas Wohnung zu gehen, ich weiß, es ist reine Verzweiflung. Doch was soll's? Plötzlich kommt mir der Gedanke, alles von Virucas Computer auf meinen zu kopieren. Wenn in den Ordnern, die ich bisher durchsucht habe, nichts zu finden war, stoße ich vielleicht dort auf etwas. Da muss etwas sein. In irgendeiner Ecke. Und wenn ich nichts finde, dann hole ich mir eben Hilfe. In A Coruña habe ich einen Freund, den ich fragen kann.

Ich müsste Mauro informieren, dass ich noch mal in die Wohnung seiner Ex gehe, aber ich verschweige es lieber. Nach allem, was ich von Isa gehört habe, will ich lieber vorsichtig sein. Außerdem will ich ihm nicht erzählen, dass ich den Erpressern nachgegeben habe. Ich schäme mich zu sehr.

Als ich das Haus verlasse, höre ich vom Wald her Schüsse wie Knallfrösche. Nanuk jault erschrocken. Er hasst diese Art von Lärm.

»Ganz ruhig, Nanuk, ganz ruhig.«

Sicher sind da Leute auf Wildschweinjagd. Don Froilán hat uns schon erzählt, dass sich ein paar aus dem Städtchen zusammengetan haben, weil die Tiere immer wieder die Felder verwüsten. Schon zum zweiten Mal diese Woche hören wir Schüsse. Nanuk kann sich nicht daran gewöhnen. Mir geht's genauso. Mir gefallen die Schreie der Möwen in A Coruña besser.

Halb neun. Ich stehe vor Virucas Haus. Ein junges Mädchen läuft mir über den Weg. Sie kommt mir bekannt vor. Bleibt stehen.

»Hallo, du bist doch Lehrerin am Gymnasium?«

»Ja«, antworte ich. »Hast du bei mir Unterricht?«

»Nein, nein, aber ich habe dich dort gesehen. Du bist die neue Spanischlehrerin, nicht? Wohnst du jetzt etwa hier? Wir haben uns doch neulich am Aufzug getroffen. Bist du hierhergezogen?«

»Äh … Ich überleg's mir gerade …«

»In die Wohnung von Viruca?«

»Hat sie denn hier gewohnt?«

»Im dritten Stock, in der Wohnung B. Ich wohne in der C.«

»Ah, davon hat mir der Makler nichts gesagt.«

»Ich dachte, ihre Sachen wären noch gar nicht abgeholt worden. Gestern erst waren ihre Eltern hier.«

Ich schlucke trocken. Virucas Eltern gehen in die Wohnung ihrer Tochter. Natürlich, warum auch nicht. Und wenn sie ausgerechnet heute Morgen kommen? Wie könnte ich meine Anwesenheit rechtfertigen? Das Mädchen schaut mich an, wartet auf eine Antwort. Ich muss sie in dem Glauben lassen, dass die Wohnung zur Vermietung angeboten ist.

»Äh … also … Die Wohnung steht leer.« Na ja, allzu überzeugend klang das nicht.

»Willst du sie mieten? Hoffentlich habe ich dich nicht abgeschreckt.« Die Schülerin weiß nicht recht weiter. »Keine Angst, sie hat sich ja nicht in der Wohnung umgebracht.«

»Okay. Danke.« Ich versuche ein Lächeln. »Keine Sorge.«

Ich gehe ins Haus. Bevor die Tür hinter mir zufällt, drehe ich mich noch einmal um. Sie hat dasselbe getan. Unsere Blicke treffen sich. Ich bin sicher, sie hat mir kein Wort geglaubt. Vielleicht sollte ich abhauen, aber jetzt ist es schon zu spät. Am besten kopiere ich alles vom Rechner und gebe Mauro die

Schlüssel zurück. Dann gerate ich wenigstens nicht in Versuchung, noch einmal herzukommen.

Ich steige in den Aufzug, im Spiegel sehe ich mein übermüdetes Gesicht. Die Ringe unter den Augen, die Sorgenfalten. So muss auch Viruca in ihren letzten Lebenstagen ausgesehen haben. Ein Bild der Verzweiflung, der Niederlage. Schnell versuche ich, den Gedanken zu verdrängen. Ich bin nicht Viruca, basta.

Ich betrete ihre Wohnung und gehe sofort zum Computer. Ich weiß, wie ich den gesamten Inhalt kopieren kann, das habe ich schon mal gemacht. Ich brauche nur das entsprechende Kabel anzuschließen, und los geht's. Eine Sprechblase geht auf: Die Operation wird eineinhalb Stunden dauern. Ich schaue auf die Uhr. Zeit genug, bevor mein Unterricht anfängt.

Eineinhalb Stunden habe ich jetzt, um noch einmal ihre Schränke zu durchsuchen. Diesmal etwas genauer. Meine Suche bleibt genauso ergebnislos wie die erste. Allerdings ist mein Gefühl jetzt ein anderes. Als ob ich irgendwas übersehe. Etwas, das direkt vor meinen Augen liegt. Ich durchsuche die Taschen ihrer Hosen, Blusen und Jacken. Nichts. Ich schaue noch einmal in ihre Sporttasche. Handtuch, Turnschuhe, kleiner Schüssel wie für ein Schließfach … Ob das eines dieser Fächer ist, die man langfristig mieten kann? Ob sie dort etwas aufbewahrt? Dann hätte sie doch aber auch die Tasche dort gelassen, oder? Vielleicht müsste ich dort mal nachschauen … Dazu muss ich aber erst herausfinden, in welchem Sportstudio sie trainiert hat. Wo habe ich noch mal ein Foto davon gesehen? Ach ja, auf ihrer Digitalkamera.

Ich suche die Kamera, schalte sie ein, finde den Namen des Sportstudios. Na ja, nur die letzten paar Buchstaben, aber die werden reichen: EIRA.

Fast drei Stunden später verlasse ich die Wohnung. Mit dem gesamten Inhalt ihres Computers auf meinem Laptop. Ich habe das Gefühl, eine rote Linie überschritten zu haben. Noch dazu gibt es jetzt eine Zeugin, die Schülerin. Ich hoffe, sie vergisst, dass sie mich hier gesehen hat. Wenn ich sie je in der Schule treffe, werde ich ihr sagen, dass ich mich gegen die Wohnung entschieden habe. Wenn ich pünktlich in meinen Unterricht kommen will, muss ich mich wirklich beeilen. Sie dürfen nicht denken, ich hätte es mir anders überlegt und käme nicht. Sie sollen keine fünf Minuten Zeit haben, um Germán die Fotos zu schicken.

Auf der Straße schaue ich noch mal auf die Uhr. Mir bleiben nur noch zehn Minuten. Ich gehe, so schnell ich kann, und als mir klar wird, dass ich es so nicht schaffen werde, beginne ich zu laufen. Ich renne durch die Straßen von Novariz. Sehe, wie die Fußgänger mir nachschauen. Was soll die Eile? Wo brennt es denn?

Schweißüberströmt und völlig außer Atem komme ich an, mein Herz klopft zum Zerspringen. Ich versuche, ruhiger zu atmen, meinen Puls zu beruhigen. Grüße ein paar Lehrer, die mich erstaunt anschauen. Der Sportlehrer kommt auf mich zu.

»Alles okay?«

»Ja, ja, bin nur zu spät dran.«

»Es geht ja nicht um eine Operation am offenen Herzen, oder? Sollen sie doch warten. Wir warten ja auch oft genug auf sie.«

»Bin wohl nicht mehr so fit.«

»Sag mir Bescheid, da weiß ich was.«

Ich lächle gequält. Will er sich jetzt etwa an mich ranmachen?

Auf dem Weg nach oben beruhige ich mich. Mein Rücken ist klatschnass. Verstohlen rieche ich an meinen Achseln. Oh mein Gott, hoffentlich habe ich ein Deo dabei. Normalerweise achte ich darauf, ich schwitze ja so leicht. Ich schließe mich auf der Lehrertoilette ein und finde tatsächlich das Deo. Ich wasche mir rasch das Gesicht und fahre mir mit den nassen Fingern durchs Haar. Fertig. Bereit, vor die Klasse zu treten. Den Verrat zu begehen. Ich fühle mich, als stünde ich gleich vor einem Erschießungskommando. Oder müsste einen Kameraden verraten, um der Folter zu entgehen. Ich bin Abschaum, das Allerletzte. Daran kann kein Deo etwas ändern.

»Wir schreiben die Arbeit nicht.«

Roi ist aufgestanden und schreit den Satz laut heraus. Wir schreiben die Arbeit nicht. Das schreit er, während ich die Blätter mit den Fragen verteile.

»Das ist total ungerecht, da machen wir nicht mit.«

Verwirrt schaue ich ihn an. Begreife nicht, was er vorhat. Erst zwingt er mich, die Arbeit anzusetzen, und jetzt will er sie boykottieren?

»Bist du etwa der Klassensprecher?«, frage ich und versuche, Ruhe zu bewahren.

»Nein. Aber das brauche ich auch nicht. Ich hab mit einigen aus der Klasse gesprochen. Wir machen es einfach nicht.«

Dabei zerreißt er das Blatt, das ich ihm gegeben habe. Ein paar machen es ihm nach, darunter auch Nerea. Iago rührt sich nicht.

»Komm mit!«, fordere ich ihn auf. »Los, komm!«

Roi zögert einen Moment, dann steht er auf.

»Wir sind gleich wieder da«, sage ich in die Klasse hinein. »Wenn ihr wollt, könnt ihr euch schon mal die Fragen anschauen.«

Ich trete auf den Gang hinaus, Roi folgt mir. Als ich die Treppen hinuntergehe, bleibt er oben stehen und schaut auf mich herab.

»Wohin gehen wir?«

»Dorthin, wo uns niemand hört.«

Er zögert, folgt mir dann, und ich gehe vor ihm her durch das Labyrinth der Flure. Schließlich stehen wir im Innenhof, neben der heißen Quelle unter einem Baum, wo es stark nach Schwefel riecht.

»Gab's denn keinen anderen Ort?«, fragt er und rümpft die Nase. »Hier stinkt's ja furchtbar.«

»Was zum Teufel hast du vor? Erst zwingst du mich, eine Arbeit anzusetzen, und jetzt willst du sie nicht schreiben. Willst du mich in den Wahnsinn treiben?«

»Ich hab dich nicht gezwungen, die Arbeit schreiben zu lassen.«

»Was soll das heißen? Du hast mich mit diesen Fotos erpresst!«

»Mit welchen Fotos?«

»Jetzt reicht es aber, findest du nicht?«

»Ich sag's dir noch einmal: Ich hab keine Ahnung, wovon du redest.«

»Ach ja? Wenn du es nicht warst, weshalb hast du dann gesagt, man dürfe nicht mit Terroristen verhandeln?«

»Weil genau das Viruca passiert ist.«

»Was?«

»Es war doch klar, dass du die Arbeit gar nicht schreiben lassen wolltest, dass dich jemand dazu gezwungen hat. Genau so war es auch mit Viruca. Merkst du denn nicht, wie das läuft? Jemand zwingt dich, etwas zu tun, anfangs irgendeine Kleinigkeit, zum Beispiel eine Klassenarbeit. Wenn du es nicht machst, versetzt er dir einen Schlag. Da, wo es am meisten wehtut.« Er versucht zu raten. »Deine Ehe?« Mein Schweigen verrät mich. »Deine Ehe also. Und du gibst nach, auch wenn es dir schwerfällt. Ist ja nur eine Klassenarbeit. Das kannst du rechtfertigen, vor dir selbst und vor anderen. Doch dann verlangt dieser Jemand andere Sachen. Heftigere, peinlichere. Du fängst an zu zweifeln. Doch auch jetzt fühlst du dich gezwungen, nachzugeben. Und fängst an, dich richtig schlecht zu fühlen. Dich selbst dafür zu hassen. So beginnt der Absturz, unausweichlich. Du willst alles tun, um deine Ehe zu retten. Aber der Preis ist sehr hoch, weil du zur Geisel deines Erpressers wirst. Zu jemand, die sich manipulieren lässt, einem Feigling. Jemand, die sich verkauft hat. Vor allem wirst du zu einer schlechten Lehrerin. Der schlechtesten überhaupt. Und das wirst du nicht ertragen, du wirst dir vorwerfen, nachgegeben zu haben. Aber wenn du versuchen solltest, es zu stoppen, wird es zu spät sein. Dein Verhalten lässt sich nicht mehr rechtfertigen. Was man dich zu tun gezwungen hat, ist nicht nur schlimm, sondern vielleicht auch illegal. Deshalb werden dir weder die Vizerektorin noch der Rektor noch deine Kollegen den Rücken stärken. Und dein Mann auch nicht, denn er wird natürlich dahinterkommen. Das ist dann der Gnadenstoß. Du bist am Boden zerstört, fühlst dich von allen verlassen, und vielleicht siehst du dann nur einen einzigen Ausweg: Schluss machen. Einfach verschwinden. Ein paar Tabletten, die Pulsadern aufschneiden, dich aufhängen. Ins Wasser gehen.« Er schweigt. Ich weiß nicht, was ich sagen soll angesichts der makabren Zukunft, die mir der Bursche da gerade vor Augen geführt hat. »Genau das ist mit Viruca passiert. Deshalb hat man sie ertrunken im Stausee gefunden.«

»Wie krank seid ihr denn, verdammt noch mal? Und was hindert mich daran, jetzt sofort ins Rektorat zu gehen und zu berichten, was du mir gerade erzählt hast? Ha? Oder besser noch zur Guardia Civil?«

»Keine Ahnung. Was hindert dich denn?«

Ich schweige wieder. Roi grinst.

»Die haben dich voll in der Hand, stimmt's? Was ist denn auf diesen Fotos? Feierst du Orgien? Mit wem bist du im Bett? Mit seinem Bruder? Mit seinem Vater? Was kann so schlimm sein, dass sie dich so weit gebracht haben?«

»Willst du etwa behaupten, dass du nicht dahintersteckst? Dass du nichts damit zu tun hast?«

»Ich stecke nicht dahinter. Ich habe nichts damit zu tun.«

»Tut mir leid, aber ich glaube dir nicht.«

»Weshalb habe ich dann das Blatt zerrissen? Siehst du nicht, dass ich dir einen Ausweg eröffne? Du hast nachgegeben, hast deinem Erpresser gezeigt, dass du bereit warst, es zu tun. Doch etwas, das du nicht in der Hand hast, hat es verhindert. Du kannst deinen Kopf ganz entspannt aus der Schlinge ziehen. Eigentlich solltest du mir dankbar sein.«

Ich schüttle den Kopf. Nein, nein und nochmals nein. Ich glaube es einfach nicht. Ich kann nicht akzeptieren, dass er mir jetzt auch noch großherzig hilft. Er spielt mit mir Katz und Maus. Er weiß einfach zu viel. Das ist alles Teil seines makabren Spielchens. Er möchte, dass ich ihm vertraue, um mir dann den Todesstoß zu versetzen. Ganz sicher.

»Wenn du es nicht gewesen bist, wer dann? Und woher weißt du das alles?«

»Weil ich mit der Sache mit Viruca etwas zu tun hatte. Ganz am Anfang. Später nicht mehr.«

»Wer steckt dahinter? Nerea? Iago? Komm schon, hilf mir!«

Er schüttelt den Kopf.

»Ich hab schon mehr gesagt, als ich sagen sollte. Wenn ich noch ein Wort sage, krieg ich selbst Probleme.«

Roi geht. Ich bleibe stehen, weiß nicht weiter. Isa kommt den Gang entlang.

»Alles okay?«

»Ja, wieso?«

»Weil du aussiehst, als hättest du gerade ein Gespenst gesehen. Du bist kreidebleich.«

»Ach, das ist sicher bloß, weil ich nicht gefrühstückt habe.«

»Na, dann iss mal erst ein Croissant. Oder zwei. Tu mir den Gefallen.«

Ich nicke und sage, ich muss dringend los, die Klasse wartet auf mich.

Als ich den Klassenraum betrete, sitzt Roi an seinem Platz.

»Schreiben wir nun die Arbeit oder nicht?«, fragt einer der Schüler. Ich glaube, er heißt Alberto. »Wir haben uns ja inzwischen die Fragen anschauen können.«

»Und?«

»Also, wir glauben, die kriegen wir hin.«

Ich habe eine Idee. Warum ist mir das nicht eher eingefallen? Es ist vielleicht eine Verzweiflungstat, doch es könnte funktionieren.

»Na, das ist doch gut so! Dann schreiben wir sie also. Aber vorher gebt ihr eure Handys ab.«

Die Schüler sind empört, protestieren lauthals: »Warum denn?« »Kommt überhaupt nicht in Frage!« »Was soll das?«

»Bei meinen Klassenarbeiten gibt's keine Handys.«

»Aber wir haben doch alle Fragen schon gesehen! Wir müssen nicht mehr abschreiben!«

»Umso besser. Her mit den Handys!«

Ich halte meine Tasche auf und gehe durch die Bänke. Trotz der Proteste schaffe ich es, dass sie ihre Handys abliefern. Nerea will sich erst weigern, gehorcht dann aber doch. Genauso Iago.

»Das ist bestimmt gegen die Verfassung oder so«, zischt er.

»Du kannst mich ja anzeigen.«

Widerwillig gehorcht auch er. Als ich alle Handys eingesammelt habe, sage ich, dass ich ihnen vierzig Minuten gebe. Und dass sie sich ruhig verhalten sollen. Dann gehe ich zur Tür.

»Wohin willst du?«

»Ich vertraue euch. Bin gleich wieder da.«

Zur allgemeinen Verblüffung verlasse ich den Raum. Wer weiß, was sie von mir halten. Erst zwinge ich sie zu einer Klassenarbeit, dann lasse ich sie damit allein. Doch ich kann mir diese Gelegenheit nicht entgehen lassen, einen Blick auf ihre Handys zu werfen. Vielleicht finde ich das, was ich suche, bei Iago oder Nerea. Oder bei Roi. Obwohl sie mir die Handys ohne große Gegenwehr gegeben haben. Das ist kein gutes Zeichen.

Ich gehe auf die Lehrertoilette, schließe mich in eine der Kabinen ein, hole die Handys aus der Tasche und lege sie auf den Boden. Ich suche die Handys von Iago und Nerea, ich habe mir zu merken versucht, welche es waren. Eins hatte eine blaue Hülle, das andere eine silberne. Aber da liegen mehrere mit denselben Hüllen, ich weiß nicht, wo ich beginnen soll. Ich entscheide mich für das erstbeste.

Verdammt. Es ist durch ein Passwort geschützt. Ich kann es nicht öffnen. Dasselbe passiert mit den nächsten. Endlich finde ich eins ohne Passwort. Ich gehe sofort ins Bilderarchiv. Es ist das Handy von Nerea. Das erkenne ich sofort, weil so viele Selfies von ihr darauf sind. Doch keine Spur von meinen verräterischen Fotos. Ich gehe in ihr SMS-Archiv. Von dort hat sie mir keine Nachrichten geschickt. Und wenn, dann war sie so schlau, sie zu löschen.

Ich überprüfe weitere Handys, mit genauso wenig Glück. Fast alle sind mit einem Passwort geschützt. Ich komme nicht rein. Die, die ich mir angesehen habe, lege ich zur Seite. Um sie nicht durcheinanderzubringen und die Arbeit zwei Mal zu machen. Ich kann noch ein zweites öffnen, doch auch dort finde ich nichts Verräterisches. Plötzlich klopft es an der Tür.

»Raquel? Bist du da drin?«

Ich erstarre zur Salzsäule. Das ist Marga, die Vizerektorin.

»Raquel? Alles okay?«

Verdammt.

»Äh, ja, ja … Ich komme gleich …«

»Ist was mit dir? Deine Schüler machen ziemlich Terror.«

So schnell und leise wie möglich stecke ich die Handys in meine Tasche. Eins fällt mir zu Boden.

»Raquel …?«

»Ich komm schon.«

Endlich öffne ich die Tür. Und stoße auf Marga, die mich besorgt anschaut.

»Bist du krank? Du siehst entsetzlich aus.«

»Das hat mir Isa auch schon gesagt. Ich habe nicht gefrühstückt … Da ist mir ein bisschen schwummrig geworden.«

»Ah … Und da lässt du die Schüler mitten in einer Klassenarbeit allein? Du hättest doch einen Kollegen bitten können, dich kurz zu vertreten.«

»Es ist ja keine richtige Klassenarbeit … Nur ein kleiner Test …«

Sie mustert mich, weiß offensichtlich nicht, was sie denken soll. Sieht meine ungewöhnlich dicke Tasche.

»Ich habe ihre Handys eingesammelt«, erkläre ich.

»Und das haben sie sich gefallen lassen?«

»Ja.«

»Du nimmst ihnen also die Handys weg und dann lässt du sie allein.«

»Mir ist schlecht geworden … Es war ja nur für einen Augenblick …«

»Die haben mindestens zehn Minuten Krach geschlagen.«

»So lange?«

»Geht's jetzt wieder?«

»Ja, ja … Ich geh dann mal zurück. Vielen Dank.«

Ich will gehen, dieses unangenehme Verhör hinter mir lassen, in dem ich wie eine komplette Idiotin dagestanden habe.

»Raquel …?«

Marga gibt nicht so leicht auf. Mir bleibt nichts anderes übrig, als mich noch einmal umzudrehen und mir geduldig anzuhören, was sie zu sagen hat.

»Du bist doch nicht etwa schwanger?«

»Ich? Nein, nein. Schön wär's.«

»Versucht ihr es denn?«

»Nein, warum?«

»Na, weil du ›schön wär's‹ gesagt hast.«

»Ah, verstehe … Nein, nein …«, jetzt improvisiere ich einfach, »versuchen tun wir's nicht, aber wenn's passieren würde, hätten wir auch nichts dagegen.« Ich lächle treuherzig, wie die Hauptdarstellerin in einer drittklassigen Komödie. Welch absurde Art, mich in Schwierigkeiten zu bringen. »Ich geh dann mal …«

»Ja, geh nur.«

Als ich die Klasse betrete, ist wirklich der Teufel los. Ich stauche sie zusammen, halte ihnen die übliche Standpauke. Dann fordere ich sie auf, mir ihre Arbeitsblätter zu geben und sich ihre Handys abzuholen. Im Pulk stürzen sie nach vorn. Ich muss ihnen befehlen, einer nach dem anderen zu kommen. Widerwillig gehorchen sie. Es gibt ein bisschen Verwirrung mit den Handys. Manche wissen nicht genau, welches das ihre ist. Sie beschweren sich. Warum ich die Handys überhaupt eingesammelt hätte … Im ganzen Hin und Her bleibt mein Blick an Iagos Tennisschuhen hängen. Irgendetwas daran fällt mir auf. Plötzlich weiß ich es: Sie sind wie die von Viruca, wie die von meinem Mann, dieselbe Marke und dasselbe Modell, das für *Crossfit* benutzt wird. Ob Iago und Viruca im selben Sportstudio trainiert haben? In dem, wo ich probieren wollte, ob der Schlüssel zu einem der Schließfächer passt? Ich weiß, es bedeutet, in die Höhle des Löwen zu gehen. Aber ich habe nichts zu verlieren.

Noch am selben Nachmittag finde ich heraus, in welches Sportstudio Viruca gegangen ist. Sportstudio Moreira heißt es. Und dort wird tatsächlich *Crossfit* angeboten. Also bin ich gegen sieben Uhr abends dort, gebe mich als interessierte Kundin aus und frage, ob ich mir die Räume mal ansehen kann. Ein junges Mädchen begleitet mich. Als wir in die Umkleiden kommen, sehe ich die Schließfächer und frage, ob man sie langfristig mieten kann. Das Mädchen nickt und zeigt auf die beiden oberen Reihen.

»Hast du Interesse? Ich glaube, ein paar sind noch frei.«

»Gut zu wissen.«

Ich sage, dass ich mal auf die Toilette muss, damit sie mich einen Moment allein lässt. Sobald das Mädchen draußen ist, probiere ich den Schlüssel aus. Beim dritten Schließfach habe ich Glück. Es ist Virucas Fach. Ich finde einen Trainingsanzug. Befühle die Taschen. Finde etwas. Ein Handy. Sehe mich nach allen Seiten um. Stecke das Handy in meine Tasche. Stopfe den Trainingsanzug ins Fach zurück. Verschließe es wieder.

Ich verlasse die Umkleideräume, gehe zu dem Mädchen und frage ganz beiläufig, wie die Atmosphäre in den *Crossfit*-Gruppen sei, ob es dafür eine Internet- oder Facebookseite gebe. Ich will mir die Fotos ansehen, die dort gepostet werden. Das Mädchen nickt und schreibt mir die Adresse auf. Dann frage ich, ob es auch eine Liste der Leute gibt, die am *Crossfit*-Training teilnehmen.

»Ja, warum?«

»Ich bin Lehrerin am Gymnasium und weiß, dass ein paar von den Schülern hier trainieren. Ehrlich gesagt möchte ich nicht in deren Gruppe landen. Darf ich mal einen Blick in die Liste werfen?«

»Hm, ich weiß nicht …«

»Wenn ich das nicht machen kann, dann bringe ich nicht den Mut auf, zu kommen.«

»Okay, also gut … Erzähl es aber keinem. Allerdings musst du wissen, dass manche auch die Gruppen wechseln.«

»Auf jeden Fall kriege ich einen Eindruck.«

Das Mädchen öffnet eine Excel-Datei auf ihrem Computer und lässt mich einen Blick darauf werfen. Ich sehe die Namen von Iago und Roi, aber nicht den von Viruca.

Ich bedanke mich und wende mich zum Gehen.

»Willst du also mitmachen?«

»Ja, ich komme nächste Woche.«

Zu Hause schließe ich mich im Bad ein, damit Germán nichts mitbekommt. Er ist zwar gerade nicht da, aber vielleicht kommt er bald. Hoffentlich, hoffentlich hat das Handy kein Passwort. Doch das Problem ist ein anderes: Das Ding hat einen leeren Akku. Und mein Ladegerät passt nicht. So ein Mist. Ich schaue auf die Uhr. Um diese Zeit wird kein Geschäft mehr offen sein. Ich kann erst morgen früh ein Ladegerät kaufen.

Ich bin überzeugt, dass dies nicht das Handy ist, das sie tagtäglich benutzt hat. Das hatte sie sicher bei sich, als sie starb. Dies hier war ihr zweites Handy, das sie vor allen geheim hielt, für die verbotenen Dinge benutzte. Für ihre Affären. Ganz sicher. Ich weiß es, weil ich auch mal eins hatte.

Wenn ich es morgen laden und durchsuchen kann, werde ich der Wahrheit ein großes Stück näher kommen.

Ich beschließe, mir die Facebookseite anzuschauen, die mir das Mädchen notiert hat. Ich durchforsche sie gründlich. Finde ein paar Fotos mit Iago und Roi. Doch keine Spur von Viruca. Ich gehe auf die Seiten der Leute in den verschiedenen Gruppen, schaue mir die Fotos an. Auf der Seite eines Mädchens finde ich etwas: Bingo!

Ein Foto von einem gemeinsamen Essen. Darauf zwischen vielen anderen Viruca, und an ihrer Seite Iago. Er hat ihr den Arm um die Schultern gelegt und lacht sie an. Sie wirken nicht gerade wie ein Schüler mit seiner Lehrerin.

Jede Wette, dass ich auf Virucas zweitem Handy Iagos Nummer finden werde!

Kapitel 30

Am nächsten Morgen stehe ich um halb zehn vor einem Geschäft für Büromaterial und Handy-Zubehör. Es ist noch geschlossen. Ich schaue auf die Öffnungszeiten an der Tür und beschließe zu warten. Virucas zweites Handy habe ich in der Tasche.

Ich sehe, wie sich ein Mann von gut vierzig Jahren nähert. Er schließt den Laden auf. Ich warte, bis er das Licht eingeschaltet hat. Keine Ahnung, weshalb ich nicht ungeduldig erscheinen möchte. Als ob dem Mann meine Eile etwas ausmachen würde. Als er endlich hinter dem Tresen steht, betrete ich den Laden.

»Guten Morgen, haben Sie vielleicht ein Ladegerät für dieses Handy?«

»Das ist ein Android, stimmt's?«

Ich nicke, obwohl ich mir nicht ganz sicher bin. Er sucht unter verschiedenen Geräten und wählt eins aus.

»Schau mal, ob dies passt.«

Ich versuche, es einzustöpseln. Es passt.

»Das nehme ich. Was macht's denn?«

Ich zahle und will schon gehen, da fällt mir etwas ein.

»Gibt's dasselbe Gerät auch zum Aufladen im Auto?«

Bester Stimmung verlasse ich das Geschäft. Mit dem Ladegerät fürs Auto brauche ich das Handy nicht im Lehrerzimmer aufzuladen, wo es alle sehen. Und ich muss nicht warten, bis ich nach Hause komme. Vor meiner ersten Unterrichtsstunde habe ich noch genügend Zeit. Ich kann ein paar Runden im Auto drehen, das hilft mir immer, klar zu denken, und währenddessen das Handy laden.

Ich nehme die Straße Richtung A Coruña, stöpsle das Handy ein und schaue alle fünf Minuten, wie weit es geladen ist. Als es endlich zwanzig Prozent Ladung erreicht hat, kann ich nicht länger warten. Sofort werde ich enttäuscht: Das Handy ist passwortgeschützt. Verdammt! Was mache ich jetzt?

Ich nehme mein eigenes Handy, suche eine Telefonnummer. Wähle.

»Darío? Ich bin's, Raquel. Raquel Valero.«

»Raquel! Was für eine Überraschung! Was gibt's Neues? Bist du immer noch so hübsch?«

»Red keinen Unsinn. Hör mal, hast du gerade ein bisschen Zeit?«

»Für dich doch immer! Worum geht's denn?«

»Ich brauche deine Hilfe. Ich kann dir aber nicht allzu viel darüber erzählen. Also eigentlich musst du mir helfen, ohne irgendwas zu fragen.«

»Mann, das klingt ja richtig mysteriös!«

»Kannst du ein Handy knacken? Ich habe das Passwort nicht.«

»Im Nullkommanichts. Was gibst du mir dafür?«

»Was willst du denn haben?«

»Zweihundert Euro. Und ein Nacktfoto von dir.«

»Ein Nacktfoto? Nicht dein Ernst.«

»Natürlich nicht. Ich werde doch nicht mit einem Nacktfoto der ehemaligen Lehrerin meiner Schwester angeben wollen! Wann kommst du vorbei?«

»Am besten gleich. In zwei Stunden kann ich da sein.«

»*Carajo*, du bist ja ziemlich weit weg! Wo steckst du überhaupt?«

»Fast in der Hölle.«

Ich verabschiede mich von Darío und rufe in der Schule an, melde mich krank. Ich habe heute ohnehin nur eine Stunde Unterricht. Da wird das kein großes Drama sein. Also versuche ich, heiser zu klingen, und komme mit der ältesten Ausrede der Welt.

»Ich bin total erkältet, Marga. Ich möchte niemanden anstecken.«

»Keine Sorge, meine Liebe. Ruh dich aus, erhol dich. Pass aber auf, dass du nicht allzu oft freitags fehlst.«

»Mir geht's wirklich nicht gut.«

»Das glaub ich dir ja. Mach dir keine Gedanken. Und deine Schüler werden sich freuen, früher freizuhaben. Gute Besserung!«

Ich beschließe, auch Germán Bescheid zu sagen.

»Hallo Germán, habe ich dich geweckt?«

»I wo, ich bin gleich nach dir aufgestanden. Was ist denn?«

»Ich fahr nach A Coruña. Das Maklerbüro hat angerufen. Ein paar Leute wollen die Wohnung unbedingt heute anschauen.«

»Tatsächlich! So schnell? Sind sie denn bereit, zu zahlen, was du verlangst?«

»Genau deshalb will ich mit ihnen reden.«

»Okay, geh aber nicht gleich runter im Preis. Das kannst du später immer noch. Wann kommst du wieder?«

»Macht's dir was aus, wenn ich bis Sonntag bleibe? Dann kann ich auch gleich die Sachen meiner Mutter zu Ende packen. Komm doch nach.«

»Mal sehen. Ich weiß nicht, ob ich Zeit habe. Aber ich sag dir Bescheid, okay?«

»Super. Bis dann.«

Ich lege auf und fühle mich entsetzlich. Anscheinend gewöhne ich mich langsam daran, meinen Mann zu belügen. Am Sonntag muss ich ihm dann erzählen, dass es mit den vermeintlichen Käufern nicht geklappt hat. Dass sie zu wenig zahlen wollten.

Darío empfängt mich in seiner Bude. Er ist noch im Schlafanzug und Bademantel. Überschwänglich nimmt er mich in den Arm.

»Raquel!«

»Wo du wusstest, dass ich gleich kommen würde: Konntest du dir da nicht was anderes anziehen?«

»Aber wieso denn? Dies ist doch meine Arbeitskleidung.«

»Viel zu tun?«

»Viel zu viel. Doch solange man mich bezahlt, beklage ich mich nicht.«

Darío hat einen besonderen Akzent, eine Mischung aus vulgär und elegant. Voller typischer Ausdrücke aus A Coruña. »Koruño« nennt man das. Aber er übertreibt ein wenig. Manchmal fällt es sogar mir schwer, ihn zu verstehen. Er ist der gesetzliche Vormund seiner Schwester, die ich ein paar Monate lang unterrichtet habe. So haben wir uns kennengelernt. Es gab ein Problem mit ihr und er war sofort zur Stelle. Vom ersten Augenblick an hat mich dieser Typ fasziniert. Intelligent, provokant, vertrauenswürdig. Und er liebt seine Schwester über alles, kümmert sich vorbildlich um sie. Sie prahlt immer mit ihrem Bruder, dem Computer-Crack. Und zu Recht.

Darío streicht sich das fettige Haar aus dem Gesicht. Trotz seiner siebenundzwanzig Jahre hat er schon fast eine Glatze. Er versucht sie mit einer ein bisschen lächerlichen Strähne zu verdecken.

Ich hole das Handy hervor und gebe es ihm.

»Wie lange wirst du brauchen?«

»Soll ich nur das Handy knacken oder auch die SIM-Karte?«

»Das wäre toll.«

»Ich schließe es einfach an meinen Rechner an, und in zwei Minuten ist es entsperrt. Für die SIM-Karte brauche ich ein bisschen länger. Aber keine Sorge. In weniger als einer Stunde hast du es. Willst du was trinken? Schau mal, was du im Kühlschrank findest.«

»Nein, danke. Da hole ich mir nur Salmonellen oder so.«

»Mach nicht solche Witze. Mach's dir lieber bequem.«

Er zeigt auf ein Sofa voller Klamotten, Comics und Krimskrams. Ein paar Raumschiffe à la »Krieg der Sterne«, aus Legosteinen gebaut, liegen auch herum. Ein ferngesteuerter Modellhubschrauber. Eine Drohne.

Ich räume mir ein Plätzchen frei und versuche, mich zu setzen, ohne das Chaos allzu sehr durcheinanderzubringen. Darío geht in sein Schlafzimmer, schließt das Handy an seinen Computer an und beginnt mit der Arbeit.

»Und was werde ich hier drauf finden?«, fragt er durch die offene Tür.

»Das weiß ich selbst nicht so genau.«

»Willst du mir wirklich nicht erzählen, was dahintersteckt?«

»Ich wüsste nicht, wo ich anfangen soll.«

Ich blättere in den Comics, kenne keinen einzigen. Die Comic-Szene hat sich sehr verändert. Besser, ich nutze die Zeit, um Tere anzurufen. Damit sie weiß, dass ich überraschend nach A Coruña gekommen bin und übers Wochenende bleibe. Sie ist total aus dem Häuschen, so, als hätten wir uns seit Ewigkeiten nicht gesehen.

»Sag bloß, du hast schon einen Käufer für die Wohnung!«

»Nein, nein, keine Angst.«

»Umso besser. Essen wir heute Abend zusammen? Es gibt ein neues Restaurant, absolut super. Hast du genügend Geld dabei?«

Eine Viertelstunde später steht Darío auf und reicht mir das Handy.

»Ist 'ne ziemliche Schlampe, die Tussi, was?«

»Wie bitte?«

»Na, die, der das Handy gehört. Ist doch nicht deins, oder? Da scheint's ja ganz schön abzugehen. Die WhatsApp-Fotos sind ziemlich heiß.«

»Hast du etwa rumspioniert?«

»Du hast mir ja nichts erzählt. Und ich wollte wissen, was los ist. Ziemlich heißer Feger, das Mädel. Mannomann …«

Ich nehme das Handy, öffne WhatsApp. Da sind nur ein paar wenige Nummern, vier insgesamt, doch hinter keiner steht ein Name. Verdammt. Viruca ist vorsichtig gewesen. Schade, dass ich kein fotografisches Gedächtnis habe, dann könnte ich mich vielleicht erinnern, ob ich eine dieser Nummern schon einmal irgendwo gesehen habe. In der Schülerliste zum Beispiel. Doch die einzige Telefonnummer, die ich noch weiß, ist die alte Nummer der Wohnung meiner Mutter. Weil jetzt alle Handys die Nummern speichern, habe ich mir nie die Mühe gemacht, irgendeine im Gedächtnis zu behalten. Nicht mal die von Germán.

Hoppla, jetzt verstehe ich, weshalb Darío sie Schlampe genannt hat. Ich bin auf eines der WhatsApp-Fotos gestoßen. Ein ziemlich deutliches Foto. Der Penis eines Mannes. Eine Großaufnahme, die keinen Zweifel am Grad der Erregung des Besitzers lässt. Das Schamhaar ist praktisch komplett wegrasiert. Ein schlanker, junger Körper, wie es aussieht. Ich lese die Nachricht darunter.

»Das machst du mit mir. Du fehlst mir. Wann sehen wir uns?«

Und darunter Virucas Antwort: »Du bist völlig verrückt.«

Als Antwort darauf wieder ein Foto. Ebenso eindeutig, nur ein größerer Ausschnitt. Jetzt sieht man auch den Bauchnabel und einen Teil der Beine. Dann die Nachricht:

»Verrückt nach dir.«

Viruca: »Hör auf, mir zu schreiben.«

Er: »Was hast du mit dem gemacht, das ich dir gegeben habe?«

Ich schalte das Handy aus, werde mir das alles in Ruhe anschauen.

»Was willst du dafür?«

»Gar nichts, willst du mich beleidigen?«

»Vielen Dank, Darío. Wie geht's denn deiner Schwester?«

»Wie immer, sie flippt rum. Macht ihr Ding, du kennst sie ja. Sie sagt, sie strengt sich in der Schule an, aber … Ich glaub nur die Hälfte, das ist bei Bea immer angesagt. Willst du mir echt nichts verraten?«

Als Antwort gebe ich ihm zwei Küsschen auf die Wangen und breche auf. Ich will so schnell wie möglich zur Wohnung meiner Mutter, will alles, was auf diesem Handy ist, genau analysieren. Alles.

Wer ist der Typ auf dem Foto? Roi? Iago? Ein Erwachsener? Wie der Körper eines Erwachsenen sieht er eigentlich nicht aus. Es ist offensichtlich ein junger Mann, athletisch gebaut. Hat er mit Viruca eine Beziehung gehabt? Hat Viruca Schluss gemacht, und der Kerl wollte das nicht akzeptieren? Hat er sie unter Druck gesetzt, bis sie sich das Leben nahm? Oder hat er sie erpresst, so wie er jetzt mich erpresst?

In der Wohnung meiner Mutter angekommen, lasse ich meine Tasche auf dem Küchentisch liegen, hole das Handy hervor und öffne WhatsApp. Es gibt nur Nachrichten von den vier Nummern. Heißt das etwa, dass sie vier Liebhaber hatte?

Ich gehe zu den Nachrichten des Typen. Nachdem Viruca ihn aufgefordert hat, sie in Ruhe zu lassen, schreibt er ihr: »Was hast du mit dem gemacht, das ich dir gegeben habe?« »Weshalb kommst du nicht in die Schule?« »Wo steckst du überhaupt?« »Warum machst du nicht auf?« »Du fehlst mir.« »Lass uns reden.« »Verzeih mir! Bitte!« »Viruca, verdammt noch mal …« »Antworte endlich!«

Die Nachrichten sind an verschiedenen Tagen geschrieben. Ich muss in den Kalender schauen, doch die letzten Nachrichten, in denen er nicht mehr so herausfordernd klingt, sondern bittet, fast bettelt, sind fünf Wochen alt. Etwa so lange ist Viruca tot. Heißt das, dass der Kerl nichts von ihrem Tod wusste? Dass er nichts damit zu tun hatte? Oder hat er diese Nachrichten nur geschrieben, um ein Alibi zu haben? Als Beleg dafür, dass er nichts wusste? Dass er keine Ahnung hatte, was mit seiner Lehrerin los war?

Ich schaue mir die Nachrichten der anderen Telefonnummern an:

»Viru, wann sehen wir uns?«

»Viru, wozu gibst du mir diese Nummer, wenn du nie zu erreichen bist?«

»Warum antwortest du nie, Viru?«

Unter dieser Nummer sind keine weiteren Nachrichten.

»Ich halt's nicht mehr aus, ich muss dich sehen.« Das ist eine Nachricht von einer anderen Nummer. Viruca antwortet: »Hab Geduld, ich hab's fast geschafft.«

Fast geschafft? Was geschafft? Was meint sie?

Unter der letzten WhatsApp-Nummer sind ein paar Nachrichten anderer Art. Da schreibt sie: »Ich möchte zwei. In einer halben Stunde am selben Ort wie immer?« Zwei? Zwei was? Auf diese Nachricht gibt es nur eine kurze Antwort: »Okay.«

Das ist alles. Entweder hat sie dieses Handy nur kurze Zeit gehabt oder sie war so vorsichtig, alle anderen Nachrichten zu löschen. Allerdings hat sie die Fotos von dem Typen nicht gelöscht. Ich gehe in ihre Fotogalerie, und außer den Fotos vom erigierten Penis des Typen finde ich ein paar Selfies von Viruca. Halbnackt, in provozierenden Posen vor dem Spiegel. Hat sie mit ihren Liebhabern *Sexting* praktiziert? Diese Fotos zu sehen verwirrt mich ziemlich. Sie sieht absolut scharf aus, nach Sex pur. Gleichzeitig haben die Fotos aber auch etwas Krankhaftes. Die Posen, das verhärmte Gesicht. Sehe ich da einen blauen Fleck an ihrem Hals? Auf zwei Fotos hat sie die Beine gefesselt.

Gefiel ihr etwa harter Sex? Sado? Ich kann nicht weiter hinschauen.

Was soll ich mit diesen Telefonnummern machen? Wie kann ich herausfinden, zu wem sie gehören? Wer ist der Typ auf den Fotos? Soll ich ihm eine Nachricht schicken? Soll ich ihm schreiben, dass ich Virucas Handy habe? Dass sie mich in Ruhe lassen sollen, weil ich sonst zur Polizei gehe? Ich bezweifle zwar, dass diese Nachrichten ungesetzlich sind, doch vielleicht wissen das Iago oder Roi oder wer auch immer ja nicht. Ich kann versuchen zu bluffen. Wenn ihr mich weiter belästigt, dann mache ich euch fertig. Ich habe Beweise.

Ich überlege verschiedene Möglichkeiten, finde aber keine überzeugend. Tere kommt, und ich bitte sie um Hilfe. Während ich ihr alles erzähle, blickt sie immer besorgter drein. Als ich fertig bin, sagt Tere ohne zu zögern:

»Du musst das sofort zur Polizei bringen.«

»Um Gottes willen, nein!«

»Was heißt hier nein, Raquel? Bist du verrückt geworden?«

»Wenn ich zur Polizei gehe, fängt die sofort an zu ermitteln, und wenn sie die Kids ausfindig macht, dann werden die sich an mir rächen und schicken Germán die Fotos. Das darf nicht sein. Auf keinen Fall. Ich muss das ohne Polizei klären.«

»Und wie willst du das tun?«

»Na, ich will ihnen klarmachen, dass sie nicht mit mir spielen können. Dass ich auch was in der Hand habe, dass ich sie fertigmachen kann. Das hier, Tere« – ich zeige auf das Handy – »ist meine Versicherung. Das hier wird mich retten.«

»Ich glaube, du begehst einen Fehler, Raquel. Das Handy kann das Beweisstück für ein Verbrechen sein. Und wenn du es nicht der Polizei übergibst, dann behinderst du die Justiz. Das ist bestimmt ein Vergehen.«

»Was für ein Beweisstück denn? Da ist doch gar nichts drauf. Nur vier Telefonnummern und ein paar Fotos.«

»Ja, und? Das kann eine wichtige Spur sein.«

»Die haben den Fall doch längst zu den Akten gelegt. Weil sie denken, dass es Selbstmord war. Wie kann es sein, dass eine Lehrerin wie ich das findet, sie aber nicht? Nur deshalb, weil sie das Thema nicht interessiert! Es ist ihnen völlig egal.«

»Ich weiß nicht, Raquel … Ich weiß wirklich nicht.«

»Tere, ich brauche dich jetzt. Hilf mir, aus diesem Schlamassel rauszukommen. Es darf nicht sein, dass diese Rotznasen mich erpressen, dass sie mein Leben kaputtmachen.«

»Und wenn du Germán die Wahrheit sagst? Wäre das nicht für alle besser?«

»Die Wahrheit? Das geht gar nicht! Das kann ich Germán nicht antun, auf keinen Fall! Tere, du musst mir helfen. Ich hab dir auch immer geholfen.«

Tere sieht aus, als zweifle sie.

»Raquel, das hier ist sehr ernst. Und gefährlich. Was hast du denn überhaupt vor? Erzähl's mir erst mal.«

»Ich muss dem Typen auf dem Foto eine Nachricht schicken. Was soll ich schreiben?«

»Keine Ahnung … Schreib ihm … Schreib ihm, dass du Virucas Handy hast und genügend Beweise, dass er mit ihrem Tod etwas zu tun hat. Dass du verhandeln willst.«

»Und wenn er mit ihrem Tod gar nichts zu tun hat? Wenn das einer der drei anderen war, deren Nummern auf dem Handy sind?«

»Offensichtlich ist es ein junger Typ. Ziemlich sicher einer deiner Schüler. An seinem Penis erkennst du ihn ja wahrscheinlich nicht, oder? Das würde uns jetzt weiterhelfen.«

»Sehr witzig.«

»Oder am Bauchnabel. Oder den Beinen.«

»Tere, glaubst du etwa, ich hätte je den Bauchnabel eines meiner Schüler gesehen? Hör auf rumzualbern und konzentrier dich. Was soll ich schreiben?«

»Schreib einfach, dass du Virucas Handy hast und ihn damit ganz schnell hinter Gitter bringen kannst.«

»Wirklich?«

Mit zittrigen Fingern beginne ich zu schreiben. Lösche und schreibe noch mal, bis ich mit der Nachricht zufrieden bin. Ich zeige sie Tere.

»Wie findest du das?«

»Gut so. Schick sie ab.«

»Im Ernst?«

»Ja, klar, verdammt noch mal!«

Ich lese sie noch mal laut vor, will mich selbst davon überzeugen, dass dies die beste Version ist.

»Vielleicht bist du überrascht, diese Nachricht zu erhalten. Wie du siehst, habe ich Virucas Handy. Und die Beweise, um dich hinter Gitter zu bringen. Soll ich es der Guardia Civil übergeben? Kommt ganz auf dich an.«

Ich drücke auf »Senden«.

Und jetzt komme, was da wolle.

Kapitel 31

Tere und ich starren gebannt auf das Display des Handys und warten auf eine Antwort. Doch nach einer halben Stunde hat sich immer noch nichts getan. Deshalb beschließe ich, es in die Tasche zu stecken und uns etwas zum Abendessen zu holen. Während ich am Imbissstand in der Schlange stehe, warte ich die ganze Zeit gespannt, ob das Handy einen Ton von sich gibt. Weshalb antwortet er nicht? Hat er die Nachricht nicht erhalten? Hat er sein Handy gewechselt? Oder überlegt er, wie er meiner Drohung mit einem brutalen Gegenangriff begegnen kann? Ich beginne zu bereuen, dass ich den ersten Stein geworfen habe. Die Konsequenzen können unkontrollierbar sein. Hoffentlich fliegt mir jetzt nicht alles um die Ohren.

Mit zwei Brathähnchen, Kroketten und Salat kehre ich in die Wohnung zurück.

»Du willst uns wohl fett machen wie die zwei Meerkühe, was?«, frotzelt Tere.

»Was übrig bleibt, ist fürs Frühstück.«

»Brathähnchen mit Salat zum Frühstück? Du bist nicht ganz bei Trost!«

Das Handy piept. Mir bleibt das Herz stehen. Ich hole es aus der Tasche, schaue Tere an.

»Worauf wartest du?«

Ich öffne WhatsApp, da steht lakonisch: »Mach doch, was du willst.« Nicht die Antwort, mit der ich gerechnet habe. Jetzt bin ich richtig sauer.

»Was soll das heißen: Mach doch, was du willst? Ist es ihm etwa egal, ob ich damit zur Guardia Civil gehe?« Ratlos schaue ich Tere an. »Was soll ich jetzt tun?«

»Schick ihm noch eine Nachricht. Sag ihm, dass das kein Spaß ist.«

Ich zögere. Plötzlich kommt mir dieses ganze Manöver wie totaler Quatsch vor.

»Ich weiß nicht …«

Da geht wieder eine WhatsApp-Nachricht ein: »Du weißt ja nicht mal, wer ich bin. Oder hast du den hier wiedererkannt?«

Die nächste Nachricht ist ein Foto von seinem Penis. Und sofort darauf kommt die nächste: »Gefällt er dir? Viruca war ganz verrückt danach. Ihr Spanischlehrerinnen wisst wirklich, was gut ist.«

Ich lasse das Handy fallen, als ob ich mich daran verbrannt hätte.

»Er hat sofort gecheckt, dass ich es bin! Und er hat recht: Ich habe keine Ahnung, wer er ist. Ich weiß nicht, ob es Roi ist oder Iago. Oder Nerea.«

»Glaub ich nicht, mit diesem Prachtstück.«

»Vielleicht hat sie ja das Foto aus dem Internet gefischt, um mit mir zu spielen. Verdammt. Verdammt.«

»Bring das Handy zur Polizei, Raquel. Das ist das Vernünftigste.«

»Ich muss rauskriegen, wessen Nummer das ist.«

Ich ziehe meinen Laptop aus dem Rucksack, suche die Liste mit den Namen der Schüler und gehe die Telefonnummern durch. Keine stimmt mit der überein, die ich suche. Wenn Viruca für ihre Abenteuer ein zweites Handy benutzte, dann hat der Schüler, der hinter dieser Geschichte steckt, es vielleicht ebenso gemacht. Kann sich ein Schüler zwei Handys leisten? Wenn er mein Handy hacken und in meine Cloud eindringen konnte, dann muss er Geld für technisches Gerät haben. Und kann sich sicher auch zwei Handys leisten. Heißt das, dass Iago hinter der Geschichte steckt?

Einem schnellen Entschluss folgend nehme ich Virucas Handy und schalte es aus.

»Willst du die Sache so lösen? Einfach das Handy ausschalten?«

»Das ist das Beste. Wenn er merkt, dass er mir keine Angst macht, und denkt, dass ich das Handy vielleicht zur Guardia Civil bringe, kann das nur gut sein. Wenn er sieht, dass ich alles unter Kontrolle habe.«

»Und du meinst, er wird das alles daraus schließen, dass du das Handy ausgeschaltet hast?«

»Etwa nicht?«

»Also, ehrlich gesagt, Raquel, ich glaube nicht.«

»Jetzt bleibt es erst mal ausgeschaltet. Wenn ich im Laufe des Wochenendes zu einer Entscheidung komme, werde ich entsprechend handeln. Lass uns was essen.«

»Entsprechend handeln. Wohl gesprochen.«

»Machst du dich etwa über mich lustig, in einem Moment wie diesem?«

»Aber nein doch, aber nein doch. Komm, lass uns essen.«

Verbissen kaue ich auf meinem Hähnchen herum. Der Salat und die Kroketten schmecken nicht. Ich will beweisen, dass mir nichts den Appetit verderben kann.

»Weißt du was? Ich hab mich wieder mit dem Kellner getroffen«, unterbricht Tere meine Gedanken.

»Dem mit den Piercings? Und, wie war's?«

»Also, er fand diese Wohnung schöner als meine. Bist du einverstanden, wenn ich ihn noch mal hierher einlade?«

»Mach doch, was du willst.«

Kapitel 32

Iago tigerte in seinem Zimmer auf und ab. Seine Gedanken rasten. Wie zum Teufel war die neue Lehrerin an Virucas Telefon gekommen? Wieso steckte sie ihre Nase in die ganze Geschichte? Er musste das stoppen, egal wie. Bevor sie noch mehr Staub aufwirbelte. Verdammt, wo doch gerade alles so gut lief. Wo die Guardia Civil den Fall zu den Akten gelegt hatte, weil sie zum einzig möglichen Ergebnis gekommen war, dass die feige Schlampe sich umgebracht hatte. Wieso wärmte die Neue alles wieder auf? Viruca hatte sich umgebracht. Und das war gut so! Weil sie eine Schlampe, eine feige Verräterin war. Die plötzlich Schuldgefühle bekommen hatte, kein Wunder. Jemand, der sich so erbärmlich verhalten hatte wie sie, musste ja so enden.

Genauso war es gewesen. Punkt.

Iago versuchte sich zu beruhigen. Diese Gedanken führten ja zu nichts. Das Leben geht weiter. Die Schlampe ist Geschichte. Du hast die Zukunft vor dir. Aber wenn diese Neue jetzt alles wieder aufwühlt, wie soll man da vergessen?

Er beschloss, laufen zu gehen. Vielleicht half ihm das, ruhiger zu werden.

Er zog die Trainingshose an, seine Laufschuhe, ein Sweatshirt und stürmte die Treppe hinunter.

»Willst du etwa noch raus?«, fragte sein Vater.

»Bin in einer Stunde wieder da. Will nur das Essen rausschwitzen.«

»Aber es regnet doch!«

»Ja, und?«

»Mach, was du willst«, antwortete Tomás und zuckte die Achseln.

Nach einer halben Stunde hatte sich Iagos Wut gelegt. Jetzt erinnerte er sich nur noch an das Gute. Und davon hatte es so viel gegeben. Nie zuvor hatte jemand ihn dazu gebracht, sich so zu fühlen. So gut. So schlecht. So euphorisch. So lebendig. Deshalb tat es ihm ja auch so weh, dass sie schließlich … Doch halt, daran wollte er nicht mehr denken. Nicht zulassen, dass die Wut wieder Besitz von ihm ergriff. Jetzt ging es nur noch darum, das Problem mit der Neuen zu lösen. Raquel musste Viruca ein für alle Mal vergessen. Denn Viruca gehörte nur ihm. Die Erinnerung an sie war allein seine.

Er lief schneller. Und nach und nach wurde ihm klar, wie er es hinkriegen konnte, dass die Neue Viruca und die Erinnerung an sie in Frieden ließ. Wieder zu Hause ging er ins Wohnzimmer, um mit seinem Vater zu sprechen.

»Was hältst du davon, wenn wir morgen Abend im *O Muíño* essen?«

»Wie kommst du denn auf die Idee?«

»Wir sind schon lange nicht mehr zusammen weggegangen, oder? Und das Restaurant magst du doch.«

»Okay, ich ruf gleich an und reserviere einen Tisch«, freute sich Tomás über den Vorschlag. Es beruhigte ihn, dass der Junge aus seinem Schneckenhaus kam.

»Ich geh dann mal duschen.«

Iago schloss sich in seinem Zimmer ein. Er war in Hochstimmung. Der Plan war super. Diese verdammte Schnüfflerin würde schon lernen, ihre Nase nicht in Dinge zu stecken, die sie nichts angingen. So wahr er Iago hieß, sie sollte sich in die Hose machen vor Schreck.

Er rief Nerea an: »Nerea, nimm dir mal für übermorgen nichts vor.«

Kapitel 33

Ich schaffe es, Virucas Handy das ganze Wochenende über nicht einzuschalten. Was aber nicht heißt, dass ich nicht dauernd daran denke. Solange ich nicht weiß, wer er ist und wie ich ihn fertigmachen kann, ist es besser, die Füße still zu halten.

Ich gehe im Maklerbüro vorbei, frage, ob es Interessenten für die Wohnung gibt. Tatsächlich, man hat sie schon ein paar Leuten gezeigt, einer hat sogar ein Angebot gemacht. Das liegt allerdings fünfzigtausend Euro unter dem von mir verlangten Preis.

»Soll ich annehmen?«, frage ich.

»Ist es dir denn besonders eilig mit dem Verkauf?«, fragt die Angestellte zurück.

»Äh … Ich denke nicht …« So dringend ist es wirklich nicht, oder?

Ich kehre in die Wohnung zurück und sage Teresa, dass ich eine ganze Liste von Dingen zu erledigen habe. Alles, um nicht an Virucas Handy zu denken. Für ein paar Stunden zu vergessen, dass es existiert. Ich möchte genießen, was mir die Stadt bietet. In einem Restaurant am Strand essen, ins Kino gehen, mich mit meiner Freundin in einem dieser riesigen Einkaufszentren vor der Stadt verlieren und stundenlang Kleider anprobieren. Teresa ist von meinem Plan begeistert. Und so arbeiten wir nach und nach meine Liste ab. Allerdings ist Tere der Ansicht, dass das alles mit ein paar Gläschen Ribeiro noch mehr

Spaß macht. Es werden dann fünf Gläschen. Für jede von uns. Das führt dazu, dass wir fast alles toll finden, was wir anprobieren, und mit Tüten bepackt wieder nach Hause kommen. Als die Wirkung des Weins nachlässt, stellen wir fest, dass die Hälfte der Sachen, die wir gekauft haben, schrecklich aussehen. Doch statt uns zu ärgern, halten wir uns die Bäuche vor Lachen und machen einfach noch eine Flasche auf. Vielleicht gefallen uns die Kleider dann wieder. Leider Fehlanzeige, was zu noch mehr Gelächter führt. Wie gut mir dieser Tag in A Coruña getan hat! Ich habe es geschafft, alle Probleme in Novariz zu vergessen.

Doch nachts schrecke ich aus dem Schlaf auf, weil ich schlecht geträumt habe. Nur mit Mühe gelingt es mir, wieder einzuschlafen. Früh am Morgen bin ich schon wieder wach und sehne mich nach Germán. Eigentlich hatte ich vor, bis zum Nachmittag zu bleiben, doch jetzt vermisse ich ihn auf einmal entsetzlich.

Da klingelt mein Handy. Eine unbekannte Nummer. Soll ich das Gespräch annehmen? Ich nehme meinen Mut zusammen und gehe ran.

»Ja?«

»Raquel? Ich bin's, Gabriel. Gabriel Acebedo.«

Weshalb ruft der mich denn an?

»Ah. Hallo, Gabriel!«

»Ich hoffe, ich störe nicht. Germán hat mir gesagt, dass du in A Coruña bist. Und mir deine Nummer gegeben.«

»Ja, stimmt. Ich bin hier, um mich um die Wohnung meiner Mutter zu kümmern.«

»Hör mal … Das kommt dir jetzt vielleicht ein bisschen wie ein Überfall vor, aber ich bin zufällig auch hier, ganz in der Nähe. Ich weiß nicht, hat dir dein Mann oder dein Schwager gesagt, dass ich mir die Wohnung gern mal ansehen möchte?«

»Ja, Demetrio hatte so was erwähnt.«

»Würde es dir passen, wenn ich gleich vorbeikomme? Dann sparen wir uns beide eine Extrafahrt.«

»Äh … Na ja … Ich wollte jetzt eigentlich nach Novariz fahren, aber okay.«

»Gib mir doch mal die Adresse.«

Schon zehn Minuten später klingelt es. Ich habe kaum Zeit gehabt, alle Fensterläden zu öffnen und die Vorhänge zur Seite zu ziehen, damit die Wohnung in ihrer ganzen Pracht zu bewundern ist. Tere hat sich in Windeseile hübsch gemacht, als ich ihr gesagt habe, dass einer der Acebedos die Wohnung anschauen will.

»Ist das der, der so gut ausgesehen hat?«

»Vor ein paar Jahren vielleicht noch. Inzwischen ist der Lack ziemlich ab.«

Gabriel ist im Nu oben. Als ich die Tür öffne, steht er schon davor. Er gibt mir ein Küsschen hier, ein Küsschen da, dann schaut er Tere an.

»Du warst doch damals auch bei der Hochzeit, stimmt's? Hast du nicht den Brautstrauß aufgefangen?«

»Na, so was!«, antwortet Tere geschmeichelt. »Daran kannst du dich noch erinnern? Das ist doch schon eine Ewigkeit her.«

»Wenn ich will, habe ich ein ziemlich gutes Gedächtnis«, flirtet Gabriel.

Ich lasse ihn eintreten. Er schaut sich nach und nach alle Zimmer aufmerksam an.

»Sehr stilvoll. Eine Frau mit Geschmack, deine Mutter. In Novariz findet man solche Wohnungen nicht.«

Ich danke ihm für die Komplimente, aber mir kann er nichts vormachen. Nachdem ich in seiner Villa gewesen bin, weiß ich: Jemand, der so lebt wie er, ist nicht leicht zu beeindrucken.

»Willst du dieses Schmuckstück wirklich verkaufen? Wie viel willst du denn dafür haben?«

Ich nenne eine viel höhere Summe, als ich eigentlich angesetzt habe, und sehe Teres erstaunten Blick. Doch Gabriel ist nicht allzu überrascht.

»Na ja, ich denke mal, ein bisschen handeln kann man schon, oder? Natürlich sind in A Coruña die Wohnungspreise höher, vor allem hier im Zentrum, aber …«

»Für den Moment möchte ich nicht runtergehen.«

Gabriel nickt.

»Sind Hypotheken drauf? Gibt es Probleme mit der Hausgemeinschaft?«

»Alles in bester Ordnung.«

»Na, dann sollten wir drüber reden, was meinst du? Ich bin nämlich interessiert. Sehr interessiert sogar.«

»Super!« Tere kann ihre Begeisterung nicht verbergen. »Trinkst du ein Gläschen mit uns? Das muss doch gefeiert werden!«

»Tere, er hat die Wohnung noch nicht gekauft«, bremse ich sie.

»Okay, okay … Ich dachte, das wäre doch ein guter Anlass, um schon mal am Sonntagmorgen eine Flasche aufzumachen …«

»Ich würde eigentlich gern bald losfahren«, antworte ich.

»Trinken wir nun das Gläschen oder nicht?«, fragt Gabriel.

»Ein andermal, versprochen.«

»Du bist eine echte Spielverderberin«, mault Tere.

Ich bringe Gabriel zur Tür.

»Danke, dass du mir die Wohnung gezeigt hast. Wie geht's dir eigentlich in Novariz? Hast du dich schon eingewöhnt? Freust du dich, dass Germán einen Anteil von *O Muiño* kaufen will?«

»Ja … schon …«

Gabriel grinst, als könne er meine Gedanken lesen.

»Dort lebt sich's gut, Raquel. Wir müssen einfach kleine

Feste wie neulich wiederholen. Du wirst sehen, wie gut dir das tut.«

»Mal sehen …«

»Wenn ich's dir sag. Nach zwei, drei Festen bei mir wird dir das Heimweh nach A Coruña schon vergehen.«

»Vielen Dank.«

»Versprich mir, dass du wiederkommst. Dafür sind Freunde schließlich da. Und deinen Mann mag ich ja schon ewig.«

»Das weiß ich doch.«

»Versprichst du's mir also? Dann können wir den Kauf abschließen. Und wenn du gut verhandelst, kriegst du bestimmt, was du willst. Ich bin da immer total nachgiebig.«

Ich lächle, verabschiede mich, schließe die Tür. Tere steht im Flur und schaut mich fragend an.

»Der Typ war irgendwie komisch, oder?«

»Weshalb?« Ich will hören, was Tere sagt. Ich vertraue auf ihre Menschenkenntnis.

»Er wirkte ein bisschen wie ein Mafioso, nicht? Als Freund ein Superkumpel; als Feind supergefährlich.«

»Nun übertreib mal nicht.«

»Okay, okay, aber ein bisschen schon, oder?«

»So sind die Acebedos, Tere. Sie meinen, die Welt gehört ihnen, und wenn sie dich daran teilhaben lassen, dann verkaufen sie es dir so, dass du auf ewig dafür dankbar sein musst.«

»Ist er mit Germán gut befreundet?«

»Na ja … Ich dachte, sie wären Jugendfreunde gewesen. Aber vielleicht haben sie sich in den Monaten, als Germán so oft in Novariz war, wieder angenähert.«

Ich stopfe meine Sachen in die Reisetasche und verabschiede mich von meiner Freundin. Sie ist immer noch ein bisschen beleidigt, weil ich nicht länger bleibe.

»Mach nicht so ein Gesicht, Tere, ich komme ja bald wieder.«

Sie nimmt mich in den Arm.

»Raquel, versprich mir, dass du keinen Unsinn machst. Überleg dir genau, was du tust.«

»Keine Angst. Ich ziehe schließlich nicht in den Krieg. Ich kriege das schon hin.«

»Sollen wir das Handy einschalten und sehen, ob es eine neue Nachricht gibt? Mir ist lieber, du machst das mit mir zusammen als nachher allein im Auto.«

Keine schlechte Idee. Aber ich beschließe, hart zu bleiben. Ich habe mir vorgenommen, das Handy erst wieder anzuschauen, wenn ich eine Strategie habe. Und noch habe ich keine. Deshalb sage ich, tut mir leid, das Handy bleibt aus, bis ich weiß, was ich damit machen will.

Bevor ich ins Auto steige, drückt mir Tere zwei laute Küsse auf die Wangen. Im Rückspiegel sehe ich sie immer noch winken. Als ich mich in den Verkehr der Juan-Flórez-Straße einreihe, verliere ich sie schließlich aus den Augen.

Auf der Fahrt denke ich über Virucas Handy nach, über meinen Facebook-Account, all die Informationen, die sie mir aus meiner Cloud gestohlen haben. Und ich verfluche, dass wir inzwischen bereit sind, unser ganzes Privatleben ins Netz zu stellen. Immer wieder hören wir, dass durch das Internet die Vorstellung von Privatleben anders geworden ist. Doch bis man es nicht am eigenen Leibe erfahren hat, ahnt man nicht, was das wirklich bedeutet.

Ja, ich weiß, es ist meine eigene Schuld. Wenn ich vor fünfzehn Jahren unterrichtet hätte, wäre das alles gar nicht passiert. Kein Schüler wüsste etwas über mein Privatleben, meine kleinen Geheimnisse. Und niemand könnte mich jetzt damit erpressen. Sicher, wenn ich nicht mit dem besten Freund meines Manns geschlafen hätte, und zwar nicht nur einmal, wenn ich von unserem Sex keine Fotos gemacht hätte, wenn ich sie nicht in meiner Cloud gespeichert hätte, wenn ich nicht, wenn ich nicht, wenn ich nicht …

Darüber denke ich nach, während ich fahre. Und auch darüber, ob ich mir selbst verzeihen kann. Mir klarmachen kann, dass ich kein Monster bin, sondern ein Mensch wie alle anderen.

Fünfhundert Meter vor mir kommt eine Raststätte. Ich parke auf dem erstbesten Platz. Ich muss nicht auf die Toilette, will auch nichts essen. Mein Stopp hat einen anderen Grund.

Ich hole Virucas Handy hervor und schalte es ein. Tippe die neue PIN, die Darío mir eingerichtet hat, und warte auf Nachrichten. Der Typ hat nicht noch einmal geschrieben. Was hat das zu bedeuten?

Ich versuche, mir nicht den Kopf zu zerbrechen, und fahre weiter. Eine knappe Stunde später komme ich in Novariz an.

Diesmal funktioniert die Fernbedienung unseres Gartentors beim ersten Versuch. Es ist halb eins an einem sonnigen Sonntagnachmittag im Februar. Ich fahre durch das offene Tor in den Garten, Richtung Garage, und da sehe ich ihn.

Da steht Iago, mit nacktem Oberkörper, eine Axt in der Hand. Nanuk streicht nervös um seine Beine.

»Willkommen, Raquel!«

Kapitel 34

Ich trete voll auf die Bremse. Will den Rückwärtsgang einlegen, würge dabei den Motor ab. In Panik versuche ich, neu zu starten. Iago kommt auf mich zu. Blitzschnell verriegele ich die Türen, drehe wieder den Schlüssel um. Nanuk springt herbei und legt die Vorderpfoten ans Fenster. Er versteht nicht, weshalb ich ihm nicht die Autotür öffne wie sonst immer, protestiert jaulend.

»Vorsicht!«, ruft Iago. »Zieh die Handbremse an!«

Ich verstehe nicht, was mit mir los ist, ich bringe den Motor nicht ans Laufen. Iago kommt immer näher. Wann hört dieser Alptraum endlich auf? Nanuk winselt unablässig, macht mich noch nervöser. Ich versuche, ihn zu beruhigen.

»Schon gut, Nanuk, schon gut …«

Jetzt steht Iago neben dem Auto. Sein Gesichtsausdruck ist sonderbar, trotz seines Lächelns. Seine Augen wirken glasig, tiefe Schatten liegen darunter, sein Haar ist wirr. Ich kann den Blick nicht von der Axt auf seiner Schulter lösen. Hat er meinen Mann getötet? Bin ich als Nächste dran? Weshalb will der verdammte Wagen nicht anspringen? Doch Germán kann eigentlich nichts passiert sein, sonst wäre Nanuk nicht so fröhlich, oder? Denn fröhlich ist er, auch wenn er jault.

»Raquel!«

Das ist Germán. Ich sehe ihn mit Holzscheiten aus der Garage kommen. Sein Hemd ist bis zum Bauch aufgeknöpft. Hinter ihm taucht Nerea auf, eine Bierdose in der Hand. Was zum Teufel ist hier los? Was haben meine beiden Schüler hier zu suchen?

»Du bist aber früh zurück! Schau nur, wer mir beim Holzhacken hilft.«

Verblüfft schaue ich Iago an. Der grinst breit. Auch Nerea begrüßt mich, ihr Lächeln ist schmaler. Ich glaube, ich habe Halluzinationen.

»Willst du nicht in die Garage fahren?«, fragt Germán. Er fragt das so, als wäre es ganz normal, dass bei uns zu Hause Nerea und Iago mit ihm zusammen Bier trinken.

»Der Motor ist ihr abgesoffen«, sagt Iago. »Soll ich den Wagen reinfahren? Ich hab grade den Führerschein gemacht, fahre aber schon seit zwei Jahren Auto. Hat mein Vater mir beigebracht.«

Ich schüttle stumm den Kopf. Schaffe es endlich, den Wagen zu starten und in die Garage zu fahren. In einer Ecke liegt ein großer Haufen noch nicht gespaltenes Holz. Bevor ich aussteige, stecke ich Virucas Handy ins Handschuhfach, suche alle Papiere zusammen, die ich im Auto finden kann, und stopfe sie hinterher. Versuche, das Handy so gut wie möglich zu verstecken. Iago und Nerea dürfen es auf keinen Fall finden. Was zum Teufel wollen sie hier? Jetzt könnte ich aussteigen, aber ich will erst unter vier Augen mit Germán sprechen. Ich rufe ihn auf seinem Handy an.

»Germán, komm bitte in die Garage.«

»Was ist denn los?«

»Komm bitte sofort!«

Als ich ihn im Rückspiegel auftauchen sehe, öffne ich die Beifahrertür und bedeute ihm, einzusteigen. Germán schaut mich irritiert an.

»Ich bin doch ganz verschwitzt, Quela. Ich möchte den Sitz nicht versauen.«

»Steig ein, verdammt noch mal!«

Germán gehorcht endlich, lässt aber die Tür offen stehen. Ich beuge mich über ihn und knalle sie zu.

»Was ist denn los?«, fragt er noch einmal.

Sein Atem riecht nach Alkohol und Zigaretten. Dabei ist es erst kurz nach Mittag. Außerdem scheint er schlecht oder nur wenig geschlafen zu haben. War er etwa auf Kneipentour?

»Was los ist? Das frage ich dich! Was wollen die beiden hier? Was machen sie in unserem Haus?«

»Sie helfen mir doch nur, Brennholz zu machen.«

»Seit wann haben wir überhaupt Brennholz? Funktioniert die Heizung nicht mit so einer Scheißbiomasse?«

»Ja, genau, mit Pellets. Das Brennholz ist für den Kamin im Wohnzimmer. Du hast neulich selbst gesagt, dass wir den mal anmachen müssten.«

»Das habe ich gesagt?«

»Ja, hast du. Was ist denn los, Raquel?«

»Ich verstehe nicht, wie du dich von denen an der Nase herumführen lassen kannst und sie in unser Haus lässt. Woher kennst du die überhaupt?«

»Gestern Abend haben der Junge und sein Vater bei uns im Restaurant gegessen. Da haben mir die beiden erzählt, sie hätten Brennholz und könnten es mir günstig abgeben.«

»Haben sie es von sich aus angeboten?«

»Ich weiß nicht mehr. Ich glaube, sie haben mich mit Demetrio darüber reden gehört. Ist das denn wichtig?«

»Ich will einfach keine Schüler zu Hause haben.«

»Aber es ist doch nicht illegal, wenn wir dem Vater eines deiner Schüler Holz abkaufen, oder?«

»Natürlich nicht! Aber muss das wirklich sein? Außerdem stinkst du nach Alkohol … Hast du mit meinen minderjährigen Schülern Schnaps getrunken? Bist du völlig verrückt geworden?«

»Nur zwei Bier, Quela. Und die zwei sind so minderjährig wie du und ich.«

»Was willst du damit sagen?«

»Dies ist nicht das erste Bier ihres Lebens. Das will ich damit sagen. Jetzt mach nicht gleich einen solchen Aufstand.«

»Und Nerea, warum ist die mitgekommen? Noch dazu in diesen superknappen Shorts, mitten im Februar?«

»Sag bloß nicht, dass du auf deine Schülerin eifersüchtig bist!«

»Du hast ja keine Ahnung, Germán …«

»Hast du etwa Angst, sie könnte sich auf mich stürzen und mich vergewaltigen?«, grinst er.

Ich verliere die Nerven, schreie ihn an: »Mach dich nicht über mich lustig! Ich meine es verdammt ernst!«

Endlich scheint Germán zu begreifen.

»Okay, okay … Ich dachte nicht, dass du so reagieren würdest. Entschuldige.«

»Sag ihnen, dass sie abhauen sollen!«

»Was ist denn los mit dir, Raquel? Als ob wir noch nie Schüler zu Besuch gehabt hätten.«

»Aber das sind die Schüler, von denen ich dir erzählt habe!« Germán schaut mich verständnislos an. »Die mir das Leben zur Hölle machen! Die mich mobben!«

»Iago? Nerea? Das kann nicht sein.«

»Wenn ich's dir sage!«

»Aber … Iago? Das ist doch ein total netter Kerl. Der spricht die ganze Zeit nur gut von dir. Nerea scheint auch ein nettes Mädel zu sein. Ein bisschen still vielleicht. Ich glaube, sie wollte nicht so gern mitkommen. Hat sie wahrscheinlich nur gemacht, weil Iago sie überredet hat.«

»Iago hat gut von mir gesprochen?«

»Wenn ich's dir doch sage. Und er trainiert auch *Crossfit!* Er meint, ich soll in sein Sportstudio kommen, sie hätten einen super Trainer und eine tolle Gruppe.«

»Auf keinen Fall, Germán! Mach das bloß nicht!«

Er merkt, dass er mich nicht überzeugen kann.

»Schon gut, schon gut. Aber ich bin sicher, du täuschst dich. Der Junge kann unmöglich dahinterstecken.«

»Ich weiß, was ich sage, Germán. Hast du ihn etwa schon mal im Unterricht erlebt?«

»Nein, natürlich nicht. Aber ... was hat er denn genau gemacht?«

»Also, am ersten Schultag wollte er seine Kapuze nicht absetzen .... Und dann ... dann ...«

»Dann was?«

Mir wird klar, dass ich nicht viel vorzubringen habe. Ich druckse herum.

»Er sabotiert den Unterricht durch Schweigen!«

»Durch Schweigen? Und wie, bitte schön, macht man das?«

»Und das Mädel, da solltest du mal sehen, wie die mich provoziert, das ist ... Außerdem brauche ich dir gar keine Erklärungen zu geben! Wenn ich dir sage, dass sie üble Typen sind, dann sind sie es und basta! Ich will nicht, dass du mit ihnen zu tun hast, und schon gar nicht, dass du ins selbe Sportstudio gehst wie der Kerl. Und jetzt sag ihnen, dass sie abhauen sollen!«

»Moment mal, Raquel ... Das wäre ziemlich komisch, wenn ich sie bitte zu gehen, wo das Holz noch nicht mal zur Hälfte gehackt ist. Ich bin, ehrlich gesagt, nicht so besonders gut im Holzhacken. Das ist ziemlich anstrengend, sage ich dir.«

»Dann haben wir eben kein Brennholz.«

»Okay, alles klar ... Ich sag's ihnen ja. Ich sag ihnen, dass sie verschwinden sollen. Aber ist das die Botschaft, die du ihnen schicken willst? Dass sie dich in Angst und Schrecken versetzt haben und du es nicht einmal erträgst, dass der Junge das Holz zu Ende hackt, bevor wir sie nach Hause schicken?«

»Mach, was du willst!« Ich weiß nicht, was ich sagen soll.

»Lassen wir ihn das also fertig hacken. Dann lade ich sie

noch zu einer Coca-Cola ein, nichts Alkoholisches, und dann gehen sie. Einverstanden?«

Ich schweige. Germán nimmt das als Zustimmung und steigt aus. Auch ich steige schließlich aus, doch statt in den Garten zu gehen, steige ich über die Innentreppe ins Wohnzimmer im ersten Stock. Sobald ich den Raum betrete, spüre ich etwas Seltsames. Die Fenster stehen weit offen. Es ist unheimlich kalt. Ich schaue mich um. Alles wirkt ordentlich aufgeräumt, aber ich habe das Gefühl, dass irgendetwas nicht stimmt. Ich schaue aufmerksam hin. Ist der Teppich verrutscht? Nein, ich glaube nicht, dass es das ist. So lange wohnen wir ja auch nicht hier, dass mir gleich auffiele, wenn etwas nicht an seinem Platz ist. Ich sehe einen leeren Aschenbecher, der, glaube ich, vorher nicht dort stand. Oder doch? Rieche ich Zigarettenrauch? Haben sie hier drin geraucht und deshalb die Fenster aufgemacht? Ich trete ans Fenster, will sie beobachten. Natürlich sollen weder Iago noch Nerea mich dabei sehen.

Germán redet mit Iago. Unterdessen schleppt Nerea den einen oder anderen Klotz herbei. Mein Mann erfindet sicher irgendwelche Ausreden. Iago nickt, dann schüttelt er auf einen Satz von Germán heftig den Kopf. Germán geht zu Nerea. Sie lächelt. Was zum Teufel hat er gesagt? Und weshalb legt er ihr den Arm um die Schultern? Iago beginnt, mit der Axt den Holzklotz zu bearbeiten. Er hat Kraft und Geschick. Plötzlich schaut er zu mir hoch. Ich ducke mich so schnell wie möglich. Ob er mich gesehen hat? Ich höre die Axt und nähere mich wieder vorsichtig dem Fenster. Iago arbeitet konzentriert. Seine Armmuskeln spannen sich. Ist das der Körper von den Fotos? Schlank, unbehaart, sehnig. Wenn es doch ein Muttermal gäbe oder irgendetwas, das ihn verriete.

»Was machst du da? Sag bloß, du beobachtest den Jungen?«

Germán ist ins Wohnzimmer gekommen.

»Nein, nein«, antworte ich schnell. »Hast du ihnen gesagt, dass sie gehen sollen?«

Plötzlich entdecke ich hinter dem Sofa ein fast leeres Glas. Es enthält Reste einer dunklen Flüssigkeit.

»Ich habe Iago gesagt, er braucht nicht weiterzumachen. Ich erledige den Rest«, antwortet Germán.

»Hast du das wirklich gesagt?«

»Ja, klar. Aber er hat darauf bestanden, noch schnell ein paar Klötze klein zu machen. Ich will sie ja auch nicht rausschmeißen, oder?«

»Okay. Tust du mir einen Gefallen?«

»Was denn?«

»Ich gehe jetzt runter und sage ihnen noch mal Hallo. Aber ich will mit dem Kerl allein reden. Ich werde Nerea bitten, ein paar Holzscheite für den Kamin heraufzubringen. Dann hältst du sie hier oben fest.«

»Meinst du wirklich?«

»Tu mir den Gefallen, bitte. Und verlier Iago und mich nicht aus den Augen.«

»Ich soll euch beobachten?«

»Ja, für alle Fälle.«

»Wenn du willst, geh ich mit dir runter.«

»Nein, er soll nicht denken, dass ich Angst vor ihm habe.«

Ich gehe in den Garten. Nerea kommt mir entgegen.

»Hallo Nerea, Germán möchte, dass du ihm ein paar Holzscheite hochbringst, damit er den Kamin ausprobieren kann. Machst du das bitte? Und hör mal, wer von euch hatte denn die Idee, herzukommen?«

»Ich nicht, das kannst du mir glauben.«

Nerea holt ein paar Holzscheite. Ich nutze die Gelegenheit und gehe auf Iago zu. Mit festen Schritten, damit er nicht denkt, dass ich mich vor ihm fürchte. Ich will auf keinen Fall die Nerven verlieren.

»Wie kommst du dazu, hier aufzutauchen?«

»Dein Mann hat mich drum gebeten. Ist das etwa ein Problem?«, fragt er dreist zurück. Seine Stimme klingt ein bisschen undeutlich. Während er mit mir spricht, hört er nicht mit dem Holzhacken auf. Als wäre ich eine lästige Fliege, die man mit einer Handbewegung verscheuchen kann.

»Ich will nicht, dass du noch einmal herkommst. Und versuch nicht, mich einzuschüchtern. Ich habe keine Angst vor dir. Und zieh dir ein T-Shirt an, okay? Es ist Mitte Februar. Mach Schluss hier, und zwar sofort.«

»Gefällt dir nicht, was du siehst, oder gefällt es dir zu sehr?«

»Mach dir eins klar: Ich bin nicht Viruca. Mich kannst du nicht verführen oder provozieren oder …«

»Ich glaube, du hast zu viel Phantasie.«

Mit glasigen Augen schaut er mich an, und jetzt sehe ich seine geweiteten Pupillen. Ist er etwa auf Drogen? Bei mir zu Hause?

»Aber vor allem solltest du aufhören, deine Nase in Dinge zu stecken, die dich nichts angehen«, fährt er fort. »Ich weiß, dass du im Sportstudio herumgeschnüffelt hast und in die Wohnung einer Toten eingedrungen bist. Schämst du dich nicht?«

»Dazu hatte ich die Erlaubnis. Und dir bin ich überhaupt keine Rechenschaft schuldig.«

»Ich finde es auf jeden Fall besser, wenn wir schön brav bleiben.«

»Werd nicht frech. Wenn ich nachforsche, dann nur deshalb, weil ihr mich dazu zwingt. Du kannst nicht erwarten, dass ich nichts unternehme, wenn du mich mit Fotos erpressen willst.«

»Fotos?«

»Tu nicht so unschuldig, du weißt genau, wovon ich spreche.«

»Nein, weiß ich nicht, ich schwör's dir.«

»Hör zu, Iago, mich führst du nicht hinters Licht. Mich nicht. Ich werde herausfinden, was ihr mit Viruca gemacht habt, darauf kannst du Gift nehmen. Weißt du, warum? Weil ich euch nur so wieder loswerde. Und jetzt hab ich auch die Mittel dazu.«

»Ach ja?«

»Willst du etwa behaupten, du hättest keine SMS bekommen?«

Iago starrt mich an und schweigt. In seinem Blick liegt so viel Hass, dass ich ihn kaum ertrage. Iago hebt die Axt und schlägt auf den Holzklotz ein. Ich nutze den Moment, um zum Fenster hochzuschauen. Da steht Germán mit Nerea. Doch sie beobachten uns nicht. Ich sehe, wie Nerea Germán etwas in die Brusttasche steckt. Was zum Teufel ist das? Ein Zettel mit ihrer Telefonnummer?

»Dass wir hier sind, soll nur eine kleine Warnung sein.« Iago sieht mich mit seinen gespenstisch geweiteten Augen an. »Damit du siehst, wie leicht es ist, in dein Haus einzudringen, mit deinem Mann Party zu machen. Der ist ja wirklich gut drauf. Wir freunden uns mit ihm an und sorgen dafür, dass er denkt, du spinnst total. So tolle Kids können dir doch nicht das Leben zur Hölle machen …« Das ist jetzt richtig krank. Richtig gemein. Richtig böse. Und was soll das heißen, Germán ist gut drauf? »Komm, lass es sein«, fährt der Kerl fort. »Das ist besser so für alle. Mach einfach deinen Unterricht und fertig.«

»Willst du mir etwa in meinem eigenen Haus drohen?!«

»Ich drohe dir doch gar nicht, verdammt.« Zum ersten Mal verliert er die Ruhe. »Das hier ist eine Nummer zu groß für dich und mich. Checkst du das nicht? Vergiss es einfach, vergiss diesen blöden Feigling von Mann, den Viruca hatte, und vergiss vor allem sie selbst. Sie hat sich umgebracht, und das war's.«

»Der hier was nicht checkt, bist du, Iago. Ich will ja mit der ganzen Sache gar nichts zu tun haben. Ihr zwingt mich dazu. Hört auf, mir zu drohen, hört auf, mich zu erpressen, und ich vergesse alles sofort.«

»Keine Ahnung, was für ein Film da in deinem Kopf abläuft. Ich hab dich nicht erpresst.«

Ich sehe Nerea kommen.

»Gehen wir?«, fragt das Mädchen. »Ich will ein bisschen schlafen.«

Iago starrt mich an. Dann sagt er: »Ich hol meine Sachen.«

Er lässt die Axt fallen und geht in die Garage. Nerea und ich schauen schweigend zu, wie er sich Sweatshirt und Lederjacke anzieht. Er streichelt Nanuk, der Hund lässt es sich gern gefallen.

»Ein netter Typ, dein Mann«, sagt Nerea. »Macht wohl gern Party. Scheint gar nicht zu dir zu passen.«

Was soll diese Bemerkung? Party? Haben sie zusammen gefeiert?

»Was hast du Germán in die Tasche gesteckt?«

»Ich? Gar nichts.«

Iago kommt heran.

»Gehen wir?«

Nerea nickt. Iago legt ihr den Arm um die Schultern und starrt mich an.

»Ich hab keine Lust, noch mal herzukommen. Zwing mich bloß nicht dazu«, zischt er. Dann gehen sie.

Rasend vor Wut stürme ich nach oben, um Germán zur Rede zu stellen. Nanuk folgt mir dicht auf den Fersen.

»Lad die nie wieder hierher ein, hörst du? Nie wieder!«

»Schon gut, schon gut, ich hab's verstanden.«

Wie eine Furie versuche ich die Hand in seine Brusttasche zu stecken, auf der Suche nach einem Zettel.

»Was machst du da? Was suchst du?«

»Was hat sie dir in die Tasche gesteckt?«

»Was soll das, Raquel?«

»Ich hab's genau gesehen.«

Germán hebt die Arme zum Zeichen, dass ich ihn durchsuchen soll. Ich finde nur einen Fünfzig-Euro-Schein. Und ein Kleenex. Ich drehe es hin und her, um zu sehen, ob darauf eine Telefonnummer notiert ist. Aber da ist nichts.

Germán schaut mich spöttisch an. »Na, zufrieden?« Ich antworte nicht. »Erzählst du mir jetzt endlich, weshalb du so ausgetickt bist?«

»Er hat mir gedroht, Germán! Dieser Kerl hat mich bedroht!«

»Was? Was hat er denn gesagt?«

»Dass ich ihn nicht zwingen soll, noch mal zu kommen.«

»Wohin denn?«

»Na, hierhin natürlich. Begreifst du denn nicht, dass er nur hergekommen ist, um mich einzuschüchtern? Und du lädst ihn auch noch ein! Ihr habt hier gefeiert, stimmt's? Du hast sie mit nach Hause genommen, oder etwa nicht?«

»Wie kommst du denn da drauf?«

Wutentbrannt hole ich das Glas hinter dem Sofa hervor.

»Und was ist das hier?« Ich rieche daran. »Da ist Schnaps drin. Und du siehst aus, als hättest du kaum geschlafen!«

Ich schaue ihn genau an.

»Und deine Pupillen sind genauso geweitet wie seine. Um Gottes willen, Germán, hast du wirklich bei uns mit meinen Schülern gefeiert und mit ihnen etwas eingeworfen?«

»Nein, ich sag's dir doch …«

»Gib es endlich zu, du hast mit ihnen gefeiert. Bevor ich völlig den Glauben an dich verliere. Mein Gott, führ mich nicht an der Nase herum. Nicht auch noch du. Siehst du nicht, wie's mir geht? Wenn du mich nur ein kleines bisschen liebst, dann sagst du mir jetzt die Wahrheit!«

Endlich ändert Germán sein Verhalten.

»Okay, Raquel, entschuldige. Du bist so hysterisch geworden, da dachte ich, es wäre besser, dir nichts davon zu sagen. Tut mir leid. Entschuldige bitte …«

»Ihr habt also hier gefeiert?«

»Ja.«

»Wie ist das passiert? Wie haben sie es geschafft, hier reinzukommen?«

»Ich hab dir doch erzählt, dass Iago gestern Abend mit seinem Vater im Restaurant war. Dann haben sie noch ein paar Gläser getrunken. Demetrio und ich haben uns zu ihnen gesetzt und auch was getrunken. Und später habe ich Iago und Nerea in der Kneipe getroffen …«

»Habt ihr Drogen genommen?« Germán druckst herum. »Habt ihr welche genommen, ja oder nein?«

»Nerea hatte Ecstasy dabei …«

»Oh, Scheiße!«

»Bitte entschuldige. Mir war nicht klar, dass das so schlimm ist …«

»Das war dir nicht klar?«

»Ich sag dir doch, es tut mir wahnsinnig leid! Ich weiß nicht, was mit mir los war … Keine Ahnung … Wir waren so gut drauf, ich habe mich gefühlt wie früher, als ich selbst noch so jung war, wie damals im Sommer … Entschuldige, ich bin ein Idiot.«

»Ja, das bist du. Und die sind sehr clever. Checkst du denn gar nichts? Das haben sie gemacht, um mich zu provozieren. Erst haben sie Viruca in den Wahnsinn getrieben, und jetzt wollen sie dasselbe mit mir machen. Egal, wie. Und wenn sie dich dafür benutzen müssen, dann tun sie das eben. Nur, damit sie mich kleinkriegen.«

»Aber weshalb denn? Weshalb wollen sie dich fertigmachen?«

»Ich weiß es nicht, ich weiß es wirklich nicht. Aber es ist wichtig, dass du mir glaubst, Germán. Dass du auf meiner Seite bist. Und dass du mich nicht belügst. Denn wenn ich dir nicht mehr vertrauen kann, dann packe ich sofort meine Koffer und gehe nach A Coruña zurück. Dann können mir die Schüler und meine Arbeit und Novariz den Buckel runterrutschen.«

Ich bin völlig außer Fassung. Germán nimmt mich in den Arm.

»Aber natürlich bin ich auf deiner Seite. Wo denn sonst?«

»Du weißt, dass ich nicht so leicht ausflippe, oder? Dass ich nicht unter Verfolgungswahn leide. Wenn ihr mir aber so viel Anlass dazu gebt, dann bleibt mir nichts anderes übrig.«

»Na, komm schon. Ich bin ja bei dir, Quela. Du kannst auf mich zählen.«

Langsam beruhige ich mich, gewinne in seinen Armen die Fassung zurück.

»Wie konntest du nur mit ihnen Drogen nehmen? Also echt …«

»Es tut mir echt leid, wirklich.«

Ich schmiege mich an ihn. Am liebsten würde ich herausfinden, ob er bei mir bleiben, mir glauben wird, egal was geschieht und auch wenn er die verfluchten Fotos zu Gesicht bekommt. Aber dies ist natürlich nicht der richtige Moment.

Jetzt muss ich erst mal unter die Dusche, mir das Wasser über Kopf und Körper laufen lassen. Mich entspannen, die Müdigkeit und den Horror loswerden.

Ich gehe ins Bad, drehe die Dusche auf und ziehe mich aus, warte, dass das Wasser warm wird. Mit der Hand fühle ich, ob die Temperatur stimmt. Dann steige ich in die Wanne, ziehe den Duschvorhang zu und lasse mich vom warmen Wasser beregnen. Seife mich ausgiebig ein, als wollte ich meinen Körper und meinen Geist vom Ärger und Schmutz dieser Tage befreien.

Plötzlich geht mir ein Licht auf. Iago hat mich gebeten, fast gebettelt, dass ich nicht weiter nachforschen soll. Dass ich meine Nase nicht in Dinge stecken soll, die mich nichts angehen. Weil die Sache eine Nummer zu groß ist, für ihn und für mich. Und das, das ist tatsächlich etwas Neues. Das ist der Beweis, dass Mauro recht hatte. Dass er nicht übertrieben hat. Dass mit Virucas Selbstmord tatsächlich etwas nicht stimmt. Und dass ich es nicht herausfinden soll.

Iago hat mich bedroht, damit ich nicht weiter nachforsche.

Ich muss mit Mauro sprechen. Muss mir von ihm alles genau erzählen lassen. Denn jetzt weiß ich, dass aus ihm nicht das Schuldgefühl spricht, weil er den Selbstmord seiner Frau nicht verhindert hat. Jetzt weiß ich, dass er recht hat. Viruca ist ermordet worden.

Kapitel 35

Mauro freut sich riesig, dass ich ihm endlich glaube. Er hat wieder den Wermut rausgeholt, von dem er mir neulich angeboten hat, und trinkt ein Glas, während er mir zuhört.

Ich rede vorsichtig über Virucas zweites Handy. Er leidet sichtlich, als ich von den Nachrichten und den Fotos berichte.

»Ich will sie sehen. Hast du das Handy dabei?«

»Nein.«

»Nein?«, fragt er sichtlich enttäuscht.

»Ich möchte es erst mal im Versteck lassen. Nicht dass es mir jemand klaut.«

»Na gut. Aber irgendwann muss ich sie sehen.«

»Das könnte dir sehr wehtun, Mauro.«

»Vielleicht erkenne ich ja eine der Telefonnummern.«

»Sobald ich zu Hause bin, schicke ich dir die Nummern. Aber jetzt musst du mir alles erzählen, Mauro. Stimmt es, dass Viruca dir ein Abschiedsvideo geschickt hat? Wer hat ihre Leiche gefunden? Und in welchem Zustand war sie? Wo genau ist sie aufgetaucht? Wann hast du sie das letzte Mal lebend gesehen? Ich muss alles wissen.«

Mauro nickt und beginnt zu erzählen.

»Am 8. Januar um neun Uhr morgens kam ein Anruf von der Guardia Civil, ich solle eine Leiche identifizieren. Dieser Tag war der schlimmste meines Lebens, er hat sich mir wie mit Feuer eingebrannt. Niemals werde ich ihn vergessen.«

Mauro erzählt mir, wie man ihn ins Leichenschauhaus

führte, das Leichentuch hob, und wie schwer es ihm fiel, nicht umzufallen, als er sah, dass Viruca die Tote war. Und wie er es dann seinen Schwiegereltern beibringen musste.

»Ein paar Tage später fand die Guardia Civil Virucas Kleider am Flussufer, ein paar Kilometer oberhalb des Stausees. Soll ich dir den Platz zeigen?«

Wir steigen in seinen Jaguar und nehmen eine Landstraße, die zum Río Lima hinunterführt. Nicht weit vom Fluss lassen wir den Wagen stehen und gehen ins Unterholz. Schließlich erreichen wir eine kleine Lichtung am Ufer. Der Fluss strömt breit und gemächlich dahin. Genau richtig für eine Bootsfahrt. Aber nicht, um an einem kalten Tag wie heute nackt ins Wasser zu springen.

»Hier war es. Hier haben sie ihre Kleider gefunden. Hier ist sie angeblich ins Wasser gegangen.«

Ich knie nieder und halte die Hand ins Wasser. Es ist nicht so kalt, wie ich gedacht habe.

»Wegen der heißen Quellen gibt es hier warme Strömungen. Aber trotzdem bezweifle ich es, dass sie aus freiem Willen in den Fluss gesprungen ist.«

»Glaubst du, sie hätte eine andere Art gewählt, um sich das Leben zu nehmen?«

»Keine Ahnung. Darüber spricht man ja normalerweise nicht mit seiner Frau. Wie würdest du dich am liebsten umbringen, Schatz? Auf jeden Fall glaube ich nicht, dass man sie gezwungen hat, an dieser Stelle ins Wasser zu gehen«, schließt Mauro.

»Warum nicht?«

»Wenn man sie mit Gewalt ertränkt hat, dann wahrscheinlich woanders, um hier keine Spuren zu hinterlassen. Vielleicht hat man sie gezwungen, sich woanders auszuziehen, hat sie dort ins Wasser gestoßen und nicht wieder herausgelassen. Dann hat man ihre Kleider hierher gebracht, damit es so aussah, als hätte sie sich das Leben genommen.«

Mauro hat viel Zeit gehabt, über seine Theorie nachzudenken. Und sie könnte tatsächlich stimmen. Wenn es so war, dann stecken hinter diesem Mord Leute, die alles sehr genau geplant und es geschafft haben, nicht nur die Guardia Civil, sondern auch den Untersuchungsrichter in die Irre zu führen.

Trotzdem scheint mir etwas nicht ins Bild zu passen.

»Und was ist mit dem Abschiedsvideo, das sie dir geschickt hat? Glaubst du, dazu hat man sie auch gezwungen? Konnte man erkennen, ob sie bedroht wurde?«

»Willst du es sehen?«

Mauro zieht das Handy raus, sucht das Video und geht, als er es findet, unter einen Baum, damit man in der Nachmittagssonne etwas erkennen kann.

»Komm her und schau's dir an.«

Mauro drückt auf Play. Es ist eine sehr kurze Nachricht. Das Video ist ein wenig von unten aufgenommen. Im Vordergrund ist Viruca zu sehen, dahinter ein bewölkter Himmel. Nach ein paar Sekunden beginnt sie zu sprechen.

»Es tut mir so leid! Ich kann nicht mehr! Es tut mir leid!«

Zum ersten Mal höre ich Virucas Stimme. Und sehe sie sich bewegen. Noch nie habe ich darüber nachgedacht, wie ihre Stimme klingen mag. Jetzt bin ich überrascht. Sie hört sich kehlig, heiser an. Zuerst scheint die Stimme nicht zu Virucas eleganter, zarter Erscheinung zu passen, doch dann kann man sie sich nicht mehr anders vorstellen. Die Stimme steigert noch Virucas Attraktivität.

Schon ist das Video zu Ende.

»Das war alles?«

»Ja.«

Irgendetwas an diesem Video scheint mir nicht zu stimmen.

»Sie spricht dich nicht mit deinem Namen an … Und man sieht keine Handbewegung, wie sie die Aufnahme ein- oder ausschaltet.«

»Was willst du damit sagen?«

»Dass sie das Video offensichtlich bearbeitet, geschnitten hat. Man sieht nicht, wie sich ihr Finger dem Aufnahmeknopf nähert. Wusste sie, wie man Videos schneidet?«

»Na ja, mit dem Handy ist das ziemlich einfach, oder?«

»Also, ich zum Beispiel kann das nicht, hab mir nie die Mühe gemacht, es zu lernen. Mein Mann lästert immer darüber.«

»Ich glaube, sie konnte das.«

»Okay, aber wozu hat sie es überhaupt geschnitten?«

»Keine Ahnung, vielleicht hat sie am Schluss geheult und wollte nicht, dass ich es sehe …«

»Oder vielleicht war das Video länger, und derjenige, der es dir geschickt hat, wollte, dass du nur diesen Teil siehst.«

»Was meinst du damit? Denkst du, das war nicht sie selbst? Es kam von ihrem Telefon.«

»Ja, schon. Aber diese drei kurzen Sätze können auch aus einer Aufnahme stammen, die nicht für dich bestimmt war, sondern für jemand anders. Und es muss nicht unbedingt die Abschiedsbotschaft einer Selbstmörderin sein.«

»Meinst du wirklich?«

»Immerhin wäre es möglich. Wenn der oder die Mörder, wie du sagst, in der Lage waren, alles genau zu planen, weshalb sollten sie dann nicht unter ihren Videos eins ausgewählt und geschnitten haben?«

Beeindruckt schaut Mauro mich an.

»Könnte sein. Weshalb bin ich nicht selbst darauf gekommen? Und weshalb ist niemand anders darauf gekommen, zum Beispiel die Guardia Civil?«

Vielleicht, weil ich eine Information habe, über die sie nicht verfügen. Doch noch will ich sie nicht mit Mauro teilen. Ich weiß, dass sie den Typ, der ihr die Fotos auf ihr anderes Handy geschickt hatte, nicht mehr sehen wollte. Sie hatte ihm geschrieben, dass er sie in Ruhe lassen sollte. Vielleicht hat sie ihm auch eine Videobotschaft geschickt, dass es ihr leidtue, aber dass sie Schluss machen müsse. Na gut, es ist nur eine vage Möglichkeit, aber ich will sie nicht ausschließen.

»Für wen mag denn dieses Video bestimmt gewesen sein?«, rätselt Mauro. »Für Iago?«

»Kann schon sein. Vielleicht auch für jemand anderes.«

»Wie kann jemand in so kurzer Zeit zu einer Unbekannten werden? Ich bin ihr nie untreu gewesen. Nie.«

»Na ja, ihr wart ja nicht mehr zusammen, oder?«

»Nein.«

»Dann war sie dir theoretisch und praktisch auch nicht untreu. Mauro, darf ich dich etwas fragen?«

»Was immer du willst.«

»Wie groß waren die finanziellen Probleme, die ihr beiden hattet?«

Mauro schaut mich misstrauisch an.

»Was hat man dir erzählt?«

»Nicht viel. Aber man hatte euch in letzter Zeit oft streiten gehört, und dabei ging es auch um Geld.«

»Weshalb fragst du mich das? Traust du mir etwa nicht?«

»Doch, doch. Ich will nur so viele Informationen zusammentragen wie möglich. Wenn ihr finanzielle Probleme hattet, dann hat sie sich vielleicht mit jemand eingelassen, von dem sie dachte, er könnte helfen.«

»Wir hatten tatsächlich Probleme. Große sogar. Wir haben sehr viel Geld verloren, vor allem durch meine Schuld. Viruca hatte einen teuren Geschmack. Und ich konnte nie nein sagen.«

»Wenn man ihren Kleiderschrank sieht, weiß man, dass sie gern Geld ausgab.«

»Du hast in ihren Kleiderschrank geschaut?« Ich schweige kleinlaut. »Ganz ruhig, das ist völlig in Ordnung. Ich hab dir ja die Wohnungsschlüssel gegeben, damit du dir alles ansiehst. Wir hatten einen Lebensstandard, der viel höher war, als zwei Lehrer es sich erlauben können. Das ging nur, weil wir von unseren Eltern Geld bekamen. Aber ich habe schlecht investiert. Was ich an der Börse angelegt hatte, war über Nacht verloren. Und was ich in das Unternehmen der Acebedos und andere Geschäfte gesteckt hatte … Na ja, alles in allem ein Desaster. Wir mussten das Häuschen am Meer verkaufen, ihre Eltern anpumpen. Meine Erbschaft hatte ich schon verloren … Es war ziemlich unangenehm. Wir haben uns schrecklich gestritten. Ich habe ihr vorgeworfen, mich in dieses absurde Luxusleben hineingezogen zu haben, sie warf mir vor, dass ich mich übernommen hätte. Ich habe sie beschuldigt, sie hätte mich zu einem Snob gemacht, einem lächerlichen Yuppie!« Er hält inne, denkt einen Moment nach. »Jetzt klingt es gar nicht mehr so schrecklich. Vielleicht, weil ich es ein bisschen weniger schlimm beschreibe, als es war; vielleicht aber auch, weil wir, Viruca und ich, ein Paar waren, das sich selten stritt. Bis eben diese Probleme anfingen. Ich weiß, es gibt Paare, die dauernd Krach haben und dennoch zusammenbleiben Aber wir waren früher nicht so. Als wir zu streiten anfingen, begannen wir, unsere Beziehung zu zerstören. Kannst du dir vorstellen, wie das ist, wenn du dein hässlichstes Gesicht zeigst und das hässlichste Gesicht deiner Frau siehst und das nicht mehr rückgängig machen kannst? Du kannst nicht mehr zurück, denn du hast das Monster rausgelassen, das in dir wohnt, und das Monster gesehen, das im anderen wohnt. Und mit einem Monster will schließlich niemand zusammenleben.«

Seine Worte beeindrucken mich. Ich verstehe ihn gut. Niemand will mit einem Monster zusammenleben. Das wird auch Germán denken, wenn er die Wahrheit herausfindet. Wie kann ich ihm verdenken, dass er mich verlassen wird, wenn er den Verrat entdeckt, den ich begangen habe? Andrerseits überwinden die Menschen so etwas ja auch. Wie viel Untreue, wie viel Verrat wird verziehen, tausendfach, millionenfach. Und die Leute leben weiter. Vielleicht mit Wunden, die nur schlecht verheilen, doch irgendwie verheilen sie. Manche Ehen überleben das alles. Andere dagegen nicht. Zu welcher Sorte gehören wohl Germán und ich?

»Dann glaubst du also, dass ihr nicht wieder zusammengekommen wärt?«, frage ich Mauro.

Er denkt nach, bemüht sich sichtlich, genau zu formulieren.

»Auf kurze Sicht wahrscheinlich nicht. Aber langfristig gesehen glaube ich schon. Ich konnte den Gedanken ertragen, dass wir uns trennen, dass wir uns meinetwegen auch scheiden lassen, aber eine Zukunft ohne sie konnte ich mir nicht vorstellen. Ich musste daran glauben, dass wir irgendwann wieder zusammenkämen. Deshalb fällt es mir so schwer, mich daran zu gewöhnen, dass sie nicht mehr da ist. Dass sie nie mehr da sein wird. Sie ist so … lächerlich, diese Vorstellung. So absurd. Erinnerst du dich daran, wie du als kleines Kind zum ersten Mal versucht hast, dir die Unendlichkeit vorzustellen oder den Tod? Jeden Tag stehe ich auf und muss mich erst mal mühevoll an den Gedanken gewöhnen, dass sie nicht mehr da ist. Ein hartes Stück Arbeit, nie hat mich etwas so viel Mühe gekostet wie diese halbe Stunde, in der ich mich morgens zwingen muss, die Welt für mich neu zu ordnen. Eine Welt, in der sie nicht mehr existiert. Es gibt Tage, an denen ich es nicht akzeptieren kann. An solchen Tagen hat nichts einen Sinn, nichts ist der Mühe wert. Da laufe ich orientierungslos durch die Wohnung, die Schule, die Stadt, das Leben.«

Ich sehe, wie zerbrechlich er ist. Und fühle mich furchtbar egoistisch, denn trotz seiner Verletzlichkeit, seines Schmerzes kann ich nur an meinen eigenen denken. Mich nur in ihm spiegeln. So wird es mir gehen, wenn Germán nicht mehr bei mir ist. Ich werde so werden wie Mauro, nur werde ich morgens viel länger brauchen als eine halbe Stunde, um die Welt neu zu ordnen.

Ich trete ans Ufer, schaue über das Wasser. Wie überlebt man einen solchen Schlag?

Mauro kommt zu mir, sieht, wie betroffen ich bin.

»Alles okay?«

»Ja, ja, natürlich …«

»Entschuldige. Nimm es nicht allzu ernst.«

»Wollen wir gehen? Das nächste Mal bringen wir Angelruten mit und gehen fischen, das ist sicher unterhaltsamer.«

Er dankt mir meinen Versuch, das Thema zu wechseln, mit einem Lächeln.

»Komm, gehen wir was trinken. Ich lade dich ein. Außer du möchtest möglichst schnell diesem depressiven, düsteren Menschen entkommen. Das könnte ich völlig verstehen.«

Wie anziehend er ist, wenn er die Traurigkeit abschüttelt!

»Ich könnte einen Wermut vertragen, einen wie den, den du mir neulich angeboten hast.«

»Ich weiß, wo's den gibt. Und ich verspreche dir, dass ich nicht mehr über Viruca spreche oder über die Ehe oder den Tod. Einverstanden?«

»Sehr sogar.«

Mauro nimmt mich mit in eine alte Bar im ehemaligen jüdischen Viertel von Novariz, von dem nur noch zwei Straßenzüge übrig sind. Hier gibt es auch eine Bäckerei, in der nach überlieferten jüdischen Rezepten gebacken wird. Lebhaft erzählt Mauro von den *Mamules* aus getrockneten Früchten und Orangenblütenwasser, den *Ghorayebah* aus Hafermehl, den *Kijele de Mon* mit Mohnsamen.

»Nachher kaufe ich dir noch ein paar von diesen *Kijele*. Die sind ziemlich süß, finde ich, aber du musst sie unbedingt mal probieren. Bei jedem Bissen schmeckst du ein Stück Geschichte.«

Offensichtlich ist Mauro ein Kenner der jüdischen Geschichte Galiciens. Und wie jeder gute Lehrer gibt er nur zu gern seine Kenntnisse weiter. Er macht das mit solcher Leidenschaft, dass ich nach dem dritten Wermut alle Bücher über die sephardischen Juden Galiziens kaufen möchte. Ich muss alles über sie wissen, wie sie hergekommen sind, sesshaft wurden, wie schließlich viele von ihnen zum Christentum übertraten, um die schreckliche Zeit der Inquisition zu überleben. Wie viele andere getötet wurden oder fliehen mussten, um nicht dasselbe Schicksal zu erleiden.

Plötzlich ist Mauro nur noch der leidenschaftliche Geschichtslehrer, der sein Wissen weitergibt. Vielleicht liegt es am Alkohol und der gemütlichen Atmosphäre der Bar, in der ein Kamin wohlige Wärme verbreitet, vielleicht daran, dass wir eine Stunde lang nicht vom Tod oder von Trennung sprechen: Plötzlich fühle ich mich befreit von der Angst, die mich seit Wochen im Griff gehabt hat.

»Vielen Dank«, sage ich, als er eine Pause macht. Fragend schaut er mich an. »Durch deine Geschichten ist der Knoten in meinem Bauch verschwunden.«

Mauro lacht. »Ach so. Das liegt aber nicht an mir, sondern eher am Wermut.«

»Na, dann trinken wir doch noch einen, bevor wir gehen.«

»Okay, und dann holen wir die *Kijele*.«

»Einverstanden.«

Kapitel 36

Auf dem Heimweg habe ich eins der *Kijele* gegessen. Mauro hatte recht, sie sind sehr süß und ziemlich klebrig. Ich versuche ein Stückchen jüdischer Geschichte zu schmecken, doch will es mir nicht gelingen. Wahrscheinlich ist das *Kijele* ohne den Wermut und Mauros Worte nichts weiter als das: ein süßes Teilchen. Trotzdem versuche ich abends vor dem Schlafengehen Germán alles weiterzugeben, was ich gelernt habe.

»Sehr lecker«, sagt er, als er probiert. »Die könnten wir sogar im Restaurant anbieten. Und dazu in einer Broschüre die jüdische Geschichte der Gegend erzählen. Kulturgeschichte kommt bei den Touristen ja immer gut an. Wie hast du die denn entdeckt? Ich bin ja von hier und hatte keine Ahnung davon.«

Ich will gerade antworten, da geht auf meinem Handy eine Nachricht ein. Es liegt auf dem Tisch. Ich greife danach.

»Schlechte Nachrichten?«, fragt Germán, als er mein Gesicht sieht.

»Nein, warum?«

»Weil du so aussiehst. Wer schreibt denn?«

»Tere. Es ist nichts weiter. Sie war in Mutters Wohnung in A Coruña und hat auf dem Sofa ein Glas Rotwein verschüttet.«

»Das hast du davon, dass du sie immer dort übernachten lässt.«

»Schon gut …«

Keine Ahnung, wie ich das so schnell erfunden habe. Ich

habe nur Augen für die Nachricht, lese wieder und wieder, was da steht: »Ich will Virucas Handy. Leg es morgen früh in das Schließfach Nr. 7 am Busbahnhof und wir vergessen das Ganze.«

Ich erfinde einen Vorwand und gehe in die Garage, um nachzuschauen, ob diese Nummer auf Virucas Handy gespeichert ist. Nanuk folgt mir wie immer auf dem Fuß. Ich hole das Handy aus dem Handschuhfach, schalte es ein und vergleiche die Nummern. Tatsächlich ist es die Nummer des Kerls mit den Fotos. Jetzt hat er sich verraten. Aber das scheint ihm nichts auszumachen. Ich muss entscheiden, was ich tun will. Ob die Erpressungen wirklich aufhören, wenn ich das Handy abliefere? Bin ich wirklich bereit, das Telefon, meine einzige Sicherheit, aus der Hand zu geben? Aber selbst wenn es Iago ist und er Wort hält: Was ist mit Roi und Nerea? Wie kann ich sicher sein, dass sie nicht weitermachen mit ihren schmutzigen Spielchen? Außerdem habe ich das Gefühl, Mauro im Stich zu lassen, wenn ich darauf eingehe. Sicher, das ist im Moment nicht meine größte Sorge. Ich will nur, dass Germán nie davon erfährt. Doch ich habe das Gefühl, die Sache ist nicht damit erledigt. Jetzt, wo ich weiß, dass mein Bluff funktioniert hat, dass er wirklich das Handy haben will, darf ich es um keinen Preis aus der Hand geben. Das einzig Vernünftige ist, es besser zu verstecken.

Während Germán schläft, suche ich die halbe Nacht nach einem sicheren Versteck.

Am nächsten Tag bemühe ich mich, die ganz normale Spanischlehrerin zu spielen. Ich erzähle von Emilio Pardo Bazán und seinem Roman »Pazos de Ulloa«. Außer den dreien, die dasitzen, als sei nichts geschehen, kann sich wohl keiner vorstellen, welche Qualen ich durchmache. Ich werde immer mehr zu einer perfekten Lügnerin. Wie eine Spionin erfinde ich mir eine Identität, um die wirkliche zu verbergen: die einer Frau inmitten eines Feuersturms, aus dem sie keinen Ausweg weiß.

Ich stoße eine Diskussion über das Galicien von heute und vor hundertfünfzig Jahren an, wie Bazán es schildert. Das Feudalsystem, das Bazán in seinem Roman über das ländliche Galicien im 19. Jahrhundert beschreibt, hat wenig mit den heutigen Verhältnissen zu tun. Aber die Mächtigen beuten immer noch die Machtlosen aus, inzwischen sogar mit deren unbewusster Einwilligung. Schaffen unterwürfige Sklaven, die nicht einmal wissen, dass sie es sind. Ich übertreibe meinen Standpunkt, um die Schüler anzustacheln, zum Widerspruch herauszufordern. Während die Schüler ein Streitgespräch beginnen, das sehr schnell politisch wird, überlege ich meine nächsten Schritte, bin physisch anwesend, während meine Gedanken abschweifen.

Ich betrachte Roi. Die wenigen Beweise, die ich bis jetzt in der Hand habe, legen nahe, dass er die Wahrheit sagt, dass er nicht hinter dem Mobbing steckt. Dass es eher Iago war, obwohl der ziemlich glaubhaft abgestritten hat, etwas mit dem Diebstahl der Fotos aus meiner Cloud zu tun zu haben. Ob es also Nerea war? Ob sie meinen Computer und mein Handy gehackt und die Fotos gestohlen hat? Soll ich mich mal mit ihr außerhalb der Schule unterhalten? Kann ich etwas von ihr erfahren?

Doch vielleicht ist es besser, wenn ich erst noch mal mit Roi rede. Ihm klarmache, dass ich ihm glaube. Ich muss es schaffen, unter vier Augen mit ihm zu sprechen, damit er ohne Angst redet.

Die Debatte ist hitzig geworden, ich muss eingreifen und die Gemüter beruhigen. Das soll ja nicht wie eine Politikertalkshow im Fernsehen werden, beschwichtige ich. Doch kann ich mir kaum Gehör verschaffen, ich habe die Bestie in ihnen geweckt, und jetzt sind sie nicht mehr bereit, zuzuhören. Nur gut, dass die Stunde zu Ende geht. Lärmend verlassen sie das Klassenzimmer.

Auf den Karteikarten der Schüler finde ich Rois Telefonnummer, speichere sie auf mein Handy. Dann schaue ich aus dem Fenster und warte, bis er im Haupteingang erscheint. Jetzt ist große Pause, da gehen alle nach draußen und drehen eine Runde durchs Städtchen. Als ich ihn allein sehe, rufe ich ihn an.

»Hallo Roi, ich bin's, Raquel. Komm bitte mal ins Sprechzimmer.«

»Warum?«

»Ich möchte dir etwas sagen. Aber es soll keiner mitbekommen.«

»Jetzt gleich?«

»Ja. Deine Kumpels sollen nichts davon mitkriegen, okay?«

Roi legt auf, ich sehe, wie er in die Schule zurückkehrt.

Ich weiß nicht genau, was ich ihm sagen soll. Ich muss es schaffen, dass er sich mir öffnet. Es ist ein riskantes Manöver. Vor allem, weil nicht klar ist, ob ich ihm vertrauen kann. Aber ich habe das Gefühl, dass ich es jetzt darauf ankommen lassen muss.

Ich gehe zur Verwaltung hinunter. Da kommt mir Isa entgegen. Sie fragt mich, wie das Wochenende in A Coruña war und wie es mit der Wohnung läuft. Sie habe ein paar Freunde, die vielleicht interessiert sind. Ich antworte, sie sollen mich anrufen, sehr gern zeige ich ihnen die Wohnung. Roi geht an mir vorbei, schaut mich fragend an. Ich bedeute ihm, dass er schon mal vorgehen soll.

»Hast du meine Telefonnummer?«, frage ich Isa.

»Die finde ich sicher auf der Lehrerliste. Oder Marga gibt sie mir.«

»Super. Vielen Dank noch mal, Isa. Deine Freunde können mich jederzeit anrufen, okay?«

Ich verabschiede mich und folge Roi in Richtung Büro. Er wartet vor der Tür auf mich.

»Was willst du von mir?«

»Warte einen Moment.«

Ich ziehe den Schlüssel hervor, schließe auf, lasse ihn eintreten. Schließe von innen ab. Das ist eigentlich nicht nötig, doch ich möchte eine passende Atmosphäre schaffen. Ich hole einen Zettel aus meiner Tasche und zeige ihn ihm.

»Kommt dir eine dieser Telefonnummern bekannt vor?«, frage ich.

Roi schaut mich ein wenig verdattert an. Dennoch wirft er einen Blick auf den Zettel mit den Telefonnummern auf Virucas Handy.

»Also auf Anhieb keine davon.«

»Auch die hier nicht? Schau sie dir bitte genau an.«

»Nein, auch die nicht.«

»Wähle doch bitte mal diese Nummer auf deinem Handy, um zu sehen, ob sie mit einer deiner abgespeicherten Nummern übereinstimmt.«

»Warum?«

»Weil ich dich drum bitte.«

Roi holt sein Handy hervor und wählt. Dann zeigt er mir, dass die Nummer nicht abgespeichert ist.

»Weißt du, ob Iago noch eine zweite Nummer hat?«

»Nein. Wieso?«

»Weil dies seine Nummer ist.«

»Kann nicht sein. Er hat eine andere.«

Ich beschließe, ein bisschen mehr zu riskieren. Ich habe die Sexfotos von Virucas Handy auf mein Handy geschickt. Jetzt suche ich eins der Fotos von Iago und zeige es ihm.

»Kannst du mir sagen, ob das der Körper deines Freundes ist?«

Als Roi Iagos nackten Unterleib sieht, wendet er schnell den Kopf ab.

»Hey, was zeigst du mir da für Ferkeleien?«

»Ist er das oder nicht?«

»Woher soll ich das wissen? Du kannst ja auf Instagram nachschauen. Da hat er Tausende solcher Fotos. Na ja, vielleicht nicht ganz so heftige. Aber fast. Den ganzen Tag über zieht er da seine Schau ab. Er hat schon 4k Follower.«

»4k?«

»Viertausend Follower. Du bist nicht oft im Internet unterwegs, was?«

Ich frage ihn nach dem *Username* seines Freundes. Er sagt ihn mir und ich gehe auf Instagram. Tatsächlich, auf seiner Seite hat Iago Hunderte offenherziger Fotos. Leicht bekleidet, auf manchen hat er offensichtlich darauf geachtet, seine Genitalien so zu bedecken, damit die Fotos die Zensur von Instagram passieren. Ich bin geschockt, wie schamlos diese Fotos sind. Ganz bewusst. Aus welchem Grund stellt man sich so dar? Diese Fotos bestätigen mir meine Theorie, dass wir seit der Einführung des Internets nicht nur zu hemmungslosen Konsumenten von Pornografie, sondern auch zu unfreiwilligen Produzenten von pornografischem Material geworden sind. In Iagos Fall ist klar, dass er möglichst viele *Follower* haben will. Je mehr Fans, je mehr *Follower*, umso mehr wird das Ego befriedigt.

»Hast du auch so eine Seite?«, frage ich Roi.

»Quatsch! Ich zeig mich nicht gern nackt. Deshalb habe ich auch nicht mehr als hundert *Follower*. *Sex sells*. Iago weiß, wie er sich am besten verkauft.«

»Was willst du damit sagen?«

»Na, genau das.«

»Und verkauft er sich vielleicht auch noch auf andere Weise?«

»Auf andere Weise? Wie meinst du das?«

»Keine Ahnung, das frage ich dich. Du hast doch gesagt, dass er weiß, wie er sich am besten verkauft.«

Wenn ich mir Iagos Softpornofotos so anschaue, dann kann ich mir gut vorstellen, dass er sie noch auf andere Weise auszuschlachten versucht.

»Handelt Iago etwa mit den Fotos?«

Roi bricht in Gelächter aus.

»Was sagst du da? Instagram zahlt keinen Cent für Fotos.«

»Das meine ich nicht. Du weißt ja, es gibt Leute, die zahlen viel Geld für solche Fotos oder noch eindeutigere.«

»So'n Quatsch!«

Wir schweigen einen Moment. Dann sage ich:

»Du hattest recht.«

»Womit?«

»Dass Iago hinter den Angriffen auf mich steckt. Und er steckte auch hinter denen auf Viruca.«

»Wenn du es sagst.«

»Ich habe inzwischen Beweise. Ich weiß zum Beispiel, dass er ihr diese Fotos geschickt hat. So, dass es niemand merken konnte.«

Roi schaut mich an, ohne mit der Wimper zu zucken. Wusste er es schon oder erfährt er es erst jetzt und möchte nicht, dass ich das merke?

»Er hatte eine Affäre mit ihr.«

»Iago? Die hätte er vielleicht gern gehabt. Aber was hätte eine so attraktive, gestandene Frau wie Viruca mit einem solchen Deppen anfangen sollen?«

»War er nicht dein Freund?

»Du sagst es: Das war er.«

»Hilf mir. Hilf mir, ihn zu enttarnen.«

Zum ersten Mal sieht Roi mich anders an. Als versuche er abzuschätzen, ob er mir vertrauen kann. So kommt es mir jedenfalls vor.

»Tust du das alles für Viruca oder damit niemand von den intimen Fotos erfährt, die Iago angeblich von dir hat?«, fragt er.

»Inzwischen sind mir diese Fotos ganz egal.« Ich versuche, ehrlich zu klingen. Tatsächlich fange ich langsam an, das selbst zu glauben. Und wenn ich dieses Spiel gewinnen will, dann muss ich auch bereit sein, auf Sieg zu spielen, alles zu riskieren. Wenn dabei Germán die Fotos in die Finger kriegt, dann soll es wohl so sein. Irgendwie werde ich auch das überleben. Das wird mir immer klarer. Ich darf einfach keine Angst haben. Ich sehe, wie Roi immer noch zweifelt.

»Ich will herausfinden, was wirklich geschehen ist«, fahre ich fort. »Iago hat mich zu Hause bedroht. Ich soll aufhören, rumzuschnüffeln, in meinem eigenen Interesse. Aber mir befiehlt niemand, was ich zu tun oder zu lassen habe. Hast du nicht gesagt, ich solle mich nicht erpressen lassen? Was für Beweise brauchst du denn sonst noch?«

Roi schaut mich durchdringend an, dann greift er nach seinem Handy.

»Ich weiß nicht, ob das richtig ist. Aber ich will dir vertrauen. Bevor ich dir gleich etwas schicke, muss ich dir eine Frage stellen: Vertraust du mir auch? Wenn ich dir vertraue, musst du mir ebenfalls vertrauen.« Ich überlege, was ich antworten soll. »Was ich dir jetzt schicke, ist *heavy*. Sehr *heavy*. Wirst du meine Geschichte anhören? Bis zum Schluss?«

»Ja«, antworte ich beklommen.

»Gib mir den Schlüssel.«

»Den Schlüssel?«

»Den Büroschlüssel. Wenn du siehst, was ich dir gleich schicke, wirst du wahrscheinlich abhauen wollen, und das lasse ich nicht zu.«

»Du machst mir Angst.«

Roi sucht etwas auf seinem Handy, drückt den Send-Button. Fast sofort piept mein Telefon. Nachricht eingegangen. Und eine Sekunde später noch einmal. Und noch einmal. Insgesamt sieben WhatsApp-Nachrichten.

Ängstlich und neugierig öffne ich die App. Brauche einige Sekunden, um zu begreifen, was ich sehe. Und bin wie vor den Kopf geschlagen.

Fassungslos glotze ich Roi an.

»Was soll das? Ist das ein schlechter Witz?«

Was ich sehe, sind meine Fotos mit Simón. Die, mit denen man mich erpressen will.

»Weshalb hast du die? Hast du sie mir geschickt?«

»Du hast versprochen, mir zuzuhören.«

Schweigend starre ich ihn an. Und Roi beginnt zu erzählen.

Kapitel 37

»Hör mir zu, bitte. Ich fand das klasse, wie du dich am ersten Schultag gegenüber Iago verhalten hast. Uns allen gegenüber. Und da dachte ich, du wärst genau die Richtige. Jemand, die mit ein bisschen Nachhilfe die Wahrheit herausfinden könnte über das, was mit Viruca passiert ist. Aber damit du etwas unternahmst, musstest du am eigenen Leib erfahren, wie sie gelitten hatte, ihre Angst spüren.«

»Du bist das also gewesen? Das hast alles du gemacht? Ist dir klar, was du da sagst?«

»Du hast versprochen, zuzuhören. Bitte hör mir zu, bis ich fertig bin.«

Ich muss mich enorm anstrengen, um ihm nicht an die Kehle zu springen.

»Ich habe Iago letztes Jahr im Sportstudio kennengelernt, wir haben uns angefreundet. Er hat mich von Anfang an beeindruckt, wirkte wie ein toller Typ. Und … Na ja, um sein Freund zu werden, wurde ich so etwas wie sein Schoßhündchen. Alles, was er dachte, sagte, machte, musste ich auch machen. Eines Tages hat er angefangen, die Lehrerin, Viruca, zu mobben. Und ich habe mitgemacht. Als das immer weiter ging, immer heftiger wurde, merkte ich, dass ich nicht mehr wollte. Da war es aber auch schon egal, denn Viruca hat um ihre Entlassung gebeten. Iago triumphierte, war ganz stolz, sie rausgeekelt zu haben. Aber eine Woche später merkte ich, dass er sich veränderte. Er wurde immer mürrischer, einsilbiger und verbitterter. Und als wir dann von ihrem Tod erfuhren … Er tat so, als berührte ihn das nicht weiter, aber ich weiß, dass das nicht stimmt. Es war ein furchtbarer Schlag für ihn. Man konnte nicht mit ihm darüber reden, ohne dass er total ausflippte. Manchmal schimpfte er sie eine Nutte. Oder er drehte durch, wie auf dem Friedhof. Dann besoff er sich und heulte vor Wut, vor Kummer, vor Schuldgefühl. Keine Ahnung …«

Roi schweigt. Schaut mich an.

»Also, Roi, bis jetzt hast du mir eigentlich nicht allzu viel erzählt. Was für eine Beziehung hatten Iago und Viruca genau? War er verliebt in sie? Haben sie miteinander geschlafen?«

»Ich weiß es nicht. Er war ziemlich besessen von ihr. Aber ob sie jemals mit ihm ins Bett gegangen ist? Keine Ahnung. Manchmal gab er an, behauptete, er hätte sie flachgelegt. Am nächsten Tag behauptete er dann, er hätte das nur so gesagt. Und die Woche drauf erzählte er mir in allen Einzelheiten davon. Meinte, sie hätte ihren Mann wegen ihm verlassen. Dann wieder nicht. Dann beklagte er sich, dass sie ihn nicht für einen richtigen Mann hielt, dass er ihr schon noch zeigen würde, was für ein Kerl er sei.«

»Und du, was meinst du? Hatten sie eine Beziehung miteinander? Oder hat er sie etwa umgebracht, weil sie das nicht wollte?«

»Ich weiß nicht. Ich weiß es wirklich nicht.«

»Und weil du es herausfinden wolltest, ohne zur Guardia Civil oder zur Schulleitung zu gehen, hast du angefangen, mir das Leben zur Hölle zu machen.« Roi schweigt. »Ist dir klar, was für eine Dummheit das war? Du hast versucht, mich zu erpressen. Bist in meine Privatsphäre eingedrungen, hast meinen Rechner gehackt. Hast … verdammt noch mal, Roi!«

»Ich weiß … Aber das war die einzige Möglichkeit … Die Guardia Civil wollte ja nicht mehr ermitteln. Alle hatten akzeptiert, dass es Selbstmord war.«

»Vielleicht war es das ja auch, Roi. Du hast keinen einzigen Gegenbeweis.«

»Du aber schon. Du hast inzwischen herausgefunden, dass Iago etwas damit zu tun hat. Weil er gedroht hat, dir könnte etwas zustoßen, wenn du dich nicht raushältst.«

»Aber du steckst auch mit drin. Du hast mich erpresst!«

»Nur damit du weiter nachforschst. Wärst du überhaupt so weit gekommen, wenn ich dich nicht dazu gezwungen hätte? Ha? Du hast mehr herausgefunden als alle anderen zusammen, die Guardia Civil, ihr Mann, alle. Also hat meine Strategie doch funktioniert.«

Ich schüttle den Kopf. Das kann doch alles nicht wahr sein! Und das Schlimmste ist, dass er recht hat. Ich bin ziemlich weit gekommen, habe eine ganze Menge über Viruca herausgefunden, um meine Ehe zu retten. Und es stimmt auch, dass ich das sonst nicht getan hätte. Ich bin von Natur aus keine Schnüfflerin. Das Leben anderer interessiert mich nicht besonders.

»Wo ich jetzt weiß, dass du hinter dem Ganzen steckst: Weshalb sollte ich da weitermachen? Oder willst du mich etwa weiter erpressen?«

»Nein, nein, natürlich nicht. Ich werde dir alles geben, was ich von dir habe. Ich werde es nicht benutzen. Hab auch nie vorgehabt, das zu tun. Das musst du mir glauben.«

»Inzwischen weiß ich nicht mehr, wem ich was glauben soll.«

»Mir. Ich setze alles aufs Spiel. Wenn du mit dem, was ich dir erzählt habe, zur Schulleitung gehst, werde ich sofort rausgeschmissen. Ich sage die Wahrheit und weiß, was ich damit riskiere.«

Er hat recht. Ich habe ihn in der Hand.

»Aber wenn ich jetzt weiß, dass mich niemand mehr mobben und erpressen wird, wieso soll ich dann weiter nachforschen?«

»Weil du schon viel zu weit gekommen bist, um einfach so aufzugeben.«

Ich weiß nicht, was ich denken soll. Will ich wirklich weitermachen? Reicht meine Neugier dafür aus? Oder mein Wunsch, Mauro zu helfen? Jetzt, wo ich weiß, dass mich niemand mehr erpressen wird: Wäre es da nicht besser, alles hinter mir zu lassen?

»Ich weiß nicht, Roi. Ich weiß es wirklich nicht. Geh jetzt bitte.«

»Wirst du mich anzeigen?«

»Nein. Frag mich nicht warum, aber für den Moment will ich das nicht tun.«

»Für den Moment?«

»Geh jetzt. Und lösch alles, was du von meinem Rechner gestohlen hast.«

Roi nickt, nimmt den Schlüssel, schließt die Tür auf, gibt ihn mir zurück und geht.

Ich fühle mich wie ein Luftballon, aus dem man die Luft gelassen hat. Lasse mich auf den Stuhl fallen. Versuche zu begreifen, was ich da gerade erlebt habe.

War's das jetzt? Kann ich endlich wie eine ganz normale Lehrerin einfach meinen Unterricht machen und anschließend nach Hause fahren, zu einem ruhigen Leben an der Seite meines Manns? Aber weshalb bin ich nicht erleichtert? Will ich vielleicht wirklich wissen, was mit Viruca passiert ist? Will ich verhindern, dass Iago meint, er habe gesiegt? Dass ich seiner Drohung nachgegeben, aus Angst die Finger davon gelassen habe? Zum ersten Mal, seit ich in Novariz bin, habe ich die Option, das alles hinter mir zu lassen. Warum freue ich mich nicht darüber?

Mein Blick fällt auf den Zettel mit den Telefonnummern von Virucas Handy. Wenn ich nicht so zerstreut und vergesslich wäre, was Zahlen angeht, wüsste ich sie längst auswendig, so oft habe ich sie hoch und runter gelesen.

Plötzlich fällt mir etwas auf. Oh nein. Das kann nicht sein. Das darf nicht sein. Nein. Nein Nein. Ich habe das Handy die ganze Zeit vor mir gehabt, seit Darío es für mich entsperrt hat. Und ich habe es nicht gesehen. Bin nicht darauf gekommen. Eine der Nummern kam mir irgendwie bekannt vor …

Ich habe Roi gebeten, Iagos Nummer zu wählen, um zu sehen, ob er sie abgespeichert hatte. Warum habe ich das nicht genauso gemacht? Warum habe ich nicht die Nummer gewählt, die mir bekannt vorkam? Diese Nummer, die zu einer der WhatsApp-Nachrichten auf Virucas Telefon gehörte: »Ich möchte zwei. In einer halben Stunde, am selben Ort wie immer.«

Jetzt assoziiere ich die Nachricht sofort mit dem Moment, als Nerea Germán etwas in die Brusttasche steckte. In der ich später nichts gefunden habe außer einem Fünfzig-Euro-Schein!

Voller Angst tippe ich die Nummer im Adressbuch meines Handys. Das Herz schlägt mir im Hals. Denn ich weiß, was ich finden werde.

Ich tippe die ersten beiden Zahlen.

Nerea hat ihm fünfzig Euro gegeben.

Ich tippe die nächsten drei Zahlen.

Iago und Nerea haben ihm Ecstasy gegeben.

Nein.

Ich tippe die restlichen Zahlen. Im Adressbuch meines Handys erscheint der Name, den ich auf gar keinen Fall sehen wollte.

Germán.

Germán verkauft Drogen.

Germán kannte Viruca.

Germán war ihr Dealer.

Kapitel 38

Verzweifelt verlasse ich die Schule, kann kaum die Füße voreinander setzen. Mein Mann kannte die Tote. Hat ihr Drogen beschafft. Auf der Uni hatte Germán ein Weilchen mit Gras gedealt, aber das hier? Seit wann? Warum? Wie hat es angefangen? Ich bin sicher, dass er das in A Coruña nicht mehr gemacht hat. So blind kann ich nicht gewesen sein, es wäre mir aufgefallen. Doch da war nichts. Es muss erst kürzlich losgegangen sein, in den letzten Monaten, hier in Novariz. Mir hat er gesagt, er besuche seinen Vater und helfe im Restaurant aus. Vielleicht hat er nur sporadisch gedealt, vielleicht hat er aus A Coruña Kokain für sich selbst mitgebracht und jemand hat ihn gefragt, ob er ihm nicht ein oder zwei Gramm verkauft. So könnte es angefangen haben. Aber wenn es nur ab und zu gewesen ist: Wieso wissen dann meine Schüler, dass er dealt? Was zum Teufel ist hier los? Ich kenne meinen Mann nicht mehr. Wer ist er? Und vor allem: Warum hat er mir nicht gesagt, dass er Viruca kannte? Warum hat er mir das die ganze Zeit verheimlicht? Ich bin dabei, ihm zuliebe die Wohnung meiner Mutter zu verkaufen. Ich war bereit, alles für ihn herzugeben. Und jetzt das.

Ich brauche frische Luft. Ich will ihn nicht sofort damit konfrontieren. Nein. Ich muss nachdenken. Ein paar Stunden vergehen lassen.

Vielleicht ist alles nicht so schlimm. Vielleicht gibt es eine plausible Erklärung. Vielleicht …

Vielleicht verbrenne ich mich, wenn ich mich weiter an einem glühenden Nagel festhalten will.

Wie ein Zombie gehe ich die Straße entlang. Abwesend grüße ich ein paar Schüler, zwei Kollegen. Verwundert schauen sie mich an.

»Raquel!«, fragt einer. »Gehst du schon nach Hause?«

»Äh … Ja, ja … Ich bin fertig für heute.«

Ich weiß gar nicht, ob ich noch Unterricht habe. Es ist mir auch egal. Ich will nur laufen und nachdenken. Ich nehme die Steintreppe, die zum Fluss hinunterführt.

Plötzlich ruft mich jemand. Ich tue so, als hätte ich nichts gehört, gehe weiter.

»Raquel!«

Jetzt erkenne ich die Stimme von Mauro.

Eigentlich will ich ihn nicht sehen. Aber mit schnellen Schritten kommt er hinter mir die Treppe herunter.

»Raquel! Raquel!«

Ich drehe mich um. Als er mein Gesicht sieht, erschrickt er.

»Was ist denn mit dir los? Was ist passiert?«

»Nichts, nichts …«

Ich bin so verwirrt, dass mir nichts einfällt.

»Raquel, bitte … Erzähl.«

»Hier nicht. Lass uns ans Wasser gehen.«

Ich gehe mit ihm zu einer der Bänke unten am Fluss. Schaue mich um, will sicher sein, dass uns niemand hören kann. Beginne zu berichten, was Roi mir erzählt hat.

»Und? Glaubst du ihm? Glaubst du ihm, dass er das nur gemacht hat, um dich zum Nachforschen zu bringen?«

»Ja, weshalb nicht? Es hat ja funktioniert. Ich bin ziemlich weit gekommen. Viel zu weit.«

»Wieso viel zu weit?«

Ich zögere einen Moment. Dann entschließe ich mich, ihm von meinem Mann zu erzählen.

»Er kannte deine Frau. Wusstest du das? Wusstest du, dass deine Frau meinen Mann kannte?«

»Raquel, ich weiß ja gar nicht, wer dein Mann ist.«

»Germán Campos vom Restaurant *O Muíño*.«

»Ich weiß, wo das ist, aber da gewesen ich bin noch nie. Hast du ein Foto von ihm?«

»Von meinem Mann? Einen Augenblick.«

Auf meinem Handy suche ich ein Foto. Wähle eins, auf dem er lächelt und fast wie ein Kind aussieht. Ein guter Junge, kein Dealer.

»Hast du ihn irgendwann mal mit deiner Frau gesehen?«

»Nein. Und er hat dir nie gesagt, dass er sie kannte?«

Ich schüttle den Kopf.

»Auch nicht, als du ihm erzählt hast, dass du sie vertreten solltest? Bist du ganz sicher, dass er Viruca kannte?«

»Absolut. Ich glaube, er war ihr Dealer.«

Mauro ist genauso überrascht wie ich.

»Dein Mann …?«

»Ich weiß, dass er selbst ab und zu was nimmt, aber dass er … Nein, ich hab nichts geahnt. Ich …. Ich kann nicht mehr, Mauro. Ich glaube … Ich glaube, ich mache Schluss.«

»Schluss womit?

»Mit dem Ganzen hier. Damit, meine Nase in Dinge zu stecken, die mich nichts angehen. Der Schule. Dem Kaff hier … Und haue einfach ab. Nach mir die Sintflut.«

»Aber … Aber du kannst doch nicht einfach abhauen! Wir sind doch der Wahrheit näher denn je!«

»Tut mir echt leid, Mauro. Aber ich hab schon mehr erfahren, als ich wollte. Ich weiß, sie war deine Frau. Ich weiß, wie wichtig das alles für dich ist, aber … Nein. Es geht nicht. Tut mir leid.«

Ich stehe auf.

»Und das war's dann? Alles egal? Du lässt mich einfach so

im Stich? Nach allem, was passiert ist? Nachdem sie dich zur Witzfigur gemacht, dich bedroht haben? Alles egal? Du hast überhaupt kein Mitgefühl mit meiner Frau, nachdem die mit dir genau dasselbe gemacht haben?«

»Tut mir wirklich leid, Mauro. Ich muss … Ich muss allein sein, nachdenken ….«

Damit gehe ich. Ich bin nicht stolz darauf, ihn da einfach sitzen zu lassen. Aber jetzt muss ich Abstand finden zu ihm, zu der Schule. Nachdenken. Verdauen, dass mein eigener Mann ein Fremder ist, und ein übler Kerl dazu. Ich gehe weiter. Ohne Ziel.

Ich laufe ein Stück am Flussufer entlang, dann durch die letzten Straßen des Städtchens und lande schließlich auf einem Sandweg, der in den Wald führt. Ich habe keine Ahnung, ob ich eine halbe Stunde oder schon zwei Stunden gelaufen bin. Wie lange ist es her, dass ich den Asphaltweg am Fluss verlassen habe? Es beginnt zu regnen, doch das ist mir egal.

Der Regen wird immer stärker. Nässe und Kälte dringen mir bis auf die Knochen. Langsam wird es dunkel. Ich beschließe, umzukehren. Gut, dass ich in der Ferne die Lichter des Städtchens sehe. Ein paar Mal biege ich falsch ab, die Beine werden mir immer schwerer. Der Rückweg scheint endlos.

Endlich stehe ich wieder vor der Schule. Es ist niemand mehr da, alle Türen sind verschlossen. Davor steht einsam mein Auto. Ich steige ein, schaue mich im Rückspiegel an. Ich komme mir vor wie ein Gespenst, bin nur noch ein Schatten der Frau, die vor ein paar Wochen nach Novariz gekommen ist.

Meine Verzweiflung ist so groß, dass ich am liebsten in Tränen ausbrechen würde. Doch ich beherrsche mich. Weinen führt jetzt zu nichts. Es ist Zeit, nach Hause zu fahren und mit Germán zu reden. Ich will hören, was er zu sagen hat. Ich starte das Auto und fahre los.

Alle Ampeln auf meinem Weg stehen auf Rot. Am liebsten würde ich an keiner einzigen halten. Auf einem Zebrastreifen sehe ich ein paar junge Leute. Sie schauen zu mir rüber. Einer hebt die Hand, zeigt auf meine Scheinwerfer.

»Licht an, Frau Lehrerin!«

Die Ampel schaltet auf Grün, ich kann weiterfahren. Endlich stehe ich vor unserem Haus. Die Fernbedienung streikt wieder mal, doch beim vierten Versuch geht das Tor auf. Es regnet so stark, dass Nanuk mich nicht begrüßen kommt, er liegt sicher an der Heizung. Auch wenn er ein Eskimohund ist, hat er es doch gern schön warm. Ich fahre in die Garage. Dort hat Germán klugerweise gleich zu Anfang ein paar Handtücher deponiert. Damit trockne ich mir erst mal das Haar. Dann muss ich mir etwas anderes anziehen, so nass will ich nicht meinem Mann gegenüberstehen. Während ich mir den Kopf frottiere, fällt mir auf, wie die Garage aussieht. Das Brennholz liegt verstreut, die beiden Schränke stehen sperrangelweit auf und ... Warum liegt alles am Boden?

Ich gehe ins Haus, die Treppe hinauf. Entdecke ein wüstes Durcheinander. Die Schubladen der Kommoden sind herausgezogen, die Bücher aus den Regalen gerissen, die Tische umgeworfen. Was zum Teufel war hier los?

»Germán! Germán!«

Was haben sie gesucht? Ich muss nicht lange nachdenken: Virucas Handy. Die sind hinter Virucas Handy her. In Panik klettere ich auf den Dachboden, schiebe das Brett beiseite, unter dem ich es versteckt habe. Gott sei Dank, da liegt es. Ich stecke es in die Tasche und steige wieder nach unten. Jetzt gilt meine Sorge Germán und Nanuk.

»Germán! Nanuk! Nanuk!«

Weshalb kommt mich der Hund nicht begrüßen?

Ich rufe Germán auf dem Handy an. Es klingelt ein paar Mal, aber er geht nicht ran. Dann springt die Mailbox an.

»Germán, ruf zurück, sofort!«

Ich gehe in die Küche. Auch hier liegt alles durcheinander. Wo ist der Hund?

»Nanuk!«

Ich bemerke etwas am Boden. Blut. Ein paar Tropfen, die zu einem Fleck werden, einer Spur. Ich folge ihr. Sie führt zur Außentreppe, doch wegen des Regens ist dort nichts mehr zu erkennen. Haben sie den Hund verletzt? Germán?

Mein Handy klingelt. Germán ist dran.

»Wo bist du?«

»Im Restaurant. Was ist los? Du hast mich richtig erschreckt.«

»Bei uns ist eingebrochen worden, Germán.«

»Was?«

»Der Hund ist weg, da ist eine Blutspur. Sie haben Nanuk etwas angetan.«

»Ich komme sofort. Bleib, wo du bist!«

Ich kann nicht warten, gehe in den Garten hinaus. Dabei leuchte ich mir mit meinem Handy, aber das Licht ist zu schwach. Also gehe ich wieder ins Haus und suche nach einer Taschenlampe. Ich weiß, dass wir irgendwo eine haben, suche in der Garage. Endlich entdecke ich sie in einer Kiste. Gehe wieder hinaus und leuchte den Garten aus. Der Regen wird stärker. Ich muss die Blutspur finden. Um jeden Preis. Ich rufe Nanuks Namen, als ginge es um mein Leben.

»Nanuk! Nanuk! Wo steckst du? Ich bin's, mein Kleiner! Nanuk …«

Nichts. Wenn dem Hund etwas passiert ist, werde ich mir das niemals verzeihen. Denn das ist alles nur meine Schuld. Weil ich meine Nase in Dinge gesteckt habe, die mich nichts angehen.

»Nanuk!«

Das Gartentor öffnet sich, Germán kommt im riesigen Landrover seines Bruders. Er lässt ihn im Garten stehen, springt heraus.

»Ist er noch nicht aufgetaucht?«

»Nein.«

»Nanuk! Hast du überall nachgesehen? Vielleicht ist er unters Bett gekrochen. Hast du da nachgeschaut?«

»Nein, hab ich nicht. Aber die Blutspur führt von der Küche zur Außentreppe.«

»Ich schau noch mal im Schlafzimmer nach. Ruf du hier draußen weiter nach ihm.«

»Wenn sie ihn nur nicht umgebracht haben … Mein Gott, wenn sie ihn nur nicht umgebracht haben!«

»Raquel, lass uns nicht gleich an das Schlimmste denken, okay? Warum sollten sie ihn töten? Er ist doch ein freundliches Tier, kein Wachhund.«

»Du hast ja recht, du hast ja recht.«

Germán geht nach oben. Kurz darauf schaut er aus dem Fenster.

»Hier ist er nicht. Ich komm runter.«

Ich rufe weiter nach Nanuk, bis Germán wieder neben mir steht.

»Die haben das ganze Haus auf den Kopf gestellt. Weshalb? Was haben sie gesucht? Sie haben nichts mitgenommen, weder den Fernseher noch die Laptops. Was wollten die bloß?«

»Das Handy.«

»Dein Handy?«

»Nein. Das Handy von Viruca.«

»Du hast Virucas Handy?«

»Ja. Und eine Nachricht von dir ist auch drauf. Für wie viel hast du ihr den Stoff verkauft? Für fünfzig Euro pro Gramm wie Nerea oder zum Freundschaftspreis?«

Germán bleibt die Spucke weg. Er sagt kein Wort. Schaut mich nur verdutzt an.

»Willst du mir nicht antworten?«

»Aber Raquel, was denkst du von mir … was …«

»Jetzt nicht, Germán. Jetzt will ich keine Lügen hören. Jetzt will ich nur unseren Hund finden. Nanuk!«

Wo könnte er hinausgeschlüpft sein? Ist irgendwo ein Spalt im Zaun, durch den er sich gezwängt haben könnte? Ich gehe den ganzen Zaun ab, suche verzweifelt nach einer Stelle, wo der Hund hindurchgepasst hätte.

»Hier!«, ruft Germán plötzlich. »Hier muss er entwischt sein. Hier ist Blut am Zaun.«

Germán berührt den Draht, seine Hand ist blutverschmiert, als er sie zurückzieht.«

»Was haben die mit ihm gemacht, um Gottes willen!?«

»Wir gehen außen rum.«

So schnell wir können, laufen wir zum Tor hinaus und um das Grundstück herum, bis wir auf der anderen Seite des Zauns an dieselbe Stelle kommen. Ich zeige auf die Erde. Da sind zwei Blutflecken, die der Regen noch nicht hat wegwaschen können.

»Nanuk! Hierher!«

In der Ferne flackern Blitze auf. Dann hören wir den Donner des nahenden Gewitters. Wir kämpfen uns durchs Unterholz.

»Nanuk!«

»Nanuk!«

Wieder zuckt ein Blitz, sofort vom Donner gefolgt.

»Wenn das Gewitter noch näher kommt, dürfen wir nicht im Wald herumlaufen«, keucht Germán.

»Das ist mir egal! Ich mache so lange weiter, bis ich den Hund gefunden habe. Nanuk! Nanuk! Wenn ihm was zugestoßen ist …«

Wir stolpern weiter, wissen nicht, wohin er gelaufen sein könnte. Jetzt geht es steil einen Abhang hoch, wir müssen die Hände zu Hilfe nehmen. Vor Nässe und Kälte tun sie mir so weh, dass ich mich kaum am Gebüsch festklammern kann.

Aber unbändige Wut und Adrenalin treiben mich voran. Und wenn ich die ganze Nacht suchen muss, ich werde nicht aufgeben. Bis ich Nanuk gefunden habe.

»Warum läuft er weg, wenn er verwundet ist? Warum hat er sich nicht irgendwo im Haus verkrochen?«

»Vielleicht haben sie ihn mit Gewalt weggejagt«, antwortet Germán.

»Wie können sie so brutal sein und unseren Hund verletzen? Was sind das nur für Leute, Germán?«

»Das darfst du mich nicht fragen. Du weißt vielleicht besser, wer …«

»Iago!«, stoße ich hervor. »Das muss Iago gewesen sein!« Doch irgendetwas scheint nicht zu passen. »Aber Iago hat mit ihm gespielt«, fahre ich fort. »Und Nanuk würde nie jemand angreifen, den er kennt. Und wenn Nanuk ihn nicht angegriffen hat, weshalb sollte Iago ihn dann verletzen? Das macht keinen Sinn. Nanuk hätte ihn ungestört das ganze Haus auf den Kopf stellen lassen. Er hätte das für ein Spiel gehalten. Nein, das müssen andere gewesen sein … Andere, die auch das Handy haben wollen … die Nanuk nicht kannte, gegen die er sich gewehrt hat. Wer kann das sein, Germán?«

»Ich hab keine Ahnung, Raquel.«

»Wirklich nicht? Warum hatte Viruca deine Telefonnummer? Wieso hast du mit ihr gechattet? Wieso hast du mir nicht gesagt, dass du sie kanntest?«

Doch Germán keucht nur: »Wir werden den Hund finden, wir werden Nanuk finden«, und kämpft sich weiter durch das Gebüsch. Plötzlich stolpert er und muss sich an einem stachligen Zweig festhalten. Er schreit auf, hat sich verletzt. Ich sehe, wie das Blut von seiner Hand tropft. Gehe zu ihm, will ihm helfen. Aber er stößt mich weg.

»Wenn Nanuk was passiert, verzeih ich dir das nie«, schreit er mich an.

Wie versteinert bleibe ich stehen.

»Was sagst du da? Du willst mir nicht verzeihen? Du mir?«, frage ich total perplex.

»Ja, genau, Raquel. Ich dir. Weshalb musstest du dich in etwas einmischen, das dich nichts anging? Warum konntest du nicht einfach deinen Unterricht machen und fertig?«

»Man hat mich bedroht! Ich musste mich doch wehren!«

»Und deshalb hast du angefangen, nachzuforschen, weshalb Viruca ums Leben gekommen ist? War das deine Art, dich zu wehren? Weshalb konntest du nicht einfach die Schulleitung einschalten?«

»Weil ich … Weil ich … das nicht machen konnte.«

»Warum nicht?«

»Darum.«

»Darum. Tolle Antwort. Jetzt siehst du, wohin uns das geführt hat. Dass du die Neunmalkluge spielen musst, rumschnüffeln musst, ohne drum gebeten worden zu sein.«

»Ach, lass mich doch in Ruhe!«

»Nein, das werde ich nicht tun!«

Wir schreien uns an. Hoffentlich nur, weil wir so nervös sind und uns wegen des heftigen Regens kaum hören können.

Schweigend gehen wir weiter. Keiner will wohl etwas sagen, das ihm später leidtun könnte. Eine rote Linie überschreiten. Obwohl wir die längst überschritten haben.

»Nanuk! Nanuk!«

Ja, es ist besser, die Kräfte zu schonen. Für die Suche nach unserem Hund.

Aber Germán legt nach. »Du verschweigst mir doch etwas, Raquel. Weshalb zum Teufel hast du dich so in die Geschichte verbissen?«

Als ich diese Frage, diesen ungerechten Vorwurf höre, explodiere ich: »Für uns habe ich das getan! Für uns! Um unsere Ehe zu retten!«

Germán bleibt stehen und schaut mich verblüfft an. Jetzt versteht er offensichtlich gar nichts mehr.

»Aber was gab es denn da zu retten, Raquel? War denn nicht alles in bester Ordnung?«

»Ach ja, findest du? Wenn alles so in Ordnung war, wie du sagst, warum hattest du dann dein kleines heimliches Geschäft?«, gehe ich in die Offensive. Das ist vielleicht nicht die beste Art, mich zu verteidigen, aber etwas anderes fällt mir nicht ein. »Weshalb hast du Geheimnisse vor mir?«

»Und du? Hast du etwa keine?«

Jetzt hat er mich kalt erwischt. Und das bisschen, was er in der Dunkelheit und im Regen von meinem Gesicht erkennen kann, verrät mich sicher.

»Antworte! Hast du welche oder nicht?«

Fragt er mich das, weil er etwas weiß? Hat Roi ihm etwa doch die Fotos geschickt, auf denen ich mit Simón zu sehen bin?

Germán lässt nicht locker: »Nun sag schon, hast du vielleicht auch welche? Oder willst du weiter die Beleidigte spielen, die perfekte Ehefrau, die sich immer über die Fehler und Geheimnisse ihres Mannes empört?«

»Hat man … Hat man dir die Fotos geschickt?«

»Welche Fotos?«

Verdammt. Er hat keine Ahnung.

»Welche Fotos, Raquel?«

»Komm, lass gut sein.«

»Nein, Raquel! Welche Fotos?«

Jetzt muss Schluss sein mit den Geheimnissen. Ein für alle Mal.

»Die Fotos von Simón und mir«, stoße ich wütend hervor. »Mit denen sie mich erpresst haben.«

»Mit Simón? Ihr habt Fotos von euch gemacht? Was sind das für Fotos, dass man dich damit erpressen kann?«

»Das willst du gar nicht wissen.«

Germán verzieht das Gesicht, als hätte man ihm einen Faustschlag in die Magengrube versetzt.

»Verdammt … Verdammt …«

»So, jetzt wissen wir übereinander Bescheid.«

»Wie oft warst du mit Simón zusammen? Wie lange ist das gegangen? Ich hab's doch gewusst. Ich wusste, dass das nicht nur bei einem Mal geblieben ist! Wie konntest du mir das antun, Raquel?«

»Darüber will ich jetzt nicht reden«, antworte ich mit einer Entschlossenheit, die mich selbst überrascht. »Nicht hier und jetzt im Regen, während wir unseren verletzten Hund suchen. Jetzt will ich unseren Hund finden. Nanuk! Nanuk!«

Ich gehe weiter. Germán folgt mir zögernd. Sicher muss er erst verdauen, was ich ihm gestanden habe. Ich weiß selbst nicht, warum ich das getan habe. Vielleicht, um ihm wehzutun. So weh, wie er mir mit seinen schmutzigen Geheimnissen getan hat. Ja, ich wollte ihn verletzen.

»Wart mal! Ich glaube, ich höre was«, sagt er plötzlich.

»Wo?«

»Da winselt etwas. Das muss er sein.«

»Ich höre nichts.«

»Sei still!«

Da! Jetzt höre ich es auch. Ein herzerweichendes Winseln. Das kann nur Nanuk sein. Ich versuche zu hören, aus welcher Richtung es kommt. Rutsche einen Abhang hinunter. Dort unten muss er sein. Ich bin mir sicher. Der Boden ist schlammig. Ich halte mich an den Baumstämmen fest, um nicht zu stürzen. Immer wieder drohen meine Füße im Morast stecken zu bleiben. Ich leuchte mit der Taschenlampe. Was ist das da unten? Ist das unser Hund?

»Hier, Germán! Hier unten ist er! Ruhig, Nanuk, ganz ruhig! Ich komm ja schon!«

So schnell ich kann, klettere ich zu ihm. Nanuk liegt unter einer Tanne. Sein Fell ist klatschnass, er zittert vor Kälte, kann kaum die Augen öffnen. Ich weiß nicht, ob er mich erkennt. Als ich näher komme, knurrt er mich an.

»Ganz ruhig, Nanuk, ich bin's.«

Er lässt sich von mir streicheln. Ich sehe, dass er am Bauch eine riesige, offene Wunde hat.

»Germán …! Er sieht schrecklich aus, der Arme.«

Jetzt ist Germán bei uns. »Nanuk, mein Bester. Was haben die dir getan?«

Germán legt seinen Arm um das Tier und versucht es mit zärtlichen, leisen Worten zu beruhigen.

»Das wird schon wieder, Nanuk, das wird schon wieder. Wir sind ja da.«

»Was sollen wir tun?«

»Wir müssen ihn hier rausholen.«

Germán versucht ihn hochzuheben, doch Nanuk fängt fürchterlich an zu jaulen. Er muss schreckliche Schmerzen haben. Warum nur habe ich kein Schmerzmittel von zu Hause mitgenommen? Germán versucht es noch einmal, und wieder jault der Hund entsetzlich.

»Er leidet furchtbar, Germán. Ich weiß nicht, ob das eine gute Idee ist.«

Ich fühle mich so hilflos, dass ich kaum nachdenken kann. Wieder blitzt es, diesmal folgt der Donner kaum eine Sekunde darauf. Das Gewitter ist direkt über uns. Wir müssen sofort hier raus. Nanuk heult auf. Wie alle Hunde packt ihn Panik, wenn es donnert.

»Ich muss ihn hochheben, auch wenn es ihm wehtut. Wir können ihn nicht hierlassen. Raquel, hilf mir bitte. Sobald ich ihn auf dem Arm hab, steige ich so schnell ich kann den Abhang hoch. Du musst hinter mir gehen und mich schieben.«

Ich knie mich neben Germán, weiß nicht genau, was ich tun soll.

»Sing ihm was vor.«

»Ich soll singen?«

»Das beruhigt ihn doch immer. Wie wenn du ihn zum Impfen bringst. Komm, sing schon!«

Und so fange ich an, mitten im Regen ein Lied von Julio Iglesias zu singen. Nanuk mag Julio Iglesias, was soll man machen. Ganz leise singe ich, Germán singt mit, ich glaube, nicht nur, um den Hund zu beruhigen, sondern auch, um sich selbst Mut zu machen für das, was uns jetzt bevorsteht.

Trotz Nanuks Jaulen und Strampeln gelingt es Germán, den Hund hochzuheben. Mit meiner Unterstützung schafft er es auch, den Abhang hochzuklettern.

»Okay, das Schwierigste haben wir hinter uns. Jetzt müssen wir ihn zum Auto und zum Tierarzt bringen.«

Schwankend marschiert Germán los. Ich leuchte mit der Taschenlampe, damit er nicht stolpert. Nanuk geht es sehr schlecht. Er hört nicht auf zu winseln. Es bricht mir schier das Herz. Unser armer Hund. Welches Schwein hat ihm das angetan?

Germán ist am Ende seiner Kräfte. Kein Wunder, Nanuk wiegt achtundzwanzig Kilo.

»Soll ich ihn ein Stück tragen?«

»Nein, nein … Es geht schon.«

Germáns Kleider sind blutverschmiert, auf seiner Hose breitet sich ein roter Fleck aus, der schnell größer wird. Nanuk verliert zu viel Blut. Wir schaffen es nicht. Unser Hund stirbt unter unseren Händen. Das darf nicht sein.

»Nanuk, mein Lieber, halt durch!«

Endlich kommt unser Haus in Sicht. Das Gewitter lässt immer noch nicht nach. Germán nimmt all seine Kräfte zusammen und läuft schneller. Dabei stolpert er. Schreit auf. Er hat sich den Knöchel verstaucht. Aber er stürzt nicht. Ich stütze ihn, so gut ich kann.

»Wir sind gleich da, Germán.«

Humpelnd erreicht Germán den Landrover. Ich reiße eine der hinteren Türen auf. Er legt den Hund vorsichtig auf den Rücksitz, der sich sofort mit Blut tränkt.

»Mein Bruder bringt mich um, wenn er das sieht, aber das ist mir jetzt egal. Los! Fahren wir!«

Er setzt sich hinters Steuer.

»Kannst du denn fahren mit dem Bein?«

Germán rutscht so schnell er kann auf den Beifahrersitz.

»Fahr du lieber.«

Ich habe noch nie am Steuer eines Landrovers gesessen, aber jetzt ist keine Zeit, Angst zu haben. Ich stecke den Schüssel ins Zündschloss und starte den Motor. Bevor ich den Gang einlege, schaue ich noch mal nach hinten. Nanuk winselt kaum noch.

»Nanuk, nicht einschlafen. Nicht einschlafen ...« Ich schaue Germán an. »Weißt du, wo der nächste Tierarzt ist?«

»Ich zeige dir den Weg.«

Germán ruft seinen Bruder an, erzählt ihm, was los ist. Der fragt sofort in der Praxis von Antón nach, des besten Tierarztes im Ort. Wir sollen kommen, er wird sich um Nanuk kümmern. Wenn jemand Nanuk retten kann, dann Antón, fügt Demetrio hinzu. Vielleicht sagt er das nur, um uns zu beruhigen, aber wir wollen ihm glauben. Antón wird Nanuk retten. Er weiß, was er tun muss.

»Nanuk, das wird schon. Das wird schon wieder.«

Jetzt sind wir schon eine halbe Stunde in der Tierarztpraxis. Trotz seines verstauchten Fußes kann Germán nicht sitzen bleiben. Alle paar Minuten steht er auf, humpelt im Warteraum auf und ab. Setzt sich wieder hin. Ich sitze da, völlig durchnässt und verdreckt, und bete zu Gott, er möge Nanuk retten. Wir sind nicht fähig, einander anzusehen. Können uns nicht gegenseitig trösten. Während wir uns um unseren Hund gekümmert haben, während wir ihm gesungen, ihn aus dem Wald geholt haben, haben wir als Team, als Paar funktioniert. Doch jetzt hat sich dieses Einverständnis in Luft aufgelöst.

Ich habe das dumpfe Gefühl, dass unsere Ehe nur überlebt, wenn Nanuk überlebt, und dass sie stirbt, wenn Nanuk stirbt.

Die Zeit vergeht unerträglich langsam. Ich weiß nicht, wie oft ich schon auf die Uhr geschaut habe. Fünf, zehn, zwanzig Minuten sind vergangen.

Eine Stunde. Anderthalb Stunden. Nur ein paar Meter trennen mich von meinem Mann. Keiner versucht sich dem anderen zu nähern, vielleicht, weil uns die Kraft dafür fehlt. Nie sind wir einander so fremd gewesen. Aber das Einzige, was jetzt eine Rolle spielt, ist, dass Nanuk überlebt. Das Leben unseres Hundes liegt in den Händen des Tierarztes. Und unser gemeinsames Leben vielleicht auch.

Endlich öffnet sich die Tür zum Behandlungszimmer. Antón kommt heraus, zieht sich den blutverschmierten Kittel aus. Müde schaut er uns an. Schüttelt langsam den Kopf.

Nein.

Nein.

Nanuk. Mein Nanuk.

Germán kann die Tränen nicht zurückhalten, beginnt, hemmungslos zu schluchzen. Soll ich zu ihm gehen? Ihn in den Arm nehmen? Es geht nicht, ich weiß nicht, wieso. Antón senkt den Kopf. Gibt Germán Zeit, zu sich zu kommen. Schaut dann mich an. Ich weine nicht, keine Ahnung, weshalb. Langsam fängt sich Germán. Doch sein Weinen macht etwas anderem Platz, einem unbändigen Zorn. Rasend vor Wut drischt er auf die Wand ein.

»Das werden sie büßen«, brüllt er. »Dafür werden sie bezahlen. Ich mach sie fertig. Ich werde …« Wieder und wieder schlägt er mit der Faust gegen die Wand. »Nanuk …!«

Er ist völlig verzweifelt. Wir beide sind völlig verzweifelt.

»Können wir zu ihm?«, frage ich den Tierarzt.

Antón nickt und lässt uns in den Behandlungsraum. Dort liegt Nanuk unter einem Laken. Nur ein Stück seiner Schnauze ist zu sehen. Jetzt bin ich diejenige, die die Fassung verliert. Ihn zu sehen ist zu viel für mich. Ein unkontrollierbares Weinen schüttelt mich. Germán nimmt mich in den Arm, und ich lasse es geschehen. Doch seine Arme spenden mir weder Trost noch Wärme.

»Ich gehe zur Guardia Civil«, sage ich, während ich mich aus seiner Umarmung löse. »Wir müssen Anzeige erstatten.«

»Lass uns lieber zu Hause drüber reden.«

»Wir gehen sofort zur Wache. Bitte.«

Germán schaut den Tierarzt an. Der merkt, dass wir allein sein müssen, und geht hinaus.

»Raquel, es ist besser, wenn wir die Guardia Civil aus dem Ganzen raushalten.«

»Was? Weshalb das denn? Man hat bei uns eingebrochen, unseren Hund getötet. Da müssen wir doch sofort die Guardia Civil einschalten.«

»Willst du denen etwa erzählen, wonach die Einbrecher gesucht haben? Wie willst du erklären, dass du das Handy von Viruca hast?«

»Das ist mir egal.«

»Aber mir nicht! Das müssen wir selbst klären.«

Ich begreife nicht, weshalb er unbedingt die Guardia Civil raushalten will. Hat er Angst, sie könnten herausfinden, dass er mit Drogen dealt?

»Du siehst ja, wie es mir ergangen ist, weil ich das selbst lösen wollte«, erwidere ich. »Nanuk ist tot. Jetzt ist Schluss. Ich gehe zur Guardia Civil und basta.«

Entschlossen stürme ich aus der Praxis. Germán läuft mir hinterher. Das Gewitter ist in Regen übergegangen. Es ist kälter geworden, jedenfalls ist mir entsetzlich kalt.

»Raquel, hör mir doch zu! Bitte!«

»Was willst du?«

»Wir können da nicht hin.«

»Warum nicht?«

»Vertrau mir einfach. Ich bitte dich nur darum, mir zu vertrauen. Irgendwann kommt der Zeitpunkt, da können wir hingehen. Aber nicht jetzt.«

»Was soll das, Germán? Was verschweigst du mir? Hast du Angst, sie kriegen raus, dass du mit Koks dealst?«

»Nein! Nein! Darum geht's gar nicht!«

»Worum denn dann?«

»Raquel, ist dir nicht klar, dass das mit Nanuk nur eine Warnung war? Wenn du weitermachst, bist du als Nächste dran.«

»Woher weißt du, dass ich als Nächste dran bin? Was zum Teufel redest du da, Germán? Was hast du mit dem Ganzen zu tun?«

»Ich weiß gar nichts, Raquel. Ich zähle nur eins und eins zusammen. Wenn sie wollen, dass du aufhörst, dich einzumischen, warum, verdammt noch mal, musst du dann unbedingt weitermachen?«

»Weil sie meinen Hund getötet haben! Und wenn sie denken, dass sie mich damit stoppen, dann haben sie sich getäuscht! Ich mache so lange weiter, bis ich die Schuldigen habe. Und wenn ich dieses ganze verdammte Kaff in die Luft jagen muss!«

»Und wenn es genau das war, was Viruca gemacht hat? Nachforschen, schnüffeln? Wenn sie deshalb so geendet ist?«

»Dann gehen wir doch besser zur Guardia Civil und erzählen alles.«

»Glaubst du, die können uns rund um die Uhr beschützen?

Also, ich glaub das nicht. Komm, lass uns nach Hause gehen. Überlegen, was wir als Nächstes tun sollen. Wir müssen einfach schlauer sein als die, wenn wir da heil rauskommen wollen.«

»Aber wer sind denn die?«

Jetzt fällt mir wieder ein, was Iago gesagt hat: »Das hier ist eine Nummer zu groß für dich und mich.« Es stimmt also: Es steckt noch jemand dahinter. Es gibt »sie«. Und das hat auch seine Logik: Wenn Iago eingebrochen wäre, hätte er den Hund nicht töten müssen.

»Wer sind die, Germán?«

»Keine Ahnung! Iago oder sein Kumpel, wie hieß er noch mal? Der andere, der dich gemobbt hat.«

»Roi. Aber der hat gesagt, dass er …«

»Roi. Genau. Der kann ja eingebrochen sein. Den kannte Nanuk nicht.«

»Der war es nicht. Der hat nur versucht, mich zum Nachforschen zu bringen.«

»Und das glaubst du ihm?«

»Ja.«

»Findest du das nicht ein bisschen komisch? Weshalb glaubst du ihm?«

»Weil ich mir sicher bin, dass er es nicht war.«

»Raquel, lass uns das allein lösen. Gemeinsam. Geh nicht zur Guardia Civil. Ich bin doch auf deiner Seite.«

So leid es mir tut: Ich glaube ihm nicht. Ich traue meinem Mann nicht mehr. Er verschweigt etwas. Das ist offensichtlich. Mir jetzt mit Roi zu kommen ist ein Ablenkungsmanöver. Und wenn er mir nicht vertraut, kann ich ihm auch nicht vertrauen. Es ist vorbei.

Ich wende mich zum Gehen.

»Was machst du da? Wo gehst du hin? Das Auto steht doch da drüben!«

»Ich fahre nicht mit dir nach Hause.«

»Raquel, ich bitte dich, geh nicht zur Guardia Civil!«

»Ich weiß, was ich tue.«

»Bitte mach das nicht!«

Aber ich gehe einfach weiter.

»Raquel!«, schreit er. »Wenn du jetzt da hingehst, kommt nichts dabei heraus. Gar nichts. Überlass das mir. Ich verspreche dir, sie werden für das bezahlen, was sie mit Nanuk gemacht haben!«

Ich habe keine Lust mehr, mich umzudrehen, gehe einfach weiter.

Kapitel 39

Ich gehe durch den Regen Richtung Polizeiwache. Vor der Wache bleibe ich stehen. Ich kann erst reingehen, wenn ich meine Gedanken geordnet habe. Als ich es endlich geschafft habe, mich zu beruhigen, wollen mir meine Beine nicht gehorchen. Los, Raquel! Mach schon! Zeit, dass die sich kümmern, es ist schließlich deren Job. Aber ich kann mich nicht entschließen. Warum nicht? Vielleicht, weil mich das Gefühl beschleicht, dass ich manche Dinge nur sehr schwer werde erklären können: dass ich in Virucas Wohnung war und ihr Handy habe; dass ich im Unterricht gemobbt worden bin und es nicht sofort gemeldet habe; dass zwei Schüler von meinem Mann Drogen gekauft haben, dieselben, die mich gemobbt haben; dass andere Menschen Fotos haben, auf denen ich mit jemand im Bett bin, der nicht mein Mann ist … Ich fange an zu glauben, dass das alles ein bisschen viel ist. Es kann gut sein, dass sie mir nicht trauen und meine Behauptungen entkräften. Zwei klare Straftaten gibt es: Man hat meinen Computer gehackt und meine Dateien gestohlen. Und man ist in mein Haus eingedrungen und hat meinen Hund getötet. Dumm ist nur, dass es Roi war, der meinen Computer gehackt hat. Auch, wenn er es nur getan hat, damit ich mich mit Virucas Tod beschäftige. Ich weiß, das war nicht in Ordnung. Aber ich will nicht, dass er dafür bestraft wird. Seine Absicht war falsch, aber gut. Und in mein Haus eingedrungen ist jemand anders. Iago? Nein, zumindest nicht er allein. Er hätte den Hund nicht getötet.

Wahrscheinlich würde die Guardia Civil ihn als Verdächtigen ausschließen, die beiden Verbrechen in Verbindung bringen und Roi auch des Einbruchs und der Tötung meines Hundes bezichtigen. Das kann ich nicht zulassen. Wegen des Jungen und weil das die Verfolgung der wirklich Schuldigen nur verzögern würde. Dann hätten die wirklich Schuldigen vielleicht genügend Zeit, um zu fliehen, Beweise zu vernichten, sich Alibis zu beschaffen. Oder vielleicht sogar mich anzugreifen, uns anzugreifen.

Ein Polizist kommt aus der Wache.

»Alles in Ordnung? Kann ich Ihnen helfen?«

»Nein, nein, schon gut …«

»Sicher? Sie sind ja völlig durchnässt … Wir haben drinnen Handtücher und Decken.«

Wortlos schüttle ich den Kopf und wende mich zum Gehen.

»Junge Frau …«

Ich reagiere nicht und gehe davon, laufe durch enge Gassen. Ohne es richtig zu merken, bin ich in der Altstadt gelandet. Ich komme durch das ehemalige jüdische Viertel, an der Bar vorbei, wo ich mit Mauro Wermut getrunken habe. Plötzlich wird mir klar: Mauros Wohnung ist der einzige Ort, an dem ich Zuflucht suchen kann. Ohne lange nachzudenken, mache ich mich auf den Weg.

Nach zwei-, dreihundert Metern spüre ich etwas hinter mir. Werde ich verfolgt? Dieses schwarze Auto da, fährt es langsam hinter mir her? Oder bilde ich mir das bloß ein? Habe ich es nicht schon in der anderen Straße gesehen? Haben sie vor unserem Haus auf uns gewartet und sind uns zur Tierarztpraxis gefolgt? Wissen sie vielleicht, dass ich das Handy dabei habe? Wollen sie mich überfallen? Ich gehe schneller. Wenn sie es in ihre Gewalt bekommen, habe ich wirklich nichts mehr in der Hand. Das darf ich auf keinen Fall zulassen. Ich drehe mich um, da ist der Wagen, folgt mir in Schrittgeschwindigkeit. Es ist also keine fixe Idee. Sie sind hinter mir her. Ich biege in die erstbeste Gasse ein. Wenn ich den Marktplatz erreiche, kann ich sie abhängen. Dort gibt es ein paar Treppen, die das Auto nicht hinauffahren kann. Hinter mir biegen die Scheinwerfer in die Gasse ein.

Ohne meine Angst zu verbergen, laufe ich los. Renne, obwohl ich kaum noch Kraft habe. Ausgepumpt erreiche ich den Marktplatz, der Boden aus poliertem Granit ist durch den Regen zur trügerischen Falle geworden. Um nicht auszurutschen, muss ich langsamer laufen. Schaue zurück. Es scheint, als folge das Auto mir nicht mehr. Habe ich sie abhängen können? Doch bevor ich die Frage zu Ende gedacht habe, sehe ich die Scheinwerfer um die Ecke biegen. Und renne wieder los. Zum Teufel mit dem Boden, wenn ich hinfalle, habe ich Pech gehabt. Ich erreiche die Treppe, rase hoch, immer drei Stufen auf einmal. Das Auto bremst am Fuß der Treppe. Geschafft! Bis Mauros Wohnung sind es nur noch zwei Querstraßen. Bis dahin muss ich durchhalten. Egal wie.

Erneut setzt starker Regen ein. Höre ich da Schritte hinter mir? Ich traue mich nicht, den Kopf zu wenden, tue es dann aber doch. Da ist niemand. Für alle Fälle gehe ich schneller. Endlich erreiche ich Mauros Straße. Kommt mir dort jemand entgegen? Soll ich lieber umkehren? Doch dann sehe ich, dass die beiden Gestalten, die sich mir nähern, leicht schwanken. Es sind wohl nur zwei Betrunkene. Ich gehe weiter. »Hallo, Mädel, trink doch noch einen Schluck mit uns.«

Endlich erreiche ich Mauros Haustür. Drücke auf den Klingelknopf. Keine Antwort. Ich höre, wie die Betrunkenen mit jemand reden. Dem, der hinter mir her war? Die Angst packt mich wieder. Fast panisch drücke ich wieder auf den Klingelknopf.

»Ja?«, kommt Mauros Stimme aus der Gegensprechanlage.

»Mauro? Ich bin's, Raquel … Bitte, mach auf …«

Er öffnet. Ich renne die alte, ausgetretene Holztreppe empor, hinterlasse eine Spur aus Wasser und Schlamm. Mauro steht im Pyjama in der Wohnungstür. Als er mich so durchnässt und erschöpft sieht, schaut er mich erschrocken an.

»Was ist passiert?«

»Entschuldige Mauro, dass ich um diese Zeit hier aufkreuze. Ich glaube, ich werde verfolgt.«

»Von wem denn?«

»Keine Ahnung … Könnte ich heute Nacht hier auf deinem Sofa schlafen? Ich weiß nicht, wo ich mich verstecken soll.«

Mauro tritt zur Seite, lässt mich eintreten. An der Tür ziehe ich mir die Stiefel aus.

»Ich versaue dir ja die ganze Wohnung. Hast du ein paar trockene Klamotten für mich?«

Mauro nickt, geht den langen Gang hinunter, schaltet dabei wie beim letzten Mal die Lichter ein und kommt kurz darauf mit einem T-Shirt und einer Damenhose zurück. Wortlos hält er mir beides hin.

»Sind die von Viruca?«

»Ja, klar.«

»Könntest du mir was anderes geben? Eine alte Trainingshose von dir und irgendein T-Shirt …?« Er schaut mich verständnislos an. »Vielleicht kommt's dir komisch vor, aber ich hab einfach Hemmungen, ihre Sachen anzuziehen.«

»Weshalb?«

»Schon gut. Ich zieh's an.«

»Nein, nein, wenn du dich darin nicht wohlfühlst, hol ich was anderes. Aber komm doch erst mal rein. Es ist mir egal, ob du was schmutzig machst.«

Ich folge ihm ins Wohnzimmer.

»Wer ist denn hinter dir her?«

»Ich weiß es nicht … Ich bin nicht mal ganz sicher, ob es

wirklich so war … Na, ja, eigentlich schon, keine Ahnung … Ich bin einfach fertig …«

Mauro nickt und geht wieder hinaus, sucht andere Kleider für mich. Ich stehe da, schaue auf die Bücher, die Bilder an den Wänden, die Lampen. Jedes Mal, wenn ich an Nanuk denke, könnte ich losheulen. Als Mauro mit einer Shorts und einem T-Shirt von sich zurückkehrt, sieht er, wie ich mit den Tränen kämpfe.

»Was ist denn los?«, fragt er.

»Wo kann ich mich umziehen?«

Mauro zeigt mir das Bad. Ich gehe hinein und schließe ab.

«Macht's dir was aus, wenn ich rasch dusche?«, frage ich durch die Tür.

»Natürlich nicht. Im Schrank sind Handtücher.«

Unter dem heißen Wasser lasse ich meinen Gefühlen freien Lauf. Weine wie ein kleines Mädchen, das vom Fahrrad gefallen ist. Wohl zwanzig Minuten fließen die Tränen, während das Wasser auf mich niederströmt.

»Alles okay?«, fragt Mauro von draußen.

»Ja, ich komme gleich.«

Langsam beruhige ich mich. Bin völlig leer geweint. Ich steige aus der Dusche, trockne mich ab und ziehe Mauros Kleider an. Sie riechen nach ihm.

Im Wohnzimmer erwartet mich Mauro mit einem Glas Wermut.

»Ich glaube, das brauchst du jetzt.«

Ich nehme das Glas, das er mir hinhält, trete ans Fenster und schaue auf die Straße hinaus. Dort ist niemand. Auf einen Zug leere ich das Glas.

»Kann ich noch einen haben?«

»Die ganze Flasche, wenn du willst.«

Wieder schaue ich nach draußen. Wenn sie mir wirklich gefolgt sind, haben sie längst das Weite gesucht. Ich setze mich aufs Sofa, auf das Mauro inzwischen Bettlaken und Decken gelegt hat. Er kommt mit der Flasche aus der Küche zurück.

»Willst du mir erzählen, was passiert ist? Oder soll ich dich schlafen lassen?«

Ich bin mir nicht sicher, ob ich reden möchte, weiß aber, dass ich noch einen Schluck trinken muss. Wortlos zu trinken erscheint mir ziemlich unhöflich. Und schon bin ich mitten drin in meinem Bericht, erzähle ihm alles. Als ich meine Zweifel erwähne, dass Iago hinter dem Einbruch steckt, schaut er skeptisch.

»Aber wenn er es nicht war, wer dann?«

Ich ziehe Virucas Handy aus meiner Tasche. Ich weiß nicht, ob er darauf vorbereitet ist, es zu sehen, aber dies ist nicht der Moment für übertriebene Rücksichtnahme.

»Das ist Virucas zweites Handy.«

Mauro fährt zusammen, streckt die Hand aus. »Darf ich?«

»Warte.« Ich will verhindern, dass er die Fotos sieht und zusammenbricht.

»Hör mal diese Nachricht.«

Ich lese ihm die Nachricht vor, die weder zu Germán noch zu Iago gehört.

»›Ich halt's nicht mehr aus, ich muss dich sehen.‹ Worauf Viruca antwortet: ›Hab Geduld, ich hab's fast geschafft.‹ Von wem stammt die? Und was meint Viruca mit ›ich hab's fast geschafft‹?«

»Keine Ahnung … Wir müssten herausfinden, wessen Nummer das ist.«

»Kommt sie dir bekannt vor?«

Mauro wirft einen Blick darauf und schüttelt den Kopf. Dann wählt er die Nummer auf seinem Handy, um zu sehen, ob er sie in seinem Adressbuch gespeichert hat. Aber da ist nichts.

»Sollen wir die wählen?«, fragt er.

»Nicht sofort.«

Es ist besser, das erst mal nicht zu tun. Bis jetzt ist nichts Gutes dabei herausgekommen. Nanuk ist getötet worden, weil ich so vorgegangen bin.

Doch Mauro hört nicht auf mich und wählt.

»Nein, nicht!«, protestiere ich.

Statt Rufzeichen kommt nur eine automatische Ansage: »Die Nummer, die Sie gewählt haben, ist im Moment nicht erreichbar.« Ich weiß nicht, ob ich erleichtert sein soll oder nicht.

»Sollten wir das Handy nicht der Guardia Civil übergeben?«, fragt Mauro.

»Ich weiß nicht … Vielleicht hat Germán recht, wenn er meint, die würden nichts unternehmen. Wir haben ja nur Hinweise, Vermutungen. Nichts Konkretes. Ich muss erst noch ein bisschen mehr rauskriegen.«

»Ist das nicht viel zu gefährlich?«

»Man hat meinen Hund getötet, und meine Ehe ist vermutlich gerade in die Brüche gegangen. Alles, was mir wichtig war, ist beim Teufel. Es gibt nichts mehr, mit dem die mir wehtun können.«

»Dir könnten sie wehtun.«

Vor einer guten halben Stunde bin ich noch voller Angst durch den Regen gerannt, habe mich verfolgt gefühlt. Doch jetzt, in Mauros Wohnung, nach einer heißen Dusche und drei Gläsern Wermut bin ich wie verwandelt. Fühle mich mutig und stark.

»Ich pass schon auf mich auf«, sage ich trotzig.

Mauro versucht, mich zu überreden, doch mein Entschluss ist gefasst. Sehe ich da ein wenig Bewunderung in seinem Blick?

»Du kannst auf mich zählen«, gibt er sich schließlich geschlagen.

»Danke.«

Ich lege meine Hand auf seinen Arm, will ihm zeigen, dass mein Dank von Herzen kommt. Doch ich habe den Eindruck, dass ihm das unangenehm ist.

»Ich mach das nicht nur für dich, ich will wissen, was mit meiner Frau passiert ist.«

»Ich weiß, ich weiß. Aber trotzdem danke ich dir.«

»Kann ich jetzt das Handy sehen?«

»Mauro … Es ist … Da sind ein paar Fotos drauf …«

»Ich will sie sehen, bitte.«

Ich zögere einen Moment, gebe es ihm. Es wird ihm wehtun, aber ich denke, er hat ein Recht darauf, die Fotos zu sehen. Tatsächlich ist er völlig geschockt. Er gibt mir das Handy zurück, als habe er sich die Finger verbrannt.

»Verflucht …!«

»Mochte deine Frau es, dass man sie …?«

»Dass man sie fesselte? Und solche Fotos von ihr macht? Verdammt noch mal, nein! Wenigstens nicht, als wir zusammen waren. Ich verstehe gar nichts mehr …«

Er steht auf, greift nach meinem Glas.

»Möchtest du noch was oder sollen wir schlafen gehen?«

»Lass uns schlafen gehen«, antworte ich. Ich bin völlig erschöpft, und er muss diese Fotos erst mal verdauen. Schon tut es mir leid, dass ich sie ihm gezeigt habe. Ich hätte behutsamer vorgehen sollen. Wenn ich entdeckt hätte, dass mein Mann … Na ja, ich habe entdeckt, dass mein Mann ein Dealer ist. Auch nicht gerade schön.

Mauro wünscht mir Gute Nacht und verschwindet in seinem Schlafzimmer.

Ich bleibe allein im Wohnzimmer zurück und spüre, wie mir die Knie weich werden. Krieche unter die Decken, knipse das Licht auf dem Tischchen aus und versuche zu schlafen. Aber es ist unmöglich, so erschöpft ich auch bin.

Zwei Stunden später liege ich immer noch wach. Armer Nanuk. Ich Arme. Wie soll ich das alles durchstehen? Wie soll ich ohne Germán weiterleben? Ist unsere Ehe wirklich am Ende? Noch haben wir uns nicht getrennt, doch wie weiterleben mit jemand, dem ich nicht mehr vertrauen kann?

In meinem Kopf überschlagen sich die Gedanken. Germán, der Dealer meiner Schüler. Germán, der Viruca Kokain verkauft hat. War er nur ihr Dealer oder hat er auch mit ihrem Tod zu tun und will deshalb nicht zur Guardia Civil gehen? Eigentlich scheint mir der Gedanke völlig absurd, doch dass er dealt, konnte ich mir auch nicht vorstellen. Und dass er mir nichts erzählt hat, spricht nicht für ihn.

Ich versuche zu schlafen, ohne Erfolg. Meine Angst wird immer größer. Ich stehe auf. Klopfe leise an Mauros Schlafzimmertür, in der Hoffnung, er könnte wach sein. Keine Antwort. Ich öffne vorsichtig die Tür, sehe im Halbdunkel, dass er schläft. Und lege mich ohne lange nachzudenken neben ihn. Das ist verrückt, ich weiß. Doch ich muss die Wärme eines Menschen spüren.

Und endlich schaffe ich es, einzuschlafen.

Kapitel 40

Mitten in der Nacht schrecke ich hoch. Ein furchtbarer Alptraum hat mich geweckt. Schlaftrunken versuche ich, die wirren Bilder in meinem Kopf zu ordnen. Ich liege im Bett. Iago erscheint in meinem Zimmer. Nackt und mit erigiertem Penis. Zuerst ist mir seine Gegenwart unangenehm, doch dann erregt mich seine Nacktheit. Ich will, dass er sich zu mir legt. Er kommt näher, lässt sich neben mich fallen, und als er mich umarmt, fühle ich etwas Feuchtes. Iago ist voller Blut. Dann höre ich Nanuk heulen. Iago grinst boshaft: »Ich musste das tun«, sagt er. »Damit wir allein sein können.« Ich versuche, aufzustehen, doch er hält mich fest. Ich schreie, will wissen, wen er umgebracht hat: »Nanuk? Meinen Mann?« Er antwortet: »Dein Mann ist schon lange nicht mehr dein Mann.« Endlich kann ich mich losreißen, springe aus dem Bett. Doch das Zimmer hat keine Tür, ich kann nicht fliehen. Auf der anderen Seite der Wand heult mein Hund immer noch. Als ich mich zum Bett umdrehe, sehe ich, wie Iago meinen Mann penetriert, während er gleichzeitig versucht, ihn zu erwürgen … Ich wache auf.

Verwirrt liege ich da, weiß nicht, wo ich bin: Ich liege in Mauros Bett. Dass mir mein Unterbewusstsein solch grausame Streiche spielt, überrascht mich nicht. Nanuk ist tot, ich bin in einem fremden Bett gelandet. Kein Wunder, dass ich so schreckliche Träume habe.

Mauro liegt nicht neben mir. Ich schaue auf die Uhr. Halb sieben. Bald wird es hell. Auf meinem Handy sehe ich, dass

Germán mehrmals angerufen, fünf oder sechs Nachrichten geschickt hat.

»Wo steckst du?«

»Bist du bei der Guardia Civil gewesen?«

»Wir müssen reden.«

»Lass es mich dir erklären.«

Ich stehe auf, höre Geräusche aus der Küche. Barfuß nähere ich mich der Tür. Sie steht einen Spalt offen. In der Küche ist kaum Licht, nur das Lämpchen der Dunstabzugshaube brennt. Was macht er da? Ich sehe, wie er etwas in den Mülleimer stopft. Ein Tuch? Ein T-Shirt? Es sieht aus wie mit Wein getränkt oder mit etwas anderem Dunkelrotem. Mauro knotet energisch den Müllbeutel zu und zieht ihn aus dem Eimer. Ich will nicht, dass er mich sieht. So schnell und leise, wie ich kann, schleiche ich ins Schlafzimmer zurück. Dort schlüpfe ich unter die Decken und stelle mich schlafend. Doch Mauro kommt nicht. Ich höre die Wohnungstür zuschlagen. Wohin geht er wohl um diese Zeit? Ich stehe auf und schaue vorsichtig aus dem Fenster, sehe ihn aus dem Haus treten. Er geht die Straße hinunter zu einem Müllcontainer und wirft den Beutel hinein. Weshalb muss er um diese Zeit den Müll entsorgen? Ist er ein Ordnungsfanatiker? Oder ist in dem Beutel etwas, das ich nicht sehen soll?

Nein, sicher gibt es dafür eine logische Erklärung. Besser, ich zerbreche mir nicht den Kopf. Ich bin noch zu verwirrt. Und gehe wieder ins Bett, will noch ein bisschen schlafen. Wenn es nachher hell wird, frage ich ihn, was los war.

Wieder geht die Wohnungstür, dann höre ich seine Schritte auf dem Gang. Doch zu meiner Überraschung kommt er nicht ins Schlafzimmer, sondern bleibt im Wohnzimmer. Vielleicht will er nicht das Bett mit mir teilen. Er muss ziemlich überrascht gewesen sein, als er aufwachte und mich neben sich liegen sah. Ich beschließe, ihm sein Bett zu überlassen.

»Guten Morgen«, grüße ich.

»Ah, hallo. Habe ich dich geweckt?«

»Nein, keine Sorge. Ich wollte dir dein Bett zurückgeben. Entschuldige … Ich konnte nicht schlafen, hatte furchtbare Angst, und da … Tut mir leid.«

»Kein Problem. War ein bisschen komisch, als du heute Morgen neben mir lagst, aber ich habe mir gedacht, dass du nicht allein sein wolltest.«

»Ja, so war's.«

»Willst du nicht noch ein bisschen schlafen?«

»Ich hatte einen furchtbaren Alptraum. Jetzt weiterschlafen ist, glaube ich, keine gute Idee. Hast du schon gefrühstückt?«

»Äh … Nein, nein … Ich bin aufgestanden, um ein Glas Wasser zu trinken, da hab ich gemerkt, dass der Müll entsetzlich stank. Gestern Abend habe ich Fisch gegessen und vergessen, die Reste rauszubringen.« Er setzt ein schiefes Grinsen auf. »Erzähl's aber keinem von der Gemeinde. So früh ist das nämlich noch verboten.«

»Du hast Glück, ich kenne niemanden bei der Gemeinde«, frotzele ich.

»Was möchtest du denn frühstücken?«

»Ich glaube, ich hab keinen Hunger.«

»Ich mach Toast, dann kannst du selbst entscheiden, ob du was möchtest.«

Mauro geht in die Küche. Ich suche nach meinen Kleidern. Mauro hat sie auf einen Heizkörper gelegt, sie sind trocken. Schmutzig, aber trocken. Ich ziehe sie an. Bevor ich zum Unterricht gehe, muss ich wohl noch zum Umziehen nach Hause. Allerdings habe ich überhaupt keine Lust, Germán zu treffen. Und wenn ich für ein paar Tage abhaue? Einfach verschwinde und eine Woche in A Coruña bleibe? Aber das würde das Unvermeidliche nur hinausschieben. Irgendwann müssen wir reden, Entscheidungen treffen. Er muss mir erzählen, welche Beziehung er zu Viruca hatte.

Mauro kommt mit einem Teller voller Toastscheiben aus der Küche. Ich bin inzwischen fertig angezogen.

»Ich geh jetzt lieber. Vielen Dank für alles. Ich verspreche, nicht noch mal so einfach hier aufzutauchen.«

»Willst du wieder zu Hause schlafen?«

»Große Lust darauf habe ich nicht, aber ...«

»Warte.«

Mauro öffnet eine der Schubladen der Kommode im Gang, zieht ein Schlüsselbund hervor.

»Da, nimm. Das sind die Wohnungsschlüssel.«

»Aber das geht doch nicht, Mauro. Ich habe deine Gastfreundschaft schon genug strapaziert.«

»Kennst du denn jemand anderen, bei dem du übernachten kannst?«

Ich könnte in der Wohnung über dem Restaurant schlafen, aber auch dort würde ich Germán über den Weg laufen. Und sonst habe ich in Novariz wirklich niemand, zu dem ich gehen könnte.

»Ich find das nicht okay, Mauro.«

»Nimm sie einfach.«

Bei Sonnenaufgang verlasse ich das Haus. Ein klarer, kalter Tag, kaum vorstellbar, dass gestern ein solches Gewitter getobt hat. Ich habe keine Lust, Germán zu treffen. Hoffentlich schläft er noch und ich kann mich umziehen und wieder verschwinden, ohne dass er es merkt. Zu Hause sehe ich weder unser Auto noch das seines Bruders. Leise schleiche ich mich nach oben, im Schlafzimmer ist er nicht. War er nicht hier? Hat er in *O Muíño* geschlafen? Wahrscheinlich. Sicher hat er auch keine Lust, mich zu sehen, nach allem, was wir uns gestern an den Kopf geworfen haben. Was er über mich erfahren hat.

Ich sehe Nanuks Spielzeug und spüre einen Stich in der Brust. Wie seltsam wird das Leben ohne ihn sein. Seltsam und einsam. Spontan beschließe ich, alles wegzuwerfen, was mich an unseren Hund erinnert. Sein Futter, seine Decke, sein Spielzeug … Mit dem riesigen Futtersack gehe ich zum Müllcontainer draußen auf der Straße. Während ich den Sack in den Container werfe, fällt mir ein, wie Mauro den Müllbeutel wegwarf. Stank der wirklich so, dass er gleich entsorgt werden musste? Ich erinnere mich nicht daran. Aber ich will nicht anfangen, Mauro zu misstrauen. Er hat mir die Schlüssel zu seiner Wohnung gegeben. Außerdem hat er mehr Interesse als ich daran, dass endlich geklärt wird, was mit seiner Frau geschehen ist. Wenn ich nicht verrückt werden will, muss ich ein paar Leuten vertrauen. Muss davon ausgehen, dass Roi auf meiner Seite ist und Mauro genauso. Was ich von meinem Mann leider nicht behaupten kann.

Ich ziehe mich aus und stopfe die schmutzigen Kleider in die Waschmaschine. Steige in die Dusche und stehe eine Viertelstunde unter dem heißen Strahl. Ziehe mich an und packe ein paar Sachen in meine Reisetasche, für den Fall, dass ich nicht so schnell wieder herkomme. Es ist besser, auf alles vorbereitet zu sein. Als ich mein Gesicht im Spiegel sehe, bekomme ich einen Riesenschreck. Ich habe entsetzliche Tränensäcke und tiefschwarze Schatten unter den Augen. Besser, ich schminke mich kräftig, damit ich nicht aussehe wie ein wandelndes Gespenst.

Doch sosehr ich auch versuche, meine Müdigkeit mit Make-up und Kajalstift zu übertünchen, es will mir nicht recht gelingen.

Es ist gerade erst acht und meine erste Stunde ist um elf. Aber ich will Germán nicht treffen, und so beschließe ich, noch bei Concha einen Kaffee zu trinken.

Als ich die Bar betrete, begrüßt mich Concha überschwänglich. »Da soll einer sagen, ihr Lehrer arbeitet nicht. Die Schule ist noch nicht mal geöffnet, und du bist schon da. Was darf's denn sein?«

»Ein Kaffee und ein Stück Bica.«

»Schon in Arbeit.«

Während mir Concha den Kaffee serviert, schaut sie mich unverwandt an. Auch, als sie den Kuchen abschneidet, wendet sie nicht den Blick von mir. Und schaut weiter, während sie ihn mir hinstellt.

»Du siehst anders aus als sonst.«

»Besser oder schlechter?«

»*Miña nena*, wozu hat man den Begriff anders erfunden, wenn nicht, um zu sagen, dass du grässlich aussiehst, ohne unhöflich zu sein?«

»Vielen Dank, dass du so rücksichtsvoll bist«, antworte ich ironisch.

»*Filliña*, ich will nur sagen, weshalb musst du dich mit deinen gerade mal dreißig Jahren so furchtbar anmalen?«, fragt Concha. »Das braucht man doch erst, wenn man das so genannte unbestimmte Alter erreicht hat.«

»Ich wusste einfach nicht, wie ich meine Müdigkeit übertünchen sollte.«

»So schlecht geschlafen?«

»Kann man wohl sagen.«

»Ich hab hier noch Tücher, mit denen man Babys den Hintern abputzt, für mein Enkelkind.«

»Sehe ich so übel aus?«

Wortlos hält sie mir die Packung hin.

Heute habe ich keinen Unterricht in der 12. Aber ich muss Iago sehen. Muss ihn vor mir haben, um von ihm zu hören, dass er nicht bei mir eingebrochen ist. Also schaue ich im Klassenzimmer nach ihm, doch er ist nicht da. Weder er noch Roi sind zum Unterricht erschienen. Den ganzen Morgen über suche ich nach ihnen, ohne Erfolg. Das macht mich stutzig. Als Kursleiterin habe ich das Recht, sie anzurufen. Zuerst wähle ich Rois Nummer. Sein Handy ist ausgeschaltet. Das von Iago klingelt, aber er geht nicht ran. Ich beschließe, die Eltern anzurufen. Auch dazu habe ich das Recht. Rois Mutter ist höchst beunruhigt, als ich sie anrufe.

»Er ist gestern Abend nicht nach Hause gekommen. Ich habe keine Ahnung, wo er steckt. Er reagiert auf keinen Anruf, weder von seinem Vater oder seinem Bruder oder von mir. Ich überlege schon, ob ich zur Guardia Civil gehen soll.«

»Ist das noch nie vorgekommen?«

»Nein, noch nie. Wenn er woanders übernachtet, sagt er vorher Bescheid, wie sich's gehört. Wenn er bis zum Essen nicht da ist, melde ich das der Guardia Civil. Wenn ihm bloß nichts passiert ist.«

»Versuchen Sie, ganz ruhig zu bleiben. Sicher gibt's eine einfache Erklärung.«

Dann rufe ich Iagos Vater an. Nach unserer ersten und letzten Begegnung macht mir das keinen besonderen Spaß, doch jetzt habe ich einen guten Grund: Iagos Freund ist verschwunden.

»Tomás? Raquel am Apparat, die Klassenlehrerin Ihres Sohnes.«

»Worum geht's?«

»Iago ist heute nicht zum Unterricht erschienen. Sein Freund Roi auch nicht. Rois Mutter ist in großer Sorge, weil ihr Sohn gestern Abend nicht nach Hause gekommen ist.«

»Und was habe ich damit zu tun?«

»Ich wollte nur fragen, ob Sie etwas wissen. Ist Iago zu Hause?«

»Ja, er hat Fieber. Sagt er jedenfalls. Ich glaube, er übertreibt ein bisschen. Aber er sah heute Morgen nicht so gut aus, da habe ich gesagt, dass er daheimbleiben kann.«

»Könnten Sie ihn bitte fragen, ob er etwas über seinen Freund weiß?«

»Jetzt sofort? Ich wollte gerade zur Arbeit gehen.«

»Wenn es möglich wäre …«

Er brummt unwillig, sagt dann aber: »Okay, okay. Bleiben Sie dran.« Nach einer Minute kommt er zurück. »Er sagt, er hat keine Ahnung, hat ihn seit gestern in der Schule nicht gesehen.«

»Vielen Dank«, sage ich, ohne meine Abneigung zu verbergen.

Tomás legt wortlos auf. Wo könnte Roi stecken? Ich will mir keine Sorgen machen, aber vielleicht sollte ich das.

Meine nächste Stunde ist erst um vier, deshalb beschließe ich, im Ort essen zu gehen. Isa bietet an, mich zu begleiten, doch ich erfinde eine Ausrede. Behaupte, ich sei mit meinem Mann verabredet. Ich möchte ihr keine gute Laune vorspielen, die ich nicht habe. Und noch viel weniger will ich ihr beichten, was mir durch den Kopf geht.

Ich gehe in die erstbeste Kneipe, die ein Tagesgericht auf der Karte hat und weit weg von der Schule ist. Was soll ich jetzt tun? Zu Iago nach Hause gehen? Noch einmal Rois Mutter anrufen? Oder mich erst einmal um Germán kümmern? Ich bin nicht imstande, einen Entschluss zu fassen, bekomme kaum einen Bissen hinunter und kehre ratlos in die Schule zurück.

Mit Ach und Krach bringe ich die Stunde in der 11 über die Runden. Als ich schon das Gebäude verlassen will, höre ich Marga rufen:

»Raquel! Raquel! Warte.«

Sie nimmt mich mit ins Lehrerzimmer. Dort sitzen ein paar Kollegen und machen bestürzte Gesichter.

»Was ist denn los?«

»Roi Fernández, einer deiner Schüler.«

»Was ist mit ihm?«

»Man hat ihn ins Krankenhaus gebracht.«

»Ins Krankenhaus? Weshalb denn?«, frage ich erschrocken.

Dass ein Schüler ins Krankenhaus kommt, ist eigentlich keine Nachricht, wegen der meine Kollegen solche Gesichter ziehen.

»Wir wissen noch nichts Genaues, aber anscheinend ist er übel zusammengeschlagen worden.«

»Was?«

»Und dann hat man ihn auch noch überfahren.«

»Wie? Was? Aber das kann doch nicht sein!«

»Die Guardia Civil untersucht gerade, was genau passiert ist. Aber offensichtlich hat er Verletzungen, die nicht nur von dem Unfall herrühren.«

»Und wie steht es um ihn?«, frage ich voller Angst.

»Ziemlich schlimm.«

»In welchem Krankenhaus ist er denn?«

»In der Uniklinik in Ourense.«

»Verdammt! Ausgerechnet heute hab ich kein Auto dabei. Kann mich jemand hinbringen?«

Marga bietet mir ihre Hilfe an. Zusammen verlassen wir das Lehrerzimmer.

»Raquel, es gibt etwas, das ich dir da drin nicht erzählen wollte. Damit nicht zu viel getratscht wird.«

»Und das wäre?«

»Jemand hat Roi zur Notaufnahme gebracht, ihn dort aus dem Auto geworfen und ist dann einfach weggefahren. Ich glaube, man hat versucht, ihn umzubringen, und dann Skrupel bekommen. Keine Ahnung.«

Kapitel 41

In weniger als einer halben Stunde sind wir im Krankenhaus, dank der neuen Autobahn, auf die Novariz so stolz ist und von der mein Schwiegervater in seinen letzten Lebenstagen dauernd geredet hat. Wie schade, beklagte er sich, dass er sie nicht würde nutzen können, nachdem er so viele Jahre unter den Bauarbeiten gelitten hatte. Darüber denke ich während der Fahrt nach und über tausend andere Sachen, die ich Marga nicht erzählen will. Wenn ich bisher geschwiegen habe, kann ich nicht jetzt anfangen zu reden. Erst muss ich alle Teile des Puzzles zusammengefügt haben. Wieder und wieder denke ich an Rois Worte. Seine Angst davor, zu reden und den Konsequenzen. Bin ich etwa schuld an dem, was ihm passiert ist? Hätte ich schon beim ersten Verdacht zur Guardia Civil gehen sollen? Mich zu quälen hilft jetzt auch nicht weiter.

Am Empfang fragen wir nach unserem Schüler.

»Er ist noch im OP.«

»Wo können wir warten? Wo sind seine Angehörigen?«

Man schickt uns in den dritten Stock. Ich kenne die Mutter nicht und Marga genauso wenig. Deshalb fragen wir im Warteraum: »Ist hier ein Angehöriger von Roi Fernández?«

Eine Frau Mitte fünfzig und ein Junge von vielleicht dreizehn, die sich mit zwei Männern unterhalten, wenden sich um.

»Ich bin Rois Mutter. Und dies ist sein Bruder.«

Wir stellen uns vor. Die Mutter wundert sich, dass wir gekommen sind, ist aber dankbar dafür. Sie ist zierlich und einfach gekleidet. Ihre Hände sind schwielig vom Putzen fremder Häuser. Das Haar trägt sie zu einem Pferdeschwanz gebunden. Der Junge wirkt aufgeweckt, er sieht Roi sehr ähnlich, ist allerdings in dem Alter, wo Pickel der schlimmste Feind eines Jugendlichen sind.

»Wie geht es ihm?«, fragt Marga.

»Schlecht, sehr schlecht. Sie fürchten um sein Leben«, antwortet die Frau mit brüchiger Stimme und nimmt ihren Sohn in den Arm.

»Was ist denn passiert? Weiß man das inzwischen?«, frage ich.

»Wir wissen nur sehr wenig. Die Beamten haben uns gerade informiert.«

Die beiden Männer stellen sich vor. Beide sind um die vierzig, tragen keine Uniform. Sie wirken eher wie Angestellte als Polizisten.

»Jemand hat den Jungen vor der Tür zur Notaufnahme rausgeworfen und ist geflohen. Wir haben die Bilder der Überwachungskameras. Mal sehen, was wir da rauskriegen.«

»Und was ist auf den Bildern zu sehen?«, frage ich.

»Ein Stück von dem Auto, mit dem der Junge hergebracht wurde. Und ein Mann mit einer Kapuze, der ihn rauszerrt und liegen lässt.«

»Kann ich die Bilder sehen?«, frage ich.

Die Beamten schauen sich an, zögern einen Moment.

»Vielleicht ist derjenige, der Roi gebracht hat, ja ein Schulkamerad oder ein Freund … Meine Kollegin und ich könnten ihn wiedererkennen«, beharre ich.

Offensichtlich überzeugt sie das. Sie bringen uns zur Krankenhauspforte, sorgen dafür, dass man uns das Video zeigt.

Die Aufnahmen sind nicht sehr scharf. Man sieht ein Auto heranfahren. Einen PKW, mittelgroß, blau oder blaugrau. Das Nummernschild ist nicht zu erkennen. Das Auto hält. Wegen des Aufnahmewinkels ist nicht zu sehen, wie der Fahrer aussteigt. Dann erscheint er im Bild, öffnet eine der hinteren Türen und zieht Roi heraus, blutüberströmt und reglos. Er legt ihn auf den Boden, steigt wieder ein und fährt davon.

Mir bleibt die Luft weg. Meine Hände krampfen sich um die Rücklehne des Stuhls, auf dem der Wachmann sitzt.

»Können Sie das noch mal zeigen?«, frage ich und versuche, meine Erregung zu überspielen. Ich muss die Bilder noch mal sehen, hoffe inständig, dass sie mir etwas zeigen, das mich zu einem anderen Schluss kommen lässt.

Der Wachmann spielt das Video noch einmal ab.

Jetzt erkenne ich es. Das blaue oder blaugraue Auto, das ist mein eigenes. Und der Mann, der sein Gesicht unter der Kapuze verbirgt? Ich glaube, das ist Germán! War er es? Hat er Roi so zugerichtet, weil er meinte, der Junge hätte unseren Hund getötet? Germán würde so etwas doch nie tun. Wenigstens nicht der Germán, den ich kenne. Aber der Germán, den ich kenne, würde auch nie mit Drogen handeln …

»Kennen Sie den Mann?«, fragt einer der Polizisten.

Einen Augenblick zögere ich. Soll ich meinen Mann denunzieren, ohne absolut sicher zu sein? Was, wenn es eine Erklärung gibt? Vielleicht hat er den blutüberströmten Roi irgendwo gefunden und ins Krankenhaus gebracht. Aber warum ist er dann geflohen?

Marga schaut mich erwartungsvoll an.

»Erkennen Sie ihn?«, fragt der Beamte noch einmal.

»Nein, ich weiß nicht, wer das ist«, antworte ich.

Plötzlich wird mir bewusst, dass ich gerade eine Straftat begangen habe. Wenn Roi die Operation nicht übersteht, bin ich Komplizin eines Mordes. Zumindest kann man mich der Strafvereitelung bezichtigen.

Warum habe ich nicht die Wahrheit gesagt oder das, was ich für die Wahrheit halte? Roi schwebt zwischen Leben und Tod, weil ich die Guardia Civil nicht eingeschaltet habe, und jetzt mache ich gerade so weiter. Warum wehre ich mich so dagegen, die Aufklärung denen zu überlassen, die dafür zuständig sind? Vielleicht, weil ich mich immer noch dem Mann verbunden fühle, den ich mal geheiratet habe. Ich muss mit ihm reden. Ihm Gelegenheit geben, sich zu erklären. Und dann entsprechend handeln.

Wir gehen wieder in den dritten Stock. Die Polizisten verabschieden sich, werden uns auf dem Laufenden halten. Dies ist meine letzte Gelegenheit, ihnen zu sagen, was ich weiß. Doch ich lasse sie verstreichen.

Inzwischen ist Roi schon zwei Stunden im OP. Ich müsste eigentlich los, Germán treffen. Doch ich will nicht gehen, ohne zu wissen, ob Roi überlebt. So bleibe ich mit Marga bei Rois Mutter und seinem Bruder. Es gibt wenig zu bereden, und wir schweigen. Trotz der Anspannung fallen mir immer wieder die Augen zu. Ich falle in einen seltsamen Zustand zwischen Wachen und Träumen, in dem dieser Wartesaal mit dem der Tierarztpraxis verschmilzt. Zwischen beiden liegen ja nur ein paar Stunden, und ich hoffe inständig, dass es diesmal anders ausgehen wird. Marga hat Kaffee geholt. Er ist nicht besonders gut, doch ich bedanke mich trotzdem. Sollten wir überhaupt hier sein?, denke ich und sehe Rois Mutter an. Aber vielleicht hilft jede Begleitung, auch wenn wir zwei Unbekannte sind.

Die Mutter sagt kaum etwas, klagt nur ab und zu. Will begreifen, was geschehen ist. Wer hat ihren Sohn so zugerichtet? Und weshalb?

»Er ist doch so ein guter Junge, nicht wahr? Er hat nie Ärger mit irgendjemand, kümmert sich nur um seine eigenen Sachen.«

»In der Schule ist er sehr beliebt«, versucht Marga, sie aufzumuntern.

»Das glaube ich sofort. Ich versteh das alles nicht.«

Dieser Satz wird in ihrem Mund zu einer endlosen Litanei. Ich denke ja genau wie sie. Ich verstehe das alles nicht. Das macht alles keinen Sinn. Mein Mann kann einfach kein Verbrecher, kein Mörder sein. Ausgeschlossen. Wie kann das Leben in so kurzer Zeit so kompliziert werden? Wie ist es möglich, dass ich hier in einem Krankenhaus sitze und Angst habe, dass mein Mann den Jungen tödlich verletzt hat?

Ich gehe zur Toilette, schließe mich ein und rufe Germán an. Doch er nimmt nicht ab. Ich spreche ihm eine Nachricht auf den AB: »Germán, wir müssen unbedingt reden. Ruf mich an, sobald du diese Nachricht hörst.«

Ich kehre in den Warteraum zurück. Menschen kommen und gehen. Immer wieder schaue ich auf die Uhr. Die Zeit scheint stillzustehen. Endlich kommt ein Chirurg. Ich halte den Atem an. Hoffentlich ist Roi gerettet, bitte, bitte. Hoffentlich hat er überlebt. Wir stehen auf. Rois Mutter hält sich an ihrem Sohn fest, ich an Margas Arm.

»Er wird gerade aus dem OP gebracht«, sagt der Chirurg.

»Und wie geht's ihm?«

»Setzen wir uns besser«, schlägt der Arzt vor.

Schlechte Nachrichten. Er würde uns nicht zum Hinsetzen auffordern, wenn die Nachrichten gut wären.

»Wir haben die inneren Blutungen stoppen können. Mehrere Organe sind geschädigt. Vor allem die Leber. Und er hat ein Schädel-Hirn-Trauma, dessen Folgen wir noch nicht abschätzen können. Die nächsten Stunden werden entscheidend sein.«

»Aber er wird doch wieder ganz gesund, Herr Doktor?«, fragt Rois Mutter mit dem Respekt, der so typisch ist für Leute, die Ärzte für eine höhere Spezies halten.

»Wir tun, was wir können«, antwortet der Chirurg. »Aber wir müssen mit allem rechnen.«

Ich versuche, das Verhalten des Arztes zu deuten. Zu verstehen, was sich hinter seinen unbestimmten Worten verbirgt.

»Er wird sicher wieder gesund. Er wird sicher wieder ganz gesund«, wiederholt Rois Mutter. »Roi ist ein starker Junge.«

»Ja, Mama, das wird schon wieder«, macht Rois Bruder ihr Mut.

»Können wir zu ihm?«, fragt die Frau.

»Er wird gerade auf die Intensivstation gebracht. Wenn alles gut geht, können Sie morgen für ein paar Minuten zu ihm. Jetzt sollten Sie sich aber erst mal ausruhen. Am Empfang hat man ja Ihre Telefonnummer, nicht wahr? Wir rufen Sie an, wenn etwas ist.«

»Nein«, sagt die Frau bestimmt. »Wir bleiben hier.«

Der Chirurg versucht sie umzustimmen, aber gegen den Dickkopf einer Mutter kommt er nicht an. Er verabschiedet sich und geht. Sofort springe ich auf und laufe ihm hinterher.

»Doktor, entschuldigen Sie einen Moment …«

»Ja, bitte?«

»Besteht Hoffnung, dass er das überlebt?«

»Wer sind Sie?«

»Seine Klassenlehrerin. Mir können Sie die Wahrheit sagen.«

Er schaut verärgert aus.

»Weshalb glauben Sie, dass ich Ihnen etwas anderes sagen werde?«

»Ich bitte Sie …«, flehe ich ihn an.

»Tut mir leid.«

»Können wir irgendetwas tun? Vielleicht Blut spenden …? Keine Ahnung …«

»Blut wird immer gebraucht. Aber das wäre nicht für ihn. Er ist null positiv. Und von seiner Blutgruppe haben wir genug da.«

Der Chirurg geht. Ich bleibe mit einer unheilvollen Vorahnung zurück. Er stirbt. Roi stirbt. Wenn Roi stirbt, dann …

Rois Mutter und sein Bruder kommen zu mir.

»Was haben Sie ihn gefragt? Was hat er gesagt?«

»Ob wir Blut spenden können. Er hat gesagt, dass das nicht nötig sei.«

»Ich weiß nicht, wie ich Ihnen danken soll, dass Sie sich so kümmern«, antwortet die Mutter. »Ich bin noch nie in die Schule gekommen.«

»War ja auch nicht nötig«, erwidert Marga.

Ich schaue Marga an. Möchte ihr zu verstehen geben, dass wir jetzt gehen sollten. Marga versteht mich auch ohne Worte. Wir verabschieden uns, raten ihnen, sich auszuruhen.

»Wir werden sehen.«

Marga bietet an, mich nach Hause zu bringen, doch ich wehre ab.

»Danke, Marga. Ich kann gut ein Taxi nehmen. Ruf mich an, wenn du was erfährst, ja?«

»Alles okay bei dir?«, fragt sie.

Ich nicke ohne allzu viel Überzeugung.

»Irgendwann müssen wir mal reden«, fährt sie fort.

»Worüber denn?«

»Über das, was du verschweigst, Raquel. Ich bin doch nicht blöd.«

Kapitel 42

Ich gebe dem Taxifahrer die Adresse von *O Muíño*. Während der Fahrt schwärmt er von dem guten Essen dort. Er kennt das Restaurant von Hochzeiten.

»Wahnsinnig gut. Die Portionen sind ein bisschen kleiner, als wir sie hier gern haben. Aber so ist die moderne Küche eben.«

Während er redet, nicke ich hin und wieder abwesend. In meinem Kopf überschlagen sich die Fragen. Sie haben alle mit Germán zu tun.

Als ich das Restaurant betrete, treffe ich als Erstes auf meinen Schwager.

»Hallo, Demetrio! Ist Germán da?«

»Ja. Er hat mir von eurem Hund erzählt. Tut mir sehr leid, Raquel.«

»Danke. Ist er da oder nicht?«

In diesem Augenblick kommt Germán aus der Küche, eine Schürze um den Bauch.

»Raquel!«

»Ich hab dich immer wieder angerufen. Schaust du nicht auf dein Handy oder was?«

Als Demetrio hört, welchen Ton ich anschlage, beschließt er, uns allein zu lassen.

»Ich muss es im Wagen liegen gelassen haben. Entschuldige.«

»Komm. Lass uns nach draußen gehen.«

Ich gehe in den Garten hinaus, zum Fluss hinunter. Germán folgt mir. Hier kann uns keiner hören.

»Wo ist das Auto?«

»Steht draußen auf dem Parkplatz. Wieso?«

»Ist der Rücksitz blutverschmiert?«

Germán schaut mich erschrocken an.

»Wa … Warum fragst du das?«

»Ich habe gerade der Polizei gesagt, dass ich das Schwein nicht kenne, das meinen Schüler vor der Notaufnahme abgeladen hat. Aber die hat sicher bald das Kennzeichen. Sag mir, dass es einen guten Grund gibt, weshalb ich sie angelogen habe. Sag mir, dass es eine Erklärung gibt, Germán.«

»Woher weißt du, dass …«

»Es gibt doch überall Überwachungskameras, du Trottel. Ihr habt ja sogar hier im Restaurant welche. Hast du etwa geglaubt, eine Kapuze reicht aus, damit man dich nicht erkennt?«

»Raquel, bitte … Ich … Ich habe nichts getan. Okay, ich habe ihn ins Krankenhaus gebracht. Wie geht es ihm denn?«

»Er schwebt zwischen Leben und Tod. So geht es ihm. Germán, du musst mir alles erzählen, um Himmels willen!«

»Erst musst du mir etwas versprechen.«

»Ich verspreche überhaupt nichts mehr.«

»Hör zu, Raquel. Ich erzähle es dir. Aber du musst mir versprechen, dass du die Finger davon lässt, dass du dich nicht weiter einmischst.«

»Nein! Ich entscheide selbst, was ich tue.«

»Du verstehst es nicht. Du verstehst es einfach nicht.«

»Aber was soll ich denn verstehen?«

»Dass es besser ist, wenn du dich da raushältst …«

»Weshalb willst du immer, dass ich mich raushalte? Was könnte ich herausfinden? Hast du etwas mit Virucas Tod zu tun? Hast du jetzt beinahe Roi umgebracht? Bist du ein Mörder, Germán? Geht es darum?«

»Nein, verdammt noch mal! Niemand hat Viruca umgebracht. Sie hat sich das Leben genommen. Hat es einfach nicht mehr ausgehalten, denke ich. Ich habe versucht, sie von dem Gedanken abzubringen. Aber es hat nichts genützt … Lass uns weggehen von hier.«

»Weggehen? Wohin denn?«

»Zurück nach A Coruña.«

»Was? Du bist es doch gewesen, der unbedingt hierbleiben wollte. Der mich dazu überredet hat, meine ganze Erbschaft in dieses Restaurant zu stecken. Glaubst du, man löst Probleme, indem man einfach abhaut?«

»Ich habe nichts Böses getan.«

»Warum bist du dann abgehauen? Ist dir nicht klar, dass dich das verdächtig macht? Jetzt rede endlich. Um Himmels willen, rede!«

Germán zögert, doch schließlich fängt er an zu sprechen.

»Heute Morgen bin ich zu Iago gefahren. Ich wollte ihn fragen, ob er etwas mit dem Tod von Nanuk zu tun hat.«

»Du weißt, wo er wohnt?«

»Dies ist ein Kaff, Raquel. Es ist sehr einfach, herauszufinden, wo jemand wohnt.«

Er schaut mich an, als warte er auf ein Zeichen, dass ich ihm glaube. Aber das tue ich nicht, natürlich nicht. Trotzdem lasse ich es ihm erst mal durchgehen.

»Weiter.«

»Als ich dort ankam, war niemand da. Jedenfalls hat mir keiner aufgemacht. Und da …«

Jetzt schweigt er. Schweigt und beginnt, auf der kleinen Brücke auf und ab zu gehen, die über das Flüsschen führt.

»Germán, bitte. Red weiter.«

»Ich bin wieder weggefahren, und da hab ich Roi an der Straße liegen sehen.«

»Was? Einfach so?«

Er nickt.

»Und das soll ich dir glauben?«

»Ich hab angehalten und bin ausgestiegen. Erst dachte ich, er wäre tot. Aber dann habe ich gesehen, dass er noch atmete, und da … Ich konnte ihn doch nicht einfach da liegen lassen, oder?«

»Wer hat das deiner Meinung nach getan? Iago?«

»Keine Ahnung.«

Wie lange will er mich noch anlügen?

»Wieso kanntest du Viruca? Weshalb hast du ihr Koks verkauft? Weshalb hast du Nerea neulich welches verkauft? Bist du in den letzten Monaten zum Dealer der ganzen Stadt aufgestiegen? Du wolltest doch immer, dass dein Vater stolz auf dich ist. Und da fängst du an zu dealen?«

Demetrio nähert sich.

»Da sind ein paar Polizisten. Sie fragen nach dir.«

»Hast du ihnen etwa gesagt, dass ich hier bin?«

»Natürlich.«

Germán schaut seinen Bruder flehentlich an.

»Du musst ihnen sagen, dass ich die ganze Nacht hier war. Und heute den ganzen Tag über.«

»Warum?«

»Weil sie mich sonst verhaften.«

Mein Schwager atmet heftig aus. Er will nicht lügen, keine Probleme mit der Polizei haben. Aber Germán ist sein Bruder. Hilfesuchend schaut er mich an. Doch ich weiß nicht, was ich ihm raten soll.

Die beiden Polizisten kommen auf uns zu. Es sind die aus dem Krankenhaus. Sie wirken nicht überrascht, mich hier zu sehen, und fragen meinen Mann, ob er der Besitzer des Wagens ist. Germán nickt. Einer der beiden holt seine Handschellen hervor und legt sie Germán an.

»Ich verhafte Sie wegen des tätlichen Angriffs auf Roi

Fernández. Sie haben das Recht zu schweigen. Alles, was Sie sagen, kann gegen Sie verwendet werden.«

»Weshalb verhaften Sie meinen Bruder?« Demetrio ist völlig außer sich, schaut Germán an. »Was ist hier los?« Dann wendet er sich wieder an die Polizisten. »Mein Bruder hat noch nie jemand angegriffen. Dazu ist er gar nicht fähig.«

Einer der Polizisten deutet auf mich und sagt wütend: »Und Sie, junge Frau, bleiben bitte im Ort. Der Richter könnte sehr bald Ihre Festnahme wegen Behinderung der Justiz anordnen. Sie wussten ganz genau, wen Sie da auf den Bildern gesehen haben.«

Ich schüttle den Kopf, weiß aber, dass sie mir nicht glauben. Germán wird abgeführt. Plötzlich steht Claudia in der Tür des Restaurants. Als sie ihren Sohn in Handschellen sieht, kreischt sie los:

»Weshalb nehmt ihr ihn mit? Was soll das? Mein Sohn ist doch kein Verbrecher!«

Wir drei folgen ihnen nach draußen. Sehen zu, wie sie Germán ins Auto verfrachten. Einer der Polizisten drückt meinem Mann den Kopf nach unten, als er in den Wagen steigt.

»Ruf einen Anwalt an, Demetrio. Ruf Duarte an, das ist der beste«, sagt Germán noch.

Dann schlägt der Polizist die Tür zu und steigt vorne ein. Sein Kollege sitzt schon am Steuer. Wir sehen das Auto davonfahren. Drinnen sitzt mein Mann in Handschellen, weil man ihn bezichtigt, einen meiner Schüler fast umgebracht zu haben. Wie zum Teufel hat das alles passieren können?

Claudia sieht mich hasserfüllt an, deutet mit dem Finger auf mich.

»Das ist alles deine Schuld. Du hast meinem Sohn nur Unglück gebracht.«

»Meine Schuld? Aber wie kommst du denn auf so was, Claudia?«

»Spiel jetzt nur nicht den Unschuldsengel. Hier haben dich alle vom ersten Tag an durchschaut.«

Weshalb gibt Claudia mir die Schuld? Sie hat mich also wirklich schon immer gehasst. Ich schaue Demetrio an, als könne er mir eine Erklärung für den Wutausbruch seiner Mutter geben.

»Komm, Mutter, lass gut sein.«

»Nein! Weshalb haben sie ihn verhaftet?«

»Du weißt nicht einmal, weshalb man ihn verhaftet hat, hast aber schon entschieden, dass ich schuld daran bin? Vielen Dank, Claudia!«

»Na, dann erkläre es uns doch. Damit wir beide es verstehen«, verlangt Demetrio.

Ich gebe mir alle Mühe, ihnen zu erzählen, weshalb man ihn festgenommen hat. Claudia schüttelt immer wieder den Kopf, sie kann es nicht fassen. Doch wenigstens bittet sie mich, Germán aus dem Schlamassel zu helfen.

»Du weißt genau, dass Germán zu so etwas nicht fähig ist«, sagt sie. Ich zweifle inzwischen an allem.

»Man hat unseren Hund getötet«, sage ich.

»Was hat das denn damit zu tun?«

»Vielleicht hat er gedacht, das hätte dieser Schüler getan, und wollte sich rächen.«

»Nein. Nein, unmöglich.« Sie schaut Demetrio an. »Du kennst ihn doch auch, er würde nie jemand etwas antun. Er wüsste ja gar nicht, wie.«

Sie schaut mich an. Sieht meine Skepsis.

»Und was du denkst, ist mir egal. Du bist seine Frau. Wenn du ihn auch nur ein ganz kleines bisschen liebst, dann musst du ihm da raushelfen.«

Ich nicke langsam, ohne Überzeugung. Zu mehr kann ich mich nicht durchringen. Claudia wendet sich wieder an ihren Sohn.

»Na, ruf schon den Anwalt an. Worauf wartest du?« Dann sagt sie zu mir: »Und du, tu auch was. Steht doch beide nicht einfach so rum.«

Ich stecke die Hand in die Tasche meiner Jeans. Fühle ein Schlüsselbund. Die Schlüssel von Mauro.

Ich klingle bei Mauro. Keine Antwort. Ich rufe ihn auf dem Handy an. Er sagt, ich soll einfach in die Wohnung gehen, er käme in ein paar Minuten, sei nur kurz einkaufen. Ich gehe nach oben, schließe auf, betrete das Wohnzimmer, lasse mich aufs Sofa fallen. Ein Glas von diesem Wermut würde mir jetzt guttun. Also rapple ich mich auf, gehe in die Küche. Öffne Schränke. Zuerst schaue ich an den üblichen Plätzen, finde aber nur alle möglichen Utensilien, die ich höchstens aus Kochshows kenne. Endlich entdecke ich die Wermutflasche und schenke mir ein ordentliches Glas ein. Als ich gerade Eiswürfel aus dem Eisschrank hole, höre ich die Wohnungstür. Mauro kommt mit ein paar Einkaufstüten in die Küche.

»Hallo, ich habe mir ein Glas Wermut eingeschenkt. Ich hoffe, du hast nichts dagegen.«

»Natürlich nicht. Nimm dir alles, was du brauchst. Fühl dich ganz wie zu Hause.«

»Vielen Dank. Mein Mann ist verhaftet worden.«

Drei Gläser Wermut später habe ich alles erzählt. Aus irgendeinem Grund, wahrscheinlich, um mich zu beruhigen, ergreift Mauro Partei für meinen Mann, glaubt ihm die haarsträubende Geschichte, dass er Roi verletzt aufgefunden hat.

»Dein Mann ist doch nicht gewalttätig, oder?«

»Bis jetzt nicht.«

»Ich glaube, so was hat man in sich. Dass man aus dem Nichts zum Mörder wird, ist unmöglich.«

»Wenn ich den Kerl vor mir hätte, der meinen Hund umgebracht hat, wer weiß, wozu ich fähig wäre.«

»Ihn anschreien, ihn beschimpfen, ihm eine Ohrfeige verpassen. Aber mehr auch nicht, denke ich.«

»Weshalb ergreifst du eigentlich für ihn Partei?«

»Wenn du deinem Partner nicht mehr traust, dann ist gar nichts mehr zu retten.«

»Genauso fühle ich mich ja. Dass unsere Beziehung unrettbar verloren ist.«

»Aber wenn er die Wahrheit sagt? Wie würdest du dich fühlen, wenn du im Knast wärst und dein Mann nichts für dich täte?«

»Keine Ahnung … Wie wär's, wenn wir erst mal nicht mehr über ihn reden?«

»Hast du Hunger?«

Mit Couscous und ein paar Zutaten bereitet Mauro ein köstliches *Taboulé*. Dann essen wir und leeren dazu eine Flasche Rotwein.

Ab und zu schaue ich auf mein Handy.

»Was Neues von deinem Mann?«

»Nein. Auch nicht von meinem Schwager. Und über Roi genauso wenig.«

»Du kriegst sicher Nachricht, wenn's Neuigkeiten gibt.«

Ich nicke. Das stimmt, sicher wird man mir Bescheid geben. Aber obwohl ich mich hier bei Mauro wohlfühle, bekomme ich langsam ein schlechtes Gewissen. Ich sollte nicht hier sein, während mein Mann im Gefängnis sitzt und Roi mit dem Tod ringt. Ich sollte etwas tun. Spuren suchen. Mir den Kopf zerbrechen, herauszufinden versuchen, was zum Teufel hinter dem Ganzen steckt. Aber ich habe keine Kraft mehr. Vielleicht ist es das Beste, zu warten, bis Roi wieder bei Bewusstsein ist. Wer hat ihn überfallen? Weshalb? War es Germán?

»Worüber denkst du nach?«, fragt Mauro.

»Darüber, dass du ein toller Koch bist.«

»Danke, aber daran hast du nicht gedacht«, lächelt er.

Er sieht gut aus, wie er da so vor mir sitzt. Wie am ersten Tag, als ich ihn im Auto sah und er mich fast überfahren hätte. Ich weiß nicht, weshalb ich mich gerade jetzt daran erinnere. Vielleicht wegen dieses Lächelns.

»Du hast recht. Ich habe gerade etwas Unanständiges gedacht.«

Bin ich verrückt geworden? Wie kann ich so etwas sagen? Ist das der Wein? Der Stress? Die Anspannung der letzten verrückten Tage?

»Wieso unanständig?«

»Nichts, nichts, vergiss es. In schwierigen Situationen drehe ich manchmal ein bisschen durch. Vor allem, wenn mir dann noch der Wein die Zunge löst. Vergiss einfach, was ich gesagt habe.«

»Willst du etwa was von mir?«, fragt er mit schiefem Lächeln, das peinlich berührt wirkt.

»Nein, nein, vergiss es. Wirklich.«

Ich stehe auf, um das Geschirr abzuräumen, berühre dabei aus Versehen mit dem Ellbogen seine Schulter. Er zuckt zurück.

»Hör zu, ich glaube, es ist besser, wenn ich jetzt nach Hause gehe. Das ist einfach alles … zu absurd.«

»Alles gut, Raquel, mach dir keine Gedanken. Deine Bemerkung hat mich nur kalt erwischt.«

»Mich selbst genauso, glaub's mir.«

Er lächelt wieder. »Wirklich, Raquel, mach dir nichts draus. Ich nehm's als Kompliment.«

»Auf jeden Fall ist es besser, wenn ich jetzt verschwinde.«

Ich stelle die Teller neben das Spülbecken und will gehen. Da greift er nach meiner Hand.

»Einen Moment.«

Ich ziehe meine Hand aus der seinen. »Lass das lieber«, sage ich.

Doch anstatt zu tun, was ich sage, steht er auf und drängt mich gegen die Wand.

»Was soll das?«

»Sag einfach nichts.« Seine Lippen nähern sich den meinen.

»Nein, nein, nein …«

Drei Millimeter vor meinem Mund hält er inne.

»Lass mich gehen.«

Er hebt die Arme zum Zeichen, dass er es nicht verhindern wird. Ich kann gehen, wenn ich will. Aber ich tue es nicht. Bewege mich keinen Zentimeter. Mit seinen Lippen dicht vor den meinen. Ich spüre seinen Atem. Er riecht nach Wein. Der meine riecht sicher genauso.

»Ich … Ich bin nicht so hübsch wie Viruca.«

»Was soll das denn jetzt?«

»Ich habe nicht ihre tolle Figur und …«

»Sei einfach still«, sagt er.

Er küsst mich. Dann schaut er mich an. Will sehen, wie ich reagiere. Jetzt bin ich es, die sich ihm nähert und seinen Kuss erwidert. Zuerst zaghaft, doch dann wächst das Verlangen, ergreift von mir Besitz. Wir hören nicht auf, uns zu küssen. Uns zu verschlingen. Ich schiebe meine Hand unter sein T-Shirt, in seine Hose. Berühre sein Geschlecht. Er ist genauso erregt wie ich, und das erregt mich noch mehr.

»Verdammt«, sage ich zwischen zwei Küssen.

»Was ist denn?«

»Ich will, dass du mich vögelst.«

Er führt mich zum Sofa. Wahrscheinlich ist sein Schlafzimmer, das Bett, in dem er mit Viruca geschlafen hat, noch zu heilig. Das kann ich verstehen. Hastig und ziemlich ungeschickt reißen wir uns gegenseitig die Kleider vom Leib. Als ich ihm das T-Shirt ausziehen will, hält er mich davon ab.

»Ich habe eine hässliche Narbe an der Schulter, ich lass es besser an.«

»Was ist da denn?«

»Eine alte Verletzung, die nicht richtig heilen will.«

Das Sofa ist ziemlich unbequem, um miteinander zu schlafen. Aber das wird uns nicht daran hindern, es zu tun. Und es zu genießen. Unsere Küsse sind voller Verlangen, Wut. Doch obwohl ich mich ganz vergesse, mich von meiner Lust und Erregung fortreißen lasse, gibt mein Kopf keine Ruhe. Jetzt vertrete ich Viruca, auch hier, nicht nur in der Schule. Vielleicht ist es das, was mich so erregt. Ich muss ziemlich kaputt sein. Durch den Sex mit Mauro mache ich meine Ehe wohl endgültig zunichte. Zerstöre die letzte Brücke hinter mir. Ja, genau. Deswegen bin ich hier. Nicht, um durch Mauros Küsse Viruca Konkurrenz zu machen, sondern um meiner Ehe den letzten Rest zu geben.

Mauro liebkost meine Brüste, bedeckt sie mit Küssen, saugt an ihnen. Ich halte seinen Kopf fest, damit er ein Weilchen dort verharrt. Hier bin ich also, gebe mich einem Mann hin, der nicht meiner ist. Zerstöre mutwillig das, was ich eben noch um jeden Preis retten wollte. Denn genau das tue ich doch gerade, oder?

Mauro steht auf, um ein Kondom zu holen. »Mach schnell«, sage ich, »ehe ich mir klarmache, was hier gerade abläuft, und die Flucht ergreife.«

»Zehn Sekunden. Aber wenn ich zurückkomme und du nicht mehr da bist, versteh ich das auch.«

Ich höre, wie er im Bad Schubladen aufzieht, darin herumkramt. Sehe meine Kleider. Ich könnte mich im Handumdrehen anziehen, verschwinden, und alles wäre nur eine Anekdote gewesen, der Anfang von etwas, das wir gerade noch rechtzeitig gestoppt haben. Mauro kehrt zurück. Für einen Vierzigjährigen sieht er wirklich sehr passabel aus.

»Du bist ja noch da«, grinst er.

Ich helfe ihm, das Kondom überzuziehen. Als er gerade in mich eindringen will, halte ich ihn zurück.

»Warte.«

»Was ist los?«

»Das ist jetzt nicht der Wein. Das tue ich, weil ich es tun will. Und ich bin auch nicht auf eine Affäre oder eine Beziehung mit dir aus.« Und es ist unwichtig, dass du Virucas Mann bist, denke ich, behalte es aber für mich.

»Sagst du das mir oder dir selbst?«

»Uns beiden, vermute ich.«

»Okay. Machen wir weiter? Oder lassen es doch lieber?«

Ich senke den Blick und sehe sein steifes Glied.

»Wir machen weiter.«

Und als er in mich eindringt, schreie ich auf vor Lust.

Kapitel 43

Mauro fragt, ob es okay ist, wenn er duschen geht. Dabei ist dies seine Wohnung. »Ich will nicht deinen Geruch abwaschen«, sagt er. »Ich ertrage nur meinen Schweiß nicht.« Ich sage, dass ich keine Erklärungen brauche. Er geht ins Bad. Ich ziehe mich an. Soll ich jetzt nach Hause gehen? Das wäre vielleicht das Beste. Große Lust, allein dort zu schlafen, habe ich allerdings auch nicht. Ich möchte zwar nicht eng umschlungen mit Mauro die Nacht verbringen, aber es wäre nicht schlecht, ihn im Zimmer nebenan zu wissen. Und ich habe Angst, allein zu Hause zu sein, wenn mein Handy klingelt und man mir sagt, dass Roi die Operation nicht überstanden hat. Mauro kommt in Pyjamahose und T-Shirt aus dem Bad.

»Macht's dir was aus, wenn ich heute Nacht hierbleibe und auf dem Sofa schlafe?«

»Und um Mitternacht in mein Bett kommst?«

»Nein, keine Sorge.«

»Das sollte eine Einladung sein.«

»Lass uns jetzt lieber einfach schlafen gehen. Du in deinem Bett und ich hier auf dem Sofa.«

»Zu Befehl.«

Mauro holt ein paar Laken und Decken und bringt sie ins Wohnzimmer.

»Entschuldige. Ich weiß nicht, wie ich mit der Situation umgehen soll.«

»Keine Sorge, für mich ist das auch neu. Gute Nacht.«

»Gute Nacht. Und danke, dass ich hierbleiben darf.«

Mauro hebt zum Abschied die Hand und verschwindet im Schlafzimmer. Ich mache mir auf dem Sofa mein Bett und schlüpfe unter die Decken. Mein Handy lasse ich eingeschaltet. Hoffentlich werde ich nicht von einer schlechten Nachricht geweckt.

Trotz meiner Müdigkeit durch den Sex mit Mauro oder vielleicht gerade deswegen schaffe ich es nicht, einzuschlafen. Keine halbe Stunde ist vergangen, und schon bereue ich, was ich getan habe. Meine ganze Theorie, dass ich damit einen Schlusspunkt unter meine Ehe setzen wollte, bricht in sich zusammen. Ich bin eine treulose Frau. Eine Frau, die bei der erstbesten Gelegenheit das Handtuch wirft. Die sich von einem Augenblick der Lüsternheit hat fortreißen lassen, für den sie ihr Leben lang wird bezahlen müssen. Eine Frau, die … Und so geht das endlos weiter. An Schlaf ist nicht zu denken.

Vielleicht hat Mauro ja irgendwo eine Schlaftablette. Ich stehe auf und schließe mich im Bad ein. Suche in den Schrankschubladen und dem Regal, finde jedoch nichts außer Gummibändchen, Paracetamol, Feuchtigkeitscreme und Rasierklingen. Nicht einmal ein einfaches Beruhigungsmittel. Er muss die schlimmsten Momente als Witwer ohne irgendetwas durchgestanden haben. Ich dagegen habe nach dem Tod meiner Mutter alle Pillen geschluckt, die ich kriegen konnte. Immer hektischer krame ich weiter. Dabei öffne ich eine Schublade mit solchem Schwung, dass sich etwas darüber löst und die Schublade verklemmt. Verdammt. Ich stecke die Hand in die Öffnung, um das Teil wieder gerade zu rücken und die Schublade schließen zu können. Taste herum und habe eine Ahnung, was da steckt. Ich spüre, dass es mit Klebeband am Boden der Schublade darüber festgemacht ist. Mühsam reiße ich es los und ziehe ein Handy hervor. Weshalb hat Mauro unter dem Schubladenboden ein Handy versteckt? Ich halte es so vorsichtig, als könne es mir die Finger verbrennen, spüre, wie sich eine schwarze Wolke über mir zusammenbraut. Was, wenn ich einfach so tue, als hätte ich es nicht gesehen?

Ich beschließe, es einzuschalten, obwohl ich befürchte, dass die Batterie leer ist. Doch ich täusche mich. Ein bisschen Ladung hat sie noch.

Plötzlich fällt es mir wie Schuppen von den Augen: Und wenn … Nein, das kann nicht sein. Das darf nicht sein. Ich ziehe mein eigenes Telefon heraus und wähle voller Angst eine der Nummern von Virucas zweitem Handy. Inzwischen kann ich sie auswendig. Ich, die ich mir nie auch nur eine einzige merken konnte.

Das Handy beginnt zu vibrieren. Es ist Mauros Nummer. Er war es, der ihr die Nachricht geschickt hat: »Ich halt's nicht mehr aus, ich muss dich sehen.« Auf die Viruca antwortet: »Hab Geduld, ich hab's fast geschafft.«

Fast geschafft. Was hatte sie fast geschafft? Und weshalb hat mir Mauro verheimlicht, dass diese Nachrichten von ihm stammen? Warum hat er so getan, als kenne er die Nummer nicht? Hat sie sogar vor meinen Augen gewählt?

Jetzt fällt mir auch seine hässliche Schulterwunde ein. Ich bringe sie sofort mit gestern Morgen in Verbindung, als er in der Küche den mit einer dunklen Flüssigkeit getränkten Lappen in den Müll stopfte. Das war kein Wein! Das war Blut! Das Blut von Nanuk und vielleicht auch sein Blut! Deshalb hat er so früh den Müll rausgebracht. Ich sollte seine blutverschmierten Kleider nicht finden. Er war es, der bei mir zu Hause eingebrochen ist! Er war es, der dort nach Virucas Handy gesucht hat!

Ich spüre einen grausamen Stich. Ich habe mit dem Mörder meines Hundes geschlafen. Ich habe dieses Schwein in mir gehabt. Ich habe an die falsche Tür geklopft, beim falschen Mann Unterschlupf gesucht. Habe meinen Mann mit dem schlimmsten Typen betrogen, den es gibt. Mir wird so übel, dass ich kotzen möchte.

Rasende Wut ergreift von meinem ganzen Körper Besitz. Ich bin kurz vor dem Explodieren, meine Fingernägel graben sich tief in meine Handflächen.

Wie eine Besessene stürze ich in Mauros Schlafzimmer. Werfe das Handy auf sein Bett. Mauro erwacht völlig verdutzt.

»Kannst du mir erklären, was das bedeutet?«, herrsche ich ihn an.

»Was ist denn los?«

»Du hast deiner Frau Nachrichten geschickt, auf ihr zweites Handy. Und als ich dich gefragt habe, ob du eine der Nummern darauf kennst, hast du eine totale Show abgezogen. Hast sogar eine der Nummern gewählt, verdammt noch mal. Und jetzt finde ich dieses Handy bei dir in der Schublade.«

Mauro versucht wach zu werden, sich im Bett aufzusetzen.

»Ich kann dir das erklären.«

»Was du nicht sagst! Hast du vielleicht auch so haarsträubende Erklärungen wie mein Mann? Wenn ich nur daran denke, dass ich ihm nicht vertraut habe und ihn mit einem Schwein wie dir betrogen habe!«

Ich ziehe den kurzen Ärmel seines T-Shirts hoch. Sehe einen Verband, der mit Heftpflaster fixiert ist. Reiße ihn ab. Sehe zwei kleine Wunden. Wie von den Reißzähnen eines Hundes. Ich hätte es gar nicht nachzuprüfen brauchen.

»Beantworte mir nur eine einzige Frage. Hast du meinen Hund getötet, du Schwein? Sag mir, dass ich mich nicht gerade vom Mörder meines Hundes habe vögeln lassen!«

»Wenn ich es dir sage: Wirst du mir dann zuhören?«

»Heißt das etwa, dass es stimmt? Dass du ihn getötet hast?«

»Du wirst mir nicht zuhören.«

Mauro steht auf. Instinktiv weiche ich bis an die Tür zurück. Bin ich in dieser Wohnung in Gefahr? Jemand, der von

Anfang an gelogen hat, den trauernden Witwer spielt und kaltblütig einen Hund abschlachtet, der ist zu allem fähig.

»Warum soll ich dir zuhören!?«, schreie ich ihn an. »Ich misstraue meinem Mann, verdächtige ihn, etwas mit dem Tod deiner Frau zu tun zu haben, und der einzig Schuldige bist du! Du! Du musst völlig verrückt sein, total krank im Kopf, um ein solches Theater aufzuführen. Aber wieso wolltest du, dass ich etwas über ihren Tod herausfinde, wenn du selbst dahintersteckst? Warum? Das macht doch überhaupt keinen Sinn! Und weshalb hast du dieses Handy? Ich versteh gar nichts mehr!«

»Ich habe meine Frau nicht getötet. Wie kannst du so etwas glauben?«

»Du bist in mein Haus eingebrochen, hast meinen Hund getötet, nur, um an das Handy zu kommen. Und da wagst du zu behaupten, du hättest nichts mit ihrem Tod zu tun?« Mit verblüffender Klarheit sehe ich plötzlich den einzigen Ausweg. »Ich gehe jetzt zur Guardia Civil und zeige dich an. Dann kannst du denen alles erklären.«

»Warum bist du nicht schon längst gegangen? Warum bist du überhaupt hier? Nur um mich anzuschreien?«

Er redet mit mir wie ein Lehrer mit seinen Schülern. Und das beruhigt mich nicht etwa, sondern jagt mir einen noch größeren Schrecken ein. Mit was für einem Irren habe ich da geschlafen?

»Wenn ich so gefährlich bin, wie du glaubst, was machst du dann noch hier?«

Das ist eine gute Frage. Ich suche nach einer guten Antwort.

»Weil ich dein Gesicht sehen wollte«, antworte ich. »Ich wollte von dir hören, dass du es nicht warst. Dass ich verrückt bin, dass du meinen Hund niemals umbringen würdest. Dass du nichts mit dem Tod deiner Frau zu tun hast.«

»Ich habe nichts mit dem Tod meiner Frau zu tun!«

»Und mein Hund? Antworte! Hast du Nanuk getötet? Ich

will, dass du es mir sagst. Ich will wissen, ob du den Mumm hast, es zu gestehen. Will dein Gesicht sehen, wenn du es mir sagst.«

»Das wollte ich nicht.«

Das wollte ich nicht, sagt dieser Hurensohn. Das wollte ich nicht.

»Wir haben gerade miteinander geschlafen!«, empöre ich mich noch einmal, als wolle ich mich für das bestrafen, was ich getan habe. Ich habe es verdient, das nicht zu vergessen.

»Raquel …«

Er versucht, meinen Arm zu berühren. Ich stoße ihn weg, empfinde ungeheuren Ekel vor ihm. Vorhin habe ich den Drang, mich zu übergeben, noch zurückhalten können. Jetzt stürze ich in blinder Panik aus dem Zimmer. Schaffe es gerade noch ins Bad. Übergebe mich. Würge alles heraus, was mein Magen hergibt. Bis aus meinem Mund nur noch gelblicher Schleim kommt. Ich huste. Würge wieder. Ich habe mit dem Mörder meines Hundes geschlafen. Die Anstrengung ist so groß, dass ich meine, die Äderchen in meinen Augen müssten platzen. Ich kotze alles raus, und es tut sehr weh.

Endlich schaffe ich es, das Würgen zu stoppen. Ich bin völlig leer. Was mache ich hier? Wie habe ich das meinem Mann antun können? Wenn es vorher die Übelkeit war, die ich nicht kontrollieren konnte, so ergreift jetzt eine heillose Angst von mir Besitz. Ich kann nicht mehr, denke ich. Ich steh das nicht durch.

Ich will sterben. Ich will sterben.

Der Wunsch, alles möge endlich vorbei sein, ist unendlich stark. Schlagartig wird mir bewusst, dass Viruca sich genauso gefühlt haben muss. Jetzt geht es mir genau wie ihr. Ich bin ebenso am Boden zerstört wie sie, leer, verzweifelt. Ich habe das Gefühl, die erste Drohung, die man mir geschickt hat – »Wann stirbst du wohl?« -, ist dabei, Wirklichkeit zu werden.

Nein und nochmals nein.

Raquel, beruhige dich, um Gottes willen. Reiß dich zusammen. Fall nicht wieder ins schwarze Loch. Lass dich nicht davon aufsaugen. Steh auf und verschwinde. Du bist nicht Viruca. Du bist keine Selbstmörderin. Und jetzt weißt du, dass auch sie keine war. Lass dich nicht für dumm verkaufen. Verschwinde aus dieser Wohnung, weg von Mauro. Und komm wieder zu dir.

Die Worte, die ich mir selber sage, zeigen Wirkung. Ich stehe auf und wische mir mit einem Handtuch den kalten Schweiß vom Gesicht. Drehe den Wasserhahn auf und spüle mir den Mund aus. Mein Überlebensinstinkt erwacht. Wenn Mauro fähig war, ein harmloses Tier zu töten, was hat er dann wohl mit Viruca gemacht? Ich muss weg, so schnell wie möglich. Ich bin in Gefahr. Wenn er meinen Hund und Viruca getötet hat, was hindert ihn daran, auch mich umzubringen?

Ich verlasse das Bad, rufe: »Mauro?«, will wissen, wo er steckt.

»Ja?« Seine Stimme kommt aus dem Schlafzimmer. Die Wohnungstür ist nur ein paar Meter entfernt. Ich muss raus. Weshalb bewege ich mich denn nicht?

Irgendetwas hält mich zurück, sagt mir, dass ich jetzt alles klären muss. Jetzt ist die beste Gelegenheit. Ist es sehr verrückt von mir, hierzubleiben und mit ihm zu reden? Ist er fähig, mich zu töten? Nein, das glaube ich nicht. Eben erst haben wir miteinander geschlafen. Ohne es recht zu wollen, gehe ich in die Küche.

So schnell ich kann, ziehe ich dort die Schubladen auf, suche nach etwas, mit dem ich mich verteidigen kann. Endlich finde ich die Messer. Ich nehme das größte und kehre ins Schlafzimmer zurück. Mauro schaut mich ungläubig an.

»Was soll das? Tu das Messer weg.«

»Nein. Ich muss mich schützen. Für den Fall, dass du mir

zu nahe kommst. Jetzt rede schon. Weshalb hast du Nanuk getötet?«

Mauro starrt immer noch auf das Messer.

»Tu erst das Messer weg.«

»Nein.«

Er gibt sich geschlagen und setzt sich aufs Bett. Sieht ehrlich zerknirscht aus.

»Was mit deinem Hund passiert ist, tut mir sehr leid. Wirklich. Er hat mich angesprungen. Ich habe ihn weggestoßen, aber er kam noch wütender wieder. Da habe ich Angst gekriegt. Ich sah eine Schaufel, habe sie gegriffen, um ihn mir vom Leib zu halten. Aber der Schlag war wohl zu fest. Er lief verletzt davon. Ich dachte aber nicht, dass es so schlimm war, wirklich nicht.«

»Weshalb wolltest du das Handy haben? Was wolltest du darauf finden? Oder dachtest du, dass es dich belasten könnte?«

»Nein, darum geht es nicht. Dass es mich belasten könnte, war mir egal.«

»Weshalb dann?«

»Ich hab dir noch nicht alles erzählt.«

»Hast du deine Frau getötet?«

»Nein! Natürlich nicht! Hast du es denn nicht verstanden? Ist dir immer noch nicht klar, dass ich … Ich habe meine Frau über alles geliebt.« Er schaut mich einen Augenblick an, bevor er weiterspricht. »Und sie mich genauso.«

»Aber ihr hattet euch doch getrennt.«

»Nein. Wir haben uns nie getrennt.«

Kapitel 44

Der Satz trifft mich wie eine kalte Dusche. Verblüfft schaue ich Mauro an. Was soll das heißen? Was für eine Lüge tischt er mir jetzt auf? Die ganze Schule, die ganze Stadt wusste, dass sie nicht mehr zusammen waren.

»Viruca und ich, wir haben uns nie getrennt. Unsere Beziehung war nicht schlecht. Oder jedenfalls nicht so schlecht, dass wir uns hätten scheiden lassen müssen. Das war alles ein gut durchdachter Plan.«

»Halt! Was redest du da? Warum erfindest du so was? Das stimmt doch hinten und vorne nicht!«

»Komm, lass uns ins Wohnzimmer gehen. Was ich dir erzählen will, ist kompliziert. Außerdem brauche ich jetzt einen Schluck.«

Wir gehen aus dem Schlafzimmer. Ich lasse ihn keine Sekunde aus den Augen.

»Möchtest du auch was trinken?«, fragt er.

Ich schüttle den Kopf. Mauro holt eine Whiskyflasche aus dem Schrank und schenkt sich ein Glas ein. Nimmt einen Schluck. Dass ich mit einem Messer in der Hand vor ihm stehe, scheint ihn nicht weiter zu beeindrucken.

»Ich habe dir erzählt, dass Viruca und ich finanzielle Probleme hatten, stimmt's?«

»Ja, aber ich weiß nicht, ob es wirklich so war oder ob es eine der Lügen ist, die du mir von Anfang an aufgetischt hast.«

»Ich habe dich nicht wirklich angelogen, höchstens die

Wahrheit ein bisschen geschönt. Ein paar Sachen ausgelassen. Aber richtig gelogen habe ich kaum, das schwöre ich dir.«

»Mir ist egal, was du mir erzählt hast. Ich will nur, dass du jetzt die Wahrheit sagst!«

»Das tue ich ja. Oder glaubst du, es fällt mir leicht zuzugeben, dass ich deinen Hund getötet habe?«

Angewidert schüttle ich den Kopf. »Also erzähl schon. Hattet ihr finanzielle Probleme oder nicht?«

»Finanzielle Probleme ist gar kein Ausdruck. Wir waren total pleite. Bis über die Ohren verschuldet. Kurz davor, ins Gefängnis zu wandern. Und das war noch nicht mal das Schlimmste. Unsere Familien hatten wir da auch mit reingezogen. Meine beiden Schwestern und Virucas Eltern.«

»Wieso das denn?«

»Wir haben sie alle angepumpt, um Bürgschaften gebeten. Meine Schwestern haben Kredite aufgenommen, um uns aus der Patsche zu helfen.«

»Wie konntet ihr euch denn so hoch verschulden?«

»Weißt du nicht mehr, wie viele Leute alles verloren haben, ihre Wohnungen, ihre Ersparnisse?«

»Doch, das weiß ich noch genau.«

»Dann nimm noch unsere Dummheit dazu, unsere Verschwendungssucht, unseren Leichtsinn. Mein Pech beim Geldanlegen. Virucas verrückte Idee, in ein Restaurant in Vigo zu investieren, das ein Fass ohne Boden wurde … Das alles hat uns dazu gebracht, schließlich aus reiner Verzweiflung bei den falschen Leuten Geld zu borgen. Denn bevor wir unsere Verwandten um Hilfe baten, haben wir bei ein paar von diesen zwielichtigen Geldverleihern Kredite aufgenommen, die immer im Internet Anzeigen schalten. Die Zinsen von diesen Kredithaien kannst du dir gar nicht vorstellen. In weniger als zwei Jahren schuldeten wir ihnen das Fünffache dessen, was sie uns geliehen hatten. Und trotzdem sind wir immer noch nicht zu unseren Familien gegangen. Ich wollte das nicht. Erst haben wir die Wohnung hier zu verkaufen versucht, dann das Häuschen am Meer. Ich wollte meine Aktien von der Firma der Acebedos losschlagen, doch die fielen plötzlich und waren nichts mehr wert. Wir steckten also richtig in der Scheiße. Da hat mich Viruca schließlich überredet, ihre Eltern und meine Schwestern um Hilfe zu bitten. Es gab wirklich keinen anderen Ausweg mehr. Aber trotzdem sind wir nicht wieder auf die Beine gekommen. Stattdessen haben wir sie mit in den Abgrund gerissen.«

»Und was hat das alles mit Viruca und ihrem Tod zu tun?«

»Ich will nicht bestreiten, dass diese ganzen Probleme unsere Ehe in Schwierigkeiten brachten. Ziemlich heftige sogar. Wir haben uns gestritten, uns verletzt. Aber wir sind zusammengeblieben. Mit Zweifeln, aber zusammen. Wir haben uns furchtbare Dinge an den Kopf geworfen …«

»Ja, das hast du mir schon erzählt, mach weiter.«

»Als wir kurz davor waren, wegen unserer Schulden ins Gefängnis zu wandern, hatte Viruca eine Idee. Eine verrückte, verzweifelte, irre Idee. Ich hab natürlich abgelehnt. Hab mich mit Händen und Füßen dagegen gewehrt.«

Ich horche auf.

»Du hast ja keine Ahnung, wie Viruca aussah. Sie war die schönste Frau von Novariz. Sie hatte jede Menge Verehrer, alle wollten mit ihr zusammen sein. Sie hätte jeden haben können. Aber sie wollte mich. Einen Geschichtslehrer an der Oberschule. Einen ganz normalen Typen. Ihr war klar, dass sie als verheiratete Frau noch genauso anziehend war. Sogar mehr noch, weil sie jetzt unerreichbar schien. Und so kam sie auf die Idee, sich das zunutze zu machen. In verzweifelten Situationen kommt man auf verzweifelte Lösungen.«

»Hat sie sich prostituiert?«

»Na ja, so könnte man es nennen. Es gab jemand, der uns

helfen konnte. Einer der reichsten Männer der Stadt. Ein zwielichtiger Typ, der seit Jahren hinter ihr her war. Der sie immer schon haben wollte. Dieser Mann war bereit, unsere Schulden zu übernehmen. Aber nur, wenn er Viruca bekam. Ganz für sich allein. Aber dazu mussten wir getrennt sein.«

»Wie bitte? Das kann doch nicht wahr sein!«

Hat er mir wirklich gerade erzählt, dass seine Frau sich an den Meistbietenden verkaufen wollte? Mit seinem Einverständnis?

»Sie beschloss, eine Scheidung vorzutäuschen. Und sich mit ihm einzulassen.«

»Einer von den Acebedos?«

»Nein, nein. Der Vater eines Schülers. Der Vater von Iago. Der war bereit, uns unter die Arme zu greifen, alle Schulden zu übernehmen. Im Rotlichtmilieu lässt sich viel Geld verdienen. Sein Bauunternehmen ist ja nur Fassade, damit wäscht er das Geld. Die ganze Stadt weiß, womit er es wirklich verdient.«

»Und der war bereit, alle eure Schulden zu übernehmen, wenn Viruca mit ihm ins Bett ging?«

»Er war dazu bereit, wenn … wenn Viruca ganz ihm gehörte.«

»Und deshalb habt ihr euch getrennt …«

»Wir wollten wieder zusammenkommen, wenn das Schuldenproblem gelöst war. Das war natürlich ziemlich naiv. Doch damals schien uns das möglich. Die Verzweiflung vernebelt einem den Verstand.«

»Und du …? Du warst einverstanden mit einem solchen Deal?«

»Wir waren ja kurz davor, alles zu verlieren. Unsere Familien zu ruinieren. Natürlich wollte ich nicht, dass sie mit ihm ins Bett ging. Natürlich nicht. Es war furchtbar, sie mit ihm zusammen zu sehen. Ich kam fast um vor Eifersucht. Auch wenn ich versuchte, mich daran zu gewöhnen. Doch sie beruhigte mich immer wieder. Sagte, dass sie nur mich liebt. Sich für uns opfert. Dass wir aus alldem stärker hervorgehen würden. Dass uns dann nichts mehr trennen könne. Ich hatte Angst, sie ganz zu verlieren. Doch sie kam immer zurück. Trotz der Eifersucht, trotz all der Wochen, die wir uns nicht sahen, ging es weiter.«

Er schweigt. Schaut mich an. War das schon alles?

»Und dann?«

»Iago.«

Ich weiß nicht, was er damit sagen will. Was hat der Junge mit dem Ganzen zu tun?

»Der Sohn hat sich in sie verliebt, war völlig besessen von ihr. Und das hat Viruca in eine schwierige Situation gebracht. Der Junge hat sich an sie rangemacht, wann und wo er nur konnte. Wenn der Vater nicht in der Nähe war, bedrängte Iago sie. Und Viruca, die ihn anfangs strikt zurückwies, blieb manchmal nichts anderes übrig, als sich ein bisschen empfänglich zu zeigen. Ihm zwar keine Hoffnungen zu machen, aber doch Verständnis zu zeigen. Sie fürchtete, Iago könne ein Hindernis für ihre Pläne sein. Wenn der Sohn total gegen sie war, konnte das alles zunichtemachen. Viruca zufolge haben Vater und Sohn eine komplizierte Beziehung. Iago hat sehr früh seine Mutter verloren, der Vater hat ihn allein großgezogen. Ohne Iagos Zustimmung konnte der ganze Plan nicht funktionieren.«

Mauro geht zum Schreibtisch, zieht eine Schublade auf, kramt darin herum und holt einen USB-Stick hervor, nicht viel größer als ein Daumennagel. Hält ihn mir hin.

»Erinnerst du dich, dass du die Ordner mit Iagos Aufsätzen und Klassenarbeiten nicht finden konntest?«

Ich schaue den USB-Stick an, versuche, zu verstehen.

»Du hast sie die ganze Zeit gehabt? Warum hast du sie mir nicht gegeben?«

»Du hast richtig vermutet. Ich wollte, dass dich das Fehlen

von Iagos Arbeiten neugierig macht. Und dass du deshalb weiter nachforschst.«

Jetzt fühle ich mich wie ein Idiot. »Du und Roi, ihr habt mich von Anfang an manipuliert.«

»Aber ich hatte einen wichtigen Grund dafür, ich wollte, dass du weitermachst.«

»Genau das hat Roi mir auch gesagt. Und du siehst ja, wohin das geführt hat …« Ich zeige auf den USB-Stick. »Was werde ich denn darauf finden?«

»Wahrscheinlich nicht allzu viel Neues. Fantastereien eines liebeskranken jungen Mannes. In seinen Arbeiten versteckte Liebeserklärungen an Viruca. Beschimpfungen, weil er sie nicht kriegen konnte. Sexuelle Provokationen wie die in den SMS, die du mir gezeigt hast, ohne Bilder natürlich. Vorwürfe, verzweifelte Drohungen von jemand, der nicht weiß, wie er ihre Aufmerksamkeit erregen soll. Erotische Phantasien, sie erobert zu haben …«

»Hat er sie denn rumgekriegt?«

»Um Gottes willen, nein! Wenigstens hat Viruca mir nichts davon erzählt. Aber die Situation wurde immer unangenehmer. Viruca fing an, sich große Sorgen zu machen. Das wurde alles zu kompliziert. Dann hat der Kerl wohl seine Klassenkameraden dazu überredet, sie im Unterricht zu mobben, sie fertigzumachen. Wenn sie nicht mit ihm ins Bett gehen wollte, dann würde er ihr eben das Leben zur Hölle machen.«

Ich versuche, die Puzzleteile in meinem Kopf zusammenzusetzen, Schlüsse zu ziehen.

»Und dann hat Viruca beschlossen, die Beziehung mit Iagos Vater zu beenden?«

»Nein, das nicht. Aber der Plan wurde geändert. Eines Abends kam sie zu mir und sagte, sie brauche gar nicht mehr mit Tomás weiterzumachen, sie könne sich von ihm trennen. Sie hätte etwas entdeckt, das alles veränderte. Etwas, mit dem wir unsere Schulden loswürden. Etwas, mit dem sie Tomás unter Druck setzen konnte. Ihm bliebe nichts anderes übrig als nachzugeben.«

»Und was war das?

»Das hat sie mir nie gesagt. Aber ich weiß, dass es anfangs funktioniert hat, denn Viruca war richtig euphorisch. Er hat ihr viel Geld gegeben. Sehr viel. Aber dann muss es Tomás leid gewesen sein, ihr immer mehr zu geben und …«

»Warum war er denn erst dazu bereit und dann nicht mehr?«

»Keine Ahnung.«

»Okay, aber wenn du das alles wusstest: Warum bist du dann nicht zur Guardia Civil gegangen?«

»Aber das habe ich doch getan!«

»Und du hast denen alles gesagt?«

»Dass meine Frau und ich einen Plan hatten, um unsere Schulden loszuwerden? Dass der Plan darin bestand, dass sie jemand verführt und ihn erpresst? Nein, natürlich nicht. Ich habe nur gesagt, dass ich es für nötig hielte, weiter zu ermitteln. Dass Viruca bedroht worden war. Dass sie etwas entdeckt hatte, ich aber nicht wüsste, was. Dass es aber etwas sehr Schwerwiegendes sein müsse und man sie dafür ermordet hat.«

Ich bin mir nicht sicher, ob seine Erklärung mich überzeugt.

»Und die Guardia Civil, was hat die gemacht?«

»Fast gar nichts. Man hat beide verhört, das war alles. Iagos Vater hat ausgesagt, er sei ein paar Mal mit ihr ausgegangen, sie hätten sich aber nicht so gut verstanden. Und beide, Vater und Sohn, hatten ein Alibi für die Tatzeit.«

»Aber wenn sie ein Alibi haben, können sie nicht die Täter sein.«

»Alibis kann man sich beschaffen, das ist kinderleicht. Vor allem, wenn die Polizei einem nur zu gern glaubt.«

»Und du hast nicht daran gedacht, ihnen die ganze Wahrheit zu erzählen, um zu sehen, ob das helfen würde?«

»Ich habe ihnen alles Nötige erzählt. Was spielt es da noch für eine Rolle, dass ich manche Einzelheiten für mich behalten habe? Was hätte das genützt, vor allem, nachdem ich die Reaktion der Polizei und des Untersuchungsrichters gesehen habe? Sogar du, die inzwischen alles weiß, hältst ja einen Selbstmord immer noch für möglich. Wenn die Polizei den Fall bisher schon nicht besonders ernst genommen hat, wie würde sie wohl reagieren, wenn sie ein solches Bild von Viruca bekäme? Es würde einzig und allein dazu führen, dass alle Welt mitbekäme, dass Viruca für Geld mit jemand ins Bett gegangen ist. Ich will nicht, dass ihr Name in den Schmutz gezogen wird. Das hat sie nicht verdient. Weder sie noch ihre Eltern noch meine Familie.«

»Ich weiß nicht, ob ich dir das glauben soll, Mauro. Du verschweigst mir noch was.«

Verlegen schaut er mich an. »Okay, okay. Ich wollte das Geld finden, das Viruca von Tomás bekommen hat. Das brauche ich doch, um die Schulden zu bezahlen! Und deshalb habe ich nach dem Handy gesucht. Ich wusste, dass sie dort die Nummer des Schließfachs gespeichert hatte, in dem sie es deponiert hat. Auf dem Rechner waren ein paar Zahlen, aber die waren nicht vollständig.«

Ich fahre hoch. »Was? Deshalb hast du das Handy gesucht? Deshalb hast du meinen Hund getötet? Weil du an das Geld kommen wolltest? Und deshalb hast du der Guardia Civil nicht die ganze Wahrheit erzählt? Wegen Geld? Und weil du das nicht finden konntest, hast du mich da reingezogen? Das kann doch nicht dein Ernst sein!«

Ich versuche, all diese Informationen zu verdauen. Obwohl seine Erklärung mich anekelt, glaube ich ihm. Endlich passt alles zusammen.

»Und jetzt?«, frage ich. »Was soll ich jetzt deiner Meinung nach mit all dem anfangen?«

»Mach, was du willst. Geh meinetwegen zur Guardia Civil. Ich will immer noch die Wahrheit herausfinden. Ich will wissen, worauf Viruca gestoßen ist, womit sie Iagos Vater erpresst hat. Ich will alles wissen. Ich muss herausfinden, ob er sie getötet hat.«

»Ich bin mir aber nicht sicher, ob ich das will.«

»Nicht mal für deinen Mann? Wenn Roi nicht überlebt, wird man ihn deswegen anklagen.«

»Wusstest du, dass mein Mann und Viruca sich kannten?«

»Nein, das habe ich dir schon gesagt. Warum?«

»Ich muss wissen, wie und wann er angefangen hat, ihr Drogen zu besorgen. Ob sie noch etwas anderes verband. Irgendeine Art von Beziehung, von Freundschaft … Keine Ahnung, ich finde es so seltsam, dass Germán allen möglichen Leuten Drogen verkauft hat. Irgendwie passt das nicht …«

»Glaubst du, dass dein Mann ein Mörder ist?«

Endlich gelange ich zu einem Schluss. Sehe alles ganz klar. Wie kann er ein Mörder sein? Er ist Germán.

»Nein.«

»Dann lass auch nicht zu, dass er für ein Verbrechen bezahlt, das er nicht begangen hat. Raquel, wir sind kurz vor der Lösung. Gib jetzt nicht auf. Wenn nicht wegen Viruca, dann für deinen Mann.«

»Aber wäre es nicht besser, dass sich die Polizei drum kümmert?«

»Tu, was du für richtig hältst. Aber denen wirst du eine Menge erklären müssen.«

Ich habe keine Ahnung, was ich tun soll. Jetzt muss ich erst mal hier weg. All die Informationen verarbeiten. Ich suche meine Sachen zusammen.

»Was wirst du tun?«, fragt er.

»Ich weiß es nicht, Mauro, ehrlich, ich weiß es nicht.«

Kapitel 45

Um drei Uhr morgens verlasse ich Mauros Wohnung. Ich habe den USB-Stick dabei, auf dem alle Aufsätze und Klassenarbeiten von Iago gespeichert sind. Die ich ganz am Anfang sehen wollte, weil ich dachte, dort würde ich eine Erklärung für das Mobbing gegen Viruca und mich finden. Diese Fragen sind inzwischen längst geklärt. Dennoch will ich wissen, ob ich dort etwas finde, das Mauro entgangen ist. Etwas, das ich als Beweis der Guardia Civil übergeben kann. Denn auf jeden Fall muss ich dort etwas Handfestes vorweisen, damit man mich ernst nimmt. Sonst würde man zu Recht denken, ich hätte mich mit Mauros Verfolgungswahn angesteckt und wäre bereit, alles zu glauben, was für meinen Mann spricht. Bis jetzt sprechen alle Indizien gegen ihn. Der Trottel hat sich dabei filmen lassen, wie er den schwer verletzten Jungen vor der Notaufnahme aus dem Auto geschmissen hat und geflohen ist. Ist das nicht ein viel schlüssigerer Beweis als die haarsträubende Geschichte zweier verzweifelter Menschen, eines Witwers, der nicht glauben will, dass seine Frau eine Selbstmörderin ist, und einer Frau, die bereit ist, alles zu tun, um ihren Mann zu retten?

Aber geht es mir wirklich nur um Germán? Nein. Ich will die Wahrheit wissen. Will beweisen, dass mein Mann ein Trottel ist, der sich in Drogengeschäfte hat verwickeln lassen, aber kein Mörder, und dass er auch niemand zusammengeschlagen hat. Er mag ein Feigling sein, er mag mehr wissen, als er zugibt, er mag, wissentlich oder unwissentlich, mitschuldig an Virucas

Tod geworden sein. Aber er ist kein Mörder. Es ist mir egal, dass meine Ehe kaputt ist, dass ich sie wahrscheinlich vor ein paar Stunden selbst zerstört habe. Es ist mir egal, ob Germán mir verzeiht oder nicht – ich bezweifle, dass ich mir selbst je verzeihen kann –, aber ich muss die Wahrheit herausfinden. Bis jetzt bin ich manipuliert worden, von Roi und von Mauro. Ich muss wissen, ob auch Germán mich manipuliert hat. Oder ob er mich nur beschützen wollte, als er mich vom weiteren Nachforschen abzuhalten versucht hat. Ich muss Licht ins Dunkel bringen.

Deshalb muss ich diese Aufsätze lesen. Und finde hoffentlich etwas, das dem Absurden Sinn verleiht. Und Licht in dieses Zwielicht bringt. Was hat Viruca entdeckt? Was könnte sie gefunden haben, mit dem sie glaubte, Iagos Vater erpressen zu können? Ob ich auf dem USB-Stick, in den Texten, wirklich die Lösung finde? Mauro hat sie ja schon durchsucht. Doch wenn sie mir nur einen winzigen Hinweis geben, irgendeine Spur, die Mauro übersehen hat, dann hat sich die Mühe gelohnt.

Mit diesen Gedanken gehe ich durch die schummrigen Straßen von Novariz.

Ich schaue auf mein Handy, habe Angst vor einem Anruf aus dem Krankenhaus. Roi muss überleben. Er muss einfach. Und mein Mann? Ob der Untersuchungsrichter ihn schon verhört hat? Dann hätte mich Demetrio sicher angerufen. Wahrscheinlich wird er erst morgen dem Richter vorgeführt.

Mir bleibt also nichts anderes übrig, als zu warten. Aber ich kann etwas tun, während ich warte.

Zu Hause schalte ich sofort den Laptop ein. Mir bleiben noch einige Stunden bis zum Tagesanbruch. Ich stecke den USB-Stick in den Laptop, öffne die Ordner. Da sind sie, alle Arbeiten von Iago aus dem vorigen Schuljahr. Und die paar Arbeiten, die er in Virucas Kurs im laufenden Schuljahr geschrieben hat.

Ich gehe in die Küche. Mache mir einen Kaffee. Kehre zum Laptop zurück und beginne zu lesen. Drei Stunden lang. Mauro hatte recht, die Arbeiten stecken voller Provokationen. Manchmal scheint Iago sich ihr zu öffnen, intime Einzelheiten aus seinem Leben erzählen zu wollen. Doch gleich darauf versucht er sie wieder zu verführen. Manchmal auf subtile, elegante Art, manchmal eher aggressiv, pornografisch. Der Junge kann ziemlich gut mit Worten umgehen. Ich wusste ja, dass er intelligent ist. Was ich nicht erwartet habe, ist seine Begabung, sich derart in Szene zu setzen. Er ist sich des Reizes, den er auf Frauen ausübt, sehr bewusst. Seine Anziehungskraft geht weit über das Äußerliche hinaus. Schließlich ist nichts attraktiver, als sich begehrt zu fühlen. Ob sich Viruca von ihm hat verführen lassen? Als Mauro diese Option ins Spiel brachte, habe ich das ausgeschlossen. Aber sogar ich, die nie auch nur das geringste sexuelle Verlangen für irgendeinen Schüler empfunden hat, hätte ihm ins Netz gehen können. Ist Viruca aus Berechnung mit dem Vater ins Bett gegangen, hat sich dann aber Hals über Kopf in Iago verliebt? Hat sie das womöglich in den Freitod getrieben?

Die zentrale Frage ist: Was hat Viruca entdeckt? Womit hat sie Iagos Vater erpresst?

Noch einmal gehe ich alles durch. Beschließe, die Dokumente auszudrucken. Breite sie auf dem Bett aus, ordne sie nach ihrem Datum. Die vom letzten Schuljahr, die von diesem Schuljahr. Nicht das kleinste Detail darf mir entgehen.

Als die Blätter vor mir liegen, stelle ich zumindest eins fest: Ich habe mehr auf das geachtet, was Iago geschrieben hat, als auf die Kommentare, die Viruca am Rand notiert hat, immer mit blauer, grüner oder violetter Tinte. Nie in Rot. Sie hat wirklich ein großes Wissen. Andauernd zitiert sie aus Büchern wie »Reise ans Ende der Nacht« von Céline, »Sepharad« von Muñoz Molina oder »Harte Zeiten« von Charles Dickens.

Mir fällt ein Kommentar ins Auge, den sie zu einem Gedanken von Iago schreibt. Er bezieht sich offensichtlich auf die Lektüre von »Harte Zeiten«. Iago schreibt: »Alle schrecklichen Taten, die du dir vorstellen kannst, sind schon von jemand begangen worden.« Ich weiß nicht, ob der Satz von ihm selbst stammt, von Dickens oder ob er ihn irgendwo anders gelesen hat. Er nennt keine Quelle. Viruca antwortet, sie sei froh, dass ihm der Roman von Dickens gefällt. Die Literatur hilft uns, einander zu verstehen, mitzufühlen, begleitet uns auf dem Weg dorthin. So etwas Ähnliches schreibt sie. Ein bisschen kitschig und zu offensichtlich vielleicht. Ich hätte es sicher anders ausgedrückt.

Ich versuche, mich an Dickens' Roman zu erinnern, muss im Internet nachschauen, um meine Erinnerung aufzufrischen.

Ich lese nach, verstehe aber nicht, welche Parallele es zwischen Iagos Leben und dem der Figuren dieses Romans aus dem 19. Jahrhundert geben könnte. Das Buch stellt dem elenden Leben der Arbeiterklasse das privilegierte Leben der reichen Fabrikbesitzer gegenüber, die sich an der Arbeit und am Schweiß ihrer Arbeiter bereichern. Es geht um Menschen, die irgendwie zu überleben versuchen, einen Bruder, der seine Schwester als Prostituierte arbeiten lässt, um zu überleben. Eine Zwangsehe. Ausgesetzte Kinder, die von reichen Familien aufgenommen und misshandelt werden. Was hat das mit Iago und seiner Besessenheit von Viruca zu tun? Oder geht es um etwa anderes?

»Alle schrecklichen Taten, die du dir vorstellen kannst, sind schon von jemand begangen worden.«

Noch einmal schaue ich mir Iagos Satz an: »Alle schrecklichen Taten, die du dir vorstellen kannst, sind schon von jemand begangen worden.«

Welche schrecklichen Taten? Wer hat sie begangen? Und plötzlich fällt mir eine der Nachrichten ein, die Iago an Virucas zweites Handy geschickt hat.

Ich hole Virucas Handy hervor und lese noch einmal nach,

will sicher sein, dass ich es mir nicht eingebildet habe. Da steht: »Was hast du mit dem gemacht, das ich dir gegeben habe?«

Ich habe gedacht, es ginge um Drogen oder um Geld! Dabei ging es um etwas ganz anderes. Was er ihr gab, war der Beweis für die schrecklichen Taten seines Vaters!

Doch die Begeisterung über meine Entdeckung währt nur kurz. Jetzt muss ich herausfinden, welche schrecklichen Taten der Vater begangen und der Sohn ihr enthüllt hat.

Mir fällt nichts ein, was so schrecklich wäre, dass es als Grund für eine Erpressung taugt. Hat er seinen Sohn verprügelt? Behandelt er seine Arbeiter so schlecht wie im Roman von Dickens? Ich überlege und überlege, doch meine Phantasie, was Horror und Grausamkeiten betrifft, ist eher begrenzt. Ich werde müde, sollte ein wenig schlafen, um fit zu sein für das, was mich erwartet.

Während ich mich ins Bett lege und das Licht ausschalte, wird mir klar, dass ich mit Iago reden muss. Ich muss ihn mit meiner Vermutung konfrontieren und ein wenig bluffen, dann schaffe ich es vielleicht, etwas aus ihm herauszuholen. Was hat er Viruca gegeben?

Mit den ersten Sonnenstrahlen wache ich auf. Es ist halb acht. Nicht mal drei Stunden habe ich geschlafen. Ich brauche einen Moment, bis mir klar wird, dass die um mich herum verstreuten Blätter die sind, die ich vor ein paar Stunden studiert habe. Ich sammle sie ein und lege sie auf den Tisch.

Ich rufe nach Nanuk, und sofort fällt mir wieder ein, dass er nicht kommen wird. Weder jetzt noch irgendwann sonst. Es tut weh.

Nach einer kurzen Dusche rufe ich Germán an, doch er geht nicht ran. Verständlich. Auf der Wache hat man ihm bestimmt sofort das Handy abgenommen. Ich wähle Demetrios Nummer.

»Hat der Rechtsanwalt schon mit ihm gesprochen? Wann

wird er dem Untersuchungsrichter vorgeführt? Kann ich ihn besuchen?«

»Gestern schienst du nicht so interessiert.«

»Was soll das heißen?«

»Dass du ihn wohl für schuldig hältst.«

»Gibst du mir bitte die Telefonnummer des Anwalts?«

Demetrio gibt sie mir. Ich warte bis neun. Dann rufe ich an. Der Anwalt sagt, er hätte mich gestern zu erreichen versucht. Germán wird wahrscheinlich noch vor Mittag dem Untersuchungsrichter vorgeführt. Wenn er Glück hat und der Zustand des Jungen im Krankenhaus sich nicht verschlechtert, wird ihn der Richter vielleicht auf Kaution freilassen.

»Und wenn der Junge es nicht übersteht?«, frage ich voller Angst.

»Jetzt müssen wir uns darauf konzentrieren, Ihren Mann da rauszuholen. Sollte der Richter tatsächlich eine Kaution fordern, können Sie die aufbringen?«

»Das hängt von der Höhe ab.«

»Verstehe. Ich melde mich, sobald ich etwas weiß.«

Ich mache mich auf den Weg zur Schule. Nach allem, was seit gestern geschehen ist, scheint es mir fast unmöglich, vor die Klasse zu treten. Aber ich muss Iago auf neutralem Terrain treffen, mit ihm reden, vielleicht im Besprechungszimmer. Da weiß ich, dass die Kollegen erreichbar sind. Nicht dass ich Angst habe, aber ich kann nicht vorsichtig genug sein.

Auf dem Korridor sehe ich die Schüler. Sie sind aufgeregt, reden durcheinander. Fast widerstrebend gehe ich auf sie zu. »Wollen wir rein?«

»Gibt's was Neues über Roi?«

»Stimmt es, dass er verprügelt worden ist?«

»Wer das wohl war?«

»Es heißt, dein Mann sei das gewesen. Und dass er im Knast sitzt.«

Die Nachrichten verbreiten sich wirklich schnell. Aber dies ist schließlich eine Kleinstadt. Wen interessiert da schon die Unschuldsvermutung?

»Auf geht's, in den Unterricht.«

Während wir reingehen, bombardieren mich die Schüler mit Fragen. Ich weiß nicht, wie ich damit umgehen soll. Mich dumm stellen? Lügen? Ausweichend antworten?

»Stimmt das nun oder nicht?«

»Man verhört verschiedene Zeugen und mein Mann ist einer von ihnen.«

»Seit wann müssen Zeugen die Nacht auf der Polizeiwache verbringen?«, fragt Nerea.

»Fangen wir mit dem Unterricht an?«

Aber die Kids sind zu aufgeregt. Wollen unbedingt wissen, was los ist. Wer hat Roi so zugerichtet? Und wird er überleben?

Iago ist nicht erschienen. Irgendwie hatte ich das schon erwartet. Natürlich würde er es mir nicht leicht machen.

Es ist unmöglich, Ruhe in die Klasse zu bekommen, und so gebe ich ihnen eine Freistunde. Wenn sie wollen, können sie im Klassenzimmer bleiben und lesen oder einen Spaziergang machen. Alle stürmen hinaus. Nur Nerea trödelt herum. Will sie mit mir reden? Plötzlich kommt mir eine Idee.

»Möchtest du was von mir?«, frage ich.

»Was läuft hier gerade, Raquel?«, fragt sie zurück.

»Das frage ich dich. Was weißt du von Iago?«

»Den habe ich seit gestern nicht gesehen. Ich hab angerufen, aber er geht nicht ran.«

»Haben Roi und Iago Streit gehabt?«

»Denkst du etwa, Iago hat ihn so brutal zusammengeschlagen?«

»Ich weiß es nicht. Ich weiß nicht, was ich denken soll. Sie sind deine Freunde. Du kennst sie besser als ich.« Nerea starrt mich an und schweigt. »Kann ich dir etwas erzählen?«, frage ich.

»Das ist deine Entscheidung.«

»Ich weiß, wer hinter dem Mobbing gegen mich steckt.«

»Wer denn?«

»Roi. Aber er wollte mich nur dazu bringen, etwas über Virucas Tod herauszufinden.«

Nerea verschlägt es die Sprache.

»Ich weiß, dass zwischen ihr und Iago etwas war. Und ich glaube, Roi wollte, dass ich der Sache nachgehe.«

»Warum erzählst du mir das alles?« Nerea wirkt unangenehm berührt.

»Weil ich weiß, was passiert ist. Ich weiß, wie sehr Iago darin verstrickt ist. Und weil du als seine Freundin wissen sollst, dass ich ihm vielleicht helfen kann.«

»Helfen? Wieso denn?«

»Damit er nicht im Gefängnis landet.«

Nerea fährt zusammen, versucht ihren Schreck zu überspielen.

»Iago hat überhaupt nichts getan. Er kann Roi gar nicht verprügelt haben.«

Wenn ich ihr Angst einjagen will, muss ich das jetzt gut machen. Damit sie es Iago weitergibt.

»Der Angriff auf deinen Freund ist schlimm. Aber es ist nicht das Schlimmste«, antworte ich.

»Wovon redest du?«

»Von Virucas Tod. Von all dem, was Iago zu verheimlichen versucht hat.«

»Was? Viruca hat sich umgebracht … Was soll Iago damit zu tun haben?«

»Ich weiß alles. Durch das, was mir Roi erzählt hat. Und die Guardia Civil.«

»Aber die hat den Fall doch längst zu den Akten gelegt.«

»Das sollt ihr nur glauben.«

Plötzlich schaut mich Nerea argwöhnisch an. Die Phantasie geht mit ihr durch.

»Bist du von der Kripo? Oder von der Guardia Civil? Haben sie dich bei uns eingeschleust?«

Fast muss ich lachen.

»Nein, nein. Ich bin wirklich nur Lehrerin. Aber die Guardia Civil ist die ganze Zeit mit mir und der stellvertretenden Direktorin in Kontakt. Und bei allem, was ich gehört und selbst herausgefunden habe …«

»Du weißt überhaupt nichts«, provoziert sie mich. Ich bleibe ganz ruhig.

»Dein Freund steckt in Schwierigkeiten. Bis zum Hals. Ich kann ganz gut verstehen, was er getan hat. Er war verliebt in Viruca, besser gesagt: besessen von ihr. Und er konnte nicht ertragen, dass sie mit seinem Vater zusammen war … Und dann … Na ja, dann hat er es ihr gebeichtet. Das Verbrechen. Und das hat dazu geführt, dass Viruca so schrecklich geendet ist.«

»Welches Verbrechen? Wovon sprichst du überhaupt?«

»Mehr kann ich dir nicht sagen, Nerea. Versteh das bitte. Ich hab dir schon zu viel erzählt. Vielleicht kann ich ihm helfen.«

»Weshalb willst du ihm denn helfen?«

»Weil ich glaube, dass ich im Moment die Einzige bin, die das kann. Sag ihm, er soll mich anrufen. Wenn ich nichts von ihm höre, gehe ich heute Nachmittag zur Polizei. Und dann wird er wegen etwas sehr viel Schwerwiegenderem angeklagt, Nerea. Ich weiß, dass er das nicht allein gemacht hat. Aber die anderen werden ihn im Stich lassen. Das garantiere ich dir.«

»Was du dir da alles zusammenphantasierst…«

»Es ist wirklich besser, wenn er mit mir spricht. Bevor es zu spät ist.«

Nerea starrt mich ein paar Sekunden wortlos an. Dann

dreht sie sich auf dem Absatz um und geht. Hat sie den Köder geschluckt? Wird sie Iago von unserem Gespräch erzählen?

Auch ich verlasse die Klasse. Schaue auf mein Handy. Keine Nachricht von Roi. Ob seine Mutter inzwischen mit der stellvertretenden Direktorin gesprochen hat? Die treffe ich, kaum habe ich das Lehrerzimmer betreten.

»Hast du keinen Unterricht?«, fragt Marga.

»Ich hab ihnen die Stunde freigegeben.«

»Wieso das denn?«

»Sie wussten alle, dass mein Mann verhaftet worden ist. Und dass man ihn mit dem Angriff auf Roi in Verbindung bringt.«

»Was sagst du da?«, ruft Marga erschrocken.

»Marga, wenn die Schüler es wissen, dann weißt du es auch. Also lass bitte das Theater. Ich wär dir wirklich dankbar dafür.«

»Und ich wäre dir dankbar, wenn du mir endlich erzählst, was hier vor sich geht. Aber ich habe fast das Gefühl, das willst du nicht.«

»Ich muss erst alle Teile des Puzzles zusammenhaben. Dann bist du die Erste, der ich es erzähle.«

»Von welchen Teilen sprichst du? In was für einem Schlamassel steckst du? Und was hat dein Mann mit dem Ganzen zu tun? Ist dir klar, wie merkwürdig das alles klingt?«

»Es hat mit Viruca zu tun. Mit dem Mord an ihr.«

»Was?«

»Ich kann dir das jetzt nicht erklären, Marga.«

»Sag bloß, du hast dich von Mauros verrückten Ideen anstecken lassen!«

»Hast du gewusst, dass Viruca ein Verhältnis mit dem Vater eines Schülers hatte? Und dass sie zu Mauro zurückkehren wollte? Dass beide das gemeinsam geplant hatten?«

»Was?«

»Viruca ist ermordet worden, Marga. Man hat sie umgebracht, und ich bin kurz davor, herauszukriegen, wer es war.«

»Aber … Aber … Aber weshalb hast du dich eingemischt? Und hat dein Mann den Jungen zusammengeschlagen?«

»So etwas würde mein Mann niemals tun!«

»Aber geht die Polizei nicht davon aus?«

Ich will jetzt keine Zeit damit verschwenden, Germán zu verteidigen. Und ich habe auch nicht die Kraft dazu.

»Weißt du, mit wem Viruca eine Affäre hatte? Mit dem Vater von Iago. Tomás Nogueira.«

»Was? Mit dem?«, fragt sie erstaunt.

»Und du weißt, was man sich über ihn erzählt, nicht wahr? Über seine Geschäfte?«

»Ich habe da mal was gehört.«

»Also, Viruca scheint etwas entdeckt zu haben, das sie nicht entdecken sollte.«

»Raquel … Gesetzt den Fall, das stimmt alles – was dann?«

»Wenn Roi das nicht überlebt, wird man meinen Mann wegen Mordes anklagen. Ich bin sicher, dass er nichts damit zu tun hatte. Deshalb muss ich das bis zum Schluss durchziehen.«

Marga scheint nicht besonders überzeugt.

»Pass um Himmels willen auf dich auf. Wenn das mit Viruca wahr ist und man sie umgebracht hat, weil sie Dinge wusste, die sie nicht wissen sollte, dann könnte dir dasselbe passieren, wenn du deine Nase in Dinge steckst, die dich nichts angehen. Das ist dir klar, oder?«

»Was zum Teufel ist nur los mit euch allen? Warum seid ihr so verbissen darauf bedacht, nichts zu sagen? Da ist ein Verbrechen geschehen, Marga! Viruca ist umgebracht worden, und Roi beinahe auch! Wie soll ich mich da raushalten? Und zulassen, dass mein Mann für etwas bezahlt, das er nicht getan hat?«

»Hör zu, Raquel. Ich habe überhaupt nicht die Absicht, etwas zu verbergen. Wenn mit Virucas Tod etwas nicht stimmt, dann will ich natürlich, dass das herauskommt. Ich sag ja nur, dass du vorsichtig sein sollst. Das ist doch ganz normal. Wenn man sie umgebracht hat, weil sie zu viel wusste … bist du sicher, dass du das auch wissen willst?«

Ich zucke resigniert die Schultern.

»Was bleibt mir anderes übrig, Marga?«

Ich verlasse das Lehrerzimmer, beschließe, ein bisschen spazieren zu gehen. Wenn Nerea Iago alles erzählt hat, wird er sicher bald ein Lebenszeichen von sich geben, davon bin ich überzeugt.

Und ich irre mich nicht. Als ich am Fluss entlanggehe, kommt er mir entgegen.

»Was erzählst du denn da herum?«

»Ganz ruhig, ich bin auf deiner Seite.«

»Was soll das heißen?«

Ich ziehe mein Handy heraus und suche etwas aus, das ich ihm zeigen kann. Gott sei Dank habe ich ein paar Dateien mit seinen Arbeiten auf mein Telefon geladen.

»Da, schau mal.«

Er schaut auf das Display, zuckt die Schultern.

»Ja und?«

»Ich weiß alles.«

»Was soll das heißen, alles?«

»Die Guardia Civil weiß inzwischen, dass Virucas Tod ein Verbrechen war. Mit dem, was mein Mann ihnen erzählt hat, und den Nachrichten, die ihr, du und dein Vater, Viruca auf ihr zweites Handy geschickt habt, haben sie dich im Visier. Ich habe sie um etwas Zeit gebeten.«

»Wie? Was? Wen hast du um Zeit gebeten? Was soll das alles?«

»Die Guardia Civil. Damit ich mit dir reden kann. Damit du nicht allein dafür geradestehen musst.«

»Du bist ja völlig übergeschnappt.«

Ich beschließe, alles auf eine Karte zu setzen. Mit dem Mut der Verzweiflung.

»Hast du auf deinem Rechner oder auf deinem Handy noch die Information, die du Viruca geschickt hast? Mit der sie angefangen hat, deinen Vater zu erpressen? Die sie am Ende das Leben gekostet hat? Oder warst du so blöd, sie zu löschen?«

Iago erstarrt vor Schreck, das spüre ich. Ich habe ins Schwarze getroffen! Oder zumindest bin ich sehr nah dran.

»Du hast keine Ahnung, wovon du redest!«

Tut mir leid, aber mich kann er nicht mehr für dumm verkaufen.

»Leugnen ist zwecklos, Iago. Du sollst wissen, dass ich dir helfen will. Damit du nicht für etwas bezahlst, was du nicht getan hast. Ich weiß, dass du sie nicht umgebracht hast. Aber das wird der Guardia Civil egal sein. Wenn sie die wirklich Schuldigen nicht kriegen, werden sie dich schnappen.«

»Mich? Aber … Viruca hat sich doch umgebracht! Gegen mich haben die überhaupt nichts in der Hand!«

»Es gibt eine Menge Indizien. Genug, um dich vor Gericht zu bringen. Du musst selbst wissen, ob du dich dem allein stellen oder dir helfen lassen willst. Von Leuten wie mir.«

Ich sehe, wie er versucht, cool zu bleiben. Seine Fassade beginnt zu bröckeln, er wehrt sich wie ein verwundetes Raubtier.

»Warum solltest ausgerechnet du mir helfen? Und wobei überhaupt?«

»Weil ich weiß, dass du sie geliebt hast, wirklich geliebt. Und sie hat dich verrückt gemacht mit ihrem Hin und Her. Aber umgebracht hast du sie nicht. Und Roi hast du auch nicht zusammengeschlagen.«

Er schaut mich verächtlich an.

»Pah … Du hast ja keinen blassen Schimmer!«

Hab ich's verbockt? Verdammt! War er am Ende doch am Überfall auf Roi beteiligt?

»Mach, was du willst. Aber wenn du mir oder der Guardia Civil sagst, was du Viruca geschickt hast, kommst du bestimmt heil aus der ganzen Sache raus.«

Er schüttelt den Kopf, wieder und wieder.

»Nein, nein, gib dir keine Mühe ... Du hast keine Ahnung!«

Mit diesen Worten dreht er sich um und geht.

»Iago! Hör zu! Ich bin auf deiner Seite, wirklich. Die lassen dich im Stich!«

Er dreht sich noch einmal um, schreit: »Geh zum Teufel! Du und alle anderen! Geht zum Teufel!«

Ich habe nicht alles erreicht, was ich wollte. Aber ich habe immerhin herausgekriegt, dass das, was Viruca gegen Iagos Vater in der Hand hatte, von Iago kam. Und er hatte es auf seinem Rechner. Ich muss also nur an seinen Rechner kommen.

Doch schon schwindet meine Euphorie wieder. Wie soll ich das machen? Mit Darío? Könnte mein Freund Darío Iagos Computer knacken?

Aber selbst wenn: Kann ich damit zur Guardia Civil gehen? Wäre die Information ein gültiges Beweisstück, wenn sie illegal besorgt wurde?

Als ich nach Hause komme, ruft der Anwalt an.

»Raquel? Ihr Mann ist dem Untersuchungsrichter vorgeführt worden. Die Nachrichten sind nicht besonders gut. Ihr Mann hat den Richter nicht überzeugen können, dass er mit dem Überfall auf Roi nichts zu tun hat.«

»Und jetzt? Behält er ihn in Haft?«

»Nein, nicht unbedingt. Er will ihn gegen Kaution freilassen. Aber die ist wahnsinnig hoch. Die Staatsanwaltschaft hat sich durchgesetzt, weil es dem Jungen nach wie vor sehr schlecht geht.«

»Wie hoch?«

»Fünfundvierzigtausend. Können Sie die aufbringen?«

»Fünfundvierzigtausend? Nein. Ich bin zwar dabei, die

Wohnung meiner Mutter zu verkaufen, aber wann das klappt, weiß ich nicht. Vielleicht kann ich sie als Sicherheit anbieten, um einen Kredit zu bekommen.«

»Es geht nur um ein paar Tage, maximal ein bis zwei Wochen. Können Sie vielleicht mit den Angehörigen sprechen und die Kaution gemeinsam aufbringen?«

»Ja, das werde ich versuchen. Aber es ist eine Menge Geld.«

»Ich werde auch an ein paar Türen klopfen. Vielleicht schaffen wir es ja gemeinsam, dass er in ein, zwei Tagen wieder frei ist.«

»Wie geht's ihm denn?«

»Er hat nach Ihnen gefragt.«

»Sagen Sie ihm bitte, dass ich alles tue, um ihn da rauszuholen. Ach ja, und noch etwas. Ich habe da eine Frage an Sie. Ich weiß nicht, ob sie mit dem Ganzen zu tun hat, aber irgendwie schon. Wenn ich auf ein bisschen zweifelhafte Art an Beweise komme, könnte man die dem Richter vorlegen?«

»Beweise, dass er den Jungen nicht zusammengeschlagen hat?«

»Nicht genau … Beweise, dass es hier auch noch um andere Dinge geht.«

»Ich bin mir nicht sicher, ob ich Ihnen folgen kann. Welche Art von Beweisen?«

»Beweise, die das alles mit dem Tod einer Lehrerin in Verbindung bringen. Und die zeigen, dass ihr angeblicher Selbstmord kaltblütiger Mord war.«

»Ich verstehe nicht ganz. Was hat das mit dem Überfall auf den Jungen zu tun?«

»Die Beweise zeigen, dass der Junge auch dabei war, der Sache auf den Grund zu gehen. Dass er ziemlich viel herausgekriegt hat und man ihn deshalb beseitigen wollte. Ich bin kurz davor, diese Beweise in die Hände zu bekommen. Aber wie gesagt, ich weiß nicht, ob sie benutzt werden können …«

»Weshalb? Wie wollen Sie die Beweise denn besorgen?«

»Indem ich einen Computer hacke.«

»Verstehe. Ich an Ihrer Stelle würde mich darauf konzentrieren, das Geld für die Kaution zusammenzubringen. Auch wenn mir noch ein paar Einzelheiten fehlen, um das alles nachzuvollziehen, sage ich Ihnen aus Erfahrung, dass es keine so gute Idee ist, sich in solche Ermittlungen einzumischen. Dafür ist schließlich die Polizei da. Richter. Anwälte …«

»Ja, das wird wohl das Beste sein«, antworte ich.

Dann lege ich auf. Wie soll ich bloß die Kaution aufbringen? Ich muss mit Germáns Geschwistern sprechen, seiner Mutter. Vielleicht hat der Anwalt recht: Darauf sollte ich mich jetzt konzentrieren. Tatsächlich habe ich mich gerade ziemlich lächerlich gefühlt. Ich – einen Computer hacken? Um zu beweisen, dass Viruca ermordet worden ist?

Ich beschließe, Germáns Familie zusammenzuholen. Vorher rufe ich Demetrio an, erzähle ihm von meinem Gespräch mit dem Anwalt. Er übernimmt es, seiner Schwester Bescheid zu sagen.

Als ich das Haus verlasse, um nach *O Muíño* zu gehen, schwirrt mir der Kopf. Ich muss mit meiner Bank telefonieren, dem Maklerbüro, dem Krankenhaus. Muss erfahren, wie es um Roi steht. Wenn er das Bewusstsein wiedererlangt, wird sich das alles klären, davon bin ich überzeugt.

Als ich im Krankenhaus anrufe, erfahre ich nur, dass man mir nichts sagen darf. Soll ich mit Rois Mutter sprechen? Weiß sie womöglich schon, dass mein Mann festgenommen worden ist? Bestimmt. Sie wird mir nichts sagen wollen, und das kann ich auch verstehen. Besser, ich rufe Marga an. Bitte sie, mir sofort Bescheid zu geben, wenn sie etwas von Roi erfährt.

»Hast du schon etwas herausgefunden?«, fragt sie.

»Nein.«

»Umso besser. Lass die Finger davon, Raquel!«

»Keine Sorge, jetzt kümmere ich mich erst mal um die Kaution für meinen Mann.«

»Du willst für ihn bürgen?«

»Ja, natürlich. Er ist doch mein Mann.«

»Viel Glück.«

Auf meinem Weg durchs Städtchen habe ich das Gefühl, dass mich die Leute missbilligend anschauen. Als wüssten sie schon, dass mein Mann in Untersuchungshaft sitzt. Um den vorwurfsvollen Blicken zu entgehen, beschließe ich, einen Umweg zu nehmen. Ich gehe durch die San-Roque-Straße. Als ich den Zebrastreifen überquere, hupt jemand hinter mir. Es ist Gabriel Acebedo. Er winkt mir zu, lässt das Fenster herunter.

»Raquel, gut, dass ich dich treffe. Ich war gerade auf dem Weg nach *O Muíño*, um mit euch zu reden.«

»Hallo, Gabriel.«

»Ich hab von der Kaution gehört.«

»Ach ja?«

»Ja, der Anwalt ist ein alter Freund von mir. Ich wollte euch sagen, dass ich euch das Geld vorstrecken kann. Bist du unterwegs zum Restaurant?«

»Ja.«

»Steig ein, ich nehm dich mit.«

Eigentlich habe ich keine große Lust dazu. Aber weil er anbietet, die Kaution zu zahlen, will ich nicht unhöflich sein. Also steige ich ein.

»Gabriel, vielen Dank für das Angebot. Aber das kriegen wir sicher allein zusammen.«

»Kein Problem. Ich dachte nur, er muss ja nicht unbedingt unnötig lange im Gefängnis sitzen.«

»Vielen Dank.«

Gabriel biegt in die Encarnación-Straße ein, statt auf der San-Roque-Straße weiterzufahren, die direkt in Richtung *O Muíño* führt.

»Fährst du nicht besser geradeaus?«

»Wie? Ach ja, entschuldige, ich muss nur vorher noch rasch was erledigen. Das macht dir doch hoffentlich nichts.«

Plötzlich verriegelt Gabriel die Wagentüren.

Kapitel 46

»Was soll das, Gabriel? Warum verschließt du die Türen?«

»Ganz ruhig. Ich will nur mit dir reden.«

»Was ist los? Was willst du?«

»Raquel, bitte. Lass uns wie zwei Erwachsene miteinander umgehen. Ich möchte nur kurz allein mit dir reden, bevor wir Germáns Familie treffen. Ich möchte, dass du begreifst, was für deinen Mann auf dem Spiel steht und dass ich bereit bin, euch zu helfen. Aber dazu muss ich sicher sein, dass du die Situation begreifst.«

»Welche Situation? Wovon redest du? Du machst mir Angst.«

»Ich? Red keinen Unsinn. Ich bin doch der beste Kumpel deines Manns. Aber wir müssen reden. An einem ruhigen Ort.«

Inzwischen haben wir das Stadtzentrum verlassen.

»Wohin fahren wir?«

»Dorthin.«

Gabriel deutet auf eine halb fertige Siedlung. Eine von denen, die nicht mehr zu Ende gebaut wurden, als die Immobilienblase platzte.

»Dort sind wir ungestört und ich kann dir das alles in Ruhe erklären.«

»Ich möchte lieber nach *O Muíño* fahren, Gabriel. Da kannst du das, was du mir sagen willst, der ganzen Familie sagen.«

»Ich kann das aber nur dir erzählen. Du bist klüger als alle zusammen und wirst sofort verstehen.« Ein breites Lächeln erscheint auf seinem Gesicht. »Entspann dich, Mädchen. Ich hab noch nie jemand gefressen. Damit werde ich nicht ausgerechnet jetzt anfangen, und mit der Frau meines besten Kumpels schon gar nicht.«

Wir halten vor einem der Häuser. Es muss das Musterhaus der Siedlung sein, denn es ist das einzige, das fertig aussieht. Die Siedlung wirkt trostlos. Die halbfertigen Häuser verfallen bereits. Feuchtigkeit, Schimmel und eine wild wuchernde Vegetation ergreifen nach und nach von ihnen Besitz.

Das Garagentor geht auf, ohne dass Gabriel einen Knopf gedrückt hat. Sofort wird mir klar, dass man es von innen per Hand geöffnet hat. Ich sehe jemand im Hof stehen. Iago, und neben ihm seinen Vater Tomás. In meinem Kopf leuchten alle Alarmlampen auf. Ich sitze in der Falle, beginne zu zittern, zu schwitzen. Mit absoluter Klarheit wird mir bewusst, dass mein Leben in Gefahr ist. Ich muss hier weg, sofort.

»Was machen die beiden hier? Was ist los? Gabriel, kehr bitte sofort um!«

»Nun halt endlich die Schnauze! Ich sag dir doch, ich tu das für deinen Mann! Oder ist es dir Schlampe etwa egal, ob Germán heil aus dieser Scheiße rauskommt?« Seine unerwartete Wut trifft mich wie ein Schlag. »Verdammt noch mal, ich verliere echt die Geduld bei deinem Geflenne. Wir bleiben ein Weilchen hier, reden miteinander, bringen alles in Ordnung und fahren dann nach *O Muíño*. Ist doch nicht so schwer zu verstehen, oder? Germán erzählt immer, was für ein kluger Kopf du bist. Mal sehen, ob das stimmt.«

Ich sage nichts, versuche, mich darauf zu konzentrieren, welche Fluchtmöglichkeiten ich habe.

»Steigen wir aus?« Ich bewege mich keinen Zentimeter. »Oder willst du lieber hier im Auto reden?«

»Ich will überhaupt nirgendwo reden. Ich will, dass du mich nach *O Muíño* bringst.«

»Schon wieder die gleiche Leier. Ich sag dir doch, nachher bring ich dich hin. Komm, steig aus jetzt. Und entschuldige, dass ich eben die Geduld verloren hab. Wir sind alle ein bisschen angespannt, aber glaub mir, wir werden uns bestimmt gut verstehen.«

Immer noch mache ich keine Anstalten, auszusteigen. Nicht etwa aus Dickköpfigkeit, sondern weil ich nicht weiß, was mich draußen erwartet. Ich bin klar im Nachteil. Eingesperrt an einem Ort, den ich nicht kenne, mit einem Mann, dem ich nicht traue, und einem Schüler und seinem Vater, von denen ich inzwischen weiß, dass sie mit dem Tod Virucas zu tun haben. Das Einzige, was ich tun kann, ist möglichst viel Zeit gewinnen. Vielleicht gelingt es mir ja, per SMS einen Hilferuf abzusetzen.

Gabriel seufzt, als versuche er, sich in Geduld zu fassen. Er senkt die Stimme und spricht mit mir wie mit einem kleinen Mädchen, das man besänftigen muss.

»Hör zu, Raquel … Wir können das gut und schnell hinter uns bringen. Oder es kann für uns alle ziemlich unangenehm werden. Und das ist doch nicht nötig, oder?«

»Glaubst du wirklich, dass ich mich beruhige, wenn du in diesem Ton mit mir redest, nachdem du mich gegen meinen Willen hierher verschleppt hast?«

Gabriel schaut mich an. »Und was sollen wir deiner Meinung nach machen?«

Ich versuche, mein Handy zu bedienen, ohne dass er es merkt.

»Okay, ich rede mit dir«, gebe ich nach, um Zeit zu gewinnen. »Aber sag den beiden da, sie sollen verschwinden. Das, was du mir zu sagen hast, kannst du mir doch auch allein sagen, oder?«

Tomás nähert sich.

»Was ist los?«

»Gib uns eine Minute, Tomás«, antwortet Gabriel und bedeutet ihm, dass er gehen soll. Ich nutze die paar Sekunden, versuche, »SOS« zu tippen. Aus dem Augenwinkel sieht es Gabriel. In seinen Augen blitzt wieder die Wut auf. Ohne Vorwarnung greift er in mein Haar und reißt meinen Kopf nach hinten, so heftig, dass ich vor Schmerz aufschreie.

»Gib mir das Handy! Da versuche ich, nett zu dir zu sein, da versuche ich, dir klarzumachen, dass wir das hier gut und schnell hinter uns bringen können, aber du willst lieber Stress machen. Meinst du etwa, mir macht das Spaß?«

Ich versuche, mich zu befreien, doch sobald ich meinen Kopf bewege, zieht er umso heftiger. Mit der anderen Hand greift er nach meinem Handy, öffnet das Autofenster und schmettert es auf den Garagenboden.

»Ich will nur mit dir reden. Willst du, dass ich dir weiter wehtue?«

»Nein«, stöhne ich.

»Versprichst du, keine Dummheiten zu machen, wenn ich dich jetzt loslasse?«

»Ja.«

»Das klingt schon besser.« Gabriel steckt den Kopf durchs Autofenster. »Kommt her!«, ruft er.

Er stößt die Beifahrertür auf und steigt aus. Tomás und Iago kommen in die Garage.

»Steig aus!«, befiehlt er mir. Ich bewege mich immer noch nicht. »Wolltest du nicht ein gutes Mädchen sein? Steig aus!«

Mir bleibt nichts anderes übrig. Ich zittere vor Angst.

»Was wollt ihr von mir?« Ich schaue Iago an, der mit gesenktem Kopf dasteht. »Iago, was ist los?« Er antwortet nicht. »Iago, bitte!«, flehe ich.

»Oben ist es gemütlicher«, sagt Gabriel und packt mich am Arm. Ich versuche, mich zu lösen, doch er packt nur umso fester zu. »Los, nach oben!«

Widerwillig lasse ich mich die Treppe hinaufführen. Was soll ich tun? Am Boden sehe ich mein zerschmettertes Handy. Meine einzige Chance, hier lebend rauszukommen, ist in tausend Stücke zerschellt.

»Setz dich hin.«

Gabriel zeigt auf einen Stuhl an einem Tisch in der Mitte des Raums. Dort stehen noch zwei weitere Stühle. Iago und Tomás betreten hinter uns den Raum und verriegeln die Tür. Ich gehorche und setze mich. Während die beiden stehen bleiben, zieht Gabriel einen Stuhl heran und nimmt mir gegenüber Platz.

»Ich weiß nicht, ob du es schon gehört hast, aber Roi hat nicht überlebt.«

»Ist er tot?«

»Ja, leider. Das wird die Sache für deinen Mann nicht leichter machen.«

»Ich glaube dir nicht. Man hätte mich angerufen, mir Bescheid gesagt.«

»Es ist eben erst passiert.«

»Ich glaub dir das nicht.«

»Wollen wir reden?«, fragt Gabriel.

»Hör endlich mit dem Gequatsche auf, wir wollen es verdammt noch mal hinter uns bringen!«, mischt sich Tomás ein.

»Ganz ruhig, nicht die Nerven verlieren«, beschwichtigt ihn Gabriel. »Erst wollen wir ein bisschen miteinander reden, hören, was sie weiß. Vielleicht gibt es eine Möglichkeit, die Sache gütlich zu regeln. Nicht wahr, Raquel?«

»Was meinst du damit?«

»Alles. Damit du und dein lieber Ehemann die Stadt verlassen könnt und nie mehr zurückkommt, und damit wir die Sache für immer begraben können.«

»Mach ihr keine falschen Hoffnungen«, mault Tomás. »Bringen wir es lieber hinter uns.«

»Bist du jetzt mal still?«, schnauzt ihn Gabriel an.

Ich zittere wie Espenlaub, kann meine Blase kaum unter Kontrolle halten. Ich muss etwas tun. Egal was.

»Warum reden wir nicht allein miteinander?«, frage ich Gabriel. Flehe ihn an.

»Weil es besser ist, wenn die beiden dabei sind. Vor allem Iago. Das letzte Mal haben wir Erwachsenen das Problem für ihn gelöst. Und man sieht ja, wohin das geführt hat. Deshalb ist es gut, wenn er selbst sieht, wie schwer so was sein kann. Damit er Verantwortung übernimmt. Alt genug ist er ja.«

»Er hat überhaupt nichts getan! Er hat mir gar nichts gesagt!«, schreie ich.

»Unser Anwalt hat uns das aber anders erzählt.«

»Wie? Was? Welcher Anwalt?«

»Der Anwalt, mit dem du vorhin über die Kaution für deinen Mann gesprochen hast. Den bezahle ich. Ein alter Freund von mir.«

»Aber …«

»Doch, doch, du hast ihm gesagt, du hättest alles entdeckt und müsstest nur noch einen Computer hacken. Wenn du so weit gekommen bist, dann nur deshalb, weil diese Rotznase hier« – er deutet auf Iago – »das Maul nicht halten kann. Es ist Zeit, dass er sieht, wohin es führt, wenn man keine Geheimnisse bewahren kann. Genau das ist auch mit Viruca passiert. Da mussten sein Vater und ich uns drum kümmern. Das machen wir nicht noch mal. Jetzt soll er seinen Dreck selbst wegräumen. Damit er solchen Scheiß nicht noch mal macht. Nur so kann er erwachsen werden. Wenn er seine Fehler einsieht.«

Panisch schaue ich Iago an. Was zum Teufel haben sie vor? Haben sie mich hergelockt, damit der Junge mich umbringt? Das kann doch nicht wahr sein!

»Nein! Halt! Einen Moment! Lasst uns reden! Ich weiß doch überhaupt nichts. Ich schwör's euch. Ich … Iago hat mir nichts erzählt. Ich hab keine Ahnung, was auf seinem Laptop ist, und es ist mir auch egal. Ich hab versucht, ihn zu bluffen, hab ihm eine Falle gestellt. Aber er hat nichts verraten. Wirklich nicht. Ich … Ich vergesse das Ganze, und fertig. Ich schwör's euch. Sagt mir, was ich tun soll. Ich geh weg von hier, verlasse Novariz, vergesse euch. Erzählt mir nichts mehr, ich will gar nichts wissen. Ich hab ja nur rumphantasiert, eigentlich weiß ich gar nichts. Iago hat mir nichts erzählt.« Flehentlich schaue ich Iago an. »Iago, sag du's ihnen. Sag ihnen, dass du mir nie etwas erzählt hast. Sag es ihnen!«

Iago schweigt. Schaut nicht von den grauen Bodenfliesen auf. Gabriel lächelt böse.

»Weißt du was, Raquel? Vor ein paar Wochen hätte ich dir noch geglaubt. Aber das ist jetzt vorbei. Da ist nichts mehr zu machen. Du weißt zu viel, und du wirst es nicht schaffen, den Mund zu halten. Und deine Nase nicht mehr in Dinge zu stecken, die dich nichts angehen. Das gehört, scheint's, zu deinem Charakter. Sehr schade. Tut mir wirklich leid. Vor allem für deinen Mann. Dem wird es sicher sehr nahegehen, dass seine Frau sich umgebracht hat.«

»Was?«

Seine Worte treffen mich wie ein Schlag. Das ist also der Plan! Sie wollen es aussehen lassen wie einen weiteren Selbstmord. Oh mein Gott!

»Es wird ihm sehr nahegehen, dass du den Druck nicht ausgehalten hast, dass du ihn mit einem Schüler und einem Lehrer betrogen hast …«

»Ich habe ihn nie mit einem Schüler betrogen!«

Er grinst. Gerade habe ich ihm seinen Verdacht bestätigt.

»Mit einem Lehrer also schon … Natürlich, wenn man einmal damit angefangen hat …«

»Niemand wird glauben, dass ich etwas mit einem Schüler gehabt habe.«

»Iago wird das bestätigen. Wir wissen noch nicht, ob er sagen soll, dass du ihn oder er dich verführt hat. Der Arme ist irgendwie heiß auf Spanischlehrerinnen. Er will einfach nicht lernen.«

»Nein. Nein. Nein. Die Menschen, die mich kennen, wissen, dass ich so etwas niemals tun würde. Und niemand wird glauben, dass sich zwei Lehrerinnen derselben Schule so kurz nacheinander umgebracht haben. Niemand!«

»Warum nicht? Selbstmord ist ansteckend. Das hast du doch sicher schon gelesen. Oder weshalb wird in den Medien wohl immer vor dem Nachahmereffekt gewarnt? Du Ärmste bist von Virucas Selbstmord besessen und bist dann logischerweise wie sie geendet, hast den Druck nicht ausgehalten, die Schuldgefühle. In deiner Verzweiflung hast du nur noch allem ein Ende machen wollen.«

»Nein! Das werdet ihr nicht schaffen! Niemand wird euch glauben!« Ich wende mich wieder an den Jungen: »Iago! Lass nicht zu, dass sie das tun! Du landest sonst bestimmt im Gefängnis! Niemand wird euch glauben. Niemand! Ich bin keine Selbstmordkandidatin!«

»Wie lange hat man dich nach dem Tod deiner Mutter in die Psychiatrie gesperrt?«

Gabriels Frage trifft mich wie ein Schlag. Ich schlucke trocken. Das weiß doch nur … Germán!

»Man hat mich nicht eingesperrt! Das war … eine harte Zeit. Aber ich war nicht eingesperrt!«

»Wie viele Schlaftabletten hast du damals genommen?«

»Was?«

»Du weißt doch, dass Germán und ich gute Freunde sind. Er war total in Panik. Hatte Angst, dass du es nicht schaffst …«

»Ich wollte mich nicht umbringen, das war … Ich hab mich nur in der Dosis geirrt. Man hat mir den Magen ausgepumpt, das war's. Ich hatte nur eine leichte Vergiftung. Daran wäre ich nicht gestorben.«

»Okay, okay … Und diese geschmacklose Geschichte mit Germáns Freund Simón? Ziemlich ekelhaft. Und jetzt gehst du hin und machst dasselbe mit dem Trottel von Witwer. Weißt du, wie die Psychologen das nennen? Ein Muster. Wegen des Schuldgefühls, deinen Mann mit seinem besten Freund betrogen zu haben: Selbstmordversuch. Wegen des Schuldgefühls, ihn mit einem Kollegen und einem Schüler betrogen zu haben: noch mal dasselbe. Doch jetzt mit Erfolg. Niemand wird sich wundern, dass du diesmal die Dosis erhöht hast.«

»Herrgott, nein! Ich bin keine Selbstmörderin!«

»Wie schade! Denn dann würdest du uns diese Scheißarbeit ersparen.« Gabriel lacht höhnisch.

Er gibt Tomás ein Zeichen. Der bückt sich und greift nach einer Sporttasche am Boden, holt eine Wasserflasche und ein paar Tablettenschachteln heraus. Tomás ruft seinen Sohn.

»Komm, hilf mir mal!«

Iago zögert einen Moment, doch dann geht er zu seinem Vater und hilft ihm, die Tabletten auszupacken und zu zerstoßen.

Ich fange an zu begreifen, dass dies das Ende ist. Ich werde sterben. Ich wende mich an Iago. Wenn es eine Chance gibt, zu überleben, eine winzige Chance mich zu retten, dann liegt sie bei ihm:

»Iago, um Gottes willen! Lass nicht zu, dass sie mich umbringen! Lass das nicht zu!«

Iago schaut mich einen Moment an. In seinem Blick liegt Verwirrung, Verzweiflung. Wird er Mitleid mit mir haben? Aber sein Vater zwingt ihn, sich auf die Tabletten zu konzentrieren. Und Gabriel schreit ihn an. Iago zieht den Kopf ein. Er wirkt wie ein verängstigtes Schäfchen. Wieso hat Gabriel so viel Macht über ihn? Iago unterwirft sich ihm total. Keine Spur mehr von dem arroganten, überheblichen jungen Mann. Und der Vater sieht aus, als wolle er alles möglichst schnell über die Bühne bringen.

Ich schaue Iago an, ich muss es schaffen, seinen Panzer zu knacken. Wenn sie ihn gezwungen haben, kann ich ihn vielleicht auf meine Seite ziehen. Ich suche nach neuen Argumenten.

»Niemand wird verstehen, wenn man mich hier tot findet. Niemand.«

»Man wird dich ja gar nicht hier finden«, erwidert Gabriel.

Er holt ein Schlüsselbund hervor, hält ihn mir hin.

»Kennst du die?«

Verständnislos schaue ich die Schlüssel an.

»Von deiner Wohnung in A Coruña. Die hat mir das Maklerbüro gegeben. Ich habe mir eine Kopie machen lassen. Dort wird man dich finden. Alle werden denken, dass der Druck zu stark war. Ganz allein, ohne deinen Mann, am Boden zerstört, hast du keinen anderen Ausweg gesehen. Armes Mädchen.«

»Nein … Nein … Nein!« Dieses Schwein! Dieses widerliche Schwein!

»Jetzt reicht's aber mit dem Gequatsche!«, bellt Tomás ungeduldig, holt eine Rolle Klebeband aus der Sporttasche, kommt auf mich zu und packt mich am Hals. »Halt endlich die Schnauze!«

Mit dem Klebeband und Gabriels Hilfe beginnt er, mich an den Stuhl zu fesseln. Ich wehre mich, so gut ich kann.

»Lasst mich!«, schreie ich. »Macht das nicht. Bitte, Iago! Um Himmels willen! Hol die Polizei! Alarmier die Guardia Civil! Ich schwör's dir, ich werde sagen, dass du mich gerettet hast! Iago. Wenn ich sterbe, kommt das bestimmt raus! Das hat einmal funktioniert, aber noch mal wird das nicht klappen! Iago!«

Der Bursche schaut zu, während sein Vater und Gabriel mich fesseln. Hat er da ein paar Tabletten in seiner Hosentasche verschwinden lassen? Will er mir helfen? Ich höre nicht auf zu schreien, um sie abzulenken.

»Halt endlich die Schnauze!«, befiehlt Tomás. »Du hast

Glück, dass wir dir keine verpassen können. Du darfst ja keine blauen Flecken haben.«

»Sei still!«, schreit jetzt auch Gabriel.

»Da quieken ja die Schweine weniger, wenn sie geschlachtet werden«, stößt Tomás verächtlich hervor und schaut zu seinem Sohn hinüber. »Mach schon, schütte das Zeug in die Flasche und bring sie her.«

Während ich nicht aufhöre, mich zu wehren, holt Iago einen Trichter aus der Tasche, öffnet die Flasche und füllt die zerstoßenen Tabletten hinein. Dabei lässt er einen Teil vorbeirieseln. Doch sein Vater merkt es und herrscht ihn böse an:

»Was tust du da, du Idiot!«

Er versucht, zusammenzusuchen, was auf den Boden gefallen ist, und es in die Flasche zu stopfen. Weil ihm das nicht reicht, zerdrückt er noch drei weitere Tabletten. Verdammt. Tomás schüttelt die Flasche heftig. Er gibt sie seinem Sohn.

»Da!«

Iago nimmt die Flasche. Zögert.

»Na, mach endlich«, treibt Gabriel ihn an.

Mit der Flasche in der Hand kommt Iago auf mich zu. Es ist offensichtlich, dass er das nicht machen will. Dass er unter Zwang handelt. Das ist meine letzte Chance.

»Iago! Lass mich das nicht trinken! Ich weiß ja wirklich nichts. Ich habe keine Ahnung, was ihr gemacht habt. Ich weiß es nicht und will es auch nicht wissen. Es ist mir egal. Ich hau ab und vergesse alles. Ehrenwort.«

Iago schaut unentschlossen zu Gabriel hinüber. Doch der schüttelt den Kopf.

»Es ist zu spät«, sagt er. »Du kannst uns nicht mehr überzeugen. Denn jetzt weißt du wirklich zu viel.«

»Aber das stimmt doch gar nicht. Ich kann mir überhaupt nicht vorstellen, was ihr so Schlimmes gemacht habt, dass ihr Viruca und jetzt mich töten müsst!«

»Und das wirst du auch nicht mehr erfahren!«, entgegnet Tomás. »Los, Iago, mach schon!«

Jetzt steht Iago neben mir. Ich sehe, wie seine Hände zittern.

»Iago, hör zu. Iago … Du bist doch nicht wie sie. Lass dich nicht zum Mörder machen! Du bist noch so jung. Wenn du etwas mit Virucas Tod zu tun gehabt hast, dann gibt es sicher eine Erklärung dafür. Ich werde aussagen, dass du meinen Tod verhindert hast. Das wird dir sicher angerechnet. Ich schwör dir, wenn du mir hier raushilfst, dann helfe ich dir auch!«

»Jetzt reicht's!«, brüllt Tomás. »Los! Jetzt mach endlich!«

Er tritt zu mir, fasst mit einer Hand meinen Kopf und hält mir mit der anderen die Nase zu. Als ich sehe, dass Iago mir die Flasche an den Mund führen will, presse ich fest die Lippen zusammen. Ich will nicht trinken. Ich werde nicht trinken. Aber dann wird mir der Atem knapp. Unfreiwillig öffne ich den Mund, will Luft holen. Diesen Moment nutzt Iago. Ich strample mit den Beinen, versuche, den Kopf wegzudrehen. Ein Teil der Flüssigkeit rinnt mir übers Gesicht, meine Kleider. Aber ich kann nicht verhindern, dass Vater und Sohn mir nach und nach den Inhalt der Flasche einflößen. Die zähe, weiße Flüssigkeit fließt durch meine Kehle, in meinen Magen.

Sie bringen mich um! Ich werde sterben! Meine Panik ist so groß, dass ich mir in die Hose mache.

Ich sehe, wie die Flasche sich leert. Endlich ziehen sie sie mir aus dem Mund. Ich schreie laut, versuche, auszuspucken. Aber das hat jetzt keinen Zweck mehr.

»Was habt ihr mir gegeben? Was ist das?«

Ich muss es wieder auskotzen. Das ist meine einzige Chance. Doch ich bin immer noch gefesselt. Kann mir nicht die Finger in den Hals stecken

Die drei beobachten mich aufmerksam.

»Es wird nicht wehtun. Gleich wirst du einschlafen. Versuch nicht, dich zu wehren«, sagt Gabriel.

Er verlässt mit Tomás den Raum. Ich bleibe mit Iago allein. Vielleicht habe ich noch eine Chance. Eine allerletzte Chance.

»Iago! Hilf mir doch! Sonst verbringst du den Rest deines Lebens hinter Gittern! Hilf mir! Egal, was du getan hast! Iago, bitte ...!«

Ich beginne die Wirkung der Tabletten zu spüren. Meine Zunge wird schwer ... Meine Lider auch ... Nur mit Mühe kann ich die Augen offenhalten. Ich darf das Bewusstsein nicht verlieren.

»Iago, bitte ... Hol die Polizei ... Rette mich ... Bitte ...«

Aber so verzweifelt ich es auch versuche, ich kann nicht verhindern, dass sie mir zufallen.

»Bitte, Iago ... Bi ...«

Kapitel 47

»Schau nach, ob sie noch atmet!«, befahl Gabriel.

Beklommen näherte sich Iago seiner Lehrerin. Raquels Kopf hing schlaff zur Seite, während ihr Körper immer noch aufrecht an den Stuhl gefesselt saß. Der Junge hielt sein Ohr an ihre Nase. Hörte er sie atmen? Er war sich nicht sicher.

»Und? Atmet sie?«, fragte Gabriel.

»Ich weiß nicht.«

»Ist auch egal, wir bringen sie jetzt weg. Wir müssen uns beeilen. Bald wird man sie vermissen. Ich hole deinen Vater, er soll dir helfen, sie runterzutragen.«

»Soll ich ihr schon das Klebeband abmachen?«

Gabriel warf ihm einen verächtlichen Blick zu. Was war nur mit diesem Jungen los?

»Wenn wir den Stuhl nicht mitnehmen wollen, wird's nicht anders gehen.«

Gehorsam begann Iago, das Klebeband abzuziehen. Gabriel schaute einen Moment zu, dann verließ er wieder den Raum.

»Es tut mir leid«, sagte Iago zum reglosen Körper seiner Lehrerin. »Ich wollte das nicht tun. Es tut mir ja so leid.«

Iagos Vater kam herein, in den Händen einen Eimer und einen Putzlappen. Alle Spuren mussten sorgfältig beseitigt werden, vor allem die Urinpfütze am Boden. Iago hatte jetzt das Klebeband völlig abgerissen und hielt Raquel fest, damit sie nicht vom Stuhl rutschte. Dabei stellte er sich ziemlich ungeschickt an. Sein Vater merkte es.

»Mach du hier sauber. Ich bring sie runter.«

Tomás packte Raquels Körper und wollte sie hinausschleifen. Sie war erstaunlich schwer. »Komm, hilf mir mal. Nimm du ihre Beine. Danach können wir immer noch sauber machen.«

Iago gehorchte. Als ihm bewusst wurde, was sein Vater und er gerade getan hatten, musste er Übelkeit unterdrücken. Mit wenig Erfolg. Er spürte, dass er sich übergeben würde.

»Was ist los?«, fragte sein Vater.

Der Junge ließ die Beine seiner Lehrerin los und stürzte zum Eimer. Dort entleerte er seinen Magen, Gestank erfüllte den Raum.

»Verdammt noch mal, Iago!«

»Was denn?!«, wehrte sich der Junge voller Verzweiflung und Wut.

»Los, los. Je schneller wir das hinter uns bringen, umso eher können wir's vergessen.«

»Vergessen? Was du da redest! Das werde ich mein Leben lang nicht vergessen.«

»Los, lass uns weitermachen.«

Iago richtete sich auf und packte wieder Raquels Beine. Da kam Gabriel herein.

»Was ist denn das für ein Gestank?«

»Nichts weiter. Der Junge hat gekotzt.«

»Was bist du nur für ein Weichei!«

»Entschuldigung«, murmelte Iago.

»Los, los jetzt!«, befahl Gabriel.

Sie schleppten Raquels Körper die Treppe hinab. Gabriel öffnete den Kofferraum seines Wagens.

»Schön vorsichtig, sie darf keine blauen Flecken abbekommen.«

Behutsam legten sie den Körper in den Kofferraum. Gabriel klappte ihn sofort zu.

»Und jetzt?«, fragte Tomás.

»Jetzt fahrt ihr mit mir nach A Coruña. Das können wir nur zu dritt erledigen.«

»Wie wollen wir sie denn in die Wohnung bringen, ohne dass uns jemand sieht?«, fragte Iago.

»Da wird uns schon was einfallen. Vielleicht müssen wir warten, bis es dunkel ist.«

»Zu Hause haben wir eine Truhe, da passt sie vielleicht hinein«, sagte der Junge. »Dann könnten wir so tun, als sei das ein Umzug. Sie hat die Wohnung doch zum Verkauf angeboten.«

»Du bist ja auf einmal ein richtiger Schlaumeier«, erwiderte Gabriel spöttisch. »Nein, besser, es sieht uns niemand. Wir finden schon einen Weg.«

Sie stiegen ein. Gabriel befahl Iago, sich neben ihn auf den Beifahrersitz zu setzen. Er wollte ihn unter Kontrolle haben und außerdem die zwei Stunden Fahrt nutzen, um mit ihm zu reden. Er wusste, dass sie dem jungen Mann mehr zugemutet hatten, als er vertragen konnte.

Sie waren kaum fünf Minuten gefahren, als sie dumpfe Schläge hörten. Aus dem Kofferraum.

»Verdammt. Die Schlampe ist zäh. Warum habt ihr nicht ihre Hände gefesselt?«, fragte Gabriel ärgerlich und schaute Iago an.

Der reagierte nicht. Raquel war noch am Leben! Dann hatte sein Trick, nicht alle Tabletten im Wasser aufzulösen, funktioniert!

»Keiner hat daran gedacht, auch du nicht«, antwortete Tomás.

»Verflucht …!«

»Bei der Menge, die wir ihr eingeflößt haben, wird sie bestimmt gleich wieder bewusstlos.«

»Na, hoffentlich!«, knurrte Gabriel.

Doch die Schläge wurden immer heftiger. Iago begriff, dass

er etwas tun musste. Sein Blick glitt über das Armaturenbrett. Welcher der Knöpfe war wohl der, mit dem sich der Kofferraum öffnen ließ? Als er ihn entdeckt hatte, nutzte er eine enge Kurve, in der sich Gabriel ganz aufs Fahren konzentrieren musste, um mit einer schnellen Bewegung den Knopf zu drücken.

Gabriel riss heftig das Lenkrad herum.

»Was zum Teufel machst du da?«, schrie er.

Kapitel 48

Absolute Dunkelheit. Bin ich tot? Ich öffne die Augen. Schließe sie. Öffne sie wieder. Es ist immer noch dunkel. Stockdunkel. Ist das der Tod? Nein. Aber wo bin ich? Was ist das für ein Geräusch? Weshalb kann ich mich kaum bewegen? Ich versuche, ruhig zu bleiben. Ich bin am Leben. Das ist das einzig Wichtige. Ich versuche, den Lärm zu deuten. Es ist Motorengeräusch. Ich bin in einem Auto. Im Kofferraum. Ich muss sofort hier raus. Ich kann meinen rechten Arm nicht rühren, er liegt unter meinem Körper und ist taub, ich spüre das Kribbeln. Und der linke? Den kann ich bewegen! Ich klopfe gegen den Kofferraumdeckel. Unablässig. Will, dass er aufgeht. Dass mich jemand hört. Auch wenn sie es sind. Sie sollen wissen, dass ich lebe. Dass sie mich nicht umgebracht haben. Immer wieder hämmere ich gegen den Kofferraumdeckel.

»Hilfe! Hilfe!«

Irgendjemand muss mich doch hören.

Ich klopfe, bis ich keine Kraft mehr habe. Mir tut die Hand weh. Ich glaube, ich habe mich an etwas geschnitten. Ich fühle, wie mir das Blut über das Handgelenk rinnt.

»Hilfe!«

Ich höre ein Klicken. Der Kofferraumdeckel. Er geht auf! Doch das Auto fährt weiter. Warum haben sie ihn geöffnet? Egal, ich muss das ausnutzen. Muss mich bewegen, rausspringen. Egal wie. Mit meiner linken Hand schaffe ich es, ihn ganz aufzustoßen. Benommen nehme ich meine ganze Kraft zusammen. Richte mich auf. Der Wagen fährt schneller. Zumindest scheint mir das so. Wenn ich jetzt rausspringe, überlebe ich das vielleicht nicht. Aber habe ich eine Alternative?

Denk nicht nach, Raquel! Spring!

Ich schließe die Augen. Mein Körper rollt über den Asphalt. Ich spüre, wie hart er ist, dann umgibt mich Gebüsch. Ich rutsche einen Abhang hinunter. Versuche mich irgendwo festzuhalten. Unmöglich. Zweige schlagen mir ins Gesicht, gegen meine Hände, den ganzen Körper. Ich spüre keinen Schmerz. Ich spüre nichts. Ich rolle und rolle. Bis ich es endlich schaffe, meinen Sturz zu bremsen. Aber ich kann nicht aufstehen, habe keine Kraft mehr. Und jetzt ist da auch der Schmerz. Der Schmerz, der mich überfällt, mich überwältigt. Aber ich muss weg von hier. Weil sie hinter mir her sind. Ich muss mich unbedingt verstecken, bin aber viel zu benommen, kann mich nicht rühren.

Plötzlich höre ich einen Knall. Ein Schuss! Sind sie schon so nah? Werden sie mich erschießen? Ich versuche zu sehen, ob sie mir schon auf den Fersen sind. Doch da ist niemand. Nur kahle Zweige und Baumstämme. Wieder ein Schuss! Jetzt merke ich, dass die Schüsse nicht von der Straße her kommen, sondern von der anderen Seite. Wieder versuche ich, mich zu bewegen, doch meine Beine wollen mir nicht gehorchen. Ich krieche auf allen vieren. Meine Schmerzen sind so stark, dass ich nicht mehr als ein paar Meter schaffe.

»Hilfe!«, rufe ich. Wahrscheinlich ist das, was ich ausstoße, nicht mehr als ein Grunzen. »Hilfe!«

Jetzt höre ich Schritte. Sie haben mich gesehen. Sie haben mich erwischt. Meine Hoffnung, zu entkommen, erlischt schlagartig. Gleich haben sie mich.

Noch ein Schuss!

»Vorsicht, du Idiot!«

Das ist eine Frauenstimme. Schritte kommen auf mich zu.

Ich höre trockene Blätter rascheln, Äste knacken. Sehe ein Paar Stiefel. Schaue nach oben.

»*Neniña*! Was machst du denn hier? Fast hätte der Russe dich mit einem Wildschwein verwechselt!«

Da steht Concha. Mit einer Flinte in der Hand. Und jetzt sehe ich ihren russischen Kellner, Mijaíl. Auch er ist mit einem Gewehr bewaffnet.

»Concha, helft mir, bitte … Helft mir!«

Ich bin am Ende. Die Medikamente drohen mich zu überwältigen. Gleich werde ich wieder ohnmächtig, das spüre ich. Und wieder höre ich Schritte, wende den Kopf und sehe sie kommen. Gabriel, Tomás und Iago. Ich schaue verzweifelt zu Concha, schüttle den Kopf.

»Lass sie nicht … Lass sie nicht …«

»Ganz ruhig, *miña nena*, ganz ruhig …«

Als sie sehen, dass ich nicht allein bin, bleiben die drei stehen. Ich höre Gabriels Stimme:

»Raquel! Gott sei Dank, das war ja ein Schreck …«

Er will näher kommen, doch Concha zielt mit ihrer Flinte auf ihn. Ich kann kaum die Augen offen halten. Kämpfe mit aller Kraft gegen die Ohnmacht.

»Keinen Schritt weiter, Acebedo!«, befiehlt Concha schneidend.

»Was soll das? Bist du verrückt geworden? Siehst du nicht, dass sie verletzt ist? Wir müssen sie ins Krankenhaus bringen!«

»Keinen Schritt weiter!«, wiederholt Concha, wendet sich dann dem Kellner zu. »Mijaíl, du hältst die anderen in Schach. Sowie sich einer von denen bewegt, schießt du.«

Mijail zielt sofort auf Tomás und Iago.

»Was machst du denn da? Lass uns doch vernünftig bleiben«, versucht Gabriel sie zu besänftigen.

Concha bleibt unerbittlich. »Ihr verschwindet jetzt genauso schnell, wie ihr gekommen seid.«

»Aber wir müssen sie doch ins Krankenhaus bringen!«, protestiert Gabriel.

»Darum kümmern wir uns schon«, erwidert Concha seelenruhig. »Da mach dir mal keine Sorgen.«

»Also hör mal …« Gabriel will auf sie zugehen.

»Keinen Schritt weiter, Acebedo«, warnt Concha noch einmal. »Die ganze Stadt freut sich, wenn ich dir eine Kugel verpasse. Mach mir lieber nicht das Vergnügen.«

Gabriel zögert einen Augenblick, beschließt dann, die Warnung zu ignorieren, und geht auf mich zu. Ohne ein weiteres Wort schießt Concha. Die Kugel trifft Gabriels rechtes Bein. Er schlägt lang hin und schreit vor Schmerz auf.

»Ah …! Du verdammte Schlampe! Du bist ja völlig verrückt!«

Concha verzieht keine Miene. Sie wendet sich Iago und Tomás zu.

»Wir haben genügend Patronen für euch drei. Wenn die für ein Wildschwein reichen, dann werden sie auch mit euch fertig, das garantiere ich euch. Verschwindet also, und zwar schnell. Mijaíl, wenn sie eine falsche Bewegung machen, schießt du.«

»Zu Befehl, Chefin!«

»Der hier ist Russe, die fackeln nicht lange.«

»Ich kann nicht aufstehen, du Schlampe. Das wirst du noch bereuen! Das schwör ich dir!«, kreischt Gabriel.

»Was du nicht sagst, Acebedo! Los jetzt! Verschwindet!«

Concha lädt noch einmal durch.

»Ich zähle bis drei. Dann schießen wir. Mijaíl, du nimmst dir den Jungen vor. In die Eier. Eins … Und auf geht's … Zwei … Gleich reicht's mir … Drei …«

Iago und Tomás heben die Arme zum Zeichen, dass sie sich ergeben, nähern sich vorsichtig Gabriel und ziehen ihn den Berg hoch. Die Müdigkeit übermannt mich. Ich fühle, wie mir die Augen zufallen …

Kapitel 49

Die Sirene eines Krankenwagens … ein paar sanfte Schläge auf die Wangen. Ferne Stimmen … Man legt mich auf eine Trage … Eine Tür, die sich öffnet und schließt … Lichter auf einem Gang … Gesichter, die ich nicht kenne … Man schiebt mir einen Schlauch in den Hals … Ich versuche, ihn rauszuziehen …

»Ruhig, ganz ruhig …«

Meine Augen wollen wieder zufallen.

»Nicht einschlafen, meine Liebe.«

Ein Würgen … Und noch eins … ich übergebe mich.

»Sehr gut, so ist es gut …«

Mir fallen die Augen zu.

Kapitel 50

Ich erwache in einem Krankenhausbett. Germán sitzt neben mir. Als er sieht, dass ich mich bewege, springt er auf und beugt sich über mich. Versucht zu lächeln.

»Wie fühlst du dich?«

»Ich habe Durst.«

Germán greift nach einer Wasserflasche auf dem Nachttisch, gießt ein wenig Wasser in ein Glas und reicht es mir. Ich trinke gierig.

»Ich hatte solche Angst um dich.«

Germán will mir übers Haar streichen, aber ich versuche, seiner Hand auszuweichen, ohne dass es zu unfreundlich wirkt.

»Mir tut alles weh.«

»Sehr?«

»Es geht.« Ich verstehe nicht, wie er hierherkommt. »Man hat dich also freigelassen. Und wer hat die Kaution bezahlt?«

»Niemand. Das war nicht mehr nötig. Aber kümmere dich jetzt nicht darum. Tut dein Gesicht sehr weh?«

Ich berühre mein Gesicht, da klebt ein Verband.

»Es werden keine Narben bleiben, keine Angst. Das sind nur Schürfwunden.«

Auch an meinen Händen sind Wunden. Aber nur zwei sind mit Heftpflaster bedeckt.

»Und was ist mit Gabriel und den anderen?«

»Die sitzen in Untersuchungshaft. Alle drei. Dafür hast du gesorgt.«

»Warum wollten die mich umbringen? Warum haben sie Viruca ermordet? Du weißt es, nicht wahr?«

Germán schüttelt den Kopf.

»Nein, Raquel. Ich wusste, dass Viruca in Gefahr war. Aber mehr auch nicht.«

Ich versuche, mich aufzurichten.

»Sie müssen den Laptop von Iago durchsuchen. Dort ist es, dort finden sie es …«

»Kümmere dich jetzt nicht darum.«

»Es ist aber wichtig, Germán.«

»Das machen sie ja schon.«

»Bist du sicher?«

Er nickt.

»Möchtest du aufstehen?«

»Ja.«

Germán reicht mir seinen Arm. Ich halte mich an ihm fest und richte mich auf. Er hilft mir, in meine Hausschuhe zu schlüpfen. Plötzlich bricht er in haltloses Weinen aus, als hätten sich Tränen und Schuldgefühl lange in ihm aufgestaut und er könne und wolle sie nicht mehr zurückhalten.

»Es tut mir leid, Raquel!«, schluchzt er. »Es tut mir ja so leid. Ich habe solche Angst um dich gehabt. Das ist alles meine Schuld. Wir hätten nie hierherkommen dürfen. Hätte ich bloß nie mit dieser Koksdealerei angefangen. Ich hab's wirklich nur ab und zu gemacht. Ich wollte doch mein eigenes Geld verdienen. Meinen eigenen Konsum konnte ich doch nicht mit deinem Geld finanzieren. Dann hat sich die Gelegenheit geboten, und ich hab's getan. Das war völlig verrückt, ich weiß … Aber vor allem hätte ich dich nie so belügen dürfen. Du musstest ja glauben, dass ich etwas mit Virucas Tod zu tun hatte. Ich war feige. Ich wusste nichts und wollte auch nichts wissen, ich … Manchmal habe ich mit ihr geschnupft, und dann fing sie an zu reden. Über eine komplizierte Geschichte. Namen hat sie nie erwähnt, das schwöre ich dir. Eines Tages sagte sie, damit sei jetzt Schluss. Und erzählte, dass Gabriel etwas Schreckliches getan hätte. Ich wollte das gar nicht wissen. Hab ihr nur gesagt, dass sie sich nicht mit ihm anlegen solle. Dass es besser wäre, ihn zum Freund zu haben.

»So wie du ihn zum Freund hattest.«

»Was glaubst du wohl, wem ich das Kokain verkauft habe? Ihm! Ich weiß, wie viel er konsumiert! Deshalb habe ich Viruca ja auch gewarnt …«

»Aber war dir nach ihrem Tod nicht klar, dass da etwas nicht stimmt?«

»Alle haben doch gesagt, es sei Selbstmord gewesen! Und sie hat ja auch immer schlechter ausgesehen, immer mehr Koks gewollt. Warum sollte es kein Selbstmord gewesen sein?«

»Du wolltest es nicht glauben, Germán. Das ist etwas anderes. Es war bequemer für dich, das zu tun, was alle anderen taten, einschließlich der Guardia Civil. Wegschauen und glauben, dass die verrückte Viruca sich umgebracht hatte. Und es geschah ihr ja irgendwie sogar recht, weil sie untreu war, herumgeschnüffelt hatte, ihren Mann verlassen und sich mit einem Schüler und seinem Vater eingelassen hatte.«

»Aber das wusste ich doch gar nicht!«

Ich schweige. Könnte weiterreden, sage aber lieber nichts mehr. Wozu? Meine Enttäuschung ist so groß, dass ich ihm nur wehtun würde, wenn ich weiterredete. Und ich kann nicht mehr.

»Wenn dir was passiert wäre«, fährt er fort, »dann hätte ich mir das mein Leben lang nicht verziehen. Die Vorstellung, dich zu verlieren, war schrecklich … Ich hatte nie gedacht, dass mein Schweigen, mein Wegschauen dazu führen könnte, dass dir das passiert, Raquel. Du musst mir glauben. Du musst mir verzeihen.«

Ich schaue ihn an, weiß nicht, was ich sagen soll. Ich weiß

nicht, was ich fühle. Nein, das stimmt nicht. Natürlich weiß ich es. Natürlich weiß ich, dass unsere Ehe vorbei ist. Aus und vorbei. Und wenn irgendetwas daran gut ist, dann, dass ich am Leben bin. Das ist das einzig Wichtige. Und das ist so wunderbar, dass ich alles aushalten werde, was auf mich zukommt. So viel Angst habe ich gehabt, Germán zu verlieren, so sehr habe ich darum gekämpft, mit ihm zusammenzubleiben, uns nicht scheitern zu lassen, und jetzt merke ich, wie absurd das war. Dass die Angst, ihn zu verlieren, nichts weiter war als das: Angst. Alles nicht so schlimm. Wie hatte Claudia damals gesagt, als sie die alten Fotos sortierte? Auch wenn es sehr weh tut, auch wenn es viel schlimmer ist, als du es dir vorgestellt hast, ist es am Ende gar nicht so schlimm. Weil niemals etwas wirklich so schlimm ist.

Ich werde ohne Germán leben können. Das weiß ich jetzt. Es wird wehtun. Aber ich werde es schaffen.

»Ich möchte mich bewegen.«

Er hilft mir aufzustehen, und ich gehe ein paar Schritte. Ich fühle mich noch ein wenig steif, und schwindlig wird mir auch, aber es geht besser als erwartet.

»Wird wirklich gerade Iagos Laptop durchsucht?«

»Ja, sicher. Mach dir keine Sorgen.«

»Warum? Woher wissen sie, dass sie den Laptop durchsuchen müssen?« Habe ich etwa im Schlaf geredet? Hat die Guardia Civil mich verhört und ich erinnere mich nicht mehr?

»Ich möchte dir etwas zeigen«, sagt Germán.

»Germán …?«

»Was denn?«

»Was machst du überhaupt hier?«

»Man hat mich freigelassen und ich wollte bei dir sein. Wo denn sonst?«

Ich muss ihm sagen, dass zu viel passiert ist. Dass es zu viele Geheimnisse, zu viel Verrat zwischen uns gegeben hat. Dass ich

Schluss mit ihm gemacht habe. Und dass das okay so ist. Dass das gar nicht so schlimm ist. Weil niemals etwas wirklich so schlimm ist.

»Germán? Wo ist Concha? Und Mijaíl? Ich muss mich unbedingt bei ihnen bedanken.«

»Concha hat gesagt, ich soll sofort anrufen, wenn du aufwachst.«

»Sie hat mir das Leben gerettet.«

»Ich rufe sie gleich an. Aber erst will ich dir etwas zeigen.«

»So, wie ich aussehe?«

»Wir bleiben hier im Krankenhaus.«

Ich nicke. Was er mir wohl zeigen will?

Wir gehen den Gang entlang, Germán führt mich zum Aufzug. Wir fahren zwei Stockwerke nach oben. Ich schaue ihn an. Seine Augen sind noch gerötet vom Weinen. Wie fremd er mir vorkommt. Er schmiegt sich an mich, hält meine Hand fest, doch ich möchte mich nur von ihm freimachen. Unsicher lächelt er mich an. Wir steigen aus dem Fahrstuhl. Er klopft an die Tür des Zimmers 303, geht hinein. Ich folge ihm. Jemand begrüßt mich von einem Bett aus.

»Hallo!«

Es ist Roi! Er lebt! Er hat tiefe Schatten unter den Augen, sieht mitgenommen aus, aber er lebt. Und er trägt eine neue Brille. Ohne Klebeband am Bügel.

»Roi!«

»Wie geht's, Raquel! Stell dir vor, da muss ich fast sterben, damit mir meine Mutter eine neue Brille kauft. Wie war denn die Magenspülung?«

»Besser als der Ausflug in den Wald«, frotzelt Germán.

Ich schaue von Germán zu Roi und verstehe überhaupt nichts. Hassen sie sich nicht? Hat Roi Germán verziehen, dass der ihn verprügelt hat? Oder war das gar nicht mein Mann?

»Germán hat mir das Leben gerettet«, klärt mich Roi auf.

»Germán?«

»Ja, Germán.«

»Obwohl ich ihn beinahe überfahren hätte«, mischt der sich ein.

»Wie? Was?« Ich verstehe immer noch nichts.

»Willst du wissen, was passiert ist?«, fragt Roi. Er kann nur mit Mühe sprechen, möchte aber erzählen. »Erinnerst du dich, wie ich dir erzählt habe, dass ich hinter dem Mobbing gegen dich gesteckt habe?«

»Wie könnte ich das vergessen.«

»Iago hat das mitgekriegt. Er hat erfahren, dass alles mein Werk war. Und ist völlig durchgedreht, hat gesagt, ich würde teuer dafür bezahlen. Ich hab aber nicht viel darauf gegeben. Es war nicht das erste Mal, dass wir Streit hatten. Aber ich wollte ihm helfen. Ich wusste, dass er etwas verheimlicht. Dass irgendetwas an ihm nagt. Deshalb hab ich trotz seiner Drohungen nicht aufgehört, ihn zu nerven.«

»Und? Hat er dir was gestanden?«

»Ein bisschen was hat er mir gesagt. Er meinte, Viruca hätte verdient, was ihr passiert ist. Er wüsste nicht, ob sie sich umgebracht hätte, aber sie hätte den Tod verdient. Er hätte ihr vertraut, ihr etwas erzählt, das mit seinem Vater zu tun hatte. Etwas, das der ihm, Iago, angetan hat. Und statt sich von seinem Vater zu trennen, hat Viruca das benutzt, um den Alten zu erpressen.«

»Und er hat dir nicht gesagt, um was es ging?«

»Er hat eine Datei auf seinem Computer erwähnt. Deshalb bin ich am nächsten Tag zu ihm gegangen. Ich habe gewartet, bis er weg war. Dann habe ich geklingelt und seinem Vater gesagt, ich müsse etwas aus seinem Zimmer holen. Dort habe ich mich an seinen Computer gesetzt und versucht, die Datei zu finden. Ich war so damit beschäftigt, dass ich nicht gemerkt habe, wie Iago reinkam. Er ist total ausgeflippt. Ich glaube, er war bis oben hin voll mit Koks. Er hat mich angebrüllt, dachte, ich hätte die Datei schon gefunden. Ich habe gesagt, dass ich nichts kopiert hätte. Er wollte meine Taschen durchsuchen. Ich hab mich gewehrt, da hat er angefangen, auf mich einzuschlagen. Mit einer unglaublichen Wut. Ich habe versucht, abzuhauen, doch oben auf der Treppe hat er mich noch erwischt, hat mir die Beine festgehalten. Ich bin die Treppe runtergefallen. Doch anstatt mir zu helfen, hat er angefangen, mich mit den Füßen zu traktieren, immer und immer wieder. Vier Rippen hat er mir gebrochen. Eine hat meine Lunge durchstoßen. Und meine Leber hat's auch übel erwischt. Ich hab's aber noch aus dem Haus geschafft. Er kam hinterher und hat mich genau in dem Moment auf die Straße gestoßen, als ein Auto vorbeifuhr.«

»Das war meins«, wirft Germán ein.

»Ich habe Germán um Hilfe gebeten, dann muss ich wohl das Bewusstsein verloren haben«, schließt Roi.

»Iago sah aus, als sei er völlig wahnsinnig geworden«, erzählt Germán die Geschichte weiter. »Er schrie, ich solle mich da raushalten und verschwinden. Das sei etwas, das nur sie beide anginge. Aber Roi lag auf der Erde, ich hatte ihn angefahren. Zuerst wollte ich einen Krankenwagen rufen, hatte aber Angst, wenn ich ihn nicht sofort mitnähme, würde Iago ihm den Rest geben. Ich hab ihn ins Auto gezerrt, während Iago brüllte, wenn jemand mitbekäme, dass er hinter dem Angriff auf Roi steckte, dann würde er mich fertigmachen, dich fertigmachen. Es seinem Vater und Gabriel erzählen. Die würden schon dafür sorgen, dass wir da nicht heil rauskämen.«

»Und deshalb hast du ihn dann einfach vor der Notaufnahme abgeladen und bist weggefahren.«

»Ich weiß, das war dumm von mir, und feige dazu. Aber du musst mir glauben, Quela …«

»Nenn mich nicht Quela! Ich hasse es, wenn du mich Quela nennst!«

»Entschuldige, entschuldige. Aber ich habe es wirklich nur getan, um dich zu schützen, um uns schützen.«

»Und du hast tatsächlich geglaubt, dass man dich nicht erwischt? Schau mal, wie schnell sie dich gefunden haben!«

»Daran habe ich nicht gedacht. Ich habe überhaupt nichts gedacht ... Ich wollte ihn nur so schnell wie möglich ins Krankenhaus bringen. Ich wollte doch, dass er gerettet wird.«

Ich schweige, versuche, die Informationen zu verarbeiten. Mein Mann ist also wirklich kein Mörder. Nur ein Trottel und ein Feigling, der mit einem Typen wie Gabriel Geschäfte gemacht hat. Vor dem alle im Städtchen Angst haben. Oder eine Mischung aus Angst, Respekt und Faszination, wie in Germáns Fall. Ein Typ, der bereit war zu töten, damit nicht ans Licht kam, was Iago gegen ihn und seinen Vater auf dem Laptop hatte. Denn jetzt weiß ich, dass es sie beide betraf.

»Was war denn nun auf dem Rechner?«, frage ich Roi.

»Ich weiß es nicht, ehrlich.«

Kapitel 51

Drei Wochen später stand es in allen Zeitungen und erschütterte die Bewohner des Städtchens. Und wahrscheinlich auch des ganzen Landes. Obwohl der Untersuchungsrichter eine Nachrichtensperre verhängt hatte, war die Information durchgesickert. Sie war einfach zu schrecklich, als dass man sie hätte verheimlichen können. So viel Verkommenheit musste ans Licht kommen.

Germán rief an, ich solle mir die Zeitung kaufen. Es war ihm nicht leichtgefallen zu akzeptieren, dass ich nicht mehr mit ihm zusammen sein wollte. Doch nach ein paar schmerzhaften Gesprächen war auch ihm klar, dass wir nicht zusammenbleiben konnten.

Ich ging hinunter zum Kiosk. Die Nachricht stand auf der ersten Seite aller großen Tageszeitungen. Ich kaufte sie alle. Oben an der Wohnungstür erwartete mich noch eine Überraschung. Dort stand ein großes Paket, an mich adressiert. Ich trug es in die Wohnung und fand darin sechs Flaschen von dem Wermut, den ich bei Mauro getrunken hatte. Dazu einen Zettel:

In der Schule hat man mir Deine Adresse gegeben. Ich hoffe, das ist kein Problem. Ich hatte nicht den Mut, Dich im Krankenhaus zu besuchen. Du wolltest mich bestimmt nicht sehen. Ich weiß nicht, wie ich Dich um Verzeihung bitten soll. Ich habe Deinen Hund getötet, und fast wärst du meinetwegen ums Leben gekommen. Und ich weiß auch nicht, wie ich Dir danken soll. Ohne Dich wäre die Wahrheit nie ans Licht gekommen. Dir ist es zu verdanken, dass Viruca jetzt in Frieden ruhen kann. Und dass ich vielleicht eines Tages neu anfangen kann. Ich wünsche Dir das Allerbeste. Trink einen auf meine Gesundheit.

Mauro

Erst wollte ich die Flaschen in den Müll werfen, änderte jedoch meine Meinung ziemlich schnell. Diesen leckeren Wermut wegzuschütten wäre eine Schande. Der konnte schließlich nichts dafür, dass Mauro ein solcher Idiot war. Bevor ich mir die Zeitungen vornahm, schenkte ich mir ein Glas davon ein. Ich sog den köstlichen Duft ein, öffnete das Fenster, setzte mich an den Wohnzimmertisch und begann zu lesen.

Anhand der Aussagen, vor allem von Iago und mir, hatten die Reporter die ganze Geschichte rekonstruieren können. Von mir hatte der Untersuchungsrichter erfahren, dass Gabriel und Tomás Viruca getötet hatten. Alles andere hatte ihnen Iago erzählt.

Als ich die Geschichte las, gefror mir das Blut in den Adern. Ich saß da und versuchte, das Grauen zu begreifen. Dann rief ich Germán an.

»Ich hab's gerade gelesen. Hast du wirklich gar nichts gewusst oder zumindest geahnt?«

»Raquel, wie hätte ich mir so etwas Ungeheuerliches vorstellen können?«

»Gabriel oder Iagos Vater ... Ich weiß nicht, wer von beiden der Schlimmere ist.«

Da fiel mir wieder die Klassenarbeit ein, die Iago geschrieben hatte. »Alle schrecklichen Taten, die du dir vorstellen kannst, sind schon von jemand begangen worden.« Und ich verstand auch, warum ihn Dickens' Roman »Harte Zeiten« so getroffen hatte. Die Geschichte vom Bruder, der seine Schwester prostituiert.

Wie sollte Iago diese Geschichte nicht rühren? Es war ja seine eigene! Denn alle schrecklichen Taten sind schon von jemand begangen worden. Harte Zeiten sind der fruchtbare Boden für abscheuliche Taten.

Der arme Iago hatte einen Vater, der gewohnt war, zu handeln, zu schachern, allem einen Preis zu geben. Dem, was er kaufte, wie die Liebe von Viruca. Dem, was er verkaufte. Seinen eigenen Sohn. Denn genau das hatte er getan. Er hatte für Gabriel Minderjährige besorgt, Halbwüchsige, Mädchen und Jungen. Und sogar noch seinen eigenen Sohn. Tomás hatte dafür gesorgt, dass sein Sohn sich prostituierte. Hatte ihn an jemand verkauft, der ihm aus seinem finanziellen Schlamassel helfen konnte. Gabriel Acebedo.

Ekelhaft.

Die Dateien auf Iagos Laptop waren Videos der Sicherheitskameras aus Tomás' Bordellen. Wo er seine Prostituierten arbeiten ließ. Und die Jungen und Mädchen missbraucht wurden.

Gabriel hatte das »Frischfleisch« nicht gereicht, das ihm Tomás beschaffte. Er wollte Iago haben, als der kaum fünfzehn war. Er kannte ihn aus den sozialen Netzwerken und aus dem Sportstudio. Gabriel wusste, dass Tomás finanzielle Schwierigkeiten in seinen beiden Unternehmen hatte, dem Bauunternehmen und den Bordellen. Denn durch die Krise war auch das Geschäft mit der Prostitution ins Schlingern gekommen. Als Gabriel immer verrückter nach dem Jungen wurde und es schließlich schaffte, ihn zu verführen, sah Tomás die Gelegenheit, seine finanziellen Probleme zu lösen, und forderte einen sehr hohen Preis. Er zwang Iago, die sexuelle Beziehung mit Gabriel weiterzuführen, und gab ihm eine Menge Geld, damit er den Mund hielt. Gabriel, gewohnt, alles zu bekommen, war bereit, jeden Preis zu zahlen.

Was Gabriel Acebedo nicht wusste, war, dass Tomás die Sextreffen gefilmt hatte, die fast immer in dem Haus stattfanden, wo ich fast ums Leben gekommen war. Tomás hatte die Aufnahmen gemacht, um Gabriel, falls nötig, damit erpressen zu können.

Mit dreizehn hatte Iago die ersten Videos entdeckt. Und immer wieder heimlich darin herumspioniert. So hatte er später auch die Aufnahmen entdeckt, die sein Vater von seinen Begegnungen mit Gabriel gemacht hatte.

Als Iago sich heftig in Viruca verliebte und sie dazu bringen wollte, die Beziehung mit seinem Vater zu beenden, beschloss er, ihr die Bilder zu zeigen. Sie sollte sehen, mit was für einem Monster sie sich eingelassen hatte. Er war überzeugt, Viruca würde die Beziehung mit seinem Vater sofort beenden, ihn vielleicht sogar bei der Guardia Civil anzeigen. Dass Viruca versuchen würde, Tomás mit diesen Aufnahmen zu erpressen, damit hatte er nicht gerechnet.

Es muss ein furchtbarer Schlag gewesen sein. Die Frau, in die er sich unsterblich verliebt hatte, war genauso gemein wie alle anderen. Alle hatten einen Preis. Sogar Viruca, seine große Liebe. Sie war ohne Weiteres bereit, ihn um ihres eigenen Vorteils willen fallen zu lassen.

Viruca hatte mit den Aufnahmen das große Los gezogen. Jetzt konnte sie von Tomás alles verlangen, ohne mit ihm ins Bett gehen zu müssen. Der gab anfangs nach, doch Viruca wollte immer mehr Geld. So viel, dass sie schließlich beschloss, die andere Quelle anzuzapfen, Gabriel. Der viel reicher war als Tomás und viel mehr zu verlieren hatte.

Durch Virucas Erpressungsversuch erfuhr Gabriel, dass Tomás alles gefilmt hatte. Und tobte vor Wut. Er würde sich nicht erpressen lassen. Er nicht. Und weil er diese Situation nicht zu verantworten hatte, zwang er Tomás, das Problem aus der Welt zu schaffen. Sonst würden sie beide in den Knast gehen. Der eine, weil er Minderjährige missbraucht hatte, der andere, weil er sie beschafft hatte. Gemeinsam planten sie Virucas Mord. Anscheinend hatte Tomás zur Bedingung gemacht, dass sein Sohn nicht hineingezogen würde. Er zwang seinen Sohn nur, alle Dateien zu löschen. Iago schwor, das getan zu haben, doch das stimmte nicht.

Tomás und Gabriel planten Virucas Tod sehr sorgfältig. Es war fast das perfekte Verbrechen. Sie beschlossen, Virucas Lage auszunutzen: Sie wurde in der Schule gemobbt, hatte sich von ihrem Mann getrennt und kokste inzwischen ziemlich viel. Eine ideale Situation, um den Mord wie einen Selbstmord aussehen zu lassen.

Sie setzten sie unter Drogen und brachten sie halb bewusstlos zu den heißen Quellen, wo sie willenlos, wie sie war, im heißen Wasser einschlief. Dann trugen sie sie in den Stausee und ließen sie ertrinken.

All das hätte wunderbar geklappt, wenn ich nicht auf der Bildfläche erschienen wäre. Deshalb versuchten sie, mit mir dasselbe zu machen wie mit ihr. Ich war ja auch eine gute Kandidatin für eine Krise mit tödlichem Ausgang. Wie nah sie ihrem Ziel gewesen waren!

Ich konnte nicht umhin, Mitleid für Iago zu empfinden.

»Der Arme ist durch die Hölle gegangen. Sein Vater prostituiert ihn, und als er sich in seine Lehrerin verliebt und meint, er kann ihr vertrauen, verrät die ihn und benutzt die Information, um damit Geld für sich herauszuschlagen. Wie sollte er sie da nicht hassen? Armer Junge.«

»Dieser arme Junge wollte dich umbringen.«

»Nein, Germán. Sie haben ihn gezwungen. Gabriel hat ihn total beherrscht. Weißt du, wie viel Macht ein Täter über sein Opfer hat, sogar noch Jahre später? Gabriel muss sich dessen sehr bewusst gewesen sein. Und so beschloss er, Iago da mit hineinzuziehen. Iago habe ich es zu verdanken, dass ich noch am Leben bin. Er hätte noch mehr Tabletten in die Flasche tun können. Und ich vermute, er hat auch den Knopf gedrückt, damit der Kofferraum aufsprang.«

»Ja, das habe ich in der Zeitung gelesen.«

»Siehst du? Deshalb will ich mich seinem Anwalt auch als Entlastungszeugin anbieten.«

»Wirklich?«

»Iago ist zu lange durch die Hölle gegangen. Er hat es nicht verdient, im Gefängnis zu landen.«

»Du bist unglaublich«, staunt Germán.

»Ich tue nur, was ich für gerecht halte.«

Ein paar Sekunden schweigen wir.

»Stell dir vor, meine Mutter will das Restaurant jetzt doch an jemand anders verkaufen.«

»Echt? Und dein Bruder, was macht der dann?«

»Er geht mit seiner Frau nach Argentinien. Davon haben die beiden immer schon geträumt. Ich hab das gar nicht gewusst. Sie scheinen sich sehr drauf zu freuen. Und Demetrio ist, glaube ich, froh, *O Muíño* los zu sein.«

»Und du? Was willst du jetzt machen?«

»Weißt du noch, wie ich mich immer beklagt habe, dass ich keine Ideen zum Schreiben hatte, und du sagtest, ich brauche nur die Augen aufzumachen?«

»Das habe ich gesagt?«

»Ganz oft. Also, ich kenne da ein Städtchen, wo gerade eine irre Geschichte passiert ist. Novariz, ich weiß nicht, ob dir der Name bekannt vorkommt. Ich hab sogar schon die Hauptdarstellerin. Eine Vertretungslehrerin, die in die Höhle des Löwen geht und die dunkelsten Seiten des Städtchens aufdeckt. Wie findest du das?«

»Klingt ganz gut. Aber lass ihren Mann nicht allzu schlecht dabei wegkommen. Wie ich dich kenne, wirst du ihn als echten Trottel darstellen.«

»Ich will's versuchen. Aber der Typ ist wirklich ziemlich blöd. Raquel …«

»Was denn?«

»Dieses Wochenende muss ich nach A Coruña. Wollen wir uns treffen und ein bisschen reden?«

»Besser nicht, Germán. Was wir zu bereden hatten, haben wir beredet.«

»Stimmt … Du wirst mir fehlen. Sehr.«

»Ich leg jetzt auf, Germán. Adiós.«

»Adiós.«

Ich legte auf. Wie schwer Abschiede sein können. Aber wir hatten uns schon viel zu oft verabschiedet. Wir konnten dieses quälende Ritual nicht noch einmal wiederholen. Ich warf einen Blick in die Runde. Die Wohnung meiner Mutter, na ja, von jetzt an meine Wohnung, stand voller Umzugskartons. Hier würde ich erst mal bleiben, das hatte ich beschlossen.

Allein. Ohne Germán.

Ich dachte daran, wie ich über Monate Angst davor gehabt hatte, ihn zu verlieren. Geglaubt hatte, noch eine Lücke wie diejenige, die meine Mutter hinterlassen hatte, nicht ertragen zu können. Befürchtet hatte, wieder durchzudrehen. Doch hier war ich. Heil und unversehrt. Man kann mit Verlusten leben. Dem Tod eines geliebten Menschen, der Trennung von einem Partner. Die Angst vor dem Verlust ist oft schrecklicher, lähmender als der Verlust selbst. Ein neues Leben würde jetzt für mich beginnen. Und das Beste war, dass ich eine unbändige Lust darauf hatte, es zu leben.

Außerdem hatte mich A Coruña in diesen Tagen mit einem Licht und einer Wärme empfangen, die nichts anderes als Optimismus zuließen. Und meine Freundin Tere war überglücklich, mich wieder bei sich zu haben, noch dazu als Single. Sie sagte, ich könne mir gar nicht vorstellen, wie sie sich darauf freute, mit mir auszugehen, Männer kennenzulernen, ins Bett zu gehen, mit wem wir wollten. Obwohl ich wusste, dass sie das nicht ernst meinte. Denn sie hatte sich mehr und mehr in ihren promovierten Kellner verliebt, den mit den Piercings, und dachte anscheinend schon daran, ihn zu heiraten und Kinder mit ihm zu kriegen.

Sie wurde langsam gesetzter, und ich war wieder Junggesellin. Das Leben ist eine Schiffsschaukel.

Die Schreie der Möwen und die Geräusche des Hafens drangen durch das offene Fenster.

Ich machte mich daran, die Kartons auszupacken.

Mein Dank geht an

meine Lektorinnen, Miryam und Ana Rosa, die so an mich geglaubt haben;

Susana, Javi, Breixo, Carlos, Guillermo, Agustín und Jesús. Mit eurem Rat und euren Vorschlägen habt ihr den Roman zu dem gemacht, was er jetzt ist. Ich werde euch immer dankbar sein;

Paula, für ihre juristischen Ratschläge;

Carlos, für sein Informatikwissen;

meine Familie, die irgendwie auch in dieser Geschichte steckt;

meinen Schwager und meine Schwester, die mich mit den heißen Quellen von Outariz bekannt gemacht haben;

meinen Vater, für den Ausflug zum Stausee von As Conchas. Das erste Kapitel ist eine echte Hommage. Dieser Fotograf erinnert ihn vielleicht an jemanden;

Ignacio del Moral und Joan Barbero. Wenn ich irgendetwas vom Schreiben verstehe, dann verdanke ich es ihnen;

Celanova, meinen Heimatort. Es fehlt ihm nur der Fluss, dann wäre es Novariz.

Den Unschuldigsten unter euch wird das Schlimmste widerfahren ...

Helen Fields
DIE PERFEKTE
UNSCHULD
Thriller
Aus dem Englischen
von Frauke Meier
560 Seiten
ISBN 978-3-404-17795-0

Zwei Mordfälle in ein und derselben Nacht erschüttern Edinburgh: Zuerst wird inmitten eines Rockfestivals ein junger Besucher erstochen, und dem Täter gelingt es, in der Menge unterzutauchen. Dann wird nur wenige Stunden später die Leiche einer Krankenschwester entdeckt. Es gibt keine verwertbaren forensischen Spuren, doch eine Gemeinsamkeit: Beide Opfer werden von ihren Mitmenschen als »gute Seelen« beschrieben — und beide mussten unter besonders grausamen Umständen sterben. Detective Callanach steht vor dem Beginn einer Mordserie, die ihm das Blut in den Adern gefrieren lässt ...

Bastei Lübbe

Subtiler Nervenkitzel mit Sogwirkung – der neue Psychothriller der Spiegel-Bestsellerautorin

Jenny Blackhurst
DAS BÖSE IN
DEINEN AUGEN
Psychothriller
Aus dem Englischen
von Sabine Schilasky
432 Seiten
ISBN 978-3-404-17689-2

Als die Kinderpsychologin Imogen Reid den Fall der elfjährigen Ellie Atkinson übernimmt, weigert sie sich, den seltsamen Gerüchten um das Mädchen zu glauben. Ellie sei gefährlich, so heißt es. Wenn sie wütend wird, passieren schreckliche Dinge. Imogen hingegen sieht nur ein zutiefst verstörtes Kind, das seine Familie bei einem Brand verloren hat und ihre Hilfe benötigt. Doch je näher sie Ellie kommt, desto merkwürdiger erscheint ihr das Mädchen. Dann ereignet sich ein mysteriöser Todesfall – und Imogen fürchtet, dass es ein großer Fehler war, Ellie zu vertrauen …

Bastei Lübbe